HEYNE BÜCHER

Tip des Monats

In derselben Reihe
erschienen außerdem als Heyne-Taschenbücher:

Johanna Lindsey · Band 23/34
Evelyn Sanders · Band 23/66
Mary Westmacott · Band 23/73
Evelyn Sanders · Band 23/84
Dean Koontz · Band 23/85
Ellis Peters · Band 23/92
Utta Danella · Band 23/95
Heinz G. Konsalik · Band 23/96
Marion Zimmer-Bradley · Band 23/98
Dean Koontz · Band 23/101
Johanna Lindsey · Band 23/103
Ellis Peters · Band 23/104
Heinz G. Konsalik · Band 23/108
Ellis Peters · Band 23/110
Utta Danella · Band 23/111
Dean Koontz · Band 23/112
Ellis Peters · Band 23/114
Johanna Lindsey · Band 23/115
Terry Pratchett · Band 23/117
Dean Koontz · Band 23/119
Ellis Peters · Band 23/121
Dean Koontz · Band 23/123
Philippa Carr · Band 23/125
John Saul · Band 23/127
Barbara Cartland · Band 23/128
Terry Pratchett · Band 23/129
Johanna Lindsey · Band 23/130
Ellis Peters · Band 23/131
Mary Higgins Clark · Band 23/132
Catherine Coulter · Band 23/136
Claudia Keller · Band 23/137
Jane Austen · Band 23/138
Anne Perry · Band 23/139
Philipp Vandenberg · Band 23/140
Terry Pratchett · Band 23/141
Ephraim Kishon · Band 23/142
Dean Koontz · Band 23/143
Johanna Lindsey · Band 23/144
Olivia Goldsmith · Band 23/148
John T. Lescroart · Band 23/149
Nora Roberts · Band 23/150
John Grisham · Band 23/151
Mary Higgins Clark · Band 23/154

Celia L. Grace

ZWEI FRAUENKRIMIS AUS DEM MITTELALTER

Die Heilerin von Canterbury

Die Heilerin von Canterbury sucht das Auge Gottes

WILHELM HEYNE VERLAG
MÜNCHEN

HEYNE TIP DES MONATS
Nr. 23/158

Aus dem Englischen von Marion Balkenhol
(Der Titel erschien bereits in der Allgemeinen Reihe mit der Band-Nr. 01/9738.)

Aus dem Englischen von Marion Balkenhol
(Der Titel erschien bereits in der Allgemeinen Reihe mit der Band-Nr. 01/10078.)

Umwelthinweis:
Das Buch wurde auf chlor- und säurefreiem Papier gedruckt.

Printed in Germany 1998
Umschlaggestaltung: Atelier Ingrid Schütz, München
Satz: Buch-Werkstatt GmbH, Bad Aibling
Druck und Bindung: Elsnerdruck, Berlin

ISBN: 3-453-14815-0

DIE HEILERIN VON CANTERBURY

Dieser Roman ist dem verstorbenen Gelehrten Dr. William Ury gewidmet, der mit leidenschaftlichem Eifer die Geschichte des mittelalterlichen Canterbury erforscht hat. Mein Dank gilt auch Dr. Urys Tochter, Mrs. Elizabeth Wheatley, die mir freundlicherweise Zugang zu den Aufzeichnungen ihres Vaters über das mittelalterliche Canterbury gewährte. Fehler, gleich welcher Art, habe allein ich zu verantworten, nicht der große Gelehrte.

Titel der Originalausgabe
A SHRINE OF MURDERS
Erschienen bei St. Martin's Press, New York

Daß abends lange dort im Gasthof an
Wohl eine Schar von neunundzwanzig Mann
Verschiedenen Volks, durch Zufall nur gesellt;
Auf Pilgerfahrt war aller Sinn gestellt,
Nach Canterbury reisen wollten alle.

Die Canterbury-Erzählungen von Chaucer, »Der Prolog«

»Im Mittelalter gab es Ärztinnen, die auch in Kriegswirren und während großer Epidemien unbeirrt weiter praktizierten, wie sie es immer schon getan hatten, einfach weil man sie brauchte.«

Kate Campbellton Hurd-Mead, »Geschichte der Frauen in der Medizin«, London, The Haddam Press, 1938, S. 306.

Bemerkungen des Autors

Die Geschichte ist mit ebensovielen Irrtümern wie Tatsachen gespickt. Man geht im allgemeinen davon aus, daß Frauen im Mittelalter nur eine unbedeutende Rolle spielten, daß ihre Stellung sich erst in den nachfolgenden Jahrhunderten allmählich verbesserte. Das ist allerdings falsch. Ein berühmter englischer Historiker hat bereits darauf hingewiesen, daß Frauen um 1300 mehr Rechte besaßen als um 1900. Und bei Chaucer wird die »Frau aus Bath« als eine Frau beschrieben, die sich in einer vornehmlich von Männern bestimmten Welt durchsetzte, durch ganz Europa zu den großen Heiligtümern reiste und als gewiefte Geschäftsfrau stets bereit war, lautstark für das »schwache« Geschlecht einzutreten.

Im vorliegenden Roman vermischt sich Erdachtes mit Tatsachen, und das dem Titel vorangestellte Zitat faßt in wenigen Worten zusammen, wie wichtig Frauen als Ärztinnen, Heilerinnen und Apothekerinnen waren. Zugegeben, die Person der Kathryn Swinbrooke ist frei erfunden. Doch immerhin war es eine Frau, Mathilda von Westminster, die im Jahre 1322 den besten medizinischen Ruf in ganz London genoß; Cecily von Oxford war Leibärztin von Edward III und seiner Frau Philippa von Hainault; in der Arbeit von Gerard von Cremona (die in diesem Roman erwähnt wird) werden Frauen im Mittelalter ausführlich als Ärztinnen beschrieben. Speziell in England, wo die medizinischen Fakultäten an den beiden Universitäten Oxford und Cambridge relativ schwach besetzt waren, arbeiteten Frauen als Ärztinnen und Apothekerinnen, in Berufen also, zu denen ihnen erst in späteren Jahrhunderten der Zugang verweigert wurde.

Geschichte verläuft nicht linear, sondern häufig in Zyklen; eine Behauptung, die zumindest für die Medizin im Mittelalter ihre Gültigkeit hat. Es gab zwar damals wie heute Scharlatane, die versuchten, mit sogenannten Wunderheilmitteln »schnelles

Geld« zu machen, aber die Ärzte im Mittelalter besaßen ein erstaunliches Können, vor allem, was die Diagnose betrifft. Einige Arzneien aus jener Zeit, die später als unwirksam abgetan wurden, werden heute in Europa und Amerika wieder mit großem Erfolg in der Alternativmedizin verwendet.

HISTORISCHE PERSÖNLICHKEITEN, DIE IM TEXT ERWÄHNT WERDEN:

Im Jahre 1471 erreichten die »Rosenkriege«1 zwischen den Häusern Lancaster und York ihren Höhepunkt in den Schlachten bei Barnet und Tewkesbury. Das Ergebnis war die völlige Vernichtung des Hauses Lancaster; das Haus York kam an die Macht.

EDWARD IV, König aus dem Hause York 1461–1470; 1471–1483.
ELIZABETH WOODVILLE, Gemahlin Edwards IV.
GEORGE, Herzog von Clarence, Bruder Edwards IV.
RICHARD, Herzog von Gloucester, der jüngere Bruder Edwards IV.

HEINRICH VI, König aus dem Hause Lancaster, wurde 1471 im Tower ermordet.
MARGARETE VON ANJOU, genannt die »Wölfin«, Gemahlin Heinrichs VI und wichtigste Vertreterin des Hauses Lancaster.
BEAUFORT, Herzog von Somerset, Hauptbefehlshaber von Margarete von Anjou (und, wenn man Gerüchten Glauben schenken will, der Geliebte der Königin).
LORD WENLOCK, General des Hauses Lancaster.
RICHARD NEVILLE, Graf von Warwick, General des Hauses Lancaster, mit dem Spitznamen »Königsmacher«.
THOMAS FALCONBERG, General des Hauses Lancaster. Er war der letzte, der nach dem Sieg des Hauses York bei Tewkesbury dem Feind noch Widerstand leistete und versuchte, London zu halten.

1 Dynastenkriege (1455–1485) zwischen den Häusern Lancaster (rote Rose im Wappen) und York (weiße Rose im Wappen) um die englische Krone.

EDWARD, Sohn von Margarete von Anjou, wurde bei Tewkesbury getötet.
HEINRICH IV, 1399–1413, König von England.
JOHN WYCLIF, englischer Kirchenreformer im letzten Viertel des vierzehnten Jahrhunderts.
NICHOLAS FAUNTE, Bürgermeister von Canterbury und leidenschaftlicher Anhänger des Hauses Lancaster.
THOMAS BECKET, Erzbischof von Canterbury. Geriet mit Heinrich II (1154–1189) über die Rechte der Kirche aneinander und wurde von Heinrich ergebenen Rittern in Canterbury ermordet.
GEOFFREY CHAUCER (ca. 1340–1400), Dichter, Diplomat und Höfling. Der berühmteste englische Dichter des Mittelalters und Verfasser der *Canterbury-Erzählungen.*

DIE WICHTIGSTEN STRASSEN IN CANTERBURY, UM 1471.

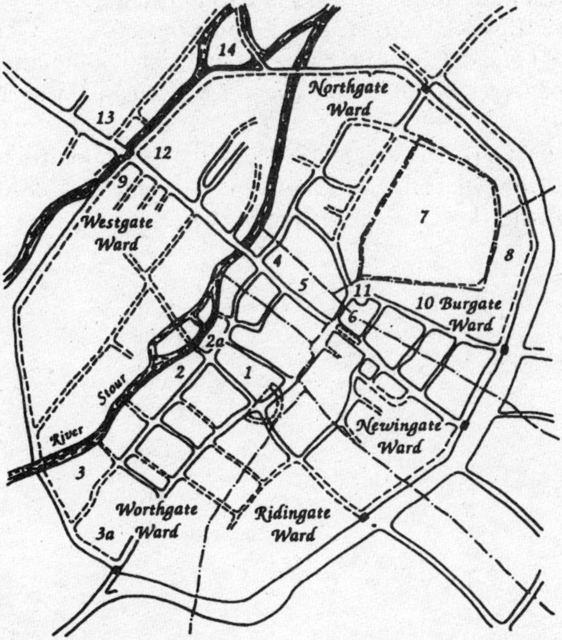

1 = Ottemelle Lane
2 = Hethenman Lane
2a = Poor Priests' Hospital
3 = St. Mildred's Church
3a = Canterbury Castle
4 = High Street
5 = Guildhall
6 = The Mercery
7 = Christchurch Cathedral Buildings
8 = Queningate
9 = Holy Cross Church
10 = Burgate
11 = Buttermarket/Bullstake
12 = Westgate
13 = Fastolf Inn
14 = Kingsmead

Prolog

Hexenmeister und Zauberer kündeten eine Zeit des Mordens an. Die Schreiber unter den Mönchen hockten in ihren feuchten Zellen, tunkten Federkiele in Tintenfässer aus Horn und schrieben die Chronik ihrer Zeit nieder, in der sie fein säuberlich alle Verbrechen verzeichneten: Mord und Totschlag, Treuebruch und Landesverrat. Die guten Mönche glaubten in der Tat, das Böse würde obsiegen. Gerüchten zufolge habe schließlich der Geisterbeschwörer John Marshall am Vorabend zu Allerheiligen sieben Pfund Wachs und zwei Ellen Tuch zu einem verlassenen Herrenhaus außerhalb von Maidstone getragen und dort grobe Puppen angefertigt, die den König, die Königin und alle großen Adligen des Landes darstellten. Marshall habe sie alle in Blut getränkt, mit Dolchen zerstochen und über einem lodernen Feuer geröstet. Tief in den Wäldern außerhalb Canterburys warfen sich andere Zauberer lange Tierfelle mit riesigen Schwänzen über; sie schwärzten ihre Gesichter und riefen Herodias, die Königin der Hexen, um Hilfe an. Wieder andere Hexenmeister, so schreiben die Chronisten, brachten der Königin der Nacht Blutopfer und beschworen die Ghouls. Seltsame Dinge wurden beobachtet: Scharen von Hexen flogen in dunkler Nacht durch die Lüfte und führten stumme Leichenkolonnen zu Teufelsmessen.

Gerüchte dieser Art drangen sogar nach Canterbury. Ein Mann mit einem Totenschädel und einem Buch voller Zauberformeln wurde beim Westtor festgenommen, und jenseits der Stadtgrenzen fuhr man einer Frau, die ihren Mann umgebracht hatte, mit Peitschenhieben über den Mund und schlug ihr eine Eisenspitze in den Kopf; doch als sie begraben war, zuckte ihre sterbliche Hülle noch immer. Das Frühjahr wich allmählich dem Sommer, und damit stellten sich weitere Übel ein. Das teuflische Schweißfieber brach aus, dessen Opfer schon nach wenigen Stunden starben: ob im Schlafen, im Gehen, ob beim

Fasten oder Essen. Die Krankheit begann immer mit Schmerzen im Kopf, die dann auf das Herz übergriffen; ein Heilmittel gab es nicht. Alle möglichen Arzneien waren ausprobiert worden: das Horn eines Einhorns, Drachenwasser und Engelwurz. Man sprach Gebete, brachte Reliquien herbei, flehte den Himmel um Hilfe an, aber der Tod schritt unbeirrt durch die stinkenden, engen Gassen und Straßen von Canterbury. Auf der Jagd nach Opfern blickte sein Totenschädel gierig grinsend durch die Fenster, seine knochigen Finger klopften an Türen oder klapperten mit den Fensterflügeln.

Dann endlich kam der Sommer. Das Schweißfieber verschwand, nicht aber Gewalt und Blutrausch. Man hörte, daß Menschen auf merkwürdige Art gestorben waren, von mysteriösen Todesfällen unter denjenigen, die in Scharen nach Canterbury zogen, um die Hilfe des Heiligen Thomas Becket zu erflehen, dessen zerschlagener Leichnam mit gespaltenem Schädel unter Goldplatten vor dem Hochaltar der Kathedrale von Canterbury lag. Natürlich ignorierten die Lebenden die Toten, und zunächst blieben die Morde unbeachtet. Immerhin war es Sommer geworden. Die Straßen waren trocken, das Gras stand hoch und saftig, das Wasser war süß und frisch. Eine Zeit für Reisen und Besuche bei Freunden. Man traf sich unter Obstbäumen, schlürfte kühlen Wein oder leerte Krüge des während der Wintermonate selbstgebrauten Ales. Man sprach über die blutrünstigen Prophezeiungen, die Fehler der Höherstehenden und vor allem über den erbitterten Bürgerkrieg, der zwischen den Häusern York und Lancaster tobte.

Im Westen saß die Wolfskönigin Margarete von Anjou mit ihren Generälen zusammen und heckte Pläne aus, wie sie den Thron für ihren geisteskranken Mann, König Heinrich IV, und für ihren Sohn, ihren Goldjungen Edward, an sich reißen könnte. Von ihren Feinden wurde sie verspottet. Es hieß, ihr Mann sei so heilig, er habe weder den Verstand noch die Mittel, einen Erben zu zeugen, und der junge Prinz sei ein Sproß ihrer heimlichen Liebe zu Beaufort, Herzog von Somerset. In London traf sich Edward aus dem Hause York mit seiner silberhaarigen Gemahlin Elisabeth Woodville und seinen kriegshungrigen Brüdern Clarence und Gloucester im Geheimkabinett des Königs in Westminster und schmiedete raffinierte Pläne gegen die Absichten der Wölfin. Sie besuchten dreimal täglich die Messe, sangen Frühmette und Vesper und hatten dabei nichts anderes im Sinn, als Margarete, ihren Mann und das gesamte Haus Lancaster zu vernichten. Wahrlich, es war eine Zeit des Mordens, und denjenigen, die sich daran erinnern konnten, fielen die düsteren Zeilen Chaucers ein, in denen es hieß:

»Der lächelnde Schurke, das Messer im Mantel versteckt;
Brennende Scheunen, das Haus von Ruß schwarz bedeckt.
Verrat und Leichen, im Bett ermordet gefunden,
Der offene Kampf, die blutenden Wunden.«

Ein paar Wochen später saß Robert Clerkenwell, ein Arzt aus Aldgate in London, unweit der Lagerhäuser im Zentrum von Canterbury in der Schenke »Zum Schachbrett« und schwafelte eifrig über die Vorteile eines solchen Krieges. Robert war reich; das Heilmittel, das er während des Schweißfiebers verkauft hatte, Rosenwasser mit Honig, hatte den meisten seiner Patienten zwar kaum geholfen, aber es hatte dem guten Arzt eine Börse voll klingender Gold- und Silbermünzen eingebracht. Robert blickte zufrieden auf ein erfolgreiches Jahr zurück.

»Der Herr hat's gegeben, der Herr hat's genommen«, pflegte er fromm vor sich hin zu murmeln, wenn er seinen Lohn einstrich und seine Patienten dem sicheren Tod überließ.

Nachdem es nun Sommer geworden war, hatte Robert beschlossen, einen angenehmen Ritt nach Canterbury zu unternehmen, um an Beckets Grab Gott dem Herrn für seine Gnade zu danken. Die Reise war ohne Zwischenfälle verlaufen, er hatte die Ruhe der lieblichen Landschaft genossen. Es war, als hielte das Land den Atem an, während Könige und Prinzen sich auf den Kampf vorbereiteten. Clerkenwell war seit drei Tagen in Canterbury; zweimal war er in der Kathedrale gewesen, hatte in den Garküchen und Schenken der Stadt gut gegessen, hatte sogar für die Dienste einer hübschen Dirne bezahlt, die ihm oben, in der geräumigsten Kammer der Taverne, ganz nach seinen Wünschen gefällig war. Morgen würde er abreisen; seine Reisetaschen waren gepackt, und der gute Arzt hatte gerade seine letzte Mahlzeit in Canterbury zu sich genommen, seine letzte Mahlzeit überhaupt: eine saftige, goldbraun gebratene Wachtel, die auf der Zunge zerging, frisches Gemüse und klaren Weißwein, der in den geräumigen Kellern des Wirtshauses gekühlt wurde. Jetzt lehnte sich Robert zurück, rülpste leicht und strahlte seine Tischgenossen an, die rechts und links von ihm im Schankraum saßen.

»Ihr werdet noch an meine Worte denken«, sagte er, kniff die verwegenen Lippen zusammen und tätschelte sich den umfangreichen Bauch. »Königin Margarete wird siegen: Sie hat starke Bretonen im Gefolge, und Somerset und Wenlock sind fähige Generäle. Edward von York wird es schwer haben, wenn er behalten will, was er sich genommen hat.«

Clerkenwell stierte mit seinen wasserblauen Augen in die Runde, aber die anderen Pilger waren wohl zu müde oder zu betrunken und reagierten nicht auf seine Worte. Hinzu kam, daß ihr Tischgenosse, der Arzt, knauserig war. Sie alle hatten gehofft, daß er noch vor Ende des Abends den Wirt bitten würde, ein neues Weinfaß anzuzapfen oder zumindest noch mehr Fleischplatten oder Früchte zu bringen, die er mit seinen immer noch hungrigen und weniger begüterten Tischgenossen teilen würde. Der Arzt schmatzte laut und schaute sich um. Er nahm seinen Becher, schwenkte umständlich die Hefe, die sich auf dem Grund abgesetzt hatte, und leerte ihn in einem Zug. Mit starrem Blick beugte er sich nach vorn.

»Mehr Wein! In drei Teufels Namen! Wo steckt denn dieser Bursche?«

Ein Diener mit von Essenresten und Weinflecken übersäter Schürze eilte herbei. Die verfilzten Haare hingen ihm ins Gesicht, so daß man ihn nicht erkennen konnte.

»Du bist nicht der Kerl, der mich beim letzten Mal bedient hat!« schrie der Arzt ihn an. »Teufel noch eins, ich will mehr Wein!«

Der Diener nickte, nahm den Becher und eilte davon. Kurz darauf kehrte er mit dem randvollen, überschwappenden Kelch zurück und stellte ihn vorsichtig vor dem Arzt auf den Tisch. Die anderen Pilger warfen sich vielsagende Blicke zu, und einige wurden unruhig. Allem Anschein nach würde der Arzt sich nicht als ihr Wohltäter erweisen. Robert schlürfte den Weißwein und genoß das kühle Naß auf der Zunge und im Rachen. Er nahm noch einen Schluck, leckte sich die Lippen, nicht ahnend, daß jetzt ein tödliches Gift in seinen Bauch drang, das wie ein Pfeil auf sein Herz und seinen Verstand zielte. Der Arzt stutzte; er fühlte sich unwohl, sein Magen verkrampfte sich, sein Herz begann zu flattern, sein Atem kam in kurzen Stößen. Er stand auf, riß verzweifelt an seinem Kragen. Sein ganzer Körper schmerzte nun, als würden unsichtbare Flammen an ihm lecken. Die anderen Pilger sahen mit unverhohlenem Entsetzen und offenen Mündern zu, wie diesem redseligen Arzt die Augen aus dem Kopf traten, wie sein Gesicht hellrot anlief, wie er nach Luft schnappte, würgte und um sein Leben rang, bevor er tot umfiel.

Mit Clerkenwell in Canterbury starben auch seine Prophezeiungen über den Krieg bei Tewkesbury im Westen des Landes. Der Kampf hatte den ganzen Tag gedauert, und Edward von York war als Sieger daraus hervorgegangen. Das Heer des Hauses Lancaster war geschlagen, und die Rotröcke der Königin Margarete und des Herzogs von Somerset verließen fluchtartig das blutgetränkte Schlachtfeld. Sie hetzten vorbei an der Tewkesbury Abbey über die Weiden und suchten verzweifelt nach einer Furt oder Brücke über den Severn. Die Yorkisten in ihrem Rücken heulten wie die Wölfe, denn sie hatten unter den wehenden blauen Bannern mit der Goldenen Sonne von York oder dem Roten Wilden Eber von Richard, Herzog von Gloucester und Bruder des Königs, die Verfolgung aufgenommen. Fluchend und schimpfend drängten die Lancastertreuen in den Fluß. Im Nu sammelten sich Leichen an den Untiefen, und die Lebenden stapften in der Hoffnung auf ein Entkommen über sie hinweg. Sie waren umzingelt von ihren Mördern, die unter lautem Gejohle mit ihren Speeren zustießen oder mit Schwert, Knüttel oder Streitkolben um sich schlugen und niemanden ausließen, bis sich die seichten Flußstellen und das Röhricht vom ausströmenden Blut hellrot färbten.

Colum Murtagh stand auf der Kuppe eines Hügels und beobachtete das Massaker. Er wendete seinen Fuchs, nahm seinen Helm ab und warf ihn zu Boden, wobei er lautstark den Schweiß verfluchte, der seine dunklen Haare durchtränkte und ihm in die Augen lief, so daß er kaum noch etwas sehen konnte. Er hielt sich wohlweislich von den Kämpfen fern. Er trug ein Lederwams, war mit Schwert und Dolch nur leicht bewaffnet, und es gehörte, deo gratias, nicht zu seinen Aufgaben zu töten. Der König hatte Wert darauf gelegt. Er und die anderen königlichen Boten sollten jederzeit bereit sein, Befehle zwischen den verschiedenen Kampfschauplätzen hin und her zu befördern, und, falls der Feind geschlagen würde, herausfinden, wohin seine Anführer fliehen würden. Murtagh starrte auf den Fluß, der im Sonnenlicht glänzte, und klopfte leicht den Hals seines Pferdes.

»Da sterben sie, die Armen«, murmelte er. »Die armen, ausgebeuteten Bürger!« Er blickte prüfend auf das Gemenge und versuchte, Banner, Farben und Livreen der adligen Vasallen von Lancaster auszumachen, aber er konnte nichts erkennen. Er wandte sich um und blickte zurück auf die große Abteikirche. »Wo sind Somerset und die anderen?« Er strengte seine grünen, katzengleichen Augen an und versuchte, die verschiedenen Bewegungen auf den gewundenen Landstraßen zu unterscheiden. Plötzlich wurde seine Aufmerksamkeit auf Farbtupfer gelenkt, die er aus dem Augenwinkel wahrgenommen hatte. Ja, jetzt sah er sie: Es war eine kleine Gruppe von Reitern, die weder Banner noch Vasallentracht trugen, sich ihrer Helme und Waffen entledigt hatten und jetzt über das Gelände der Abteikirche auf und davon ritten. Jeder andere Spion hätte sie als eine Gruppe gewöhnlicher Ritter abgetan, die ihr Heil in der Flucht suchten, aber Murtagh kannte sich mit Pferden aus, und diese hier gehörten zu den besten. Er wendete sein eigenes Reittier und trieb es hügelabwärts auf eine Gruppe von York-Befehlshabern zu, die sich an einer kleinen Kreuzung um ihren goldgelockten König geschart hatten. Sie wandten sich dem Reiter zu, der in wildem Galopp auf sie zustürmte. Murtagh sprang vom Pferd, fiel vor dem König auf die Knie und deutete auf die Hecken.

»Euer Majestät«, keuchte er, »die Befehlshaber Lancasters und ihre Gefolgsleute fliehen nach Westen, weg vom Fluß!«

Unter seinem mit einer Krone geschmückten Helm entspannten sich die Gesichtszüge Edwards von York, und er grinste breit. Er schnippte mit den Fingern und erteilte einem Bannerherrn seines Haushalts eine Reihe knapper Befehle, bevor er sich zu Murtagh umwandte und ihm auf die Schulter klopfte.

»Gut gemacht, Ire«, murmelte er. »Die Belohnung ist dein.«

Am späten Nachmittag fand das Morden am Fluß ein Ende. Die Befehlshaber der Lancastertreuen hatten kehrtgemacht, nachdem sie gesehen hatten, daß ihr Fluchtweg von den Yorkisten abgeschnitten war, und suchten im dunklen Kirchenschiff der Abtei von Tewkesbury ihr Heil. Aber es war, wie wir schon von den Chronisten wissen, eine Zeit des Mordens, und die York-Soldaten stürmten die Abtei. Die feierliche Stille der Kirche wurde gestört vom Klang der Schwerter, von den Rufen der Kämpfenden, von den Schreien und dem Stöhnen Verwundeter und Sterbender. Die Lancastertreuen drangen schließlich zum Hauptaltar vor, berührten ihn und beriefen sich auf den Schutz der Kirche. Der Abt erschien höchstpersönlich, das goldene Kreuz aus seinem Amtszimmer vor sich hertragend. Mit donnernder Stimme verkündete er die Exkommunizierung aller, die auf geheiligtem Boden Blut vergossen hätten.

Mit finsteren Mienen zogen sich die Yorkisten zurück, aber König Edward warnte den Abt: Entweder er liefere die Gefangenen aus, oder man werde die Abtei belagern. Schließlich kamen die Befehlshaber der Lancastertreuen heraus, abgehärmt, verwahrlost und über und über mit Wunden bedeckt. Sie baten nicht um Vergebung, denn sie wußten, daß sie ihnen ohnehin nicht gewährt würde. Richard von Gloucester, der leibliche Bruder des Königs, mit kleinem Buckel und borstigem Haar, wurde zu ihrem Richter bestellt. Er hielt direkt vor den Toren der Abtei ein Standgericht ab. Die Feinde des Königs wurden der Reihe nach vor ihn geführt und abgeurteilt, und bei Sonnenuntergang trieb man die Befehlshaber der Lancastertreuen zum Richtklotz auf einem provisorischen Schafott auf dem Marktplatz von Tewkesbury und schlug ihnen die Köpfe ab.

Colum Murtagh beobachtete die erste Exekution durch ein Fenster des Wirtshauses und wandte sich angeekelt ab. Seine Aufgabe war erfüllt. Es gab zwar noch mehr zu tun, aber weit entfernt vom Blutbad der Schlacht. Er steckte eine Hand in seine Reisetasche und fühlte die beiden Urkunden, die dort fein säuberlich zusammengefaltet lagen. Die erste ernannte ihn zum Aufseher über die königlichen Pferde auf den Weiden um Canterbury. Die zweite ermächtigte ihn, die abscheulichen Giftmorde zu untersuchen, die in der Stadt geschehen waren, und darüber Bericht zu erstatten. Murtagh legte sich wieder auf seine Bettstelle und versuchte, seine Ohren vor dem dumpfen Schlag des Henkerbeils zu verschließen. Er würde nach Canterbury gehen; er war vom Kriegsdienst befreit und vielleicht in Sicherheit vor den Bluthunden von Ulster und ihren ständigen Ränken gegen ihn.

Eins

»Was Euch fehlt, ist ein Mann.«

»Ich habe einen Mann. Ich bin verheiratet.« Zornig blickte Kathryn Swinbrooke in das runde, weiße Gesicht Thomasinas.

Diese wischte sich den Schweiß von der Stirn und betupfte ihre Pausbacken mit einem Tuch. Sie legte das Messer, mit dem sie die Hühner ausgenommen hatte, zwischen die Eingeweide auf den Tisch und blickte Kathryn mit wissendem Lächeln an.

»Ich kenne Euch nun schon, seit Ihr ein Dreikäsehoch wart, Herrin. Schön, Ihr seid verheiratet, aber Euer Gemahl ist fort, ab in den Krieg, und dieser gemeine Bastard wird nicht zurückkommen.« Sie schnaubte verächtlich.

»Ihr braucht einen Mann. Eine Frau ist erst dann glücklich, wenn sie einen Mann zwischen den Schenkeln hat. Ich muß es wissen; ich war schließlich dreimal verheiratet.«

Kathryn wandte sich mit einem Lächeln ab. Es war nicht leicht, sich einen Mann zwischen Thomasinas stämmigen Oberschenkeln vorzustellen.

»Sie müssen Panzerhemden getragen haben«, murmelte sie.

»Wie bitte?«

»Nichts, Thomasina.«

Kathryn faßte ihr langes schwarzes Haar mit den vereinzelten grauen Strähnen zusammen, steckte es unter ihre weiße Leinenhaube, und damit sie nicht verrutschte, zog sie das rote Band fest. Sie blickte sich in der mit Steinfliesen ausgelegten Küche um. Thomasina mußte schon früh aufgestanden sein, denn der Raum war bereits geschrubbt, der Fußboden blitzblank, die Tischplatte samtweich, nach dem viele Eimer heißen Wassers darübergeschüttet worden waren. Sogar der Rauchfang über der Feuerstelle glänzte, und der Bronzekessel und die Fleischhaken über der Feuerstelle schimmerten wie poliertes Gold. Kathryn seufzte, erhob sich und schlüpfte in ihre Sandalen. Sie hob den Saum ihres grünen Wollkleides, denn der Boden war immer noch etwas feucht, nachdem Thomasina ihn geschrubbt hatte.

»Zum Teufel nochmal!« entfuhr es Thomasina. Ihr war eingefallen, daß in dem kleinen Backofen neben der Feuerstelle noch Brot steckte. Sie watschelte mit einem hölzernen Brotschieber hinüber und rief lautstark nach Agnes, der jungen Magd.

Kathryn trat aus der halboffenen Tür ins Freie und stellte sich unter das hölzerne Vordach. Versonnen betrachtete sie den Garten. Den süßlichen Duft des Grases, die üppig wuchernden wilden Blumen und die sorgsam gepflegten Kräuterbeete hatte sie – ganz besonders an warmen Sommertagen wie diesem – einmal sehr geliebt. Im hellen Sonnenlicht verlor der Garten etwas von seiner bedrohlichen Aura. Gedankenverloren klopfte sie sich den Nacken. Ihr war warm in dem wollenen Leibrock und dem grünen, mit einer Kordel zusammengehaltenen Überkleid.

»Ihr seht aus wie eine Nonne«, brummte Thomasina. »Was würde wohl Euer Vater dazu sagen?«

»Vater ist tot«, entgegnete Kathryn. »Kalt, begraben unter den Steinplatten von Saint Mildred.«

Sie blinzelte und starrte in den Garten. Sie vermißte ihn noch immer. Seit sechs Monaten war er tot, seine Seele war bereits durchs Fegefeuer gegangen. Er hatte Kathryn, seinem einzigen Kind, sein schreckliches Geheimnis hinterlassen. Sie konnte es immer noch kaum fassen. Vielleicht würde sie mit der Zeit vergessen, wenn diese verdammten Briefe nicht mehr kämen. Kathryn griff in ihre Börse und zog ein Stück gelbes Pergament hervor, das am Abend zuvor unter der Tür durchgeschoben worden war. Es war abgegriffen, zerfleddert und schmutzig. Sie las die hingekritzelte Botschaft: »Wo ist Alexander Wyville? Wo ist Euer Gemahl? Mord ist ein Verbrechen, und Verbrecher kommen an den Strang!« Neben die Worte war in groben Umrissen ein Schafott gezeichnet. Beim Anblick der grob als Frau mit langen Haaren skizzierten Figur, die an dem Blutgerüst baumelte, gefror Kathryn das Blut in den Adern. »Schweigen ist Gold«, hieß es in der Botschaft weiter. »Und das Gold ist auf

Goodmans Grab auf dem Friedhof von Saint Mildred zu hinterlassen.«

Kathryn rollte das Pergament zusammen und steckte es wieder in ihre Börse. Nach dem Tode ihres Vaters hatte sie bereits zwei ähnliche Botschaften erhalten und fragte sich verzweifelt, wer dieser ominöse Schreiber war und wie er etwas vom Geheimnis ihres Vaters erfahren hatte. Bis jetzt hatte sie noch kein Geld gezahlt, aber die anonymen Briefe wurden immer bedrohlicher. Als Thomasina plötzlich neben ihr stand, fuhr sie zusammen.

»Herrin, wir müssen gehen.«

Kathryn kehrte wieder in die Wirklichkeit zurück. Sie hörte die Glocken der Kathedrale, die mit ihrem lauten Dröhnen die helleren Glocken anderer Kirchen übertönten. Der Ratsherr hatte sie für die Mittagszeit vorgeladen. Sie ging zurück in die Küche und schaute in die Ecke neben der Tür zur Vorratskammer, in der die Stundenkerze stand. Langsam ließ sie den Blick nach oben wandern. Ja, der zehnte Kreis war inzwischen erreicht. Kathryn warf der Kerze einen verärgerten Blick zu, weil sie ihre Zeit fraß, vielleicht sogar ihre Freiheit, vielleicht sogar ihr Leben. Nervös schluckte sie. Was wollte der Ratsherr von ihr? Fragen stellen? Die Vorladung mit dem offiziellen Siegel der Stadt Canterbury war sehr knapp gehalten. Sie solle sich am Mittwoch um zwölf beim Ratsherrn im Rathaus einfinden.

»Was wollen die von mir?« murmelte sie vor sich hin.

»Das weiß der Himmel, Herrin«, heulte Thomasina hinter ihr auf. »Aber Ihr kennt ja die Ratsversammlung, diese faule Bande von Bastarden. Man sollte doch meinen, sie hätten genug andere Dinge im Kopf. Immerhin ist der Bürgermeister unserer Stadt des Verrats angeklagt. Es heißt, er habe sich irgendwo versteckt. Der Rest der Ratsversammlung wird die Hosen voll haben, denn schließlich haben sie die Lancastertreuen unterstützt, und Goldjunge Edward hat ihre Hoffnungen zunichte gemacht.«

Kathryn nickte und lehnte sich gegen den Türpfosten. Thomasina hatte recht; sie konnte es nicht verstehen. Die Großen der Ratsversammlung von Canterbury hatten das Haus Lancaster unterstützt: Nicholas Faunte, der Bürgermeister von Canterbury, hatte sogar Falconberg, dem General der Lancastertreuen, der London verteidigte, Soldaten zu Hilfe geschickt. Jetzt war alles verloren. Edward von York hatte die Lancastertreuen bei Barnet geschlagen und war dann nach Westen marschiert, um Margarete, ihre Königin, bei Tewkesbury gefangenzunehmen. Nicholas Faunte wurde öffentlich des Verrats beschuldigt, auf seinen Kopf war ein Preis ausgesetzt, und die Stadt befürchtete nun, ihre Freiheiten zu verlieren. Warum also beschäftigte sich der Oberste Ratsherr ausgerechnet mit ihr? Sie hatten doch gewiß genug damit zu tun, das Kriegsende zu bewältigen.

Thomasina ging um ihre Herrin herum, baute sich breitbeinig vor ihr auf und blickte prüfend in ihr ernstes Gesicht. Sie starrte Kathryn finster an, um die Woge des Mitleids zu verbergen, die sie bei ihrem Anblick überkam. Kathryn war nicht gerade eine Schönheit in der Blüte ihrer Jahre; unter dem tiefschwarzen Haar war ihre Miene zuweilen viel zu ernst, die grauen Augen zu hart, die olivfarbene Haut stets fahl, die Nase zu hakenförmig; und diese Lippen, die einst gelächelt und bissige Bemerkungen über die Welt geformt hatten, waren seit dem Tode ihres Vaters viel zu fest verschlossen.

»Herrin,« wiederholte Thomasina, »wir müssen gehen!« Sie reichte Kathryn den dunkelblauen Umhang, ihren besten, mit einer weiten, von Grauwerk gesäumten Kapuze.

»Wir müssen noch im Krankenhaus vorbeischauen, und Ihr dürft nicht zu spät kommen. Vielleicht braucht Ihr den Schutz der Ratsversammlung noch einmal.«

Kathryn nickte gedankenverloren, legte den Umhang auf den Tisch und ging den Korridor entlang zu ihrer Kammer. Sie mußte prüfen, ob alles gesichert war, ob die Kästen mit den Kräutern und Mixturen angekettet und mit Vorhängeschlössern versehen waren. Sie konnte es sich nicht leisten, daß jemand bei ihr einbrach und einen Trank stahl, an dem er am Ende starb, wie es Hawisa, der Frau eines Pilgers, passiert war, die dumm genug gewesen war, einen Trank aus Lorbeerrosendestillat zu sich zu nehmen, nur weil sie schöner werden wollte. Sie starb, und keiner konnte ihr helfen. Kathryn blickte sich prüfend in der Kammer um. Hier vermißte sie ihren Vater am meisten, hier zwischen seinen Horoskopkarten, den Schüsseln, dem Dreifuß, dem Zuschneidebrett, den Messern, Nadeln und den Flaschen mit Tinkturen.

»Du warst ein guter Arzt«, murmelte sie, doch die Stille in der leeren Kammer war wie blanker Hohn. »Alles in Ordnung«, stellte sie gereizt fest, als würde der Raum selbst sie ärgern. Kathryn stellte die Mixturen, die sie zubereitet hatte, in einen geflochtenen Weidenkorb und schloß die Tür, drehte den Schlüssel herum und ließ ihn in ihre Börse gleiten. Sie fuhr zusammen, als plötzlich heftig an der Haustür geklopft wurde. Thomasina war hinten in der Spülküche.

»Ich gehe schon«, rief Kathryn.

Sie ging den mit Steinplatten ausgelegten Korridor hinunter, durch die Diele, vorbei an dem großen, offenen Laden, in dem ihr Mann Alexander früher seine Gewürze, Kräuter und Heilpflanzen verkauft hatte. Sie seufzte beim Anblick der verstaubten Regale, der Spinnweben zwischen den Tiegeln, Gläsern und Flaschen. Der Ladentisch war mit einer fingerdicken Staubschicht bedeckt. Sie hätte das Geschäft gern wieder in Gang gebracht und den Handel ihres Mannes fortgeführt. Aber sie spürte, daß es da eine Schranke gab. Nicht nur Geldmangel, sondern eine eiserne Kette versperrte ihr diesen Weg; denn wenn sie es tat, würde sie sich zur Komplizin ihres Vaters machen und wäre irgendwie mitschuldig an seinem furchtbaren Geheimnis. Wieder klopfte es an der Tür, und laute Kinderstimmen ertönten.

»Mistress Swinbrooke! Mistress Swinbrooke!«

Kathryn blickte durch das Guckloch in der Tür und sah die schmutzverkrusteten Gesichter von Edith und Eadwig, den Zwillingstöchtern von Fulke, dem Gerber, der ein paar Häuser weiter in der Ottemelle Lane wohnte. Kathryn war versucht, den beiden nicht zu öffnen, doch nach einem weiteren Blick auf die blassen Gesichter schob sie die Türriegel zurück. Die Zwillinge stürmten ohne Aufforderung herein.

»Mistress Swinbrooke! Mistress Swinbrooke!«

Kathryn ging in die Hocke und hielt die beiden am Arm fest. Mitleid überkam sie, als sie spürte, wie dünn die Kinder waren.

»Was ist los?« fragte sie.

»Vater! Er hat Häute bearbeitet und sich dabei den Arm verbrannt!«

»Wartet hier!« Kathryn stand auf. »Nein, kommt doch lieber mit.«

Sie ging in die Küche zurück, wo Thomasina gerade den Brotkorb hochzog, um die frisch gebackenen Laibe vor naschhaften Mäusen zu schützen. Kathryn setzte die Kinder an den Tisch.

»Behaltet eure Hände bei euch!« befahl Thomasina barsch und funkelte die Zwillinge verärgert an.

Sie befestigte die Kordel des Flaschenzugs an einem Wandhaken und wischte sich die Hände gründlich an der Schürze ab. Dann stellte sie sich hinter die Kinder und zwinkerte Kathryn heimlich zu.

»Ihr habt bestimmt Hunger, was?« rief sie.

Die beiden verwahrlosten Kinder sahen sie mit großen Augen an. Beim Duft des frischgebackenen Brotes lief ihnen das Wasser im Mund zusammen.

»Mit dem Vater ist bestimmt alles in Ordnung«, murmelte Thomasina und ging in die Speisekammer, um für die Kinder zwei Krüge mit Buttermilch zu füllen und einen Teller Marzipan zu richten. Kathryn ließ sie gewähren und ging wieder in ihre Kammer. Sie nahm das *Herbarium* von Apuleius vom Regal, das ihrem Vater gehört hatte, sowie das *Buch für Heilpraktiker* von Bald. Sie mußte die Ketten aufschließen, denn ihr Vater hatte die wertvollen Bücher immer mit einem Vorhängeschloß am Regal befestigt. Sie wußte, wie man Brandwunden behandelte, las aber, um sicherzugehen, immer noch einmal nach. Nachdem Kathryn sich von der richtigen Rezeption überzeugt hatte, gab sie zwei gehäufte Löffel voll Paste auf ein Stück Pergament und holte eine kleine Verbandsrolle aus einem Weidenkörbchen. Sie stellte alles wieder an seinen Platz, rollte die Paste sorgfältig in dem Pergament ein und ging zurück in die Küche, wo Edith und Eadwig sich mit Feuereifer über das Essen hergemacht hatten. Sie setzte sich ihnen gegenüber an den Tisch.

»Edith.«

Das kleine Mädchen blickte auf.

Kathryn schob das Päckchen mit der Salbe über den Tisch. »Sag deinem Vater, er soll die Brandwunde trocken halten, bis eine Blase entsteht. Wenn die Blase aufbricht muß der Verband angelegt werden. Dann soll er die Salbe auftragen, und die Wunde wird heilen.«

»Was ist da drin?« fragte Edith mit einem piepsigen Stimmchen.

»Ein wenig zerstoßenes Moos, etwas Wein, Salz und Essig.«

»Und wie heilt es die Wunde?« forschte Eadwig nach.

»Das wissen wir nicht«, antwortete Kathryn. »Wir wissen nur, daß es heilt. Wenn die Wunde sauber und trocken gehalten wird, gibt es eine hübsche Narbe.«

Edith zog ein langes Gesicht.

»Nun kommt, Kinder«, drängte Thomasina. »Ihr müßt jetzt gehen!«

Kathryn ging in die Vorratskammer, um sich dort im Bleibecken die Hände zu waschen, während Thomasina die Kinder hinausscheuchte und der jungen Magd Anweisungen erteilte. Kathryn nahm ihren Umhang und die verzierte Brosche, auf der aus Rubinen und Saphiren die Worte geformt waren: »Hier weile ich bei einem geliebten Freund.« Kathryn hatte sie einst von ihrem Mann geschenkt bekommen. In Gedanken versunken steckte sie ihren Umhang damit fest. Thomasina beobachtete sie; unter ihrer rauhen Schale machte sie sich Sorgen um ihre Herrin. Kathryns Mann war in den Krieg gezogen und wie vom Erdboden verschwunden. Ob er weggelaufen war? fragte sich Thomasina. Oder war er getötet worden und lag jetzt irgendwo in einem Massengrab? Alexander war ein gutaussehender junger Mann gewesen, ein guter Apotheker, der eine ehrenhafte Verbindung mit der Tochter eines Arztes eingegangen war. Er war mit Kathryn nur sieben Monate verheiratet gewesen, als er fortging, um sich Fauntes Truppen in London anzuschließen.

Bis jetzt hatte Thomasina ihre Meinung für sich behalten, doch sie hatte sich gefragt, ob Alexander Wyville nicht zwei Seelen in sich vereinte: die des ehrenwerten Händlers und die des Betrunkenen, der seine Frau schlug. Thomasina hatte ihre Herrin oft schreien und weinen hören.

Einmal hatte sie sogar gesehen, wie Alexander bleich und mit wildem Blick durch den Korridor schlich. Der alte Arzt hatte es auch gewußt, war aber schon zu schwach, um sich einzumischen, so daß ihm nichts anderes übrigblieb, als sich zu grämen. Drei Monate, nachdem Alexander fortgegangen war, starb der alte Arzt. Thomasina hatte gehofft, die Lage würde sich bessern, aber ihre Herrin schien bedrückt, als hüte sie ein schreckliches Geheimnis.

Bei den Titten einer Fee! dachte sie. Warum kann sie sich nicht einfach zur Witwe erklären und wieder heiraten? Ich war dreimal verheiratet. Thomasina lächelte vor sich hin. Hätte einer ihrer Männer auch nur einen Finger gegen sie erhoben, sie hätte ihn versohlt.

»Thomasina, was gibt es zu lachen?«

»Ach, nichts, Herrin. Laßt uns gehen.«

Thomasina wandte sich um und rief Agnes Anordnungen zu. Dann ging sie den Korridor entlang und trat durch die Haustür in die Ottemelle Lane. Es war ein schöner Tag, und die Sonne brannte bereits auf den aufgetürmten Unrat; wegen der Unruhe in der Stadt waren die Mistsammler noch nicht unterwegs gewesen, so daß die Gossen und das Kopfsteinpflaster mit fauligen Abfällen und stinkendem Kot übersät waren. An der nächsten Straßenecke stand Rawnose, der Hausierer, mit einem Bauchladen, den er an einem roten Band um den Hals trug. Er rief sie zu sich. Seufzend ging Kathryn zu ihm hinüber. Sie mochte den Hausierer. Er war einmal bei ihrem Vater aufgetaucht und hatte ihn um Hilfe gebeten, weil seine Ohren genäht werden mußten, von denen man ihm ein Stückchen abgeschnitten hatte, nachdem er zum dritten Mal beim Stehlen erwischt worden war. Dessen ungeachtet, war Rawnose immer noch so geschwätzig wie eine Elster.

»Geht es Euch gut, Mistress? Wißt Ihr schon das Neueste?«

Kathryn schüttelte den Kopf. Rawnose war besser informiert als jede Flugschrift.

»Vor zwei Tagen wurde ein Arzt in der Kneipe ›Zum

Schachbrett‹ tot aufgefunden, vergiftet. Der Bürgermeister Nicholas Faunte hält sich immer noch versteckt. Er ist vom König, der inzwischen in London ist, zum Verräter erklärt worden. Ach, und habt Ihr von der Hexe bei Rochester gehört?«

Kathryn lächelte.

»Starb und ließ ihre Leiche in die Haut eines Hirsches einnähen. Man legte sie in einen Steinsarg, stellte ihn in die Kirche und ließ fünfzig Psalmen darüber singen, aber der Teufel hat sie trotzdem geholt. Er hat den Sarg mit seinem Pferdefuß aufgebrochen, die Leiche der alten Hexe herausgerissen und sie mit Haken an seinem pechschwarzen Pferd befestigt.«

»Du sollst nicht alles glauben, was man dir erzählt«, unterbrach ihn Thomasina.

Rawnose starrte dreist auf Thomasinas pralle Brüste und ihre breiten Hüften, wobei er sich genüßlich die Lippen leckte.

»Kann ich dich auf ein Glas einladen, Thomasina?«

»Eher würde ich mit dem Teufel tanzen!«

Thomasina hakte sich bei Kathryn unter und führte sie durch eine enge Gasse, vorbei an den elenden Hütten der Armen. Kathryn stieg der Geruch von gekochtem Kohl in die Nase, und durch die offenen Türen konnte sie die Frauen in ihren groben Kleidern sehen, wie sie Wolle kardätschten und sponnen. Ein paar Ziegel in der Mitte der festgestampften Lehmfußböden markierten die Feuerstelle. Ein Haufen Lumpen in einer Ecke diente als gemeinsame Schlafstatt, der einzige Schmuck bestand aus einem grob behauenen Kruzifix. Kinder hockten zwischen Hundekot auf dem Boden und kauten auf schwarzem Brot herum, das mit Zwiebelsaft getränkt war. Kathryn wandte sich ab und sandte ein Stoßgebet zum Himmel. Krankheit und Seuchen würden kommen, und sie gab ihrem Vater, einem Schüler von John Gaddesden, recht, der immer behauptet hatte, daß Epidemien, Fieber und Krankheiten in diesem Dreck und Filz und bei der schlechten Nahrung einen guten Nährboden fanden. Sie bogen in die Hethenman Lane ein, die auf beiden Seiten von Verkaufsbuden gesäumt war. Hier stolzierten die einflußreichen Bürger einher: Männer in volantbesetzten Jacken und engen, bunten Kniehosen, Frauen, die ihre seidenen Unterkleider rafften, um sie nicht mit dem Unrat zu ihren Füßen zu beschmutzen. Witwe Gumple in strengem schwarzem Taft und weißer Haube rauschte erregt an ihnen vorüber. Als sie Kathryn erblickte, rümpfte sie verächtlich die Nase und zog die Mundwinkel herab. Kathryn lächelte sie freundlich an.

»Sie sieht aus«, zischte Thomasina, »als säße ihr ein Furz quer.«

Kathryn kicherte. »Thomasina, ein bißchen mehr Nächstenliebe, bitte.«

»Sie ist eine triefnasige Hexe«, wiederholte Thomasina, »der es nicht in den Kram paßt, daß Ihr als Heilkundige tätig seid und Euch nicht ihrem erlauchten Kreis von Heuchlern in der Sakristei von Saint Mildred anschließt.«

Thomasina blieb stehen und funkelte die Witwe Gumple an, die sich eilig entfernte.

»Sie ist eine Heuchlerin«, wiederholte sie. »Ich habe gehört, daß sie einem jungen Studenten schöne Augen macht, der mit Leichtigkeit bis über ihre Strumpfbänder vordringt.«

»Sch! Sch!« erwiderte Kathryn.

Sie gingen weiter und wären um ein Haar mit dem Rothaarigen zusammengeprallt, der zwischen den Buden hervorschlüpfte. Kathryn stöhnte leise und hoffte nur, daß der Marktlärm die meisten von Thomasinas deftigen Flüchen verschluckt hatte. Vor ihnen stand Goldere, der Schreiber, das aufgedunsene, pockennarbige Gesicht zu einer häßlichen Grimasse verzogen, die vermutlich ein Lächeln sein sollte. Mit seinen knochendürren, weißlichen Fingern strich er sich die dünnen roten Haare aus dem Gesicht. Mit seinen trüben Augen, der platten Nase und den verkniffenen Lippen erinnerte er Kathryn stets an ein verwahrlostes Kind. Sie fragte sich, ob mit seinen Körpersäften etwas nicht stimmte, denn es war rührend, wie er immer wieder versuchte, sich einen Bart und einen Schnäuzer wachsen zu lassen, und wie ihm stets nur ein weicher, flaumiger Milchbart wuchs, den eine Katze hätte abschlecken können, wie Thomasina immer behauptete.

»Mistress Kathryn«, sagte Goldere und lächelte sie einfältig an. »Ich freue mich so, Euch zu sehen. Seid Ihr wohlauf?«

»Wir haben's eilig«, sagte Thomasina laut.

»Guten Morgen, Master Goldere«, fügte Kathryn hinzu und versuchte, an ihm vorbeizukommen.

Der Schreiber ließ sich jedoch nicht so leicht abschütteln. Er heftete sich wie ein Schatten an jedermanns Fersen, und Kathryn bemühte sich, trotz des säuerlichen Geruchs, der von ihm ausging, nicht die Nase zu rümpfen.

»Ich möchte Euch aufsuchen, Mistress. Ich habe gewisse Beschwerden.«

»Es gibt andere Heiler, Master Goldere«, erwiderte Kathryn. »Ich bin Wundärztin und Apothekerin, nicht Euer Leibarzt.«

»Dann leistet Ihr mir vielleicht auf eine Suppe oder einen Happen zu essen Gesellschaft?«

»Master Goldere, ich bin eine verheiratete Frau!«

»Ach, und wie geht es Eurem Gemahl? Irgendwelche Nachrichten?«

Kathryn wandte sich ab. Ist Goldere der Absender der Botschaften? fragte sie sich.

»Es gibt da Gerüchte«, fuhr Goldere hinterhältig fort. »Warum tragt Ihr nicht den Namen Eures Mannes?«

Kathryn blieb stehen und funkelte ihn wütend an. Goldere trat nervös zurück.

»Master Schreiber«, flüsterte Kathryn heiser. »Ihr kennt die Gesetze. Mein Gemahl, Gott sei ihm gnädig, ist wahrscheinlich tot. Als seine Witwe kann ich auch unter meinem Mädchennamen sein Vermögen erben. Und nun, Sir, wünsche ich Euch noch einen schönen Tag!«

Sie rauschte davon, doch Thomasina trat an Goldere heran.

»Master Schreiber«, flüsterte sie.

»Ja«, schnarrte er. Vor dieser kleinen, aber gefährlichen Frau mit den stechenden braunen Augen in dem weißlichen, zu allem entschlossenen Gesicht hatte er Angst.

»Master Goldere. Seid Ihr sicher, daß Eure Gedärme in Ordnung sind?«

Der Schreiber wirbelte herum und fuhr sich mit der Hand an die Hose, die sich über sein Hinterteil spannte.

»Ich dachte nur«, fügte Thomasina hinzu. Mit einem strahlenden Lächeln folgte sie ihrer Herrin.

Sie folgten der Crimelende Street zum Krankenhaus für arme Priester, einem großen, zweistöckigen Gebäude. Pater Cuthbert, der Wächter, wartete in seiner kleinen, eichenholz-getäfelten Kammer auf sie. Er erhob sich und ergriff voll Wärme Kathryns Hand.

»Ihr seid früher da als erwartet, Mistress Swinbrooke.«

»Ich habe noch etwas anderes zu erledigen, Pater.«

»Dann kommt geschwind mit!«

Pater Cuthbert ging ihnen voran in das obere Stockwerk und betrat einen langen Saal mit poliertem Holzfußboden. An jeder Wand standen unter hohen Maßwerk-Fenstern, die mit buntem Glas gefüllt waren, aus Holz geschnitzte Bettgestelle im rechten Winkel zur Wand. Die Wände unter dem hohen Ziegeldach waren gekalkt, was den Eindruck von Geräumigkeit und Kühle noch verstärkte. Kathryn war immer wieder erstaunt über die Sauberkeit, die hier herrschte. Die Strohmatratzen hingen an Stricken, die an den vier Bettpfosten befestigt waren, damit die Luft zirkulieren konnte und der Raum seinen Wohlgeruch behielt; die kranken, alten Priester lagen auf federgefüllten Unterlagen zwischen sauberen Laken und waren zugedeckt mit schweren grauen Steppdecken.

Kathryn nahm das Tuch von dem Korb, den Thomasina trug, und überreichte Pater Cuthbert ein kleines Glas.

»Das hier ist Saxifraga und Petersilie in Ale gekocht. Es wird Pater Dunstan mit seinem Blasenstein helfen. Und was ist mit Benedikt, leidet er noch immer an Durchfall?«

Der Priester nickte und mußte über den geschäftsmäßigen Ton Kathryns lächeln.

»Er soll weiterhin guten Haferschleim bekommen« fuhr Kathryn fort, »und hiermit gefüttert werden.« Sie gab ihm ein zweites Glas.

»Was ist das?«

»Honig und Weizenmehl, gekocht in gesalzenem Fett mit etwas Bienenwachs. Das wird seinen Magen beruhigen.«

»Wieviel sind wir Euch schuldig?« murmelte Pater Cuthbert.

»Das Übliche. Ende des Monats wird Thomasina Euch wie

immer die Rechnung bringen.« Kathryn lächelte. »Ich verspreche Euch, es wird nicht so viel sein. Ist sonst alles in Ordnung hier, Pater?«

Der Priester zuckte die Achseln und warf einen flüchtigen Blick auf Thomasina, die sich auffallend zurückhielt.

»Mistress Kathryn, der Tod ist unvermeidlich. Wir können nur die letzten Stunden etwas erleichtern.« Seine traurigen alten Augen betrachteten Kathryn. »Euch geht es gut, Mistress Swinbrooke?«

Kathryn sah den freundlichen Priester lange an. In seinem bescheidenen grauen Gewand erinnerte Cuthbert mit dem lustigen Gesicht und den sorgenvollen Augen immer an ein Mäuschen, das zwar die Freuden des Frühlings genießt, aber dennoch auf der Hut ist. Ob ich es ihm sagen soll? fragte sich Kathryn. Wurde er mich von meiner Sünde lossprechen? Aber wie hätte sie beichten sollen? Wie hätte sie über einen Mord sprechen können, den sie nicht beweisen konnte? Und wie würden sie trotz des Beichtgeheimnisses nachher zueinander stehen? Sie biß sich auf die Lippen. Und was war mit ihrem Vater, den dieser Priester verehrt hatte? Pater Cuthbert war an das Sterbebett ihres Vaters gekommen und hatte seine Augen, seine Brauen, seinen Mund, die Hände und Füße mit heiligem Öl gesalbt. Cuthbert hatte ihm die Absolution erteilt und die heiligen Sakramente für diese letzte große Reise gegeben. Kathryns Augenlider zuckten, und sie wandte den Blick ab. Wußte der Priester Bescheid?

Auch Pater Cuthbert betrachtete Kathryn. Er spürte, wie traurig sie war, und wünschte sich, ihr helfen zu können. Aber wie? Er hatte sich zu ihrem Vater hinabgebeugt und seine letzten Worte gehört. Er hatte das Entsetzen in den Augen des Mannes gesehen und ihm Worte der Erlösung gewährt, ihn an die unendliche Gnade Gottes erinnert. Pater Cuthbert dachte daran, daß er den Arzt Swinbrooke jeden Morgen in der Messe gesehen hatte, und überlegte, wie er Mistress Kathryn das Geheimnis des Toten mitteilen konnte. Dazu hätte er das Beichtgeheimnis lüften müssen.

Der alte Priester kannte Kathryn von Kindesbeinen an, doch

nun standen sie sich in diesem sonnendurchfluteten Saal wie Fremde gegenüber. Sogar Thomasina, die der Priester einst geliebt hatte, schien distanzierter und zurückhaltender denn je.

»Ich muß gehen«, murmelte Kathryn abrupt. Der Priester geleitete sie hinaus.

Zwei

Als sie mit Thomasina das Krankenhaus verließ, bemerkte Kathryn, daß ihre alte Amme so still war wie immer, wenn sie bei Pater Cuthbert gewesen waren. Sie warf einen flüchtigen Blick zur Seite; Thomasina war scheu wie ein junges Ding und gab sich irgendwelchen Träumereien hin. Hatte Thomasina den Priester einmal geliebt? Liebte sie ihn noch?

Kathryn drückte Thomasinas Hand. »Eines Tages solltest du es ihm sagen«, murmelte sie.

»Was, Mistress?«

»Die Wahrheit!«

»Das habe ich schon einmal getan. Ich habe ihm gesagt, daß er wundervoll ist.« Thomasina räusperte sich, aber ihre Worte gingen im Lärm der Menge unter, als sie in die High Street einbogen, die von der mächtigen Kathedrale von Canterbury überragt wurde. Das Gedränge war hier noch dichter; Verkaufsstände säumten beide Seiten dieser Hauptdurchgangsstraße, die mit Karren, Pferden und natürlich mit ganzen Heerscharen von Pilgern vollgestopft war. Ein paar von ihnen waren allein unterwegs, andere in organisierten Gruppen. Einige trugen Alltagskleidung, andere das typische Pilgerhabit: einen flachen Hut mit Rand, einen grauen Umhang, Pilgertasche und in der Hand einen Stecken. Die meisten kamen aus den Städten und Dörfern in der Umgebung. Nur wenige waren professionelle Pilger, wie man an den Pilgermuscheln von St. Jacobus di Compostella, die sie an Hüten und Gewändern trugen, unschwer erkennen konnte, oder an der eingravierten Palme, die bedeutete, daß sie sogar schon in Jerusalem gewesen waren. Der Anblick von Menschen, die in Scharen auf das Gelände der Kathedrale strömten, um Beckets Grab zu besuchen, war nichts Ungewöhnliches. Was aber Kathryns Aufmerksamkeit erregte, waren die Bürger, die sich in ängstlichen Gruppen auf den Rathausstufen scharten.

»Wo die der Schuh drückt, muß man wohl nicht erst fragen«, murmelte Thomasina.

Kathryn nickte. »Jetzt merken die Ratsherren der Stadt, was es heißt, einen Krieg verloren zu haben«, erwiderte sie.

Sie deutete auf die Gruppen von Soldaten, von denen die meisten staubbedeckt waren, die Gesichter gezeichnet von Müdigkeit und Erschöpfung. Die Krieger Edwards von York, geradewegs von ihrer siegreichen Schlacht im Westen des Landes zurückgekehrt, konnten es kaum erwarten, diese mittlerweile in Ungnade gefallene Stadt die Autorität ihres Königs spüren zu lassen. Überall tauchte die Uniform der Yorkisten auf – Krieger, die die Weiße Rose oder den Roten Eber von Gloucester, dem Bruder des Königs, trugen. Viele Bürger der Stadt hatten zum Beweis ihrer Ergebenheit eilends in ihren Gärten weiße Rosen gepflückt und an ihre Filzhüte gesteckt. Ein paar Frauen aus der früheren Bürgerschaft trugen sie sogar im Haar. Als Kathryn und Thomasina die Stufen zum Rathaus emporstiegen, wurden sie von den herausströmenden königlichen Soldaten grob angerempelt. Die Männer trugen Kisten voller Dokumente heraus, während ein königlicher Herold eine Liste jener Bürger, die der König des Verrats beschuldigte, an die Rathaustür nagelte.

Kathryn und Thomasina traten in das muffige Dunkel des Gebäudes. Sofort wurden sie von einem königlichen Sergeanten angerufen, der unter dem rechten Auge einen häßlichen blauen Fleck und an der linken Hand eine eitrige Schnittwunde hatte.

»Was wollt Ihr hier?» fuhr er sie unfreundlich an.

Ein paar Soldaten vernahmen den Unterton in seiner Stimme und kamen näher, um sich den Spaß anzusehen.

»Ich bin Apothekerin«, antwortete Kathryn. »Ratsherr Newington hat mich herbeordert.« Sie schluckte, um ihre Nervosität zu verbergen. »Ihr seht müde aus«, fuhr sie fort, ergriff die Hand des Soldaten und drehte sie vorsichtig um, damit sie die Wunde prüfen konnte. Der Soldat war so verblüfft, daß er wie ein Kind antwortete.

»Es tut weh«, murmelte er.

»Es wird schlimmer werden«, entgegnete Kathryn. »Wenn sich die Wunde infiziert, werdet Ihr die Hand verlieren.«

»Was soll ich denn machen?«

»Reinigt die Wunde mit heißem Wasser. Gebt etwas Salz und einen Schuß Wein mit Essig hinzu. Das wird zwar furchtbar brennen, aber am Ende Eure Hand retten. Bedeckt die Wunde mit einem Verband, und wiederholt die Prozedur zweimal täglich.«

»Ist das Euer Ernst?« fragte er und riß Kathryn den Brief aus der Hand. Er hielt ihn falsch herum und tat so, als lese er ihn.

»Ich heiße Swinbrooke«, fuhr Kathryn fort, »und wohne in der Ottemelle Lane. Wenn Eure Hand in drei Tagen noch nicht verheilt ist, kommt zu mir.«

Der Soldat lächelte und entblößte sein lückenhaftes Gebiß. Seine matten Augen erwachten zu neuem Leben.

»Mach' ich doch glatt, Mistress.«

»Behalt' deine dreckigen Gedanken für dich!« unterbrach Thomasina. »Mistress Swinbrooke ist Apothekerin und Ärztin, nicht eine von denen, die hinter eurem Troß herziehen!«

Der Soldat warf Thomasina einen lüsternen Blick zu. »Sowas wie du gefällt mir«, neckte er. »Ich mag fette Weiber. Man kann sich so gut dran festhalten, wenn's hoch hergeht!«

»Ich habe mir schon größere Sachen aus der Nase geholt!« gab Thomasina gehässig zurück.

Der Soldat warf den Kopf zurück und brüllte vor Lachen. »Es gefällt mir, wenn sie frech sind«, erwiderte er.

»Oliver, sei vorsichtig!« rief einer seiner Kameraden. »Der Ire erwartet die beiden.«

Plötzlich ernüchtert, trat der Sergeant einen Schritt zurück. »Ich danke Euch, Mistress. Und jetzt beeilt Euch.«

Am Ende des Korridors, in dem sich aufgescheuchte Schreiber, verängstige Bürger und großmäulige Soldaten drängten, traf Kathryn den für ihr Stadtviertel zuständigen Ratsherrn, John Abchurch.

»Sir«, rief sie. »Könnt Ihr mir helfen?«

Der füllige kleine Mann wandte sich zu ihr um. »Mistress Swinbrooke. Natürlich. Ihr solltet Euch lieber nicht hier aufhalten.« Er zog seinen mit Wollstoff gefütterten Umhang fest um sich und schob sich näher heran. »Wir leben in bösen Zeiten.

Daß der verdammte Faunte aber auch die Lancastertreuen unterstützen mußte.«

»Was soll nun werden?«

»Faunte wird entweder den Kopf oder die Eier verlieren. Wahrscheinlich beides, und die Stadt wird eine Geldstrafe zahlen müssen. Wir werden …« Abchurch leckte sich die Lippen. »Was führt Euch her?«

»Ratsherr Newington hat mich zu sich gebeten.«

»Kommt!«

Eifrig darauf bedacht, dem Gedränge auszuweichen, führte Abchurch sie die Treppe hinauf, einen ruhigen, menschenleeren Korridor entlang und klopfte an eine große, eisenbewehrte Tür.

»Herein!«

Kathryn stieß die Tür auf, und Abchurch hoppelte wie ein Kaninchen davon. Der Raum dahinter war kühl und, da die Fensterläden geöffnet waren, von Sonnenlicht durchflutet, so daß Kathryn nach dem Dunkel im Korridor erst einmal blinzeln mußte. Kathryn erinnerte sich daran, daß sie vor Jahren einmal mit ihrem Vater hier gewesen war. In der Regel war der Raum voll mit geschäftigen Händlern, Ratsherren, Schreibern und anderen Vertretern der städtischen Ratsversammlung, aber heute war es hier seltsam still, und der Tisch im Hintergrund war leer.

»Hierher, Mistress Swinbrooke!« ertönte eine Stimme.

Kathryn sah zu der großen Feuerstelle hinüber. Dort saßen vier Männer. Ganz vorn ein alter, ehrwürdiger Mann; flüchtig nur nahm sie ein purpurnes Gewand mit kostbarem Pelzbesatz wahr. Neben ihm saß ein Schreiber. Auf der anderen Seite der Feuerstelle erkannte sie den Ratsherrn John Newington, grau und dünn wie eine Bohnenstange. Neben ihm saß ein junger Mann; Kathryn nahm langes schwarzes Haar, tiefliegende Augen und einen einfachen, flaschengrünen Umhang wahr, die Jacke und Gamaschen eines Soldaten. Alle vier erhoben sich, als sie sich ihnen zögernd näherte. Newington bedeutete ihr, sich auf einen Faltstuhl zu setzen; für Thomasina stand ein mit Stoff bezogener Hocker daneben.

»Mistress Kathryn, seid gegrüßt.«

Newington wirkte nervös, der kahle Schädel glänzte vor

Schweiß, die Augen blickten wachsam, und das Gesicht war von Erschöpfung gezeichnet. Als Kaufmann von nicht geringem Stand war Newington der allgemeinen Säuberungswelle durch die Yorkisten in der Stadt wahrscheinlich entgangen, weil er sich, wie ihr Vater einmal trocken bemerkt hatte, nie entscheiden konnte, woher der Wind wehte, welcher Politik er folgen sollte. Kathryn lächelte ihn an, als er an seinem pelzbesetzten Gewand nestelte. Sie warf noch einen Blick auf den Soldaten neben Newington; er war häßlich, hatte ein längliches Gesicht mit dunklem Teint, das Kinn sprang aggressiv hervor, die Augen lagen tief in den Höhlen, die Nase war zu scharf gezogen und die Lippen ziemlich verkniffen und starr. Ein verschlossener, schweigsamer Mann. Wäre Kathryn ihm in einer Gasse begegnet, wäre sie auf der Hut gewesen und hätte ihn für einen Gesetzlosen oder Geächteten gehalten.

»Mistress Swinbrooke?«

Kathryn wandte sich dem alten Mann zu und holte tief Luft, denn sie sah plötzlich, daß sein Gewand vollkommen purpurrot war. In der Abtei hatte sie ihn einmal in vollem Ornat gesehen. Kathryn machte schnell einen Knicks, um den Amethystring von Thomas Bouchier, Kardinal und Erzbischof von Canterbury, zu küssen. Sein breites, fleischiges Gesicht war eigentlich häßlich, aber seine Augen strahlten eine Jugendlichkeit aus, als wäre er über die Gesellschaft einer ansehnlichen Dame tatsächlich überglücklich.

»Schön, daß Ihr gekommen seid«, murmelte Bouchier mit tiefer, wohlklingender Stimme. Er zupfte an einem seiner fleischigen Ohrläppchen. »Habt keine Angst. Ich bin nicht wegen einer Exkommunizierung oder einer Befragung hierhergekommen.« Seine mit Altersflecken übersäte und von hervorstehenden Adern gezeichnete Hand war warm und beruhigend, als er Kathryn erneut berührte. »Ich habe Euren Vater gekannt, als ich Mönch war. Er war ein guter Arzt, der Herr möge seiner Seele gnädig sein!« Mit feierlichem Ernst blickte er Thomasina an. »Und du bist sicher die Magd von Mistress Swinbrooke? Und Kathryns Amme? Ich erinnere mich daran, daß er einmal von dir sprach.«

Thomasina lächelte einfältig und hielt ausnahmsweise einmal den Mund.

»Setzt Euch, bitte, setzt Euch«, sagte Newington und deutete nervös auf die Stühle.

Der kleine Mann neben dem Erzbischof kratzte sich mit tintenverschmierten Fingern an der Nase und blickte die beiden Frauen finster an.

»Ja, setzt Euch!« sagte er barsch. »Wollt Ihr eine Erfrischung?«

Kathryn schüttelte den Kopf und lächelte den ungehobelten Kerl an. Seiner verstaubten Robe und den tintenverschmierten Fingern, dem Schreibtablett und dem Tintenfaß aus Horn mit Federkielen, die auf einem kleinen Hocker neben ihm lagen, konnte Kathryn unschwer entnehmen, daß er einer der Schreiber des Erzbischofs war, vielleicht sogar sein Erster Schreiber. Ein unverheirateter Mann, der Frauen wahrscheinlich verabscheute und sich durch ihre Anwesenheit gestört fühlte.

»Schsch, Simon«, sagte der Erzbischof leise. »Nicht so grob. Wir sind auf die Hilfe von Mistress Swinbrooke angewiesen.«

Kathryn fiel ein Stein vom Herzen, als sie hörte, daß sie nicht hierhergekommen war, um Fragen nach ihrem Vater oder dem Verbleib ihres vermißten Mannes zu beantworten. Bouchier lehnte sich in seinem Stuhl zurück und blickte angestrengt zur Balkendecke empor, wobei er leicht mit dem Stuhl wippte und die Hände engelsgleich über seinem breiten Gürtel faltete. Sein Schreiber hingegen beugte sich vor, hatte die Hände ineinander verkrampft und starrte zu Boden, als wolle er Kathryns Anwesenheit schlicht ignorieren. Newington war sichtlich nervös, während sich der Soldat neben ihm halb schlafend auf seinem Sitz rekelte. Kathryn sah, daß er schmutzige Hände und ein verdrecktes Gesicht hatte und seine Stiefel und Gamaschen die Spuren einer langen Reise trugen.

»Master Newington«, sie beugte sich vor. »Ihr batet mich für heute morgen zu Euch?«

Der Ratsherr fummelte an seiner Amtstracht herum. »Mit Seiner Eminenz dem Kardinal und Erzbischof« – er machte eine leichte Verbeugung in Richtung des Prälaten – »muß ich Euch wohl nicht bekannt machen. Simon Luberon«, hierbei vollführte er eine flüchtige Handbewegung in Richtung des Schreibers, »ist Erster Schreiber des Erzbischofs.« Newington lächelte dünn. »Mich kennt Ihr ja. Und dies hier«, er wandte sich halb dem Soldaten zu, »ist Colum Murtagh, Marschall des königlichen Haushalts. Und jetzt …« Newington schluckte nervös.

»Und jetzt«, fiel Murtagh plötzlich mit leiser Stimme und leicht singendem Akzent ein. »Und jetzt«, wiederholte er, »Verwalter der königlichen Pferde, Stallungen und Weiden in Kingsmead und Sonderbeauftragter für die Stadt.«

Kathryn starrte Murtagh an. Sie kannte Kingsmead, wo die Pferde der königlichen Boten untergebracht waren. Gerüchten zufolge waren sowohl das kleine Landhaus als auch die Stallungen und Wirtschaftsgebäude wegen des Bürgerkrieges ziemlich verfallen. Die Bauern der Umgebung ließen sogar ihr Vieh auf dem königlichen Weidegrund grasen. Murtagh sah ganz so aus, als werde er diesen Mißstand schon sehr bald beenden. Sie hörte, wie Luberon ärgerlich mit der Zunge schnalzte.

»Warum bin ich hier?« fragte sie abrupt. »Warum hat man mich hierher bestellt?«

Newington verschränkte die Hände, befeuchtete seine Lippen und warf dem Erzbischof einen unruhigen Blick zu.

»Mistress Swinbrooke, in dieser Stadt sind Morde geschehen.«

Kathryn stockte der Atem.

»Schreckliche Morde, die Opfer waren allesamt Pilger.«

Kathryn öffnete den Mund, um zu sprechen.

»Habt Ihr davon gehört?« schaltete Luberon der Schreiber sich ein.

»Ich habe Gerüchte über einen Arzt gehört, der in der Schenke ›Zum Schachbrett‹ vergiftet worden sein soll.«

»Das ist der vierte Mord«, unterbrach Bouchier. »Die Opfer waren allesamt Pilger, und alle sind vergiftet worden.«

Der Erzbischof seufzte. »Zunächst ist es uns gar nicht aufgefallen. Zu viele Menschen starben am Schweißfieber. Doch dann erinnerten wir uns an eine Botschaft, die an die Tür der Kathedrale genagelt worden war.«

Bouchier wandte sich um und nickte Luberon zu, der Kathryn ein Stück Pergament reichte, das verdreckt und abgegriffen war.

»Könnt Ihr lesen?«

Kathryn überhörte die Stichelei. »Natürlich, Master Schreiber.«

Sie las die hingekritzelten Worte. Es war eine verschlüsselte Botschaft:

Beckets Grab, so grau und kraß,
Radix malorum est Cupiditas.

Kathryn machte ein erstauntes Gesicht. »Was soll das heißen: Habgier ist die Wurzel allen Übels?«

»Zuerst«, antwortete Bouchier, »dachten wir, es sei nicht weiter von Bedeutung, nur ein vollgekritzeltes Stück Pergament, das jemand an die große Tür der Kathedrale genagelt hatte. Doch allmählich erkannten wir ein Muster.«

Bouchier lehnte sich in seinen Stuhl zurück. »Es folgten weitere Botschaften. Die nächste lautete:

Ein Weber den Weg nach Canterbury fand,
gen Himmel seine Seel' ich sandt'.

»Und tatsächlich wurde in Burgate ein Weber aus Evesham vergiftet.« Der Erzbischof zuckte mit den Schultern. »Es folgten noch mehr Botschaften und Morde. Ein Zimmermann, ein Kurzwarenhändler, schließlich ein Arzt.« Er blickte Kathryn fest an. »Vor jedem Mord wurde eine Nachricht an die Tür der Kathedrale genagelt, ein Knittelvers in der Art, wie Ihr ihn gerade gelesen habt, in dem der Beruf des nächsten Opfers genannt wurde.«

»Und was habe ich damit zu tun?«

»Gar nichts«, erwiderte Bouchier ruhig. »Aber Ihr müßt verstehen, Mistress Swinbrooke, Beckets Grabmal ist berühmt, es zieht Menschen aus ganz England, ja sogar aus ganz Europa an.«

»Und das bringt Geld in die Kassen«, unterbrach Murtagh.

Bouchier wandte seinen Blick unter schweren Augenlidern dem Soldaten zu.

»Ja«, gab Newington zu. »Es bringt Gewinn. Unsere Läden, unsere Verkaufsstände, Schenken, Bethäuser, ja, die ganze Stadt verdankt ihre Blüte dem Handel mit den Pilgern. Könnt Ihr Euch vorstellen, Mistress Swinbrooke, was passiert, wenn sich diese Dinge herumsprechen?« Newington machte eine vage Geste in Richtung Fenster. »Die Menschen sterben wie die Fliegen in Kriegen oder an Krankheiten, durch Unfälle oder bei Prügeleien in einer Kneipe, aber der Giftmord an Pilgern ist etwas anderes. Die Menschen kommen zu Beckets Grab, damit sie geheilt werden. Könnt Ihr Euch vorstellen, was passiert, wenn dieser Skandal an die Öffentlichkeit kommt? Daß ein Giftmörder sich an den Pilgern von Canterbury vergreift?« Er funkelte den Soldaten böse an. »Die Dinge stehen schlimm genug wegen der Zwietracht unter den Bürgern, obwohl der Sieg des Königs im Westen die Dinge sicher wieder ins Lot bringen wird«, beeilte er sich hinzuzufügen. Er beugte sich vor. »Mistress Swinbrooke, dieser Giftmörder muß dingfest gemacht werden, bevor noch weitere Morde begangen werden.«

»Es gibt noch mehr Ärzte und Apotheker in dieser Stadt.«

»Es gibt etliche Ärzte in Canterbury und drei Apotheker«, antwortete Newington. »Obwohl einer der letzteren ernsthaft erkrankt ist.«

»Versteht Ihr denn nicht«, unterbrach Luberon, »warum wir auf Euch gekommen sind? Eine Frau!« Das letzte Wort spuckte er förmlich aus.

»Master Luberon, mein Vater hat an der Saint-Cosmos-Schule für Medizin in Paris studiert. Ärztinnen sind von der Zunft in London anerkannt. Die Ärztin der Königin Philippa von Hainault war Cecilia von Oxford.« Kathryn leierte die üblichen Argumente herunter, die sie vom Vater übernommen hatte. Bekümmert schüttelte sie den Kopf. »Ich erhebe keinen Anspruch auf Vollkommenheit«, wandte sie sich an den Erzbischof. »Ich bin Apothekerin, mal Baderin, mal Ärztin.«

»Ihr hättet als Mann zur Welt kommen sollen«, spottete Luberon.

»Wenn dem so ist, Master Schreiber, haben wir eines gemeinsam!«

Thomasina hinter ihr kicherte. Der Soldat lächelte, was seinem Gesicht einen jugendlichen, beinahe anziehenden Charakter verlieh. Newington war irritiert, aber der alte Erzbischof legte den Kopf in den Nacken und brüllte vor Lachen, als er sah, wie Luberon sich wand.

»Mistress Swinbrooke«, bat Newington, bevor der rot angelaufene Schreiber zurückschießen konnte. »Seht Ihr nicht, wo unser Problem liegt? Unser Giftmischer kann Latein. Er ist ein gebildeter Mann.«

»Woher wißt Ihr, daß es ein Mann ist?«

»Es soll genügen, wenn wir sagen, daß wir es wissen. Er kennt sich in der Medizin aus. Er muß Zugang zu Arzneien und Mixturen haben. Die Menschen, die Ihr genannt habt, diese ...«, er hustete, »einer dieser Ärzte oder Apotheker könnte unser Mörder sein.«

»Ich auch!«

Der Erzbischof beugte sich in seinem Stuhl vor. »Das glaube ich nicht.« Er schnippte mit den Fingern nach Luberon. »Hast du die Dokumente?«

»Ja, Euer Gnaden.« Der Schreiber reichte Kathryn eine kleine Rolle, um die ein rotes Seidenband gewickelt war. »Diese Papiere enthalten alle Einzelheiten, die wir kennen.« Luberon richtete sich auf. »Einer meiner Schreiber hat sie zusammengestellt.«

Erzbischof Bouchier stand plötzlich auf und deutete mit heftigen Gesten auf den Soldaten. »Meister Murtagh hier ist Ire. Er hat dem Vater Edwards von York als Page gedient und ist Marschall des königlichen Haushalts und Hauptmann der königlichen Boten geworden. Jetzt ist er für die königlichen Stallungen in Kingsmead verantwortlich. Außerdem ist er als Friedensrichter in Canterbury eingesetzt. Ich bat den König um Murtaghs Hilfe bei der Suche nach dem Mörder. Ich habe beschlossen, daß Ihr ihm dabei helfen sollt.«

Kathryn sah den Iren an, der ihren Blick jetzt offen erwiderte. Es lag etwas darin, das ihr mißfiel, etwas Kaltes, Abschätzendes, als sei sie eine Mähre auf dem Pferdemarkt.

»Ihr untersteht dieser Stadtbehörde und mir«, fuhr Bouchier fort. »Dafür und für alle anderen Dienste, erhaltet Ihr sechzig Pfund im Jahr, fünfzehn Pfund im Vierteljahr.«

Kathryn war so überrascht, daß sie nach Luft rang, während Thomasina hinter ihr aufgeregt hin und her rutschte. Sie brauchte das Geld, um Vorräte für den Laden zu kaufen, die notwendigen Reparaturen am Haus durchführen zu können, den Grabstein ihres Vaters richtig gravieren zu lassen und einen Priester für die Seelenmessen zu bezahlen.

»Seid Ihr einverstanden?« fragte der Erzbischof ungeduldig.

Kathryn nickte.

»Gut!« Bouchier klatschte in die Hände. »Die notwendigen Briefe lasse ich Euch bringen. Wir wollen die Sache vertraulich behandeln.«

»Und wenn es mir nicht gelingt, sie zu finden?«

Bouchier lächelte dünn. »Alle Mörder werden gefaßt«, sagte er leise. »Da bildet dieser hier keine Ausnahme. Er ist arrogant genug, sich zu überschätzen.«

Er ergriff Kathryns Hand und zog sie in die Höhe. Schnell warf er abschätzende Blicke nach links und rechts, und Kathryn wußte, daß dieser schlaue alte Priester seinen Mitstreitern nicht über den Weg traute. Der Mörder konnte tatsächlich jeder sein; Newington war Gelehrter, ein gebildeter Mann, Luberon ebenso. Der Erzbischof warnte sie auf dieses Weise, vorsichtig zu sein. Kathryn beugte ihr Haupt und küßte seinen Ring.

»Ich werde mein Bestes tun«, sagte sie. »Meine Herren, ich verabschiede mich.«

Sie ging quer durch den großen Saal zur Tür, Thomasina hinter ihr her. Nachdem sie die Tür hinter sich geschlossen hatten, lehnten sich beide dagegen. Kathryns Augen weiteten sich.

»Angestellt von der Stadt!« flüsterte sie gespielt prahlerisch. »Vom Erzbischof persönlich begrüßt zu werden. Vater wäre stolz auf mich.«

»Auf das Geld wäre er stolz«, antwortete Thomasina.

»Aber er wäre klüger vorgegangen als Ihr.«

»Wie meinst du das?«

Thomasina nahm ihre Herrin beiseite und ging mit ihr zur Treppe zurück.

»Es heißt, Bouchier sei ein schlauer Fuchs, und zu Recht. Er ist vielleicht ein Erzbischof, aber ich würde keinen Handel mit ihm abschließen. Luberon ist ein gemeines Stück Vieh, und Newington sieht mir so aus, als hätte er Angst vor seinen eigenen Furzen.«

»Was ist mit dem Iren?«

Noch bevor Thomasina antworten konnte, hörte Kathryn, wie jemand ihren Namen rief. Sie wandte sich um. Murtagh stand jetzt vor dem Saal, die Arme verschränkt.

»Mistress Swinbrooke, auf ein Wort.«

»Es können auch zwei sein«, antwortete Thomasina, »wenn Ihr versprecht, nicht frech zu werden.«

Murtagh kam auf sie zu. Er trug seinen Kopf hoch, bewegte sich wie eine Katze, und Kathryn schauderte. Sie war auf der Hut vor diesem Mann mit seinem dunklen Gesicht und seiner seltsamen Art. Sein forsches Auftreten und die Art und Weise, wie er Messer und Schwert, die bei jedem Schritt gegen seine Beine schlugen, in die Ringe an seinem breiten Gürtel gesteckt hatte, dokumentierte, daß er ein Soldat war, ein Mörder, eine Katze unter Tauben. Ja, dachte Kathryn, und sie mußte an jene Katze denken, die sich an einen Vogel im Garten angeschlichen hatte, genauso langsam und vorsichtig. Murtagh kam auf sie zu und Kathryn stieg der Geruch von abgestandenem Schweiß, vermischt mit Leder, in die Nase. Sie bemerkte auch die dunklen Ringe unter seinen Augen.

»Ihr solltet schlafen, Ire. Kommt Ihr von weit her?«

»Aus Tewkesbury. Ich habe drei Tage gebraucht bis hierher. Der König bestand darauf.«

Kathryn wandte sich um und ging die Treppe hinunter. Der Ire folgte ihr.

»Habt Ihr das hier gelesen?« sagte sie und hielt die Pergamentrolle hoch.

»Ich bin Soldat, kein Schreiber.«

»Könnt Ihr überhaupt lesen?« spottete Thomasina.

Murtagh grinste und ergriff blitzschnell die Hand der Magd.

»Und wie ist es mit dir? Du kannst es bestimmt. Man trifft nicht oft eine Frau wie dich, Thomasina, die schön ist und auch noch Köpfchen hat.«

Thomasina entzog ihm ihre Hand.

»Woher wißt Ihr meinen Namen?« fauchte sie ihn an.

»Newington hat ihn mir gesagt.«

»Sind alle Iren Lügner?«

»Vielleicht, aber wenn ich dich eine fette alte Sau nennen würde«, witzelte er, »wäre das wahr oder gelogen?«

»Ihr seid ein elender Sumpfnomade«, keifte Thomasina, »und habt den Arsch aus der Hose hängen. Schon mein alter Vater hat gesagt, traue keinem Iren; sie raufen, saufen und huren gern!«

»Aber Thomasina!« schaltete sich Kathryn ein. »Master Murtagh, was wißt Ihr von diesen Morden?«

Bevor Thomasina es verhindern konnte, schlüpfte Murtagh geschwind an Kathryns Seite und führte sie aus dem Rathaus ins Freie und die Treppe hinab. Die Sonne brannte, und das Getöse vom Markt in der High Street war ohrenbetäubend.

»Ich weiß nur sehr wenig«, antwortete er. »Aber hier ist weder die rechte Zeit noch der rechte Ort.« Er beugte sich zu ihr, und Kathryn funkelte ihn an.

»Und wo soll das sein?« fragte sie mißtrauisch.

»Ach du Heiliger!« Der Ire spürte ihre Abneigung und wandte sich ab. »Mistress Kathryn, ich wollte Euch nicht zu nahe treten, aber ich habe nicht viel übrig für Wirtshäuser oder Suppenküchen, und das Haus in Kingsmead ist heruntergekommen.« Er spielte mit dem Heft seines Dolches. »Seht, wenn Ihr mich zum Abendessen einladet, werde ich auch für das Essen bezahlen.«

Kathryn wurde rot. »Ich wollte Euch nicht kränken«, stammelte sie. »Natürlich könnt Ihr kommen. Es ist der Apothekerladen in der Ottemelle Lane. Eine Stunde vor Sonnenuntergang, wenn die Glocken zur Vesper läuten.«

Der Ire nickte, drehte sich auf dem Absatz um und schlenderte davon.

»Das ist mir ja ein schöner Schuft«, flüsterte Thomasina. »Aber ich wette, im Bett ist er gut.«

»Thomasina, woher willst du das wissen?«

»Das sieht man an seinen Beinen«, erwiderte die alte Amme. »Sie sind kräftig und stark. So wie die von meinem dritten. Das war das erste, was mir an ihm auffiel. Er war einer von denen, die den Sarg meines zweiten Mannes in die Kirche trugen. Ich ging hinterher und dachte so bei mir, was für schöne Beine, wie Baumstämme waren sie, und ich hatte recht!«

Kathryn mußte lächeln. Sie wandte sich dem Markt zu, spürte aber plötzlich, wie wenig sie gegessen hatte und wie müde sie war, und wie erleichtert darüber, daß kein Wort über ihren Mann gefallen war. Sie war froh, den Iren zum Essen eingeladen zu haben; ob sie ihn mochte oder nicht, sie war mit Murtagh durch die gemeinsame Jagd nach einem Mörder verbunden, der jeder von den Menschen sein konnte, die sich auf dem Markt dort unten drängten.

Drei

»Sir Thopas«, wie der Mörder sich gern nannte, stand in der Zunfttracht eines Kaufmanns, einem mit Wollstoff gefütterten Kapuzenmantel, am Rande des Buttermarktes und beobachtete die Pilger, die durch Newgate über den Friedhof für Laienbrüder der Kathedrale von Canterbury strömten, um Beckets Grabmal zu besuchen. Er griff nach der kleinen Phiole in seiner Reisetasche, während er auf die Kaufleute wartete, die an der Kirche von St. Alpheges in der Turnagain Lane vorbei durch die Palace Street kommen mußten, um dann in die Sun Street einzubiegen. Er hatte zugehört, als sie sich am Abend zuvor in der Taverne an der Burgate Lane unterhielten, kurz nach zwölf, so hatte einer von ihnen berichtet, sollten sie das Grabmal von Thomas Becket besuchen, denn sie hatten sich eine Sonderführung durch einen Subprior der Christuskirche erkauft, was ein beachtliches Privileg war.

Der Meuchelmörder lehnte sich gegen die grauen Steine einer Hauswand und schaute in die Burgate Street. Ihm war unbehaglich zumute – nicht nur wegen des warmen Wetters und des Gestanks, sondern weil so viele Soldaten in den Farben Edwards von York herumliefen. Unwillkürlich mußte er schmunzeln. Ganz Canterbury war ein einziges Chaos. Der Bürgermeister war ein Verräter und die Stadtversammlung ihres Amtes enthoben; in diesem Durcheinander konnte er seine Taten nahezu unbemerkt ausführen, und er hatte sich noch viel vorgenommen. Auf der anderen Straßenseite sah er zwei Bettler, die dort im Schatten der Mauer rund um die Domfreiheit die mageren Beine ausstreckten und mit ihren Kupfertellern klapperten, um von den Pilgern ein paar Pennies zu bekommen. Eine Gruppe Gelehrter rauschte vorüber und empörte sich über einen Metzger, der versuchte, einen Bullen an den Hetzpfahl zu binden, wo er gequält und bis aufs Blut gereizt werden sollte, bevor er geschlachtet wurde, denn die Kunden mochten es, wenn das

Fleisch vor Blut nur so troff. Thopas grinste; ihm ging es ganz ähnlich. Er war sehr gewissenhaft in der Wahl seiner Opfer, pickte sie heraus, merkte sie sich, heckte einen geschickten Plan aus, stellte eine Falle, brachte ihnen den Tod und weidete sich an ihrem gräßlichen Sterben. Leise summte er zwei Zeilen seines Gedichtes vor sich hin, verstummte jedoch abrupt, als ein vorbeigehender Mönch ihn neugierig betrachtete.

Thopas vernahm laute Stimmen und Gelächter und blickte über die Schulter in die Sun Street. Die Kaufleute, die er am Abend zuvor ausspioniert hatte, näherten sich. Trotz der Hitze trugen sie Filzhüte. Silberne Ketten zierten ihre Brust, Schnallen die staubigen Stiefel, billiger Tand glitzerte an Stulpen und Halskrausen. Bei Newgate, dem Eingang zur Abtei, blieben sie stehen. Einer von ihnen zog einen Weinschlauch hervor, den er herumgehen ließ, was von den anderen mit lautstarken Scherzen begrüßt wurde. Thopas beobachtete sie mit zynischem Lächeln.

»Sie sehen eher aus wie eine Gruppe randalierender Jugendlicher«, murmelte er vor sich hin, »nicht wie Pilger kurz vor dem Gebet.« Er kniff die Augen zusammen.

Warum auch nicht? dachte er. Niemand konnte ernsthaft einen Haufen dreckiger Knochen und verfilzter Stoffreste anbeten. Er warf einen prüfenden Blick auf die Kaufleute und suchte sein Opfer. Aha, da war er: Brust und Bauch wölbten sich vor wie bei einer aufgeplusterten Taube. Den Kahlschädel und das rosige Gesicht hatte er sorgfältig eingeölt, die fleischige Nase überragte wulstige Lippen, und die Augen, so hart wie Feuerstein, schienen ständig in Bewegung.

»Was hülfe es dir, Kaufmann«, murmelte Thopas, »wenn du die ganze Welt gewönnest und nähmest doch Schaden an deiner Seele?«

Der Mörder liebte diese Zitate. Er lehnte sich gegen die Hauswand und blickte zum Himmel hinauf. »Du Narr«, flüsterte er, erneut aus der Heiligen Schrift zitierend, »diese Nacht wird man deine Seele von dir fordern!« Wieder blickte er zu seinem auserkorenen Opfer hinüber, dessen dicke Lippen sich gerade um den Weinschlauch schlossen.

»Lasset uns essen und trinken«, murmelte er, »denn morgen sind wir tot. Du hättest besser im Himmel Reichtümer ansammeln sollen.«

Noch einmal schaute er verstohlen nach allen Seiten und vergewisserte sich, daß ihn niemand beobachtete. Als die Kaufmannsgruppe plötzlich still wurde und einer von ihnen durch das Tor der Kathedrale auf einen Mönch deutete, kam Leben in Thopas. Gemächlich schlenderte er über die Straße, stellte sich hinter die Kaufleute und mischte sich so vorsichtig unter die Gruppe, daß niemand ihn bemerkte. Er hatte diese Gruppe ausgewählt, weil sie sich aus Wollhändlern von überall her zusammensetzte, aus London, Rochester und Canterbury. Sie waren einander fremd und so selig über ihren Ausflug, daß sie einen Fremden mehr kaum wahrnehmen konnten. Sie würden ihn ebenfalls für einen privaten Besucher halten. Die Tore der Kathedrale öffneten sich, ein Mönch trat auf sie zu und sprach mit dem Leiter der Gruppe, wobei er flink die kleine, klingende Börse einsteckte, die man ihm reichte. Er verzog das Gesicht, das einem Totenschädel glich, zu einem Lächeln und offenbarte mehrere Zahnlücken. Er verbeugte sich, murmelte eine Begrüßung und bedeutete ihnen, ihm zu folgen. Als der Subprior sie über den Friedhof für die Laienbrüder führte, wies er sie auf zwei der großen Türme der Kathedrale hin. Am Weihwasserbecken in der Mitte des Friedhofes hielten sie kurz an und betraten anschließend durch das südliche Portal die Kathedrale. Der Subprior deutete auf die Statuen der drei Ritter über dem Eingang.

»Das sind die drei, die den schrecklichen Mord an Becket verübt haben«, verkündete er.

»Warum stehen sie hier so exponiert?« wollte einer der Kaufleute wissen.

Wieder das lückenhafte Gebiß des Mönches. »Damit nie wieder ein König oder Höfling es wagt, seine Hand gegen einen Bischof oder die Reichtümer der Heiligen Mutter Kirche zu erheben«, verkündete er mit schriller Stimme.

Er funkelte die pilgernden Kaufleute so zornig an, als verdächtigte er sie eines solchen verräterischen Vorhabens. Dann führte er die Gruppe ins Hauptschiff. Der Mörder ging auf leisen Sohlen hinter ihnen her. Man hatte andere Pilger wegen dieser Sonderführung zurückgehalten, so daß das hoch aufragende Mittelschiff leer vor ihnen lag. Der Mönch führte die Besucher schnell an verschiedenen anderen Grabmalen vorbei, die er nachlässig mit flüchtigen Gesten erwähnte, als wolle er damit zum Ausdruck bringen, daß die Größe aller, die dort begraben waren, vor der Bedeutung von Thomas Becket verblaßte. Auf dem Weg den Mittelgang und die breiten Steinstufen hinauf in den Chor bestaunte Thopas die Höhe des Gebäudes. Bevor sie das Querschiff betraten, wo sich das Grabmal des Märtyrers befand, zeigte der Mönch ihnen noch andere Wunderwerke, wie die Statue Unserer Lieben Frau, vor der Becket angeblich an jenem Abend gebetet hatte, als er ermordet wurde. Daneben lag auf einem kleinen Altar auch das Schwert, mit dem die Mörder den Erzbischof enthauptet hatten.

»Ihr dürft es küssen«, verkündete der Mönch.

Die Kaufleute folgten seiner Aufforderung, doch Thopas war darauf bedacht, daß seine Lippen auf keinen Fall das rostige Stück berührten.

Danach wurden sie in die Krypta geführt. Der Mörder folgte seinem Opfer, nahm den Geruch und das großtuerische Gebaren des Mannes wahr, seine rosige Gesichtsfarbe und die Selbstgefälligkeit, die er ausstrahlte. Schon bald, dachte Thopas, wirst du nicht mehr sein, und all das hier kann dich nicht retten. Denn, wie schon der große Chaucer sagte: »Ich kann dir sagen, während du wandelst an diesem Ort, deine Seel' schon in der Hölle schmort.«

Thopas sah sich in der höhlenartigen Krypta um. Alles Unsinn. Es hatte eine Zeit gegeben, da er an die Wunderwirkung des Grabmals geglaubt hatte. Deshalb war er mit seiner von Krankheit gezeichneten Mutter hierhergekommen. Wie ein Hund war sie die Pilgerstufen hinaufgekrochen, um vor dem Grabmal zu beten und die Heilung des in ihr wachsenden Tumors zu erflehen: Eine Zeitlang war er zum Stillstand gekommen, dann aber ganz plötzlich wieder gewachsen.

»Ist Euch nicht gut?«

Thopas zuckte zusammen und mußte feststellen, daß die anderen schon weiter in die Krypta hineingegangen waren. Er spürte Panik in sich aufsteigen, denn stets hatte er seine Umtriebe so geplant, daß ihn niemand bemerkte und er auf keinen Fall auffiel. Er versuchte, in der Dunkelheit etwas zu erkennen, und atmete erleichtert auf. Der Kaufmann, der ihn angesprochen hatte, war sein Opfer.

»Nein, nein, es ist nichts«, entgegnete Thopas. »Mich hat nur die Großartigkeit dieses Ortes überwältigt.«

Sie schlossen sich der Gruppe wieder an, der gerade weitere Reliquien gezeigt wurden. Da war zunächst der gespaltene Schädel des Märtyrers zu bestaunen, dessen Stirn man freigelassen hatte, damit die Pilger sie küssen konnten. Der Rest war mit einer dicken Silberschicht überzogen. Anschließend führte man ihnen die Haare und Hemden des Erzbischofs vor, seine Schärpen und die Lederriemen, mit denen Becket sich gegeißelt hatte. Die Führung ging weiter zurück zum Choreingang, wo auf der Nordseite ein Sarg nach dem anderen geöffnet wurde. Sie alle enthielten die Überreste von Heiligen. Die mit Silber ausgeschlagenen Kisten waren voll mit Schädeln, Kieferknochen, Zähnen, Händen, Fingern und ganzen Armen, die die Pilger küssen sollten. Die meisten folgten dieser Anweisung, doch einige wandten sich angeekelt ab, als der Mönch den Überrest eines Armes hochhielt, an dem noch Fleischreste hingen.

Der Mörder seufzte erleichtert auf, als sie zum Altar gingen, um die Schätze der Kathedrale zu besichtigen: wertvolle Gefäße und Kirchengeräte. Sie durchquerten das Mittelschiff hinüber zur Kapelle des Heiligen Andrew, die vollgestopft war mit kostbaren Gewändern und Kerzenständern aus Gold sowie einem Altartuch aus Seide und einem schmuddeligen Mundtuch mit echten Blutflecken.

»Damit war der Körper des toten Erzbischofs zugedeckt«, erklärte der Mönch. »Und jetzt kommen wir zum Höhepunkt unserer Besichtigung«, fuhr er triumphierend fort. Er geleitete sie eine weitere Treppenflucht hinauf, die zu Beckets Grab in der Kapelle der Heiligen Dreieinigkeit führte. Es wurde von der vergoldeten und mit vielen Edelsteinen besetzten Statue des

Heiligen überragt. Die Kaufleute blieben ehrfürchtig stehen; ungeachtet ihres Wohlstands und ihrer Kisten voller Gold, bestaunten sie halb neidisch, halb bwundernd die Schönheit dieser Figur.

Der Subprior stieg auf eine Leiter und hob mit Hilfe eines Flaschenzugs einen Holzkasten in die Höhe, der den Schrein vor den Blicken gewöhnlicher Leute verbarg. Sogar Thopas, der an nichts glaubte und die Schätze schon oft gesehen hatte, hielt die Luft an. Der gesamte Schrein war mit Gold überzogen und sehr großen, seltenen Edelsteinen besetzt, die im Licht funkelten. Edelsteine, größer als Gänseeier, der kostbarste unter ihnen war der Stern von Frankreich, der wie loderndes Feuer leuchtete. Die Kaufleute konnten in ehrfürchtigem Schweigen diese Zurschaustellung von Prunk und Reichtum bestaunen, bis die Abdeckung wieder herabgelassen wurde und man sie nach nebenan in eine Sakristei brachte. Hier knieten sie andächtig nieder. Ein mit schwarzem Leder bezogener Kasten wurde gezeigt, der ein paar Fetzen schmutzigen Leinens offenbarte.

»Damit«, erklärte der Mönch, »hat sich der Märtyrer den Schweiß von der Stirn gewischt und die Nase geputzt.«

Den Kaufleuten verschlug es die Sprache. Einige wandten sich leicht angeekelt ab. Die Schachtel wurde wieder geschlossen, und ein Laienbruder erschien, der ein Tablett mit Weingläsern und einem Teller voller Oblaten hereintrug.

Nun schob sich Thopas vor die Gruppe, die kleine Phiole in der Linken, während die Kaufleute aufgeregt durcheinander schnatterten und tief in ihre Börsen langten, um Münzen für den Kollektenteller hervorzuholen. Thopas nutzte die Dunkelheit des Raumes und verteilte den Wein. Er gab acht, daß er sein Opfer zuletzt bediente, und als er den Becher überreichte, machte er sich das allgemeine Durcheinander der Unterhaltung zunutze und kippte das Giftpulver in den Wein. Er schwenkte den Becher ein wenig, damit es sich auflöste. Eine Weile blieb er stehen und beobachtete, wie sein Opfer den Tod trank. Dann trat er zurück in den Schutz der Dunkelheit und verschwand wie ein flüchtiger Geist aus der Kathedrale.

Kathryn Swinbrooke saß in der kleinen Schreibkammer in ihrem Haus in der Ottemelle Lane. Sie tat so, als würde sie arbeiten, derweil die rotgesichtige, verschwitzte Thomasina in der Küche mit den Vorbereitungen für eine Mahlzeit beschäftigt war. Leise verfluchte Thomasina alle Männer, besonders aber alle Sumpf-Iren, die, so zischelte sie Agnes laut und vernehmlich zu, einem die Haare vom Kopf fressen, um einen anschließend im eigenen Bett zu schänden.

»Wäre vielleicht nicht einmal das Schlechteste«, murmelte Kathryn mit einem Anflug von Lächeln. Sie lauschte Thomasinas düsteren Schilderungen, bei denen Agnes hörbar nach Luft schnappte, Beschreibungen dessen, was irische Söldnertruppen alles anrichteten, wenn ihnen ein unglückliches Mädchen in die brutalen, rauhen Hände fiel.

»Jawohl«, rief Thomasina mit Absicht so laut, daß ihre Worte auch an die Ohren ihrer Herrin in der Schreibkammer dringen mußten. »Was ich alles über die Soldaten des Edward von York gehört habe!« Sie senkte ihre Stimme zu einem Flüstern, das, so dachte Kathryn, bestimmt noch im Rathaus zu hören war. »Und weißt du was? Sie ergreifen ein Mädchen, ziehen es ganz langsam aus und binden die Hände über dem Kopf an einen Bettpfosten. Sie stehen herum und saufen und tun dann die schrecklichsten Dinge.«

»Zum Beispiel?« quietschte Agnes hoffnungsvoll.

Jetzt flüsterte Thomasina wirklich, als sie dem Mädchen die köstlichsten Leckerbissen sexueller Klatschgeschichten auftischte, die sie in ihrem langen, wechselvollen Leben gehört hatte. Kathryn schmunzelte und blickte vor sich auf den Tisch. Jemand hatte einmal behauptet, Thomasinas Mundwerk sei so groß wie die Gosse und ebenso dreckig, aber Kathryn wußte, das sie ein Herz aus Gold hatte. Doch die Bemerkungen ihrer Amme über Iren brachten ihr die Ereignisse dieses Morgens wieder in Erinnerung. Die geheimnisvollen Vorgänge, die Grund für das Treffen waren; die Aussicht auf ein höheres Einkommen, der schmierige, bedrohliche Eindruck, den das verlassene Rathaus auf sie gemacht hatte, in dem es jetzt von Soldaten nur so wimmelte. Bouchiers schlaue Augen in dem roten, von

Adern durchzogenen Gesicht; Luberon, gemein wie eine Wespe; Newington, so ängstlich, daß er jeden Moment einer Ohnmacht nahe war. Und dann dieser schweigsame, stolze Soldat mit den seltsamen Augen und dem spöttischen, bedrohlichen Gebaren.

Kathryn spielte mit der Klappe ihres Tintenfasses. Hatte sie Angst vor Murtagh? »Nein, nein«, flüsterte sie ins Dunkel hinein. Sie überlegte. Doch, sie hatte Angst, und in der Kälte ihres Herzens verfluchte sie ihren Mann. Sie mußte sich der Wahrheit stellen, die Thomasina ihr immer wieder vorhielt. Sie fürchtete sich vor Männern, und wer wollte ihr daraus einen Vorwurf machen? Alexander Wyville, der so liebenswürdig, so zuvorkommend, so aufmerksam gewesen war, als er sie umwarb. Sie dachte an ihre Hochzeitsnacht, an die Süße und Leidenschaft dieser ersten Zeit. Dann die Wahrheit. Alexander betrunken, sein Gesicht zu einer Maske des Hasses verzerrt, wenn er die Ungerechtigkeiten, die er von einem grausamen Stiefvater hatte erdulden müssen, aus seiner dunklen Seelc hervorzerrte. Sein Groll wegen der fehlenden Ausbildung. Sein Versagen bei dem Versuch, ein wohlhabender Kaufmann zu werden. Er stand dann in ihrem Schlafgemach, spritzte sich Wein aus einem Schlauch in den Mund und betete ein ums andere Mal seine Haßtiraden herunter.

Zunächst hatte Kathryn geglaubt, es sei eine vorübergehende Laune. Sie hatte ihren Vater betrunken und sentimental erlebt, aber er hatte sich immer wieder beruhigt und lustige Geschichten über einen gewissen Mönch erzählt. Bei Alexander war es anders. Wenn er betrunken war, lebte er in seinem eigenen dunklen Kerker. Kathryns Versuch einzulenken hatte den wahren Alptraum erst beginnen lassen, denn Alexander betrachtete sie von nun an als Personifizierung all dessen, was ihm seiner Meinung nach zustand und was er verloren hatte. Er wurde gewalttätig: Er schlug sie mit der Faust ins Gesicht, in den Leib; manchmal trat und peitschte er sie wie ein Schläger aus der Gosse. Am nächsten Morgen, wieder nüchtern, war er stets reumütig, doch Kathryn erkannte sehr bald, daß sie nicht einen, sondern zwei Männer geheiratet hatte.

Sie schloß die Augen und versuchte, sich auf die köstlichen, spitzen Entzückungsschreie zu konzentrieren, die Agnes von sich gab. Sie durfte nicht an Alexander denken. Denn dann sah sie wieder das Gesicht ihres Vaters vor sich. Sie atmete tief ein, lehnte sich in dem hohen Stuhl zurück und versuchte, an andere Dinge zu denken. Sollte sie sich umziehen, bevor der Ire kam? Sie spürte ein aufgeregtes Kribbeln im Bauch. Immerhin war er der Beauftragte des Königs, ein Mitglied des königlichen Haushalts: ein Junker, dem man vertraute, dem sogar der Erzbischof Respekt entgegenbrachte. Kathryn stieg der erste, würzige Geruch des Fleisches in die Nase, das Thomasina röstete, und sie schüttelte den Kopf. Nein, sie würde dem Iren ein gutes Mahl bereiten, und damit hatte es sich.

Kathryns Blick fiel auf die kleine Rolle Pergamentpapier. Sie nahm sie in die Hand und löste vorsichtig das Seidenband, mit dem sie zugebunden war. Zunächst fiel es ihr schwer, den verschnörkelten Schriftzügen einer Beamtenhand zu folgen, denn sie war abgelenkt von Thomasina, die sich immer noch lautstark über die lüsternen Absichten der irischen Sumpfbewohner verbreitete.

»Oh, sei doch still, Thomasina«, flüsterte sie vor sich hin. Sie fing noch einmal von vorn an zu lesen, und trotz des offiziellen, bürokratischen Tons des Schreibers wurde ihr allmählich das wahre Ausmaß der Bedrohung bewußt, der sie sich stellte.

Eine wahrhafte und lückenlose Darstellung der schrecklichen Morde, begangen in Canterbury an Pilgern, die das Grabmal des Heiligen Märtyrers besuchten. Das erste Verbrechen dieser Art wurde am 5. April begangen. Aylward aus Evesham, ein Weber, besuchte gemeinsam mit anderen Bürgern seiner Heimatstadt den Schrein, um am Grab des Märtyrers zu beten. Aylward war ein braver Mann, ein Pächter, sorgfältig und sauber in seinen Geschäften. Bürgermeister und Geschworene seiner Stadt haben unter Eid ausgesagt, daß Aylward ein treuer Bürger und ergebener Untertan des Königs war. Er war beliebt und geachtet. Er hatte keine Feinde oder geschäftliche Rivalen. Die Pilger aus Evesham kamen am Dienstag in Canterbury an und besuchten den Schrein am späten Mittwochmorgen. Sie schlossen sich den anderen Pilgern an, und es wurde nichts Ungewöhnliches bemerkt. Nur Gervase, ein Mitreisender des besagten Aylward, behauptete, daß ihnen ein Wasserverkäufer entgegenkam, als sie das Gelände der Kathedrale verließen. Es sei ein alter Mann gewesen, der sich die Kapuze tief ins Gesicht gezogen hatte. Er hatte den Bürgern aus Evesham Weihwasser angeboten, frisch geschöpft aus einem Brunnen in der Nähe. Der Wasserverkäufer habe erklärt, er handle aus Nächstenliebe. Die Pilger, hocherfreut ob solcher Großzügigkeit, bekamen allesamt einen Becher Wasser aus dem Faß des Verkäufers. Er habe Aylward geneckt und ihm gesagt, er sehe wie der Leiter der Gruppe aus und, wie es im Psalm heiße, »der erste soll der letzte und der letzte soll der erste sein.« Also habe Aylward als letzter sein Wasser bekommen. Der Wasserverkäufer sei verschwunden, und die Pilger seien zurück zu ihrer Herberge in Westgate gegangen, als Aylward ohnmächtig zu Boden gesunken sei und kurz darauf sein Leben ausgehaucht habe. Ein ortsansässiger Arzt, John Talbot, wurde vom Ratsherrn des Stadtviertels gerufen. Er erklärte Aylward für tot, Gott sei seiner Seele gnädig, und sagte, der Tod sei durch ein starkes Gift eingetreten. Die Pilger aus Evesham schworen, daß auf kein Mitglied ihrer Gruppe ein Verdacht fallen könne. Die Stadt ordnete eine Suche nach dem mysteriösen Wasserverkäufer an, aber man fand keine Spur von ihm.

Der zweite Mord ereignete sich zwei Wochen später. Hierüber wissen wir sehr wenig, außer der Tatsache, daß das Opfer, Osbert Obidiah, ein Zimmermann aus einem Dorf in der Nähe von Maidstone, in einer Nebengasse der Burgate Street tot aufgefunden wurde. Die Schwärze von Mund und Zunge war ein deutlicher Hinweis darauf, daß er nicht aufgrund eines plötzlichen Anfalls gestorben war, sondern ebenfalls auf schreckliche Weise vergiftet wurde.

Der dritte Todesfall folgte schon kurz danach. Ranulf Floriack, ein Kurzwarenhändler und Pilger aus Acton Burnley, aß gemeinsam mit anderen Pilgern in der Schenke »Zum geflügelten Pferd« in der Pissboil Alley zu Abend. Die Pilger besaßen nicht viel Geld und hatten Becher mit gewässertem Wein und Schüsseln mit Zwiebelsuppe bestellt, die in dieser Schenke besonders gut sein soll. Kurz nachdem er seine Schüssel leergegessen hatte, wurde Ranulf von heftigen Bauchkrämpfen befallen, und auch der Trost und Beistand seiner Freunde halfen ihm wenig – im Hof hinter der Schenke mußte er sein Leben lassen. Auch hier war eine Verdächtigung der Mitreisenden ausgeschlossen, so daß der Wirt befragt wurde. Offensichtlich war Ranulf mit Arsen vergiftet worden, dem selben Gift, das auch bei Osbert benutzt worden war. Die Schenke wurde durchsucht; keinerlei Gift oder Mixturen wurden dort gefunden. Aber der Wirt gab zu, daß nicht alles in Ordnung gewesen sei. »Seht«, erklärte er. »Ich beschäftige in der Pilgerzeit einige Schankgehilfen und Dreckweiber. Ich habe viele, oft hungrige Gäste, so daß es in meinen Küchen schlimmer zugeht als in einem Bienenstock. Eine der Schlampen hat in den paar Minuten, in denen die Pilger aus Acton Burnley bedient wurden, einen Diener in der Wirtschaft bemerkt, den sie noch nie dort gesehen hatte. Er hatte langes, verfilztes Haar, trug eine schmutzige Schürze; und sie war sich sicher, daß er die Gruppe der Pilger bedient hat.«

Das fragliche Mädchen wurde ebenfalls verhört, aber alles, was sie mitteilen konnte, war, daß sie flüchtig einen ziemlich großen Diener gesehen habe, der sich zu den Pilgern vordrängte. Sie habe ihn vorher noch nie gesehen und danach auch nicht mehr.

Der vierte Mord geschah vor kurzem, erst vor wenigen Tagen; gleich danach erreichte uns die Nachricht vom Sieg des Königs bei Tewkesbury. Robert Clerkenwell, ein Arzt aus London, war in der Schenke »Zum Schachbrett« in der Nähe der Lagerhäuser in Burgate vergiftet worden. Er hatte Rheinwein getrunken, als er plötzlich wie in einem Anfall umkippte. Sein Tod trat fast sofort ein. Geoffrey Cotterell, ein Arzt …

Kathryn blickte auf und verzog das Gesicht. Cotterell, ein geschäftiger, übler Bursche, der den Reichen diente und sich sonst um niemanden auch nur einen Deut scherte. Ihr Vater hatte immer behauptet, er sei ein Scharlatan, und sich heimlich über Cotterells hochnäsige Art und seine auffällige Kleidung lustig gemacht. Kathryn wandte sich wieder dem Schriftstück zu.

Cotterell fuhr der Schreiber fort, *war in der Nachbarschaft gewesen.* Kathryn nahm einen Federkiel zur Hand und unterstrich das Wort »Nachbarschaft«. *Er untersuchte den toten Arzt und stellte fest, daß die Haut so kalt und feucht war, daß man ihm eine ordentliche Portion eines heimtückischen Giftes, wie zum Beispiel Fingerhut, eingeflößt haben mußte, welches unmittelbar zu Herzstillstand und Tod führte. Wieder wurden die Pilger befragt. Eine Durchsuchung ihrer Habseligkeiten verlief erfolglos. Keiner konnte für die Tat verantwortlich gemacht werden. Eine oberflächliche Durchsuchung der Schenke »Zum Schachbrett« wurde ebenfalls durchgeführt und, Rätsel über Rätsel, ein ähnlicher Aufwäscher wie der, der im »Geflügelten Pferd« gesehen wurde, hatte den toten Arzt und seine Tischnachbarn bedient.*

Hier brach das Schriftstück ganz plötzlich ab. Kathryn las es noch einmal, wobei sie die Worte nachsprach. Dann stand sie auf und ging in die Küche, verblüfft über die Ruhe, die dort eingekehrt war. Thomasina und Agnes waren in den Garten gegangen, um Kräuter zu sammeln. Jetzt war Agnes gerade dabei, die Blätter von den Stengeln zu lösen, während Thomasina die Kräuter mit einem kleinen Holzstößel in einem hölzernen Mörser zerrieb. Kathryn lehnte sich an den Türbalken und sah ihnen zu. Agnes konnte sich kaum auf ihre Arbeit konzentrieren, sondern starrte mit großen, runden Augen Thomasina an, die auf der niedrigen Gartenmauer saß und das junge Mädchen noch immer mit den sexuellen Gepflogenheiten irischer Söldner erfreute. Kathryn streckte sich und beschloß, einen besseren Stuhl zu kaufen, vielleicht einen mit Polster und Bezug. Sie nahm einen Zinnbecher und schenkte sich aus einem Krug Wasser ein, stand da und sog genüßlich die Düfte des über dem Feuer brutzelnden Fleisches ein. Gedankenverloren ging sie wieder in ihre Kammer und nahm kleine Schlucke aus dem Becher. Der Ire würde mit Sicherheit Fragen stellen, aber was konnte sie ihm schon sagen? Die ganze Sache beschäftigte sie und wühlte Erinnerungen auf … an etwas, was sie gelesen hatte – oder hatte ihr Vater es ihr erzählt? An der Tür zu ihrer Schreibkammer blieb sie stehen. Wie ging der Knittelvers noch?

Beckets Grab, so grau und kraß
Radix malorum est Cupiditas.

Dieser Vers erinnerte sie an etwas. Und warum suchte der Meuchelmörder seine Opfer nach dem Beruf aus? Sie erinnerte sich an den anderen Reim.

Ein Weber seinen Weg nach Canterbury fand,
gen Himmel seine Seel' ich sandt'.

Kathryn schüttelte den Kopf und setzte sich an den Tisch. Wie hätte Vater das Problem angepackt? Hier, in seiner Schreibkammer, spürte sie seine Nähe ganz deutlich, als würde er neben ihrem Stuhl stehen und sich über sie beugen.

»Kathryn«, pflegte er zu sagen, »bedenke stets, daß wir Ärzte nichts wissen. Wenn du einen rauhen Hals hast, gebe ich dir eine Mischung aus Honig und Kräutern. Ich weiß, es wird dir helfen, aber ich kann nicht sagen, warum. Wenn du dir den Arm brichst, kann ich ihn schienen; in der Regel verheilt er, aber ich kann nicht erklären, warum. Ein guter Arzt kann nur beobachten, untersuchen und Schlüsse ziehen. Schau auf das, was offenkundig ist. Die Augen eines Mannes, der Zustand seiner Fingernägel und seiner Haare, die Art und Weise, wie er sitzt, wie er atmet.«

Kathryn blickte wieder hinunter auf das Memorandum des Schreibers. Vielleicht sollte sie dieselben Regeln auch hier anwenden. Sie nahm ein Stück Pergament zur Hand und glättete es. Was konnte sie bisher feststellen?

Vier Männer waren umgebracht worden, vergiftet alle vier. Mindestens zwei Gifte waren verwendet worden: Fingerhut und Arsen. Es gab kein erkennbares Motiv, keinen Hinweis auf eine mögliche Verbindung zwischen Mörder und Opfer. Alle waren als Pilger nach Canterbury gekommen; folglich haßte der Verfasser der anonymen Knittelverse offensichtlich den Schrein, hielt ihn für einen Mummenschanz und war entschlossen, sich auf eine vertrackte Art und Weise an ihm und der ganzen Idee des Pilgerwesens zu rächen. Schließlich wählte er seine Opfer nach ihrem Beruf aus. Warum?

Kathryn verfiel in einen Tagtraum. Mit halbem Ohr vernahm sie, wie Thomasina und Agnes wieder ins Haus kamen. Die

Düfte aus der Küche wurden immer verlockender, während Kathryn auf ihre Notizen niederblickte. Sie nahm die Feder, tauchte sie in die grüne Tinte und schrieb vorsichtig:

»Der Mörder – ein Mann? Jemand, der sich als niedriger Diener verkleiden und unbemerkt in der Menge aufhalten kann. Dennoch muß er intelligent sein, gebildet und einigermaßen wohlhabend. Er kann Knittelverse verfassen, weiß eine Menge über Gifte und hat Zugang zu reichhaltigen Vorräten.« Kathryn hielt inne und unterstrich die letzten Worte. Träge drehte sie das edelsteinbesetzte Armband herum, als es im Licht aufblitzte. Es konnte nur eine Schlußfolgerung geben: Der Giftmörder mußte entweder Apotheker oder Arzt sein.

Kathryn ging in den Aufzeichnungen zurück und untersuchte die Einzelheiten des letzten Todesfalles, des Arztes Robert Clerkenwell, in der Schenke »Zum Schachbrett«. Er hatte Rheinwein getrunken, der hell und klar war. Sein herbes Bukett würde den Geschmack des Fingerhutes überlagern, und da dieses Gift in zerstoßenem weißem Pulver erhältlich war, würde es sich in wenigen Sekunden auflösen. Als Apothekerin wußte Kathryn genau, daß Fingerhut in winzigen Dosen dazu verwendet werden konnte, ein krankes Herz zu stärken, in größeren Mengen jedoch zu Ohnmacht und Tod führte. Nur ein ausgebildeter Arzt oder Apotheker konnte wissen, daß man Fingerhut ein paar Sekunden lang auflösen mußte, bevor er getrunken werden konnte. Sie legte die Feder zur Seite. Der Giftmörder, überlegte sie, mußte jemand sein, der in Canterbury selbst oder in der Nähe wohnte, jemand, der sich in den Straßen und Gassen auskannte, der verschwinden, sich verbergen und in einer anderen Verkleidung wieder auftauchen konnte. Aber warum? Wozu die Reime? Warum haßte er den Schrein? Aufgeschreckt durch ein Klopfen an der Tür und die barsche Stimme von Colum Murtagh, der Einlaß begehrte, sprang Kathryn auf.

Vier

Colum trat ein und blieb gleich hinter der Türschwelle stehen. Thomasina stand mit einer Schöpfkelle in der Hand neben ihm, und Agnes lugte hinter ihr hervor, als sei der Ire gekommen, um zu plündern und zu rauben.

»Master Murtagh, seid willkommen.«

Der Ire blickte Kathryn an, die plötzlich verlegen wurde. Murtagh hatte sich bei der Vorbereitung auf seinen Besuch alle Mühe gegeben. Sein Haar war geschnitten, er hatte sich gewaschen und rasiert, und sein sonnengebräuntes Gesicht sah jetzt sauber, offen und blankpoliert aus. Auch seine Kleidung hatte er gewechselt: Er trug ein steifes Leinenhemd unter dunkler Samtjoppe mit silbernen Knöpfen an den Rockumschlägen und eine frische braune Tuchhose, die in blanken schwarzen Reiterstiefeln steckte. Seinen breiten ledernen Kriegsgürtel trug er noch immer, und an einem Messingring hingen Schwert und Dolch in ihren Scheiden. Auf ihnen ruhten seine Finger, als wollte er sich versichern, daß alles in Ordnung war. Kathryn bat ihn an den Tisch, der inzwischen gedeckt war.

»Master Murtagh«, wiederholte sie, »seid herzlich willkommen.«

Er hüstelte und trat auf sie zu. Mit der einen Hand faßte er in sein Wams. Er zog ein langes Stück blauer Seide daraus hervor und überreichte es Kathryn mit hastiger Geste.

»Das ist für Euch, Mistress.«

Seine Hand fuhr wieder an den Dolch, als rechnete er damit, daß Kathryn das Geschenk zurückschleudern würde. Kathryn ließ den seidigen Stoff langsam durch die Finger gleiten. Er gefiel ihr.

»Es ist ein Schal«, verkündete Colum schroff, während er seinen Blick durch die Küche wandern ließ. »Es ist lange her, Mistress, seit mich jemand zum Essen eingeladen hat.«

»Wen wundert's«, flüsterte Thomasina.

Kathryn faltete die Seide sorgfältig zusammen und achtete nicht auf Agnes' bewundernde Ausrufe.

»Der gehört doch einer anderen«, brummelte Thomasina.

Kathryn funkelte ihre Magd zornig an und strich sanft über die Seide. »Er ist sehr schön.« Sie wollte gerade »Master Murtagh« hinzufügen, als der Ire leicht ihren Handrücken berührte.

»Colum, ich heiße Colum.«

»Und sie ist Mistress Swinbrooke«, unterbrach Thomasina kratzbürstig.

Kathryn schmunzelte und bat Agnes, das Geschenk in ihre Kammer zu bringen. Colum entspannte sich und war auf einmal nicht mehr Soldat, sondern ein ziemlich verlegener Mann. Er kramte wieder in seiner Jacke und zog einen zarten silbernen Armreif hervor, der an beiden Enden kleine Kugeln hatte. Ehe Thomasina es verhindern konnte, ging Colum behende zu ihr herüber und streifte ihn vorsichtig über ihr pummeliges Handgelenk.

»Und das ist für dich«, murmelte er.

Thomasina fehlten ausnahmsweise einmal die Worte. Sie öffnete den Mund, um zu protestieren, fing aber Kathryns warnenden Blick auf und stapfte unter lautem Gemurmel über das Essen, das anbrennen würde, wieder zur Feuerstelle.

Es wurde eine merkwürdige Mahlzeit. Thomasina war eine ausgezeichnete Köchin, aber Kathryn hatte schon lange keinen Gast mehr gehabt. Natürlich hatten Thomasina und Agnes auch für sich selbst gedeckt, fest entschlossen, den Iren im Auge zu behalten und jede seiner Bewegungen mit kritischem Blick zu verfolgen. Anfangs ging es um belanglose Dinge; das Wetter, die Getreidepreise. Colum warf hin und wieder eine Frage ein, über die Stadt Canterbury, ihre Gebäude, Bewohner und Bräuche. Er sah Kathryn kaum an, sondern richtete die meisten Fragen an Thomasina oder Agnes. Kathryn ließ der Unterhaltung ihren Gang, während sie den Iren verstohlen musterte. Auch wenn er mit sichtlichem Appetit aß, so fand er doch Zeit, Thomasina Komplimente für ihre Kochkunst zu machen, aß mit Messer und Gabel und benutzte sein Mundtuch wie ein Höfling. Kathryn biß sich auf die Lippe und beschloß, keine voreiligen Urteile zu fällen. Der Ire war Marschall des Königs, und er war mit Sonderaufgaben betraut, so daß er sich in der höfischen Etikette zweifellos ebensogut auskannte wie in den Gesetzen des Krieges.

Schließlich war das Mahl beendet. Agnes, die recht tief ins Glas geschaut hatte, fielen vor Müdigkeit die Augen zu. Kathryn schickte sie zu Bett und überließ es Thomasina, den Tisch abzudecken. Während diese die Teller, Tranchierbretter, Schüsseln und Platten abräumte und in die Spülküche trug, rückte der Ire seinen Stuhl ein Stück zurück und nippte genüßlich von seinem Wein. Seine dunklen, tiefliegenden Augen fingen Kathryns Blick auf und hielten ihn fest.

»Gefällt Euch die Seide, Miss Swinbrooke?«

»Ich heiße übrigens Kathryn. Ja, sie gefällt mir. Es war sehr freundlich von Euch.«

Der Ire lächelte, als wäre es nicht weiter von Bedeutung. Kathryn hätte ihn zu gern direkt gefragt, ob er die Geschenke gekauft hatte oder ob es nur Beutestücke aus einem geplünderten Haus oder aus den Zelten des Feindes waren.

»Ich habe beides in London gekauft«, sagte er ruhig, als habe er ihre Gedanken erraten. »Ich bin kein Dieb, Kathryn, und in Irland ist ein Geschenk ein Unterpfand der Freundschaft. Was ich habe, halte ich fest.« Seine Stimme wurde hart. »Und was ich festhalte, gehört mir.«

Kathryn wich seinem Blick aus. Hoffentlich würde Murtagh nicht sehen, wie sie vor Verlegenheit an Hals und Wangen rote Flecken bekam.

»Wie ist man ausgerechnet auf mich gekommen?« fragte sie schroff.

Colum verzog das Gesicht. »Warum nicht? Man hat mir gesagt, Ihr hättet einen guten Ruf als Ärztin. Noch dazu als eine, die sich sehr gut auf Kräuter und die Zubereitung von Mixturen versteht. Die meisten Ärzte, die ich bisher kennengelernt habe, sind Quacksalber oder Scharlatane.«

»Es wäre vielleicht einfacher gewesen, wenn man einen Mann gewählt hätte.«

Colum stellte den Weinbecher wieder auf den Tisch und beugte sich vor.

»Newington hat Euch empfohlen. Ich habe Nachforschungen angestellt, und obwohl dieser Hagestolz von Luberon ein hochnäsiger kleiner Pedant ist und Bouchier ein Priester, so haben sie doch beide die Aussagen des Ratsherrn bestätigt. Und bevor Ihr fragt, Kathryn: Mir macht es keine Schwierigkeiten, mit einer Frau zusammenzuarbeiten, die sich mit Heilkunde beschäftigt. In Irland sind alle Heilkundigen weise Frauen.« Er sah zur Seite, hob dann wieder den Blick und grinste. »Aber sie sind nicht so anmutig wie Ihr.«

Kathryn erwiderte sein Lächeln.

»Und wie lange seid Ihr schon von Irland weg, Colum?«

Murtagh reagierte defensiv. »Fünfzehn Jahre.«

»Ihr wart die ganze Zeit seither königlicher Marschall und Bote?«

Colum atmete tief ein. »Ich war Mitglied des königlichen Haushalts bei dem Vater des jetzigen Königs.« Er zuckte mit den Schultern. »Ihr wißt, wie es so geht. Ich konnte gut mit Pferden umgehen.«

Er schob den Weinbecher auf dem Tisch hin und her. Kathryn fiel auf, wie stark seine braunen, gedrungenen Finger waren. Sie sah, wie sich seine Muskeln anspannten, und wußte, daß der Ire den Schleier über seiner Vergangenheit nicht lüften wollte.

»Und jetzt seid Ihr Hüter der königlichen Stallungen in Kingsmead?«

Colum lachte freudlos. »Stallungen!« rief er. »Das Herrenhaus ist verwaist, die Ställe halb zerfallen und verdreckt. Die Weiden stehen zu hoch, die Zäune sind entzwei. Das Ganze sieht eher wie Ödland aus!«

»Und was ist mit der Aufgabe, den Mörder zu finden?«

Colum lehnte sich in seinem Stuhl zurück. »Davon wißt Ihr so viel wie ich. Seht«, fuhr er rasch fort, »die Haltung seiner Majestät des Königs gegenüber Canterbury ist die eines Vaters, der sein Lieblingskind züchtigen will oder zumindest seinen Bürgermeister, Nicholas Faunte, der sich für die Lancastertreuen entschieden hatte. Faunte muß um jeden Preis verfolgt werden, und wenn man ihn fängt, wird er hängen. Die Stadt muß bestraft werden, doch Beckets Grab ist ein Juwel der Krone. Der König, der Erzbischof, die Mönche der Kathedrale wollen es schützen und können keinem dahergelaufenen Meuchelmörder gestatten, nach Belieben zuzuschlagen wie ein Todesengel.«

»Warum glaubt Ihr, daß es ein Mann ist?« unterbrach Kathryn ihn. »Es könnte ebensogut eine Frau sein.« Sie beugte sich vor und stützte sich mit den Unterarmen auf den Tisch. »Ihr habt keinen Beweis, daß ich es nicht bin.«

Colum schnippte einen Brotkrümel vom Tischtuch.

»Wir haben darüber gesprochen. Ihr seid keine Mörderin, Mistress. Außerdem reden die Zeugen, die wir haben, alle von einem Mann. Seid Ihr denn mit uns der Meinung, daß der Mörder ein Arzt sein muß?«

Kathryn nickte. »Nur ein Arzt oder ein versierter Kräutersammler weiß, wie man Arsen oder Fingerhut dosiert«, entgegnete sie. »Diese Gifte sind kostbar, also ist unser Mörder ein wohlhabender Mann und hat einen reichhaltigen Giftvorrat. Außerdem kennt er sich so gut in Canterbury aus, daß er durch Seitenwege und enge Gassen schlüpfen kann, wann immer er will. Er kann sein Aussehen verändern, und die Knittelverse zeigen, daß er Bildung genossen hat. Daher gebe ich Euch recht, Colum, unser Mörder ist wahrscheinlich ein Arzt. Aber wer er ist und warum er tötet, ist ein Rätsel.«

Colum trommelte mit den Fingern gegen sein Kinn. »Ja«, sagte er leise. Er hielt inne und blickte sich um. »Wo ist denn die immer wachsame Thomasina?«

»In der Spülküche, Ire!« ertönte laut die Stimme der Magd. »Und glaubt mir, ich verstehe jedes Wort!«

Kathryn hatte Mühe, nicht laut zu lachen. Colum grinste in Richtung Spülküche. Dann nahm er, ohne zu fragen, den Weinkrug aus Zinn und füllte sowohl Kathryns als auch seinen Becher bis an den Rand.

»In vino veritas«, murmelte er. »Im Wein liegt Wahrheit, Mistress Swinbrooke. Sagt mir, was veranlaßt einen Mann, den Schrein so sehr zu hassen, daß er einen Mord nach dem anderen begeht, blind vor Rache?« Mit schmalen Augen blickte er Kathryn an. »Menschen töten aus zweierlei Gründen.« Er nahm den Weinbecher in die Hand und betrachtete ihn. »Sie töten, weil sie dafür bezahlt werden; vielleicht gehöre ich zu denen. Wild um sich schlagende Soldaten im Krieg, die für eine Sache kämpfen, an die sie nicht einmal recht glauben, nur daß es ihnen Gewinn bringt, ihre Börsen mit Silbermünzen und ihre Bäuche mit Nahrung füllt und sie ein Dach über dem Kopf haben. In Tewkesbury hingegen kämpften die Großen aus anderen Gründen, nicht nur um Macht und Wohlstand, sondern aus Haß gegeneinander.« Er blickte Kathryn scharf an. »Ich war dort, als die Adligen der Lancastertreuen sich in der Abtei ergaben. Habt Ihr davon gehört?«

Kathryn schüttelte den Kopf.

»Sie haben sie herausgezerrt«, fuhr Colum fort. »Das waren keine großen Adligen mehr, sondern geschlagene, zerstörte Männer. Der Bruder des Königs, Richard von Gloucester, saß auf einem großen Stuhl vor der Abtei und sprach sie des Verrats schuldig. Eilig trieb man sie vor sich her auf den Marktplatz, und an diesem Abend schlief ich ein mit dem Geräusch der Henkersaxt in den Ohren, die Köpfe von Körpern trennte.«

Kathryn beobachtete ihn genau. Der Wein hatte seine Zunge gelöst, denn Colum redete, als sei er allein. Ihr fiel auch auf, wie still Thomasina in der Spülküche geworden war.

»Menschen töten, weil es ihnen gefällt«, sagte Colum leise. »Und warum gefällt es ihnen? Weil sie hassen. Und was ist Haß anderes als erkaltete Liebe?« Durch eine heftige Bewegung verschüttete er Wein auf seine Hose, die er ärgerlich abwischte. Er sah Kathryn offen an. »Unser Mörder ist jemand, der den Schrein haßt, weil er von ihm enttäuscht wurde. Ein Arzt, der einmal viel Vertrauen in ihn gesetzt hat, ihm aber jetzt die Schuld für irgendein schreckliches Ereignis gibt. Was meint Ihr, Mistress Swinbrooke?«

»Aus welchem Grund habt Ihr gekämpft?« fragte sie kurz.

Der Ire lächelte, aber seine Augen blieben hart. Kathryn wich seinem Blick aus. Sie mußte sich vorsehen bei diesem Mann. War er wie Alexander? Saß ein Dämon in seiner Seele, der zutage treten würde, wenn ihm der Wein zu Kopf stieg?

»Ich kämpfte, weil ich mußte«, knurrte er mit zusammenge

bissenen Zähnen. »Weil man mich dafür bezahlte. Ich würde lieber die Unwahrheit sagen, Kathryn, und behaupten, daß ich nur ein Bote war, aber ich habe einmal in einer Schlacht einen Mann getötet, einen feindlichen Späher, der mich überrumpeln wollte. Er rannte auf mich zu. Ich wendete mein Pferd und senkte mein Schwert gerade so weit, daß ich ihn genau zwischen Schulter und Hals traf.« Er fuhr sich mit der Zunge über die Lippen. »Ich sehe immer noch sein Gesicht vor mir«, murmelte er, »diesen schrecklichen, völlig überraschten Blick.« Colum kniff die Augen zusammen und blickte auf, als sei ihm plötzlich bewußt geworden, daß er zuviel gesagt hatte. »Es hätte jemand sein können, den Ihr kanntet.«

Kathryn spürte die Herausforderung in seiner Frage. »Ihr meint, es hätte auch mein Mann sein können?«

»Alexander Wyville war Anhänger der Lancastertreuen.«

Kathryn nahm die Herausforderung nicht an. »Mein Mann starb lange vor irgendeiner Schlacht«, erwiderte sie halblaut.

»Wißt Ihr genau, daß er tot ist?«

Jetzt war es an Kathryn, in ihren Weinbecher zu starren.

»Ich weiß es nicht. Ich möchte nicht darüber sprechen.«

Sie spürte, wie ihr ein Schauer über den Rücken lief. Was sollte sie sagen?

Colum betrachtete sie eingehend. Während der ganzen Mahlzeit hatte Kathryn ihre Haltung bewahrt, aber er spürte, daß das Verschwinden ihres Mannes eine schwache Stelle im Panzer dieser recht spröden, selbstbeherrschten Frau war. Oh, natürlich hatte sie gelächelt und gelacht, gegessen und getrunken, aber bis zu diesem Augenblick hatte sie nicht einmal andeutungsweise ihre wahren Gefühle gezeigt.

Colum stand auf und streckte sich, klopfte sich leicht auf den Schenkel und lockerte seinen Gürtel.

»Habt Ihr einen Garten, Miss Swinbrooke?«

Kathryn starrte ihn an. Warf er einen Köder aus? Wußte er mehr, als er hatte durchblicken lassen? Der Ire lächelte entschuldigend.

»Es ist warm«, murmelte er. »Ich glaube, die Abendluft wird uns beiden guttun.«

Kathryn erkannte, daß ihr Verhalten unhöflich war, und lächelte. Sie führte Colum hinaus, wo Wärme und Dunkelheit sie wie Samt einhüllten. Die beiden standen auf dem erhöhten Gehweg, der gleich an den Vorbau anschloß. Kathryn war froh, daß es dunkel war. Im silbrigen Licht des Mondes konnte sie die Kräuterbeete ausmachen, die weißen Blumen, die das Licht aufsogen. Dahinter aber lag der kleine, dunkle Obstgarten, die Ursache ihres heimlichen Alptraums. Colum wies auf die Kräuter.

»Ihr züchtet Eure Kräuter selbst?«

»Nicht alle«, antwortete Kathryn. »Einige kaufe ich auch, aber sie sind teuer, und die Soldaten auf der Straße treiben die Preise noch mehr in die Höhe.«

Colum lächelte wie ein Wolf und blickte Kathryn wieder an. »Ich bin froh, daß der Krieg vorbei ist«, sagte er. »Und daß ich vom Lagerleben und vom Dienst bei Hofe befreit bin.«

»Also glaubt Ihr, daß es vorüber ist?«

»Edward IV, der Herr segne ihn, wird behalten, was ihm gehört. Habt Ihr die neuesten Meldungen gehört?«

Kathryn schüttelte den Kopf.

»Die Lancastrianer sind erledigt. Margarete von Anjou wurde gefangengenommen und ihr Sohn bei Tewkesbury getötet.«

»Und der alte König?«

»Ach so, das sind die Neuigkeiten. Er starb im Tower.«

Kathryn blickte zum Himmel auf und versuchte, ihre Furcht zu verbergen. Der Ire hatte damit angedeutet, daß man den König des Hauses Lancaster ermordet hatte. Der Herrscher von Gottes Gnaden, Heinrich VI, war in diesem finsternen Kerker hinterrücks ermordet worden, wahrscheinlich von Männern wie dem hier neben ihr.

»Glaubt Ihr, daß der Mörder einen Kräutergarten hat?«

»Ja, unbedingt«, antwortete sie. »Aber da ist noch etwas.«

Colum wandte sich um und sah sie an. »Was meint Ihr?«

»Ich glaube auch, daß dieser schemenhafte Mörder ein Arzt ist, ein Mann, der sich sowohl in Canterbury als auch in der Kräuterkunst auskennt, der einen tiefen Groll gegen den Schrein in sich hegt. Doch diese Knittelverse erinnern mich an etwas anderes. Und warum sucht er seine Opfer nach ihrem Beruf aus? Warum tötet er nicht wahllos? Könnt Ihr mir das sagen, Master Murtagh?«

Colum wollte gerade antworten, als Thomasina hastig aus der Tür trat.

»Mistress! Mistress! Kommt schnell!«

Kathryn folgte ihr zurück in die Küche. Der Tisch war inzwischen gesäubert, das Feuer heruntergebrannt. Thomasina hatte sogar schon Kathryns Schneidebrett für Kräuter mit dem scharfen Messer für den nächsten Morgen bereitgelegt.

»Was ist, Thomasina?«

Die Magd reichte ihr ein kleines, viereckiges Stück Pergament. Kathryn nahm es und ging an den Tisch. Schon beim Entfalten schlug ihr Herz ein wenig schneller. Die Botschaft war dieselbe: »Wo ist Alexander Wyville? Wo ist Euer Mann? Mord ist ein Verbrechen und Verbrecher werden gehängt.« Neben den wie üblich hingekritzelten Worten war ein Galgen mit dem Spottbild einer Frau zu sehen, die am Seil baumelte. Kathryn spürte, wie Wut in ihr aufstieg. Sie zerknüllte das Pergament und warf es zornig in die Glut.

»Mistress, was ist los?«

»Nichts, Thomasina. Laß mich bitte allein.«

Kathryn sah mitgenommen aus. Ihr Gesicht war weiß wie eine Wand, die Augen schreckgeweitet. Genauso hatte sie an den Vormittagen ausgesehen, die den nächtlichen Streitereien mit ihrem Mann folgten, dachte Thomasina. Kathryns Augenlider zuckten, doch sie zwang sich zu einem Lächeln.

»Es tut mir leid, Thomasina, aber geh jetzt bitte zu Bett. Ich komme schon zurecht.«

»Nicht, solange er hier ist!« Thomasina deutete mit ausgestrecktem Arm auf Colum, der Kathryn neugierig beobachtete.

»Deine Herrin hat von mir nichts zu befürchten« schnurrte er. »Was ich von dir nicht behaupten kann! Geh jetzt, Frau!«

Thomasina funkelte Kathryn wütend an, als diese nickte. Das Gesicht hochrot vor Wut, ging die Magd rückwärts aus dem Raum und warf noch einen letzten besorgten Blick auf ihre Herrin. Kathryn hörte, wie sie den Flur entlangging und langsam die

Holztreppe zu ihrer Schlafkammer hinaufstieg; sie selbst stand da und starrte in die Flammen, die diese verhaßte Nachricht zu Asche verwandelten. Wer mochte es sein, der diese bösartigen Botschaften verschickte? Und war das letzte Geständnis ihres Vaters wahr? Sollte sie doch mit Pater Cuthbert reden? Ja, vielleicht war es nun an der Zeit. Colum nahm ihre Hand.

»Kathryn, was ist passiert? Mistress, Eure Hand ist kalt. Eiskalt.«

Kathryn funkelte ihn an. »Laßt meine Hand los, Ire!«

Colum drückte sie.

»Ire, laßt meine Hand los! Glaubt mir, Soldat, es gibt noch andere Wege, einen Mann zu töten, als mit Dolch, Schwert oder Speer! Mattglas in Wein verwandelt den Magen auch des härtesten Mannes in einen blutigen Klumpen!«

Colum ließ ihre Hand los und trat zurück. Kathryn funkelte ihn immer noch wütend an. Was, um Himmels willen, hatte er hier zu suchen mit seinem Waffengürtel, seinem Dolch und seinem Schwert? Sie war müde und verwirrt und ging zu dem hohen Lehnstuhl ihres Vaters, der vor dem Kamin stand. Sie setzte sich und blickte starr ins Feuer. Was war schiefgegangen? Das Leben hatte einst so rosig ausgesehen. Sie spürte, wie sich neben ihr etwas regte.

»Es ist besser, wenn Ihr jetzt geht«, sagte sie, ohne den Blick zu heben. »Glaubt mir, es ist am besten so.«

Kathryn hörte, wie der Ire fortging, und wartete, bis die Tür sich öffnete und wieder ins Schloß fiel. Sie schloß die Augen und schluckte die Tränen hinunter. Sie war zu grob zu Thomasina gewesen, hatte sie nicht einmal gefragt, wie die Botschaft gekommen war, und der Ire hatte es nur gut gemeint. Sie hörte, wie Murtagh zurückkam und blickte auf. Er hatte seinen Umhang übergezogen, hielt aber zwei Weinbecher in den Händen. Den einen reichte er ihr.

»Trinkt, gute Frau. Um Himmels willen, trinkt. Daß Ihr Angst habt, sieht doch ein Blinder.«

Er ging neben ihr in die Hocke und starrte in die Glut, als hoffte er, die Botschaft herausholen und lesen zu können, was diese geheimnisvolle Frau so erregt hatte.

»Ich habe es nur gut gemeint«, sagte er. »Der Herr stehe Euch bei, Mistress, ich führe nichts Böses im Schilde. Aber was Euch betrifft, betrifft nun auch mich. Ging es in dem Brief um die Morde?«

»Nein.«

»Was hat Euch dann so erschreckt?«

»Das ist meine Sache.«

»Kann ich Euch helfen?«

Kathryn nahm einen Schluck von dem Wein und blickte ihn an. Er sieht jetzt aus wie ein Junge, dachte sie, mit offenem Gesicht und klaren Augen. Vielleicht könnte er ihr sogar helfen? Dann fiel ihr ein, daß auch Alexander sie auf diese Weise angesehen hatte, am Morgen, nachdem er sich rasiert, gewaschen und den Mund ausgespült hatte, wie um sich von den Dämonen der vergangenen Nacht reinzuwaschen. Sie wandte ihren Blick ab und wappnete sich. Am liebsten hätte sie Colum angeschrien, endlich zu gehen und sie allein zu lassen. Sie dachte an den Galgen im Brief, die bedrohlichen Worte und erkannte, daß sie eines Tages, wenn nicht die Freundschaft dieses Mannes, so doch zumindest seine Hilfe brauchen würde. Aber nicht jetzt! Einem Fremden gegenüber konnte sie ihr Herz nicht wie ein schwatzhaftes Kind ausschütten.

»Ihr habt furchtbare Angst, Mistress«, wiederholte er.

Kathryn seufzte tief. »Ja, Colum. Versteht Ihr, was das Wort ›Angst‹ bedeutet?«

Der Ire atmete hörbar ein.

»Als ich ein kleiner Junge war«, begann er leise, »so zehn oder elf Lenze, war ich Page, eigentlich ein Lakai, im Herrenhaus von Gowran, einem großen weitläufigen Gut auf dem Lande in der Nähe von Dublin. Wart Ihr einmal in Irland?«

Kathryn schüttelte den Kopf.

»Es ist eine grüne Wildnis«, fuhr Colum fort. »Ein rauhes Land, mit Mooren, Sümpfen, Wäldern, aber auch ein herrliches Weideland, reich und ergiebig; mit murmelnden Bächen und Weiden voller Blumen. Der Herr auf Gowran besaß solches Land, und ich wurde in seinem Haushalt angelernt. Nun gab es dort einen Priester, einen weltlichen Mann. Die Jagd war seine große Leidenschaft. Er liebte seine Hunde und Pferde mehr als seine Pfarrkinder. Er las die kürzeste Messe, die die Christenheit je gehört hat, und machte sich um sein Seelenheil offenbar keine großen Sorgen, trank und hurte und scherte sich keinen Deut um Gott und die Menschen. Er war klein, hatte einen dicken Bauch, ein rotes Gesicht und die kältesten Augen, die ich je gesehen habe. Wegen seiner Jagdhunde nannte man ihn den Hundepriester.« Colum machte eine Pause und zog seinen Umhang fester um sich. »Ich haßte diesen Mann, allein seine Berührung verursachte mir eine Gänsehaut. Eines Tages erlitt er auf der Jagd einen Anfall und fiel auf der Stelle tot um.« Colum starrte in die kleiner werdenden Flammen der Feuerstelle. »Der Himmel weiß, warum, aber der Herr von Gowran weigerte sich, ihn in der Kirche beisetzen zu lassen. Statt dessen wurde er am Abhang eines Hügels unter einem Steinhaufen begraben.« Colum schwieg eine Weile und lauschte auf die nächtlichen Geräusche, die von der Straße hereindrangen.

»Redet weiter, Colum.«

»Der Priester wurde in der Nacht beigesetzt. Ich erinnere mich noch genau an die von Fackeln erleuchtete Prozession, an seinen Sarg, der auf einem hochrädrigen Karren stand und um den sich Männer aus dem Herrenhaus mit ihren Fackeln scharten. Wir erklommen einen Hügel. Ein scharfer Wind peitschte in unsere Gesichter, und wir hatten große Mühe, die Fackeln nicht ausgehen zu lassen. Wir versuchten, das ›De Profundis‹ zu singen, aber die Worte erstarben uns auf den Lippen. Der Himmel bezog sich. Das einzige Geräusch war das markerschütternde Geheul eines Hundes, der den Mond anbellte.« Colum hielt inne, wie um die Schrecken seiner Kindheit zu verscheuchen, die immer noch auf seiner Seele lasteten. »Wir kamen oben an«, fuhr er dann fort. »Der Sarg wurde ins Grab hinabgelassen und mit Erde bedeckt; dann rollten die Bauern große Felsbrocken darauf. Der Gutsherr versuchte, ein paar Worte zu sagen.« Murtagh sah Kathryn an. »Kein Priester war zugegen. Die Wolken ballten sich immer dichter zusammen, der Wind pfiff und tobte. Es fing an zu regnen, und die ganze Zeit hörten wir das schreckliche Geheul; schließlich bekreuzigten wir uns. Dann verließen wir jenen schrecklichen Hügel.« Colum ergriff Kathryns Handgelenk. »Als wir hinabgingen, hörte der Regen auf, der Sturm legte sich urplötzlich, und der Herr ließ die Fackeln wieder anzünden. Ich saß neben dem Kutscher auf einem Karren, und plötzlich sahen wir, daß vor uns jemand den vom Mond erleuchteten Feldweg entlangging. Ich dachte, es sei jemand, der das Begräbnis schon vor uns verlassen hatte. Der Kutscher fuhr neben ihn. Ich rief ›Guten Abend, Fremder‹.« Colums Griff um Kathryns zartes Handgelenk wurde fester. »Glaubt mir, Mistress. Als dieses Wesen im Kapuzenmantel sich umdrehte, grinste mich das weiße, häßliche Antlitz des Hundepriesters an, des Mannes, den wir gerade begraben hatten.«

Murtagh warf einen Blick in die Glut, dann sah er Kathryn wieder an. »Ach, Mistress Swinbrooke«, murmelte er. »Ich schrie und fiel in Ohnmacht. Als ich erwachte, war ich wieder im Herrenhaus, und die Frau des Gutsherrn beugte sich über mich und flößte mir Wein ein. Sie fragte mich, was geschehen sei, und da ich noch ein Kind war, erzählte ich es ihr. Sie machte ein besorgtes Gesicht, schüttelte aber den Kopf, sagte, das hätte ich mir nur eingebildet, und warnte mich, es nur ja niemandem zu erzählen.«

»Und, habt Ihr es jemandem erzählt?« fragte Kathryn.

»Nein. Ich behielt meine Gedanken für mich, aber ich wußte, daß auch andere ihn gesehen hatten. Furchtbare Dinge geschahen auf einmal in der Gegend. Der Herr von Gowran ließ neue Mauern errichten und stärkere Türen einsetzen, die nachts verriegelt wurden.« Murtagh hielt inne und atmete tief ein. »Oh, ich habe die alten Frauen über die Deargdul reden hören. Wißt Ihr, was das ist?«

Kathryn schüttelte den Kopf, und Colum merkte, wie angespannt und wachsam sie jetzt war.

»Das ist ein gälischer Ausdruck«, sagte Colum. »Grob übersetzt, bedeutet es ›Blutsauger‹.« Colum sah, wie Kathryn schauderte. »Zwei Jahre später«, fuhr er fort, »verließ ich Gowran, um als Junker im Bezirk Dublin zu dienen, aber ich wollte mich vorher meiner Angst stellen. Also ging ich an einem Nachmittag wieder auf diesen einsamen Hügel zum Grab des Hundepriesters.«

»Was habt Ihr vorgefunden?«

»Die Steine waren weggerollt worden«, flüsterte Colum. »Später entdeckte ich, daß dies unmittelbar nach dem Begräbnis des Hundepriesters geschehen war.«

»Und das Grab?«

»Eine leere Grube.«

Kathryn lächelte und warf einen flüchtigen Blick auf Murtagh.

»Ein alter irischer Trick«, sagte sie, »die eine Angst mit der anderen zu vertreiben.« Sie verschränkte die Arme und schauderte. »Eine unheimliche Geschichte.«

Colum dachte an die Hunde von Ulster und ihre lebenslange Blutrache gegen ihn. »Ich glaube, ich habe in Gleichnissen gesprochen«, erwiderte er. »Meine Ängste entspringen meiner Vergangenheit. Ich vermute, dasselbe gilt auch für Euch, Mistress Swinbrooke.« Er berührte ihr Handgelenk, und diesmal zuckte sie nicht zurück. »Aber nun muß ich gehen.« Er nickte zur Decke hinauf. »Ich wette, Thomasina liegt dort oben auf dem Boden und hat ein Ohr fest auf die Dielenbretter gepreßt.«

»Nein, habe ich nicht, Ire!« ertönte die Stimme der Magd hinten aus dem Flur. »Ich kenne Männer wie dich. Ich stehe hier mit dem größten Besen, den ich habe!«

Kathryn und Colum lachten. Der Ire deutete eine Verbeugung an und ging zur Küchentür.

»Oh«, er blieb stehen und drehte sich noch einmal um. »Ich habe auch noch Nachrichten von Euren Freunden, dem Ratsherrn Newington und Master Luberon. Sie sind die Namen aller Ärzte und Apotheker in Canterbury durchgegangen und haben eine Liste von Verdächtigen aufgestellt. Wir sollen sie morgen um elf Uhr im Rathaus treffen. Gute Nacht, Mistress Swinbrooke. Habt Dank für Eure Gastfreundschaft.«

Kathryn lächelte ihn über die Schulter hinweg an. »Auch Euch eine gute Nacht, Master Murtagh, und mögen die Engel Euch zu Eurer Schlafstatt geleiten.«

Kathryns Scherz war nicht einmal so abwegig, denn ein sehr dicker »Engel«, Thomasina höchstpersönlich, die in ihrem langen, bis zum Hals zugeknöpften Nachtgewand noch ehrfurchtgebietender aussah, geleitete ihn zur Tür und ließ sie laut und kräftig hinter ihm ins Schloß fallen, wobei sie hörbar schniefte. Colum grinste und ging vorsichtig über das Kopfsteinpflaster zu einer kleinen Schenke an der nächsten Ecke, dem »Schwarzen Matrosen«, wo er sein Pferd untergestellt hatte. Ein verschlafener Stallknecht ließ es heraustraben, und Colum tätschelte dem Tier den Hals, sprach leise zu ihm und führte es auf die Straße hinaus. Er dachte noch an die Geschichte, die er Mistress Swinbrooke erzählt hatte. Ideen und Gedanken schossen ihm wie Irrlichter durch den Kopf, Bilder aus der Vergangenheit: seine rothaarige, blasse Mutter, die sich über ihn beugte; eine alte Harfenspielerin, die ihn mit den Taten von Cu Chulainn erschreckte; ein dunkler Korridor in irgendeinem kalten, düsteren Turm in Irland; dunkelgrüne Schluchten im heftigen, schneidenden Wind; merkwürdige Kreuze mit Inschriften in einer längst vergessenen Sprache; das Donnern von Pferdehufen, blutiges Kriegsgetümmel und das Gefühl der Verlorenheit, des Verlustes der Familie. Colum wollte gerade auf sein Pferd steigen, als eine leise Stimme ihn aus der Dunkelheit auf Gälisch anredete.

»Colum Ma fiach! Colum, mein Sohn! Dreh dich nicht um. Ich bringe dir Botschaft von deinen Brüdern in Irland.«

Es war eine freundliche Stimme. Colum nahm an, daß es ein alter Mann war, und spürte, daß er nicht in Gefahr war. Die »Hunde« hätten sofort zugeschlagen.

»Sie haben dir folgende Botschaft geschickt, Colum Ma fiach: Sage Colum, wir haben ihn nicht vergessen, aber, wie es in der Bibel heißt: ›Ein jegliches hat seine Zeit, und alles Vornehmen unter dem Himmel hat seine Stunde. Streit und Friede hat seine Zeit.‹ Bedenke das!«

Colum, der eine Hand auf dem Sattelknauf liegen hatte, wartete eine Weile, bevor er sich umwandte, doch als er versuchte, in der Finsternis etwas zu erkennen, war niemand da. Er spürte, wie sich ihm die Haare im Nacken sträubten, als hätte eine eiskalte Hand ihn sanft gestreichelt. Die Stimme erinnerte Colum an das weiße Gesicht des Hundepriesters. Irgendwo hinter ihm heulte plötzlich ein Hund den Mond an. Colum stieg auf sein Pferd und verfluchte stumm die Dämonen, die ihm immer noch auf den Fersen waren.

Fünf

Am nächsten Morgen stand Kathryn früh auf. Thomasina hantierte bereits in der Küche. Sie hatte das Feuer wieder angefacht, die Metallbecher und scharfen Messer gespült und, nach Anweisungen, die ihr Kathryns Vater vor langer Zeit einmal erteilt hatte, diese Utensilien über dem Feuer erhitzt. Kathryn, in einem langen, lohfarbenen Kleid, beobachtete sie. Sie hatte vergessen, warum ihr Vater auf diesem Verfahren bestanden hatte; er hatte es immer empfohlen, nachdem er einmal in Oxford gewesen war, um die Aufzeichnungen in einer kostbaren Handschrift in der Bibliothek des Herzogs Humphrey zu studieren. Agnes ging durch die Küche wie eine Schlafwandlerin. Thomasina schimpfte mit ihr und knuffte sie sogar leicht in den Arm, bevor sie endgültig die Geduld verlor und ihr sagte, sie solle hinaus in den Garten gehen und sich an der Tonne mit kaltem Wasser Hände und Gesicht zu waschen.

Das Frühstück bestand aus Brot und mit Wasser verdünntem Ale. Zu Kathryn, die ihren eigenen Gedanken nachhing, drangen die übellaunigen, brummigen Bemerkungen Thomasinas über die Bewirtung von Soldatenärschen nicht durch. Als Thomasina merkte, daß ihre Taktik nicht wirkte, stellte sie Kathryn schließlich zur Rede, die in ihrer Schreibkammer stand, um Kräutertöpfe aus einem Regal an der Wand zu holen.

»Na, was haltet Ihr davon?« fragte Thomasina knapp.

»Wovon?«

»Kathryn, spielt nicht die Ahnungslose. Was für ein Mann ist dieser Murtagh?«

Kathryn lächelte. »Ein menschlicher«, gab sie knapp zurück.

»Und der Brief?« fügte Thomasina vorwurfsvoll hinzu. »Ach, nur die Bosheit irgendeines Dummkopfs.«

»Was steht in diesen Mitteilungen? Es war schließlich nicht die erste!«

Kathryn schloß die Augen. Sie hatte sich geschworen, nicht

über die Drohbriefe nachzudenken. Bestimmt entstammten sie der Feder eines Kranken. Vielleicht würden sie aufhören, wenn sie nicht reagierte.

»Und«, forschte Thomasina hartnäckig nach, »was ist mit dem Iren?«

»Nichts weiter. Ich mache mir kaum Gedanken über ihn.«

Thomasina stieß einen lauten Seufzer aus und stürmte hinaus.

»Und wie finde ich ihn wirklich?« murmelte Kathryn vor sich hin. Sie starrte auf den kleinen irdenen Topf, der mit einem Stück Pergament bedeckt und mit Zwirnsfaden umwickelt war. »Eigenartig«, beantwortete sie ihre Frage. »Ich finde ihn eigenartig und gefährlich.« Es klopfte an der Tür. Der erste Patient heute morgen.

Sie zog ihr Haar straff nach hinten und band es fest, brachte ihre Haube wieder in Ordnung und schlüpfte in Holzschuhe mit Lederriemen. Ihre erste Patientin war Beatrice, die Tochter Henrys, des Sackmachers. Ihr Fall ließ ahnen, wie schwierig der Tag werden würde. Henry war in kleiner Mann mit hervortretenden Augen und einem mit einzelnen, flaumigen Haarbüscheln bedeckten Kahlkopf. Mit seinen dicken Wangen und wulstigen Lippen erinnerte er Kathryn immer an einen zu groß geratenen Karpfen. Seine Tochter Beatrice, hager, bleichgesichtig, mit trübem Blick und hängendem Unterkiefer, erholte sich gerade von einem Anfall, den sie am Abend zuvor erlitten hatte.

»Was soll ich nur machen?« jammerte der kleine Mann, während er seine arme Tochter in der Küche auf einen Hocker drückte.

Kathryn setzte sich ihr gegenüber und hielt die Hand des Mädchens.

»Ihr hättet sie nicht herbringen sollen«, murmelte sie und blickte Henry flehentlich an. »Ich kann auch nicht viel tun.«

Henry trat von einem Fuß auf den anderen. »Venta, die Weise Frau, hat gesagt, man solle ihr ein Loch in den Schädel machen, um die schlechten Säfte herauszulassen«, erwiderte er.

Kathryn biß die Zähne aufeinander. Venta war eine grauhaarige, stinkende, alte Vettel. Sie lebte in den nördlichen Randbezirken der Stadt und machte ein Vermögen, indem sie gefärbtes Wasser verhökerte oder irrwitzige Behauptungen aufstellte. Kathryn schaute prüfend in Beatrices Augen und stellte fest, daß die Iris auf beiden Seiten vergrößert war. Sie nahm ein Stück Wolle zur Hand und tupfte den Speichel ab, der dem Mädchen aus den Mundwinkeln lief.

»Wenn Ihr Ventas Rat Folge leistet«, flüsterte sie sanft, »wird das Mädchen sterben. Ich habe so etwas schon einmal gesehen.«

Henry deutete auf die Schalen für den Aderlaß und ein paar scharfe Messer, die auf dem Tisch aufgereiht lagen.

»Warum kein Aderlaß?«

Kathryn warf einen Blick auf Beatrices teilnahmsloses Gesicht. »Wenn ich das mache, töte ich sie.«

Sie ging nach hinten in ihre kleine Medizinkammer, nahm zwei Stücke Pergament und schabte jeweils eine kleine Portion Pulver darauf. Dann kehrte sie in die Küche zurück.

»Mischt diese beiden mit verdünntem Wein.«

»Was ist das?« fragte Henry.

»Eine Mischung aus Passionsblume und Mohnsamen«, antwortete Kathryn und drückte die beiden Päckchen in die zögernde Hand des Sackmachers. »Tut mir leid, daß ich nicht mehr tun kann«, fügte sie hinzu. »Wie gesagt, ich kann Euch nur raten, wenn Eure Tochter so einen Anfall hat, gebt acht, daß sie flach liegt und ihre Zunge im Mund frei ist. Wenn sie sich wieder erholt, gebt ihr eine starke Brühe und einen Becher kräftigen Wein und abends diese Medizin in verdünntem Wein aufgelöst.«

Henrys Unterlippe schob sich noch weiter vor. Kathryn hatte den Eindruck, er wolle sich weigern.

»Ich bin nicht der Herrgott«, murmelte sie.

Thomasina tauchte hinter ihnen auf. »Ihr könntet auch beten«, sagte die Magd freundlich.

»Wo denn?« fragte Henry aufbrausend. »An dem Schrein etwa? Wir haben schon davon gehört; da läuft doch ein Mörder rum!«

Der Sackmacher warf seine Münzen auf den Tisch und stapfte mit schweren Schritten hinaus, die Medizin fest in der einen Hand, mit der anderen schob er seine Tochter Beatrice vor sich her.

Es kamen noch mehr Patienten. Torquil, der Zimmermann, der sich in die Hand geschnitten und die Wunde nicht hatte auswaschen wollen. Jetzt war sie voll grüngelben Eiters. Kathryn säuberte sie mit Essig und Wein. Torquil schrie auf. Thomasina wies ihn zurück, er solle sich nicht anstellen wie ein Kleinkind, und trug dann eine Mischung aus Trockenmilch und Pulver aus zerstoßenem Moos auf. Der nächste war Mollyns, der Müller, der einen Elsterschnabel um den Hals hängen hatte. Er hielt sich den rechten Unterkiefer und stöhnte ununterbrochen. Seine kreidebleiche Frau Alice, die hinter ihm herkam, schilderte seine grimmigen Zahnschmerzen mit blumigen Worten.

»Er kann nachts nicht schlafen«, jammerte sie. »Und ich auch nicht. Er ist wie ein Hund mit drei Beinen. Das Korn ist nicht gemahlen. Er schnauzt seine Kunden an und behandelt seine Gesellen wie Lehrjungen.«

»Wozu soll der Elsterschnabel gut sein?« fragte Kathryn, drückte Mollyns auf den Stuhl und bat Thomasina, die Kerze etwas näher zu halten.

»Ich habe gehört, daß man damit Zahnschmerzen heilen kann«, brummelte Mollyns.

Kathryn rümpfte die Nase. »Es stinkt. Öffnet den Mund, guter Mollyns.«

Der Müller gehorchte. Kathryn hielt die Kerze näher und gab acht, daß die Flamme nicht Mollyns' üppigen Bart und Schnurrbart versengte. Sie warf einen Blick in die Mundhöhle und versuchte, sich ihren Ekel über den säuerlichen Atem nicht anmerken zu lassen. Überraschenderweise waren Mollyns Zähne jedoch ziemlich weiß und sauber, außer einem Backenzahn, der schwarz und häßlich aus dem roten, entzündeten Zahnfleisch hervorschaute. Kathryn gab Thomasina die Kerze zurück.

»Womit haltet Ihr Eure Zähne so weiß und sauber?« fragte sie.

»Ich bin nicht wegen der verdammten gesunden Zähne hergekommen!« schnauzte der Müller und funkelte Kathryn aus seinen kleinen Schweinsäuglein wütend an. »Euer Vater hätte so eine dumme Frage nie gestellt!«

»Halt' den Mund, Mollyns!« stichelte Thomasina. »Ich kenne dich schon seit deiner Kindheit. Du hast immer schon ein großes Maul gehabt und konntest deine Hände nicht bei dir behalten. Die Zahnschmerzen sind Gottes Strafe dafür, daß du falsche Gewichte benutzt und dein Mehl mit Staub gemischt hast!«

»Nein, das tut er nicht!« schrie die Müllersfrau zurück. »Und über dich weiß ich schon lange Bescheid, Thomasina!«

»Ist gut«, unterbrach Kathryn. »Also kennen wir uns alle ganz genau. Ich habe Eurem Mann eine einfache Frage gestellt. Reinigt Ihr Eure Zähne mit Salz und Wein?«

»Das Zeugs rühre ich nicht an.«

»Er ißt gerne Äpfel«, sagte Alice und kam näher. »In einem fort ißt er sie. Wir haben einen kleinen Obstgarten. Er ißt mehr als das Schwein.«

Kathryn lächelte die Frau dankbar an und beschloß, es sich zu merken. Sie hatte dieselbe Beobachtung schon zuvor bei Falloton, dem Obsthändler, und Horkle, dem Krämer, gemacht. Sollte ihr Vater recht gehabt haben? Immer und immer wieder hatte er behauptet, daß die Mönche der Christuskirche an Zähnen und Gaumen gesund waren, weil sie mehr Früchte als Fleisch aßen. Mollyns stöhnte plötzlich auf, und Kathryn blickte auf sein vor Wut rot angelaufenes, schweißbedecktes Gesicht.

»Mollyns«, sagte sie, »da kann ich nichts machen. Der Zahn muß gezogen werden, und Ihr müßt damit zu einem Bader. Aber seht her.« Kathryn öffnete einen Kasten mit Salbe, den Thomasina stets auf den Tisch stellte. Sie nahm ein Stück gewaschener Wolle, rollte es zu einem kleinen Bällchen zusammen und tunkte es in Nelkenöl. Sie bat Mollyns, den Mund zu öffnen, und preßte es auf den schmerzenden Zahn. Der Müller schrie auf. Dann reichte sie der Müllersfrau eine Phiole Öl.

»Bis er zu einem Bader geht und sich den Zahn ziehen läßt, wiederholt den Vorgang mittags und vor dem Zubettgehen.«

Kathryn rümpfte plötzlich die Nase. Schuldbewußt sah Alice sie an.

»Was ist, Mistress?«

Kathryn trat näher an Alice heran und sah Thomasinas angekelten Blick.

»Alice, geht es Euch gut?«

»Warum?«

»Woher kommt dieser gräßliche Geruch?«

Alice warf einen flüchtigen Blick auf ihren Mann, der sich aber auf seine Schmerzen konzentrierte, nachdem das Öl jetzt eingedrungen war und die Fäulnis in seinem Zahn beruhigte. Alice berührte ihren Kopf.

»Er tut mir weh«, flüsterte sie.

Kurz entschlossen zog Kathryn Alice die Kapuze vom Kopf und sah, daß das graue Haar der Frau mit einem dicken, schmalzigen Belag bedeckt war.

»Was habt Ihr denn da aufgetragen?« rief Kathryn aus.

»Die Schmerzen fingen an«, stöhnte Alice, »als sein Zahn anfing, weh zu tun. Da hab ich ...«

Kathryn kam näher und roch an ihren Haaren. »Oh nein, Alice, nicht das!«

Zerknirscht wandte die Müllersfrau den Blick ab.

»Ziegenkäse!« rief Kathryn. »Ihr habt Euch den Kopf mit Ziegenkäse eingerieben!« Sie verbarg ein Lächeln. »Alice, kommt her.«

Die Müllersfrau, die jetzt ein wenig Angst hatte, kam näher.

»Habe ich etwas falsch gemacht?« jammerte sie.

»Allerdings«, sagte Thomasina und entfernte sich eilig.

»Was passiert jetzt?«

»Komm mal her« sagte Kathryn freundlich. Und während der Müller stöhnend auf einem Hocker saß, drehte Kathryn die Frau mit dem Rücken zu sich und fuhr ihr behutsam mit den Händen über Nacken und Schultern. Die Muskeln waren verspannt und hart. Kathryn streichelte sie sanft, und Alice stieß einen Seufzer der Erleichterung aus.

»Oh, Mistress, das tut gut.«

»Die Körpersäfte in Eurem Nacken sind nicht in Ordnung«, erklärte Kathryn. »Habt Ihr Kinder?«

Alice drehte den Kopf nach hinten und lächelte.

»Vier Jungen und drei Mädchen«, sagte sie stolz.

»Und wenn sie hinfallen, was macht Ihr dann?« wollte Kathryn wissen.

»Ich reibe ihnen die Knie.«

»Da machen wir beide das gleiche«, murmelte Kathryn.

»Reibt Euren Nacken fest mit der Hand. Wascht diese schmierige Masse aus den Haaren. Trinkt einen großen Becher Rotwein, bevor Ihr zu Bett geht. Achtet darauf, daß Euer Kopf richtig auf dem Kopfpolster liegt, und die Schmerzen werden verschwinden.«

Alice nickte und lächelte, aber das Lächeln verging ihr sofort, als ihr Blick auf ihren Mann fiel. Sie zerrte ihn an der Schulter.

»So, mein lieber Mann, und du läßt dir jetzt den Zahn ziehen, bevor du uns alle verrückt machst!« Ärgerlich schob Alice ihren stöhnenden Mann vor sich her aus dem Haus.

In der nächsten Stunde mußten sich Kathryn und Thomasina mit einer Reihe kleinerer Leiden befassen – Schnittwunden, Prellungen und andere Beschwerden. Verzweifelt blickte Kathryn auf die Stundenkerze auf ihrem Eisendorn neben der Spülküche. Sie hatte mehr zu tun als erwartet und würde es nicht mehr schaffen, Pater Cuthbert im Krankenhaus für arme Priester zu besuchen. Colum Murtagh kam ihr wieder in den Sinn, und sie spürte einen Anflug von Beklommenheit in der Magengegend. Colum hatte sich den ganzen Morgen wie ein Schatten durch ihre Gedanken bewegt, und sie war zu dem Schluß gekommen, daß er eine sehr wechselvolle Natur hatte – ein Mann der Gewalt, der versuchte, in Frieden zu leben. Er hatte noch andere Gefahren mit sich gebracht. Einer ihrer Patienten hatte bereits die Morde von Canterbury erwähnt – also waren die Neuigkeiten bereits im Umlauf.

»Was ist mit Euch, Mistress?« unterbrach Thomasina ihre Gedanken.

Kathryn schüttelte sich, wachte aus ihren Tagträumen auf und merkte, daß sie mit einem Glas Salbe in der Hand dastand und Löcher in die Luft starrte.

»Thomasina, der Ire macht mir keinen Kummer, aber die Sache im Rathaus.«

»Ach die, das sind nur ein paar fette Männer«, spottete ihre Magd. »Nehmen wir den Erzbischof, er ist verschlagen wie ein Fuchs. Luberon ist ein alter Wichtigtuer. Und laßt Euch nicht von Newington beeindrucken, er ist sanft und mild wie ein Muttersöhnchen. Ich stimme dem Urteil Eures Vaters über ihn nicht zu, der gesagt hat, Newington sei eine Viper im Gras, mit spitzer Zunge und einem Verstand, vor dem man sich in acht nehmen müsse.«

»Nein«, Kathryn schüttelte den Kopf. »Das ist es nicht, Thomasina, es ist der Mörder.« Sie setzte sich auf einen Hocker. »Du hast gehört, was Henry der Sackmacher heute morgen gesagt hat. Die Todesfälle sind bereits stadtbekannt.«

»Na und?«

»Verstehst du nicht, Thomasina, über kurz oder lang wird der Mörder auch von mir erfahren. Wird er eine Ärztin und einen irischen Soldaten auf seine Liste unglücklicher Opfer setzen?«

Thomasina lachte und zuckte die Schultern, aber Kathryn wußte, daß auch sie die Gefahr erkannt hatte.

»Wir müssen gehen«, murmelte Kathryn. »Wir sollten um elf Uhr im Rathaus sein.«

Sie zog die Holzschuhe aus und eine Hose und ein Paar Stiefel unter ihr Kleid, denn die Straßen würden mit Unrat übersät sein. Sie holte ihren alten Wollumhang und die Notizen, die sie sich am Tag zuvor gemacht hatte. Gerade wollte sie das Haus verlassen, als jemand heftig an die Haustür klopfte. Thomasina eilte fluchend den Korridor entlang und kam mit einer jungen, gut gekleideten Frau zurück. Unter einem Umhang aus feinster Wolle, den sie um die Schultern gelegt hatte, trug sie ein lohfarbenes Kleid, das um den Halsausschnitt mit feiner Brokatstickerei verziert war. Ihr Haar hatte sie mit einer weißen Haube aus reinem Batist bedeckt, die ein scharf geschnittenes, aber sehr hübsches Gesicht noch hervorhob, klare graue Augen, eine kleine Nase und volle rote Lippen. Kathryn schätzte sie auf höchstens siebzehn oder achtzehn Jahre.

»Ihr seid Kathryn Swinbrooke?«

Die Frage war knapp und bündig, aber Kathryn sah, daß die

junge Frau nervös war, daher lächelte sie und nickte. Die Frau zog langsam ihre Lederhandschuhe aus, wobei sie einen silbernen Ehering am Ringfinger ihrer linken Hand entblößte.

»Ich ... muß mit Euch reden«, stammelte sie. »Ich heiße Mathilda und bin die Frau von Sir John Buckler.«

»Ja, aber wir sind gerade im Begriff zu gehen«, schaltete Thomasina sich ein.

Das Mädchen sah Kathryn hilfesuchend an. Ihre klaren Augen schwammen jetzt in Tränen. »Ich muß zu Euch«, wiederholte sie. »Ich brauche Eure Hilfe.«

Kathryn trat zu Mathilda und nahm ihre Hand, die warm und weich wie ein Hauch von Seide in der ihren lag. Sie wäre gern geblieben, denn die Bucklers waren eine einflußreiche Familie in Canterbury, und Kathryn wußte instinktiv, daß die Sache zutiefst intim war. Hatte das Mädchen eine Dummheit begangen und war von einem anderen Mann schwanger? Spannte sich daher der Umhang so über ihrem Leib? Oder war es etwas anderes?

»Mistress Buckler, ich kann Euch jetzt nicht empfangen.«

Das Mädchen schaute verzweifelt.

»Aber wenn Ihr wiederkommen wollt«, – Kathryn hielt inne und überlegte kurz, wie die Zeiteinteilung in einem großen Haushalt wohl aussehen mochte – »vielleicht heute abend irgendwann? Sagen wir, kurz bevor die Glocken zur Vesper läuten? Dann kann ich Euch zuhören.«

Die junge Frau blickte zur Seite. »Ich kann ...« Sie nickte. »Ja, ja, dann komme ich bestimmt.« Sie wandte sich um, und Thomasina geleitete sie hinaus.

Kathryn zuckte mit den Schultern und sandte ein Stoßgebet zum Himmel. Besuche wie diese, heimlich und verstohlen, mochte sie nicht. Sie war Ärztin und Kräuterkundige, und keine Hexe der Nacht, die jederzeit heiße Nadeln und Mixturen bereithielt, um den Leib einer Frau zu säubern.

»Das riecht nach Ärger«, verkündete Thomasina, als sie zurückkam.

»Warten wir's ab«, sagte Kathryn leise.

Sie machten sich auf den Weg zum Rathaus. Kathryn übersah Thomasinas offensichtliche Enttäuschung, als sie nicht zum Krankenhaus für arme Priester gingen, und führte sie durch enge, gewundene Gassen zur Hethenman Lane. Sie wollte niemanden treffen und von niemandem angehalten werden. Deshalb schlüpfte sie rasch in eine Seitenstraße, als sie Goldere wie einen eingebildeten Gänserich auf sich zu stolzieren sah. Erleichtert atmete sie auf, als sie sich umdrehte und feststellte, daß er ihr nicht folgte. Die Gasse mündete auf einen kleinen Platz, der mit windschiefen Marktbuden überfüllt war. Hausierer, Straßenverkäufer und alle möglichen Marktschreier drängten sich hier, die in Scharen nach Canterbury kamen, um die Pilger zu schröpfen. Man hatte eine kleine Bühne aufgestellt, auf der ein junger Mann, irgendein armer Studiosus, versuchte, einen Penny oder eine Brotkruste zu verdienen, indem er lauthals Gedichte proklamierte, die aber nicht beachtet wurden. Er sah so blaß und verwaist aus, daß er Kathryn leid tat. Sie blieb stehen, um ihm zuzuhören, und ließ dann einen Penny in seine schmutzverkrustete Hand fallen. Der Student hielt inne und grinste.

»Habt Dank, Mistress. Nicht alle mögen den armen Chaucer und seine Erzählungen.«

Kathryn lächelte, ging ein Stück weiter und blieb plötzlich wie angewurzelt stehen.

»Oh, grundgütiger Gott!« murmelte sie.

»Mistress?« wandte sich Thomasina ungehalten an Kathryn. »Mistress, stimmt was nicht?«

»Der Mörder«, flüsterte Kathryn. »Ich weiß, wie ...«

»Was denn, Mistress?«

Kathryn sah zu den Kirchtürmen der Kathedrale empor. Natürlich, dachte sie, Chaucer und seine Erzählungen, oder genauer, der Prolog zu seinem großen Werk. Ihr Vater hatte es so geliebt, daß er es ihr beigebracht hatte. Natürlich, Chaucer hatte über Pilger geschrieben, und der Mörder vergriff sich an Pilgern; Chaucer hatte ihre Berufe aufgeführt, und der Mörder suchte seine Opfer nach ihrem Beruf aus. Die Knittelverse waren eine Parodie auf Chaucer und das Zitat »Radix malorum ...«, stammte es nicht aus einer von Chaucers Erzählungen?

»Mistress!«

»Es ist nichts«, murmelte Kathryn, ging weiter und überließ es der verblüfften Thomasina, ihr zu folgen.

Kathryn hatte Mühe, ihre Aufregung zu verbergen, als sie die High Street entlangging, wo Menschentrauben sich um Stände und Buden drängten. Endlich wußte sie, wie der Mörder seine Opfer wählte, und sie spürte eine Art Triumph in sich aufsteigen. Plötzlich ertönten Schreckensschreie, und Thomasina zupfte sie am Ärmel. Der Tumult auf der High Street hatte sich gelegt, und die Menschen machten einem riesigen Karren Platz, der von zwei großen schwarzen Pferden mit schäbigen, scharlachroten Federbüscheln zwischen den Ohren gezogen wurde. Der Kutscher trug eine Kapuze und war maskiert, die schwarze Haube lag eng an seinem Kopf an, die rote Maske hatte grobe Schlitze für Mund und Augen. Um den Hals trug der Kutscher an einer Kordel aufgereihte Tierknochen. Ein kleiner Junge neben ihm, ähnlich gekleidet, schlug den Todesmarsch auf einer kleinen Trommel.

»Herr Jesus, stehe uns bei!« sagte Thomasina erschrocken. Der Henkerskarren bahnte sich einen Weg bis nach Westgate hinunter. Als der Karren an Kathryn vorbeifuhr, glitt die schmutzige Plane zur Seite und Kathryn spürte, wie ihr übel wurde beim Anblick der abgeschlagenen, bluttriefenden Köpfe und der in Pökelsalz eingelegten menschlichen Körperteile, die dort lagen.

»Barmherziger Gott, sei ihrer Seele gnädig!« rief sie aus.

»Sie bringen sie zu den Stadttoren«, murmelte jemand neben ihr.

»Wer war es denn?« fragte Thomasina.

»Rebellen«, erwiderte Kathryn. »Männer, die im letzten Krieg Lancaster unterstützt haben. Sheriffs, Adlige, Beamte.«

»Nicholas Faunte haben sie noch nicht gefangen!« rief ein Standbesitzer.

»Was macht das schon?« schnauzte Thomasina ihn an. »Der Krieg ist vorbei, die Sieger bitten wie immer zum Aderlaß, und dann geht das Leben wieder seinen gewohnten Gang.«

Nach der Durchfahrt des Henkers waren die Fröhlichkeit der

Menge und das warme Sommerwetter wie weggeblasen. Auch die Wohlhabenden in ihren kostbaren Gewändern mit großen, dicken Börsen an reichverzierten Gürteln senkten die Köpfe und sprachen nur noch gedämpft miteinander. Kathryn drängte sich an ihnen vorbei zur Rathaustreppe. Soldaten in der Uniform der Yorkisten standen dort. Sie sah, daß Colum auf sie wartete und ernst mit einem Sergeanten in den Farben des Königs sprach, einem kleinen, untersetzten, kahlköpfigen Mann, jeder Zoll ein Soldat. Colum wandte sich um, erblickte Kathryn und winkte sie zu sich.

»Alles in Ordnung, Mistress Swinbrooke?«

»Ja, bei dem schönen Wetter«, erwiderte Kathryn. Sie blickte über die Schulter zurück. »Dieser Karren und sein Kutscher! Es war, als wäre der Tod persönlich an mir vorbeigefahren!«

»Sie sind gestern hingerichtet worden«, sagte der Soldat. »Auf dem Marktplatz in Maidstone. Aber wenn Faunte erst gefangen ist – und wir wissen, daß er sich in der Gegend von Kent versteckt hält ...«, der Kerl wandte sich um und spuckte aus, »... dann haben wir Soldaten unsere Pflicht getan. Außer den Lieblingen des Königs, wie unser Ire hier.«

Colum grinste, seine ernste Miene entspannte sich. »Mistress Swinbrooke, darf ich Euch Master Holbech vorstellen: Sergeant in der Ausbildung, geboren in Yorkshire, Eltern unbekannt.«

Die harten blauen Augen des Soldaten fingen Kathryns Blick auf, und er nickte leicht. »Mistress, jederzeit zu Diensten.«

Kathryn deutete ein Lächeln an, während Thomasina hinter ihr hustete und laut maulte: »Noch so ein Henkersknecht!«

Holbech verlagerte sein Gewicht auf ein Bein, blinzelte Thomasina an und fuhr sich genüßlich mit der Zunge über die Lippen.

»Bleib, wo du bist«, sagte Thomasina mit drohendem Unterton.

»Master Holbech«, fuhr Colum eilig fort, »steht nicht mehr im Dienste des Königs. Ich habe ihn angestellt, damit er mit in Kingsmead hilft. Er und ein paar andere Gauner, deren Tage in der Armee vorüber sind. Kingsmead ist nur noch ein baufälliges Haus. Wir brauchen Zimmerleute, Hufschmiede, Schmiede und Handwerker, und Holbech ist so geschickt, daß er eine Rose bei der Königin pflückt, ohne daß sie es merkt.«

Bei diesem Lob scharrte Holbech mit seinen großen Stiefeln, als plötzlich eine Frau mit wehendem rotem Haar von der St.-Helens-Kirche her über die Straße kam und Holbech am Arm packte. Bernsteingelbe, katzenhafte Augen starrten die Gruppe aus einem spitzen weißen Gesicht an. Die Frau lächelte Colum zu und musterte Kathryn, ohne eine Miene zu verziehen. Auch Kathryn verhielt sich kühl. Die braune Schürze der Frau saß schlecht, betonte aber hinlänglich die ausladenden Kurven von Hüfte und Brust, während das üppige rote Haar wie ein Feuerschein ihr weißes Gesicht umrahmte.

»Das ist Megan, Holbechs Frau«, sagte Colum ohne Begeisterung. Er drückte die Hand des Sergeanten. »Nun, Holbech, du hast deine Befehle, ich habe meine.« Er klopfte auf den dicken, schweren Schnappsack, der am Schwertgürtel des Soldaten hing. »Silber und Vollmachten hast du zur Genüge. Kaufe, was gekauft werden muß, stelle ein, wen du brauchst. Die Arbeit muß in einem Monat erledigt sein. Der König wird seine Armee bald entlassen, und die Pferde kommen in den Süden.«

Holbech nickte Kathryn zu und ging davon. Megan hing immer noch an seinem Arm und schwatzte wie ein Kind auf ihn ein, während sie Colum über die Schulter hinweg einen provozierenden Blick zuwarf.

Der Ire sah ihnen nach.

»Ein guter Mann«, murmelte er. »Wenn auch ein kleiner Bastard.« Er ignorierte das scharfe, mißbilligende Zischen von Thomasina. »Aber sie macht Ärger.« Er wandte sich um und ging so schnell die Treppe zum Rathaus hinauf, daß Kathryn kaum mitkam.

»Woher wollt Ihr das wissen?« fragte Thomasina boshaft.

Colum blieb stehen und drehte sich um. »Was denn?«

»Daß Megan Ärger macht?«

»Holbech und ich haben das Königreich an allen Enden verteidigt. Megan ist eine Marketenderin, eine gute Frau, sie paßt auf ihren Mann auf. Das Problem ist nur, daß sie von einem zum anderen fliegt wie ein Schmetterling von Blüte zu Blüte.

Sie zieht den Ärger förmlich an. Holbech wird es schon merken.«

Colum schlenderte ins Rathaus. Kathryn schnitt Thomasina hinter seinem Rücken eine Grimasse und folgte ihm auf dem Fuße. Im Eingang wimmelte es von königlichen Boten und Beamten des Hofes und der Stadt. Die Atmosphäre war eine Mischung aus Angst und Aufregung, weil diese Soldaten und Beamten, zu denen auch Colum zählte, Dokumente durchsuchten, Verräter jagten und die Stadt Canterbury wieder unter die Herrschaft des Königs stellten. Ein Amtsdiener trat unterwürfig auf sie zu. Als Colum Newington und Luberon erwähnte, führte er sie dienstbeflissen durch einen Korridor, vorbei an Zimmern, durch deren halb geöffnete Türen man Schreiber sah, die auf hohen Hockern Briefe oder Dokumente kopierten.

Newington und Luberon erwarteten sie im großen Rathaussaal. Sie saßen hinter einem Tisch. Vor ihnen, auf Hockern, saßen fünf Gestalten mit dem Rücken zur Tür. Sobald er Kathryn und Colum erblickte, erhob sich Newington und verzog sein mageres, bleiches Gesicht zu einem falschen Lächeln. Er wirkte ruhiger und gefaßter als am Tag zuvor. Die Haare waren frisiert, der dünne Bart säuberlich gestutzt, und er trug ein scharlachrotes, mit Grauwerk besetztes Gewand. Er hatte die goldene Amtskette angelegt. Luberon, wie gewöhnlich eingebildet und tintenverschmiert, kam immerhin auf sie zugetrippelt, wobei er wie ein Blatt in einem Wasserfaß auf und ab hüpfte.

»Master Murtagh, Mistress Swinbrooke, seid gegrüßt.«

Er führte sie zu einem Pult, während die anderen aufstanden und sich umdrehten, um sie zu begrüßen. Kathryn hielt die Augen gesenkt, als Luberon Stühle für sie und Colum herbeiholte.

Sie wurden einander vorgestellt. Kathryn als Mistress Swinbrooke, Ärztin. Sie vernahm ein verächtliches Schnauben und blickte auf, einen Anflug von Ärger unterdrückend. Sie erkannte keinen der fünf Männer, nur Geoffrey Cotterell. Letzterer stand da, die öligen Haarsträhnen sorgfältig über den kahlen Schädel gekämmt. Seine hervorstehenden Fischaugen und sabbernden Lippen zeigten unverhohlen seine Verachtung für sie; die Daumen hatte er in den breiten Gürtel um seinen faßähnlichen Leib gesteckt. Er zupfte sich ein paar Fusseln vom pelzverbrämten Gewand und grinste Kathryn boshaft an. Cotterell hatte Kathryns Vater gehaßt, und für dessen Tochter mit ihrem affektierten Gehabe galt dasselbe.

Kathryn übersah seinen Hohn und setzte sich. Colum machte es sich neben ihr bequem, streckte die Beine aus und schlug die Füße übereinander. Er bedachte Cotterell mit einem warnenden Blick und verscheuchte damit den Hohn aus dem Gesicht des Arztes. Newington fuhr mit der Vorstellung fort. Kathryn hatte die anderen Männer noch nie gesehen, kannte jedoch ihre Namen und wußte, daß sie in Canterbury den Ruf bedeutender Ärzte genossen. James Brantam, jung und nervös, mit rötlichem Haar und vorstehenden Schneidezähnen, verkroch sich wie ein ängstliches Häschen, befeuchtete seine Lippen und blickte auf Cotterell, der neben ihm saß. Kathryn wußte, daß Brantam einen Laden und eine Praxis in der Nähe von Westgate besaß. Matthew Darryl, dunkelhäutig mit tiefliegenden Augen, war ein glattrasierter junger Mann von angenehmem Äußeren. Newington hustete, als er ihn als seinen Schwiegersohn vorstellte. Neben ihm stand Edmund Straunge, groß und vierschrötig, mit scharfen Gesichtszügen, ziemlich dünnem Schnurrbart und einer Adlernase. Schließlich war da noch Roger Chaddedon. Auch er groß, dunkel und von angenehmer Erscheinung, mit zarter, olivfarbener Haut und klaren Augen. Er trug sein kostbares Arztgewand über cremefarbenem Batisthemd mit einer Anmut und Grazie, die den anderen fehlte. Chaddedon erhaschte Kathryns Blick und lächelte ihr zu. Verwirrt wich sie ihm aus. Chaddedon sah gut aus, und ihr fiel ein, daß er den Ruf eines guten Heilkundigen genoß, der angemessene Bezahlung verlangte und die Armen sogar kostenlos behandelte. Kathryns Vater hatte ihn oft gelobt, und sie war plötzlich traurig darüber, daß sie ihn nicht persönlich kennengelernt hatte, als ihr Vater noch lebte. Er hätte Chaddedon gemocht. Seine ruhige Art und sein freundliches Auftreten erinnerten Kathryn sogar an ihren Vater.

Dennoch schienen alle Ärzte ein wenig beunruhigt darüber, daß man sie vorgeladen hatte, und als Newington Co ım als den Sonderbeauftragten des Königs vorstellte, geriet sogar Chaddedons kühles Auftreten ins Wanken.

»So, und warum sind wir heute hier?« fragte Cotterell barsch.

»Ihr seid alle Ärzte und befaßt Euch mit der Heilkunde«, hub Luberon an.

»Aha«, sagte Straunge bissig. »Das ist kein Verbrechen!«

»Ihr alle besitzt Häuser und Läden in Canterbury«, fuhr Luberon eifrig fort, »und habt Zugang zu Mixturen und Giften, an die andere nicht herankommen.«

Die vorgeladenen Ärzte merkten jetzt, worauf er hinaus wollte, und rutschten unruhig auf ihren Hockern hin und her.

Luberon wies mit tintenverschmiertem Finger auf Cotterell und Brantam.

»Ihr zwei praktiziert unabhängig voneinander. Cotterell am Buttermarkt und Brantam in Westgate. Aber Ihr drei« – dabei fuchtelte er mit einer Hand hochmütig in die Richtung von Darryl, Straunge und Chaddedon – »habt eine Art Gemeinschaft eingerichtet.«

Straunge unterbrach ihn leise. »Ein Kollegium.«

»Ach, ja«, Luberon setzte ein falsches Lächeln auf. »Ein Kollegium an der Stadtmauer in der Nähe von Queningate.«

»Auch das ist kein Verbrechen«, murmelte Darryl, die dunklen Augen wachsam auf Luberon gerichtet. »Was wollt Ihr damit sagen? In London ist es gang und gäbe, daß Heilkundige ihr Wissen teilen und ihr Geld in einen Topf werfen.«

Er lachte nervös auf und deutete auf Newington, seinen Schwiegervater. »Auch unser guter Ratsherr hat Teil an unseren Gewinnen.«

Chaddedon beugte sich vor. »Master Luberon, Ratsherr Newington und« – hier warf er einen stechenden Blick auf Colum und Kathryn – »Eure Gefährten.«

Thomasina wurde nicht beachtet. Sie saß ganz hinten in dem großen Raum in einer Fensternische und blickte scheinbar unbeteiligt durch die bleiverglasten Fenster. Kathryn wußte, daß ihr kein Wort entging.

»Master Luberon«, fuhr Chaddedon fort. »Ihr habt die Art

unserer Tätigkeit beschrieben, die kein Verbrechen ist. Im Gegensatz zu vielen anderen in der Stadt oder in der Stadtverwaltung haben wir uns im letzten Krieg nicht der Sache des Hauses Lancaster angeschlossen. Warum also sind wir hier?«

Plötzlich stand Colum auf, trat an den Tisch und schlug heftig mit der Faust darauf.

Zum ersten Mal erblickte Kathryn die merkwürdigen keltischen Ringe an seinen Fingern. Sie war sicher, daß er sie am Abend zuvor nicht getragen hatte. Der Ire schlug erneut auf den Tisch.

»Ihr alle seid hier«, verkündete er, »um verhört zu werden.«

»In welcher Angelegenheit?« fragten die Ärzte im Chor.

Colum schlug wieder auf den Tisch. »Über Mord und Kirchenschändung, Verbrechen also, die ebenso scheußlich sind wie Verrat!«

Sechs

Colum mußte etliche Male auf den Tisch schlagen, um den Tumult zu beenden, der nach diesen Worten ausbrach. Darryl und Straunge waren aufgesprungen und beschimpften Luberon und Newington mit lauten Worten. Cotterell blieb vor Verblüffung und Staunen der Mund offenstehen. Allein Brantam wirkte eher erleichtert, und Kathryn erhaschte mit einem raschen Seitenblick die Andeutung eines Lächelns auf seinem Gesicht. Dessen ungeachtet galt ihre volle Aufmerksamkeit dem Iren: Er war jetzt ein völlig anderer Mann als der, den sie am Abend zuvor zu Gast gehabt hatte; unfreundlich und übellaunig, als hätte er eine Abneigung gegen diese weichlichen, wohlhabenden Männer und wäre froh, sie zur Rechenschaft ziehen zu können. Brantam stand auf und war im Begriff, seinen Umhang anzulegen.

»Bleibt!« herrschte Colum ihn an. »Wenn Ihr durch diese Tür hinausgeht, Sir, werde ich Euch wegen Verrats festnehmen lassen! So, und nun« – er hob die Stimme – »werdet Ihr Euch alle hinsetzen!«

Colum hieb so lange auf die Tischplatte, bis alle Ärzte ihren Platz wieder eingenommen hatten. Das laute Gepolter erschreckte Kathryn. Colum sah zunächst sie, dann den rot angelaufenen Luberon an. Newington hingegen saß nur da und starrte ins Leere; der Spektakel schien ihn zu verwirren.

»Vier Morde sind begangen worden«, fing Colum an.

»Fünf«, unterbrach ihn Luberon.

»Davon habt Ihr mir nichts gesagt!« entgegnete Colum vorwurfsvoll.

»Ich hatte noch keine Gelegenheit dazu!« gab der Schreiber bissig zurück. »Gestern nachmittag wurde der Kaufmann Philip Spurrier in der Kathedrale vergiftet.« Der Schreiber stützte die Ellenbogen auf den Tisch, legte die Fingerspitzen aneinander und genoß die Verblüffung, die seine Worte hervorgerufen hatten. »Master Murtagh, der Beauftragte des Königs«, fuhr er mit gedämpfter Stimme fort, »weiß nun, daß fünf, ich wiederhole, fünf Pilger vergiftet wurden, während sie den Schrein des Heiligen Thomas Becket besuchten.« Er brachte die erstaunten Ausrufe mit einer Handbewegung zum Schweigen.

»Laßt uns nicht die Unwissenden spielen«, spottete er.

»Ihr habt die Gerüchte sehr wohl gehört, und jetzt sollt Ihr alles erfahren. Dieser Mörder, dieser verlängerte Arm des Teufels, kennt sich gut in Canterbury aus. Er hat einen reichlichen Vorrat an Mixturen und Giften und gibt obendrein noch bekannt, wer sein nächstes Opfer sein wird, indem er Knittelverse an die Tore der Kathedrale hängt.« Luberon zählte schnell die Namen und Berufe der ersten vier Ermordeten auf.

»Und der fünfte?« unterbrach Colum ihn.

»Gestern, am frühen Nachmittag«, antwortete Luberon.

»Ein Laienbruder hat uns dies hier gebracht.« Er holte ein verdrecktes Stück Pergament hervor und zitierte:

»Ein Kaufmann ging zu Beckets Schrein,
Ich lud seine Seele zur Hölle ein.

Kaufmann Spurrier gehörte einer Gruppe an, die gestern den heiligen Schrein besuchte. Danach führte man sie in die Sakristei, wo ihnen Erfrischungen angeboten wurden. Spurrier leerte seinen Becher und fiel wenige Minuten später tot vor die Füße seiner Begleiter.«

»Und der Mörder entkam unerkannt?« Kathryns ruhige Stimme brachte den erneuten Tumult zum Schweigen.

Alle blickten sie überrascht an.

»Natürlich!« rief Luberon. »Niemand hat etwas Ungewöhnliches gesehen. Ach, ja, die Kaufleute bemerkten einen Fremden mit Kapuzenmantel, der sich ihrer Gruppe anschloß, aber sie hatten nichts dagegen. Sie dachten, er sei auch ein Besucher, der eine Sonderzahlung geleistet hatte. Sobald Spurrier den ersten Schluck aus seinem Becher genommen hatte, war dieser Mann verschwunden.«

»Und wo liegt die Leiche jetzt?« fragte Kathryn.

»Im Totenhaus von St. Augustine. Der Sanitäter behauptet, Spurrier sei mit einer ordentlichen Portion Schierling vergiftet worden.«

»Ein kostbares Gift«, murmelte Straunge.

»Was ist mit diesen Kaufleuten?« forschte Colum nach.

»Die Kaufleute befinden sich im Wirtshaus ›Zum Schachbrett‹ in der Mercery Street«, erwiderte Newington.

»Aber, Master Luberon, wir sind nicht das Gericht des Coroners; die Leiche geht uns nichts an.«

»Das ist zwar richtig«, ergriff Colum die Initiative, »aber Seine Majestät der König und Seine Lordschaft der Erzbischof haben mich, den Sonderbeauftragten für Canterbury, beauftragt, die Untersuchung durchzuführen, Spuren nachzugehen und den Mörder an den Galgen zu bringen, bevor er einen der berühmtesten Schreine der Christenheit entweiht.«

»So, so, aber was hat das mit uns zu tun?« fragte Straunge.

Colum lächelte. »Es besteht kein Zweifel daran, daß unser Mörder ein gebildeter Mann ist, auch wenn er Knittelverse hinschmiert. Er kennt sich in Canterbury aus und kann wie ein Schatten unauffällig durch die engen Gassen und Straßen huschen. Noch dazu ist er ein Mensch mit tiefsitzendem Groll gegen den Schrein – daher die Morde. Am wichtigsten ist aber, daß er Arzt oder Heilkundiger ist. Nur ein Arzt oder Heilkundiger, jemand, der Gläser voll todbringender Mixturen und giftiger Kräuter hat, war in der Lage, diese Morde zu begehen.«

Brantam beugte sich vor und klopfte auf den Tisch, als wolle er Colum imitieren.

»Master Sonderbeauftragter, Lord von den Inseln oder wie immer Ihr Euch nennt. Wir sind treue Untertanen des Königs, angesehene Bürger in unserer Stadt. Haben wir uns einer Gesetzesübertretung schuldig gemacht? Und wenn ja, warum wird dieser Fall dann nicht vom Sheriff oder vom Coroner oder« – Brantam warf einen vorwurfsvollen Blick auf Newington – »von der Ratsversammlung untersucht?«

»Weil wir weder einen Sheriff noch einen Coroner, noch eine Ratsversammlung haben!« erwiderte Newington. »Dank Faunte und anderen seines Schlages hat unsere Stadt ihre Freiheit eingebüßt. Master Murtagh handelt in diesem Fall im Auftrag des Königs.«

»Kommen wir zur Sache«, warf Luberon taktvoll ein.

Kathryn spürte, wie die Stimmung umschlug. Zunächst war ihr Newington als der zurückhaltend Taktierende erschienen, doch der kleine Schreiber fing an, ihr zu imponieren. Er vermochte ein Ziel meisterhaft anzusteuern, unter Verwendung strenger Verweise.

»Seht, ihr Herren«, sagte Luberon und deutete auf die Liste, die auf dem Tisch lag. »Ich gebe zu, daß es in Canterbury noch mehr Ärzte und Kräutersammler gibt.« Er breitete die Arme aus. »Dennoch mußten wir viele Namen von unserer Liste streichen: die Kranken, die Alten, die Mittellosen, diejenigen, wie unsere gute Mistress Swinbrooke hier, die nicht der Beschreibung des Mannes entsprechen, hinter dem wir her sind. Im übrigen hat das Schweißfieber beachtliche Lücken in Euren Reihen hinterlassen. Daher seid Ihr bis jetzt die einzigen, die wir in unsere Liste der Verdächtigen aufnehmen konnten.«

»Und was ist mit unserer guten Schwester, Mistress Swinbrooke?« platzte Darryl heraus. »Sie ist Heilkundige und Apothekerin.« Er lächelte säuerlich. »Nun, zumindest so lange, bis ihr Gemahl zurückkehrt.«

»Mistress Swinbrooke«, fragte Luberon freundlich. »Wollt Ihr die Frage Eurer Kollegen beantworten?«

»Ich muß das nicht«, erwiderte Kathryn und erhob sich. »Aber ich werde es tun. Master Darryl, mein Vater war Arzt; er ist tot, der Herr schenke ihm Frieden. Mein Gemahl ist in den Krieg gezogen, und Gott weiß, wo er sein Haupt jetzt bettet. Mein Vater hat mich unterrichtet, und ich habe Zulassungsurkunden von der Stadt. Folglich habe ich die Freiheit, zu tun, was ich für richtig halte, und besitze zudem, wie alle Brüder und Schwestern unseres Berufs, einen Schlüssel zu den Nebenpforten unserer Stadt, so daß ich nach Belieben ein- und ausgehen kann, um die Kranken zu pflegen und Patienten jenseits der Stadtmauer zu besuchen. Offen gesagt, Master Darryl, befasse ich mich ebenso mit der Heilkunst wie Ihr, aber ich bin eben eine Frau und stehe daher nicht auf der Liste der Verdächtigen.« Sie stützte sich mit den Ellenbogen auf die hohe Rückenlehne des Stuhls und beugte sich vor. »Die Ratsversammlung, der Beauftragte des Königs und Seine Gnaden der Erzbischof haben mich angestellt, ihnen in dieser Angelegenheit zu helfen. Ich bin ebensowenig erfreut wie Ihr über einen Mörder, der durch die Straßen von Canterbury schleicht und Pilger umbringt.«

Kathryn hielt inne und fuhr sich mit der Zunge über die Lippen. Ihr Zorn überraschte sie. Diese Männer waren so anders als ihr Vater. Er war ein freundlicher Mann gewesen, sie waren arrogant und behandelten sie von oben herab. Sie warf einen kurzen Seitenblick auf Colum. Er biß sich auf die Lippe, um ein Grinsen zu verbergen. Mit dir rechne ich später ab, Ire, dachte sie und fragte sich flüchtig, ob sie den anderen darlegen sollte, wie sie die Methode entdeckt hatte, nach der der Mörder seine Opfer auswählte. Newington und Luberon hörten jedoch nicht mehr zu und begannen, in ihren Papieren zu wühlen.

»Für mich steht fest«, schloß sie und nahm wieder Platz, »daß dieser Mörder ein Bürger von Canterbury und ein Arzt ist. Wer sonst hat Zugang zu Giften, und wer weiß, wie man sie in Wein auflöst? Wenn ein Laie sie kaufte, würde es Verdacht erregen. Und sie sind kostbar, vor allem jetzt, da der Handel durch den gerade überstandenen Krieg ins Stocken geraten ist.«

Erfreut stellte sie fest, daß Chaddedon, sogar Straunge und Darryl zu ihren Worten feierlich nickten.

»Die Stadt, Seine Majestät der König«, fügte Luberon schnell hinzu, »haben mit Mistress Swinbrooke einen Vertrag abgeschlossen.« Er lächelte ihr flüchtig zu. »Der ihr später noch übergeben wird.« Er breitete die Arme aus. »So, meine Herren, nun wißt Ihr so gut wie wir, warum Ihr hier seid.«

»Aber jeder, der einen guten Kräutergarten hat, könnte solche Lösungen brauen«, unterbrach Straunge hitzig. »Auch Ihr, Master Luberon. Seid Ihr nicht ein Blumenliebhaber? In der Tat hat sogar der Erzbischof, wenn ich das recht verstanden habe, Euch seinen Rosengarten anvertraut. Ihr seid auch Kräutersammler und bei den Apothekern und Ärzten der Stadt wohlbekannt für Eure Neugier auf diesem Gebiet.«

Luberon klappte den Mund auf und wieder zu, denn die Bemerkung Straunges saß. Colum wurde unruhig, und Kathryn spürte, wie sich ihr vor Furcht die Nackenhaare sträubten. Straunge hatte recht. Der Mörder konnte auch jemand sein, der sich in Kräutern und Heilmitteln auskannte, doch dann dachte sie an den Fingerhut, der dem Wein des verstorbenen Arztes beigemischt war.

»Master Straunge, vielleicht habt Ihr recht«, ergriff sie das Wort. »Jedes Kind kann schließlich Fingerhut oder giftige Pilze sammeln, aber wem ist bekannt, wie man sie zu Pulver zermahlt, wer kennt das rechte Maß und weiß, wie man das Gift beimischt? Ihr müßt zugeben, das erfordert Wissen und große Geschicklichkeit.«

Die Spannung wich aus Luberons Miene. Straunge zuckte die Schultern und lächelte.

»Concedo«, sagte er. »Master Luberon, ich wollte Euch nicht zu nahe treten. Es war nur so ein Gedanke von mir.«

»Ihr seid, das heißt, wir alle sind vielleicht unschuldig«, ergriff Kathryn rasch wieder das Wort. »Ich bin sicher, daß Euch alle keine Schuld trifft«, log sie. »Dennoch ...«

»Dennoch«, unterbrach Colum barsch, »kommt Ihr nicht umhin, ein paar Fragen zu beantworten. Wir wissen sehr wenig über die Mordopfer. Wir kennen nur die Art und Weise, wie sie starben. Master Cotterell, ich glaube, Ihr habt ein Opfer untersucht?«

Der Arzt, der inzwischen seine Arroganz abgelegt hatte, nickte eifrig. »Ich war zufällig in der Nähe«, seine Stimme überschlug sich.

»Wir wollen es zunächst einmal dabei belassen«, fuhr Colum fort. »Aber ich möchte Euch alle fragen, wo Ihr Euch gestern nachmittag aufgehalten habt, als Spurrier in der Kathedrale vergiftet wurde. Ich bin der Beauftragte des Königs, und es ist Eure Pflicht als Untertanen, der Wahrheit entsprechend zu antworten. Mistress Swinbrooke wird mich dabei mit ihrem Wissen über Heilmittel unterstützen.«

Plötzlich stand Brantam nervös auf.

»Setzt Euch!« befahl Colum.

»Ich muß mit Mistress Swinbrooke sprechen«, stotterte Brantam. »Aber unter vier Augen.« Die Angst stand ihm für alle sichtbar ins Gesicht geschrieben, und seine beiden Hände krallten sich in seinen kostbaren, mit gefärbter Lammwolle verbrämten Mantel. »Ich bitte Euch!« flehte er. »Mistress Swinbrooke?«

Noch bevor Colum etwas unternehmen konnte, stand Kathryn auf.

»Hat das etwas mit dieser Angelegenheit zu tun?« fragte sie.

Brantam nickte.

»Meine Herren, Ihr entschuldigt uns?«

Sie führte Brantam hinaus; Thomasina machte Anstalten aufzustehen, aber Kathryn bedeutete ihr zu bleiben.

Draußen im Korridor ging Brantam auf und ab.

»Was ist, Sir?« fragte Kathryn.

Brantam schüttelte den Kopf, machte den Mund auf und wieder zu. Kathryn beachtete ihn eine Zeitlang nicht, weil sie durch ein Streitgespräch am anderen Ende des Korridors abgelenkt wurde. Eine Gruppe Schwanenwärter in schmutzigen Wämsen, Lederhosen und schlammverkrusteten Stiefeln forderte lautstark von einem Beamten Bezahlung dafür, daß sie die königlichen Schwäne auf dem Stour beaufsichtigt hatten.

»Master Brantam, sollen wir wieder hineingehen?« fragte Kathryn.

Der junge Mann schüttelte den Kopf. »Ich kann beweisen«, begann er, »ich kann beweisen, daß ich zehn Tage lang nicht in der Stadt war und erst vor zwei Tagen zurückgekehrt bin. Ich war verreist in Richtung London.«

»Aber gestern, als Spurrier starb, wart Ihr in Canterbury?«

»Ja, ja, das schon.«

»Aber?«

»Ich war, sozusagen, in Canterbury, aber von gestern mittag bis zum Hornsignal, nun ja ... bis das Wächterhorn erklang, das die Marktgeschäfte des Tages beendete.« Brantam feuchtete seine Lippen an – »war ich in Master Cotterells Haus.«

»Und er war auch dort?«

»Nein, ich war bei seiner Frau im Schlafgemach.«

Kathryn preßte die Lippen zusammen, um ein Lächeln zu unterdrücken. Jetzt verstand sie, warum Brantam so nervös gewesen war. Der junge Arzt sah sie flehentlich an.

»Versteht Ihr nun, Mistress? Ich kann beweisen, wo ich war, aber wenn Cotterell das erfährt, bringt er vielleicht uns beide um!«

»Welchen Beweis habt Ihr?«

Brantam errötete vor Scham und wandte den Blick ab.

»Wenn Ihr in Cotterells Haus kommt« – flüchtig sah er Kathryn an – »und ich nehme an, Ihr wollt es nachprüfen: Die Polster im Schlafgemach sind aus roter Seide mit zwei weißen, miteinander verbundenen Turteltauben in einem Kreis aus blauen Canterbury-Glocken. Mistress Cotterell trug rote Strümpfe mit gelbem Muster. Fragt sie! Auf ihrem rechten Oberschenkel hat sie ein Muttermal an ... in der Nähe ihres verborgenen Bereichs.«

Kathryn hatte die Unterlippe jetzt zwischen den Zähnen festgeklemmt. Ihr tat der Mann leid, aber die Situation hatte durchaus auch ihre komischen Seiten, die sie nicht übersehen konnte.

»Ich kann es beschwören. Ich bin immer dort, sobald sich die Gelegenheit ergibt. Ich liebe sie!«

Plötzlich wurde die Tür aufgestoßen, und Colum kam heraus. »Mistress Swinbrooke, was geht hier vor?«

»Geht, Master Brantam«, sagte Kathryn leise.

Colum drängte sich an ihr vorbei. »Sir, das werdet Ihr nicht tun!«

Brantams Augen bettelten Kathryn an.

»Master Brantam«, wiederholte sie. »Ihr geht jetzt nach Hause, und wenn dieser Gentleman hier Euch aufhält, werde ich Euch begleiten. Also geht!«

Brantam drehte sich um und rannte förmlich den Korridor hinunter. Colum ergriff Kathryns Arm. Sein dunkles Gesicht war wutverzerrt. Sie verbarg ihre Angst vor dem bedrohlichen Flackern in seinen Augen. Er knurrte und preßte die Lippen aufeinander. Sie konnte sehen, wie die Muskeln an seinem Oberkiefer arbeiteten.

»Ich bestimme hier«, knirschte er, »wer kommt und wer geht!«

»Ire, laßt meinen Arm los!«

»Ich bestimme!«

»Sir, laßt sofort meinen Arm los, Ihr tut mir weh!« Kathryn machte einen Schritt auf ihn zu. Colum ließ von ihr ab. Kathryn rieb sich die Stelle, an der ihre Muskeln nach seinem Zangengriff schmerzten. »Ich werde einen blauen Fleck bekommen«, sagte sie. »Um Himmels willen, Mann, Brantam ist kein Mörder. Ein Ehebrecher, ja, in Master Cotterells Bett!«

Colums Miene veränderte sich. Seine Wut verflog, er sah müde aus und blinzelte heftig, als wolle er den gerade eben noch verspürten Zorn abschütteln.

»Beim Kreuze Christi!« murmelte er. »Kommt, Kathryn, es tut mir leid!«

Sie gingen wieder zu den anderen zurück. Colum stieg die Schamesröte ins Gesicht, als er ihnen erklärte, Mistress Swinbrooke habe Informationen, die eine weitere Befragung Master Brantams überflüssig machten. Dann stellte er weitere Fragen, die ergaben, daß die anderen Ärzte in Canterbury waren, als der Mord an Spurrier begangen wurde. Schließlich nickte Colum Newington zu, der sich erhob und mit einer Handbewegung um Schweigen bat.

»Diese Angelegenheit bleibt unter uns«, erklärte der Ratsherr. »Wir wollen unparteiisch vorgehen. Niemand bleibt zunächst verschont, auch mein Schwiegersohn, verheiratet mit meiner über alles geliebten Tochter Marisa, steht unter Verdacht. In der Tat sind wir alle verdächtig, denn diese Morde sind eine Bedrohung für den Schrein, für die Pilger und den Handel in einer Stadt, die schon genug unter den Folgen ihrer falschen Verbundenheit mit dem Hause Lancaster zu leiden hat. Der Beauftragte des Königs und Mistress Swinbrooke werden ohne Ausnahme jeden von Euch verhören.« Newington wischte sich die schweißnassen Hände an seinem Gewand ab. »Es ist Euch nicht gestattet, die Stadt zu verlassen. Eure Geschäfte könnt Ihr weiterführen.« Er strahlte in die Runde. »Das heißt nicht nur die Heiltätigkeit, sondern auch alle anderen Angelegenheiten.« Er lächelte Kathryn und Colum über den Tisch hinweg zu. »Mein Schwiegersohn, ja, alle hier Anwesenden gehören der Laienbruderschaft der Messe Jesu an. Wir bereiten uns auf die Aufführung des Stückes ›Corpus Christi‹ in der Heiligkreuzkirche in Westgate vor. Wenn die Proben beendet sind und wir diese Vorfälle hier geklärt haben, müßt Ihr kommen und uns zusehen.«

»Ich werde Euch alle verhören«, wiederholte Colum und überging Newingtons Artigkeiten. »Für heute seid Ihr entlassen.«

Die Ärzte standen auf und beeilten sich hinauszukommen. Nur Chaddedon zögerte noch, lächelte Kathryn zu und inszenierte eine höfische Verbeugung vor ihr.

»Mistress Swinbrooke«, bot er ihr an, »was mich angeht, so seid Ihr in unserem Hause jederzeit herzlich willkommen.«

Kathryn lächelte und beschloß, den wütenden Blick zu ignorieren, den Colum dem hinausgehenden Arzt nachschickte.

Nachdem die Tür hinter ihnen ins Schloß gefallen war, ging Luberon an einen Tisch und goß fünf Becher voll Wein. Er reichte je einen Newington, Kathryn, Colum und zuletzt auch Thomasina. Nach der hitzigen Debatte mußten sie erst einmal bedenken, was sie in Erfahrung gebracht hatten. Luberon erkundigte sich nach Brantam, doch Colum lächelte nur und murmelte, der Arzt habe so seine eigenen Sorgen und Nöte.

»Was machen wir nun?« fragte Kathryn und stand auf, um ihre verkrampften Beinmuskeln ein wenig zu lockern. Sie spürte eine leichte, freudige Erregung. Zum ersten Mal seit dem Tode ihres Vaters trieb sie nicht wie ein Blatt auf einem Strom dahin, sondern konnte das, was um sie herum geschah, entscheidend mit beeinflussen. Luberon lächelte, und Kathryn bemerkte den Humor in den Augen des kleinen Schreibers.

»Das hat Euch wohl gefallen, Mistress Swinbrooke, Eure Kollegen zu verhören?«

Kathryn lächelte schalkhaft, ihre Augen blitzten. »Ich wußte gar nicht, daß Ihr so ein eifriger Gärtner seid, Master Schreiber.«

Luberon hustete. »Ja, aber nur so nebenher, und Straunge hat recht, wenn er sagt, daß ich mich für Kräuter interessiere. Aber ich bin kein Mörder, und gestern habe ich in der Kanzlei des

Erzbischofs gearbeitet.« Er schüttelte den Kopf. »Ich war neugierig, ob sie sich auf mich stürzen würden.«

»Oh«, sagte Kathryn schnippisch, »sobald man zwei oder drei Ärzte zusammenbringt, entwickelt sich unweigerlich ein Disput. Aber sagt, Master Murtagh, was soll nun weiter geschehen?«

Colum saß zusammengesunken auf seinem Stuhl und hing seinen Gedanken nach.

»Ich habe die Kaufleute hierher gebeten«, schaltete sich Newington ein und schielte auf die Stundenkerze auf ihrem Zapfen in einer Ecke des Raumes. »Diejenigen, die bei Spurrier waren, als er starb. Sie werden zur zweiten Stunde kommen, aber Master Murtagh, habt Ihr nicht noch andere Dinge zu erledigen?«

Colum trommelte auf die Armlehnen.

»Ich weiß, ich weiß, kleine Streitfälle, die mich nichts angehen.«

»Ihr seid der Beauftragte des Königs«, fuhr Newington aalglatt fort. »Ihr arbeitet am Hofmarschallgericht des königlichen Haushaltes, und unter den obwaltenden Umständen müssen diese Angelegenheiten von Euch entschieden werden.«

Colum machte ein unziemliches Geräusch und warf einen Blick auf Kathryn. Er bemerkte, daß ihre Wangen vor Erregung gerötet waren. Hätte er den Mut besessen, hätte er ihr das Kompliment gemacht, daß sie schön sei. Seltsam, dachte er, Kathryn konnte sich so schnell verändern. Sie war ihm zu Anfang als anmutige, ernste und ziemlich zurückhaltende Frau erschienen, aber die hitzige Debatte mit den Ärzten hatte in ihr einen Funken entfacht und Leidenschaft zum Leben erweckt. Colum blickte schuldbewußt zur Seite, als Kathryn sich erhob.

»Ich habe noch etwas mitzuteilen«, verkündete Kathryn und ging zur Tür, um sicherzustellen, daß sie fest verschlossen war. Sie trat in die Mitte des Raumes. »Ich glaube«, begann sie zögernd, »ich glaube, ich weiß, wie der Mörder seine Opfer aussucht.«

Die anderen starrten sie an.

»Habt Ihr schon einmal von dem Dichter Geoffrey Chaucer gehört?« fuhr Kathryn nun etwas sicherer fort.

Luberon lächelte und nickte. Colum sah sie mißtrauisch von der Seite her an, während Newington nur die Schultern zuckte.

»Chaucer«, fuhr Kathryn fort, »lebte vor etwa hundert Jahren unter der Herrschaft von Richard II. Mein Vater zitierte ihn gern.«

»Ach ja«, sagte Newington. »Den Namen habe ich schon gehört. Er schrieb doch ein bekanntes Gedicht über Canterbury.«

»Die *Canterbury-Erzählungen*«, stimmte Kathryn zu. »Sie bestehen aus einem Prolog und einer Aufzählung von Personen, darunter ein Ritter, eine Nonne, ein Prior, ein Mönch, ein Gerichtsbote. Beinahe alle nur denkbaren Berufe. Sie verlassen an einem Aprilmorgen das Wirtshaus ›Zum Heroldsrock‹ zu Southwark, um Beckets Schrein aufzusuchen. Auf der Reise erzählt jeder, wie es üblich ist, eine Geschichte.«

Colum hatte noch immer nicht begriffen.

»Seht«, erklärte Kathryn. »Mein Vater hat oft die Verse des Dichters zitiert. Sie sind in gereimten Verspaaren geschrieben, ähnlich denen, die unser Mörder an die Tür der Kathedrale gehängt hat.« Sie seufzte und stemmte die Hände in die Seiten. »Versteht Ihr denn nicht? Unser Mörder ist ein gebildeter Mensch. Er hat Chaucers *Canterbury-Erzählungen* gelesen. Seine Knittelverse sind eine Parodie auf Chaucer, und seine Opfer hatten alle Berufe, die in Chaucers Prolog vorkommen.«

»Das ist zu weit hergeholt«, sagte Newington.

»Nein«, sagte Luberon laut. »Mistress Swinbrooke hat recht. Ein Kehrreim bei Chaucer heißt ›Radix malorum est Cupiditas‹ – Geldgier ist die Wurzel allen Übels. Erinnert Ihr Euch nicht an den Vers des Verbrechers:

›Beckets Grab, so grau und kraß,
Radix malorum est Cupiditas.‹«

Luberon reckte sich stolz. »Ich glaube, es ist ein Zitat aus der ›Erzählung des Ablaßpredigers‹.«

Dann stand er auf und vollführte geradezu einen Tanz; seine kleinen Füße schlurften über den Boden, und sein hochmütiges

Gesicht war zu einem Lächeln verzogen. Er klatschte in die Hände wie ein kleines Kind.

»Oh, sehr gut, Mistress Swinbrooke!« frohlockte er. »Wirklich, sehr, sehr gut!«

»Und wozu das Ganze?« fragte Colum mürrisch. »Wie viele Personen gibt es in diesen Erzählungen von Chaucer?«

Kathryn machte ein langes Gesicht. »Oh, etwa zwanzig bis dreißig.«

»Was sollen wir also tun?« stichelte Newington. »Uns ein Exemplar dieser Erzählungen beschaffen und diese Berufe alle aus Canterbury verbannen? Unmöglich! Wir sind hier, um einen Mörder zu hängen, und nicht, um nach Büchern zu suchen.«

Luberon warf ihm einen wütenden Blick zu. »Nein, nein, in der Bibliothek der Kathedrale ist sicher ein Exemplar. Der Erzbischof muß eins haben.« Er hob seinen Mantel auf und legte ihn wieder über seine Stuhllehne. »Wenn wir hier fertig sind, müssen wir dort hingehen, Mistress Swinbrooke. Wir alle, und uns dieses Buch ansehen.«

Colum entspannte sich und blinzelte Kathryn zu.

»Mistress Swinbrooke, ich darf Euch unser aller Hochachtung aussprechen. Ich möchte nicht ungehobelt erscheinen; Ihr habt gewiß einen roten Faden in unserer traurigen Geschichte gefunden. Also suchen wir nach einem Mörder, der diesen Chaucer gelesen und studiert hat. Vielleicht besitzt er sogar ein Exemplar seines Werkes? Master Luberon, Ihr übernehmt es doch sicher gern, uns dieses Buch zu zeigen?«

»Nein, wir können jetzt noch nicht gehen«, unterbrach Newington. Er deutete auf die Stundenkerze, deren flackernde Flamme den Ring erreicht hatte, der die zweite Stunde anzeigt. »Wir wollen zunächst unsere Angelegenheiten hier erledigen«, brummelte er. »Mistress Kathryn, Ihr müßt nicht hierbleiben, obwohl es nicht lange dauern wird.«

Kaum hatte er seinen Satz beendet, da trat bereits ein Amtsdiener in den Saal. Er hielt einen Stab mit silbernem Knauf in der Hand und beugte sich über den Tisch, um Colum und Luberon etwas zuzuflüstern. Der Ire zuckte die Achseln. Luberon räumte die Papiere vom Tisch und bedeutete Newington, sich zu ihnen zu setzen. Kathryn ging zu Thomasina hinüber, die in der Fensternische saß und so tat, als würde sie dösen.

»So viel Gerede«, murmelte Thomasina. »Wenn Männer in ihren Taten so gut wären wie mit ihren Worten, wäre die Welt besser dran. »Sie lächelte und stieß Kathryn sanft in die Seite. »Ihr habt Euch tapfer geschlagen«, flüsterte sie. »Seht Euch Luberon an! Er fängt an, Euch zu mögen! Der Ire ist immer noch ein Buch mit sieben Siegeln, während Master Chaddedon ...« Thomasina lehnte sich mit spöttischem Lächeln zurück. »Da habt Ihr wohl eine Eroberung gemacht, was, Mistress?«

»Sei ruhig!« zischte Kathryn, die ihre Verwirrung zu verbergen suchte und ihre großmäulige Magd zum Schweigen bringen wollte.

»Ich möchte wetten«, fuhr Thomasina unbeirrt fort, »daß Ihr den Mörder kennengelernt habt.« Sie stieß Kathryn erneut an. »Seht Euch nur den Ratsherrn John Newington an. Er ist ein Griesgram und ein Bastard!«

Kathryn sah hinüber zum Tisch, hinter dem jetzt Luberon und Newington links und rechts von Colum Platz genommen hatten.

»Er ist vom Pech verfolgt«, sagte Thomasina. »Er stammt nicht aus Canterbury, wißt Ihr. Er kam als junger Mann hierher und hat sich eine Existenz als Tuchhändler aufgebaut. Sehr kleine Familie. Seine Frau starb vor Jahren, aber er hat eine verheiratete Tochter.«

Thomasina holte Luft, um mit ihrem Bericht fortzufahren, als die Tür aufgestoßen wurde und der Amtsdiener wieder eintrat. Er klopfte mit seinem Stab geräuschvoll auf den Boden und Thomasina fluchte.

»Ruhe!« rief der Amtsdiener. »Diejenigen, die etwas mit dem Beauftragten des Königs zu besprechen haben, mögen jetzt vortreten und ihre Angelegenheiten vortragen.«

»Oh, halt den Mund, du aufgeblasener Pfau!« zischte Thomasina ziemlich laut.

Der Amtsdiener funkelte sie wütend an, hieb noch einmal geräuschvoll den Stab auf den Boden, und eine Gruppe von

Männern betrat den Raum. Kathryn mußte nun eine Stunde lang Murtagh, dem Beauftragten des Königs für Canterbury, dabei zuschauen, wie er geringfügige Zivilstreitigkeiten regelte. Die Zunft der Bogenmacher hatte Vertreter geschickt, die verlangten, daß die Bogen sieben Zentimeter dick, viereckig, zwei Meter lang und aus sauber geschliffenem, astfreiem Holz sein sollten. Sie protestierten lautstark gegen den Verkauf von minderwertigen, billigeren Bogen. Colum ließ sie in aller Ruhe zu Ende reden und beauftragte die Marktbüttel, eine Untersuchung durchzuführen. Ein Streit zwischen der Zunft der Schwarzbrotbäcker und der Zunft der Weißbrotbäcker wurde kurzerhand abgewiesen. Avery Sabine erhielt eine Strafe, weil er seine Schweine auf den Friedhof gelassen hatte; Goodman Trench wurde ebenfalls zu einer Strafe verurteilt, weil er Pfosten in die königliche Landstraße geschlagen hatte; Thomas Court hatte wäßriges Bier in Holzbechern verkauft und wurde bestraft; Potterman, ein Bader aus St. Peter, mußte zwei Pence Strafe zahlen, weil er an einem Sonntag einen Mann rasiert hatte. Es folgten noch weitere Bagatellfälle, die fast alle in wenigen Minuten erledigt waren. Kathryn bewunderte Murtaghs kühle, distanzierte Haltung und die routinierte Art, in der er diese Angelegenheiten regelte.

Er ist ein Schauspieler, dachte Kathryn, ob er auf einem Pferd sitzt, sich einen Fall anhört oder die Stallungen verwaltet. Was er macht, macht er gut. Aber wenn seine Maske fällt, was für ein Mann taucht dann dahinter auf? Sie sah die Stundenkerze allmählich vom zweiten zum dritten Stundenring herunterbrennen. Schließlich verkündete Luberon, daß das Gericht für geringfügige Zivilsachen beendet sei. Newington, der vornübergebeugt neben Colum saß und ihm Ratschläge in Stadtangelegenheiten zuflüsterte, war einverstanden. Der Amtsdiener ging den Korridor entlang und teilte den anderen Klägern lautstark mit, daß sie an einem anderen Tag wiederkommen sollten.

»Und jetzt?« stöhnte Thomasina. Sie rutschte mit ihrem ausladenden Hinterteil auf dem Fenstersitz hin und her.

»Warte nicht auf mich«, erwiderte Kathryn. »Das Ganze dauert doch länger, als ich dachte. Geh zum Binsenmarkt am

Ridding-Tor, und besorge frische Bündel für die Küche. Wir sehen uns zu Hause.«

Dankbar stapfte Thomasina hinaus, während Colum Kathryn an den Tisch winkte.

»Das hat Euch fasziniert, Mistress Swinbrooke?«

»Nicht so sehr wie Euch.«

Colum zuckte mit den Schultern. »Zwischen Kriegen und Pferden ist das schon immer meine Aufgabe gewesen: Welches Mitglied des königlichen Haushalts durfte bestimmte Privilegien beanspruchen? Wer hatte sich in der Küche bedient? Welcher königliche Kuchenjunge hatte sich Fleisch von den Spießen abgeschnitten?« Colum lächelte und streckte sich. »Ihr Engländer habt ein Faible für Gerechtigkeit.«

Er wollte gerade fortfahren, als die Tür erneut aufgestoßen wurde und der Amtsdiener eine Gruppe von Kaufleuten hereinführte. Es waren stattliche Erscheinungen, gut gekleidet mit Biberfellmützen, gefütterten Wämsern, kostbaren Kniehosen und teuren Lederstiefeln, aber sie drängten sich aneinander wie eine Horde verschüchterter Kinder. Allen gemeinsam war das Entsetzen über den Mord an einem ihrer Mitreisenden. Sie hatte nur den einen Wunsch: Canterbury so schnell wie möglich zu verlassen. Colum stellte ihnen höflich ein paar Fragen, aber es war, als wollte man einen Stein zur Ader lassen. Die Kaufleute kannten in Canterbury niemanden, der einen Groll gegen den Toten gehabt haben könnte. Sie hatten nichts Ungewöhnliches gesehen oder gehört.

»Ach ja«, räumte einer von ihnen ein. »Wir haben den Fremden bemerkt, aber wir dachten, es sei ein Mönch; er trug einen Mantel mit Kapuze und war plötzlich verschwunden.«

Die anderen stimmten im Chor zu. Colum stellte noch weitere Fragen, dann entließ er sie in aller Form. Nachdem die Kaufleute gegangen waren, stand Kathryn auf, die während der Befragung geschwiegen hatte, und nahm ihren Mantel.

»Hier gibt es für mich nichts mehr zu tun«, seufzte sie. »Master Luberon, was ist mit der Chaucer-Handschrift?«

»Ich muß auch gehen«, meinte Newington. Er lächelte einfältig. »Ich muß mit meinem Schwiegersohn und meiner Tochter

Frieden schließen. Es hat doch wirklich keinen Sinn, Seine Gnaden, den Erzbischof, zu stören.« Er tippte dem kleinen Schreiber auf die Schulter. »Luberon, Ihr versteht mehr von Bibliotheken als ich. Fragt den Kardinal, ob er ein Exemplar von Chaucers Gedicht hat, und laßt es an die Adresse von Mistress Swinbrooke in der Ottemelle Lane schicken.«

Der Schreiber war einverstanden, packte eilig seine Papiere, Federkiel und Tintenfaß zusammen, steckte alles in einen Lederbeutel und folgte Newington hinaus. Kathryn und Murtagh verließen den Raum kurz darauf. Als sie die sonnenbeschienenen Stufen der Rathaustreppe hinuntergingen, mußten sie ihre Augen gegen die grelle Nachmittagssonne schützen. Colum tätschelte sich den Bauch.

»Ich habe Hunger, Mistress Swinbrooke. Wie wär's mit einem Happen zu essen? Laßt Euch von mir einladen.«

»Ich dachte, Ihr mögt keine Wirtshäuser?«

»Meine Kehle ist ausgedörrt, und mein Magen knurrt. Wenn Thomasina hier wäre, würde ich sie verspeisen!«

Kathryn lächelte und führte ihn zur High Street hinunter, in der sich um diese Zeit die Bürger der Stadt zwischen den Buden drängten. Am Fuße der Rathaustreppe stand ein Mann am Pranger, dessen Ohren man an die Holzleisten genagelt hatte. Er trug ein Schild um den Hals, auf dem in krakeliger Schrift stand, daß er aufsässige Reden gegen den König geführt hatte. Ein paar Nonnen in der schwarzen Tracht des Ordens vom Heiligen Grabe standen bei ihm, wischten ihm Blut und Schweiß vom Gesicht und versuchten, ihm aus einem Becher, den sie an die blutigen Lippen des Verletzten hielten, ein wenig Wein einzuflößen. Kathryn wandte sich ab.

»Wenn die Menschen doch nur ihre Zunge im Zaum halten würden«, murmelte sie.

Colum führte sie am Ellenbogen durch das Marktgewühl.

»Gewiß, Mistress. In Irland heißt es, viele Männer haben wegen ihrer Zunge den ganzen Kopf verloren!«

Sie traten zur Seite, um einen Leichenzug vorbeizulassen. Der Sarg schwankte beträchtlich auf den Schultern der betrunkenen Sargträger. Die vier Männer, die zu beiden Seiten brennende Kerzen trugen, hatten nicht weniger tief ins Glas geschaut, so daß es eher wie ein Mummenschanz denn wie ein Leichenzug aussah.

»Der Tod holt uns aus der Mitte des Lebens«, zitierte Kathryn.

»Koste das Leben, und nutze die Zeit«, parierte Colum.

»Mistress Swinbrooke, ich bin schon oft in der Kathedrale gewesen, aber die Stadt kenne ich noch nicht. Wo gibt es hier ein gutes Wirtshaus?«

»Der ›Löwe‹ in der Mercery«, antwortete Kathryn und bog nach rechts ab, vorbei an der Schenke ›Zum Schachbrett‹, auch das ›Wirtshaus der Hundert Betten‹ genannt, wo sich Pilger im weiträumigen Portikus drängten. Einige bereiteten sich auf ihre Abreise vor und hatten die Metallbrosche mit dem Kopf von Thomas Becket an ihre Mäntel oder Hüte gesteckt. Andere waren gerade erst angekommen, schoben sich durch das Gedränge im Eingang in den Hof und riefen nach Stallknechten, während sie sich staunend umsahen.

»Wenn die wüßten«, flüsterte Kathryn.

Plötzlich ertönte aus dem Hofinnern eine irische Stimme, die Worte konnte man nicht verstehen. Colum wirbelte herum, eine Hand fuhr ans Messer, die andere wickelte den dicken Wollmantel wie einen Schild um seinen Arm. Kathryn sah ihn erstaunt an. Colum war nicht mehr der nette, gemächlich einherschlendernde Ire, sondern ein Kämpfer, bereit, zuzuschlagen und zu töten. Er hatte Kathryn völlig vergessen und starrte mit hartem Blick in die Menge auf dem Hof des ›Schachbretts‹, als erwarte er einen feindlichen Angreifer.

Kathryn ging auf ihn zu, aber Colum drehte sein Messer und stieß sie sanft zur Seite.

»Um Gottes willen, Mann!« sagte Kathryn.

Colum blinzelte und sah sie an. »Ihr habt sie doch auch gehört! Die irischen Laute!«

»Natürlich, und da sind auch Waliser, Franzosen, Bretonen, Besucher aus Calais. Colum, was ist los?«

Am Eingang zum Wirtshaus waren noch andere auf den Iren mit dem wilden Blick und dem gezückten Messer aufmerksam geworden. Kathryn hörte, wie ein Mann auf irisch nach Bedienung rief und den Stallknecht verfluchte. Colum entspannte sich und steckte den Dolch wieder in die Scheide. Kathryn berührte sein Handgelenk.

»Colum, ist alles in Ordnung?«

Colum grinste verlegen.

»Gewiß, Lady, es sind nur die Gespenster der Vergangenheit.«

Sieben

Kathryn und Colum gingen weiter die Mercery Street entlang, in der die Häuser von arm und reich einträchtig nebeneinander standen. Die der Handwerker waren Holzhütten, niedrige, viereckige Gebäude mit überhängenden Dächern aus Stroh oder Binsen, durch die ständig Wasser sickerte. Die Anwesen der Reichen hingegen waren aus stabilen Baumstämmen und Steinen gebaut, die Dächer von Säulen gestützt, die zu grotesken Kobolden oder grinsenden Monstern geschnitzt und reich mit Knoten, Schnörkeln und anderen bizarren Gebilden verziert waren. Colum blickte zu dem schmalen Stück Himmel zwischen den Häusern hinauf.

»Ich bin nie gern in der Stadt gewesen«, brummte er. Er war immer noch unruhig und hielt die Hand am Dolch. Er warf einen prüfenden Blick in die düsteren Seitenstraßen der Mercery, die so dunkel waren, daß auch tagsüber die Hornlaternen an ihren Haken vor der Tür brannten. Schließlich betraten sie den ›Löwen‹. Im Schankraum war es heiß und stickig; am anderen Ende des Raumes loderte ein riesiges Feuer unter drei oder vier Spießen, die von dreckverschmierten Jungen gedreht wurden. Kathryn und Colum setzten sich an einen Tisch am Fenster. Eine verschwitzte, müde Frau brachte ihnen Fleisch von Schweinen, die mit den zartesten Eicheln gefüttert worden waren, Karpfenstücke in einer scharfen, würzigen Sauce und mit Wasser verdünnten Wein in hölzernen Bechern. Mitten im Schankraum stand ein mit Essensresten übersäter Tisch, an dem die anderen Gäste, zum größten Teil Pilger, darauf warteten, daß der Koch ihnen das Fleisch am Spieß bringen würde, damit sie sich Scheiben davon abschneiden konnten. Colum sah dem Treiben eine Weile zu. Hin und wieder warf er einen Blick auf Kathryn, und ihm fiel auf, wie geschickt und manierlich sie ihr Fleisch zerteilte und sich kleine Stücke in den Mund schob, wie sie danach elegant ihre Finger in einer Wasserschüssel wusch und an einer Serviette abtupfte. Sie würde bei Hof eine gute Figur machen, dachte er. Kathryn blickte auf.

»Worüber denkt Ihr nach, Ire?«

»Es tut mir leid, daß ich wegen Brantam so aus der Haut gefahren bin«, sagte Colum und trank einen Schluck Wein. »Ich muß mich immer wieder daran erinnern, daß ich nicht im Lager bin.« Er heftete den Blick auf sie. »Das war gedankenlos von mir; es muß doch schwer sein, als Frau die Heilkunst auszuüben. Ich meine, wenn man Kollegen wie Cotterell hat!«

»Die Schwierigkeiten haben Leute wie er. Ich habe keine.«

»Warum habt Ihr den Namen Eures Mannes aufgegeben?«

Kathryn zog die Schultern hoch. »Warum stellt mir jeder diese Frage?« Sie warf einen Blick in den hinteren Teil der Schankstube, wo sich zwei Katzen um eine Ratte zankten, die sie gefangen hatten. »Mein Mann ist fort. Ich bin Witwe«, Kathryn seufzte. »Ich bin es, allen gegenteiligen Gerüchten zum Trotz.«

»Obwohl seine Leiche nie gefunden wurde?«

Kathryn sah ihn an, und Colum wußte, daß er ihren wunden Punkt berührt hatte; ihre Augen schauten wachsam.

»Lassen wir das Thema, Colum«, erwiderte sie.

»Diese Geschichte im Rathaus«, fuhr Colum fort, als wollte er seine Verlegenheit verbergen. »Habt Ihr einen bestimmten Verdacht?«

Kathryn lehnte sich an die Wand. Ihr war heiß, und der Vormittag hatte sie angestrengt. Sie wäre lieber in der Ottemelle Lane gewesen als in dieser stickigen Schenke, wo ihr das Kleid am Leibe klebte.

»Was ist, wenn wir uns mit unseren Vermutungen über den Mörder irren, Ire? Was, wenn er ein Arzt ist, der nicht auf Newingtons Liste steht?« fragte sie.

»Newington ist gewissenhaft.«

»Ja gewiß, aber was ist, wenn es jemand war, der einfach nur Zugang zu Arzneien und Mixturen hat?« Kathryn hob ihren Weinbecher. »Vielleicht sollten wir Leute anheuern, die alle unsere Verdächtigen beobachten.«

»Das ist unmöglich«, sagte Colum. »Dazu haben wir nicht

das Recht. Das käme einer Anklage gleich, für die wir keinerlei Beweise haben. Als Ärzte können sie gehen, wohin sie wollen. Wie Ihr schon sagtet: Sie haben sogar Schlüssel für die Nebenpforten. Wenn sie nur entschlossen genug vorgehen, können sie jedem Spion nachts hinaushelfen. Das würde uns also nichts nützen.«

Colum beugte sich vor und drückte ihr die Hand. »Ihr habt Euer Geld bereits verdient, Mistress Swinbrooke, mit dieser Geschichte von dem Dichter Chaucer.«

»Wir werden sehen, was dabei herauskommt, wenn Luberon das Exemplar des Erzbischofs in mein Haus bringen läßt«, entgegnete Kathryn. »Dabei fällt mir ein, Ire, ich wäre Euch dankbar, wenn Ihr sie bitten würdet, mir eine Kopie des Vertrages und den Betrag, den die Stadt mir schuldet, zu schicken.« Kathryn wischte sich die Finger an der Serviette ab. »Ein armer Patient, der seine Gebühren nicht bezahlt, und die Stadt Canterbury, die dasselbe tut, sind zwei verschiedene Paar Schuh! Jetzt muß ich gehen.«

Colum bestand darauf, das Essen zu bezahlen, trank seinen Becher bis auf den letzten Tropfen leer und bedeutete Kathryn sitzenzubleiben.

»Mistress, ich möchte Euch um einen Gefallen bitten.«

Verwundert zog Kathryn die Augenbrauen hoch.

»Das Haus in Kingsmead ...«, stammelte Colum. »Die Böden sind verrottet, die Fensterläden kaputt, und das Dach ist durchlöchert wie ein Netz. Ich wollte Euch fragen ...«

»Was wolltet Ihr mich fragen?«

»Ich wollte Euch fragen, ob ich eine Kammer in Eurem Haus mieten kann? Zumindest so lange, bis das Herrenhaus wieder bewohnbar ist.«

Kathryn sah ihn an und sagte nichts.

»Ich könnte blanke Münzen dafür zahlen«, fügte er hinzu.

Kathryn blickte ihn abschätzend an. Der Ire sah aus wie ein Schuljunge, der seine Mutter um einen Gefallen bittet. Wenn ich mich weigere, dachte Kathryn, kränke ich ihn, aber wenn ich annehme ...? Sie dachte an Thomasina, ihre beherzte Beschützerin.

»Einverstanden«, sagte sie lächelnd.

»Habt Dank. Ich werde Luberon treffen und mein Gepäck heute abend mitbringen.«

»Alsdann, Ire« – Kathryn erhob sich – »lebt wohl!«

Thomasina kam schnaufend und keuchend mit zwei Bündeln langer, gelblicher Binsen unter dem Arm die Ridinggate Street entlang und ging Richtung Ottemelle Lane. Rawnose, der Hausierer, stand an der Ecke.

»Wißt Ihr schon das Neueste, Mistress?«

Thomasina blickte den armen Bettler an. Er war wahrhaftig ein Ärgernis, aber seine Wunden waren so schrecklich, daß sie bei seinem Anblick jedesmal vor Mitleid verging.

»Nein, Rawnose«, sagte sie bedauernd und kaufte irgendeinen wertlosen Plunder aus seinem Bauchladen.

»Also«, brabbelte Rawnose. »Sie haben die Lancastertreuen besiegt, Falconberg, ihrem letzten General, haben sie den Kopf abgeschlagen und auf einem Pfahl auf der London Bridge gesteckt. Es heißt, Faunte hält sich in den Wäldern um Canterbury versteckt, und es ist wieder einer vergiftet worden, ein Kaufmann. Witwe Gumple will Vorsitzende des nächsten Kirchengemeinderates werden.«

Er hörte nicht eher auf, seine Nachrichten herunterzuleiern, bis Thomasina, deren Arme unter der Last der schweren Binsen erlahmten, ihn einfach stehenließ. Vor sich erblickte sie einen Mann, der sich über den Stand eines Zinngießers beugte, und erkannte das dicke Hinterteil des aufgeblasenen Goldere. Thomasina lächelte, schob sich die Binsen etwas weiter über den Arm und eilte an dem Mann vorbei, sorgfältig darauf bedacht, daß die scharfen Enden ihrer Bündel dessen gute Hose trafen. Goldere sprang auf.

»Oooh! Ooh!« schrie er.

Thomasina blieb kurz stehen. »Das tut mir wirklich außerordentlich leid«, keuchte sie atemlos. »Ich bin schrecklich in Eile!« Und von einem Ohr zum anderen grinsend ging sie zum Haus der Swinbrookes hinüber.

Agnes öffnete ihr. Nachdem Thomasina alle Gerüchte weitererzählt hatte, die nach ihrem Dafürhalten für Agnes' Ohren geeignet waren, schafften sie gemeinsam die alten Binsen aus der Küche, fegten den Boden und legten ihn mit neuen aus, die sie mit Minze und Thymian besprenkelten. Thomasina fragte sich besorgt, wo Kathryn steckte. Sie traute dem Iren nicht über den Weg und befürchtete, ihre Herrin könnte sich in den Fallstricken der mächtigen Herren verfangen. Als Agnes plapperte, hörte sie nur mit halbem Ohr zu, bis das junge Mädchen plötzlich schwieg und den Besen aus der Hand gleiten ließ.

»Oh, es tut mir leid! Bitte, entschuldige!« rief Agnes. »Ich habe etwas vergessen; für Mistress Kathryn ist ein Brief gekommen!«

Sie lief in Kathryns kleine Schreibkammer und kam mit einem Stück Pergament zurück, das zwar schmutzig und verschmiert, aber mit einem Klecks Wachs versehen war. Thomasina wischte sich die Hände am Kleid ab und riß es dem Mädchen förmlich aus der Hand.

»Das nehme ich in Verwahrung!« fauchte sie und eilte aus der Küche, die Treppe hinauf in ihre Kammer. Sorgfältig schloß sie die Tür und setzte sich auf die Steppdecke, die das große Bett mit seinen vier stabilen Pfosten zierte, ein Geschenk ihres Vaters anläßlich ihres ersten Hochzeitsmorgens.

»Was du nicht alles schon erlebt hast!« murmelte Thomasina.

Sie lachte und weinte ein wenig und wischte sich die Tränen ab – wie immer, wenn sie sich auf das Bett setzte und an die Vergangenheit dachte. Dann untersuchte sie das Stück Pergament. Irgend etwas stimmte nicht mit ihrer Herrin, und diese geheimnisvollen Briefe schienen die Sache immer noch zu verschlimmern. Thomasina befühlte das rote Wachs. Etwas war verkehrt. Etwas, das mit dem schrecklichen Bastard von Ehemann zu tun hatte, mit diesem Alexander Wyville. Thomasina war so froh gewesen, daß er einen Tag früher als geplant fortgegangen war. Sie war mit Kathryn zu einem Verwandten des Arztes Swinbrooke gegangen, um dort die Nacht zu verbringen. Als sie zurückkehrten, teilte Kathryns Vater ihnen lakonisch mit, Alexander sei schon fort: Er habe seine Siebensachen gepackt, habe das Geld aus seiner Kiste genommen, das Schwert, den Schild und den Speer, den er gekauft hatte, und sei fortgegangen, um sich dem Aufgebot Fauntes anzuschließen, den Männern, die draußen auf den Feldern bei Westcliff neben der Kirche von St. Dunstan vereidigt wurden. Kathryn war seither eine andere geworden und ihr Vater in immer tiefere Depressionen versunken.

Thomasina spitzte die Lippen, atmete tief durch die Nase ein, brach dann das Siegel auf und nahm den Brief heraus. Sie hatte die krakelige Handschrift schon vorher auf einer Notiz gesehen, doch jetzt erschrak sie ob des drohenden Inhaltes der Botschaft: »Wo ist Euer Gemahl? Wo ist Alexander Wyville? Mord ist ein Verbrechen, und Mörder werden gehängt!«

Thomasina betrachtete den grob skizzierten Galgen und die daran baumelnde, langhaarige Frau. Darunter fand sie die hingekritzelten Worte: »Aber Schweigen ist Gold und das Gold, drei Goldstücke, können auf Goodman Theodors Grab in der Ecke vom Friedhof von St. Mildred hinterlegt werden. Heute zwischen der vierten und fünften Stunde.«

Thomasina knüllte den Brief zu einer Kugel zusammen und eilte wieder in die Küche. Sie schaute auf die Stundenkerze. Die Flamme hatte den vierten Ring bereits gefressen. Thomasina warf die boshafte Mitteilung ins Feuer und sah, wie sie zu Asche zerfiel.

»Agnes!« rief sie. »Agnes, komm her!«

Das junge Mädchen kam eilends herbei, das schmale Gesichtchen angespannt, denn sie spürte die Erregung, die jetzt im Hause herrschte: Mistress Kathryn ging hierhin und dorthin; wollüstige Iren wurden zum Abendessen eingeladen; mysteriöse Briefe kamen; und nun stand auch noch Thomasina mit hochrotem Kopf und völlig außer sich vor ihr. Die Magd packte Agnes bei den Schultern.

»Hör zu, mein Kind, magst du Zuckerwerk?«

Agnes nickte.

»Und hättest du gern ein großes Glas voll?«

Wieder nickte Agnes.

Thomasina zeigte mit dramatischer Geste auf die Vorratskammer. »Da drinnen sind sie, alle nur für dich, unter einer Bedingung. Du darfst Mistress Swinbrooke auf gar keinen Fall etwas von diesem Brief sagen, hörst du?«

Agnes mache das Kreuzzeichen über dem Herzen und schwor, sie wolle eher sterben als ihr Versprechen brechen. Thomasina drückte noch einmal fest ihre Schulter und eilte aus der Tür, während Agnes wie ein Pfeil in die Vorratskammer schoß. Thomasina lief die Ottemelle Lane entlang und stieß Mollyns, den Müller, der sie anhalten wollte, zur Seite. Goldere war der nächste, der ihren Ellbogen zu spüren bekam, während der arme Rawnose nicht einmal Zeit hatte, den Mund zu öffnen, da Thomasina bereits in die Hethenman Lane einbog und zum Hospital rauschte. Vor ihr ragten die eisenbeschlagenen Tore empor, die mit Zinnen versehenen Türmchen und die erhabenen Türme der Burg von Canterbury, und links davon der hohe, elegante Kirchturm von St. Mildred dort auf einem kleinen Hügel über dem Stour.

Obwohl die Ottemelle Lane an der Grenze des Pfarrbezirks von St. Margaret lag, war Kathryns Familie immer zum Gottesdienst nach St. Mildred gegangen. Der alte Pater Matthews war hier Pfarrer, ein heiliger Mann, der bei Thomasinas letzter Hochzeit den Traugottesdienst gehalten hatte; inzwischen war er zu schwach, um sich der mächtigen Witwe Gumple zu widersetzen, die, unterstützt von ihren Komplizen, beabsichtigte, die Kirche zu ihrem eigenen Reich zu machen. Thomasina hoffte, noch rechtzeitig zu kommen. Wer auch immer ihrer Herrin Kathryn solche Briefe schickte – er würde auf den Friedhof kommen, und Thomasina wollte vorher dort sein. Durch das Friedhofstor betrat sie das, was gemeinhin als Gottesacker bezeichnet wird. Sie bekreuzigte sich und sprach das Requiem für ihre Eltern, Brüder und Schwestern, natürlich auch für die beiden Ehemänner und für ihre vier totgeborenen Kinder, die alle hier begraben waren. Aus Thomasinas sonst heiterem, beherztem Gesicht war alle Farbe gewichen. Sie blickte zur grauen Kirchenmauer hinüber und zählte die Fenster des nördlichen Querschiffs. Als sie beim sechsten Fenster angelangt war, wanderte ihr Blick nach unten, und sie entdeckte die von Gras überwucherten, kleinen, verwitterten Steinkreuze.

»Oh, meine Kleinen«, flüsterte sie.

Sie sah sich um. Sie durfte nicht an sie denken, sonst würde sie weinen und sich ihrer Trauer hingeben; sie mußte stark sein. Suchend blickte sie unter die stämmigen Eiben, deren Äste bis auf das hohe Gras und den Stechginster herabhingen.

»Wenn dieser Bastard auftaucht«, murmelte Thomasina, »werde ich ihn packen!«

Sie spitzte die Ohren, aber alles, was sie hörte, war das Zwitschern der Vögel und das Sirren der Grashüpfer. Wunderschöne Schmetterlinge schwebten über den wilden Blumen, und wieder dachte sie an die Seelen ihrer Kleinen. Waren sie in den Schmetterlingen? Sie atmete tief ein und folgte dem ausgetretenen Pfad über den Friedhof in die abgelegene Ecke, in der das Grab Goodman Theodors lag, ein großes, verwittertes Marmorgebilde, das unter der heißen Sonne ächzte und knackte. Das Grab war bei den Liebespaaren im Pfarrspiel bekannt als guter Platz für ein Stelldichein. »So viele Erinnerungen«, sagte Thomasina leise. Vor einer Ewigkeit hatte sie sich hier mit Pater Cuthbert getroffen, als er Novize war und noch nicht ganz der Kirche gehörte. Da droben, neben der alten Eibe, hatten sie bei Vollmond gestanden, jung und unschuldig, während die Sterne an einem dunkelblauen Himmel wie Diamanten gefunkelt hatten.

Thomasina wischte sich die Augen und ging langsam zu der Eibe hinüber. Der Stamm war vor langer Zeit bei einem Sturm von der Zunge eines Blitzes gespalten worden. Sie versteckte sich dahinter und beobachtete den Pfad, der zum Grab von Goodman Theodor führte. Thomasina hatte wohl eine gute halbe Stunde dort ausgeharrt, schwankend zwischen dem Wunsch, den Mann zu fangen, der ihre Herrin erpreßte, und der Qual der bittersüßen Träume, die dieser Ort in ihrer Seele weckte. Vögel schwirrten über den Gräbern und sangen ihr Lied. Ein ziemlich mitgenommener Kater schlich auf der Jagd nach Spitzmäusen und Wühlmäusen durchs Gras. Ein junges Paar kam, legte sich ins heiße Gras und drehte und wand sich in leidenschaftlichen Umarmungen. Als Thomasina hustete, sprangen die beiden wie aufgescheuchte Kaninchen auf und davon, aber sonst kam niemand.

Schließlich hörte Thomasina, wie die Seitentür der Kirche geöffnet wurde. Witwe Gumple trat heraus. Sie sah so lächerlich aus in ihrem gelben Kleid und der hoch aufgetürmten Frisur, daß Thomasina ein Kichern kaum unterdrücken konnte. Ihr fettes, essigsaures Gesicht starrte finster über den Friedhof; sie schien zu erwarten, daß ihr dort jemand auflauerte. Dann ging sie wieder in die Kirche und schlug die Tür heftig hinter sich zu. Thomasina seufzte. Der Erpresser war nicht gekommen, und sie machte sich erschöpft auf den Heimweg.

Im Hof des Wirtshauses zu Fastolf gleich vor dem Westtor saß Thopas der Giftmörder auf einer Bank und wärmte sich in der Spätnachmittagssonne, während er den Strom der neu ankommenden Pilger betrachtete. Er zog sich die Kapuze tiefer ins Gesicht, beobachtete gierig diesen neuen Schub potentieller Opfer und spürte ein Gefühl der Macht wie Wein in seinen Adern pulsieren. Er war Herr über Leben und Tod. Er würde das Urteil für den Tod seiner Mutter an Beckets Schrein und der Stadt vollstrecken. Er lehnte sich zurück, den schwarzledernen Trinkkrug mit Ale in der Hand wiegend, die Augen halb geschlossen, und lauschte dem Klappern von Hufen, dem Rumpeln der Karren auf dem Pflaster, dem Geschrei der Stallknechte und den Rufen der Gäste, die auf sich aufmerksam machten. Er spürte die warme Luft, roch den durchdringenden Geruch von Pferdeäpfeln, der sich mit den würzigeren Düften aus der großen, kegelförmigen Küche des Wirtshauses vermischte. Ein lahmer Bettler hüpfte wie ein Frosch auf die Tür der Schenke zu. Eine Nonne, modisch gekleidet mit einer rosafarbenen, spitzenbesetzten Kopfbedeckung, hob die Röcke und die bauschigen weißen Unterkleider und rümpfte die kleine Nase ob der Gerüche. Sie redete mit nasalem französischem Akzent auf die Schwester ein, die neben ihr hertrippelte. Thopas sah sich die Frau genau an, arrogant, gut angezogen, vornehm und gebildet. Vom Gesetze Jesu, geschweige denn vom Armutsgelübde war nicht viel zu sehen. Ein Opfer? überlegte Thopas. Dann hörte er eine laute, durchdringende Stimme.

»Platz da! Platz da für John atte-Southgate, Oberster Büttel beim Gericht des Erzdiakons des Bischofs zu London!«

Thopas setzte sich auf seiner Bank so, daß er den Büttel sorgfältig in Augenschein nehmen konnte. Wahrhaftig ein Bastard des Teufels, dachte er, schütteres Haar, Dickwanst, vorspringender, unrasierter Unterkiefer, hochrote Wangen und der stechende Blick einer wütenden Sau. Thopas sah die hochhackigen, aus spanischem Leder gefertigten Reitstiefel des Mannes, den kostbaren Gürtel, den er um den Bierbauch trug, seinen langen, mit Grauwerk verbrämten Mantel und die bauchigen Satteltaschen voller Erlasse und Vorladungen. Ein Drache in Menschengestalt, dachte Thopas, ein Lakai der Kirche, der durch die Lande zog und die Sünden der Menschen ans Tageslicht zerrte, um sie dann vor das Gericht des Erzdiakons zu schleifen: den Mann, der seinen Zehnten nicht bezahlte, den Pfarrer, der eine Geliebte hatte, den Seelsorger, der sich von seiner Gemeinde fernhielt. Männer wie Southgate wurden von der Kirche dafür bezahlt, daß sie Erlasse verteilten, doch sie ließen sich bereitwillig von denen bestechen, die es sich leisten konnten, sich loszukaufen.

John atte-Southgate, des Mörders Wild, warf einem Stallknecht die Zügel seines Pferdes zu und schlenderte, die Satteltaschen über den Arm geworfen, in die Schenke. Ein Mann, der sich seiner Macht sehr wohl bewußt war. Er sah, wie die elegante Nonne von ihm zurückwich und wie der kleine Priester aus Somerset sich wie ein verängstigtes Mäuslein ins Dunkel des Schankraumes verdrückte. Southgate lächelte. Es war ein fettes Jahr gewesen, und er tat gut daran, sich beim Schrein zu bedanken. Wer weiß, womöglich war mit den Pilgern noch das eine oder andere Geschäft zu machen. Vielleicht mit einem Pfarrer, der eine Freundin bei sich hatte? Oder mit dieser Nonne da; sollte sie etwa ihren Konvent verlassen haben? Southgate grinste maliziös und verlangte lautstark nach Wein, vom besten, absolut nicht ahnend, daß soeben seine Seele angefordert worden war.

Als Kathryn in die Ottemelle Lane zurückkehrte, brütete Thomasina gerade über den Haushaltsbüchern. Das Gesicht der Magd war ziemlich gerötet, und sie wich Kathryns Blicken aus, so daß diese sich fragte, ob sie wohl immer noch schlecht gelaunt war wegen Colum. Agnes trug einen Krug mit verdünntem Ale und ein paar Scheiben Weißbrot auf einem Brett herein. Kathryn setzte sich ans Kopfende des Tisches und knabberte an dem Brot, während Thomasina fortfuhr, die Rechnungen zu prüfen, und vor sich hin brummelte.

»Was ist los, Thomasina?«

Die Magd blickte auf, die kaffeebraunen Augen vor Aufregung leuchtend.

»Nichts, gar nichts.«

»Thomasina, ich kenne dich doch!«

Thomasina legte den Federkiel zur Seite und warf Agnes, die an der Tür stand und um die Ecke lugte, einen ungehaltenen Blick zu.

»Nichts ist«, sagte sie matt. »Es sieht sogar so aus, als würden wir einen kleinen Gewinn machen. Um so mehr, wenn uns Lord Luberon auch noch eine Kopie des Vertrages und die erste Rate Eurer Entlohnung schickt. Ja, auch ich kenne Euch, Mistress, schon seit der Zeit, als Eure Mutter noch lebte«, fügte sie hinzu, um die Unterhaltung auf ein anderes Thema zu lenken.

»Wie war sie, Thomasina?«

Die Magd seufzte. Kathryn fragte immer wieder danach, und Thomasina gab ihr stets dieselbe Antwort.

»Ihr wart noch ein Baby, meine Süße, aber Ihr hättet sie geliebt. Sie war wie Ihr, groß und elegant. Ihr Haar war schwarz wie die Nacht, und ihre Augen waren sanft und freundlich. Kein Mann hat je eine Frau leidenschaftlicher geliebt als Euer Vater Eure Mutter, er hat nie wieder geheiratet. Nie!«

Thomasina blickte vor sich auf den Tisch, und Kathryn fragte sich zum soundsovielten Male, ob Thomasina, diese Frau mit dem gewaltigen Appetit und der tiefen Leidenschaftlichkeit, ihren Vater wohl geliebt hatte.

»Mögt Ihr ihn?« fragte Thomasina plötzlich.

»Oh, den Iren?« fragte Kathryn.

Thomasina warf ihr einen schnellen Blick zu. Kathryn zuckte die Schultern und schob das Brett von sich.

»Er ist ein merkwürdiger Mensch.«

»Nein«, fügte Thomasina hinzu und freute sich insgeheim über die Spur, die sie gelegt hatte. »Ich meine Chaddedon!«

Kathryn rief sich das dunkle, sardonische Gesicht des Arztes in Erinnerung, errötete und stand auf.

»Ich habe Neuigkeiten für dich, Thomasina. Der Ire wird hier wohnen.«

Damit floh Kathryn in die Sicherheit ihrer Schreibkammer, ungeachtet der schrillen Verwünschungen, die ihre Magd ausstieß.

Draußen in der Küche beschwor Thomasina in Gegenwart von Agnes lauthals die Gefahren, die es mit sich brachte, wenn man einen irischen Halsabschneider beherbergte. Über die Erregung in Thomasinas Stimme mußte Kathryn leise lachen. Sie dachte an Chaddedon, schüttelte dann aber den Kopf. Sie hatte sich um andere Dinge zu kümmern. Aus dem Regal, in dem ihr Vater seine Bücher aufbewahrte, suchte sie die *Rosa Anglica* von Gaddesden heraus. Bucklers Frau würde bald wiederkommen, und Kathryn wollte nachlesen, was der Fachmann über Schwangerschaften schrieb, so daß sie gut vorbereitet war. Sie setzte sich hin und überflog die vergilbten Seiten, bis sie ein Klopfen an der Tür vernahm und Thomasinas Stimme hörte, die die Besucherin ins Haus bat. Die Frau trat zögernd in die Küche. Sie war genauso gekleidet wie schon am Morgen, hatte aber, wie Kathryn bemerkte, ihre Haube noch weiter ins Gesicht gezogen. Kathryn bat die Frau, sich zu setzen, und betrachtete sie. Dann beugte sie sich vor, schob vorsichtig die Haube hoch und entdeckte eine böse Prellung unterhalb des rechten Auges der Frau.

»Das hattet Ihr heute morgen noch nicht.«

Mathilda Buckler wich ihrem Blick aus.

»Ich bin gestolpert und hingefallen«, stammelte sie.

»Nein, das glaube ich Euch nicht«, erwiderte Kathryn. »Euer Gemahl hat Euch geschlagen.« Sie blickte Thomasina an, die hinter Mathilda stand. »Ein Stück rohes Fleisch, Thomasina, geklopft und getrocknet.«

Thomasina eilte in die Vorratskammer und holte das Fleisch, ein Stück vom Bein eines Wildes, das sie dort zum Trocknen aufgehängt hatte.

»Haltet das ans Auge«, forderte Kathryn Mathilda auf. »Der Himmel weiß, warum, aber es wird die Prellung lindern. Wenn Ihr nach Hause kommt, wascht die Stelle regelmäßig mit warmem Wasser, in das Ihr Rosenblätter und Saft aus der Zaubernuß mischt. Ich werde Euch eine kleine Phiole voll mitgeben. Haltet die Prellung auf jeden Fall sauber, vor allem aber nach dem Auflegen von Fleisch. Habt Ihr verstanden?«

Die Frau nickte.

»Euer Gemahl hat Euch geschlagen, nicht wahr?«

Wieder nickte die Frau.

»Ich komme mir so lächerlich vor«, sagte sie. »Mit diesem Fleischklumpen.«

»Ihr würdet noch schlimmer aussehen, wenn man die Prellung sehen könnte. Laßt das Fleisch eine Weile drauf liegen. Und nun, warum hat Euch Euer Gemahl geschlagen?«

»Er sagt, ich sei unfruchtbar.«

»Und seid Ihr das?«

»Ich weiß es nicht!« heulte Mathilda. »Ich bin seit einem Jahr seine Frau, und Mistress, ich habe mir solche Mühe gegeben!«

»Habt Ihr Geschwister?«

»Ja, vier.«

»Sind sie verheiratet und haben Kinder?«

»Ja, ja. Aber mein Mann schimpft mit mir, und seine Verwandtschaft verachtet mich.« Mathilda nahm das Fleisch von ihrem Auge. »Mistress, was soll ich nur machen? Ich bin ein gutes Eheweib, und in der Schlafkammer gebe ich mein Bestes, um meinem Mann zu gefallen.«

»Liebt er Euch?«

Mathilda wich ihrem Blick aus. »Er will einen Erben.«

»Und ist Euer Gemahl potent?«

Jetzt errötete Mathilda. »Es liegt nicht an ihm«, flüsterte sie. »Er trinkt zuviel, und manchmal ist der ...«

»Der Koitus«, fuhr Kathryn fort. »Die Vereinigung wird nicht richtig vollzogen?«

Kathryn sah die junge Frau aufmerksam an und versuchte, ihr Mitleid zu verbergen. Fälle wie dieser waren nichts Ungewöhnliches. Ein betrunkener Gemahl, der an »Müllers Schlaffem« litt, wie ihr Vater es immer genannt hatte; ein Mann, der selbst impotent war und seine Frau dafür mit brutalen Schlägen traktierte. Sie wußte, daß es keine sichere medizinische Untersuchung gab, aber sie registrierte die üppigen, vollen Brüste der jungen Frau, die schlanke Taille und die breiten Hüften.

»Ihr werdet viele Kinder haben«, sagte Kathryn zu ihr.

»Mistress, gibt es keinen Trank für mich? Oder für meinen ...« Ihre Stimme versagte.

»Für Euren Gemahl?« vervollständigte Kathryn ihren Satz. »Lady Mathilda, ich bitte Euch, hütet Euch vor solchen Liebestränken. Sie schaden mehr als sie nützen. Schon so manche Frau stand vor Gericht und wurde des Mordes bezichtigt, weil sie aus Versehen ihren Gemahl vergiftet hatte.«

Mathilda starrte sie an. »Gibt es denn gar nichts?«

Kathryn berührte die Wange der Frau sanft. »Ich bin Ärztin, Lady Mathilda, keine Lügnerin. Ihr Gemahl ist es, der sich ändern muß, schenkt ihm nicht so schnell nach, habt mehr Geduld, wenn er betrunken ist.« Kathryn blickte verzweifelt zu Thomasina hinüber, die nur stumm die Schultern zuckte. »Kommt wieder zu mir«, drängte Kathryn. »In ein paar Tagen. Gebt mir ein wenig Bedenkzeit.«

Thomasina ging hinaus, um die Phiole mit dem Destillat aus Zaubernuß zu holen. Kathryn wollte kein Geld annehmen und sah der Frau nach, als sie das Haus verließ. Sie wartete, bis die Tür hinter ihr ins Schloß gefallen war.

»Was soll ich denn tun?« fragte sie Thomasina hilflos. »Wir leben in einer Männerwelt, und die arme Mathilda ist dabei, das zu lernen.«

»Gibt es denn wirklich gar nichts?« forschte Thomasina nach.

»Was denn zum Beispiel?« fauchte Kathryn sie an. »Soll ich etwa mit Sir John Buckler reden, damit er seine Frau dann noch mehr schlägt? Verflucht soll er sein!«

Kathryn ging wieder in ihre Schreibkammer, setzte sich hin und starrte wütend die Wand an. Als Colum kam, war sie noch immer zornig. Er sah vergnügt aus und hatte über jede Schulter eine Satteltasche geworfen, eine weitere hing über dem Arm. Er betrat mit leicht gerötetem Gesicht die Küche, und Kathryn fragte sich, ob er getrunken hatte. Er schleuderte seine Satteltaschen auf den Tisch, warf Thomasina und Agnes eine Kußhand zu und öffnete dann eine der Taschen.

»Ich bringe reiche Beute, Mistress Swinbrooke.« Er überreichte ihr eine kleine Schriftrolle, die an den Enden gezackt war. »Euer Vertrag.« Dann gab er ihr eine kleine, prall gefüllte Börse. »Und Euer erstes Honorar. Auch das hier sollt Ihr haben, eine Leihgabe des Erzbischofs. Ihr müßt sehr sorgsam damit umgehen, ich habe für Euch gebürgt.« Er zog einen dicken, in Kalbsleder gebundenen Wälzer aus der Satteltasche und reichte ihn ihr.

Kathryn öffnete den Metallverschluß. Sie warf einen Blick auf die Titelseite, die von einem längst verstorbenen Schreiber in Goldbuchstaben beschriftet war. *Die Werke des Sir Geoffrey Chaucer*. Kathryn strich die Seite glatt.

»Ich werde gut darauf aufpassen. Thomasina, Wein für unseren Gast, bitte!«

Die Magd, die giftige Blicke austeilte und etwas vor sich hin flüsterte, eilte hinaus und kam ebenso schnell wieder herein, als könne sie es nicht verantworten, den Iren mit ihrer Herrin allein zu lassen. Sie hielt Colum den Becher so abrupt hin, daß der Wein sich über seine Hand ergoß. Der Ire bedankte sich mit einem Lächeln.

Kathryn ging in ihre Schreibkammer, wo sie das Buch, den Vertrag und die Börse in der großen, eisenbeschlagenen Kiste einschloß. Dann ging sie wieder in die Küche.

»Gibt es etwas Neues, Master Murtagh?«

Sie bemerkte den frischen Glanz auf seinem Gesicht und das Leuchten in seinen Augen.

»Nein, aber Holbech erweist sich als ein vorzüglicher Aufseher. Holz und Steine sind bereits in Auftrag gegeben, so daß die Arbeiten auf Kingsmead wohl bald beginnen können.«

»Habt Ihr Euer Gefolge bereits dort untergebracht?«

»Oh, nein, noch nicht. Sie kampieren noch mit den anderen unten am Stour.« Colum schwankte leicht.

»Wenn dem so ist«, fuhr Kathryn ihn an, »könnt Ihr Holbech

ausrichten, er möge weniger trinken, und dasselbe gilt auch für Euch, Master Ire!«

Kathryn nahm Murtagh den Becher aus den Händen, die keinen Widerstand leisteten. »Ihr seid jetzt unter meinem Dach und habt genug Wein getrunken! Etwas Wasser gefällig?«

Der Ire machte ein langes Gesicht, freute sich aber im stillen, daß Kathryn sich um ihn sorgte und mit ihm schimpfte. Dankbar nahm er den Krug mit frischem Regenwasser entgegen, den Agnes ihm reichte, zwinkerte dem Mädchen mit den weit aufgerissenen Augen zu und scheuchte sie wieder in die Vorratskammer.

»Noch eine Neuigkeit, Mistress Kathryn«, sagte er. »Ihr, ich und Thomasina sind heute abend bei unserem Ärztekollegium in der Nähe von Queningate zum Essen eingeladen. Auch Cotterell soll kommen, und Newington wird ebenfalls anwesend sein, schließlich ist er Darryls Schwiegervater.« Colum kniff die Augen zusammen. »Sie sagen, sie wollen alle unsere Fragen beantworten, aber ich glaube, daß die Einladung von Chaddedon inszeniert wurde. Er scheint in Euch verliebt zu sein«, fügte Colum boshaft hinzu.

»Das geht Euch nichts an!« sagte Kathryn und versuchte, ihre Verlegenheit zu verbergen. »Wann sollen wir dort sein?«

»Gegen neun.«

»Dann, Ire, würde ich vorschlagen, Ihr wascht Euch und rasiert Euch und richtet Euch in Eurem neuen Quartier ein.«

Kathryn ging zur Feuerstelle hinüber und stocherte wütend in der Glut herum, während Thomasina, die Nase hoch erhoben, einen breit grinsenden Iren zu seiner Kammer führte.

Acht

Kathryn hantierte eine Weile in der Küche herum. Dann ging sie mit Thomasina und Agnes in den Kräutergarten, um nachzusehen, ob die Kapuzinerkresse gedieh.

»Sie düngt den Boden und hält ihn von Unkraut frei«, erklärte Kathryn.

Sie folgte dem Pfad durch den Garten und sah nach dem Koriander, der Pfefferminze, dem Thymian, der Petersilie, dem todbringenden Fingerhut und dem noch gefährlicheren giftigen Nachtschatten. Dann kehrte sie zurück ins Haus, um sich den Patienten zu widmen, die nach und nach an ihre Türe klopften. Clara, die Tochter Betons des Brauers, bat um Wein aus Judenkirsche gegen die Gicht ihres Vaters. Clemens, der Schuster, brauchte einen Umschlag aus Kräutern für einen Schnitt am Handgelenk. Die Geflügelhändlerin Paulina, die, wie Thomasina insgeheim vermutete, ihr Einkommen mit dem Besuch junger Männer aufbesserte, mußte Kathryn mit in ihr Privatgemach nehmen, da sie eine Kräuterpackung gegen, wie sie sagte, »ein Jucken an einer ganz heiklen Stelle« verlangte. Schließlich kam Rawnose mit Tim, dem Kesselflicker, der einen geschwollenen und rot entzündeten Bienenstich hatte. Kathryn behandelte ihn sanft mit Wegerichsaft, während sie dem selbsternannten Herold der Ottemelle Lane zuhörte, der seine neuesten Nachrichten verkündete.

»Ach ja«, sagte Rawnose. »Die Zunft der Taschenspieler erlaubt ihren Mitgliedern, bei den Verstorbenen ihrer Gilde Nachtwache zu halten, vorausgesetzt, sie beschwören keine Geister und enthalten sich verbotener Glücksspiele. Petronella von Maidstone ist überführt worden, Pulver mit Spinnen und Blasenwürmern versetzt zu haben und einem Kraut Schaf ...«

»Schafgarbe?« fragte Kathryn freundlich.

»Genau, so heißt es, Mistress. Sie hat ihre Mixtur dazu benutzt, Dämonen mit Frauengesichtern und Ziegenhörnern anzurufen.«

Rawnose plapperte weiter drauflos, derweil Kathryn über die Einladung zum Abendessen nachdachte, bei der sie erneut Chaddedon begegnen würde. Was sollte sie zu diesem Anlaß anziehen? Thomasina klapperte in der Küche herum wie ein Ritter in gepanzerter Rüstung. Sie füllte Töpfe mit Wasser und schickte Agnes hierhin und dorthin mit Nachtgeschirr, Decken und Polstern für »den grinsenden Iren«, wie Thomasina laut verkündete.

Schließlich ging Rawnose mit seinem Freund hinaus. Kathryn wusch sich die Hände. Am liebsten wäre sie in ihre Schreibkammer gegangen, um einen Blick in Chaucers Buch zu werfen, aber die Flamme der Stundenkerze fraß die Zeit. Sie half Thomasina, Töpfe voll heißen Wassers die Treppe hinauf zu dem großen, von Stahlbändern zusammengehaltenen Holzbottich zu tragen, der mit einem Wolltuch abgedeckt in einer Ecke von Kathryns Schlafgemach stand. Gemeinsam füllten sie den Bottich und fügten Rosenblätter und Lavendel hinzu. Kathryn zog sich schnell aus und badete, rieb ihren Körper mit kastilianischer Seife und einem harten Schwamm ab, den ihr Vater aus London mitgebracht hatte. Rasch zog sie ihr dunkelblaues, an den Ärmelstulpen und dem hohen Kragen mit Goldfäden besticktes Satinkleid an und ging in die Küche hinunter. Thomasina legte Wert darauf, ihr das Haar zu richten – ein Ritual, das schon in Kathryns Kindertagen vor dem Feuer stattgefunden hatte. Thomasina scheuchte Agnes hinaus und ließ sie irgendeine Besorgung machen. Dann holte sie die mit Silber beschlagene Bürste und den Kamm hervor. Thomasina löste die Zöpfe ihrer Herrin und ließ das Haar wie glänzende schwarze Seide über ihren Rücken fallen. Sie bemerkte die silbergrauen Strähnen an den Schläfen und schnalzte mißbilligend mit der Zunge. Sorgfältig begann sie, das Haar zu kämmen, und lauschte angestrengt, ob Agnes wirklich gegangen war. Thomasina hatte beschlossen, die Gelegenheit zu nutzen und Kathryn geradeheraus zu sagen, was sie erfahren hatte. Kathryn wandte sich halb zu ihr um und lächelte.

»Nun komm schon, Thomasina. Sag schon, was du auf dem Herzen hast!«

Hastig sprudelte Thomasina hervor, sie habe einen Brief gefunden, seinen schmutzigen Inhalt gelesen und ihn ins Feuer geworfen. Dann beschrieb sie ihren erfolglosen Ausflug zum Friedhof von St. Mildred.

»Ich habe es falsch gemacht, Mistress«, schloß sie kleinlaut und bürstete Kathryns Haar so kräftig wie immer.

»Aber ich kenne Euch doch von Kindesbeinen an. Warum sagt Ihr mir nicht, was in der Nacht, als Alexander fortging, wirklich geschehen ist?«

Kathryn starrte in die Flammen, getröstet von Thormasinas Fürsorge und den gleichmäßigen Bewegungen der Bürste, fühlte sich schläfrig und doch gleichzeitig lebendiger als seit Jahren. Sie hatte mit einer Lüge gelebt, und die Anwesenheit des Iren, die Umtriebe des Mörders, das Gefühl dazuzugehören, die Bewunderung Chaddedons – all das hatte sie aus einem Zustand der Trance in die Wirklichkeit zurückgestoßen. Sie ergriff Thomasinas Hand und drückte sie sanft.

»Du hast nichts Falsches getan, Thomasina. Ich werde es dir erzählen. Alexander Wyville war ein junger, gutaussehender Mann aus gutem Hause. Er war das einzige Kind, und seine Mutter, die ein Jahr vor unserer Hochzeit starb, hat ihn als Alleinerben zurückgelassen.« Sie lächelte Thomasina über die Schulter hinweg an. »Ach Gott, Thomasina, du weißt schließlich genausoviel über ihn wie ich. Er war ein Apotheker, der mir den Hof machte, und mein Vater gab der Verbindung seinen Segen. Erinnerst du dich an die Abende, die wir hier in der Küche verbrachten? Wie wir Pläne schmiedeten für einen Laden und den Import von Kräutern und Gewürzen?«

Thomasina nickte. Jetzt war es an ihr zu schweigen, obwohl sie von Anfang an ihre Zweifel gehabt hatte. Nicht viel, nur Gerüchte, daß Alexander die Schenke gegenüber von St. Mildred öfter besuchte als die Kirche.

Kathryn zuckte mit den Schultern. »Den Rest kennst du. Ich habe Alexander geheiratet. Ich wollte ihn lieben, seine Kinder unter dem Herzen tragen, aber er war wie zwei Männer in einem. Der ehrgeizige Apotheker und der Trunkenbold, der seine Frau schlug.« Sie ergriff Thomasinas Finger und hielt sie auf ihrer Schulter fest. »Ich wußte, daß du es wußtest, mein Vater wußte es, und doch haben wir alle so getan, als sei nichts. Wie konnte ein so junger Mann so viel Haß in sich haben? Er beneidete meinen Vater. Dann brach wieder Krieg aus, und Alexander sah eine Chance, die Gunst des Königs zu erlangen als ein Apotheker, der sich als Soldat zu den königlichen Truppen meldete. Er teilte uns mit, daß er sich den Truppen Fauntes draußen vor dem Westtor anschließen wollte. Mein Vater war einverstanden. Ich wollte nur, daß er ging; eines Nachmittags kam Vater und wollte mit mir sprechen. Er war ganz bleich im Gesicht, Tränen standen ihm in den Augen, die plötzlich so hart wie Glas waren. Er sagte, er wünsche Alexander den Tod.« Kathryn biß sich auf die Lippen. »Ich fragte ihn, warum, aber er murmelte vor sich hin. Alexander sei eine treulose Kreatur und ein Tyrann.« Kathryn zog die Schultern hoch. »Ich war zu müde, zu benommen, um über seine Worte nachzudenken. Dann bestand Vater darauf, daß wir, du und ich, die Nacht bei seinem Verwandten Joscelyn verbringen sollten. Erinnerst du dich?«

Sie drehte sich um und blickte Thomasina prüfend an; die nickte.

»Als wir zurückkamen, war mein Vater sehr ruhig. Er war blaß und übernächtigt und sagte uns, Alexander sei am Abend zuvor fortgegangen.« Kathryn ließ Thomasinas Finger los. »Mir machte das nicht viel aus. Dann wurde Vater krank. An dem Morgen, als er starb, wollte er mich allein sprechen.«

Thomasina sagte nichts; sie erinnerte sich daran, daß sie den Arzt verlassen hatte und eilig in Kathryns Kammer gelaufen war, um diese Botschaft zu überbringen.

»Nun ...« Kathryn stand auf, hob den Saum ihres Kleides und ging zur Tür, die in den Garten führte. »Mein Vater hat mir gestanden, daß er Alexander umgebracht hat!«

»Euer Vater hat Alexander getötet?«

Kathryn wirbelte herum, das Gesicht verzerrt, die Augen dunkel vor Schmerz. »Ja, getötet. Er sagte, er schwöre vor Gott, daß Alexander es verdient habe, und daß er es auch Pater Cuthbert gebeichtet habe.«

Thomasina setzte sich und umklammerte ihren Leib, ihr Herz hämmerte vor Angst.

»Um Himmels willen, Mistress«, sagte sie tonlos. »Aber wo ist die Leiche? Und diese Botschaften? Sind sie wahr?«

»Gewiß, den Worten meines Vaters nach. An dem Abend, als wir nicht hier waren, saß Alexander in der Laube neben dem Gartentörchen. In einem bauchigen Dokumentenkörbchen brachte Vater ihm einen Becher Rotwein, der stark mit Baldrian versetzt war. Der vergiftete Wein hätte Alexander in einen Schlaf geschickt, aus dem er nie wieder erwacht wäre. Vater überließ Alexander seiner Trunksucht und ging aus dem Haus. Er wanderte durch die Straßen, bis es vorbei war. Doch als er zurückkehrte« – Kathryn rieb ihre schweißnassen Hände aneinander – »fand er den Becher im Gras, aber Alexander war nicht da. Nun pflegte Alexander zu seinem Lieblingsplatz hinter der Kirche von St. Mildred zu gehen, unter den Weiden, die den Stour überblicken. Dort war er immer, um nüchtern zu werden, wenn er wieder einmal betrunken war.«

Thomasina nickte nur.

»Deshalb ging mein Vater kurz vor Sonnenuntergang dorthin, aber es war zu spät. Alexander war entweder in den Fluß gerutscht oder gefallen und hatte nur seinen Mantel am Ufer zurückgelassen.« Kathryn blinzelte, um die Tränen zu unterdrücken. »Das war alles.«

Thomasina atmete tief ein und starrte auf einen Fleck auf ihrem Kleid. Die Geschichte ihrer Herrin klang glaubwürdig. Kathryns Vater hatte seine Tochter leidenschaftlich geliebt, und obwohl er Thomasina gegenüber kaum je ein Wort hatte fallen lassen, wußte die Magd, wie sehr er im Laufe der Zeit Alexanders Grausamkeit und Trunksucht hassen gelernt hatte. Fortwährend lief dieser junge Tunichtgut zu seinem Lieblingsplatz am Fluß. Thomasina hatte Alexander sogar im Verdacht, daß er sich dort mit jemandem traf, und offensichtlich hatte der alte Arzt dasselbe vermutet.

»Nun ist Alexander verschwunden, und dennoch muß jemand das Geheimnis kennen. Aber wer, warum und auf welchem Wege?«

Die beiden Frauen sprangen auf, als sich die Küchentür öffnete und Colum, in braungelbem Wams, leuchtend weißem Hemd mit weitem Halsausschnitt und grüner Samthose, langsam in die Küche trat. Leise schloß er die Tür hinter sich und warf seinen kaffeebraunen Mantel über einen Hocker. Trotz ihrer Überraschung fiel Kathryn auf, daß er sich sehr viel Mühe mit seinem Äußeren gegeben hatte: Er hatte sich rasiert und zumindest den Versuch unternommen, seinen wirren Haarschopf ein wenig zu bändigen. Thomasina sprang auf wie eine fauchende Katze.

»Trau nie einem Iren!« zischte sie. »Landstreicher, alle miteinander!«

Colum starrte sie entgeistert an, schüttelte den Kopf und verbeugte sich höflich vor Kathryn.

»Mistress Swinbrooke, ich bitte um Verzeihung.« Er hob einen Fuß hoch, an dem er einen weichen Lederstiefel trug. »Sie haben ganz weiche Sohlen, und ich trete schon seit meiner Kindheit so leicht auf wie ein Geist.« Colum trat näher, ergriff Kathryns eiskalte Hand und streifte sie leicht mit den Lippen. »Ich schwöre bei Gott, Mistress, ich wollte nicht lauschen, aber die Tür stand einen Spalt weit offen.« Er ließ ihre Hand los und trat einen Schritt zurück, so daß er beide Frauen ansprechen konnte. »Aber was macht das schon? Ein Bastard mehr, der bekommen hat, was er verdient, und jetzt werdet Ihr von jemandem erpreßt.« Er zuckte die Schultern. »Soviel habe ich mitbekommen. Wir alle haben unsere Geheimnisse.« Er sah Thomasina scharf an. »Wie ich schon sagte, was deine Herrin angeht, geht auch mich an. Sie steht jetzt im Dienst des Königs, und, was noch wichtiger ist, ich kann ihr helfen.« Er wedelte mit der Hand, und Kathryns Blick fiel auf ein blinkendes, goldenes Amulett an seinem Handgelenk. »So etwas ist nichts Ungewöhnliches. Jeden Tag verschwinden Männer. Wenn alle verlassenen Frauen sich an einem Ort versammelten, könnte ich eine ganze Armee aufstellen.« Colum blickte zu Boden und wühlte mit seiner Stiefelspitze in den Binsen. »Mistress, setzt Euch bitte. Thomasina, hol uns Wein mit viel Wasser, denn wir haben noch nicht gegessen.«

Kathryn nahm wieder Platz und bedeutete Thomasina, ihm zu gehorchen, denn von dem Iren hatte sie offenbar nichts Böses zu erwarten.

Colum räusperte sich. »Mistress, ich glaube nicht, daß Euer Vater einen Mord begangen hat.«

»Wie bitte?«

Colum schüttelte nachdrücklich den Kopf. »Erstens muß Euer Gemahl überlebt haben, um die Sache jemandem erzählen zu können. Ihr habt sicher niemandem etwas gesagt, und Euer Vater hat es bestimmt nur seinem Beichtvater erzählt.« Colum schloß die Augen und dachte an das Soldatenlager unten am Stour und die Liste von Holbechs Beschwerden. »Der Leichnam Eures Gemahls, ist er je gefunden worden?«

»Natürlich nicht. Mein Vater und ich konnten wohl kaum eine Untersuchung beantragen!«

»Aber der Mantel Eures Gemahls?«

Kathryn bejahte. »Ich habe mich bei den Sergeanten der Musterung erkundigt, ob sich jemand mit Namen Wyville bei ihnen eingeschrieben hat, aber sie verneinten.«

Colum klopfte mit der Hand auf den Tisch.

»Mistress, wenn man am Fluß entlang nach Süden geht, worauf trifft man dort?«

»Da unten sind Mühlen, Deiche für Karpfenteiche, Brücken.« Kathryns Stimme wurde leiser, und sie blickte auf, ein Lächeln in den Augen.

»Natürlich«, stieß sie hervor. »Thomasina, verstehst du? Mein Vater war Arzt. Daher konnte er in den Monaten nach Alexanders Verschwinden sorgfältig in den Totenlisten nach der Leiche eines namenlosen Mannes suchen, der aus dem Fluß gezogen wurde. Seine Suche blieb erfolglos, und obwohl er das seltsam fand, hat mein Vater es immer hingenommen, weil er sich schuldig fühlte.« Sie betastete die Goldstickerei am Halsausschnitt ihres Kleides.

»Ire, Ihr müßt recht haben. Der Stour fließt schnell; an einer der Mühlen oder Brücken hätte Alexanders Leiche hängenbleiben müssen. Aber was ist mit dem Baldrian?«

Colum zuckte mit den Schultern. »Ihr seid die Ärztin, Mistress. Hat er alles getrunken oder nur ein wenig? Hat er den Inhalt des Bechers geschluckt und dann erbrochen? Ich sage Euch, Mistress Swinbrooke, Euer Gemahl ist nicht ertrunken, und Ihr seid vielleicht auch keine Witwe.«

Kathryn wurde es plötzlich kalt. »Es kann also sein, daß Alexander zurückkommt!« sagte sie tonlos.

Sie starrte auf den Tisch. Auf der einen Seite hatte ihr Vater gestanden, ihren Ehemann umgebracht zu haben. Um damit fertigzuwerden, hatte Kathryn sich selbst glauben gemacht, Alexander sei vielleicht verunglückt, habe sich ertränkt oder einfach versteckt und werde nie mehr wiederkommen. Ganz gleich, was tatsächlich geschehen war, sie hatte sich mit dem Gedanken getröstet, daß Alexander nicht zurückkehren würde. Kathryn hatte nie die Möglichkeit ins Auge gefaßt, daß es doch einmal der Fall sein könnte. Sie griff nach Thomasinas Hand.

»Wenn Alexander nun noch in Canterbury wäre!« Kathryn lachte schrill auf. »Vielleicht ist er der Mörder!«

Kathryns Erregung wurde so augenfällig, daß Thomasina mahnend über ihre Hand streichen mußte, zumal das Körnchen einer Idee in ihrem Kopf zu keimen begann.

»Sch, Mistress, der Ire hat sich vielleicht zum ersten Mal in seinem Leben nützlich gemacht.« Thomasina strahlte Colum selig an. »Wir wissen jetzt, daß Euer Vater kein Mörder war. Wyville ist wahrscheinlich auf und davon, um sein Glück zu machen, und wenn er zurückkommt, könnt Ihr versuchen, Eure Ehe vor dem Kirchengericht annullieren zu lassen, aber ich glaube nicht, daß er das tut!« Sie blickte Kathryn beruhigend an. »Versteht Ihr, Mistress? Der Erpresser weiß, daß Alexander niemals zurückkehren wird; sonst hätte er diese gemeinen Briefe nicht geschickt.«

Colum stimmte zu, und trotz ihres Schocks mußte Kathryn darüber lächeln, wie die beiden sich in einer Freundschaft zusammengeschlossen hatten, gegen die das Bündnis zwischen Pilatus und Herodes nichts war. Als Agnes von ihrer Besorgung zurückkam, mußten die drei ihre Unterhaltung beenden. Colum ging in den Garten hinaus, und Kathryn blieb eine Weile sitzen, um über die Dinge nachzudenken, die sie erfahren hatte.

Zu sehen, was wirklich hinter Alexanders Verschwinden und der mörderischen Wut ihres Vaters auf ihn steckte, verschaffte ihr ein wenig Frieden. Und der Erpresser? Kathryn strich ihn aus ihren Gedanken; er würde es entweder leid werden oder sich als der zu erkennen geben, der er war: ein Krimineller, den man nicht zu fürchten brauchte.

Schließlich überredete Thomasina ihre Herrin mit lautem Geschnatter, in ihre Kammer zu gehen, wo Kathryn eine Hose und die braunen Stiefel aus weichem Leder anzog, sich ein wenig Farbe aufs Gesicht tupfte und ihre Toilette beendete. Die Türen wurden abgeschlossen, dann traten die drei hinaus auf die Ottemelle Lane. Sie gingen die St. Margaret's Street entlang, durch die Mercery Street und bogen in die Burgate Street ab, über der die kleinen und großen Türme und Giebel der Kathedrale hoch aufragten. Canterbury war wie ausgestorben; nur die Mistsammler, die Nachtwachen und ein angetrunkener Rattenfänger strichen durch die Straßen.

»Ganz schön spät für ein Abendessen«, bemerkte Colum, der sich inzwischen fest bei Thomasina untergehakt hatte, die er freundlich neckte.

»Aber Ärzte sind da wohl eine Ausnahme«, fügte er schalkhaft hinzu und warf einen kurzen Seitenblick auf Kathryn, die ruhig neben ihnen herging. »Sie können noch zu später Stunde von den Früchten ihres Wohlstandes zehren.«

Thomasina ließ sich von seinen Neckereien anstecken und zeigte auf das goldene Amulett des Soldaten. »Zumindest ist unser Wohlstand sauer erarbeitet, Master Murtagh. Und nicht von anderen geplündert!«

Der Ire lachte aufgeräumt; Thomasinas lose Zunge stand jetzt nicht mehr still. Das Kollegium war leicht zu finden, ein großer, vierstöckiger Ziegelbau in der Queningate Lane, von dem aus man sowohl das Gelände der Kathedrale als auch das der Abtei St. Augustin gut überblicken konnte. Eigentlich waren es drei Gebäude in einem, mit einem großen, überdachten Eingang, der mit Holztoren gesichert war. Kathryn hatte schon von solchen Einrichtungen in London und Paris gehört: Ärzte legten ihr Vermögen und ihr Wissen zusammen, um noch größere Profite zu erzielen und gleichzeitig eine wirksamere Kontrolle innerhalb ihres Berufsstandes auszuüben. Canterbury war mit seinen Bürgern und den Tausenden von Pilgern so dicht bevölkert, daß Kathryn und ihr Vater nie einen Grund sahen, einer solchen Gemeinschaftspraxis zu widersprechen. Thomasina blickte ganz neidisch auf die von Mittelpfosten geteilten Fenster, die frisch gestrichenen schwarzen Balken und den leuchtend weißen Putz. Colum staunte auch nicht schlecht.

»Bei Gott!« flüsterte er. »In ganz Dublin wäre so ein Haus nicht zu finden. Es stimmt schon, was der König gesagt hat: Seine Kaufleute sind Prinzen, und er will einer von ihnen sein!«

Colum klopfte an die kleine Hintertür, die schon bald von einem Dienstboten geöffnet wurde. Er führte sie in einen Hof, der von blakenden Pechfackeln auf Eisengestellen an der Mauer hell erleuchtet war. Der Hof glich dem einer großen Taverne mit seiner Weitläufigkeit und den Nebengebäuden, Ställen und Lagerhäusern sowie einer großen, mit einem kegelförmigen Dach versehenen Küche, die mit dem Haupthaus durch eine lange Galerie verbunden war. Dahinter erhob sich eine sehr hohe Ziegelwand, und Kathryn konnte trotz der Entfernung den Lärm spielender Kinder hören.

»Dahinter muß der Garten sein«, flüsterte Thomasina. »Ein richtiger Garten, Mistress. Warum sollte jemand, der hier lebt, blutige Morde begehen?«

»Du solltest einmal nach London gehen«, spottete Colum. »Die Paläste dort sind voll von Mördern.«

Weitere Scherze wurden abrupt durch das Auftreten von Chaddedon und Darryl unterbrochen. Die beiden Männer waren korrekt gekleidet mit weißen, hochgeschlossenen Hemden, die am Hals mit einem kleinen Goldkettchen zusammengehalten waren, und Überkleidern, die mit kostbarer Lammwolle gegen die kalte Nachtluft gefüttert, besetzt und verbrämt waren. Darryl gab sich förmlich und begrüßte sie wortlos, aber Chaddedons Freude darüber, Kathryn zu sehen, war mehr als augenscheinlich. Er küßte Thomasina herzlich auf beide Wangen, ergriff Colums zögernd dargebotene Hand und küßte Kathryn galant auf die Fingerspitzen. Kathryn errötete. In Chaddedons

Augen blitzte der Schalk, als genieße er diese Art Neckerei. Er trat einen Schritt zurück und breitete die Arme weit aus.

»Seid herzlich willkommen in unserem bescheidenen Heim. Aber kommt, die anderen warten schon.«

Chaddedon führte sie ins Haus und über einen langen, holzgetäfelten Korridor zu einer Stube im Erdgeschoß. Der Raum war groß und geräumig, mit bleiverglasten Fenstern, deren rautenförmige Segmente zum Teil gefärbt waren. In dem großen Kamin brannte ein Feuer. Kerzen und Fackeln erweckten den Raum zum Leben, ließen die Schatten auf den Wandteppichen und Tüchern tanzen, die ringsherum an den Wänden hingen. Der Wohlstand des Hauses sprang ins Auge, ohne aufdringlich zu wirken: Auf dem Boden lagen Wollteppiche, die gepolsterten Stühle hatten hohe Lehnen, Schränke und Truhen waren mit Schlössern versehen, die Abschirmung über der Feuerstelle war mit Wappen verziert. An der gegenüberliegenden Wand stand auf einer kleinen Estrade ein riesiger, gedeckter Eichentisch. Silberne Kerzenleuchter tauchten die gläsernen Trinkbecher, das Geschirr und die Karaffen in schimmerndes Licht. Ein Diener nahm ihnen die Mäntel ab, während Kathryn sich entzückt umschaute. Wenn nur ihr Vater noch gelebt hätte, vielleicht hätte auch er solchen Lohn für seine Mühen geerntet.

»Die anderen warten auf uns«, teilte Chaddedon ihnen mit und führte sie zu der Gruppe, die sich inzwischen von den Stühlen am Kamin erhoben hatte. Newington, schlicht gekleidet, das Haar gepflegt, die stets wachsamen Augen überall, lächelte dünn und schenkte Kathryn ein Kopfnicken. Cotterell, bereits ziemlich betrunken und gefährlich schwankend, leckte sich die Lippen und starrte triefäugig vor sich hin. Neben ihm stand seine kleine, flachsblonde Frau mit hübschen, aber irgendwie strengen Gesichtszügen. Sie erinnerte Kathryn an eine Puppe, die sie einmal besessen hatte. Zwischen Matthew Darryl und Newington stand Marisa, die Tochter des Ratsherrn. Mit ihrem schmalen Gesicht, den dünnen Lippen und den flinken Augen glich sie ihrem Vater aufs Haar. Beide Frauen waren nicht sehr erfreut und machten kaum den Versuch, Kathryn und ihren Begleitern die Befangenheit zu nehmen. Stühle wurden herbeigeholt, Wein wurde serviert, und man begann ein belangloses Gespräch über das Wetter, die Pilger und den neuesten Hofklatsch aus London. Man fragte sich nach dem Verbleib von Faunte und anderen Rebellen, und Straunge lieferte ihnen eine Beschreibung der neuen bleiverglasten Fenster, die König Edward für die Kathedrale in Auftrag gegeben hatte. Schließlich erhob sich Chaddedon und stellte sich mit dem Rücken zum Feuer.

»Wir haben es uns zur Gewohnheit gemacht«, teilte er ihnen mit und lächelte Kathryn an, »an jedem dritten Donnerstag im Monat ein Bankett abzuhalten und Gäste einzuladen.« Mit einer unbestimmten Geste deutete er auf den Garten hinaus. »Die Kinder dürfen draußen spielen, auch wenn es schon dunkel ist.«

Kathryn erwiderte sein Lächeln, aber die anderen starrten blicklos geradeaus; sie wußten, daß dieser Abend anders als alle anderen sein würde, und Chaddedons gute Laune konnte sie nicht beeindrucken. Er wandte sich nun direkt an Colum.

»Master Murtagh, ich heiße Euch willkommen, sowohl als Begleiter der schönen Mistress Swinbrooke wie auch als den Beauftragten des Königs in Canterbury.« Chaddedon hüstelte. »Wie wir alle wissen, wollt Ihr uns ein paar Fragen stellen. Wir, oder zumindest ich, konnte mir keine bessere Gelegenheit dazu vorstellen als unser kleines Fest hier, da wir mit den letzten Vorbereitungen für das große Mysterienspiel in der Heiligkreuzkirche sehr beschäftigt sind.«

Wieder hüstelte er und warf einen schnellen Seitenblick auf Darryl, der seiner Frau etwas zuflüsterte. Sie stand auf und zog sich zusammen mit Cotterells Frau eilig zurück. Darryl folgte ihnen zur Tür, scheuchte die Dienerschaft hinaus und schloß die Tür fest hinter ihnen. Ratsherr Newington erhob sich, stellte sich an eine Ecke des Kamins und stützte sich mit einem Arm auf das Sims; er trank einen Schluck Wein und blickte Colum an.

»Und nun zu Euren Fragen, Master Murtagh.«

Colum stand nicht auf, sah aber die Ärzte der Reihe nach genau an. Sie alle waren wohlhabende, einflußreiche Männer, die ihn und seinen gesamten Besitz mit einem Bruchteil dessen aufkaufen konnten, was sie verdienten. Er war sich bewußt, daß Kathryn neben ihm saß und daß auch Thomasina zugegen war, die keine Anstalten gemacht hatte, den Raum zu verlassen. Die Magd starrte jetzt mit eisiger Miene den Ratsherrn an, dessen ärgerliche Blicke zeigten, wie sehr er die Magd an einen anderen Ort wünschte. Colum tippte an den Rand seines Weinbechers.

»Es war ein langer Tag«, begann er. »Und Ihr alle kennt die Gründe für meine Fragen. Es wurden Morde begannen, und wir glauben, daß der Mörder ein Arzt sein muß.« Er hob eine Hand. »Ich weiß, ich weiß, es könnte auch jemand anders sein, aber wie jeder Richter« – das letzte Wort hob er besonders hervor – »muß ich zunächst die Dinge untersuchen, die wahrscheinlich sind. Master Cotterell, Ihr wurdet zu einem der Opfer gerufen?«

Cotterell zuckte stumm die Achseln und schlürfte seinen Wein. Colum atmete tief durch, um seinen Ärger zu unterdrücken.

»Davon abgesehen«, fuhr er gutmütig fort, »besteht nur wenig Verbindung zwischen den hier Anwesenden und den Opfern. Laßt uns also unser Augenmerk auf eine Tatsache lenken. Gestern um die Mittagszeit wurde ein Kaufmann namens Spurrier in der Kathedrale ermordet. Wo wart Ihr zu der Zeit?« Colum machte es sich in seinem Stuhl bequem. »Ich könnte Euch einzeln verhören, aber ich halte es für das Beste, wenn jeder in Gegenwart der anderen antwortet. Master Cotterell, sollen wir bei Euch beginnen?«

Der fette Arzt mit dem rosigen Gesicht blinzelte in das Licht der Kerzen und machte ein unanständiges Geräusch mit den Lippen.

»Sir?«

»Ich habe Besuche gemacht«, antwortete Cotterell.

»Wo?«

Cotterell lächelte nervös. »Im Hospital St. Thomas und in einem Haus neben St. Alphege.«

»Und das könnt Ihr beweisen?«

»Ja.«

»Wer kann das bezeugen?«

Jetzt blickte Cotterell Kathryn an. »Ich muß nicht vor aller Öffentlichkeit antworten.«

Colum stand auf. Seine Hand fuhr an den Dolch an seinem breiten Ledergürtel.

»Oh doch, Sir, das müßt Ihr.«

Cotterell sah Kathryn flehentlich an.

»Brantam durfte auch beichten«, nörgelte er wie ein kleiner Junge. »Master Brantam hat das Zimmer verlassen. Das war das letzte, was wir von ihm gesehen haben.«

»Er hat recht«, mischte sich Kathryn ruhig ein. Sie sah kurz zu Murtagh auf. »Ich sehe keinen Grund warum hier Geheimnisse aufgedeckt werden sollten. Wenn Master Cotterell mit mir allein sprechen will und wir später feststellen, daß er gelogen hat, dann haben wir vielleicht unseren Mörder gefunden.«

Cotterell schnaubte verächtlich. »Ich bin kein Mörder!«

»Oh, um Himmels willen!« fauchte Darryl. »Was mich betrifft, ich will Master Cotterells kleine Geheimnisse nicht erfahren. Gebt ihm doch, was er will!«

Neun

Um der Situation die Schärfe zu nehmen, stand Kathryn auf.

»Master Cotterell, wenn ich bitten darf?«

Und sie nahm ihn ohne langes Federlesen mit in die hintere Ecke des Raumes, so daß sie außer Hörweite der anderen waren.

Bedenklich schwankend stand Cotterell mit seinen triefenden Augen und den dicken, sabbernden Lippen vor ihr.

»Was wollte Brantam?« nuschelte er.

»Das geht Euch nichts an, Sir,« schwindelte Kathryn und machte Anstalten, wieder zu den anderen zurückzugehen.

Cotterell zog sie sachte am Ärmel.

»Brantam ist ein Bastard!« zischte er. »Und mein Weib wird für ihn und mit ihm lügen!« Cotterell blickte zu den anderen hinüber, dann wandte er sich wieder Kathryn zu. »Es gibt da einen jungen Mann, Robert Chirke ist sein Name. Er hat ein Haus in der Nähe der Kirche von St. Alphege. Ich habe ihn besucht.« Cotterell blickte nervös zur Seite. »Mehr muß ich wohl nicht sagen«, grummelte er.

»Wie lange wart Ihr bei ihm?«

»Von zwölf bis zwei, drei Uhr.«

»Das ist lange für einen Patientenbesuch«, murmelte Kathryn trocken.

»Macht daraus, was Ihr wollt«, flüsterte Cotterell. »Aber ich sehe keinen Grund, warum es die anderen erfahren sollten.«

»Ich auch nicht«, erwiderte Kathryn. »Aber habt acht, Master Cotterell; das Gesetz kennt keine Gnade für Männer, die andere Männer, sagen wir, im vollen biblischen Sinne lieben.«

Cotterell sah sie unter schweren Augenlidern hervor an.

»Und was ist mit Frauen, die rumhuren?« Er lachte. »Wir sind schon ein hübsches Paar, was? Eine Ehebrecherin und ein Mann, der Knaben liebt. Ich habe keine Zeit für die verdammten Priester und ihr Gerede über die Hölle nach dem Tode. Ich lebe hier und jetzt bereits in der Hölle.« Fahrig fuchtelte er mit einer Hand in der Luft herum. »Aber zum Henker, was soll's?«

Er drehte sich um und ging schwerfällig zu seinem Stuhl zurück. Kathryn folgte ihm. Sie nickte Colum zu, der sich nun wieder an die anderen wandte.

»Nun, meine Herren?«

»Ich kann für uns alle sprechen«, sagte Chaddedon und erhob sich. »Gestern nachmittag haben wir hier Patienten empfangen, und danach gingen wir alle hinüber zur Heiligkreuzkirche, um die Vorbereitungen für das Laienspiel zu beaufsichtigen.«

»Also habt Ihr das Haus verlassen?« fragte Kathryn.

»Ja doch«, kläffte Straunge. »Es gab auch Augenblicke, in denen wir allein waren. Wir lebten hier ein ganz normales Leben«, fuhr er fort. »Ich ging zum Markt in Burgate, um ein wenig Tuch zu kaufen. Master Darryl hat einen Bekannten in der Schenke ›Zum Roten Löwen‹ getroffen, und Chaddedon war der erste, der zur Heiligkreuzkirche kam.«

»Das kann ich bezeugen«, unterbrach Newington. »Ich bin am Nachmittag vorbeigekommen.« Er lächelte. »Marisa ist meine einzige Tochter, und ihre Kinder sind jetzt meine Familie.« Er breitete die Arme aus und grinste seinen Schwiegersohn dümmlich an. »Matthew kann Euch noch einen anderen Grund nennen.« Newington machte eine ausladende Handbewegung. »Dieses Kollegium ist eine meiner größten Investitionen. Ich war Bürge, als dieses Haus gekauft wurde.« Er hüstelte nervös. »Wer will mir einen Vorwurf machen, wenn ich herkomme, um meine Bestände zu überprüfen?«

Leises Lachen begleitete seine Worte, und Kathryn spürte, wie sehr seine Großzügigkeit und die Unterstützung von den anderen begrüßt wurden.

»Also«, sagte Colum barsch, »kann mir keiner von Euch in allen Einzelheiten schildern, was er getan hat? Es wäre durchaus denkbar, daß einer von Euch einen Mantel angezogen, sich dem Strom der Pilger angeschlossen, das Gift verabreicht hat und dann verschwunden ist.«

»Ja«, erwiderte Chaddedon. »Alles ist möglich, Master Murtagh. Wir haben auch miteinander schon darüber gesprochen.

Jeder von uns hätte sich davonschleichen, dieses scheußliche Verbrechen begehen und ein neues planen können. Aber, um Himmels willen, Mann, ich behaupte, daß es in Canterbury noch andere gibt, die dasselbe getan haben könnten.«

»Stimmt«, fügte Newington hitzig hinzu. »Luberon und ich haben diese Männer hier benannt, aber es könnten auch andere sein. Obwohl«, schloß Newington hastig, denn er hatte Colums warnenden Blick gesehen, »ich kann mir nicht vorstellen, wer. Ich habe Luberons Liste genau überpüft. Alle anderen sind zu alt, zu gebrechlich oder einfach nicht da.«

Der Ratsherr schlug leicht mit der Faust gegen den Kamin und lächelte. »Gleichzeitig», fuhr er fort, »dürfen wir weder Master Murtagh noch Mistress Swinbrooke einen Vorwurf machen. Die Nachrichten von diesen Morden gehen inzwischen von Mund zu Mund. Die Wirtshäuser und Tavernen melden schon einen Rückgang ihrer Geschäfte. Und Luberon hat mir gesagt, daß die in das neue Parlament des Königs gewählten Männer eine Petition vorbereiten, in der sie die schrecklichen Morde, die in dieser Stadt geschehen, beklagen.«

»Habt Ihr meinen Kollegen gesagt«, fragte Kathryn, »was wir heute nachmittag entdeckt haben?«

Newington schüttelte den Kopf. »Dazu hatte ich noch keine Gelegenheit, Mistress.«

»Was ist denn nun schon wieder?« fragte Darryl.

Kathryn legte die Fingerspitzen aneinander und betrachtete in aller Ruhe die Gesichter der Ärzte.

»Der Mörder sucht seine Opfer nach ihrem Beruf aus. Wir standen vor einem Rätsel, bis wir erkannten, daß der Dichter Chaucer in seinen *Canterbury-Erzählungen* dieselben Berufe im Prolog zu seinem Gedicht aufzählt.«

»Was ist denn das für ein Unsinn?« fragte Darryl.

»Master Darryl, ich dachte, ich hätte mich klar ausgedrückt. Sind Euch der Dichter Chaucer und sein Werk bekannt?«

Darryl schüttelte den Kopf und blickte zu seinem Schwiegervater hinüber. »Nein, ich kenne ihn nicht. Du, Vater?«

»Nur den Namen des Dichters. Mehr nicht.«

»Master Cotterell?« fragte Colum.

Der Arzt änderte geräuschvoll seine Beinhaltung und nickte. »Ja, ja, ich habe sogar eine Abschrift der *Canterbury-Erzählungen.*«

»Wir auch«, meldete sich Chaddedon zu Wort. »Matthew, hast du es vergessen?« Er wandte sich an Straunge. »Und Edmund, du bist mein Zeuge. Am letzten Michaelistag haben wir uns eine Abschrift in unserer Bibliothek angesehen.«

»Nun, ich habe sie nicht gelesen!« erwiderte Darryl.

Chaddedon zuckte mit den Schultern. »Matthew, Matthew, das habe ich auch nicht behauptet. Eine Frage wurde gestellt, und ich beantworte sie. Wir haben eine Abschrift in unserer Bibliothek im Obergeschoß. Straunge und ich haben sie gelesen.«

»Ist es neuerdings ein Verbrechen«, schnarrte Cotterell, »die Werke eines Dichters gelesen zu haben? Der Poet Chaucer ist weithin bekannt. Viele haben ihn gelesen, einige nicht. Der Besitz seiner Werke ist kein Beweis dafür, daß man einen Mord begangen hat.«

Kathryn zuckte mit den Schultern. »Das stimmt. Ich habe auch nur gefragt.«

»Habt Ihr noch mehr solcher Fragen?« wollte Darryl wissen.

»Ja«, schaltete sich Colum ein. »Aber die werde ich stellen, wenn Ihr erlaubt. Wir haben es mit einem Mörder zu tun, der Pilger vergiftet, die den Schrein des Heiligen Thomas besuchen. Mistress Swinbrooke glaubt, daß der Mörder einen Groll gegen den Schrein hegt. Möglicherweise ist es jemand, der dort um Heilung gebeten hat und herb enttäuscht wurde. Würde dies auf einen von Euch zutreffen?«

»Oh, um Himmels willen!« schrie Darryl und sprang auf. Verärgert warf er einen Blick auf die Stundenkerze. »Ich habe Hunger. Wir sollten uns längst erquicken und laben statt hier herumzusitzen und die Zeit mit dummen Fragen totzuschlagen!«

»Sie mögen dumm sein«, erwiderte Kathryn, »aber sie verlangen trotzdem eine Antwort.«

»Setz dich, Matthew«, befahl Newington. »Ich glaube, ich kann für alle Anwesenden, außer für Master Cotterell, antworten.« Der Ratsherr zog mit einem Ruck seine Robe enger. »Meine Frau, Marisas Mutter, starb vor acht Jahren. Ein Jahr später hat Master Straunge seine beiden Eltern verloren, als das Schweißfieber unsere Stadt heimsuchte.«

»Bei mir ist es nicht anders«, unterbrach Chaddedon schnell. »Meine Gemahlin, die nach der Geburt unserer einzigen Tochter drei Jahre zuvor noch immer sehr schwach war, starb ebenfalls; acht Monate später folgte ihr meine Mutter.«

Kathryn schloß die Augen; ihr war, als würde sie sich hier in Dinge einmischen, die sie nichts angingen.

»Master Cotterell?« fragte Colum schnell, um das Schweigen zu unterbrechen.

Der dicke Arzt blickte Colum starr an, die Augen tränenverschleiert.

»Wenn die Krankheit ausbrach«, antwortete er ruhig, »starben immer die Alten; mir geht es nicht anders als den anderen. Ich verlor meine Mutter und eine Tante. An einem Tag waren sie noch zusammen auf dem Markt gewesen, am nächsten lagen sie schon auf dem Sterbebett und spuckten Blut, bis sie tot waren.« Er stand auf und ging zum Tisch hinüber, um seinen Becher mit Wein zu füllen. »Das soll als Antwort von meiner Seite genügen.«

Die anderen schlossen sich seinen Worten an. Kathryn warf einen schnellen Seitenblick auf Colum, mit dem sie ihm zu verstehen geben wollte, daß alle weitergehenden Fragen ihre Gastgeber nur gegen sie aufbringen würden.

Colum erhob sich und breitete die Arme aus. »Alsdann, unsere Aufgabe ist erledigt. Wir bitten Euch um Vergebung für alle Kränkungen, die wir Euch haben zufügen müssen. Sie waren nicht beabsichtigt. Master Darryl, Ihr habt recht.« Colum roch den angenehmen Duft, der durch die Halle zog. »Mein Magen glaubt schon, mein Hals sei durchtrennt worden!«

Alle erhoben sich und schlossen sich ihm an, doch Kathryn spürte immer noch die ihnen entgegengebrachte Feindschaft. Darryl führte sie aus der Halle, den Korridor entlang zu einer Seitentür, die sich in einen wunderschönen Garten öffnete, der von Fackeln und dicken Bienenwachskerzen unter Metallkappen beleuchtet wurde. Das Licht erhellte eine große grüne Rasenfläche, die bis zu den höher gelegenen Blumen- und Kräuterbeeten reichte. Die Luft war vom schweren, süßen Duft von Rosen und anderen Blumen geschwängert. Die Frauen von Cotterell und Darryl saßen auf einer Holzbank und plauderten ruhig miteinander, während sie auf drei Kinder aufpaßten, die auf den gepflasterten Pfaden zwischen den Blumenbeeten Fangen spielten.

»Ist das Geschäftliche erledigt?« fragte Cotterells Frau schelmisch.

»So gut es eben geht«, erwiderte Newington.

»Die Diener werden jetzt das Essen servieren«, teilte Darryl mit. »Marisa, sag einer Magd, sie soll die Kinder zu Bett bringen.«

Kathryn, die nur zu gern der recht feindlichen Stimmung eine Zeitlang entkommen wollte, reichte Colum ihren Weinbecher.

»Wessen Kinder sind das?« fragte sie.

»Die beiden Jungen sind meine«, erwiderte Darryl. »Das kleine Mädchen, Marie, ist Chaddedons Kind.«

»Laßt mich mit ihnen reden«, bat Kathryn. »Ich bringe sie ins Haus.«

Schnell schritt sie über den Rasen und versuchte, Hals und Nacken ein wenig zu lockern, die sich während des Gesprächs verspannt hatten. Als sie näherkam, hörten die Kinder auf zu spielen und betrachteten sie neugierig. Kathryn kauerte sich am Ende des Pfades nieder. Das Mädchen mit blonden Löckchen und hübschem Gesicht war noch klein. Die beiden Jungen, beide mit schwarzen Haaren, sahen sie verdrießlich an und umklammerten kleine Holzschwerter.

»Ihr sollt ins Haus kommen«, sagte Kathryn ruhig.

»Wer bist du?« fragte einer der Jungen.

»Ich heiße Kathryn. Kathryn Swinbrooke.«

»Bist du ein Arzt?«

»Ja, ja, ich denke schon.« Sie streckte ihre Hand aus, die das kleine Mädchen schüchtern lächelnd mit seinen Patschhändchen betastete. »Und du bist die kleine Marie?«

Das Mädchen nickte.

»Großvater hat uns von dir erzählt«, fuhr der Junge fort. »Er sagt, du bist ein guter Arzt, aber du stellst komische Fragen.«

Kathryn lächelte. »Vielleicht.«

»Großvater spricht immer mit uns«, sagte der Junge.

»Nicht wie die anderen.« Er warf einen wütenden Blick auf die Erwachsenen am anderen Ende des Gartens.

»Nun, jetzt kommt aber ins Haus«, wiederholte Kathryn.

»Wir sind aber noch nicht fertig mit Spielen.«

»Was spielt ihr denn?«

Der Junge tippte sich auf die Brust. »Ich bin Arcita, und er«, damit deutete er auf seinen Bruder, »ist Palamon, und sie ist die Prinzessin Emelie.«

»Nun«, sagte Kathryn und nahm das kleine Mädchen bei der Hand, »morgen ist auch noch ein Tag, und auch Krieger müssen nachts schlafen.« Sie zeigte quer durch den Garten auf Colum. »Fragt ihn, er ist ein Soldat des Königs.«

Aufgeregt rannten die Jungen über den Rasen. Sie bestürmten und verwirrten Colum mit nicht enden wollenden Fragen, bis Darryl verkündete, daß es nun aber genug sei. Eine Magd brachte die Kinder fort, während die Erwachsenen sich zum Essen ins Haus begaben.

Das Essen war ein veritables Bankett: königliches Wildbret in Rotwein, Zitronensaft und schwarzem Pfeffer gekocht; gebackenes Huhn mit Trauben gefüllt; ein Salat aus Petersilie, Salbei, Frühlingszwiebeln, Knoblauch und Rosmarin. Danach gab es Rastons, kleine Brotlaibe aus süßem, mit Eiern angereichertem Teig, Stücke von Honigdatteln, Kräuterwein und Pfirsiche mit einem süßen Sirup. Die Diener schenkten ständig Wein nach. Colum langte ordentlich zu, aber Kathryn beschränkte sich auf einen einzigen Becher und füllte ihn zwischen zwei Schlucken immer wieder mit Wasser auf.

Cotterell schlief schnell ein. Zunächst war die Atmosphäre ziemlich förmlich und angespannt. Doch schon bald erwies es sich, daß der Wein die Wogen glättete, und Colum wurde mit Fragen nach dem gerade beendeten Krieg bestürmt, nach der

Politik bei Hofe und den Persönlichkeiten des Königs und seiner Brüder. Der Ire gab bereitwillig Auskunft, schilderte den letzten Feldzug im Westen des Landes in allen Einzelheiten, die Hinrichtung aller Generäle der Lancastertreuen und die Entschlossenheit des Königs, das Haus Lancaster mit Stumpf und Stiel auszurotten. Er erzählte lustige Geschichten über das Soldatenleben und beschrieb auch, in welchem Kontrast es zu dem Leben in Samt und Seide bei Hofe stehe. Das alles hinderte ihn aber nicht, ein wachsames Auge auf Kathryn zu haben und auf Chaddedons gelegentliche Versuche, sie in ein Gespräch zu ziehen. Schließlich merkte er, daß er die Unterhaltung allein bestritt, und fragte abrupt, ob sie alle in Canterbury geboren und aufgewachsen seien.

»Ich nicht«, hub Newington zu einer ausführlichen Erklärung an. »Aber die anderen. Ich bin in Canterbury geboren, wurde aber schon früh Waise und zu einem Verwandten nach London geschickt, um dort die Kunst des Tuchhandels zu lernen. Vor zwanzig Jahren kehrte ich mit meiner Frau und der kleinen Marisa zurück.« Er blickte auf Kathryn hinunter. »Ich habe mein Vermögen sowohl hier als auch in London gemacht und will nicht mehr reisen. Diese Stadt ist die größte in Europa.« Seine Worte ernteten zustimmendes Gemurmel von allen Seiten. »Und deshalb«, fügte er bitter hinzu, »müssen diese schrecklichen Morde ein Ende haben.«

Chaddedon spürte, daß die Unterhaltung Mißhelligkeiten schaffen könnte, und wandte sich an Kathryn. »Ihr habt von unserer Bibliothek gehört?« fragte er. »Würdet Ihr sie Euch gern ansehen?«

Kathryn sah den Schalk in seinen Augen.

»Das solltet Ihr tun«, fuhr er fort. »Master Straunge und ich haben viele Texte gesammelt, um die uns selbst die Mönche von Canterbury beneiden würden.«

Kathryn stimmte zu und war erleichtert, als Colum, der die Unterhaltung mit gespitzten Ohren verfolgt hatte, sich plötzlich ebenfalls anschloß. Ebenso Thomasina, die den ganzen Abend merkwürdig stumm dagesessen hatte. Nach Beendigung des Mahles verließen Chaddedon und ein leicht schwankender Colum den Saal, gefolgt von Kathryn, die Thomasina am Ärmel festhielt.

»Du warst sehr still«, flüsterte sie. »Stimmt etwas nicht? Ist alles in Ordnung mit dir?«

Thomasina spitzte den Mund. »Ja, ja. Sind schon seltsam, diese Leute, nicht wahr, Mistress? Aber ich habe einfach nachgedacht.«

»Worüber?«

»Oh, über dies und das.«

»Komm, Thomasina.«

»Seid vorsichtig!« zischte Thomasina und versuchte, vom Thema abzulenken. »Chaddedon hat ein Auge auf Euch geworfen. Und ich glaube, der Ire ist eifersüchtig.«

Kathryn lachte leise und hakte sich bei Thomasina ein.

»Wer weiß, wozu das gut ist«, flüsterte sie.

Thomasina funkelte sie entrüstet an, war aber froh über die sprühenden Augen ihrer Herrin. Die Magd betrachtete grummelnd den Rücken des stolpernden, lachenden Iren, der vor ihnen die Holztreppe hinaufging. Vielleicht ist er doch nicht so ein Bastard, dachte Thomasina. Vielleicht hat ihn der liebe Gott zu uns geschickt, um diese Veränderung zu bewirken, aber ich werde ihn im Auge behalten, ebenso wie Chaddedon und seinesgleichen.

Die Bibliothek, in die der Arzt sie führte, war groß und gut ausgestattet. Schnell entzündete Chaddedon die Kerzen in einem großen Kandelaber, der in der Mitte eines Holztisches stand, ebenso die Fackeln, die hoch oben an der Wand angebracht waren, in sicherem Abstand von den Regalen. Der Raum war mit einem Teppich ausgelegt, das bunte Glas der Fenster funkelte; in einem Erker auf der gegenüberliegenden Seite des Raumes befand sich ein Sitz, und vor einer Wand standen in voller Länge Tische aufgereiht, über denen noch mehr Wandbehänge Platz gefunden hatten. Eine ganze Wand jedoch war zugestellt mit Regalen, die Bücher in allen Größen enthielten, einige waren angekettet, andere waren übereinander gestapelt. Kathryn hatte nie mehr so viele Bücher auf einmal gesehen, seit ihr Vater sie einmal in die Bibliothek des Herzogs Humpgrey in Oxford mitgenommen hatte. Sie klatschte in die Hände und stieß einen Laut der Überraschung aus.

»Gehören die alle Euch?«

Chaddedon sonnte sich in ihrem Lob. »Nun, eigentlich nicht. Straunge ist unser Sammler, vor allem medizinischer Texte. Wir besitzen den *Tractatus de Matricibus* von Garnerius.« Chaddedon nahm ein Buch vom Regal. »Und das ist unser kostbarstes.« Er legte das schwere, in üppig geprägtem Leder gebundene Buch auf den Tisch.

Kathryn blätterte ehrfürchtig in dem Werk, das ihr Vater immer hatte besitzen wollen, die *Chirurgia* von Gerhard von Cremona. Sie hatte eine Abschrift in Oxford gesehen; das Buch brachte Erinnerungen zurück an ihren Vater, wie er neben ihr stand und auf die Zeichnungen deutete, auf denen Frauen dargestellt waren, die den Beruf des Heilkundigen ausübten. Kathryn betrachtete eine davon genauer.

»Ihr habt es schon einmal gesehen, Kathryn?«

»Ja, ja, es war das Lieblingswerk meines Vaters.«

»Er war ein guter Arzt, nicht wahr?«

»Mein Vater war in Salerno und Padua und hat die Heilkunde der Araber studiert.«

»Und er hat sein Wissen an Euch weitergegeben?«

»Ja, er hielt sich für ein paar Monate in Hainault auf, wo er sah, wie junge Mädchen erzogen wurden. Als er mit meiner Mutter von London nach Canterbury zog, stellte er einen Priester ein, einen alten Mann aus dem Hospital für arme Priester, der mich unterrichten sollte. Er war Gelehrter in den Heiligen Hallen von Oxford, bis man feststellte, daß er mit den Doktrinen Wyclifs infiziert war.« Es war ihr bewußt, daß Colum an dem Tisch entlangstrich und sie und Chaddedon eifersüchtig beobachtete.

»Ihr sagtet, Ihr hättet eine Abschrift von Chaucer?« schaltete sich der Ire brüsk ein.

»Ach ja«, sagte Chaddedon und brachte ein anderes Buch an den Tisch, ähnlich dem, das Colum in die Ottemelle Lane mitgebracht hatte. Colum kam näher, als Kathryn die Seiten umblätterte: Sie waren abgegriffen, aber nichts wies darauf hin, daß der Mörder das Buch als einen Führer für die Wahl seiner Opfer benutzt hatte. Kathryn blätterte noch ein paar Seiten um und klappte das Buch mit einem Seufzer wieder zu.

»Nichts«, flüsterte sie und ließ ihren Blick anerkennend durch die Bibliothek schweifen. »Ich würde gern einmal herkommen«, murmelte sie. »Vielleicht, wenn alles vorbei ist?«

»Mistress Swinbrooke, es wäre uns eine Ehre«, sagte Chaddedon und begann, einige Kerzen zu löschen. »Und nun«, bot er an, »darf ich Euch zu guter Letzt noch zeigen, wo wir unsere Arzneien aufbewahren?«

Er führte sie die Treppe hinunter, vorbei an der Halle, wo die anderen leise miteinander plauderten, zu einem großen Raum auf der Rückseite des Hauses. Er nahm den Schlüssel von seinem Gürtel und schloß die Tür auf, strich ein Stück Zunder an, mit dem er behutsam die Öllämpchen anzündete. Der Raum war ein exaktes Quadrat, die vier Wände mit Regalen bedeckt, auf denen Töpfe und Flaschen aufgereiht standen. Alle waren mit Pergamentschildchen versehen.

»Wer benutzt die Bibliothek?« fragte Colum plötzlich, bevor der Arzt Kathryn in eine Unterhaltung ziehen konnte.

Chaddedon zuckte mit den Schultern und blickte den Iren unter gesenkten Augenlidern an, als ärgere er sich über dessen Gegenwart. »Mein Gott, Mann, wir alle!«

»Und dieser Raum?«

»Wir Ärzte haben jeder einen Schlüssel, und es gibt noch einen weiteren am Schlüsselbund des Hausmeisters.«

Chaddedon ging an den Regalen entlang und tippte die Flaschen und Gläser an wie alte Bekannte. »Wir haben hier Ingwer, Giersch, Eulenklaue, Weißdorn, Gefleckten Schierling, Bilsenkraut, Tollkirsche, Baldrian, Fingerhut. Gift genug, um die ganze Stadt zu töten.«

»Habt Ihr irgend etwas Ungewöhnliches bemerkt?« fragte Kathryn und deutete auf den Tisch mit seinen Mischflaschen, Waagen, Stäbchen und Gläsern.

»Wie meint Ihr das?«

»Habt Ihr bemerkt, daß ein Heilmittel fehlte oder daß sich jemand daran zu schaffen gemacht hat?«

»Nein, nichts, was der Erwähnung wert wäre.«

»Ich aber.«

Straunge erschien im Türrahmen. Sein hageres Gesicht sah im flackernden Licht der Lampen noch fahler aus.

»Vor ungefähr einer Woche«, sagte er und betrat den Raum. »Ich kam hier herein und sah weißes Pulver auf dem Boden. Natürlich trug ich Handschuhe.« Er lächelte Kathryn an. »Ich habe vor einigen dieser Pülverchen ziemlichen Respekt und glaube, sie sollten auf keinen Fall mit der Haut in Berührung kommen. Auf jeden Fall«, fuhr er hastig fort, »hob ich das Pulver auf, aber es war nur Mehl, weißes Mehl; obwohl das hier nicht verwahrt wird.«

»Das höre ich zum ersten Mal«, sagte Chaddedon.

Straunge hob die Augenbrauen. »Damals dachte ich, es habe nichts zu bedeuten, aber jetzt, da wir alle unter Verdacht stehen, diese Morde begangen zu haben, ziehe ich alles in Betracht, was ungewöhnlich ist.«

Kathryn sah sich in den Regalen um. Sie konnte mit den Worten Straunges nichts anfangen, und sie war, wie schon in der Bibliothek, hin und her gerissen zwischen Neid und Bewunderung für das, was diese Ärzte besaßen.

»Wo habt Ihr das alles gekauft?« fragte sie.

»Ein paar sammeln wir«, antwortete Chaddedon. »Andere kaufen wir bei den Gewürzhändlern in London oder bei unserer Zunft in Canterbury. Warum fragt Ihr?«

»Mein Herbarium ist ein Laden, nichts weiter, ein kleiner Raum in meinem Haus in der Ottemelle Lane. Ich habe immer davon geträumt, einmal solche Vorräte zu besitzen.«

»Dazu braucht Ihr die Zulassung von der Zunft.«

Kathryn blinzelte schelmisch. »Wie mein Vater schon sagte, im Leben ist alles möglich.«

Sie verließen das Herbarium und gingen wieder in die Halle zu den anderen. Mehr Wein wurde ausgeschenkt, aber Kathryn, die besorgt den schläfrigen Ausdruck in Colums Augen und Thomasinas Unruhe zur Kenntnis nahm, verkündete, daß sie nun wirklich gehen müßten. Die Damen waren bei der Verabschiedung sehr reserviert und ließen keinen Zweifel daran, daß es ihnen nichts ausmachen würde, wenn sie Kathryn niemals wiedersähen. Darryl versuchte erfolglos, Cotterell auf die Beine zu stellen, so daß nur Chaddedon und Newington sie zur Tür begleiteten. Der Händedruck, mit dem der Arzt Kathryn verabschiedete, machte deutlich, wie sehr er den Abend genossen hatte.

Sie gingen über die Queningate Lane zurück. Thomasina hatte sich bei Kathryn untergehakt, während Colum, leise ein Lied vor sich hin summend, vor ihnen herging und hin und wieder eine lustige Gigue tanzte, immer noch betrunken von den großen Mengen Wein, die er geschluckt hatte. Zwei Nachtwachen kamen vorbei und baten ihn, leise zu sein. Colum lachte nur und setzte seinen Weg fort, vorbei an der St.-Paul's-Kirche, an der alten Stadtmauer entlang und durch einen verfallenen Rundbogen in die St. Margaret's Street. Hier und da kamen sie an einem Bettler vorbei, der wimmernd um Almosen flehte; an einem Flittchen mit ihrem Freier; an dem verrückten Rattenfänger, der in bizarrer Weise die Straßen abschritt, eine lange Stange über der Schulter, von der eine Reihe frisch erlegter Ratten und Mäuse hing. Katzen balgten sich um stinkende Abfallhaufen, und irgendwo bellte ein Hund den Mond an.

Kathryn war ganz in Gedanken versunken und versuchte, ihre Ohren vor Colums ziemlich laut vorgetragenem Liedchen über die Damen aus Dublin zu verschließen. Gerade hatten sie die Taverne »Zur Krone« passiert, die schon für die Nacht verriegelt und verrammelt war, als drei Wegelagerer aus einer Gasse sprangen. Colum hatten sie passieren lassen, die Frauen betrachteten sie nun als leichtere Beute. Einer packte Kathryn am Ärmel ihres Kleides, während ein anderer versuchte, Thomasinas Arme hinter ihrem Rücken zu fesseln. Die Magd schlug mit der Bosheit einer wütenden Mähre aus und versetzte einem der Straßenräuber einen schmerzhaften Tritt vors Schienbein. Kathryn kämpfte mit ihrem Angreifer und klammerte sich an dessen lederne Kapuze. Die blitzenden Augen und der saure Geruch seines Atems machten ihr angst. Plötzlich wurde der Mann von ihr weggerissen. Kathryn wußte nicht, was geschehen war, aber Colum zog den Mann an sich und stieß ihm sein langes Messer in den Bauch. Dann trat der Ire einen Schritt zurück und ließ den schreienden und sich windenden Straßenräuber auf den Boden gleiten. Jetzt drangen seine beiden Kumpane auf ihn ein. Im Schein einer Hornlaterne, die am Türpfosten der Schenke hing, sah Kathryn, daß Colum mit einem langen Dolch bewaffnet war und einem kurzen Messer, das er aus einem Stiefelschaft gezogen hatte. Die Wegelagerer trugen Langspieße und Messer bei sich. Sie hatten in ihm wohl eine leichte Beute gesehen, da er kein Schwert trug und zudem noch betrunken war. Als sie auf ihn zustürzten, wich er zurück. Einer der beiden schoß vor und zielte mit seinem Spieß auf den Zwickel des Iren. Den Dolch richtete er auf Colums Gesicht. Colum duckte sich, schlug den Spieß zur Seite, um dann mit seinem Dolch vorzustoßen. Blut sprudelte aus dem Hals des Mannes. Der dritte Angreifer hatte genug; er ließ seine Waffe fallen und floh in die Gasse, aus der sie gekommen waren.

Kathryn starrte auf die zu Boden gesunkenen Straßenräuber. Der eine mit der Wunde am Hals war bereits tot, aber der andere krallte eine Hand in den Boden und hielt sich mit der anderen seinen Bauch, aus dem jetzt stoßweise Blut trat, das links und rechts von ihm eine Lache bildete.

»Sollten wir ihm nicht …« fragte Kathryn.

»Natürlich«, erwiderte Colum. Er kniete sich neben den Mann, und noch ehe Kathryn widersprechen konnte, schlitzte er dem Kerl von einem Ohr zum anderen die Kehle auf.

Kathryn war an den Anblick von Blut und die Folgen von Gewalttätigkeiten gewöhnt, doch bei Colums Kaltschnäuzigkeit drehte sich ihr der Magen um. Ihre Beine zitterten. Sie packte Thomasina, die immer noch mit weit aufgerissenen Augen und nach Luft ringend dastand, bei der Hand. Die beiden Frauen liefen davon und kümmerten sich nicht mehr um den Iren, der hinter ihnen herrief. Als sie ihr Haus erreichten, nestelte Kathryn fieberhaft an dem kleinen Schlüsselbund, der an einem

Stück Seidenschnur um ihre Hüfte hing. Dann öffnete sie die Tür, trat ein, drückte Thomasina auf einen Stuhl, entfachte das Feuer wieder und ging in die Vorratskammer, wo sie drei große Becher mit Wein füllte. Als sie hörte, wie Colum in die Küche trat, ging Kathryn hinaus, hielt ihm einen Becher hin und trug das Tablett zu Thomasina hinüber. Die Magd hatte sich inzwischen wieder gefangen. Sie trank den Wein in gierigen Schlukken und beäugte über ihre Schulter hinweg den Iren, der sich lässig an den Tisch gelehnt hatte.

»Was hätte ich denn sonst tun sollen?« fragte er. »Es waren Straßenräuber – und so wie sie aussahen, waren es Krieger aus dem Lager.« Er donnerte den Weinbecher auf den Tisch und baute sich vor Kathryn auf. »Seht mich an, Lady!« forderte er.

Kathryn blickte ihn ungerührt an. »Ja, Ire!«

»Es waren Strolche«, insistierte Colum. »Sie hätten mich getötet, Euch beraubt und dann den Bauch aufgeschlitzt!«

»Ihr tötet so fachmännisch.«

Colum näherte sein Gesicht dem ihren. »Lady, sie haben versucht, mich zu töten. Den einen hat es am Hals erwischt, der andere hatte eine Bauchverletzung. Und nicht einmal Ihr, von Chaddedon oder den anderen ganz zu schweigen, hättet noch etwas für ihn tun können, verdammt nochmal! Es hätte noch Stunden gedauert, bis er gestorben wäre, und so lange hätte er ununterbrochen nach Wasser geschrien.«

»Er hat recht«, erklärte Thomasina. »Sie wurden als Bastarde geboren und sind als Bastarde gestorben! Was glaubt Ihr denn, Mistress, was die um die späte Stunde noch vorhatten?«

Colum lächelte und klopfte Thomasina auf die Schulter. Die Magd schüttelte ihn ab.

»Behaltet Eure Hände bei Euch, Ire! Ich bin nicht die Helena von Troja, und selbst wenn, dann seid Ihr noch lange nicht Paris!«

Colum lachte lauthals, nahm seinen Weinbecher und ging zur Küchentür.

»Ire! «

»Ja, Mistress Kathryn?«

»Es tut mir leid. Ich bin Euch dankbar für das, was Ihr getan habt. Aber Ihr wart so kalt, so gefühllos.«

Colum trat wieder zu ihr.

»Ich bin ein Mann der Gewalt, Mistress. Ich kam kämpfend zur Welt. Ich lebe vom Kämpfen. Ich habe es nicht gern getan, aber es mußte sein.«

»Und in der Gasse vor dem ›Schachbrett‹, als Ihr die irische Stimme hörtet? Was war da? Was ist Euer Geheimnis, Ire?«

Colum verzog das Gesicht.

»Das ist kein großes Geheimnis. Vor Jahren hatte ich mich einer Horde wildgewordener Rebellen in den Schluchten um Dublin angeschlossen.« Colum schnaubte verächtlich und lachte. »Wir nannten uns die Bluthunde von Ulster. Wir waren Randalierer und lechzten nach englischem Blut. Dann wurde ich eines Tages verraten, geschnappt und zum Tode am Strang verurteilt. Der Vater des jetzigen Königs, der Herzog von York, Lord Lieutenant von Irland, hatte Erbarmen mit mir, und ich wurde begnadigt. Ich vergaß meine Vergangenheit. Mein Problem besteht darin, daß die Vergangenheit mich nicht vergessen hat. Die Bluthunde von Ulster halten mich jetzt für einen Verräter.« Er sah auf seinen Weinbecher nieder. »Sie haben einen Preis auf meinen Kopf ausgesetzt. Einen Beutel voll Gold für meine Ergreifung. Es ist nur eine Frage der Zeit, Mistress, bis ihn sich jemand verdienen will.« Er lächelte. »Wenn er kann.«

Kathryn seufzte und bedeutete ihm, sich zu setzen. »Es tut mir leid«, wiederholte sie. Sie nahm einen kleinen Schluck aus ihrem Becher. »Jetzt ist der Abend verdorben.« Sie warf einen schnellen Blick auf Thomasina. »Ich habe dich noch nie so still erlebt wie heute abend.«

Die Magd nickte dem Iren zu. »Wenn er da ist, lasse ich meine Hand an meiner Börse und halte den Mund.«

»Aber die Ohren offen?« neckte Colum. »Und was haben wir heute abend in Erfahrung gebracht?« Er zählte die Punkte einzeln an den Fingern ab. »Die Cotterells sind ein merkwürdiges Paar. Er macht mir den Eindruck, als hätte er es auf kleine Jungen abgesehen, und sie ist eine räudige Hündin. Chaddedon ist charmant.« Er blinzelte Thomasina an. »Straunge und Darryl sind zwei kalte Fische. Aus Newington werde ich nicht schlau. Wir waren bei ihnen zu Gast, aber wir mochten sie nicht. Was noch?«

»Ich glaube, der Mörder war in dem Haus«, erwiderte Kathryn. »Ich habe keinen Beweis dafür, nur einen Verdacht. Sie haben eine Abschrift von Chaucers *Erzählungen,* aber es ist Straunges Bemerkung, die mich beschäftigt. Warum sollte er Mehl auf dem Boden des Herbariums finden?«

»Noch etwas?« fragte Colum.

Kathryn schüttelte betrübt den Kopf. »Es ist genug, daß ein jeglicher Tag seine eigene Plage habe. Thomasina, Master Murtagh, ich wünsche Euch eine gute Nacht.«

Damit überließ Kathryn den Iren und die Magd sich selbst und nahm ihren Becher Wein mit in ihre Kammer. Sie zündete die Kerzen an, und als sie die Tür zumachte, hörte sie Thomasina mit Colum gutmütige Scherze austauschen, dann das Scharren von Hockern, als sich die beiden zurückzogen. Kathryn saß da und starrte an die gegenüberliegende Wand, während ihr verschiedene Bilder des Abends durch den Kopf gingen. Chaddedons Werbung, die umfangreiche Bibliothek, die beiden Frauen mit den harten Augen, Straunge, wie er in der Tür stand und seine seltsame Äußerung machte. Und zuletzt die aus der Dunkelheit auftauchenden Strauchdiebe, die Colum so kaltblütig erledigt hatte.

Kathryn seufzte und zog die Abschrift von Chaucers *Canterbury-Erzählungen* zu sich heran. Sie öffnete das Buch und begann, die Seiten durchzublättern. Zunächst den Prolog, in dem der Dichter mit viel Geschick Charakter und Beruf eines jeden Pilgers beschreibt, dann die Geschichten selbst. Kathryn begann ein wenig zu frieren, und so wickelte sie sich fester in ihren Mantel und nahm das Buch mit in die Küche, wo sie Kerzen anzündete und die Glut wieder anfachte. Das Buch auf dem Schoß, blätterte sie die verschiedenen Erzählungen der gen Canterbury ziehenden, fröhlichen Pilgerschar durch. Ihr fielen die Augen schon fast zu, aber plötzlich zog eine Zeile aus der »Erzählung des Ritters« ihre Aufmerksamkeit auf sich: »Zwei junge Ritter, eng beieinanderliegend ...« Sie las die folgenden Verse sorgfältig durch, klappte das Buch zu und wiegte es leicht in ihrem Schoß. Nun hatte sie ihren Beweis. Sie zweifelte nicht daran, daß sie dem Mörder begegnet war, dem Schlächter der Pilger.

Zehn

Obwohl sie erst so spät zu Bett gegangen war, hatte Kathryn sich vorgenommen, früh aufzustehen. Doch sie wurde, ebenso wie die anderen Hausbewohner, schon beim ersten Morgengrauen durch lautes Pochen an der Tür aus dem Schlaf gerissen. Gegen den Radau protestierend, wickelte sie sich in einem Mantel, schlüpfte in ihre Sandalen und eilte die Treppe hinunter. Sie kam gerade unten an, als Thomasina die Haustür öffnete und den Besucher ins Haus führte. Colum, noch nicht ganz angezogen und mit schweren Lidern, polterte hinter ihr die Treppe herunter.

»Was ist los?«

Der in eine Mönchskutte gekleidete Besucher zog in der Küche die Kapuze zurück.

»Um Gottes willen, Luberon«, knurrte Colum. »Was ist geschehen?«

Luberon reichte ihm ein Stück schmutziges Pergament. Murtagh las es und reichte es dann Kathryn.

»Wieder ein Mord, ja?«

Luberon nickte. Kathryn las die krakelige Schrift.

Ein Büttel kam nach Canterbury getrottet,
Die Seel' nunmehr in Höllenqual verrottet.

»Ein Büttel wurde ermordet?« wollte Kathryn wissen.

Der Schreiber nickte. »John atte-Southgate in der Fastolf-Schenke draußen vor dem Westtor.« Luberon rieb sich das unrasierte Kinn. »Ihr müßt mit mir kommen. Nicht nur ein Büttel wurde ermordet, sondern auch eine Hure, die bei ihm war.« Luberon sank auf einen Hocker. »Dieser gute Büttel war, wie die meisten von seiner Sorte, den Freuden des Lebens nicht abgeneigt. Der Wirt sagt, eine in Mantel und Kapuze gehüllte Frau sei lange nach dem Abendläuten in die Taverne gekommen und habe nach Southgate gefragt. Der Wirt hat sich gedacht, daß sie eine Hure war, und wer würde es schon wagen, sich einem Büttel in den Weg zu stellen? Offensichtlich hatten sie viel Spaß miteinander, nur hatte die Hure einen versiegelten Weinkrug mitgebracht, der Gift enthielt. Sie tranken beide daraus und liegen nun tot da.«

»Wer fand die Leichen?«

»Ein Dienstmädchen«, antwortete Luberon. »Auf Anordnung des Erzbischofs hatte ich allen Wirten in der Stadt ausrichten lassen, mir über jeden plötzlichen Todesfall Meldung zu machen. Ein Stallbursche hat mich mit den Nachrichten aus dem Bett gescheucht. Dann bin ich sofort hierhergekommen.«

»Ihr wollt wirklich, daß wir mitkommen?«

Luberon stand auf. »Natürlich!« sagte er bissig. »Ich bin schließlich nicht zum Vergnügen hier!«

Colum fluchte und schlug auf den Tisch. »Aber ich habe draußen in Kingsmead etwas zu erledigen. Das Haus ist verlassen. Ich muß mit einer Truppe zu den umliegenden Höfen, um Hafer, Kleie, Stroh und Heu für die Pferde des Königs zu kaufen! Die Pferde werden bald hier in Canterbury eintreffen, und es empfiehlt sich, das Futter so bald wie möglich zu kaufen.«

»Wenn diese Sache hier nicht erledigt wird«, knurrte Luberon, »habt Ihr dem König gegenüber mehr zu verantworten als fehlende Kleie und Hafer! Zieht Euch an!«

»Fahrt zur Hölle!« murrte Colum.

»Colum, wir müssen hingehen!« schaltete Kathryn sich ein. »Wir haben keine andere Wahl.«

Sie ging in ihre Kammer und zog sich in aller Eile an. Als ihre Magd heraufkam, erklärte sie ihr rasch, was sie zu tun habe, wenn Patienten kämen.

»Versorgt den Kräutergarten«, fügte Kathryn hinzu. »Es war sehr warm gestern, und die Pflanzen brauchen Wasser. Kleinere Wunden und Prellungen kannst du selbst behandeln, über die schwierigeren Sachen berichtest du mir, wenn ich zurückkomme.« Kathryn knuffte ihre Magd sanft in den Arm. »Thomasina, um Gottes willen, stehst du mir bei?«

Über das offene Gesicht der Magd huschte ein Lächeln.

»Ach, geht nur, Mistress. Agnes und ich kommen schon zurecht. Vor allem« – hier hob sie die Stimme – »wenn das Haus von trampelnden Kriegern befreit ist!«

Kathryn und Colum gingen zu Luberon hinunter. Sie holte aus der Vorratskammer drei Weißbrötchen.

»Damit können wir unser Fasten brechen«, sagte sie und bot den anderen die kleinen Brotlaibe an. Kauend traten sie aus dem Haus. Colum eilte über die Straße zu der Taverne an der Ecke, wo er sein Pferd untergestellt hatte. Er blieb eine Weile weg, was Luberon, der seinen armseligen Gaul von einem Pfahl in der Nähe losgebunden hatte, veranlaßte, lautstark zu fluchen. Schließlich kehrte Colum nicht nur mit seinem Pferd zurück, sondern führte auch noch ein kleines, geduldiges Pferd für Kathryn mit sich. Er warf ihr die Zügel zu.

»Das schenke ich Euch«, sagte er lächelnd. »Es ist eine ruhige, gefällige und gleichmütige Stute. Genau wie Thomasina!« Er wies ihren Dank zurück und sagte, sie solle es als Teilzahlung für ihre Gastfreundschaft betrachten. Dann faltete er die Hände zu einem Tritt und half Kathryn aufs Pferd. Kurz darauf folgten sie Luberon die Ottemelle Lane entlang in die Hethenman Lane, bogen von dort nach links ab zur King's Bridge, kamen am St.-Peter's-Tor und an der Schenke »Mönche vom Sack« vorbei und ritten nun auf das Westtor zu.

Unterwegs erzählte Colum Luberon von dem Essen bei den Ärzten. Der kleine Schreiber hörte verbittert zu und wurde so mürrisch, weil man ihn von der Einladung ausgeschlossen hatte, daß Colum schließlich achselzuckend schwieg und Luberon seinen finsteren Gedanken überließ.

Die Stadt lag noch ruhig da, nur ein paar Zechbrüder kehrten singend und lachend heim und gaben acht, keiner Wache zu begegnen. Colum sah sie und dachte beschämt an seine eigenen Gelage zurück. Wie um Entschuldigung bittend, zwinkerte er Kathryn zu. Sie kamen an einem Falschmünzer vorbei, der am Ende der Black Griffin Alley am Stock angekettet war. Zwei Kesselflicker zogen ihre Handkarren zum Buttermarkt. Ein paar verschlafene Büttel gingen mit einem Stab in der Hand auf die hoch aufragenden Türme und die mit Zinnen versehenen

Türmchen des Westtores zu. Kathryn betrachtete sie und zog abrupt die Zügel an. Luberon drehte sich verärgert um und zerrte den Kopf seines Pferdes herum.

»Was ist los, Mistress?« sagte er. »Wir haben eine Leiche zu untersuchen und einen Mörder zu jagen! Träumt Ihr?«

»Oh, seid ruhig!« herrschte Colum ihn an. »Kathryn, was habt Ihr?«

Kathryn deutete in Richtung Westtor. »Die Büttel prüfen doch nach dem Abendläuten, ob die Stadttore geschlossen sind?«

Luberon nickte.

»Und dennoch kam die Hure nach dem Abendläuten noch ins Fastolf. Wer hat sie also durchgelassen?«

»Die Torhüter sicher nicht«, erwiderte Colum. »Das sind Königstreue.«

Kathryn tätschelte den Hals ihres Pferdes und trieb es sanft an. »Wenn dem so ist«, schloß sie, »muß unser junges Nachtschattengewächs durch eine Nebenpforte geschlüpft sein, und die einzigen, die Schlüssel für diese Pforten haben, sind Ärzte.«

»Womit wir wieder am Anfang wären«, verkündete Luberon. »Aber wer, Mistress Swinbrooke, wer?«

Er ritt ihnen voran durch das Westtor, wo Colum anhielt, um sich bei einem Vorgesetzten der Wache zu erkundigen. Der grauhaarige Soldat schüttelte den Kopf und zeigte auf die eisenbeschlagenen Tore.

»Gestern abend habe ich sie persönlich verriegelt, und niemand kam in ihre Nähe, eine Hure schon gar nicht.«

Kopfschüttelnd führte Colum sie durch den niedrigen Torbogen auf den Weg, von wo aus sie das geschmacklos bemalte Schild des »Fastolf« im Wind hin und her pendeln sahen. Kathryn lockerte die Spannung im Nacken. Sie atmete den süßen Duft des Sommers über den grünen, saftigen Feldern zu beiden Seiten des Weges ein und stellte fest, wie selten sie seit dem Tode ihres Vaters aus Canterbury herausgekommen war.

Die Fastolf-Schenke war unheimlich still. In dem großen, gepflasterten Hof waren kein einziges Pferd, keine Lasttiere und keine Stallknechte zu sehen. Nur ein paar Krieger in ziemlich verdreckten und zerlumpten Uniformen lehnten lässig an einer Mauer. Sie erkannten Colum, der sie gutmütig aufzog, bis ein Sergeant mit schmutzverkrustetem Gesicht, dünn wie eine Bohnenstange, auf unsicheren Beinen aus einem der Nebengebäude torkelte, einen Weinschlauch in der Hand.

»Wir haben diesen Päderasten gesagt, sie sollen drinnen bleiben!« nuschelte er. Mit bösen Augen sah er Luberon an. »Zumindest bis die Beamten fertig sind.«

Colum und seine kleine Gesellschaft stiegen ab. Der Ire warf seine Zügel dem Sergeanten zu. »Paßt auf die Pferde auf!«

Kathryn und Luberon folgten ihm über den Hof in den muffigen Schankraum. Der Wirt, dessen Lederschürze mit Fettflekken übersät war, tänzelte unter devoten Verbeugungen auf sie zu, als wäre Colum der König höchstpersönlich. Über seine Schultern hinweg fiel Kathryns Blick auf die ängstlichen Gesichter der Mägde, Küchenjungen und Schankgehilfen.

»Wo ist die Leiche?« fragte Luberon und schob sich durch die Umstehenden.

Der Wirt deutete mit schmierigem, dickem Finger auf die rauchgeschwärzte Decke. »In der Kammer im Obergeschoß. Bei Gott, wir haben nichts angerührt!«

Luberon ging ihnen voran die brüchige Treppe hinauf. Auf dem zweiten kleinen Absatz machte er Halt. »Diese Treppe ist verdammt gefährlich!« schnauzte er den Wirt unten an. »Ihr werdet sie reparieren, oder ich schicke Euch die Ale-Prüfer auf den Hals!« Er warf einen finsteren Blick auf Colum. »Der verdammte Krieg hat den ehrlichen Handel zum Erliegen gebracht.« Er hielt einen schmalbrüstigen Schankgehilfen fest, der nach unten schlüpfen wollte.

»Zeig uns die Kammer, wo die Leiche liegt!«

Der Junge nickte und führte sie weiter. Hier oben stank es so, daß Kathryn sich die Nase zuhalten mußte. Der Putz blätterte von den Wänden, die Türen zu den Kammern hingen schief in den Angeln, und die zersprungenen Fensterscheiben waren mit Pergamentpapier notdürftig geflickt. Sie gelangten ins Obergeschoß des Wirtshauses, wo der Junge sie einen kleinen Flur entlangführte und mit finsterer Miene auf eine Tür deutete. Luberon stieß sie auf und ging hinein. Die Kammer war nichts weiter als ein gekälkter Verschlag. An den Wänden sah man dunkle Flecken. Die Binsen auf dem Boden waren hart und trocken, als wären sie seit Jahren nicht ausgewechselt worden. Kathryn verzog das Gesicht, als sie den Hundekot dazwischen erblickte. Das Bett war ein massives, wackliges Gestell mit vier Pfosten, das mit zerlumpten Vorhängen zugehängt war. Luberon zog sie zur Seite, und Kathryn wich beim Anblick der beiden dort liegenden Leichen zurück. Auf der einen Seite des Bettes der Büttel, nackt wie die Natur ihn schuf, das fette Fleisch an Oberschenkeln und Wanst von einem schmutzigen Weiß, sein schwammiges Gesicht hingegen schwarz und verzerrt wie das eines Erhängten. Er lag lang ausgestreckt da, den Mund offen, die Augen starr. Neben ihm die spindeldürre Leiche der Hure; mit dem Gesicht nach unten auf den schmutzigen Laken, die rote Perücke verrutscht, eine Hand noch auf der stattlichen Brust des Büttels. Es sah so aus, als wolle sie ihm noch im Tode Freude schenken. Colum drehte ihren Körper herum. Die schlaffen Brüste schlugen leicht gegeneinander, die Arme fielen leblos wie die Flügel eines toten Vogels herab. Kathryn trat ein wenig näher und starrte auf das geschminkte Gesicht hinab, die gelblichen Zähne zwischen karminroten Lippen; die Haut hatte dieselbe schwärzliche Färbung wie das Gesicht des Büttels.

»Heiliger Strohsack!« keuchte Colum. »Kein schöner Anblick.«

»Das ist der Tod nie«, erwiderte Kathryn. Sie hörte ein würgendes Geräusch und drehte sich um. Luberon stand in der Ecke und stützte sich mit einer Hand an der Wand ab, würgte und erbrach sich. »Ihr müßt nicht hierbleiben, Schreiber«, sagte sie sanft. Sie betrachtete die rötlichen Flecken auf den beiden Leichen. »Ich glaube, mit der Menge Gift, die sie getrunken haben, hätte man das ganze Wirtshaus ermorden können.«

Kathryn drückte ihnen die Augen zu und drehte die Leiche der Hure ein wenig auf die Seite. Sie hob den schäbigen Krug auf, der zwischen ihnen lag; sein Inhalt hatte auf den schmierigen Laken Flecken hinterlassen. Sie ging um das Bett herum und fand die Trinkbecher, die die beiden weggeworfen hatten, als ihr heftiger Todeskampf einsetzte. Beide Becher waren leer. Kathryn roch sorgfältig an beiden und blickte Colum an.

»Trinkt niemals körnigen Wein«, sagte sie. »Man kann nie wissen, was er enthält!«

Sie nahm den Weinkrug und warf ihn gegen die Wand. Dann bückte sie sich, um die Scherben zu untersuchen. Sie hob die auf, an denen noch Reste des Bodensatzes zu sehen waren.

»Warum habt Ihr das gemacht?« Colum hockte sich neben sie.

Kathryn hob eine der Scherben auf und kratzte vorsichtig etwas vom Boden ab.

»Ihr könnt den Wein sehen«, sagte sie. »Aber schaut Euch den Bodensatz an: Er sieht aus wie Schlamm aus einem Teich.«

»Ist das kein Rückstand von Wein?« fragte Colum.

Kathryn schüttelte den Kopf. »Nein, dieser hier ist weich und frisch, wie dickes Pulver. Weinstein ist anders, eher wie Sandkörnchen.«

»Was ist es also?«

»Ich bin mir nicht ganz sicher, aber ich habe einen Verdacht.«

Sie stand auf, wusch sich die Hände in einer Wasserschüssel und trocknete sie vorsichtig an einem verschmutzten Handtuch ab. Dann ging sie mit Colum hinaus in den Flur, wo Luberon wartete, ganz weiß im Gesicht.

»Ihr könnt die Leichen fortschaffen lassen«, sagte Kathryn. »Die beiden Unglücklichen wurden ermordet. Dennoch glaube ich kaum, daß wir hier noch viel erfahren werden.«

Sie gingen die Treppe hinunter, wo ein ängstlicher Wirt ihnen erzählte, daß der Büttel am Tag zuvor angekommen sei und die meiste Zeit in der Schankstube verbracht habe. Spät am Abend sei die Hure zu ihm gegangen.

»Kannten die beiden sich?« fragte Kathryn in scharfem Ton.

»Nein, nein, die Frau kam herein, sah sich um und fragte, ob hier ein Büttel sei. Dann ging sie zu ihm hinauf.«

»Und der Wein?« fragte Colum.

Der Mann zog ein Gesicht. »Der Büttel trank, was wir zu bieten hatten, aber die Hure brachte ihren eigenen Krug mit, versiegelt. Ich wollte keinen Ärger, also ließ ich sie in Ruhe.« Er wandte sich ab, hustete und spuckte aus. »Ihr wißt ja, wie diese netten Beamten so sind. Stört man sie bei ihren Freuden, hat man sie ein Leben lang auf dem Hals. Kann ich jetzt wieder an meine Arbeit gehen?«

Luberon nickte. Sie traten in den Hof, wo der Sergeant immer noch ihre Pferde bewachte. Kathryn atmete tief ein; nach den Gerüchen im Wirtshaus roch sogar der Abfallhaufen in der Hofecke angenehm.

»Glaubt Ihr, daß es das Werk unseres Mörders war?« fragte Luberon.

»Ja«, erwiderte Kathryn. »Und mehr noch – wer auch immer ihn getötet haben mag, ist mit Sicherheit ein Arzt.«

»Wie das?«

»Nun, der Wirt sagte, die Frau kam erst sehr spät. Der Wachhabende hat sie nicht durch das Westtor hinausgehen lassen, also kann sie die Stadt nur durch die Nebenpforte verlassen haben. Alle unsere Freunde, die Ärzte, haben einen Schlüssel dafür.«

Colum half ihr aufs Pferd und lächelte zu ihr hinauf.

»Und was noch, scharfsinnigste aller Ärzte?«

Kathryn nahm die Zügel in die Hand und überhörte den Scherz.

»Ich glaube, sie wurde von einem Arzt gekauft. Er bezahlte sie gut, gab ihr diesen Krug mit vergiftetem Wein und schickte sie durch die Nebenpforte, daß sie den Büttel unterhalten sollte.« Kathryn nickte und warf einen Blick zurück auf das Wirtshaus. »Unser ehrenwerter Wirt kann sagen, was er will, aber er hat die Taschen beider Opfer durchsucht und alles Geld behalten, das er fand.«

Sie blickte sich zu Luberon um. »Wer hat die Leichen gefunden?«

»Oh, eine der Schlampen, die ihre morgendliche Runde drehte.«

»Kannte einer der Gäste die Hure?«

Luberon zuckte die Achseln.

»Es steht Euch frei nachzufragen«, erlaubte sich Colum den Hinweis.

Luberon stieg ab, schwankte zurück zum Wirtshaus und kam wenig später wieder. Er kratzte sich den Kopf.

»Sie sind sich nicht sicher, glauben aber, daß es Peg aus der Bullpaunch Alley gewesen war, einer dieser stinkenden Gossen in Westgate bei St. Peter.«

Kathryn seufzte und schloß die Augen.

»Des Teufels Garküche«, sagte sie leise zu Colum. »Ein Gewirr schmutziger Gassen und Durchgänge, wo man ein Mädchen für einen Penny mieten kann.« Sie sah Luberon an. »Arbeitet einer unserer Arztfreunde dort?«

Luberon lächelte zum ersten Mal an diesem Tag. »Ja, drei von ihnen. Eine Art Wohltätigkeit, Ihr wißt schon. Eine Hinterlassenschaft für St. Peter, die dafür verwendet wird, Ärzte zu bezahlen, die sich um die Kranken und Schwachen in der Gemeinde kümmern.« Luberon stieg auf seinen Gaul und schaute nachdenklich.

»Und weiter, Master Luberon«, bohrte Colum weiter.

Der Schreiber hüstelte nervös. »Ich wohne nicht in Westgate«, antwortete er abwehrend. »Aber neben vielen anderen Pflichten bin ich Kirchenältester in St. Peter, daher weiß ich etwas von dieser Hinterlassenschaft. Der zuständige Priester dort ist Pater Raoul. Er spricht oft über die guten Werke, die die Ärzte dort tun.«

»Welche denn?« fragte Kathryn und brachte ihr Pferd zum Stehen, das unruhig wurde, als Stallknechte und Stalljungen im Hof hin und her gingen.

»Nun, zunächst hatte ein Arzt diese Aufgabe übernommen, der dort auch wohnte, aber das dauerte nicht lange, dann wurde das Geld aus der Hinterlassenschaft an das Kollegium gezahlt: Darryl, Straunge und Chaddedon.«

»Damit können wir Cotterell ausschließen«, schloß Colum. Luberon schüttelte den Kopf.

»Oh, keineswegs«, sagte er.

Sie schwiegen, bis sie wieder auf dem Fahrweg waren, der sie nach Westgate führte. Colum zwinkerte Kathryn zu und schob sich neben Luberon. Dann zog er die Zügel leicht an.

»Ihr wolltet noch etwas sagen, Master Schreiber?«

Luberon zügelte sein Pferd und blickte sich um, als vermute er Lauscher hinter den Hecken. Er warf einen schnellen Blick auf Kathryn und sagte: »Unser dicker Arzt ...«, flüsterte er. »Nun, er ist ein seltsamer Mann mit eigenartigen Vorlieben.« Luberon senkte den Blick und zupfte einen Faden von seinem Mantel.

»Und er kann diese Vorlieben in Westgate befriedigen?« fragte Kathryn.

Luberon nickte.

»Und Ihr, Master Luberon«, sagte Colum. »Wart Ihr gestern in Westgate?«

»Ja, ja«, antwortete der kleine Mann hastig. »Wie ich Euch schon sagte, ich bin Kirchenältester von St. Peter, aber die anderen können genausogut dort gewesen sein.«

»Warum sagt Ihr das?«

Luberon zeigte auf einen Kirchturm, der dicht vor ihnen über die Stadtmauer ragte. »Das ist die Heiligkreuzkirche. Ich weiß, daß sie alle gestern mit der Laienbruderschaft der Messe Jesu dort waren, um das Mysterienspiel vorzubereiten.«

Colum folgte Luberons ausgestreckter Hand mit den Augen und blickte dann zum Himmel auf. »Es wird ein herrlicher Tag heute«, sagte er. »Ich habe noch eine Menge zu erledigen.« Schnell warf er einen Blick auf Kathryn. »Sollen wir unsere Arztfreunde fragen, wo sie gestern waren?«

»Wir wären wohl kaum willkommen«, erwiderte Kathryn. Sie nahm die Zügel fester in die Hand. »Und ich habe in der Ottemelle Lane zu tun.« Verärgert sah sie Luberon an. »Glaubt mir, Sir, ich werde sie der Stadt schon ausliefern.«

Der Schreiber, immer noch höchst beeindruckt von seinen eigenen offenen Worten, zuckte nur die Schultern und trieb sein Pferd vorwärts. »Wir müssen sie nicht zu Hause aufsuchen«, rief er über die Schulter. »Mistress Swinbrooke, mein Magen ist leer, und unsere Ärzte werden sich früh in der Heiligkreuzkirche treffen. Ich schlage vor, wir essen etwas und warten dort auf sie.«

Colum und Kathryn waren einverstanden. Sie ritten nach Westgate und verzehrten dort in einer Schenke gleich hinter der

Stadtmauer ein paar Haferküchlein und mit Wasser verdünntes Ale. Als sie das Wächterhorn hörten, das vernehmlich zum Marktbeginn rief, stiegen sie auf ihre Pferde und ritten über die St. Dunstan's Lane zur Heiligkreuzkirche hinüber. Auf dem Friedhof und dem gesamten Kirchengelände an der Horsemill Lane herrschte geschäftiges Treiben. Maler und Zimmerleute eilten durch das große Tor ein und aus, über dem der in Stein gemeißelte Christus als Richter saß. Ein hochmütiger Büttel versuchte, Colum anzuhalten, aber der Ire stieß ihn wortlos zur Seite und betrat das dunkle Kirchenschiff. Alle Bänke und Stühle waren im hinteren Teil der Querschiffe aufgestapelt worden.

Am Ende des Kirchenschiffes, wo das Licht durch die großen, bleiverglasten Fenster über den Hauptaltar fiel, war vor dem hohen, gewölbten Lettner eine große Bühne errichtet worden. Ein ganzer Schwarm von Zimmerleuten schwirrte mit selbstgebauten Holzrahmen um diese Bühne herum. Ein paar Maler arbeiteten an einer riesigen Leinwand, die das Bühnenbild werden sollte. Kathryn lächelte, als sie das emsige Treiben sah. Als Kind war sie oft mit ihrem Vater hierhergekommen, um sich das Spiel anzusehen. Sie erinnerte sich noch gut, daß sie immer sehr früh gekommen waren, um sich einen Platz ganz vorn zu sichern; ihr Vater war jedesmal in die Hocke gegangen und hatte sich mit dem Rücken gegen einer Pfeiler gelehnt, und sie hatte auf seinem Schoß gesessen und mit offenem Munde zugesehen, wie die Komödianten und Schauspieler die biblische Geschichte von Adams Sündenfall bis zu den Leiden Christi darstellten. Auf der riesigen Bühne wurde die Bibel lebendig: Abraham, mit hoch erhobenem Messer bereit, Isaac zu opfern, kann nur durch einen Engel in weißem Gewand und mit goldenem Haar davon abgehalten werden; die Sintflut, vor der Noah und seine Familie in der Arche Rettung fanden; der Turmbau zu Babel. Stundenlang ging es so weiter, und doch war sie auf dem Heimweg immer wieder enttäuscht, daß es nicht länger gedauert hatte. Colum faßte sie am Ellenbogen und deutete auf eine Gruppe im hinteren Teil der Kirche neben einer kleinen Seitentür.

»Da haben wir unsere Beute«, murmelte er und steuerte zielbewußt durch das Kirchenschiff auf sie zu. Kathryn und Luberon hatten Mühe, ihm zu folgen.

Die Männer wandten sich ihnen zu, und Kathryn sah, daß es die Ärzte waren. Alle trugen dunkle, staubbedeckte und mit Holzspänen übersäte Gewänder aus Barchent. Sie unterhielten sich mit dem Ersten Zimmermann, und ihre verdrossenen Mienen zeigten nur zu deutlich, wie wenig erbaut sie waren, Kathryn und Colum so bald schon wiederzusehen.

»Auf ein Wort nur, meine Herren«, bat Colum schroff.

Chaddedon unternahm den Versuch eines schwachen Lächelns. Straunge atmete schwer. Cotterell, der nach einer durchzechten Nacht immer noch sehr mitgenommen aussah, starrte sie nur triefäugig an. Chaddedon flüsterte dem Zimmermann etwas zu; nachdem dieser gegangen war, rieb sich Chaddedon die Hände.

»Was ist denn nun schon wieder, Master Murtagh?«

»Ein neuer Mord!« antwortete Luberon.

»Herr im Himmel!« sagte Straunge leise.

»Gewiß«, erwiderte Kathryn, »der Herr im Himmel wird besorgt sein, ebenso wie der König, ganz zu schweigen vom Erzbischof.«

»Seine Gnaden ist empört«, fügte Luberon hinzu. »Und die Bürger, die in das große Parlament des Königs in Westminster gewählt worden sind, werden Petitionen einreichen, in denen sie den Rückgang im Handel beklagen, den diese schrecklichen Morde auslösen.«

»Dies ist nicht der richtige Ort, um darüber zu reden«, erwiderte Chaddedon.

Er führte sie hinaus, wandte sich nach links und nahm einen ausgetretenen Pfad über den Friedhof. Er blieb erst stehen, als sie im Schatten einer Gruppe bizarr verwachsener Eiben ankamen. Sie standen im Halbkreis; die Ärzte murrten und maulten und traten unruhig von einem Fuß auf den anderen, so daß die Vögel mit lautem Gezwitscher aus den Ästen über ihnen davonflogen. Colum hatte die Daumen in seinen Gürtel gesteckt, sah aggressiv und schlecht gelaunt aus. Kathryn spürte seine Abneigung gegen diese wohlgenährten, verweichlichten Bürger, die zwar ein Spiel in einem Kirchenschiff organisieren konnten, sich aber kaum für die Aufklärung der grauenvollen Morde interessierten, die in der Stadt begangen wurden. Er wollte ihnen die Leviten lesen, aber Kathryn schaltete sich taktvoll ein.

»Im Wirtshaus von Fastolf sind zwei Morde geschehen«, teilte sie ihnen mit. Haarklein beschrieb sie die Umstände der Morde und beobachtete, wie sogar aus Cotterells rosigem Gesicht die Farbe wich. »Daher werdet Ihr nun verstehen«, folgerte Kathryn geradeheraus, »daß der Mörder ein Arzt sein muß, der einen reichhaltigen Giftvorrat und den Schlüssel zur Nebenpforte hat.«

»Aber das heißt immer noch nicht, daß es einer von uns ist!« entgegnete Straunge giftig.

»Ich glaube, ich weiß, worauf Mistress Swinbrooke hinauswill«, erwiderte Chaddedon. Verstohlen blickte er Cotterell an. »Master Geoffrey muß vielleicht Hausbesuche in Westgate machen, aber wir auch. Eine Hinterlassenschaft an St. Peter bezahlt Ärzte, die die Armen in diesem Viertel behandeln.« Trotzig begegnete er Murtaghs Blick. »Ich habe gestern dort gearbeitet. Ich habe zwei kranke Kinder in einem Haus in der Nähe der Bullpaunch Alley besucht.«

»Ich war gestern morgen dort«, sagte Straunge.

Colum wandte sich Darryl zu.

»Ich war fast den ganzen Tag dort«, erwiderte Darryl. »Aber bevor Ihr es andeutet, Ire, laßt mich Eure Gedanken aussprechen: Die Heiligkreuzkirche ist nur wenige Schritte von Westgate entfernt, und natürlich hätte ich in dieses Gewirr von Gassen schlüpfen können, um eine Hure zu mieten und ihr einen Krug mit vergiftetem Wein zu geben. Aber ich war es nicht!«

»Peg kannte jeder«, schaltete sich Chaddedon ein. »Eine habgierige Dirne mit losem Mundwerk, die jede Gelegenheit beim Schopfe ergriff, meine Kollegen und mich zu beleidigen.«

»Und vergeßt nicht«, unterbrach Cotterell boshaft, »auch andere hätten hingehen können.« Er warf einen vielsagenden Blick auf Luberon.

Der kleine Schreiber hüpfte vor Wut auf und ab. »Ich habe

bereits erklärt, daß ich Kirchenältester von St. Peter bin!« wiederholte er.

»Meine Herren! Ich darf doch bitten!« lachte Colum. Die Sache fing an, ihm Spaß zu machen. »Wir sind hergekommen, um Fragen zu stellen, und nicht, um Beschuldigungen zu erheben.«

»Nein, nein!« erwiderte Darryl. »Das ist dasselbe, Ire.« Er blickte seine Kollegen der Reihe nach an. »Wir sind unschuldig.« Er zog sein Gewand enger. »Und solange Ihr keinen Beweis vorbringen könnt, wünsche ich nicht mehr ausgefragt zu werden!«

Er wollte gerade davonstapfen, als Newington über den Friedhof auf sie zueilte. Der Ratsherr machte einen erfrischten und entspannten Eindruck. Er nickte Luberon zu.

»Guten Morgen, Master Schreiber. Ich habe die Nachricht bereits erhalten. Ein neuer Mord! Nun, nun, Master Murtagh, fürwahr eine schöne Bescherung! Eine schöne Bescherung.«

»Seid Ihr Ratsherr für das fragliche Viertel?« fragte Colum knapp.

Newington trat einen Schritt zurück. »Für welches Viertel?«

»Westgate. Die Hure kam von dort.«

Newington warf den Kopf zurück und lachte gackernd.

»Der Herr stehe uns bei, Ire, ich würde niemals auch nur einen Fuß dorthin setzen. Mein Viertel ist da, wo mein Schwiegersohn wohnt. Ich bin dort geboren und aufgewachsen. Nein, nein«, sagte er schwer atmend. »Wenn es nach mir ginge, würde ich Westgate niederbrennen!«

Kathryn blickte Colum an. »Mehr können wir hier nicht tun«, sagte sie. »Und Master Darryl hat recht. Solange wir nichts beweisen können, haben diese Gespräche keinen Sinn.« Sie warf einen Blick in die Runde der Ärzte. »Meine Herren, lebt wohl.« Und bevor Colum sie aufhalten konnte, schritt sie über den Friedhof zum Haupttor der Kirche zurück.

»Ihr habt es ihnen zu leicht gemacht!«

Sie blieb stehen und wandte sich um; Colum stand vor ihr und funkelte sie wütend an. Kathryn lehnte sich an die Kirchenmauer. Sie beobachtete zwei Jungen, die einen Stapel Kostüme, Kleider, Flügel für einen Engel, einen silbernen Mond und eine goldene Sonne in die Kirche trugen.

»Was sollen wir denn tun?« seufzte sie. »Dieser Mörder hat alle Vorteile auf seiner Seite.«

»Wir könnten nach Westgate gehen«, piepste Luberon, der wutschnaubend neben ihnen auftauchte. »Zumindest könnten wir dort Erkundigungen einziehen.«

»Gewiß, und in St. Peter«, sagte Kathryn nachdenklich.

»Irgend etwas stimmt nicht ...« Sie verstummte. Sie war entschlossen, nach Westgate zu gehen, wollte aber bei niemandem Verdacht erregen.

Colum zog seinen Schwertgürtel fester. »Es ist genug, daß ein jeglicher Tag seine eigene Plage habe«, spöttelte Colum und blinzelte Luberon zu. »Ja, Master Schreiber, ich kenne mich in der Heiligen Schrift ein wenig aus. Mistress Kathryn, ich habe noch andere Dinge zu erledigen.«

»Haben wir das nicht alle?« erwiderte Kathryn.

Colum verzog nur das Gesicht, trat aus der Kirche und verschwand in dem Gedränge, das draußen herrschte.

Kathryn blickte ihm nach und wandte sich dann Luberon zu.

»Nun, Master Schreiber, wollen wir unser Glück in Westgate versuchen?«

Luberon warf einen Blick auf die inzwischen hoch stehende Sonne. »Ich werde Euch begleiten, Mistress. Ihr könnt dort nicht allein hin, aber zuerst muß ich John treffen.«

»Wen?«

»Newington«, rief Luberon. »John Newington. Ich muß die Angelegenheit mit ihm besprechen. Würdet Ihr einen Moment warten?«

Kathryn nickte und ging langsam durch das Tor der Kirchenumfriedung. Das schöne Wetter hatte die Menschen in die Horsemill Lane gelockt. Sie drängten sich jetzt um die Buden, die unter den Dachraufen der Häuser gegenüber der Kirche aufgebaut waren. Die meisten Händler verkauften Tuch, grüne Tartankissen mit Seidenborten, scharlachrote Gewänder mit Damastärmeln, farbenprächtige Gobelins, seidene Baldachine, Steppdecken, Laken und Tischleinen. Kathryn sah sich alles an, die Hand fest auf ihre Börse gepreßt. Sie hatte Rathead erblickt, einen kleinen Bengel mit verfilztem Haar, der mit seiner Mutter in einer Nebengasse der Ottemelle Lane lebte. Rathead hatte flinkere Hände als jede Näherin, und sein Ruf als pfiffiger Taschendieb und Schmuggler wurde von Tag zu Tag besser.

Kathryn schlenderte noch ein Stück die Straße entlang. Sie wußte, daß es bei Luberon eine Weile dauern würde, und blieb immer wieder an einem der Verkaufsstände stehen, wo es Untertassen, Schüsseln, einfache Rosenkränze aus Bernstein und Zinnbecher zu kaufen gab. Sie hörte hinter sich einen Tumult, drehte sich um und sah, wie sich Menschen um das verwitterte Marktkreuz scharten, wo ein Ablaßverkäufer seinen Stand aufgeschlagen hatte. Der Mann hatte ein Vogelgesicht, eine spitze, gebogene Nase und große, hervortretende Augen; sein Hals, hager und sehnig, erinnerte Kathryn an eine aufgeregtes Huhn.

»Ihr guten Bürger!« rief der Ablaßhändler. »Ich kann Euch den Kamm des Hahnes zeigen, der im Hofe des Pilatus gekräht hat, einen Splitter von Noahs Arche und, seht her« – er hielt eine Feder hoch –, »eine Feder von den Engeln des Herrn!«

»Wahrscheinlich von der Gans, die du gestern abend verspeist hast!« rief jemand.

Kathryn lächelte und beobachtete, wie der Ablaßverkäufer die gutgemeinte Beschimpfung zurückgab. Sie dachte an Chaucers *Canterbury-Erzählungen* und an das, was sie am Abend zuvor entdeckt hatte, drängte sich durch die Menge, betrat wieder das Kirchengelände und setzte sich auf eine Steinbank am Hauptportal. Sie wußte, daß sie den Mörder kannte, aber wie sollte sie es beweisen? Wie konnte sie den Mörder davon abhalten, noch einmal zu töten? Sie sah einem Kind zu, das auf der Straße spielte.

»Mistress, Mistress!«

Sie blickte auf. Luberon, dessen aufgedunsenes Gesicht rot und verschwitzt war, starrte auf sie herab.

»Mistress, wir haben noch viel vor.«

»Gewiß, Master Luberon, dann ist es am besten, wir fangen gleich an!«

Elf

Kathryn und Luberon gingen am Westtor vorbei in die Pound Lane. Die Straßen und Gassen wurden immer verschlungener, schmutziger und dunkler. Die Häuser hatten auch schon bessere Zeiten gesehen. Ihr abbröckelnder Putz war jetzt schmutziggrau und feucht. Die Straßenecken waren ein Treffpunkt für Gerissene, Bettler, Schlepper und gesundheitlich ruinierte Diener. Im Vorbeigehen nahm Kathryn wütende Blicke aus elenden Gesichtern wahr. Wäre nicht Luberon neben ihr her geschwankt, der eine oder andere hätte sich ihr bestimmt genähert. Mochte der Schreiber auch noch so blasiert sein, er besaß den Mut eines Kriegers. Er streckte seine schmale Brust heraus und zog seinen Mantel so weit zurück, daß man den langen Dolch sehen konnte, den er im Gürtel trug.

»Männer, die mit dem Gesetz auf Kriegsfuß stehen«, murmelte er und sah sich um.

Immer weiter drangen sie in das Elendsviertel vor. Ein paar Gassen waren so dunkel, daß man Laternen angezündet und an Haken neben die Tür gehängt hatte. Luberon erklärte Kathryn, daß es unter diesen Häusern Keller gäbe, in denen die Trunkenbolde übernachteten.

»Da gibt es Aufhänger«, erklärte er. »Man hat Seile von einer Wand zur anderen gespannt, so daß die Säufer im Sitzen schlafen können. Ihre Oberkörper werden dann von diesen Seilen gehalten. Morgens geht der Wirt hinunter und reißt sie aus dem Schlaf, indem er die Seile losbindet.«

Schließlich erreichten sie die Bullpaunch Alley. Die Schenke »Zum Rattenschloß« befand sich an der Ecke. Davor tanzten zu lebenden Skeletten abgemagerte Kinder zu den schrillen Tönen einer Pfeife. Kathryn griff nach ihrer Börse, um ein paar Pennies herauszuholen.

»Nein!« flüsterte Luberon. »Keine Wohltätigkeit, Mistress. Wenn die Eure Münzen sehen, wird nur ihr Appetit geweckt.«

Sie bogen in die Gasse ein. Frauen mit schmutzverkrusteten Gesichtern standen hinter kleinen Ständen und verkauften das Fleisch von Ratten, Frettchen und Tauben sowie Katzenfelle. Luberon blieb stehen und stellte einer dieser Frauen eine Frage. Sie antwortete mit einem wahren Sturzbach von Beschimpfungen und deutete die Straße hinunter. Luberon folgte ihrem Hinweis und klopfte an die altersschwache Tür des Hauses, auf das sie gezeigt hatte.

Eine alte Vettel, häßlich wie die Nacht, öffnete ihnen. Ihr Gesicht war hager und gelblich, graues, dünnes Haar hing in Strähnen auf ihre Schultern herab; sie hatte dünne, blutleere Lippen und uralte Augen. Sie betrachtete zuerst Luberon, dann Kathryn.

»Was haben wir denn da, einen Mann mit seinem Flittchen«, sagte sie und beäugte Kathryn listig. »Dich habe ich hier noch nie gesehen. Siehst aus wie eine von der strengen Sorte. Hast wohl eine Reitpeitsche?«

Luberon lief puterrot an und war sprachlos. Kathryn starrte diese Hexe nur an, die sie für Luberons Geliebte hielt, und brach in perlendes Lachen aus. Die alte Nachteule, die jetzt ihren Irrtum erkannte, wollte die Tür schon wieder schließen, aber Luberon hatte sich inzwischen gefaßt und ließ es nicht zu.

»Du dumme Hexe!« brüllte er. »Ich komme im Auftrag der Stadt!«

Die alte Frau, die jetzt offensichtlich Angst hatte, trat in den Schatten zurück, die Lippen zu einem einschmeichelnden, süßlichen Lächeln verzogen.

»Was ist los?« winselte sie. »Was wollt Ihr?«

Luberon und Kathryn folgten ihr durch einen naßkalten Korridor. Kathryn kicherte noch immer vor sich hin, aber Luberon war so außer sich, daß er die Frau vor sich her trieb, bis sie mit dem Rücken zu einer Tür stehenblieb.

»Wollt Ihr uns nicht hineinbitten?« knurrte Luberon.

Die Alte war nicht gewillt, sie eintreten zu lassen, aber als Luberons Hand an den Dolch wanderte, tastete sie nervös nach der Klinke, drückte sie herunter und bat Kathryn und Luberon herein. Der Raum dahinter war erstaunlich üppig ausgestattet, nahezu wohlhabend, aber alle Einrichtungsgegenstände waren schwarz und mit Goldornamenten verziert. Die Wandbehänge, die Wollteppiche auf dem Boden, der hohe, gemeißelte Kaminsims; sogar die Tische, Stühle, Kisten und Hocker waren mit glänzender schwarzer Farbe bemalt, die den Schein des Feuers im Kamin einfing und reflektierte. Zwei Öllampen zu beiden Seiten des Kamins leuchteten schwach; auf Luberons Befehl hin zündete die Frau hastig ein paar Kerzen an, deren Wachs ebenfalls schwarz gefärbt war. Kathryn sah zu Boden, und das Lächeln erstarb auf ihren Lippen. Die Teppiche waren mit merkwürdigen Zeichen bedeckt – umgedrehte Kreuze, ein Drudenfuß –, und an die Wand im hinteren Teil des Raumes hatte ein Künstler ein grinsendes Skelett mit ausgebreiteten Armen gemalt.

»Sieh an, sieh an!« murmelte Luberon und blickte sich um. »Was haben wir denn da? Eine Lady der Schwarzen Kunst? Eine Hexe?« Er stieß die Alte leicht an. »Oder nur eine gut bezahlte Hüterin parfümierten Fleisches?«

»Das Zimmer war schon so, als ich das Haus kaufte«, jammerte die Alte.

»Oh, wir sind nicht wegen Eures verdammten Zimmers gekommen!« fauchte Luberon sie an und zeigte blitzschnell mit dem Finger zur Decke. »Es geht um eins Eurer Mädchen. Ich nehme an, sie hatte eine Dachkammer hier?«

»Welche denn?« erwiderte die Hexe.

»Peg.«

»Ihr meint Mustard Peg?« gackerte die Alte. »Die ist schon heiß, wenn man sie nur berührt!«

Kathryn starrte sie angewidert an. Sie spürte plötzlich, wie kalt es in dem Zimmer war, und ekelte sich vor dem süßlichen, Übelkeit erregenden Geruch, der ihr jetzt in Nase und Mund drang.

»Peg ist ermordet worden«, teilte Kathryn der Alten schroff mit.

Die Alte verzog das Gesicht. »Und?«

»Und«, fuhr Luberon fort, ging zum Kamin und zog ein brennendes Holzscheit aus den Flammen, »und wenn Ihr uns jetzt nicht sagt, wer gestern hierherkam, um sie zu mieten, werde ich das hier auf Euren Teppich fallen lassen und zusehen, wie dieses gottverdammte Haus niederbrennt.«

»Das würdet Ihr nicht wagen!«

Luberon warf das Holzstück wieder in den Kamin und wischte die schmutzigen Finger an seinem Gewand ab. »Nein, vielleicht nicht. Aber ich könnte Soldaten und Beamte herschicken, damit sie sich hier ein wenig umsehen. Wer weiß, was sie finden würden?«

»Was wollt Ihr wissen?«

Die Alte kam näher, und Kathryn rümpfte die Nase vor ihrem säuerlichen Körpergeruch.

»Peg wurde gestern gemietet«, sagte Kathryn. »Ihr wißt von wem?«

»Keine Lügen!« fügte Luberon hinzu.

Die Alte entblößte ihr Zahnfleisch. »Warum sollte ich lügen? Dazu ist nicht viel zu sagen. Gestern hatte Peg einen Besucher. Er kam am Nachmittag her, als sie sich gerade ausruhte. Er redete eine Weile mit ihr und ging dann wieder. Peg sah recht glücklich aus, wollte aber nicht sagen, wer es war oder was er wollte.« Verschlagen sah die Alte Kathryn an. »Ihr wißt ja, wie es so geht in der Welt, Mistress, wir haben viele Besucher hier.«

»Was weiter?« fragte Kathryn.

»Am späten Abend ging Peg weg«, sagte die Alte und zuckte mit den Schultern. »Sie war eine Hexe mit losem Mundwerk und hat wahrscheinlich gekriegt, was sie verdient.«

»Habt Ihr den Besucher am Nachmittag gesehen?« fragte Kathryn.

»Oh nein, er trug ein weites Gewand mit Kapuze wie ein Mönch. Wenn sie es so haben wollen, dann lasse ich sie.« Die Alte sah Kathryn prüfend an. »Ihr seid sehr hübsch, Mistress.«

»Kommt!« brummte Luberon und zog Kathryn am Ärmel. »Hier stinkt es wie in einer Kloake!«

»Hatte Peg ein Zimmer hier?« fragte Kathryn.

Die Alte nickte und grinste. »Es ist leer. Wenn eines der Mädchen sich verspätet, sehe ich mich immer nochmal um.«

»Dessen bin ich mir sicher«, sagte Luberon voller Sarkasmus.

Er bat Kathryn zu warten und scheuchte die alte Frau vor sich her die Treppe hinauf. Früher als erwartet kam er wieder heruntergepoltert.

»Ein Schweinestall«, sagte er angeekelt. »Hat ihn mit anderen geteilt. Ein zerschlagener Becher und wertlose Wäsche. Mustard Peg starb mittellos.«

Sie verließen das schreckliche Haus in der Bullpaunch Alley und schlängelten sich durch die Gassen bis zur St. Peter's Lane.

»Nun«, begann Kathryn, »was schließt Ihr daraus, Master Schreiber?«

Luberon blickte auf die Häuser zu beiden Seiten, die besser erhalten waren. Die Straße, die zur Kirche führte, war breiter und sauberer, ein angenehmer Gegensatz zu den Gassen, aus denen sie gerade kamen.

»Ich weiß nicht«, murmelte Luberon. »Viel haben wir nicht erfahren.«

»Doch«, erwiderte Kathryn lebhaft. »Unser Mörder hat diesem Haus offensichtlich gestern nachmittag einen Besuch abgestattet, Peg für ihre Gefälligkeit entlohnt und ihr gesagt, sie solle ihn zu einer festgesetzten Stunde an einer Nebenpforte treffen.« Sie zog ein Taschentuch aus ihrem Ärmel und tupfte sich den Schweiß ab. »Aber es stimmt, das allein sagt uns nichts Neues. Jeder von unseren Ärzten hätte aus der Heiligkreuzkirche schlüpfen und all das tun können, bevor er nach Hause ging.«

Kathryn blickte zu dem mit Zinnen versehenen Kirchturm von St. Peter hinauf und dachte an das, was sie in Chaucers *Canterbury-Erzählungen* gelesen hatte, und an die vage Idee, die ihr vor der Heiligenkreuzkirche in den Sinn gekommen war. Wäre Colum nur bei ihr! Kathryn ballte die Faust; immerhin war Colum der Beauftragte des Königs hier, und auch sie hatte, weiß Gott, noch andere Dinge zu erledigen. Plötzlich dachte sie an ihren Mann, dessen langes, blasses Gesicht nach einigen Bechern Wein zu einer wutverzerrten Maske wurde. Kathryn schloß die Augen. Sie durfte nicht an ihn denken, an die Möglichkeiten, die sich aus seinem rätselhaften Verschwinden ergaben.

»Mistress! Mistress!«

Kathryn öffnete die Augen und sah Luberon an.

»Mistress Swinbrooke, wollt Ihr St. Peter aufsuchen?«

»Wird der Priester uns helfen?«

»Das hängt davon ab, was Ihr ihn fragen wollt.«

Kathryn lächelte. »Kommt mit und findet es selbst heraus.«

Pater Raoul war gerade damit beschäftigt, ein Gartenstück zu hacken, das zwischen der Kirche und dem Haus des Priesters lag. Er war ein redlicher, untersetzter Mann mit breitem Bauerngesicht und wirrem, braunem Haar, das aussah, als hätte es seit Wochen keinen Kamm gesehen. Doch er war fröhlich und freundlich, und begrüßte Luberon warmherzig, war allerdings gegenüber Kathryn ziemlich zurückhaltend.

»Ich bin ja froh, wenn ich einmal eine Pause machen kann«, rief der Priester, ließ die Hacke fallen und wischte sich die erdverkrusteten Hände an seinem Gewand ab. »Kommt mit ins Haus.«

Er führte sie in die Küche, einen kahlen Raum mit gestampftem Lehmboden, gekalkten Wänden und ein paar Möbeln. Er bat sie, an dem kleinen Zeichentisch Platz zu nehmen, und servierte Becher mit Ale, das süß und würzig schmeckte.

»Nun«, sagte er und machte mit den Lippen ein schmatzendes Geräusch, »was kann ich für Euch tun?«

Luberon fuhr zunächst einmal mit der gegenseitigen Vorstellung fort, die er im Garten begonnen hatte, sprach kurz über die Morde, dann hustete er und sah Kathryn an.

»Vater, kanntet Ihr die Peg aus der Bullpaunch Alley?« fragte sie.

Pater Raoul lächelte. »Nicht im eigentlich biblischen Sinne. Peg war eine gräßliche Frau, möge sie in Frieden ruhen.«

»Wie lange seit Ihr schon hier, Vater?«

»Seit etwa fünfzehn Sommern. Warum?«

»Euch – oder besser der Kirche – wurde eine Hinterlassenschaft zuteil, mit der Ärzte bezahlt werden, die im Armenviertel arbeiten?«

Pater Raoul zuckte mit den Schultern. »Das ist nichts Ungewöhnliches. Den Kirchen im gesamten Königreich werden Vermächtnisse oder Geldsummen gestiftet. Diese Summen, die in der Regel bei Bankiers hinterlegt werden, finden je nach den Bedürfnissen der Kirchengemeinde Verwendung. Die Rechnungen werden von guten Männern wie unserem Master Luberon hier sorgfältig geprüft.«

»Wer hat diese Hinterlassenschaft gestiftet?«

Der Priester seufzte, stand auf und ging zu einer riesigen Truhe am anderen Ende des Raumes. Er nahm einen Schlüsselbund von seinem Gürtel und schloß sorgfältig die drei Schlösser auf, wühlte in der Truhe und forderte dann ein in Leder gebundenes Hauptbuch zutage. Das Pergament innen war vergilbt und altersschwach. Pater Raoul ließ seinen Blick suchend über die Seiten schweifen, murmelte etwas vor sich hin, hielt dann inne und deutete mit dem Finger auf einen Eintrag. Er drehte das Buch so, daß Kathryn es lesen konnte.

»Die Hinterlassenschaft ist etwa achtzehn Jahre alt. Eine großzügige Summe. Dreihundert Pfund Sterling, aber sie war, wie viele Hinterlassenschaften, anonym.«

»Und Ihr habt nicht die leiseste Ahnung, wer der Spender gewesen sein könnte?«

»Nein, und ich vermute, auch die Bankiers wissen es nicht. Solche Gelder werden vertraulich behandelt.« Pater Raoul zuckte die Achseln und klappte das Buch zu.

Kathryn schluckte ihre Enttäuschung hinunter. »Sagen Euch die Namen Darryl, Cotterell, Straunge und Chaddedon etwas?«

»Nun, Cotterell habe ich in den Gassen und Straßen beim Wirtshaus ›Zum Rattenschloß‹ gesehen. Er treibt sich dort herum, um sich seine Freuden zu kaufen.« Die Verachtung in der Stimme des Priesters war nicht zu überhören.

»Und die anderen?«

Pater Raoul wedelte mit der Hand in Richtung Luberon. »Wie unser guter Schreiber weiß, helfen sie den Armen, wie andere auch: Kaufleute, Schneider, Händler und Bürger. Sie besuchen die Kranken und tun, was sie können, was in der Regel nicht viel ist, und reichen zum Ende jedes Quartals ihre Rechnung ein.«

»Und Newington?« fragte Kathryn. »Der Ratsherr John Newington?«

Pater Raoul spitzte die Lippen und schüttelte den Kopf. »Den Namen habe ich schon gehört, aber ich kenne den Mann nicht. Er hat mit diesem Stadtviertel nur wenig zu tun.«

Kathryn saß da und hatte die Hände in den Schoß gelegt. Nichts, dachte sie, wohin ich auch gehe, die Suche führt ins Nichts. Sie mußte wohl fünf Minuten so in Gedanken verloren dagesessen haben, während Luberon und Pater Raoul über Gemeindeangelegenheiten sprachen.

»Mistress Swinbrooke«, sagte Pater Raoul, »wollt Ihr noch etwas wissen?«

Erschöpft starrte Kathryn auf das Hauptbuch.

»Dieses Viertel gehört zu Eurem Pfarrbezirk?«

»Gewiß.«

»Vater, ist irgend etwas geschehen? Etwas, das Euch im vergangenen Jahr ungewöhnlich und ziemlich merkwürdig vorkam?«

»Was meint Ihr?«

Kathryn schloß die Augen und dachte an den Mörder. Er tötete, weil er ein Motiv hatte. Er hatte die Mittel und den Wohlstand, um sich unerkannt in der Stadt bewegen zu können. Sie dachte an »Die Erzählung des Ritters« in der Chaucer-Sammlung.

»Mistress Swinbrooke«, wiederholte Pater Raoul ziemlich gereizt. »Was meint Ihr?«

»Eine Beerdigung, ein Todesfall?«

Pater Raoul lehnte sich zurück und lachte. »Dank des Schweißfiebers hatten wir davon mehr als genug.«

»Nein«, Kathryn beugte sich über den Tisch. »Gab es einen Todesfall oder eine Beerdigung, die vielleicht nicht zu der üblichen Routine in Eurem Pfarrbezirk paßte?« Ihre Augen fixierten Raoul. »Wißt Ihr, Vater, jemand, dessen Tod unerwartet kam oder für den es keine Erklärung gab? Oder eine Beerdigung, um die sich Rätsel rankten?«

Pater Raoul schüttelte den Kopf. »Mistress Swinbrooke, Ihr habt meinen Pfarrbezirk gesehen. Wenn meine Leute auf den Gottesacker kommen, werden sie in ein Stück Leinen gehüllt und in eine flache Mulde gelegt. Ich segne die Leiche und singe eine Messe und« – hier brach er ab – »bis auf ...

»Bis auf was, Vater?«

»Bis auf den vergangenen März, kurz vor Mariä Verkündigung. Da starb eine alte Frau, ja, Christina Oldstrom. Sie war Näherin und hatte in einer Nebengasse der Pound Lane gewohnt.« Der Priester fuhr mit den Fingern über seine Lippen. »Christina war eine merkwürdige Frau«, fuhr er fort. »Es heißt, sie stammte aus guter Familie, hatte aber Pech gehabt. Sie lebte sehr zurückgezogen.«

»Hatte sie Nachkommen?«

»Nicht, daß ich wüßte. Aber es war seltsam«, sagte Pater Raoul und hob die Hand. »Oh, sie war fromm und gottesfürchtig. Ich habe sie ein paarmal besucht und festgestellt, daß das Haus nach außen hin zwar schäbig war, daß es ihr innen aber nie an Bequemlichkeiten fehlte. Sie hatte immer genug Kohlen und Holz im Winter, ein sauberes Bett, eine Vorratskammer mit gutem Essen und Trinken und bezahlte immer ihren Kirchenzehnten. Ja, und im letzten Winter wurde sie von einer Krankheit heimgesucht, die sie aufzehrte. Ich schickte die Ärzte, die Ihr erwähntet, zu ihr, aber ohne Erfolg. Sie hatte einen schrecklichen Tumor in sich, der sie von innen her auffraß.«

»Hat noch jemand sie besucht, außer den Ärzten?« fragte Luberon scharf.

»Nein, nein. Ich habe immer gedacht, da sei noch jemand, aber sie hat nie über ihre Vergangenheit geredet, obwohl sie viel besser lebte als eine gewöhnliche Näherin.« Pater Raoul zuckte die Schultern. »Es war ihre Sache, daher habe ich nie danach gefragt. Auf jeden Fall starb sie. Sie hinterließ einen letzten Willen, in dem sie verfügte, daß ihre Kammer mitsamt dem Inhalt verkauft werden und der Erlös den Armen zukommen solle.« Pater Raoul sah Luberon an. »Ihr müßtet den Fall kennen, Luberon. Ihr habt das Geld verwaltet. Von Witwen und unverheirateten Frauen erhalten wir häufig solche Hinterlassenschaften.« Pater Raoul trommelte auf den Tisch. »Seltsam an der Sache war, daß ich, als ihre Leiche in die Kirche gebracht wurde, Silbermünzen und schriftliche Anweisungen erhielt, die besagten, daß ich sie in einem ordentlichen Kiefernsarg bestatten, drei Seelenmessen singen lassen und ein ordentliches Kreuz auf ihrem Grab errichten lassen sollte.«

»Habt Ihr diese Anweisungen noch?«

»Nein«, unterbrach Luberon ungerührt. »Die Silbermünzen wurden ausgegeben, die Messen gesungen, der Sarg gekauft und der Zimmermann für das Kreuz bezahlt.« Luberon blickte zur Seite und räusperte sich. »Frauen wie Christina gibt es häufig: einsam, arm, vernachlässigt und krank.«

»Ihr habt sie nicht gekannt?«

»Nein, natürlich nicht.«

»Kommt«, sagte Pater Raoul, »ich will Euch das Grab zeigen.«

Er führte sie wieder hinaus in den Sonnenschein und um die Kirche herum zu dem breiten, sauber angelegten Friedhof. Zwischen Grabmälern und Gräbern balancierten sie über schmale Pfade. Schließlich blieb Pater Raoul vor einem Grab stehen. Die Erde war inzwischen flach, die Blumen auf dem einstigen Grabhügel verwelkt und vermodert, das Kreuz war zwar verwittert, stand aber noch aufrecht an seinem Platz. Kathryn sah es sich genauer an und las die Inschrift: »Christina Oldstrom. *Requiescat in Pace*, möge sie in Frieden ruhen.« Sie starrte Raoul an.

»Und niemand kam vorbei, um die Leiche zu holen? Niemand, der sich als Verwandter ausgab?«

Pater Raoul schüttelte den Kopf.

»Und dieser mysteriöse Spender?«

»Mistress Swinbrooke«, bat der Priester. »Ich sagte es doch schon, anonyme Spenden sind nichts Ungewöhnliches. Das einzige, woran ich mich erinnere, ist die Geldbörse, in der das Geld war. Ich habe meine Pflicht erfüllt und die Ereignisse dem Gemeinderat vorgetragen.«

»Vater, wißt Ihr noch etwas über Christina Oldstrom?«

»Ich habe Euch alles gesagt. Sie war eine Näherin von etwa sechzig Jahren oder älter.«

»Aber sie muß doch eine Vergangenheit gehabt haben?« fragte Kathryn hartnäckig. »Es müssen doch noch andere Eintragungen da sein? Hat sie je geheiratet? Hatte sie Kinder?«

Pater Raoul atmete tief durch, blickte zum blauen Himmel

empor und sah die Lerchen, die dort flatterten. »Ich darf es nicht tun«, sagte er leise. »Aber ich lasse Euch einen Blick in die Gemeindebücher werfen; Geburten, Todesfälle und Eheschließungen.«

»Muß das sein?« fragte Luberon und trat beunruhigt von einem Fuß auf den anderen. »Wonach sucht Ihr, Mistress?«

»Ich weiß es nicht«, gab Kathryn zu. »Aber Ihr, Master Schreiber, könnt mir helfen.«

Pater Raoul war sehr hilfsbereit, und Kathryn begann, nur widerwillig unterstützt von Luberon, sich durch alte, verstaubte Hauptbücher und schmierige Pergamentrollen zu arbeiten und die Eintragungen sorgfältig nach dem Namen Christina Oldstrom zu durchsuchen. Eine Stunde verging. Schließlich riß Luberon der Geduldsfaden, und mit dem Satz, er habe auch noch andere Dinge zu erledigen, verließ er mit schweren Schritten das Haus des Priesters. Pater Raoul ging wieder in seinen Garten. Hin und wieder schaute er herein, um Kathryn zu fragen, ob sie noch einen Becher Wasser oder Ale wolle. Kathryn, die sich nicht einmal die Mühe machte aufzuschauen, schüttelte den Kopf und setzte ihre Prüfung der zwar unterschiedlichen, doch allesamt krakeligen Handschriften der Priester des Pfarrbezirks von St. Peter fort. Schließlich entdeckte sie eine Eintragung über Christina Oldstroms Taufe im Jahre 1410, unter der Herrschaft Heinrichs IV. Sie wollte die Seite gerade umblättern, als ihr Blick auf eine andere Eintragung fiel: *»Filius natus Christina Oldstrom,* Christina Oldstrom hat einen Sohn geboren.« Sie hielt inne und studierte die Worte sorgfältig, prägte sich das Datum ein und blätterte dann schnell weiter, entdeckte aber nichts mehr. Kathryn klappte das Buch zu, stand auf und ging in den Garten hinaus.

»Seid Ihr fertig, Miss Swinbrooke?« rief Pater Raoul.

»Ja, ja«, erwiderte Kathryn geistesabwesend.

»Mistress, stimmt etwas nicht?«

»Nein. Ich muß nur ein paar Süßigkeiten kaufen.«

Und Kathryn ging, verfolgt von dem erstaunten Blick des Priesters, den Pfad entlang zum Friedhofstor.

Auch Thomasina hatte an diesem Morgen zu tun. Es waren ein paar Patienten dagewesen: Ein Kind mit einer verbrühten Hand; Beton, der Brauer, der an Gicht litt; ein junger Mann mit entzündetem Zahnfleisch, der um Nelkenöl bat. Thomasina behandelte sie alle, räumte den Küchentisch ab, nahm ihren Mantel und verließ das Haus. Zielstrebig ging sie durch die Ottemelle Lane, dann durch die Hethenman Lane nach St. Mildred. Sie trat in das dunkle, kühle Innere der Kirche und blieb neben dem Taufbecken am Eingang stehen. Ganz vorn im Kirchenschiff liefen Mitglieder des Gemeinderats hin und her, um den Altar für das Fest des Kostbaren Blutes vorzubereiten. Einige waren damit beschäftigt, den Lettner auf Hochglanz zu polieren, andere brachten Kerzen in Ordnung oder trugen Kissen und Baldachine in den Altarraum. Thomasina stand eine Weile da und beobachtete das Treiben. Sie hatte ihr Opfer bereits erspäht, wartete aber noch, bis die anderen Gemeinderatsmitglieder die Kirche verlassen hatten, um nach Hause zu gehen.

Kurz darauf kamen einige von ihnen, nachdem sie sich lautstark verabschiedet hatten, durch das Kirchenschiff auf Thomasina zu. Allen voran schritt Joscelyn, der Verwandte von Kathryn. Neben ihm stakste seine dürre, sauertöpfische Frau einher, nach Thomasinas Überzeugung eine der schlimmsten Xanthippen, denen sie je begegnet war. Joscelyn sah Thomasina, kam auf sie zu und kratzte sich den kahl werdenden Schädel, als wäre ihm die Begegnung unangenehm.

»Thomasina«, sagte er. Seine wäßrigen Augen verengten sich zu Schlitzen, als er sie mit einem falschen Lächeln bedachte. »Wie geht es Mistress Kathryn?«

»Wenn es nach Eurer Fürsorge ginge, wäre sie schon längst tot!« entgegnete Thomasina giftig.

Wieder das falsche Lächeln.

»Wird sie denn den Laden aufmachen, um Kräuter und Gewürze zu verkaufen?«

Thomasina entging sein habgieriger Blick nicht. »Oh ja«, log sie. »Sie beabsichtigt, schon sehr bald zu eröffnen.« Mit Befriedigung sah sie Joscelyns besorgte Miene. »Natürlich«, flötete

Thomasina spöttisch, »könnte das auch Euer Geschäft beeinträchtigen, Master Joscelyn!«

Joscelyn, der mit Gewürzen handelte, warf den Kopf nach hinten wie ein wütender Gänserich. »Aber sie hat keine Zulassung von der Zunft!« stieß er verächtlich hervor. »Keine Zulassung von der Zunft! Das ist nicht recht!« Kopfschüttelnd ging er wieder zu seiner Frau und verließ mit steifen Schritten die Kirche.

Thomasina streckte ihm hinter seinem Rücken die Zunge heraus und ging durch das Kirchenschiff, vorbei an dem hohen Lettner, zum Altarraum. Oben auf den Stufen des Altars stand nur noch eine Gestalt. Sie hatte Thomasina den Rücken zugekehrt.

»Witwe Gumple«, flüsterte Thomasina. »Sind wir allein?«

Die Gumple wirbelte herum. Ihr bleiches Mopsgesicht sah ein wenig lächerlich aus unter der üppigen Frisur. Thomasina schritt langsam auf sie zu.

»Sind wir unter uns, Witwe Gumple?« wiederholte sie ihre Frage.

Witwe Gumple fuhr sich nervös mit der Zunge über die Lippen. »Ja, warum, Thomasina«, erwiderte sie. »Alle sind gegangen. Der Pater bringt einem kranken Gemeindemitglied die Sterbesakramente.«

»Gut«, sagte Thomasina und zeigte auf die Tür zur Sakristei. »Es ist besser, wenn niemand hört, was ich Euch zu sagen habe.«

»Ach, seid doch nicht albern!« sagte Witwe Gumple, die sich allmählich von ihrem Schreck zu erholen begann. »Was könntest du mir schon zu sagen haben?«

Thomasina richtete sich zu voller Größe auf und zeigte mit dramatischer Geste auf die Witwe.

»Mistress Gumple!« rief sie mit donnernder Stimme, die wie Glockenklang in der Kirche widerhallte. »Ich klage Euch vor Gott und den Menschen an, eine Erpresserin zu sein!«

Die Gumple ließ die Kinnlade fallen. »Wie meinst du das?« flüsterte sie.

»Wie ich es sage«, erwiderte Thomasina.

Mit flatternden Augenlidern, den Blick gesenkt, hob die Gumple den Saum ihres Kleides und kam mit gezierten Schritten die Stufen herunter.

»Vielleicht ist es besser«, zischte sie, »wenn wir uns unterhalten.«

Witwe Gumple hatte die unterste Stufe noch nicht erreicht, als Thomasina ihr einen Stoß versetzte, der sie quer durch den Altarraum und die halboffene Tür der Sakristei beförderte. Thomasina folgte ihr wie eine Bulldogge, die zum tödlichen Angriff ansetzt. Jetzt hatte die Gumple offensichtlich Angst. Der Kopfschmuck rutschte ihr über die Augen, und sie lehnte sich an die Wand.

»Setzt Euch!« befahl Thomasina.

Die Gumple sackte auf dem Hocker zusammen, den Thomasina ihr hinschob. Thomasina baute sich vor ihr auf und hielt eine geballte Faust direkt vor ihre fleischige Nase.

»Ich mag Euch nicht, Witwe Gumple!« sagte Thomasina. »Ihr seid eine Heuchlerin, verbringt die meiste Zeit in der Nähe der Kirche und schnappt nach jedem noch so kleinen Glorienschein, den ihr erhaschen könnt. Aber das ist Eure Sache. Genauso wie die Tatsache, daß Ihr eine Vorliebe für junge Männer habt, deren Entgegenkommen Ihr gut bezahlt!«

Die Gumple starrte sie nur an. Ihre Augen waren wie zwei kleine schwarze Korinthen, schreckgeweitet angesichts der geballten Wut, mit der Thomasina sich über sie beugte.

»Junge Männer wie zum Beispiel Alexander Wyville«, fuhr Thomasina fort. »Ich vermute, Ihr kanntet ihn schon, bevor er meine Herrin heiratete. Der Himmel mag wissen, ob Ihr auch nach dem Eheversprechen noch Eure Beziehung zu ihm aufrechterhalten habt!«

Die Witwe machte den Mund auf und wieder zu.

»Mir müßt Ihr nichts erklären«, sagte Thomasina. »Euer Leben ist Eure Sache, aber was wißt Ihr über das Verschwinden von Alexander Wyville? Und warum habt Ihr meiner Herrin diese Botschaft geschickt, in der Ihr Gold fordert, das auf einem Grabstein auf dem Friedhof hinterlegt werden soll?«

»Aber ich habe doch keine Botschaft geschickt«, heulte die Gumple auf.

»Doch, das habt Ihr, aber meine Herrin hat sie nicht erhalten. Ich habe sie gelesen, ich bin zum Friedhof gegangen und habe mich dort versteckt. Außer einem Liebespaar, das Alexander nicht von Adam hätte unterscheiden können, wart Ihr die einzige, die auf diesem Friedhof zu sehen war!« Thomasina beugte sich drohend über die Witwe. »Oh, Ihr habt die Seitentür geöffnet und herausgeschaut, als würdet Ihr Euch wegen irgendeiner Gemeindesache sorgen, aber wonach habt Ihr wirklich Ausschau gehalten? Nach meiner Herrin? Oder nach dem Gold, das sie bringen würde? Oder habt Ihr nur versucht, sie in eine Falle zu locken, um sie zu Zugeständnissen zu zwingen?«

Die Witwe schüttelte stumm den Kopf.

»Ihr seid ein jämmerlicher Kübel Schweineschmalz!« knurrte Thomasina. »Ich gebe zu, der Arzt Swinbrooke hat etwas Schreckliches getan. Er hat versucht, den Mann zu vergiften, der seine Tochter schlug. Aber als er wieder nach Hause kam, stellte er fest, daß Alexander weg war. Die einzige Spur war der Mantel, den Wyville neben seinem Lieblingsplatz am Ufer des Flusses zurückgelassen hat. Ich glaube, Ihr kennt diesen Platz ganz gut, Ihr habt Alexander bestimmt dort des öfteren getroffen.« Thomasina räusperte sich. »Und nun, vermute ich, ist folgendes geschehen Alexander Wyville trank den vergifteten Wein, war aber so betrunken, daß er sich übergeben mußte und das meiste wahrscheinlich wieder ausgespuckt hat. Dennoch hat er gemerkt, daß etwas nicht stimmte. Er schwankte aus der Hintertür von Swinbrookes Haus in die Gasse. Dann ging er entweder zu Euch oder Ihr habt ihn getroffen. Vielleicht habt Ihr ihm geholfen, alles von sich zu geben, was er getrunken hatte. Auf jeden Fall hatte Wyville nicht vor, zurückzukehren und dem Arzt Swinbrooke gegenüberzutreten. Daher ließ er seinen Mantel am Ufer und schlich sich mit Eurer Hilfe aus der Stadt, um sich Faunte und den anderen Rebellen anzuschließen.« Thomasina näherte ihr Gesicht bis auf wenige Zentimeter dem der Witwe Gumple. »Das stimmt doch, oder?« sagte sie scharf. »Und lügt mich nicht an! Wißt Ihr, wie Erpressung bestraft wird? Man wird lebendigen Leibes in einem Ölfaß verbrannt, das heißt, wenn ich Euch nicht vorher umbringe!« Thomasina langte mit einer Hand unter ihren Mantel, als suche sie nach einem Dolch. »Wenn Ihr aber die Wahrheit sagt«, fuhr sie in süßlichem Ton fort, »dann bleibt es unter uns. Ich schwöre bei Gott und allen Heiligen, daß ich Mistress Swinbrooke nichts verraten werde. Diese Briefe aber müssen natürlich ein Ende haben.«

Die Witwe, die vor Schreck keinen klaren Gedanken fassen konnte, nickte.

»Nun?«

»Ich habe Alexander Wyville gekannt«, begann die Gumple zögernd. »Er war ein Mitglied dieser Gemeinde. Ich habe mich mit ihm immer … nun ja … unterhalten eben. Ich …«, stammelte sie. »Ich war überrascht, als er sich mit Mistress Swinbrooke verlobte, denn ich kannte seine Schwächen, seine Vorliebe für Wein, sein hitziges Gemüt. Auf jeden Fall« – sie richtete ihren Kopfputz »fand die Heirat statt.« Die Gumple hielt inne und sah zur Tür hinaus.

Klar, dachte Thomasina, und ich wette, du hast insgeheim über das Kuckucksei gelacht, das die Swinbrookes sich ins Nest geholt hatten. »Weiter!« befahl sie laut.

»Nun, Alexander hat mir gesagt, er wolle die Stadt verlassen und sich der Armee der Lancastertreuen anschließen. Er sagte, er liebe Kathryn, fände sie aber kalt wie Eis und abweisend. Ihren Vater verehrte er. Eines Nachts kam er in einem schrecklichen Zustand zu mir; sein Wams war voll Wein, und er stank wie ein Schwein. Er behauptete, der Arzt Swinbrooke habe ihn vergiftet, und er habe sich nur durch Erbrechen retten können. Dennoch klagte er immer noch über Magenschmerzen. Ich steckte ihm einen Gänsekiel in den Hals, was den Brechreiz noch weiter förderte. Dann gab ich ihm einen Becher Wasser nach dem anderen zu trinken, und er schlief eine Weile. Als er aufwachte, hatte er immer noch Angst, Swinbrooke würde ihn aufspüren und töten. Ich fragte ihn, warum, und er gestand mir, wie furchtbar er Kathryn geschlagen hatte. Wyville sagte, er wolle Canterbury verlassen und sein Glück bei den Lancastertreuen versuchen. Seine Börse war voller Silberstücke. Ich gab ihm ein paar Kleidungsstücke meines verstorbenen Mannes. Wyville bat mich, seinen Mantel ans Flußufer zu legen;

Swinbrooke solle glauben, er sei ertrunken. Das ist das letzte, was ich von ihm gesehen habe.«

»Stimmt das?«

Die Witwe Gumple kam mühsam auf die Beine. »Ich schwöre!« sagte sie. »Ich schwöre es!«

»Und die Briefe, die Ihr an Mistress Swinbrooke geschickt habt?«

»Ich habe den Arzt Swinbrooke nie gemocht, und seine Tochter mit ihrem affektierten Gehabe auch nicht ...« Die Gumple zuckte nur mit den Achseln, als Thomasina ihr einen zornigen Blick zuwarf.

»Sie hat sich doch nur mit Alexander verlobt, um mir eins auszuwischen. Oh, ich weiß, daß Wyville ihr unrecht getan hat, aber warum ist sie auch immer so heiter und ausgeglichen?«

»Sie war weder heiter noch ausgeglichen«, knurrte Thomasina. »Wyvilles Gewalttätigkeiten haben sie in Angst und Schrecken versetzt, und dann hat ihr eigener Vater schließlich die schreckliche Tat gestanden, die er versucht hatte zu begehen. Meine Herrin hat sich nichts, aber auch gar nichts zuschulden kommen lassen. Ihr hattet nicht das Recht, sie so zu verfolgen, wie Ihr es getan habt.«

Thomasina trat einen Schritt zurück und hob drohend die Hand.

»Ich werde Euer Geheimnis bewahren, aber wenn Ihr je wieder so etwas versuchen solltet, werde ich Euch umbringen, das schwöre ich Euch!«

Zwölf

Als Thomasina wieder in die Ottemelle Lane kam, fand sie Kathryn in ihrer Kammer über der Chaucer-Handschrift.

»Mistress?«

Kathryn wandte sich um, und Thomasina erschrak darüber, wie mitgenommen ihre Herrin aussah.

»Kathryn«, flüsterte sie. »In Gottes Namen, was ist los?«

Kathryn schüttelte nur den Kopf. »Ich war in Westgate«, sagte sie leise. »Ich war in einem schrecklichen Haus, dann in St. Peter. Danach war ich noch bei Darryl, habe aber nur mit den Kindern gesprochen.«

»Und was ist passiert?«

Kathryn wollte nicht antworten, sondern hielt den Blick auf die Handschrift gesenkt. Thomasina ging in die Vorratskammer, wo Agnes gerade Fleisch einsalzte.

»Mistress Kathryn benimmt sich merkwürdig«, murmelte Agnes. »Sie ist gerade erst zurückgekommen, weiß wie ein Gespenst. Ich habe ihr von der Botschaft berichtet.«

Thomasinas Herzschlag setzte für einen Moment aus. »Welcher Botschaft?«

»Oh, von dem Iren. Er will, daß sie nach Kingsmead kommt, aber es geht ihr nicht gut.«

»Es gibt nichts, was ein wenig Wein mit Kräutern versetzt nicht heilen könnte«, antwortete Thomasina und nahm eifrig zwei Becher und einen Krug Wein vom Regal. Mit den gefüllten Bechern ging sie wieder zu Kathryn, die immer noch dasaß und in Chaucers Werk las. »Trinkt das, Mistress.«

Kathryn nahm den Becher entgegen und trank in kleinen Schlucken. »Nicht zu viel auf leeren Magen.«

»Ist es wegen Wyville?« fragte Thomasina. »Macht Ihr Euch immer noch Sorgen, was mit ihm geschehen sein könnte?«

Kathryn schüttelte den Kopf.

»Nein, meine Gefühle für ihn sind erkaltet. Der Herr möge

mir verzeihen, aber es ist mir gleichgültig, ob er lebt oder tot ist!«

»Ihr wißt, daß er noch leben könnte?«

»Alexander Wyville ist nicht mehr mein Gemahl. Wenn er zurückkehrt, werde ich vor dem Kirchengericht eine Annullierung erwirken.«

Thomasina zog einen Hocker heran und setzte sich neben ihre Herrin. »Es werden keine Briefe mehr kommen, Kathryn.«

»Wie meinst du das?«

Sie lächelte. »Vertraut mir. Die Briefe haben ein Ende.«

Gerade wollte Thomasina Kathryn nach Colums Botschaft aus Kingsmead fragen, als donnernd gegen die Haustür geklopft wurde. Dann hörte man die eiligen Schritte von Agnes und die Stimme eines Mannes, der um Einlaß bat.

»Das ist dieser verfluchte Ire«, maulte Thomasina.

Aber als sie mit Kathryn in die Küche kam, stand ein verschwitzter, rot angelaufener Luberon da und hielt ein Stück Pergament in die Höhe.

»Master Schreiber, was ist denn nun schon wieder?«

»Was nun schon wieder ist? Was nun schon wieder ist?« Luberons Stimme überschlug sich. »Eine neue verdammte Botschaft an der Tür der Kathedrale. Lest!«

Kathryn nahm das vergilbte Stück Pergament.

Ein Offizier grün nach Canterbury ging,
Doch ach, seine Seel' für den Teufel ich fing.

»Was meint er damit?« keuchte Luberon. »Wer ist der grüne Offizier?«

Kathryn untersuchte das verschmierte Stück Pergament und die hingekritzelte blaue Schrift. »Weiß der Himmel«, murmelte sie, »was im Kopf dieses Verrückten vorgeht!«

»Hat ihn denn keiner gesehen?« fragte Thomasina. »Es muß doch jemandem auffallen, wenn einer ein Stück Pergament an die Tür der Kathedrale nagelt?«

»Die Kathedrale hat mindestens vier Eingänge«, dozierte Luberon. »Und im Inneren gibt es noch mehr Türen. Hunderte von

Pilgern strömen da jeden Tag hindurch, und wie lange dauert es schon, so etwas aufzuhängen? Der Mörder kann im Vorbeigehen seine Nachricht anbringen und in der Menge verschwinden.«

»Ich wollte ja nur helfen«, gab Thomasina zurück.

Luberon funkelte sie böse an. »Der Himmel weiß, was wir tun sollen«, knurrte er. »Sollen wir jeden Ritter in Canterbury warnen? Jeden Adligen an den Stadttoren zurückschicken? Das gäbe einen Aufruhr.« Er stieß hörbar die Luft aus. »Mistress Swinbrooke, ich habe Euch gesagt, was ich weiß.« Er warf einen prüfenden Blick auf Kathryn. »Seid Ihr in St. Peter fündig geworden?«

Kathryn sah ihn merkwürdig an. »Nein, nein«, log sie. »Eigentlich nicht.«

»Dann, Mistress, lebt wohl«, sagte Luberon, versprach, am nächsten Tag wiederzukommen, und verließ schnaubend das Haus.

Kathryn ging zurück in ihre Schreibkammer, während Thomasina laut mit Agnes schimpfte, weil sie mit offenem Munde herumstehe und Dingen lausche, die sie nichts angingen. Kathryn setzte sich. Als Thomasina wieder hereinkam, bat sie entschieden, man möge sie allein lassen. Sie wollte niemandem mitteilen, daß sie wußte, wer der Mörder war. Bis jetzt hatte sie kaum Beweise, wie also sollte sie ihn in eine Falle locken? Kathryn schaute gedankenverloren auf das verschmierte Stück Pergament. Was sollte das heißen: »Der grüne Offizier«? Vielleicht würde Colum es ihr sagen können. Plötzlich richtete sie sich kerzengerade auf. Natürlich, deshalb war die Botschaft geschrieben worden. Colum war ein Offizier, ein Mitglied des königlichen Haushaltes, und das Grün bezog sich auf seinen irischen Ursprung. Der Offizier wurde bei Chaucer auch als »in grüner Kutte« beschrieben.

Wenn der Mörder nun schon zugeschlagen hatte? Der Ire hatte eine Nachricht gesandt, sie solle nach Kingsmead kommen. War etwas geschehen? Kathryn sprang auf.

»Thomasina, meinen Mantel, schnell!« Kathryn eilte in die Küche. »Agnes, ist ein Geschenk hier abgegeben worden? Süßigkeiten? Eine Flasche Wein?«

»Nein, Mistress.«

Thomasina kam eilends mit dem Mantel zurück. Kathryn ließ die Flut ihrer Fragen unbeachtet. Ihre Gedanken überschlugen sich. Colum hatte gesagt, er wolle Kingsmead verlassen, um Futter für die Ställe zu kaufen, also wußte der Mörder nicht, daß er bei ihr wohnte. Aber was würde geschehen, wenn Colum nach Kingsmead zurückkehrte und eine Flasche vergifteten Weins finden würde, eine Schachtel Süßigkeiten oder etwas Brot und Käse, die dort als Geschenk zurückgelassen worden waren? Sie atmete tief ein, um ihr rasendes Herz zu besänftigen. Der Mörder war, weiß Gott, gerissen genug, eine Notiz zu hinterlassen, aus der hervorging, daß es von ihr oder einem beliebigen anderen Wohltäter aus Canterbury sei.

»Mistress«, fragte Thomasina besorgt, »was ist los?«

Kathryn sah sie an. Flüchtig fragte sie sich, warum Thomasina so sicher war, daß diese schrecklichen Botschaften nicht mehr kommen würden, aber das mußte warten.

»Thomasina«, sagte sie eindringlich. »Ich muß unbedingt nach Kingsmead! Nein!« Kathryn hob die Hand. »Du bleibst hier. Laß niemanden herein. Nimm keine Geschenke an. Versprich mir das!«

Thomasina versprach es, aber ihre Herrin lief bereits zur Tür hinaus.

Kathryn holte ihr friedliches Pferd aus der Taverne, sattelte es und ritt Richtung Westgate davon. Am Lager hielt sie kurz an, um zu sehen, ob Colum bei den Soldaten war, die dort hin und her liefen, aber da sie nur unnötig Aufmerksamkeit erregte, spornte sie ihr Pferd wieder an. Sie ritt durch das Nordtor, ließ die Stadtmauem hinter sich und folgte in scharfem Galopp dem staubigen Weg über einen Hügel. Sie zügelte das Pferd erst, als sie das alte Landhaus und die zerfallenen Zäune von Kingsmead erblickte, folgte dann dem sich windenden Pfad hügelabwärts. Ein Junge, vermutlich der Bursche eines Soldaten saß schlafend vor dem baufälligen Tor. Kathryn stieg ab und rüttelte ihn wach.

»He du, ist jemand hier?«

»Nein, Mistress«, sagte der Junge. Seine dunklen, runden

Augen in dem blassen Gesicht blickten sich suchend um. »Warum sollte jemand hier sein? Master Murtagh und die anderen sind nach Maidstone unterwegs, und die Frauen sind ins Lager zurückgegangen.«

»Und inzwischen war niemand hier?«

»Ehrlich, Mistress, wer will schon hierherkommen? Der Ort ist verlassen.«

»Hat sich kein Fremder mit Wein oder Essen gemeldet?«

Der Junge kreuzte abwehrend die Arme vor der Brust. »Natürlich nicht, habe ich doch gesagt!«

Kathryn strich ihm liebevoll über den Kopf. »Dann bleib hier, mein Junge. Wenn der Ire kommt, sag ihm, Mistress Swinbrooke – hast du verstanden? – Mistress Swinbrooke sei hier.«

Sie ging durch das Tor und schritt den schmalen Pfad entlang, der zu einer Seite des Landhauses führte. Kathryn sah sich um und begriff, daß Colum niemals hier hätte bleiben können. Die Gärten waren überwuchert, die Wasserrinnen voller Unkraut, das kleine Haus verlassen und zerfallen. An den Fenstern waren keine Fensterläden, ein paar Türen hingen schief in den Angeln, während in dem roten Ziegeldach große Löcher klafften und die Dachsparren darunter freilegten. Kathryn ging um das Haus herum. Dort sah es noch schlimmer aus: Der große Hof war mit Unkraut überwuchert, die Ställe, Schmieden und Nebengebäude nur noch Ruinen.

»Ist hier jemand?« rief sie.

Nichts rührte sich. Colum würde bald hier sein, vielleicht hatte er den Boten geschickt. Sie fesselte ihrem Pferd die Vorderbeine und drückte die kleine Tür auf, die in die Küche führte. Drinnen herrschte Zerfall: Der Putz an den Wänden war feucht und verrottet, und Kathryn mußte ihre Röcke heben, damit sie in den Wasserpfützen nicht naß wurden. Sie ging durch den dunklen, muffigen Korridor. Die Kammern im Erdgeschoß waren baufällig, doch die Treppe, die nach oben führte, war aus Stein und machte einen sicheren Eindruck. Ein Vogel, der in den Dachsparren nistete, flog laut zwitschernd auf. Kathryn zuckte erschreckt zusammen und fluchte über ihren eigenen Mangel an Mut.

»Es wird Monate dauern«, sagte sie leise zu sich, »bis das alles wieder in Ordnung ist.«

In den Bäumen, die das Haus umstanden, hörte sie das sanfte Gurren von Tauben. Sie blieb stehen und lauschte. Die schreckliche Verlassenheit des Ortes ließ sie schaudern.

Plötzlich erstarrte Kathryn, als sie einen Laut aus dem oberen Stockwerk vernahm. War dort jemand? Vielleicht der Bote, den Colum geschickt hatte? Dann hörte sie ein Stöhnen, als ob jemand Schmerzen hätte. Sie stieg ein paar Stufen hinauf.

»Was war das?« rief sie. »Ist da wer?«

Wieder das Stöhnen, dann ein heiseres Keuchen.

»Kathryn, bitte!«

»Colum?« flüsterte sie.

War Colum zurückgekommen? Was war geschehen? Die letzten Stufen nahm sie im Laufschritt. Die Tür oben war leicht angelehnt. Sie stieß sie auf und trat in die düstere Kammer. Auch hier roch es muffig und ekelhaft; nur wenig Licht fiel in den Raum, da das einzige Fenster nach Osten ging und die Nachmittagssonne nicht hereinließ. Suchend schaute sie sich um und erblickte auf dem kleinen Bettgestell in der Ecke eine formlose Gestalt.

»Colum?« rief sie und ging, allen Mut zusammennehmend, durch den Raum. Plötzlich gab eine der Dielen unter ihren Füßen nach, krachte und splitterte. Kathryn fluchte und blickte zur Decke hoch. Durch die vielen Löcher konnte sie die Dachsparren und eine Spur blauen Himmels erkennen. Kathryn setzte behutsam einen Fuß vor den anderen, als sie sich jetzt zum Bett begab. Dann zog sie die Decken zurück. Zuerst konnte sie nichts erkennen; sie berührte die Matratze und fühlte klebrigfeuchten Schlamm. Nachdem sich ihre Augen an die Dunkelheit gewöhnt hatten, erkannte sie, daß die Gestalt nur ein Bündel aus Lumpen war, aber oben, wo das Kissen hätte sein sollen, lag der abgeschlagene Kopf eines Hundes, dessen Kiefer noch vom Todeskampf zu einem Lächeln verzerrt waren, seine dicke rote Zunge hing zwischen gelblichen Zähnen heraus. Kathryn schrie entsetzt auf. Hinter ihr fiel die Tür ins Schloß. Sie wirbelte herum, als ein Zunder aufflackerte und die dicken

Talgkerzen auf dem Tisch in der hinteren Ecke angezündet wurden.

»Wer ist da?« fragte sie heiser.

Ein Schatten trat in den Lichtschein der Kerzen, und Kathryn wußte Bescheid. »Mörder, Bastard!« zischte sie. Sie blickte auf die Fußbodendielen, sah, wie verrottet und verschimmelt sie waren, und trat einen Schritt vor.

»Das ist weit genug, Hexe!« Die Stimme klang dumpf.

Kathryn sah genau hin, als die verhüllte und maskierte Gestalt näherkam, die Kapuze weit ins Gesicht gezogen.

»Guten Tag, Mistress Swinbrooke.«

Kathryn schob sich vorsichtig näher. Plötzlich bewegte der Schatten seinen Mantel. Kathryn vernahm ein leises Klicken, und der Pfeil einer Armbrust schoß über ihren Kopf hinweg und bohrte sich in die Wand hinter ihr.

»Ich habe gesagt, Ihr sollt nicht näherkommen! Für Euch habe ich etwas Besonderes!«

Kathryn starrte auf die schwarze Ledermaske, aber das einzige, was sie sehen konnte, war bösartiges Blitzen hinter den Augenschlitzen.

»Was soll der Hund?« fragte sie.

»Eine nette Beigabe. Als ich wieder hierherkam, lief der Köter mir knurrend entgegen. Also habe ich ihn erstochen und ihm dann den Kopf abgehackt.«

»Wo ist Colum?«

»Oh, es ist Colum, nicht wahr? Dieser Bastard von einem Iren? Zum Teufel, ausgerechnet!« Die Gestalt kicherte. »Er wird bald dasein, und dann könnt Ihr ihn willkommen heißen!«

Kathryn wischte sich die schweißnassen Hände am Kleid ab. Sie blickte auf den Tisch im Hintergrund und sah die drei Zinnbecher.

»Was wollt Ihr?« fragte sie, bemüht, ihrer Stimme einen festen Klang zu verleihen.

»Euren Tod.«

»Warum?«

»Warum nicht?«

Kathryn zwang sich zu einem Lächeln. »Ja, natürlich wollt

Ihr meinen Tod. Ihr mögt dieses Spiel, nicht wahr? Blindekuhspiel in den Straßen und Gassen von Canterbury. Natürlich müßt Ihr mich töten. Warum also hört Ihr nicht mit dem Mummenschanz auf und legt Eure Maske ab? Bald werden alle wissen, was ich weiß: daß Ihr der Ratsherr John Newington seid!«

Wieder das Kichern. »Aber Ihr habt es noch keinem gesagt, Kathryn, und selbst wenn, welchen Beweis habt Ihr? Ich habe beobachtet, wie Ihr in die Ottemelle Lane zurückgekommen seid. Ihr hattet nicht genug Zeit, eine Botschaft zu schreiben oder diesen fetten Schmalzbrocken, der Euch überallhin folgt, ins Vertrauen zu ziehen. Auf jeden Fall werdet Ihr bald von eigener Hand sterben«, gluckste die Gestalt. »Euch dann als den Mörder hinzustellen wird ein leichtes sein.«

Kathryn zuckte die Schultern. »Aber ich kenne die Wahrheit, Mörder. Warum nehmt Ihr also nicht diese Maske ab? Euer Gesicht muß darunter doch schwitzen und jucken. Kommt«, drängte sie. »Ich habe mich an die Spielregeln gehalten. Wir wissen beide, daß ich die Wahrheit sage.«

Eine Hand hob sich, und die Gestalt zog die Kapuze zurück und streifte die Ledermaske ab. Newingtons Gesicht, im Kerzenlicht schrecklich anzusehen, strahlte in kaltem Glanz.

»Ihr seid ein verdammt kluges Mädchen, Kathryn«, zischte er. »Viel klüger, als ich dachte.« Newington hob die Armbrust und zog aus einem Beutel an seinem Gürtel einen zweiten Pfeil, den er in den Zug legte. Er trat einen Schritt zurück. »Wißt Ihr«, fuhr er leise fort, »als dieses alte Weib von Erzbischof und sein aufgeblasener Schreiberling Luberon beschlossen, sich in meine Spiele einzumischen, suchten sie in der Wählerliste nach einem Arzt, der ihnen helfen könnte. Dieser dumme Ire auch.« Newington lächelte. »Natürlich habe ich ihnen nur zu gern geholfen. Das Schweißfieber hatte ziemlich viele Ärzte hinweggerafft. Meiner Ansicht nach immer noch zu wenige, aber dann stieß ich auf Euren Namen neben dem Eures Vaters.« Er zuckte mit den Schultern. »Es war nur noch die Frage, wie man die anderen in die Falle locken konnte.« Newington fuchtelte mit einem behandschuhten Finger vor Kathryn herum. »Aber Ihr wart sehr schlau.« Newington sprach wie ein betrübter Schulmeister, der einen Schüler ermahnt. »So, Kathryn, wir haben noch genug Zeit. Sagt mir, was Ihr nun tun wollt. Ich bin sicher, es wird nicht lange dauern.«

»Wenn ich Euch sage, was wir beide wissen, wird es nicht viel länger dauern!« gab Kathryn schnippisch zurück. »Ihr seid verrückt, böse und ein Mörder, Master Newington. Ihr habt das Chaos in der Stadt ausgenutzt, um Eure Rache am Schrein zu vollziehen, indem Ihr Pilger ermordet habt, unschuldige Männer, deren einziges Verbrechen darin bestand, daß sie am Grab von Thomas Becket beten wollten und einem Berufsstand angehörten, der in Eure Pläne paßte.«

Kathryn hielt inne und atmete tief ein. »Ihr wart gut geeignet dafür, stimmt's? Ihr kennt die Stadt wie Eure Westentasche. Ein Bürger, ein nicht unbedeutender Mann. Und noch zwei andere Vorteile hattet Ihr. Euer Schwiegersohn ist Arzt, und er hat zwei Kinder, die Ihr besucht habt, wann immer es möglich war. Es war so leicht, hin und wieder den Schlüssel zum Herbarium zu nehmen und sich mit Gift zu versorgen, das Ihr gerade brauchtet. Wer hätte es herausfinden sollen? Und ehe jemand bemerkte, daß etwas fehlte, wie zum Beispiel Tollkirsche oder Fingerhut, habt Ihr die fehlende Menge mit ein wenig Mehl aufgefüllt. Die Pulver an sich sind weiß. Mehl kann ihre Wirkung nicht schmälern, und es würde nicht auffallen, wenn man sie damit aufmischt.« Kathryn zwang sich zu einem Lächeln. »Das hat mich interessiert. Warum sollte Straunge Mehlspuren auf dem Boden des Herbariums finden?«

Newington nickte und sah Kathryn erwartungsvoll an, als wolle er sie auffordern weiterzureden. »Sehr gut« murmelte er. »In der Tat, sehr gut. Aber, wie der Mann des Gesetzes bei Chaucer sagt, ›Deine Freunde sind nicht da, wenn du in großer Not bist‹.«

»Dann sind da natürlich die Verkleidungen«, fuhr Kathryn fort. »Ihr seid Mitglied der Laienbruderschaft der Messe Jesu. Jedes Jahr führen sie in der Heiligkreuzkirche ein Stück auf. Wie leicht war es doch, einen Kittel und eine Kniehose zu nehmen und sie unter Eurem Ratsherrenmantel zu verbergen, vielleicht habt Ihr noch etwas Farbe benutzt für Euer Gesicht? Wem würde es schon auffallen? Die Leute sehen, was sie sehen wollen. Es würde ihnen im Traum nicht einfallen, daß der schmutzige, verschmierte Diener in einem Schankraum in Wirklichkeit ein angesehener Ratsherr ist. Und natürlich habt Ihr darauf geachtet, daß Ihr Euch nur unter Pilgern aufhieltet, die in der Stadt fremd waren und Euch nicht erkennen würden. Hilfreich bei dem gesamten Unternehmen war das Durcheinander, das der letzte Krieg verursacht hat. Eure Freunde und Kollegen im Stadtrat sind zu sehr mit ihren eigenen Angelegenheiten beschäftigt. Ein ausgezeichneter Deckmantel für Euren Zeitvertreib, Unschuldige abzuschlachten. Es war ja so einfach«, fuhr Kathryn fort. »Ihr geht in einen Schankraum, schließt Euch einer Pilgergruppe an, begeht Eure gemeine Tat und verschwindet in einer Gasse.«

»Genug!« unterbrach Newington sie.

»Oh, kommt, Master Ratsherr«, sagte Kathryn und trat vorsichtig näher an ihn heran. »Wollt Ihr mich nicht nach dem Warum und Wie fragen? Ihr wißt, daß Ihr verrückt seid. Geistig umnachtet.«

Newington verzog das Gesicht. »Und Ihr seid bald eine tote Hexe!« stieß er zwischen den Zähnen hervor. Er hob die Armbrust. »Aber nicht durch einen Pfeil, nein, raffinierter. Etwas, das besser zu Eurem Beruf paßt.«

Kathryn fuhr sich mit der Zunge über die ausgetrockneten Lippen und atmete tief ein. Sie spürte, wie ihre Beine zitterten, und unterdrückte den Drang, in Tränen auszubrechen und um Gnade zu flehen.

»Ihr wart sehr schlau, John Newington, Ratsherr von Canterbury«, fuhr sie ruhig fort, »geboren in Westgate als unehelicher Sohn der Christina Oldstrom, einer Näherin aus gutem Hause. Sie hat Euch aufgezogen, und sobald Ihr alt genug wart, wurdet Ihr nach London in die Lehre geschickt. Ich vermute, daß wir auch bei Durchsicht aller Kirchenbücher von Canterbury nicht auf die Geburt eines John Newington stoßen würden.« Sie lächelte den Ratsherrn an. »Der Name Eurer Mutter begann mit ›Old‹, Ihr habt Euren dann mit einem

»New« anfangen lassen, ein feiner Zug. Ein Zeichen der Zeit, ein Hinweis darauf, daß Ihr zwischen Eurem jetzigen Status und Eurer Herkunft eine Verbindung hergestellt habt. Wie lange wart Ihr in London? Zehn, zwanzig Jahre? Lange genug jedenfalls, um Eure Vergangenheit zu verbergen. Nichtsdestotrotz fühltet Ihr Euch schuldig. Ihr kehrtet nach Westgate zurück und saht, in welcher Armut Eure Mutter lebte. Ihr wart es wohl, der die Hinterlassenschaft für St. Peter gespendet hat, um Eure Schuldgefühle zu verringern und die Ärzte zu bezahlen, die in diesem Bezirk arbeiteten. In aller Heimlichkeit habt Ihr Eure Mutter besucht und ihr jeden Wunsch erfüllt. Aber dann wurde sie krank.«

Newington hatte den Kopf leicht zur Seite geneigt. Er sah zufrieden aus, wie ein Lehrer, dessen Schüler seine Lektion aufsagt.

»Ja, ja, ganz recht, Mistress Swinbrooke. Ich konnte meine Mutter nicht öffentlich anerkennen, aber ich tat, was ich konnte. Dann wurde sie krank. Ich habe viel Geld für alle möglichen Ärzte ausgegeben, habe sogar einen Arzt aus London bezahlt, aber es half nichts. Meine Mutter magerte ab. Sie bestand jedoch darauf, den Schrein zu besuchen, dieses Mausoleum mit schmutzigen Knochen und Reliquien. Ich pflegte mir einen Pilgermantel umzuhängen und sie an der Kathedrale zu treffen. Ihr Glaube war so stark, Kathryn! Sie kroch diese Stufen dort auf Händen und Knien hinauf und betete um Erlösung.«

Newingtons Augen schwammen in Tränen. Kathryn spürte Mitleid in sich aufsteigen. Wie sehr hatten sich doch Haß, Erniedrigung und Enttäuschung in diesem Mann verhärtet und ihn letzten Endes um den Verstand gebracht. Newington stampfte auf wie ein unartiger Junge.

»Sie wurde immer weniger und starb schließlich.« Seine Stimme zitterte vor Bewegung. »Oh, zunächst habe ich mir selbst und den Ärzten einen Vorwurf gemacht, aber sie starb mit dem Namen Becket auf den Lippen. Nach ihrem Tode ging ich des öfteren zur Kathedrale, um zu beobachten, wie die Pilger hineinströmten und ihre hart verdienten Pennies opferten.

Da habe ich begonnen, meine Rache zu planen.« Sein Gesicht wurde plötzlich hart: Kathryn hatte einen Schritt nach vorn getan. »Nicht weiter, Mistress. In London habe ich Chaucer gelesen. Meine Abschrift seines Werkes habe ich natürlich inzwischen vernichtet, aber ich kannte die Verse auswendig. Diesen Weg wollte ich also gehen. Für jeden Pilger, der in den Erzählungen erwähnt wird, sollte in Canterbury ein Mensch sterben. Ein hübscher Einfall, wie?« Newington tippte sich ans Kinn. »Diese Erzählungen gefielen mir. Ist Euch aufgefallen, wie häufig darin Mixturen und Gifte vorkommen? Die Zecher in der ›Erzählung des Ablaßkrämers‹, der Ritter in der ›Erzählung der Frau aus Bath‹?« Verträumt lächelte er vor sich hin. »Ich habe meine Mutter stets vor den großen Toren der Kathedrale getroffen. Ich war immer verkleidet und verblüfft, daß mich niemand erkannt hat. Natürlich hat dieser Idiot Faunte die Ratsversammlung beschäftigt.« Newingtons Gesicht wurde ernst. »Wen kümmert es schon, welcher Prinzenarsch auf dem Thron in London sitzt?« Er warf einen schnellen Blick auf den Tisch, auf dem die drei Becher standen. Kathryn rührte sich nicht, sie hoffte inständig, daß Newington so lange reden würde, bis Hilfe kam. Der Mörder sah sie an. »Wir können nun wirklich nicht mehr länger warten«, murmelte er, als hätte er ihre Gedanken erraten. »Die Zeit rinnt davon! Die Zeit rinnt davon! Aber Ihr habt das Mehl erwähnt«, sagte er.

»Ja. Straunge hat es auf dem Boden des Herbariums gefunden. Es war auch auf dem Boden des Weinkrugs, den Ihr der Hure Peg mitgegeben habt.«

»Ach, Mustard Peg. Eine großmäulige Hexe! Ich dachte, sie würde gut zu dem Büttel passen. Ich kaufte sie, sagte ihr, sie solle mich an der Nebenpforte treffen, gab ihr den Weinkrug und ließ sie durch, bevor ich zum Bankett meines Schwiegersohnes ging.«

»Was ist mit Eurer Tochter«, unterbrach Kathryn hastig. »Habt Ihr keine Gefühle für sie?«

»Ihr kennt das Sprichwort, Mistress Kathryn: ›Gott hat uns unsere Familie gegeben, Gott sei Dank können wir uns unsere Freunde aussuchen!‹ Sie ist arrogant und hochnäsig. Ich war dagegen, daß sie Darryl heiratete, obwohl ich später nachgab. Sein Beruf bot mir Gelegenheit zu weiteren Investitionen und zu gegebener Zeit Zugang zu einem reichhaltigen Giftvorrat.« Newington grinste. »Wie gern die Ärzte doch über diese und jene Mixtur reden. Und außerdem war da noch Chaddedons Bibliothek.« Newington fuchtelte mit einem Finger vor Kathryn herum. »Es gibt fast nichts, was ich nicht über Gifte weiß.« Sein Gesicht wurde ernst. »Meine Enkel hingegen liebe ich über alles. Es ist doch eine Ironie« – bei diesen Worten tippte er mit der Armbrust gegen seine Hand –, »daß Ihr es durch sie herausgefunden habt? Ihr wart heute morgen wieder bei ihnen und habt sie gefragt, wer ihnen die Geschichte von Arcita und Palamon erzählt hat, den beiden Helden aus Chaucers ›Erzählung des Ritters‹.« Newington schüttelte den Kopf. »Das hättet Ihr nicht tun sollen, Kinder, fast noch Babies, dazu zu benutzen, ihren Großvater zu entlarven!«

»Zuerst dachte ich an Darryl«, erwiderte Kathryn. »Aber die Kinder sagten mir, Ihr wärt es gewesen, ihr Großvater, der ihnen gern Geschichten von Chaucer erzählt.«

»Ihr habt Süßigkeiten benutzt«, gab Newington den Vorwurf zurück. »Ihr habt meine Enkel bestochen!«

»Oh, um Himmels willen!« fauchte Kathryn ihn an. »Früher oder später wird jeder Mörder erwischt. Ich erinnerte mich, daß Euer Schwiegersohn gesagt hatte, er wisse nichts über Chaucer, und Ihr habt dasselbe behauptet.«

Kathryn warf einen flüchtigen Blick auf die Dielenbretter hinter dem Ratsherrn und bemerkte die Spalten und Risse dort. »Es waren nicht nur Arcita und Palamon, da waren noch mehr Spuren, Bruchstücke von Informationen: Eure Mitgliedschaft in der Laienbruderschaft der Messe Jesu; Ihr lebt allein, niemand kann Euch beobachten. Ihr kennt Canterbury, besitzt einen Schlüssel zur Nebenpforte und habt Zugang zu einem reichhaltigen Giftvorrat. Doch letzten Endes haben Euch diese unschuldigen Kinder entlarvt«, schloß Kathryn.

»Aber sie haben es mir gesagt«, antwortete Newington verärgert, als wäre er am meisten erbost über die Tatsache, daß seine Enkel mit einer völlig Fremden geredet hatten. »Sie haben mir von Euren Fragen berichtet. Also ging ich auf schnellstem Wege zur Kathedrale mit einer weiteren Ankündigung und bestach einen Soldaten, der die Botschaft zur Ottemelle Lane brachte.« Mit dem Saum seines Gewandes tupfte sich Newington den Schweiß von der Stirn, hielt dabei aber die Armbrust im Anschlag.

»Dieser dumme Ire ist nicht in der Stadt. Luberon hockt wie eine Henne auf den Eiern. Ich wußte einfach, daß Ihr kommen würdet. Ihr mögt Murtagh, nicht wahr?«

»Ist das für Euch von Bedeutung? Und wenn ich nicht gekommen wäre?«

Newington verzog das Gesicht. »Zu anderer Zeit, an anderem Ort, aber nun seid Ihr ja hier! Süßigkeiten für meine Enkel!« knurrte er. »Nun gut, ich habe Gift für Euch.« Newington zeigte auf die drei Becher auf dem Tisch. »In einem ist Tollkirsche, in dem anderen Fingerhut, in dem dritten ist kein Gift. Es ist wie bei dem Spiel, das sie in Cheapside in London spielen. Welcher Becher ist der Glücksbecher?« Newington hob die Armbrust. »Mistress Swinbrooke, ich schlage vor, Ihr probiert alle drei.«

»Man wird Verdacht schöpfen«, begann Kathryn und versuchte, die Panik zu unterdrücken, die sie zu ergreifen drohte.

»Wer wird sich auch nur einen Deut darum scheren?« unterbrach Newington. Er legte den Kopf zur Seite. »Vielleicht behaupte ich, Ihr hättet Euch eigenhändig umgebracht? Oder Ihr wärt einfach ein weiteres Opfer von Sir Thopas?«

»Thopas?« rief Kathryn fragend.

»Ja, ja, Ihr wißt doch – das ist der Name, den Chaucer sich selbst in den *Canterbury-Erzählungen* gegeben hat. Ich habe diesen Namen übernommen, ich, der Dichter dieses mörderischen Dramas.« Newington zuckte mit den Schultern. »Oder vielleicht sage ich auch, Ihr wart der Mörder, und hinterlasse eine hingekritzelte Botschaft neben Euch. Dann gebe ich ein Jahr Ruhe und fange wieder an. Auf, auf«, sagte Newington und drängte sie mit der freien Hand. »Wie heißt es doch so schön? ›Medice sane te ipsum; Arzt, heile dich selbst‹? Nun ja, in diesem Fall ist es ein wenig anders.« Die Armbrust wurde weiter vorgeschoben. »Mistress Swinbrooke, bitte trinkt jetzt. Schließlich habe ich, wie Chaucers Frau aus Bath sagt, ›die Herrschaft über Euch errungen‹.«

Kathryn schätzte die Entfernung zwischen sich und Newington ab. Es war zu weit. Wieder starrte sie auf die Dielenbretter hinter dem Mörder.

»Swinbrooke, trinkt. Wer weiß? Vielleicht habt Ihr beim ersten Mal Glück!«

Kathryn ging langsam auf den Tisch zu und nahm den mittleren Becher, der kühl und schwer in ihrer Hand lag. Sie führte ihn an die Lippen, roch den starken Rotwein und setzte ihn wieder ab.

»Ich kann nicht!« sagte sie. »Und wenn Ihr schießt ...«

Ein feines Lächeln umspielte Newingtons Lippen. »Dann seid auch Ihr dem Krieg zum Opfer gefallen, weiter nichts. Vielleicht wird man den Iren zur Verantwortung ziehen oder einen dieser rauhen Krieger. Ich werde diesen gottverdammten Ort so verlassen, wie ich ihn betreten habe, auf demselben Weg. Es gibt in den Zäunen und Mauern um Kingsmead mehr Löcher als in einem Fischernetz.«

Kathryn ließ die Armbrust nicht aus den Augen. Newington, der kein Soldat war, hielt sie falsch. Er würde die Haltung seiner Hände verändern müssen, um den Pfeil abzuschießen. Sie machte einen Schritt nach vorn.

»Ich will nicht trinken!«

Newington mußte umgreifen, und als er es tat, schleuderte Kathryn den schweren Becher gegen ihn und warf sich gleichzeitig zur Seite. Der Pfeil aus der Armbrust verfehlte sein Ziel und schoß an ihr vorbei. Newington fiel nach hinten, als er versuchte, dem Becher auszuweichen, und fingerte fieberhaft nach einem neuen Pfeil. Seine schweren Reitstiefel krachten auf die verrotteten, verschimmelten Bodendielen. Kathryn wollte gerade auf ihn zu stürmen, als eine der Dielen plötzlich nachgab und, eine Staubwolke aufwirbelnd, durchbrach. Newington versuchte verzweifelt, Halt für die Füße zu finden. Doch auch der Rest des altersschwachen Bodens gab unter Ächzen und Stöhnen nach, Newington brach durch und fiel auf den Steinboden des darunterliegenden Raumes.

Kathryn riß die Tür auf und rannte die Treppe hinunter. Newington lag in dem Zimmer im Erdgeschoß in einem Schutthaufen, ein Bein merkwürdig abgewinkelt. Zuerst dachte Kathryn, er sei tot, doch dann stöhnte er. Kathryn bückte sich und fühlte den Puls am Hals des Mannes. Sie blickte sich in dem Raum um und schreckte angeekelt zurück, als sie den kopflosen Körper des Hundes sah, den Newington getötet und dann in eine Ecke geworfen hatte. Sie begann zu zittern. Ihre Beine schlotterten so stark, daß sie in die Hocke gehen mußte und nach Atem rang.

»Beruhige dich!« flüsterte sie. »Um Himmels willen, Kathryn, beruhige dich!«

Sie beugte sich vor und schob den bewußtlosen Ratsherrn zur Seite, aber von seiner Armbrust war nichts zu sehen. Kathryn zog den langen Dolch aus seiner Scheide und umschloß ihn mit festem Griff.

»Mistress, was ist los?«

Kathryn wandte sich um. Der kleine Bengel, der am Tor Wache gestanden hatte, stand mit großen Augen im Türrahmen.

Kathryn winkte ihn herein. »Komm her!«

Der Junge trat in den Raum. Er erblickte den verstümmelten Körper des Hundes und drehte sich um, weil er würgen mußte. Dann schob er sich näher heran und betrachtete voller Angst den ausgestreckten Newington.

»Wer ist das?« murmelte er.

»Ein böser, trauriger Mann«, erwiderte Kathryn.

»Ist er tot?«

»Nein, aber es wäre besser für ihn!«

»Ich habe ihn nicht kommen sehen«, sagte der Junge und kreuzte die dünnen Ärmchen schützend über der Brust. »Er muß hintenrum gekommen sein, nur den Hund habe ich bellen hören.«

Kathryn zwang sich zu einem Lächeln. »Komm her!«

Die großen Augen in dem schmalen, kreidebleichen Gesicht starrten sie ängstlich an.

»Warum?« fragte er.

»Weil auch ich Angst habe«, gestand Kathryn. »Ich möchte dich in meiner Nähe haben!«

Der Junge trottete um Newington herum, und Kathryn schloß ihn in die Arme und drückte seinen mageren Körper an sich. Der Junge sah auf das Messer hinunter.

»Gehört das ihm?«

»Ja.«

»Kann ich es haben?«

Kathryn lächelte und spürte einen Anflug von Mitleid mit diesem dünnen Kerlchen. »Was du brauchst, mein Junge, ist ein ordentliches Essen«, erwiderte sie. »Erzähl mir was von dir.«

Newington rührte sich und ächzte. Kathryn preßte den Jungen an sich und wich zurück. Sie wollte fortlaufen, fühlte sich aber zu schwach, und sie wollte nicht, daß Newington entkam.

»Erzähl mir was von dir, Junge«, wiederholte Kathryn.

Der kleine Kerl plapperte drauflos, und Kathryn zwang sich zuzuhören, als er seine traurige Geschichte erzählte: vage Erinnerungen an eine Mutter, dann ein Leben wie ein herumstreunender Hund auf den Abfallhaufen verschiedener Kriegslager.

»Wie heißt du?« unterbrach Kathryn.

»Wuf!« erwiderte der Junge.

Kathryn lächelte und spürte, wie Wärme und Kraft in ihren Körper zurückkehrte. Sie blickte ihn an. »Warum Wuf?«

»Ein Krieger hat mir den Namen gegeben, aber der ist jetzt tot. Ich wollte nie lächeln, Mistress, deshalb hat er mir immer ins Gesicht geblasen. Als ich dann lachte, hat er gesagt, ich hätte es getan, weil er leise ›wuff‹ gemacht hat. Ich bin auch tapfer«, fuhr er fort und zeigte auf Newington herab. »Ich habe den Krach gehört und gedacht, daß Ihr in Gefahr seid. Habt Ihr was zu essen?« fügte er hinzu.

»Nein.«

»Hatte er was dabei? Ist oben noch was?«

Kathryn dachte an die Becher. »Dort hinauf darfst du auf keinen Fall. Es ist ein böser Ort.«

Der Junge begann gerade, seine letzte Mahlzeit zu beschreiben, ein Stück gestohlenes Wildbret, als Kathryn Hufschlag auf dem Pflaster hörte. Sie ging zur Tür und erblickte die wildesten

Galgenvögel, die sie je gesehen hatte, angeführt von Colum und Holbech. Sie ritten in den Hof. In der Mitte der Gruppe hoppelte auf einem kleinen, lammfrommen Gaul eine verschwitzte, hochrote Thomasina, die sich beim Anblick ihrer Herrin aus dem Sattel fallen ließ und über den Hof auf sie zulief.

»Mistress Kathryn, was ist los? Der Ire hat keine Botschaft gesandt!« Thomasina starrte wütend auf den ausgestreckten Newington. »Also das ist der Bastard!« Sie betrachtete den schwarzen Kapuzenmantel des Ratsherrn und blickte ihre Herrin an. »Newington war der Mörder?«

»Lebt er noch?« fragte Colum, der hinter Thomasina auftauchte. »Hat er Euch verletzt?« Er drängte sich herein, schob den Jungen zur Seite und legte eine Hand auf Kathryns Schulter.

Kathryn griff nach der Hand des kleinen Jungen. »Ja«, antwortete sie. »Ja, Newington ist der Mörder. Ja, er hat versucht mich umzubringen, und ja, er lebt, ist aber bewußtlos.«

Colum stellte sich über den Ratsherrn und trat ihm heftig in die Rippen. Newington stöhnte und öffnete die Augen.

»Holbech!« brüllte Colum. »Heb dieses Schwein auf!«

Der Söldner kam schwankend herein, hob ein wenig schmutziges, trockenes Stroh auf, holte einen Zunder hervor und warf, noch ehe Kathryn etwas dagegen unternehmen konnte, brennende Strohhalme auf Newingtons Beine. Der Ratsherr stöhnte und wimmerte vor Schmerz.

»Hört auf damit!« befahl Kathryn.

Colum schnippte mit den Fingern, Holbech löschte daraufhin zusammen mit anderen Soldaten das Feuer und zog Newington auf die Füße. Der Ratsherr sah schrecklich aus: Eine Gesichtshälfte war blau unterlaufen, und seine aufgesprungenen Lippen waren blutverkrustet. Mit leerem Blick schaute er Kathryn und Colum an, dann schnaubte er verächtlich.

»Bringt ihn raus!« befahl Colum. »Bindet ihn auf ein Pferd, bedeckt sein Gesicht und bringt ihn zur Burg!«

Sie sahen den Soldaten nach wie sie Newington vor sich her trieben.

»Er wird sich vor einem Gericht verantworten müssen« verkündete Colum. »Aber nicht hier, sondern vor dem Oberhofgericht in London. Dann kann er dem Henker in The Elms in die Augen blicken!« Er wandte sich wieder an Kathryn. »Wie seid Ihr darauf gekommen?«

Kathryn lächelte. »Chaucer hat es mir erzählt.«

Colums Augen wurden schmal.

»Ich erzähle es Euch später«, fügte Kathryn hinzu. Sie merkte, daß Thomasina wie eine Glucke um sie herum zu flattern begann.

»Ach, bevor ich es vergesse«, sagte Kathryn. »Oben auf dem Tisch stehen Weinbecher. Ich glaube, sie sind vergiftet!«

Langsam ging sie aus dem verfallenen Haus und hielt den Jungen immer noch an der Hand.

»Wohin bringt Ihr ihn?« fragte Thomasina.

Kathryn sah auf den schmächtigen Kerl hinunter.

»Er kommt mit mir nach Hause, Thomasina. Er heißt Wuf, ist sehr dünn, sehr klein und sehr hungrig.« Kathryn lächelte ihn an. »Und er ist auch sehr tapfer!«

Thomasina spürte, was ihre Herrin damit zum Ausdruck bringen wollte, und ergriff die Hand des kleinen Jungen, als wäre er ihr verlorener Sohn. Kathryn ging zu den Pferden hinüber, während Thomasina und Wuf zu plaudern begannen.

»Mistress Swinbrooke!«

Kathryn drehte sich um. Colum stand in der Tür. Sie bemerkte, wie müde und unrasiert er aussah: ein typischer Soldat in seiner Lederjacke, dem breiten Schwertgürtel, den dicken Wollhosen und den hohen Reitstiefeln. Bei jeder Bewegung klirrten die Sporen.

»Was ist, Ire?«

»Ist hier alles erledigt?«

»Es sieht so aus, ja.«

»Kann ich immer noch bei Euch wohnen?«

»Natürlich!«

»Auch wenn ich meine Geister mitbringe?«

»Wir alle haben unsere Geister, Colum«, erwiderte Kathryn. »Ihr habt die Bluthunde von Ulster, und der Himmel weiß, wo Alexander Wyville steckt!«

Colum, der die Hände lässig in den Schwertgürtel gesteckt hatte, schlenderte auf sie zu. »Warum seid Ihr hergekommen?«

Kathryn zuckte die Achseln. »Ich dachte, Ihr wärt in Gefahr.«

Die Augen des Iren bekamen einen weichen Glanz. »Ihr seid meinetwegen hergekommen? Keine Frau hat das je getan, Mistress Swinbrooke.«

Kathryn wandte ihm den Rücken zu und ging weiter.

»Das hat noch keine Frau für mich getan!« rief Colum hinter ihr her.

»Schön, Ire«, rief Kathryn ihm über die Schulter hinweg zu, »dann wurde es vielleicht Zeit, daß eine von uns das mal tut!« Sie drehte sich um und lächelte. »Schließlich ist, wie die Frau aus Bath sagt, ›die Sorge einer Frau ein Gottesgeschenk‹.«

DIE HEILERIN VON CANTERBURY SUCHT DAS AUGE GOTTES

Mein besonderer Dank und meine Anerkennung
gelten George Witte, Chefredakteur bei St. Martin's Press,
der mich all die Jahre tatkräftig unterstützt hat.

Ein Blick in die Geschichte

Der blutige Bürgerkrieg, der zwischen den Häusern York und Lancaster um die Krone von England tobte, fand im Jahre 1471 durch die Siege der Yorkisten bei Barnet im April und bei Tewkesbury im Mai ein brutales Ende. Der Krieg war ausgebrochen, als mit Heinrich VI. ein Mann aus dem Hause Lancaster an die Macht gelangte, der als Herrscher denkbar ungeeignet war. Der fromme, gutmütige Mann hätte nur zu gern zugunsten seiner Vettern aus dem Hause York auf die Krone verzichtet, wäre da nicht seine mächtige, ehrgeizige Gemahlin, Margarete von Anjou, gewesen, die seine Interessen wahrte. Der Kampf wogte eine Zeitlang heftig hin und her, mit Verlusten auf beiden Seiten. Die Anführer der Yorkisten – Richard, Herzog von York und Vizekönig von Irland, sowie sein ältester Sohn Edmund – gerieten bei Wakefield in einen Hinterhalt. Sie wurden auf grausame Weise umgebracht. Daraufhin nahmen die drei jüngeren Söhne Richards sich der Sache des Hauses York an – Richard, Herzog von Gloucester, George, Herzog von Clarence, und Edward. Sie wurden von Richard Neville, dem Grafen von Warwick, vortrefflich unterstützt. Edward erwies sich als fähiger General, doch als er die schöne Witwe Elizabeth Woodville heiratete, machte er sich Warwick und seinen Bruder George zu Feinden. Warwick und Clarence liefen gemeinsam zu den Lancastertreuen über, wenngleich Clarence sich später wieder seiner Familie verpflichtete. Die Siege der Yorkisten im Jahre 1471 wurden mit dem Tode Warwicks, der Einkerkerung Margarete von Anjous und der Ermordung Heinrichs VI. im Tower zu London besiegelt. Es war eine Zeit, die nicht treffender charakterisiert werden kann als durch einen Vers aus Chaucers ›Erzählung des Ablaßpredigers‹:

»Ein Dieb voll Hinterlist bracht' diesem Land Verderben; es war der Tod, und alle Menschen ließ er sterben.«

Prolog

Ostersonntag, vierzehnter April Anno Domini 1471

Richard Neville, Graf von Warwick, trat vor sein Zelt und starrte in die nebelverhangene Finsternis. Das Lager hallte wider von den Geräuschen seiner Männer, die sich auf den Kampf vorbereiteten. Warwick sah, daß aus den Niederungen bei Wrotham Wood dichter Nebel stieg und das Feld von Barnet einhüllte. Damit waren die kleinen Musketen, die er mitgebracht hatte, nutzlos geworden. Feuchtigkeit legte sich auf seine Rüstung, und die zerfetzten Banner über seinem Zelt hingen schlaff an ihren Masten. Ein Vorzeichen? Warwick berührte das mit Juwelen besetzte Amulett, das er an einer Kette um den Hals trug, und legte die Hand auf den funkelnden Saphir. Er sah auf ihn hinab und murmelte ein Gebet. Man nannte den Edelstein das *Auge Gottes*; doch ließ Gott sein Auge am heutigen Tage auf ihm ruhen? In der Ferne rückten Edward von York und seine blutrünstigen Brüder Richard und George von Barnet heran, um sich mit ihm zu schlagen und ihn völlig zu vernichten.

Warwick unterdrückte einen Seufzer und versuchte, sich gegen die aufkeimende Furcht zu wappnen. Wenn er siegte, wäre der Weg nach London frei. Er würde den frommen Heinrich VI. wieder einsetzen; oder brächte er, falls die Yorkisten ihn bereits getötet hätten, möglicherweise einen anderen auf den Thron? Trompetenschall ertönte. Warwick nahm seinen Helm mit dem großen schwarzgelben Federbusch und ging mit ausholenden Schritten in die Dunkelheit. Ritter und Knappen seines Hofstaats scharten sich um ihn. Ein Page führte sein Pferd herbei, während Boten seiner Rittmeister auf Befehle warteten. Warwick zog die Panzerhandschuhe an und gab ein Zeichen. Das bewaffnete Gefolge rückte weiter in die neblige Finsternis vor. In einiger Entfernung vom Lager stieg er auf sein Pferd und inspizierte seine Truppen, die sich bereits in Schlachtordnung aufgestellt hatten: Die langen Reihen bewaffneter Männer verloren sich im Nebel. Warwicks Armee war in drei große, geschlossene Schlachtreihen aufgeteilt: sein jüngerer Bruder John Neville, Marquis von Montagu in der Mitte, der Herzog von Exeter auf der linken, der Graf von Oxford auf der rechten Flanke.

Eine Trompete erklang, und schon wurden Rufe und Gespött laut, als eine Gruppe Berittener aus dem Dunkel auftauchte und auf sie zu galoppierte. Schemenhaft nur erkannte Warwick das Holzkreuz, das die Reiter vor sich her trugen, und das weiße Tuch, das daran baumelte. Er blickte zu seinen Männern hinüber, die eifrig damit beschäftigt waren, ihre Bögen zu spannen.

»Haltet ein!« brüllte er. »Es sind Unterhändler, und sie sind nicht bewaffnet!«

Er ritt mit Montagu und Exeter auf die Reitergruppe aus dem Lager der Yorkisten zu, die sich um das Friedenszeichen scharte. Warwick ließ sein Pferd gemächlich voranschreiten. Wie viele sind es? fragte er sich. Vier, fünf? Oder war es ein Hinterhalt? Standen hinter ihnen vielleicht schon geschickte Schützen mit gespannten Bögen? Warwick zügelte sein großes Streitroß und stellte sich aufrecht in die Steigbügel.

»Seid Ihr Gesandte?« rief er.

»Wir kommen in friedlicher Absicht«, rief der Anführer der kleinen Gruppe zurück. »Wir tragen keine Waffen bei uns, sondern bringen eine Botschaft von Seiner Gnaden, dem König.«

»Ich wußte nicht, daß König Heinrich bei Euch ist!« spottete Warwick und versuchte, in der Dunkelheit hinter der Reitergruppe etwas zu erkennen.

»Wir kommen im Auftrag des Herrschers von Gottes Gnaden, des Königs von England, Irland, Schottland und Frankreich!«

Warwick bemerkte den leichten irischen Akzent des Sprechers und schmunzelte. Er kannte diesen Mann: Es war Colum Murtagh; der Vater Edwards von York hatte ihn einst vor dem Galgen gerettet. Jetzt war er Marschall des Hauses York und Erster Kundschafter und Bote Edwards. Murtagh war kein Mörder. Warwick gab seinem Pferd die Sporen. Es ritt im Paßgang vorwärts, gefolgt von den Generälen des Hauses Lancaster. Er näherte sich Murtagh bis auf Armeslänge und studierte aufmerksam das dunkle Gesicht des Iren, dessen rabenschwarze Haare feuchtglänzend unter der Helmkappe und der schützenden braunen Kapuze hervorlugten.

»Alles in Ordnung, Ire?«

»Ja, Herr.«

»Und wie lautet Eure Botschaft?«

»Edelmütige Bedingungen von seiten Seiner Gnaden, die Euch, ehrenwerter Graf, nicht zum Schaden gereichen sollen, wenn Ihr sie annehmt.«

Warwick vernahm das wütende Raunen seiner Kameraden. Sie hatten die Botschaft wohl verstanden. Früher, in besseren Tagen, waren Warwick und Edward von York einmal ein unzertrennliches Gespann gewesen; Waffenbrüder, die einander in Freundschaft und durch heilige Eide verbunden waren. Inzwischen hatten sie sich längst entzweit, doch York hoffte noch immer, Warwick auf seine Seite ziehen zu können.

»Und was ist mit meinen Kameraden?« fragte Warwick mit lauter Stimme. »Diese Männer, die mir bei meinem großen Vorhaben Beistand geleistet haben? Was hat der König ihnen zu bieten?«

»Nichts, Herr.«

Warwick zwang sich zu einem Lächeln und nickte. Er drehte sich ein wenig zur Seite, und der Ire konnte einen flüchtigen Blick auf den funkelnden Saphir am goldenen Amulett werfen. Warwick bemerkte es und ließ das Amulett behutsam durch die Finger gleiten.

»Gold und Juwelen, Ire«, murmelte er. »Gold und Juwelen, alle Schätze der Welt würde ich für einen ehrenhaften Frieden geben.«

»Dann ergebt Euch auf Gedeih und Verderb dem König, Herr.«

Warwick nahm die Zügel seines Pferdes auf und schüttelte den Kopf. »Nein, das lehne ich ab!«

»Wenn es so ist, Herr«, fuhr der Ire laut und weithin vernehmbar fort, »seid Ihr in den Augen des Königs Verräter und Rebellen, denen er ein blutiges Ende schwört, wenn er sie auf dem Felde ergreift!«

»Ist das alles, Ire?«

Murtagh wendete sein Pferd und fragte über die Schulter zurück: »Was habt Ihr denn erwartet?«

Warwick trieb sein Pferd vorwärts. Der Ire drehte sich argwöhnisch zu ihm um und fuhr mit der Hand an die Stelle, an der das Heft seines Schwertes hätte sein sollen.

»Nur ruhig Blut, Herold!« flüsterte Warwick. »Ich habe nichts Schlechtes mit Euch im Sinn, Murtagh. Ihr habt Euren Auftrag, und den habt Ihr erfüllt.« Er zog einen Arm des Iren zu sich heran und drückte ihm eine Goldmünze in die Hand. »Nehmt das!« drängte er ihn. »Wenn die Schlacht nicht zugunsten des Hauses York ausgeht, zeigt sie einem meiner Rittmeister. Sie wird Euch das Leben retten.«

Der Ire betrachtete die Goldmünze eingehend.

»Wenn es am Ende schlecht um Euch steht«, erwiderte er, »und das wird es, Herr, lasse ich davon Messen für Euer Seelenheil lesen.«

Murtagh wendete sein Pferd erneut und führte seine kleine Gruppe auf der Straße nach Barnet zurück.

Warwick sah ihnen nach. Er drehte sich um und lächelte seine Generäle fröhlich an. Er hoffte, daß er ihnen mit seiner Aufmunterung die finsteren Gedanken vertreiben könnte, damit sich ihre ängstlichen Mienen aufhellten.

»Sie werden schnell hier sein«, verkündete er. »Daher ist es wohl am besten, wenn Ihr Euch auf Eure Posten begebt.«

Er zog die Handschuhe aus und drückte seinen Generälen die Hand. Er blieb mit seinem Bruder John zurück und sah ihnen nach, als sie davonritten.

»Du mußt zu Fuß kämpfen«, unterbrach John unvermutet das Schweigen. »Unsere Leute sind unruhig; sie sprechen von Verrat und Untreue. Sie sagen ...« Er zögerte.

»Ich weiß, was sie sagen«, setzte Warwick die Worte des Bruders gelassen fort. »Die Feudalherren bleiben auf ihren Pferden sitzen, damit sie, wenn sich das Kriegsglück gegen sie wendet, wie der Wind in den nächstbesten Hafen reiten und die Bauern ihrem Schicksal überlassen können.«

Warwick hob sich aufgrund der schweren Rüstung nur mit Mühe aus dem Sattel. Er zog sein großes Schwert aus der Scheide, die am Sattelknauf befestigt war. Die Zügel seines Pferdes warf er dem Bruder zu.

»Gib den Befehl, John, daß alle zu Fuß kämpfen sollen. Nimm unsere Pferde mit hinter die Linien!«

John ritt davon und ließ Warwicks Streitroß hinter sich her galoppieren. Unter den harten Hufen spritzte Schlamm auf. Noch einmal schritt Warwick die drei langen, waffenstarrenden Schlachtreihen ab, um dann, umgeben von Rittern seines Hofes, hinter der Abteilung Montagus in der Mitte die Führung zu übernehmen. Er versuchte, über die Köpfe hinweg etwas zu erkennen; noch immer hing die Nebelwand dicht vor ihnen – wabernd zwar, aber undurchdringlich. Warwick befahl seinen Leuten, keinen Laut von sich zu geben; er legte die Hände auf das große Heft des Schwertes und spitzte die Ohren, um auch das kleinste Geräusch in der Dunkelheit vor ihnen zu hören. Da er nichts vernahm, schloß er die Augen und sprach leise ein Gebet. Als ein Page herbeilief, um ihm mitzuteilen, es sei erst acht Uhr in der Frühe, hörte Warwick plötzlich, undeutlich noch und gedämpft, daß der Feind auf sie zu marschierte. Warwick gab den Befehl, die Kampfbanner zu entrollen, doch sie waren feucht geworden und hingen schlaff herab. Er nickte den Trompetern zu, hob die Hand und rief:

»Für Gott, König Heinrich und den Heiligen Georg!«

Blechern schmetterten die Trompeten durch die Dunkelheit, und die Bogenschützen und Musketiere der drei Schlachtreihen schossen in die Nebelwand. Schrill und wütend antworteten die Trompeten der Yorkisten; Rufe wurden laut, und Warwick stockte das Herz, als aus dem Nebel gepanzerte Männer in mehreren Reihen stürmten.

»Vorwärts!« schrie Warwick.

Moresby, der Hauptmann seiner Leibwache, gab die Befehle weiter: Die Standartenträger setzten sich in Bewegung, und das Getöse, mit dem sich die beiden Armeen in ein wütendes Gemenge aus wirbelnden, zischenden Schwertern, Speeren und Streitäxten stürzten, zerriß die unheimliche Stille. Die Luft hallte wider von Flüchen, Stoßgebeten, Todesröcheln, Schreien des Entsetzens und des Schmerzes, während die Männer in Dunkelheit und Nebel kämpften und die weiche Erde knöcheltief mit Blut tränkten. Warwick wischte sich den Schweiß von der Stirn und suchte in dem Durcheinander das Banner seines Bruders. Daneben zeigte das große blaugoldene Banner der Yorkisten eine Sonne in all ihrer Pracht. Rufe und Schreie zu seiner Linken ließen ihn herumwirbeln. Mit Entsetzen sah Warwick, daß eine große weiße Standarte mit dem Bild des Roten Wilden Ebers über einem Hügel auftauchte und Exeters Mannen in die Mitte zurückdrängte. Yorks Bruder, Richard von Gloucester, versuchte offenbar, sie von hinten anzugreifen. Warwick erteilte knappe Befehle und wies den größten Teil seiner Reserve an, Exeter zu Hilfe zu eilen. Der Rote Wilde Eber verschwand. Warwick seufzte erleichtert auf, griff nach dem Auge Gottes und betete zu Erzengel Michael, seinem Schutzpatron, er möge ihm beistehen. Aus dem Handgemenge vorn erscholl ein Ruf, und er sah, daß sein Bruder inzwischen von Bannern der Yorkisten umzingelt war. König Edward führte nun persönlich seine Reserve in den Kampf. Er schlug sich einen Pfad durch die Menge, um sich Montagu zu stellen. Warwick ließ seine eigene kleine Truppe weiter vorrücken. In wenigen Minuten war auch er Teil dieser Wand aus Stahl. Er setzte den Helm auf, ließ das Visier herunter und hackte und hieb auf alles ein, was in den Sehschlitzen seines Helms auftauchte. Die Yorkisten begannen nachzugeben. Warwick zog sich zurück, in Schweiß gebadet. Seine mit Gold ziselierte, silberne Rüstung, die ihm einst Ludwig XI. von Frankreich geschenkt hatte, war längst rostbraun geworden und jetzt mit Blut und Knochensplittern übersät. Warwick nahm inmitten seiner Knappen und Pagen den Helm vom Kopf und rang nach Luft. Er wandte sich an den Knappen, der neben ihm stand, und packte ihn bei der Schulter.

»Brandon!« rief er. »Brandon, der Sieg ist unser!«

Plötzlich drangen von rechts Schreie aus dem undurchdringlichen Nebel. Mit einemmal kam Bewegung in die Männer dort.

Bogenschützen ergriffen die Flucht und schossen Pfeile auf die Berittenen, die vor ihnen auftauchten. Sie schrien: »Verrat! Verrat!«

»Was in drei Teufels Namen ...«, brüllte Warwick. »Brandon, es sind Montagus Männer – sie greifen Oxford an!«

Warwick rannte quer über das Schlachtfeld, doch der Schaden war nicht wiedergutzumachen. Oxford, der eine Abteilung Yorkisten vom Feld vertrieben hatte, war überraschend zurückgekehrt. Montagus Männer, die ihn für den Feind hielten, hatten eine Ladung Pfeile auf sie abgeschossen. Oxfords Soldaten, die Betrug witterten, schrien »Verrat!« und flohen. Die Rufe wurden nun von Montagus Truppen übernommen. Panik machte sich in der Schlachtreihe breit, die auseinanderzubrechen drohte, als die Männer sich zur Flucht wandten. Boten rannten herbei, atemlos, mit brennenden Augen. Montagu war erledigt! John Neville tot! Warwick stöhnte, doch ihm blieb keine Zeit zuzuhören. Der Strom der Flüchtenden schwoll an. Männer rannten davon, warfen die Waffen von sich, entledigten sich der Rüstung.

»*Aidez-moi!*« rief der Graf.

Er deutete mit dem Schwert auf die Schlachtlinie und drängte seine Ritter vorwärts, während er sich mit ein paar wenigen Knappen unter seinem Banner versammelte, doch es nützte nichts. Die inzwischen eingedrückten Schlachtreihen erbebten und brachen auseinander. Alles, was auch nur im entferntesten nach einer Ordnung aussah, löste sich auf; selbst Warwicks Ritter riefen, das sei das Ende. Warwick griff nach dem Auge Gottes, warf einen Blick in die Runde und wollte etwas sagen, doch er brachte kein Wort hervor. Ein Pfeil zischte in Augenhöhe an ihm vorbei, und Fußsoldaten in der Uniform der Yorkisten kamen in Sicht. Brandon, Moresby und die übrigen begannen zu laufen. Warwick versuchte ihnen zu folgen; sein Atem kam in kurzen, keuchenden Stößen. Die schwere Rüstung zog ihn nach unten; die Aussicht auf Niederlage und Tod ringelte sich wie Schlangen an ihm empor.

»*Tout est perdu!*« flüsterte er.

Dann sah er seine Pferde. Dem Himmel sei Dank! Brandon

führte Warwicks Pferd nach vorn, doch der Graf strauchelte, fiel mit lautem Aufklatschen in den Schlamm, stand auf und humpelte schwerfällig weiter. Die Fußsoldaten der Yorkisten sprangen und kläfften hinter ihm wie Hunde. Er erreichte das Pferd, packte die Zügel und – hatte einfach nicht die Kraft, aufzusteigen.

»Herr.« Ängstlich dreinschauend nahm Moresby den Grafen bei der Hand und bedeutete Brandon, der neben ihm stand, die unruhigen Pferde im Zaum zu halten.

»Herr, Ihr müßt fliehen.«

Warwick riß sich das *Auge Gottes* vom Hals und drückte es Brandon ungestüm in beide Hände.

»Nehmt das!« keuchte er. »Geht damit zu den Mönchen in Canterbury. Mein letztes Geschenk. Bittet sie, für meine Seele zu beten!«

Moresby und Brandon wollten etwas einwenden, doch Warwick schob sie weg Die jungen Männer bestiegen hastig ihre Pferde, als eine Gruppe feindlicher Fußsoldaten Warwick erreichte. Der Graf drehte sich um und versuchte zu kämpfen, doch er wurde zu Boden gestoßen. Ein Soldat, der sich auf seine Brust setzte, riß ihm das Visier auf und stieß ihm ein Messer in die Kehle. Der Graf schrie auf, und als seine ehrgeizigen Pläne mit seinem Leben wie kleine Flammen im Wind verloschen, schrie er ein zweites Mal. In dem Augenblick, als Colum Murtagh, der Bote des Königs, die Soldaten erreichte, die gerade anfingen, Warwicks Leiche zu plündern, ritten Brandon und die anderen fort.

»Er ist tot!« rief einer der Krieger triumphierend. »Der Feind ist tot! Der große Warwick ist hin!« Blinzelnd blickte er zu Colum auf. »Ihr kommt zu spät für die Reichtümer. Das sind die Gesetze des Krieges! Wir haben ihn gefangen. Wir haben ihn getötet, seine Rüstung gehört uns!«

»Ich kam, ihm das Leben zu retten«, murmelte Colum und starrte mitfühlend auf den bleichen Körper Warwicks, den man bis auf ein Lendentuch entkleidet hatte.

»Wozu sollte das gut sein?« rief ein anderer Soldat, mit Warwicks reich verziertem Helm auf der Spitze seines Speers.

Colum schüttelte den Kopf. »Ach, zu nichts«, sagte er. »Nur, Seine Hoheit der König fordert das Amulett mit dem kostbaren Saphir.«

»Was für ein Amulett?« rief der Soldat. »Bei Gott, Herr, er hatte weder ein Kreuz noch Juwelen bei sich!«

Colum bestand darauf, daß sie ihre Ranzen und Taschen leerten. Zu guter Letzt, nachdem er sich von ihrer Ehrlichkeit, nicht jedoch von ihrer Ehrenhaftigkeit überzeugt hatte, wandte er das Pferd und kehrte zum König zurück, um ihm die Nachricht vom Tode des Grafen Warwick zu überbringen. Gleichzeitig mußte er ihm jedoch mitteilen, daß das *Auge Gottes* verschwunden war.

Herbstlicher Vollmond erleuchtete die Wegkreuzung, und auf den Ketten des Galgens lag ein gespenstischer, silbriger Glanz. Reglos hing eine Leiche am morschen Seil, als lauschte sie einem Geräusch aus dem einsamen Moor, das bis an die Küstenstraße außerhalb Canterburys reichte. Die Frau, die im Schatten wartete, vermochte kaum die Ruhe zu bewahren. Aufgeregt fuhr sie sich mit der Zunge über die Lippen und blickte angestrengt in die Dunkelheit. Die Botschaft war sehr einfach gewesen. Vor Mitternacht sollte sie an diese Stelle kommen – und doch wünschte sie sich nichts sehnlicher, als weglaufen zu können. Sie strich sich die roten Haare nach hinten und spürte, wie ihr der Schweiß über die Wangen rann.

»Natürlich hätte ich mich weigern können«, murmelte sie vor sich hin. Sie biß sich auf die Unterlippe. Und dann? Wäre ich nicht hierher gekommen, hätten sie mich heimgesucht, dachte sie. Hinter ihrem Rücken vernahm sie im Gras ein leises Rascheln wie von schlurfenden Schritten. Ein Zweig knackte. Sie wirbelte herum und fuhr mit der Hand an den Dolch, der in ihrem Gürtel steckte. Niemand war zu sehen außer einem silbergrau gesprenkelten Fuchs, der eine offene Stelle im Moor überquerte, von der Wegkreuzung durch ein paar Büsche abgeschirmt. Abrupt hielt der Fuchs inne, die Ohren gespitzt und ein Vorderbein angehoben, und blickte in ihre Richtung. Das Tier drehte den Kopf, die Augen schimmerten dunkelrot, und die Frau stöhnte entsetzt auf. War es wirklich ein Tier? Oder war es am Ende ein böser Nachtmahr? Irgendein Dämon in Tiergestalt? Der Fuchs blickte sie noch einmal an, nahm Witterung auf und trottete weiter. Die Frau schloß die Augen, seufzte tief und wandte sich wieder dem Galgen zu. Ein erstickter Schrei entrang sich ihrer Kehle beim Anblick der von einer Kapuze verhüllten, gebeugten Gestalt, die jetzt neben dem Blutgerüst stand. Sie hätte sich am liebsten kleingemacht und verkrochen, doch der Schatten wußte, daß sie dort war. Er hob eine behandschuhte Hand und forderte sie auf näherzutreten. Ihr wurde kalt, der Mund wurde trocken, das Herz schlug wie eine Trommel.

»Komm!« befahl die Stimme leise. »Megan, komm her!«

Die Frau stand auf. Wenn doch nur die Beine nicht mehr zittern wollten! Ihr Kittel war durchnäßt von kaltem Schweiß, und die kühle Nachtluft tat ein übriges, ihr Schaudern noch zu verstärken.

»Möchtest du nicht herkommen?« Die Stimme war süß und tief. »Du hast keinen Grund zur Angst.«

Megan trat hinter den Büschen hervor und ging langsam auf den Fremden zu.

»So komm doch schon näher«, wiederholte die Stimme jetzt leicht gereizt, wie ein wohlwollender Vater, der langsam die Geduld mit seinem störrischen Kind verliert.

Megan schob sich näher heran. Sie versuchte, ihre Panik zu zügeln, die sie in ein nach Mitleid heischendes, stöhnendes oder hysterisch weinendes Bündel zu verwandeln drohte. Sie wußte, daß ihr so etwas nicht passieren durfte, der Fremde könnte sonst den Verdacht hegen, sie plane einen Angriff oder wolle ihm einen Hinterhalt legen. Wenn sie sich jedoch umdrehte und fortliefe, würde der Fremde gewiß dafür sorgen, daß dies ihre letzte Nacht auf Erden wäre. Megan nahm ihr Herz in beide Hände und schritt hoch erhobenen Hauptes auf ihn zu. Sie ging so nahe heran, daß ihr der Fäulnisgeruch vom Galgen in die Nase stieg. Sie warf einen kurzen Seitenblick auf den zur Seite geneigten Totenschädel des Gehängten, der im fahlen Licht des Mondes den Anschein erweckte, als grinste er sie an. Der Fremde hatte seinen Standort mit Bedacht ausgewählt. Kapuze und Umhang verdeckten seine Gestalt völlig, und die Maske vor seinem Gesicht enthüllte nur spitze, weiße Zähne und das boshafte Flackern in dem einen gesunden Auge.

»Da bin ich«, murmelte Megan. »Wie Ihr gesagt habt.«

»Wie nicht anders zu erwarten war.« Die Stimme des Fremden hatte jetzt einen singenden, gälischen Einschlag. Blitzschnell fuhr eine Hand vor und packte Megan mit eisernem Griff an der Schulter. Megan schloß die Augen und stöhnte entsetzt auf.

»Sieh dich um, Megan!« Er schüttelte sie. »Sieh dich um!«

Er lockerte den Griff, und die Frau tat, wie ihr befohlen: Sie schaute auf die hohen, dunklen Bäume von Blean Wood.

»Ein merkwürdiger Ort«, murmelte der Mann. »Es heißt, daß sich hier Zauberer große Häute überziehen, Tierfelle, an denen noch die langen Schwänze hängen. Sie sind gesichtslos und rufen Merderus, die Königin der Nacht, um Hilfe an. Glaubst du daran? Bei uns in Irland glaubt man es.«

Trotz seines singenden Tonfalls fürchtete sich Megan, wenn sie ehrlich war, mehr vor ihm als vor einer ganzen Horde von Hexen, die durch die nächtliche Dunkelheit flogen, um am Hexensabbat oder schwarzen Messen teilzunehmen.

Der Mann seufzte. »Es heißt, der Krieg sei zu Ende«, fuhr er im Plauderton fort. »He, wußtest du das schon, Kleine?« Er lachte kurz auf. »Ja, natürlich weißt du es. Hoch türmen sich die Leichenberge der Lancastertreuen, und die Hügel von Barnet und Tewkesbury sind von ihrem Blut durchtränkt. König Edward der Vierte hat mit seiner hübschen, puppengesichtigen Königin und seinen grausamen Brüdern seinen rechtmäßigen Besitz erlangt. Nun müssen alle wieder nach Hause gehen. Die Zeit des Mordens ist vorüber, es herrscht Friede – bis zum nächsten Mal.«

»Was – was wollt Ihr?« stammelte Megan.

»Du weißt, was wir wollen«, erwiderte der Mann. »Edward der Vierte hat seinen Zwist mit dem Hause Lancaster beigelegt. Nun ist es an uns, alte Rechnungen zu begleichen. Und du wirst uns zu gegebener Zeit dabei helfen, nicht wahr? Wenn dich die

Botschaft erreicht, wirst du tun, was ich sage, oder? Wir sind vom selben Blut, und der Verräter Colum Murtagh war einst mit uns verwandt.«

Megan erbleichte und starrte den Fremden mit schreckgeweiteten Augen an.

»Schwöre!« zischte der Mann. Er nahm ihre Hand und hielt sie zum schlammverkrusteten Galgen empor. »Schwöre es mir hier und jetzt, mir, Padraig Fitzroy!«

Megan konnte die Angst nicht mehr ertragen.

»Ich schwöre!« schrie sie. »Ich schwöre! Ich schwöre! Ich schwöre!«

Sie entzog ihm die Hand und sank schluchzend auf die Knie, daß die langen Haare nur so wirbelten. Als sie aufblickte, war der Fremde fort. Die Wegkreuzung lag verlassen da; die Stille wurde nur unterbrochen vom Quietschen des Galgens im kalten, auffrischenden Südwestwind. Megan strich sich die roten, schweißnassen Haare glatt und starrte in die Nacht. Sie war gebürtige Irin und kannte die Schrecken der Blutfehde: Die Bluthunde von Ulster waren in England auf der Jagd nach ihrem Herrn. Colum Murtagh war ihre Beute, und sie, Megan, sollte der Köder sein.

Eins

»Dann zeigt mir mal Eure Wunde!«

Der Soldat zog zuerst den Ärmel seines Lederwamses hoch, dann das schmuddelige Leinen des einst weißen Unterhemdes. Der Arm, der darunter zum Vorschein kam, war mager, braun und muskulös. Oberhalb des Handgelenks klaffte eine lange, eitrige Wunde. Die Frau beugte sich vor und schnüffelte leicht daran. Sie sah den gelblichgrünen Ausfluß, dem ein fauliger Geruch entströmte. An den Rändern sah die Schramme bereits böse aus. Das Gift der Wunde bildete einen kleinen roten Kreis, und die Entzündung strahlte allmählich in den Arm.

»Wollt Ihr eigentlich heilen oder essen?« fragte der Soldat spöttisch.

Kathryn Swinbrooke, ihres Zeichens Baderin, Apothekerin und Ärztin, sah den Soldaten mit festem Blick an.

»Die Wunde eitert«, entgegnete sie schroff. »Thomasina«, rief sie ihrer behäbigen alten Amme mit den fröhlichen Gesichtszügen zu, »gib mir doch bitte das Messer.«

Thomasina hielt die Klinge eines langen, scharfen Messers über die Flamme einer Kerze. Sie wußte nicht warum, doch Kathryn legte Wert darauf, wie schon ihr Vater, der arme Medicus Swinbrooke, der bereits unter den kalten Fliesen von St. Mildred in Canterbury ruhte.

Thomasina träumte vor sich hin. Sie sehnte sich nach ihrem Haus in der Ottemelle Lane, wo sie Agnes, die Spülmagd, nekken und dem Geschwätz des kleinen Wuf lauschen konnte. Thomasina biß sich auf die Lippen. Aber nein, dachte sie, dank Colum Murtagh, dieses vermaledeiten Iren, befand sie sich stattdessen mit ihrer Herrin und dem irischen Abenteurer mitten in London, und man war im Begriff, flußaufwärts zu einer Audienz beim König höchstpersönlich zu fahren. Nur Murtagh war noch nicht fertig mit dem Ankleiden, und Kathryn untersuchte gerade das Handgelenk des finster dreinschauenden Hauptmanns der Wache, der gekommen war, um sie auf der Themse flußaufwärts zum Tower zu geleiten.

»Thomasina, was ist, schläfst du?«

Thomasina erschrak, blickte auf, lächelte entschuldigend und reichte ihrer Herrin das scharfe Messer mit dem Elfenbeingriff.

»Ihr solltet es nicht tun«, stöhnte Thomasina. »Ihr ruiniert Euer bestes Taftkleid.« Sie warf einen mißbilligenden Blick auf den lohfarbenen Stoff, als suchte sie einen Fleck.

»Thomasina, es ist doch nur ein Schnitt. Sobald ich die Wunde gesäubert habe, können wir gehen.« Kathryn lächelte den Soldaten an. »Es tut vielleicht ein bißchen weh.«

Dem kahlköpfigen Soldaten stand die Anspannung im unrasierten Gesicht geschrieben, doch er nickte nur. Die Freundlichkeit dieser wohlriechenden Frau machte ihn verlegen. Als Kathryn begann, an den Wundrändern zu schneiden, betrachtete er die Ärztin genauer. Gefügig ist sie wohl kaum, dachte er bei sich; immerhin hatte sie schon graue Strähnen im pechschwarzen Haar, und ihre Gesichtszüge waren streng. Dennoch bewunderte er im stillen ihren hellen Teint, die zarte Rundung der Augenbrauen und die kleine, gerade Nase, die jetzt an dem Eiter schnüffelte, der aus der kleinen, entzündeten Schnittwunde rann.

»Wie ist das passiert?« fragte Kathryn und blickte auf.

Nein, überlegte der Soldat, bei näherem Hinsehen war sie einfach wundervoll. Die vollen, roten Lippen, die heiteren, meergrauen Augen, ehrlich und direkt.

»Wie ist das passiert?« wiederholte sie ihre Frage.

»Hab' mich geschnitten«, murmelte der Soldat und blickte zur Seite. »An einem rostigen Kettenpanzer.«

»Wenn es noch mal vorkommt«, sagte Kathryn ernst, obwohl ihre Augen dabei schelmisch aufblitzten, »wascht die Wunde aus, wie ich es jetzt mache.«

Noch ehe der Soldat sich zur Wehr setzen konnte, preßte Kathryn die Wundränder zusammen und drückte Blut und Eiter aus. Dann kippte sie eine Schüssel heißen Wassers darüber, daß der Soldat wimmerte. Anschließend trug sie mit weichen, zarten Händen Salbe im Bereich der Wunde auf. Schließlich nahm sie einen gazeartigen Verband aus dem kleinen Korb, den die fürchterliche Thomasina ihr hinhielt, und wickelte ihn fest um das Handgelenk.

»So!« Kathryn steckte das Ende mit einer kleinen Nadel fest. »Das muß halten.«

Der Soldat trat sichtlich verlegen von einem Fuß auf den anderen. Kathryn schmunzelte, als sie darüber nachdachte, wie sehr ein wenig Freundlichkeit einen Menschen verändern konnte. Beim Betreten des Wirtshauses hatte der Hauptmann ziemlich finster ausgesehen mit seinem Topfhelm unter dem Arm, dem gegerbten Lederwams, der engen Wollhose, den schweren Stiefeln und dem großen Schwertgurt über der Schulter, an dem das blanke Schwert mit einem Haken befestigt war, und zwei Dolchen, die an einem Hüftriemen hingen.

»Ich soll Master Murtagh, den Marschall des königlichen Haushalts und königlichen Sonderbeauftragten in Canterbury, sowie Mistress Swinbrooke, Ärztin aus ebenderselben Stadt, zu Seiner Hoheit dem König in den Tower geleiten«, hatte er verkündet.

Colum, der noch damit beschäftigt war, zu frühstücken, teilte ihm kurz angebunden mit, er müsse sich noch ein wenig gedulden. Während sich Murtagh in sein Zimmer im ersten Stock zurückzog, hatte Kathryn beobachtet, daß der Hauptmann seinen linken Arm auffällig schonte. Sie fand die Ursache heraus und bestand darauf, ihn auf der Stelle zu behandeln.

»Was bin ich Euch schuldig, Mistress?« fragte er jetzt.

Kathryn schüttelte den Kopf. »Ein sicheres Geleit zum Tower, und Ihr seid mir nichts schuldig.«

Der Soldat hustete, murmelte ein Dankeschön und ging hinaus. Lauthals erteilte er seiner kleinen Eskorte Befehle. Die königlichen Bogenschützen lungerten auf dem gepflasterten Hof herum und schäkerten mit Dirnen und Mägden.

»Ich bin soweit«, sagte Colum, als er die Treppe herunterkam. Er warf Thomasina eine Kußhand zu, erntete jedoch nur böse Blicke und verbeugte sich galant vor Kathryn.

»Sieh einer an, der vollkommene Höfling«, sagte Kathryn belustigt.

Sie betrachtete den Iren. Er hatte sich das schwarze, widerspenstige Haar sorgfältig gekämmt und das dunkle Gesicht rasiert. Obwohl Colum die Nacht in einer Schenke in Cheapside mit einem Freund durchzecht hatte, waren seine blauen Augen jetzt klar, und das Gesicht, das Kathryn an einen Jagdfalken erinnerte, entspannt. Er lächelte. Colum hatte sich in Schale geworfen: Er trug ein weißes Batisthemd unter einem braunroten, mit Lammfell gefütterten Wams, das ihm bis zu den Waden reichte, und eine farblich darauf abgestimmte enge Hose. Auch er hatte sich seinen großen Kriegsgurt, in dem der lange Dolch und das Schwert mit der breiten Klinge steckten, um die Hüfte geschlungen.

»Sollt Ihr Waffen anlegen?« fragte Kathryn. »Ich habe noch in Erinnerung, daß Ihr sagtet, in Gegenwart des Königs …«

»Das stimmt, und ich werde sie ablegen müssen«, erwiderte Colum und klopfte ein wenig Staub von seinem gesteppten Wams. »Aber wir sind hier in London, Kathryn, und die Straßen sind vollgestopft mit Schurken der übelsten Sorte. Doch kommt, wir wollen aufbrechen!«

Colum ging mit langen Schritten in den Hof. Die Bogenschützen sprangen auf, und sie machten sich auf den Weg, allen voran der Hauptmann mit drei Männern. Drei weitere Begleiter folgten ihnen. Der Weg führte sie durch die Budge Row, von dort in die Walbrook, und schließlich gelangten sie ans untere Ende des Steelyard bei Dowgate, wo ein königlicher Kahn auf sie warten sollte. Kathryn hakte sich bei Colum ein; an diesem schönen Tag waren viele Menschen unterwegs, die sich durch das Gedränge entweder nach Cheapside hinauf oder wie sie selbst hinunter zum Fluß schoben. Hohe Häuser, deren schneeweiß gekälkte Putzflächen zu den schwarzlackierten Holzbalken in scharfem Kontrast standen, ragten über ihnen empor und sperrten die blasse Morgensonne nahezu aus. Colum raunte Kathryn zu, vorsichtig zu sein. Sie hob den Saum ihrer Röcke und versuchte, Pfützen zu umgehen. Über die randvolle, offene Kloake in der Straßenmitte rümpfte sie die Nase. Dennoch fesselte sie das geschäftige Hin und Her auf den Straßen: Hausierer und Kesselflicker liefen auf und ab und priesen lauthals ihre

Waren an; Kaufleute in großen Biberhüten und gefütterten Mänteln standen an Straßenecken beisammen und tauschten die neuesten Gerüchte darüber aus, welche Schiffe eingelaufen waren und welche Handelsgüter man erstehen konnte. Eine Hochzeitsgesellschaft, die zu einer Kirche in Trinity unterwegs war, kämpfte sich durch die Menge: eine Gruppe kichernder junger Männer und Frauen, deren Gesichter nach dem Genuß von Alkohol bereits gerötet waren. An den Ecken von schmalen Gassen jammerten Bettler. Ein Ablaßprediger, von Kopf bis Fuß in schmutzige, ehemals weiße Lumpen gekleidet, versuchte, Ablaßbriefe auf billigen Pergamentfetzen zu verkaufen. Kinder quälten Hunde, Frauen hielten ein Schwätzchen unter schattigen Torbögen. Zwei Mönche, die Kapuze tief ins Gesicht gezogen, gingen hinter einem Mann her, einem Falschmünzer, der dazu verurteilt worden war, einen riesigen Wackerstein von einem Ende der Stadt zum anderen zu tragen.

Kathryn wurde schwindelig von so vielen Eindrücken. Sie hatte es aufgegeben, dem Schmutz auszuweichen, und stützte sich fester auf Colums Arm, während der Ire, die freie Hand am Dolch, entschlossen den Bogenschützen folgte. Er hielt ein waches Auge auf die Menschen ringsum und versuchte, Thomasinas Fragen, die sie unaufhörlich schnaufend und prustend hinter ihm hervorsprudelte, einfach nicht zu beachten. Colum genoß es, daß Kathryn sich so fest bei ihm untergehakt hatte. Die Heilerin hatte den Wunsch geäußert, nach London zu fahren, um Gewürze einzukaufen, was Colum hoch erfreut hatte: einerseits wollte er sich bei Hofe mit ihr brüsten, andererseits jedoch Kathryn vor Augen führen, wie sehr ihm die großen Kriegsherren des Hauses York vertrauten, die ihn im Tower erwarteten. Doch Colum fühlte sich nicht wohl in seiner Haut. Er, der in den wilden grünen Tälern Irlands das Licht der Welt erblickt hatte, war Ställe, Pferde und weite Felder gewohnt und verabscheute die engen Gassen in den Städten, die Masse ungewaschener Leiber und die Wegelagerer, die hier wie Ratten an einem Haufen Unrat in Scharen auftauchten. Mit einem flüchtigen Seitenblick sah er, daß ihnen jemand folgte – ein kleiner, gebeugter Mann mit wirrem, grauem Haar, verschlagenen Augen und einer langen, spitzen Nase. Colum warf dem Mann einen bösen Blick zu; er erkannte einen Taschendieb auf den ersten Blick. Der Schurke wollte sich offensichtlich entweder an Colums Gruppe heranschleichen oder an jene, die anhielten, um das gut gekleidete Paar zu betrachten, das von einer kleinen Eskorte königlicher Bogenschützen durch die Straßen geleitet wurde. Doch der Kerl stellte keine tödliche Gefahr dar, und Colum wandte den Blick von ihm ab. Vor einem dahergelaufenen Wegelagerer in London fürchtete er sich nicht. Die Bluthunde von Ulster indessen waren etwas anderes. Sie hatten Colum des Verrats bezichtigt und geschworen, ihm den Garaus zu machen. Und gab es für diesen Zweck einen geeigneteren Ort als eine überfüllte Londoner Straße, wo man rasch und unauffällig eine Armbrust abschießen oder jemandem ein Messer zwischen die Rippen stoßen konnte?

»Colum, was glaubt Ihr, hat der König mit Euch vor?«

Der Ire verzog das Gesicht. »Weiß der Himmel, Mistress Kathryn. Den Brief hat mir sein Bruder, Richard von Gloucester, geschickt. Darin hieß es, daß ich den König am fünfundzwanzigsten Juli, am Fest des Heiligen Apostels Johannes, in der Kapelle des Königs im Tower treffen soll. Weiß der Henker, was an der Sache dran ist!«

Kathryn drückte seinen Arm. »Seid Ihr nervös, Colum?«

»Der Tod holt uns aus der Mitte des Lebens«, gab Colum bissig zurück.

Nun war es an Kathryn, ein langes Gesicht zu ziehen. Zuweilen bedauerte sie, jemals eine Kopie von Chaucers Werk erstanden zu haben. Der Ire, ein eifriger Leser, meinte, sie und Thomasina ständig mit Auszügen aus Geoffrey Chaucers Canterbury-Erzählungen erquicken zu müssen.

»Aus welcher Geschichte stammt das schon wieder?« neckte sie ihn.

Colum erhob den Zeigefinger wie ein tadelnder Schulmeister.

»Nicht doch, gelehrteste aller Ärztinnen, nicht aus Master Chaucers Werken, sondern aus der Geschichte, die Gott geschrieben hat, aus der Bibel.« Er grinste. »Obwohl ich zugeben muß, wie der Ablaßprediger bei Chaucer schon sagte: ›Ich suche nach dem Tod hinieden, bleich und welk ist sein Gesicht‹.«

Kathryn wurde ernst. »Hier!« flüsterte sie erschreckt. »Hier in London? Umgeben von königlichen Bogenschützen?«

»Oh ja.« Auch Colum sprach leise. »Meine Kameraden, die sich selbst die Bluthunde von Ulster nennen, haben keine Achtung vor Menschen. Ich bin hier in größerer Gefahr als auf einer verlassenen Landstraße.«

Als sie das Flußufer erreichten, fand ihre Unterhaltung ein Ende. Sie gingen die glitschigen Stufen zum wartenden königlichen Kahn hinab. Er war groß und breit und hatte unter einer ledernen Plane bequeme Sitze für Kathryn, Colum und Thomasina. Die Bogenschützen stiegen hinter ihnen ins Boot. Der Hauptmann erteilte knappe Befehle, die vier Ruderer legten vom Ufer ab und steuerten das Boot in die Flußmitte. Trotz der Gezeitenwende glitt der Kahn rasch über die Wasseroberfläche, als er die Bögen der London Bridge durchquerte, wo das Wasser schäumte und toste wie in einem Kessel. Kathryn, der die Geschwindigkeit und die heftige Strömung ein wenig Angst einflößten, schaute nach oben. Beim Anblick der hohen, über der Brücke emporragenden Pfähle, auf denen verwesende Schädel von Verrätern aufgespießt waren, schloß sie angeekelt die Augen. Colum, der ihrem Blick gefolgt war, versuchte sie abzulenken und wies auf verschiedene Sehenswürdigkeiten hin: das weiße Gemäuer der Paläste, hohe Kirchtürme und die unterschiedlichen Schiffstypen – Galeeren aus Venedig, riesige dickbäuchige Koggen aus der Ostsee und die großen Zweimaster, die Kriegsschiffe des Königs.

Schließlich kamen sie beim Tower an. Trotz des Sonnenscheins machte die Festung einen düsteren, schwermütigen Eindruck. Sie stiegen aus dem Kahn und gingen über einen mit Schindeln ausgelegten Pfad auf das Löwentor zu, das von Rittern in königlicher Uniform – dem Roten Eber von Gloucester oder dem Goldenen Bullen von Clarence – streng bewacht wurde. Die Geleitbriefe wurden überprüft, und man führte sie über schmale, gewundene Wege ins Innere der Festung. Kathryn schaute sich mit sorgenvollen Blicken um. War es nicht hier, dachte sie, nachdem die Kriegsherren des Hauses York vor kurzem bei Barnet und Tewkesbury gesiegt hatten und hierher zurückkehrten, daß man den alten König Heinrich erstochen hat, von dem die einen sagten, er sei ein Heiliger, andere wiederum, er sei verrückt? Sie bogen um eine Ecke und schritten über eine Grünfläche auf den großen weißen Festungsturm zu, vorbei an Soldaten, die auf dem Rasen saßen und ihre Panzerhemden mit alten Lumpen und trockenem Sand aus kleinen Schalen reinigten. Am Fuß der Treppe, die zum Festungsturm hinaufführte, verabschiedete sich die Eskorte von ihnen. Noch einmal bedankte sich der Hauptmann bei Kathryn, und noch ehe Colum sie fragen konnte, was der Kerl denn meinte, tauchte auch schon ein in Blau-Rot-Gold gekleideter Kammerherr auf, der im Vollgefühl seiner Überlegenheit vor ihnen her in den Turm trat. Sie stiegen eine zweite Treppe hinauf und gelangten in die Kapelle des Heiligen Johannes. Zwei Bannerherren, deren Gesichter durch schwere Topfhelme mit breitem Nasenschutz verdeckt waren, standen mit gezogenen Schwertern vor der Kapellentür Wache. Colum nahm den Schwertgürtel ab, reichte ihn einem der beiden Wachtposten und begleitete Kathryn ins Innere.

Die Heilerin war von der reinweißen, blendenden Schönheit des Ortes überwältigt. Die Säulen waren mit leuchtenden Farben bemalt. Der Boden war aus blankem Stein; an den Wänden hingen golddurchwirkte Behänge. Schließlich wurde Kathryn auf die Gruppe aufmerksam, die am anderen Ende des Raumes vor dem Altar saß. Während der Kammerherr vor ihnen herschritt, senkte Colum den Kopf und flüsterte seiner Begleiterin etwas zu.

»Seine Hoheit, der König, und seine Gemahlin, Lady Elizabeth. Hinter ihm stehen die Brüder Seiner Hoheit; der Rotbraune ist Richard von Gloucester, der andere George von Clarence. Dem König kann man vertrauen, doch laßt die anderen nicht aus den Augen!«

Kathryn schaute durch den Mittelgang nach vorn. In der Luft lag Weihrauchduft, und von den Kerzen auf dem Altar stiegen noch kleine Rauchwölkchen auf. Ein Mönch mit Tonsur in Meßgewand und Stola räumte nach einer späten Morgenmesse die kostbaren Gefäße fort. Kathryn betrachtete die Gestalten, die dort geheimnisvoll miteinander tuschelten: der König, eine strahlende Gestalt in dunkelblauem Satin, das goldblonde Haar von einem silbernen Kranz umgeben. Der riesige Edward überragte mit einer Körpergröße von mehr als sechs Fuß alle Krieger seiner Zeit, und Gerüchten zufolge war er Frauen nicht ungefährlich. Seine Gemahlin, Elizabeth Woodville, mit wunderschönen silberweißen Haaren, sah aus wie eine Schneekönigin. Ihre Gesichtszüge hätte man als auffallend hübsch bezeichnen können, wenn da nicht dieser Ausdruck von Hochmut gewesen wäre. Die beiden Prinzen waren, wie Colum sie beschrieben hatte – entschlossene, aber gefährliche Krieger. Mit den rotbraunen Haaren, dem bleichen, verkniffenen Gesicht und den grünen Augen erinnerte Richard von Gloucester Kathryn an eine Katze, die ihr Vater einmal besessen hatte. Gloucester wandte sich zur Seite und flüsterte Clarence etwas zu, woraufhin dieser aufblickte. Ein gutaussehender Mann, dachte Kathryn – zu hübsch, beinahe feminin mit den goldblonden Locken und dem Schmollmund. Der Kammerherr wartete, bis der König ihm seine Aufmerksamkeit schenkte, sank auf ein Knie und raunte ihm etwas zu, mit dem Kopf auf Kathryn und Colum deutend. Edward erhob sich schwerfällig, rückte seine Krone gerade, blinzelte Kathryn schelmisch zu und bedeutete ihnen näherzutreten.

Kathryn und Colum leisteten seiner Aufforderung Folge und beugten vor dem König das Knie. Er ließ sie in dieser Haltung verweilen. Mit einem Blick über die Schulter vergewisserte er sich, daß Kammerherr und Kaplan die Kapelle verlassen hatten, und bedeutete Gloucester, nachzusehen, ob alle Türen geschlossen waren. Kathryn holte tief Luft. Sie wünschte, man hätte Thomasina erlaubt, sie zu begleiten, doch Colum hatte nicht nachgeben wollen: Nur die persönlich geladenen Gäste traten vor den König, und Thomasina war in der Botschaft nicht namentlich genannt worden.

»Erhebt Euch, Colum.«

Der König hatte eine volle, wohlklingende Stimme. Er warf

seinen hermelinbesetzten Umhang ab, kam zu ihnen herab und bot seine große Hand zum Gruße.

»Mistress Swinbrooke, ich bin hoch erfreut, Eure Bekanntschaft zu machen.«

Kathryn blickte in das breite, gebräunte und hübsche Gesicht. Edward war eine durch und durch königliche Erscheinung – leichte Hakennase, ein säuberlich gestutzter, goldblonder Schnurrbart und Bart; in den freundlichen dunkelblauen Augen saß der Schalk. Kathryn kamen Colums Worte in den Sinn – Edward besäße die Gabe, selbst dem ärmsten seiner Untertanen ein entspanntes Gefühl zu vermitteln.

»Mistress Kathryn, es freut mich außerordentlich, Euch kennenzulernen«, wiederholte der König. Kathryn errötete und stammelte ein paar Worte des Dankes.

Der König legte seine Hand auf Kathryns.

»Ihr habt recht, Colum.« Er ließ Kathryns Hand los und wandte sich dem Iren zu, dem er auf die Schulter klopfte. »Eine schöne und kluge Frau, eine Perle, wie man sie nicht allzuoft findet.«

Edward zwinkerte seiner Königin schelmisch zu, die sich ein kurzes Lächeln abrang, ehe sie Kathryn anblitzte. Gloucester trat hinter dem Thron hervor. Clarence folgte ihm. Sie schüttelten Colum die Hand und verbeugten sich höflich vor Kathryn, um ihr einen Handkuß zu geben. Wölfe im Schafspelz, dachte Kathryn. Gloucester erweckte trotz des schiefen Lächelns noch einen freundlichen Eindruck, doch Clarence mit seinem arroganten, höhnischen Blick und dem stutzerhaften Getue mochte Kathryn vom ersten Augenblick an nicht leiden. Sie spürte, daß er sich über sie lustig machte, und so ließ sie ihr aufgesetztes Lächeln absichtlich verschwinden. Über Clarence' Schulter hinweg erhaschte sie Edwards Blick; auch er starrte verdrießlich auf seinen Bruder.

»Clarence ist ein Verräter«, hatte Colum ihr auf dem Weg nach London gesagt. »Er kämpfte für Warwick und das Haus Lancaster. Kurz vor Barnet erst schlug er sich wieder auf die Seite der Yorkisten. Eines Tages wird Bruder George zu spät reagieren, dann wird der König seinen Kopf haben.«

Kathryn warf einen schnellen Blick in die Runde dieser vier

mächtigen Menschen, die das Königreich in Händen hielten. Sie versuchte, ihr Unbehagen zu verbergen, als sie bemerkte, wie still es in der Kapelle geworden war. Der König neigte sich nach vorn, stampfte mit einem weichen, juwelenbesetzten Schnürstiefel auf den Boden und zeigte auf Colum.

»Nun, Ire, wie steht's mit meinen Ställen in Kingsmead?«

»Das Herrenhaus wird gerade wieder aufgebaut, Euer Gnaden, die Pferdekoppeln werden hergerichtet, und zumindest die Ställe sind bereit für Eure Pferde.«

Der König trommelte mit den Fingern auf die Armlehne seines Stuhls. »Und Canterbury selbst?«

»Äußerst loyal, Euer Gnaden.«

Edward schmunzelte und fragte mit einem Seitenblick: »Und was macht der Rebell, dieser Nicholas Faunte?«

Colum trat unbehaglich von einem Fuß auf den anderen. Er war nicht nur Rittmeister in den königlichen Ställen in Kingsmead, sondern auch Sonderbeauftragter in Canterbury. Die Stadt hatte Warwick und das Haus Lancaster im gerade beendeten Bürgerkrieg unter ihrem Bürgermeister, Nicholas Faunte, unterstützt, der jetzt als Verräter auf der Flucht war. Colum kannte seinen königlichen Herrn. Wenn Edward einmal zu der Überzeugung gelangt war, daß ein Mann den Tod verdient hatte, würde er unweigerlich, ob Prinz oder Bettler, auf dem Schafott landen; Edward hatte es nicht vergessen, daß Fauntes Unterstützung der Lancastertreuen ihn beinahe die Herrschaft über die wichtigen Straßen nach Dover gekostet hätte.

»Also habt Ihr ihn noch nicht festgenommen?« Clarence hob die Stimme und kam um den Thron, die Daumen im hübsch bestickten Gürtel.

»Nein, ich habe ihn nicht festgenommen«, erwiderte Colum, der den Blick fest auf den König gerichtet hielt, »weil ich mit anderen Dingen beschäftigt war, Herr. Wie Euer Gnaden wissen, ist Verrat ein Unkraut mit sehr tiefen Wurzeln.«

Clarence hatte die Anspielung verstanden und lief rot an. Gloucester neigte den Kopf, um sein ironisches Lächeln zu verbergen, doch der König blickte Colum unverwandt an.

»Faunte entgeht uns nicht«, erwiderte Edward langsam.

»Master Murtagh hat noch anderes im Sinn.« Er warf einen schnellen Seitenblick auf Kathryn. »Und Ihr, Mistress Swinbrooke, Ihr habt Euch diesen Iren ins Haus geholt?«

»Ich habe ihn vorübergehend bei mir einquartiert, Euer Gnaden«, entgegnete Kathryn heftig. »Ich bin eine ehrbare Witwe. Mein Vater war Arzt in Canterbury.«

»Und was ist mit Eurem verstorbenen Gatten?«

Kathryn wurde zusehends verlegen. Sie senkte den Kopf.

»Euer Gatte«, wiederholte der König eindringlich und beugte sich vor, »der Gewürzhändler Alexander Wyville, der sich meines Wissens Master Fauntes Truppen angeschlossen hat.«

»Er war nicht der einzige, der den Lancastertreuen folgte«, warf Colum ungewohnt energisch ein. »Euer Gnaden, das Verbrechen kann man nicht Mistress Swinbrooke anlasten!«

»Das haben Wir auch nicht behauptet«, mischte sich die Königin mit leiser, taubengleich gurrender Stimme ein.

»Mein Gatte«, sagte Kathryn trotzig, »folgte seinem Herzen.«

»Ist er denn nun tot?« fragte Clarence.

Kathryn zuckte mit den Schultern. »Für mich ist er gestorben, Herr. Doch Gott allein weiß, ob er lebt oder nicht.« Kathryn ließ alle Vorsicht außer acht. Sie konnte kaum glauben, daß man sie hierher bestellt hatte, um sie über ihr Privatleben zu verhören. »Alexander Wyville mag bei Faunte sein«, fügte sie hinzu. »Kann sein, daß er in Frankreich ist. Vielleicht ist er im Himmel oder in der Hölle. Es ist sogar denkbar, Euer Gnaden, daß er sich in Eurem Hofstaat oder in Eurer Stadt aufhält. Es gibt schließlich viele, die das Haus Lancaster unterstützt haben, wie Master Murtagh bereits gesagt hat, die heute friedlich auf Seidenkissen schlafen.«

Colum stieß Kathryn sacht mit dem Ellenbogen in die Seite, um sie zur Vorsicht zu gemahnen. Der König funkelte sie an, klatschte dann plötzlich in die Hände, warf sich zurück und lachte über die Schulter hinweg seinen Bruder Richard an.

»Ich habe die Wette gewonnen!« verkündete er lauthals. Er lächelte Kathryn an. »Als Wir Euch dort hinten in der Kapelle zum ersten Mal sahen, habe ich mit meinem Bruder gewettet, daß eine kluge Frau nicht schweigt.«

»Ich bin jederzeit bereit, die Wahrheit zu sagen«, gab Kathryn schnippisch zurück, verärgert darüber, daß ihr Erscheinen Anlaß für eine Wette gewesen war.

Edwards Gesicht verzog sich zu einem breiten Grinsen. Selbst die Königin entspannte sich ein wenig. Richard biß sich auf die Unterlippe und drohte Colum scherzhaft mit erhobenem Zeigefinger. Nur Clarence warf dem Iren finstere Blicke zu. Erneut klatschte Edward in die Hände.

»Genug! Genug! Master Murtagh, ist sonst alles in Ordnung?«

»Ja, danke ergebenst, Euer Gnaden.«

»Dann wollen wir zum Geschäftlichen übergehen.«

Der König nahm den Silberstreif vom Kopf, setzte sich seitwärts auf seinen Stuhl und schlug die mächtigen Beine übereinander. Spielerisch drehte er einen Diamantring am Finger.

»Master Murtagh, erinnert Ihr Euch an Barnet?«

»Ja. Euer Gnaden, es war eine blutige Schlacht.«

»Nein, das meine ich nicht«, sagte der König mit abwehrender Geste. »Erinnert Ihr Euch an den Zeitpunkt vor der Schlacht, als Ihr Warwick meine Herausforderung überbrachtet? Ihr sagtet, der Graf hätte ein goldenes Amulett mit einem wunderschönen Saphir getragen.«

»Ja, Euer Gnaden. Ich sah es damals so deutlich vor mir wie Euch in diesem Augenblick.«

»Und nach der Schlacht«, fuhr Edward fort, »als Ihr zurückgekehrt seid, um nachzuprüfen, ob Warwick verschont worden war?«

»Da war das Amulett verschwunden.«

»Seid Ihr dessen ganz sicher?« Clarence schnurrte wie eine Katze. Er hatte eine Hand auf die Rückenlehne des thronähnlichen Stuhls gelegt, auf dem der König saß.

Colum verstand die versteckte Anschuldigung und zog verächtlich die Mundwinkel nach unten.

»Nimm die Hand von meinem Stuhl, Bruder«, sagte Edward sanft. »Wäre das Amulett dort gewesen, hätte Colum es gehabt.«

Nach diesem scharfen Verweis trat Clarence einen Schritt zurück. Kathryn fragte sich, warum dieses Amulett so wertvoll war. Clarence' Interesse daran war offensichtlich. Die Königin hatte sich nach vorn gebeugt, die Hände im Schoß verschränkt, und hörte aufmerksam zu. Gloucester stand breitbeinig da, eine Schulter leicht angehoben, die Augen schmal wie Schlitze, den Körper bis aufs äußerste angespannt.

»Ich will dieses Amulett haben«, fuhr Edward fort. »Und Ihr, Master Murtagh, sollt es für mich finden. Das seid Ihr mir und meinem Vater schuldig.«

Edward blickte Colum unverwandt an und erinnerte den Iren stillschweigend daran, daß der Vater des Königs, Richard von York, zu der Zeit, als er Vizekönig von Irland war, Colum und andere Rebellen festgenommen hatte. Er hatte Murtagh begnadigt, da er noch ein Junge war. Er hatte ihn in seinen Hofstaat aufgenommen, ihn als Knappen ausgebildet und seine besondere Begabung im Umgang mit Pferden gefördert.

»Der Herr sei der Seele Eures Vaters gnädig«, sagte Colum.

»Ja, der Herr schenke ihm ewigen Frieden«, erwiderte Edward und warf einen Blick durch das Mittelschiff, als versuchte er, den Geist seines Vaters zu rufen. »Ihr wißt, wie er starb, Colum, in einem Hinterhalt in der verschneiten Wildnis bei Wakefield. Die Lancastertreuen nahmen ihn und meinen älteren Bruder Edmund gefangen, der jetzt eigentlich auf diesem Thron sitzen sollte. Sie haben die beiden enthauptet. Sie haben die abgetrennten Köpfe mit Papierkronen geschmückt und über Micklegate Bar in York auf Pfähle gespießt – in seiner eigenen Stadt! Die Bürger sollten darüber lachen und die Krähen sich satt essen!« Edward preßte eine geballte Faust vor den Mund; er biß auf einen der weiß hervortretenden Knöchel und blinzelte, als wollte er die Geister verscheuchen. »Ach ja, alle sind fort«, flüsterte Edward. »Und jene, die es verbrochen haben, sind ebenso gewaltsam ins Jenseits befördert worden, wie sie es meinem Vater angetan haben. Erinnert Ihr Euch daran, Colum?«

»Ja, Euer Gnaden, wie könnte ich das je vergessen? Ich wurde in derselben Schlacht gefangengenommen. Man schonte mein Leben nur, weil ich ein Bürgerlicher war.«

»Genug! Genug!« Edward richtete sich in seinem Stuhl auf.

»Colum, mein Vater brachte aus Irland ein wunderschönes Amulett aus reinem Gold mit, in dessen Mitte ein Saphir eingelegt war, der so stark leuchtete, daß man ihn das *Auge Gottes* nannte. Mein Vater hat es stets bei sich gehabt. Er trug es nur selten offen zur Schau, denn bei seinem Anblick zuckte es jedem in den Fingern. Selbst der ehrlichste Mann wäre auf krumme Gedanken gekommen. Nun, wie Ihr wißt, war Richard Noville, Graf von Warwick, in jenen Tagen ein enger Freund und Verbündeter meines Vaters. Das waren noch goldene Zeiten, Colum, ehe Warwick umschwenkte.« Der König lächelte freudlos. »Wie heißt es doch, ›Unkraut riecht lieblicher als Lilien, die verfaulen‹. Nun, vor der Schlacht bei Wakefield«, fuhr Edward fort und fuhr sich mit der Zunge über die Lippen, »haben sich mein Vater und Graf von Warwick die heiligsten Eide geschworen. Mein Vater schenkte Warwick das Amulett als Unterpfand der Freundschaft. Warwick seinerseits schwor, daß er das Amulett den rechtmäßigen Anwärtern auf die Krone, das heißt, meinem Vater oder seinen Nachfolgern, zurückgäbe, wenn er, Warwick, sich jemals gegen das Haus York kehren sollte.«

»Nun ist es verschwunden«, sagte Gloucester und beugte sich vor. In den harten, grünen Augen blitzte seine Wut. »Zunächst dachten Seine Hoheit und ich, es sei vielleicht während der Schlacht entwendet worden, von einem unbedeutenden Soldaten oder einem Lagerdieb stibitzt.« Gloucester schüttelte den Kopf. »Doch Wir haben überall gesucht. Haben Beobachter und Spione auf die Märkte geschickt. Haben selbst Gesandte an ausländischen Höfen zur Wachsamkeit angehalten, doch das *Auge Gottes* ist nicht aufgetaucht.«

Er sah seinen Bruder an, der ihn durch Kopfnicken ermunterte, fortzufahren.

»Wir haben alle möglichen Leute gefragt. Wir wissen, daß Warwick das Amulett während der Schlacht getragen hat, auch noch, als seine Truppen sich auflösten und flohen. Dennoch war das *Auge Gottes* zu dem Zeitpunkt, als er niedergemetzelt wurde, nicht mehr da. Der langen Rede kurzer Sinn, Master Murtagh« – Gloucester streckte die Hände –, »die Lösung liegt auf der Hand: Warwick muß das Amulett jemandem anvertraut haben.« Gloucester hielt inne und blickte zu den Stichbalken des Daches empor.

Kathryn beobachtete Gloucester genau. Der Prinz war von kleinem Wuchs, strahlte jedoch eine Kraft aus, eine finstere Entschlossenheit, die nicht einmal der König besaß. Gloucesters Augen waren gerötet, und er spielte fortwährend mit einem Ring am Finger oder mit dem Griff seines kleinen Dolches. Ein hitziger, leicht erregbarer Mann, schloß Kathryn aus ihren Beobachtungen, zu Gereiztheit und Ungeduld neigend, aber dennoch gefährlich mit seinem scharfgeschnittenen, schlauen Gesicht und den flinken grünen Augen. Sie hielt den Prinzen für leicht mißgestaltet, ein wenig bucklig. Vielleicht lag es jedoch auch an seiner Art, sich zu bewegen – kurz und abrupt, wenn er redete, um dann wieder, reglos wie eine Statue, in langes Schweigen zu versinken. Er hob den Kopf und begegnete Kathryns Blick.

»Das Haus York«, flüsterte er, »der König und ich wollen das *Auge Gottes* zurück.« Er tippte mit der Stiefelspitze auf den Marmorboden. »Brandon hat es«, erklärte er.

Colum sah ihn fragend an.

»Brandon«, wiederholte der König, stand auf und streckte sich, bis die Gelenke knackten. Leise einen Fuß vor den anderen setzend, tappte er die Treppenstufen hinab und trommelte mit den Fingern auf den Brokatstoff, der sich über seinen Bauch spannte. »Brandon war einer von Warwicks persönlichen Knappen. Er floh von Barnet, konnte jedoch später bei Canterbury gefaßt werden. Wie auch andere aus Warwicks Armee, steckte man ihn in den nächstbesten Kerker, der in seinem Fall in der Burg von Canterbury war. Nun« – der König begann, vor ihnen auf und ab zu gehen, was Kathryn an einen Schulmeister erinnerte, der eine wichtige Lektion erteilte –, »zunächst maß man Brandon als einem unter vielen Gefangenen nur geringe Bedeutung bei. Unter normalen Umständen hätte er monatelang warten müssen, um dann entlassen zu werden. Mein Bruder Gloucester indes erfuhr, daß Brandon wahrscheinlich der letzte war, der Warwick lebend gesehen hatte. Wenn er das Amulett nicht selbst hätte, wüßte er zumindest, wo es sich befindet.« Der König lachte kurz auf. »Nun hat es aber Fortuna gefallen, ihrem launischen Rad eine andere Wendung zu geben. Wir haben Nachforschungen in der Burg von Canterbury angestellt und erfahren, daß Brandon an Kerkerfieber gestorben ist, eingegangen in die ewige Finsternis, und das Geheimnis des Amuletts mit sich genommen hat.« Der König sah seinen jüngeren Bruder an. »Aber das glauben Wir nicht, nicht wahr, Richard?«

Gloucester schüttelte den Kopf, den Blick fest auf die Augen seines Bruders gerichtet. Der König trat zu Colum und klopfte ihm auf die Brust.

»Nun wißt Ihr, warum Wir Euch brauchen, Colum. Ihr müßt zur Burg von Canterbury gehen und die näheren Umstände von Brandons recht mysteriösem Tod aufklären.«

»Mysteriös, Euer Gnaden?«

»Ja, denn warum sollte ein stämmiger junger Mann von ausgezeichneter Gesundheit so schnell sterben?«

»Habt Ihr jemanden aus der Burg in Verdacht, Euer Gnaden?«

»Oh nein, nicht unbedingt. Doch Brandon hat vielleicht etwas ausgeplaudert. Er muß etwas über den Verbleib des *Auges Gottes* verraten haben.«

Colum warf einen Blick auf Kathryn.

»Oh, ich weiß, woran Ihr denkt«, fuhr der König fort. »Es könnte sein, daß Brandon den Anhänger bei sich hatte, als er gefaßt wurde.«

»Wer hat ihn festgenommen, Euer Gnaden?«

»Robard Fletcher, stellvertretender Festungskommandant der Burg, ein eingefleischter Königstreuer, ein Soldat der alten Schule. Er stand vor Unserem Oberhofgericht und hat auf Unsere heiligen Reliquien geschworen, daß Brandon nichts bei sich trug.«

»Und der Festungskommandant selbst, William Webster?« fragte Colum.

»Er weiß von nichts, ebenso wie unser gemeinsamer Freund, Waffenmeister Gabele.«

Colum verdrehte die Augen, und der König lachte leise.

»Oh ja, Colum, unser alter Freund Simon mit seiner Tochter, dieser rabenschwarzen Schönheit Margotta.«

Der König ging zu seinem Stuhl zurück, setzte sich und blickte zur Decke empor.

»Ich will das Amulett wiederhaben«, murmelte er. »Es gehört dem Hause York.« Sein Blick glitt zu Kathryn hinüber. »Mistress Swinbrooke, habt Ihr Fragen?«

Kathryn hätte gern nach Margotta gefragt, doch das war hier wohl eher unpassend.

»Euer Gnaden«, sagte sie leise. »Ich glaube, Ihr kennt meine Frage.«

Der König beugte sich vor. »Ja, laßt mich raten. Was veranlaßt Seine Hoheit, den König, die Königin und die Prinzen vom selben Blut ausgerechnet die Dienste von Mistress Swinbrooke, daselbst Heilerin und Baderin und möglicherweise Witwe von Alexander Wyville, einem Lancastertreuen, in Anspruch zu nehmen?« Der König hielt inne. »Nun, ich will es Euch sagen, meine Schöne, und daher spart Euch das Erröten.« Edwards Stimme wurde hart, als er nun die Punkte an seinen dicken Wurstfingern aufzählte. »Erstens haben Bourchier, der Erzbischof von Canterbury, und sein omnipräsenter kleiner Schreiber, Simon Luberon, Uns geschworen, daß Ihr ehrlich seid, ebenso wie mein Beauftragter hier, Colum Murtagh. Zweitens habt Ihr der Krone und der Kirche einen großen Dienst erwiesen, als Ihr den Giftmörder dingfest machtet, der die Pilger zum Grab des Heiligen Becket tötete. Drittens benötigen Wir Auskünfte über Brandons Tod. Ihr könnt Eure Fähigkeiten nach Belieben einsetzen.« Der König spreizte die Finger. »Was soll ich noch sagen? Bringt mir das *Auge Gottes* zurück, Colum. Legt es mir in die Hände, und ich werde es Euch nie vergessen.«

Der König wandte sich um und flüsterte seiner Gemahlin etwas zu. Für Colum war es ein Zeichen, daß sie entlassen waren. Sie verbeugten sich und gingen durch das kleine Mittelschiff zur Tür. Für Kathryn würde diese Szene unvergeßlich sein wie ein königliches Gemälde. Edward in Seide, gutmütig und entgegenkommend, die blauen Augen indes kalt und bedrohlich. Elizabeth, die eisige Schneekönigin. Gloucester, angespannt wie ein Windhund in der Koppel. Und schließlich Clarence – warum sah er so unterwürfig aus? Kathryn drückte Colums Hand.

»Habt Ihr ihnen gesagt«, neckte sie ihn, »ich sei schön und klug?«

Colum wurde rot.

»Und habt Ihr alles andere geglaubt?« flüsterte sie.

»Dann könnte ich ebensogut glauben, daß Schweine fliegen!« erwiderte er.

»In diesem Falle«, gab sie leise zurück, »werden wir in den Bäumen um Canterbury Schweinefleisch hängen sehen!«

Zwei

Als sie die Kapelle verließen, trafen sie auf eine keifende Thomasina. Sie hatte die Zeit, die sie beim König waren, damit verbracht, ihr loses Mundwerk an den Wachen auszulassen. Die beiden Männer mußten hinter dem breiten Nasenschutz ihres Helms breit grinsen.

»Leb wohl, süße Thomasina!« rief einer von ihnen.

Noch ehe sie die Treppe hinabstiegen, blieb Thomasina stehen und drehte sich um.

»›Süße Thomasina‹!« äffte sie den Wachmann nach. »Am liebsten würde ich euch beide Kerle packen und euch das Leben ausquetschen!«

Das Lachen der Soldaten klang noch in ihren Ohren, als sie ihrer Herrin und Colum die Treppe hinab folgte und hinter ihnen die Grünfläche im Innenhof betrat. Nun wandte sie ihre volle Aufmerksamkeit Kathryn zu und überhäufte sie mit Fragen.

»Wie sah der König aus, Herrin? Ist er wirklich so groß, wie man sagt? Ist er hübsch? Hat er stämmige Beine? Alle Männer, die gut im Bett sind, haben stämmige Beine. Und die Königin? Ist sie denn so schön? Und was haben sie gesagt? Steckt der Ire in Schwierigkeiten?« Mit dieser hoffnungsvollen Frage beendete Thomasina ihren Redeschwall.

Colum und Kathryn gingen einfach weiter.

»Und warum hat man mich nicht reingelassen?« fragte Thomasina. »Warum will der König keine ordentliche Engländerin sehen, wenn er schon so eine Vorliebe für arschgesichtige Iren an den Tag legt?«

Colum blieb stehen, drehte sich um und sah Thomasina mit ernster Miene an.

»Wie sagt doch der Schreiber bei Chaucer so schön: ›O Blume weiblicher Geduld‹, halt deine Zunge im Zaum!«

»Wollte ich Eure halten, brauchte ich einen Korb«, keifte Thomasina zurück. »Mein Vater hat immer gesagt: ›Traue bloß keinem Iren: Sie haben messerscharfe Zungen und sind des Teufels Winkeladvokaten‹!«

Colum schmunzelte. »›Sie war eine werte Dame, ihr Leben lang‹«, zitierte er erneut aus Chaucer. »›Ganze fünf Gatten schleppt sie zur Kirchenbank‹.«

»Drei waren es!« schimpfte Thomasina und schob sich keuchend neben Kathryn, die ihren eigenen Gedanken nachhing und versuchte, das übliche Geplänkel zwischen Colum und ihrer alten Amme zu überhören.

Kathryn wollte sich gerade einmischen, als sie hörte, wie jemand sie und Colum beim Namen rief. Sie drehten sich um und gewahrten Gloucester, einen mit Federn geschmückten Hut auf dem Kopf, der quer über den Rasen auf sie zueilte.

»Nicht so eilig, Ire!« Gloucester nahm den Hut ab und versuchte, zu Atem zu kommen. »Seine Hoheit, mein Bruder, ist sehr zufrieden mit Euch.« Er betrachtete Kathryn und Colum aus verschlagenen, grünen Augen. »Habt Ihr alles geglaubt?« flüsterte er.

»Der König hat die Wahrheit gesagt«, antwortete Kathryn.

»Aber ...?« wollte Gloucester wissen.

»Die Wahrheit ist ein dehnbarer Begriff«, erwiderte Kathryn. »Steckt noch mehr dahinter, Herr?«

»Ja«, sagte Gloucester seufzend. »Doch wenn das Auge Gottes erst wieder in unseren Besitz gelangt, betrifft die Sache nur noch uns. Doch kommt, ich werde Euch noch ein wenig mehr erzählen.«

Er forderte sie mit einer Handbewegung auf, ihm zu folgen, und eilte voraus. Er führte sie quer über den Hof des Towers durch eine Hinterpforte in die schmalen Gassen von Petty Wales. Kathryn sah Colum fragend an, doch der Ire schüttelte nur den Kopf, hob unauffällig einen Finger an die Lippen und deutete mit dem Kopf nach hinten. Kathryn wandte sich um. Beim Anblick der vier verhüllten Gestalten, die mit tief ins Gesicht gezogenen Kapuzen hinter ihnen her schlichen, hätte sie beinahe laut aufgeschrien.

»Gloucesters Hunde«, flüsterte Colum. »Sie folgen ihm auf Schritt und Tritt. Er traut niemandem über den Weg.«

Sie kamen durch Poor Jewry, wo die Farbe von den schäbigen Häuserwänden abbröckelte und Unrat sich in den Straßen häufte. Sie überquerten die Mark Lane, vorbei an Dunstan-in-the-East, bis Gloucester schließlich vor einem großen, vierstöckigen Fachwerkhaus stehenblieb. Holz und Putzflächen waren mit glänzender schwarzer Farbschicht überzogen, die Fensterscheiben getönt, so daß man hinaus, aber nicht hineinschauen konnte. Die riesige Eingangstür aus massiver Eiche war mit Eisenbändern und Metallzapfen verstärkt. Gloucester legte die Hand auf den eisernen Türschnäpper, der die Form eines Fehdehandschuhs hatte, und hielt eine Weile inne.

»Seid Ihr schon einmal hier gewesen?« fragte er Colum.

Der Ire schüttelte den Kopf.

»Dann heiße ich Euch im Haus des Verborgenen Wissens willkommen.« Gloucester hob den Fehdehandschuh und klopfte dreimal.

Im oberen Teil der Tür wurde ein kleines Gitterfenster geöffnet.

»Parole?« fragte eine tiefe Stimme.

»Beim Antlitz der strahlenden Sonne«, erwiderte Gloucester.

Bolzen wurden zurückgeschoben, und die Tür schwang auf. Sie betraten einen dunklen Durchgang. Er wurde nur von wenigen Kerzen an den Wänden erhellt, die der Finsternis einen unheimlichen Schimmer verliehen. Der Korridor roch frisch, der Boden glänzte, die Wände waren mit dunklem Holzpaneel verkleidet. Kathryn schauderte; Soldaten, wie Mönche gekleidet, standen entlang des Korridors in kleinen Nischen Wache. Sie wären ihr nicht einmal aufgefallen, wenn ihre gezückten Schwerter nicht das Kerzenlicht reflektiert hätten. Gloucester ging vor ihnen her, und die schattengleiche Gestalt, die sie hereingelassen hatte, folgte ihnen lautlos wie ein Gespenst. Sie durchquerten eine kleine Eingangshalle, deren Wände mit rotgoldenen Behängen drapiert waren. Das flackernde Licht der Kerzen warf unstete Lichtkreise auf die hohe, ausladende Treppe, die über ihnen in der Dunkelheit verschwand.

»Wo sind wir hier?« flüsterte Kathryn. Ihre Worte hallten an diesem düsteren Ort wie eine Glocke wider.

Colum fuhr mit der Hand an den Dolch. Die sonst so schwatzhafte Thomasina blickte wie ein ängstliches Mädchen um sich. Gloucester mußte Kathryns Frage gehört haben. Er kam zurück, die fahlen Gesichtszüge erschienen im tanzenden Kerzenschein noch unheimlicher.

»Wir sind im Haus des Verborgenen Wissens«, flüsterte er. »Die königlichen Beamten arbeiten hier in verschiedenen Kanzleien. Jeder Raum ist eine Kanzlei für sich. Da gibt es eine für das Papsttum, jeweils eine für die Niederlande, das Empire, Frankreich, Burgund, die Königreiche Kastilien und Aragon. Die Beamten sammeln Informationen und durchforsten Hofklatsch und Gerüchte von Kaufleuten. Wir haben Feinde, Mistress Kathryn, im Inland wie im Ausland, und sie müssen ausgerottet werden!« In seine Augen trat fanatischer Glanz. »Franz, der Herzog der Bretagne, läßt zu, daß Heinrich Tudor, der Graf von Oxford und andere Rebellen des Hauses Lancaster an seinem Hofe herrlich und in Freuden leben. Andere wiederum, die sich in der Nähe unseres Königs aufhalten, spielen ein doppeltes Spiel. Es ist meine Verpflichtung, Mistress, das Unkraut auszurupfen, ohne die Blumen zu beeinträchtigen. Doch folgt mir nun.«

Er führte sie die große Treppe hinauf auf die zweite Galerie und klopfte sacht an eine Tür. Ein Beamter mit fröhlicher Miene, einen Federkiel hinter dem Ohr, öffnete ihnen, verbeugte sich und bat sie hinein.

Kathryn schaute sich in dem Raum um. Es herrschte geschäftiges Treiben. An den makellos weißen Wänden standen hohe Pulte und Hocker, auf denen emsig schreibende Beamte saßen, die mit ihren Federkielen über frisches Pergament kratzten. An jedem Pult waren zwei große Kerzen mit Eisenklammern befestigt, und der große Tisch in der Mitte des Raumes war übersät mit Pergamentrollen.

»Das ist die Kanzlei für England«, erklärte Gloucester ihnen. »Oder zumindest für die Grafschaften südlich des Trent.« Er schob ihnen einen kleinen Hocker hin. »Darf ich bitten, Mistress, nehmt Platz.«

Kathryn, wohl wissend, daß Colum und Thomasina hinter ihr standen, setzte sich beherzt hin. Gloucester lehnte sich neben sie an den Tisch. Er lächelte sie liebevoll besorgt an wie ein älterer Bruder. Sachte fuhr er ihr über die Wange. Seine Finger waren eiskalt, doch Kathryn ließ sich nichts anmerken.

»Ihr seid Alexander Wyvilles Witwe«, begann Gloucester mit seinen Ausführungen. »Eines jungen Mannes aus der Gemeinde St. Mildred. Von Beruf Apotheker, der sein Schicksal mit dem Hause Lancaster verband. Wahrscheinlich hat er Canterbury zusammen mit dem rebellischen Bürgermeister Nicholas Faunte im Frühjahr 1471 verlassen. Ist das richtig?«

Kathryn nickte.

»Ist das richtig?« wiederholte er.

»Wir wissen es nicht«, gestand sie zögernd. »Alexander« – sie hielt kurz inne –, »Alexander wurde brutal, wenn er betrunken war.« Kathryn senkte den Kopf und zupfte an einem Faden am Saum ihres Mantels. »Einem Gerücht zufolge«, fuhr sie mit klangloser Stimme fort, »hat er möglicherweise Selbstmord begangen und sich in den Stour gestürzt. Sein Mantel wurde am Ufer gefunden, aber ...« Kathryns Stimme versagte.

»Aber Ihr wißt nicht, ob er noch am Leben ist oder nicht?« fuhr Gloucester fort.

Kathryn nickte und spürte die Anwesenheit der eifrig schreibenden Beamten ringsum. Sie wagte nicht, auch nur einem Menschen die Wahrheit zu sagen. Alexander war ein Trunkenbold, der seine Frau schlug, und Vater hatte ihr auf seinem Sterbebett gestanden, sein entarteter Schwiegersohn habe ihn mit Abscheu erfüllt, und er habe versucht, ihn zu vergiften. Nach seinem Tode war es Kathryn überlassen, sich der Ungewißheit, ob Alexander geflohen oder vergiftet worden war, oder ob er wirklich Selbstmord begangen hatte, zu stellen. Bis heute hatte man keine Leiche gefunden, und Kathryn hatte über den wahren Verbleib Alexanders nichts gehört.

»Mistress Swinbrooke hat recht.« Colum sprach leise. »Wyville kann tot sein oder sich versteckt halten.«

»Stimmt es denn, Mistress«, fragte Gloucester, ohne Colums Einwand zu beachten, »stimmt es, daß jemand Euch des Mordes an ihm bezichtigt und Euch Erpresserbriefe in dieser Angelegenheit geschickt hat?«

Kathryn erstarrte. Gewiß, sie hatte solche Briefe erhalten, die jedoch ebenso geheimnisvoll wieder eingestellt worden waren, und sie hatte die Sache auf sich beruhen lassen. Zuweilen fragte sich Kathryn, ob Colum oder Thomasina mehr wußten, als sie ihr sagten. Sie warf einen Blick über die Schulter hinter sich, doch die Miene ihrer Amme war wie versteinert. Thomasina hatte sich inzwischen von dem Schock, den sie beim Eintritt in das Haus des Verborgenen Wissens erfahren hatte, erholt; sie blickte jetzt mit dem Instinkt der Beschützerin auf ihre Herrin und gelobte sich, was wirklich selten bei ihr vorkam, ihre Zunge im Zaum zu halten, auch wenn sie die volle Wahrheit kannte. Alexander Wyville war unter der Tünche höfischer Etikette und guter Manieren ein entartetes Stück Dreck gewesen. Dieser Trunkenbold und Frauenschänder hatte das Gift, das der Arzt Swinbrooke ihm verabreicht hatte, erbrochen und war zu seiner früheren Geliebten, der drallen, wollüstigen Witwe Gumple gelaufen, die ihm saubere Kleidung und ein paar Silberlinge überließ, damit er Canterbury verlassen konnte. Oh ja, Thomasina kannte die Wahrheit, doch ihr einziger Wunsch war, daß dieser mächtige, finstere Prinz ihre Herrin in Ruhe ließe.

Gloucester stand auf. »Mistress, ich möchte nicht herumspionieren, sondern Euch helfen. Der König ist Euch für Eure Dienste dankbar, und einer der Gründe, warum ich Euch hergeführt habe« – er lächelte schwach –, »ist, daß ich Euch Neuigkeiten über Euren lange vermißten Gemahl berichten kann.«

Kathryn wurde mit einemmal kalt, und ihr Magen verkrampfte sich.

»Wo ist er?« fragte sie tonlos.

Gloucester schnippte mit den Fingern. »Walter!« rief er dem Beamten zu, der sie eingelassen hatte. »Der Schriftsatz über Alexander Wyville!«

Der Schreiber mit der fröhlichen Miene lächelte und betrachtete, einen Finger an die Lippen gelegt, die Pergamentrollen in den Regalen, die vom Boden bis zur Decke reichten.

»Aha!« Er zog eine kleine Rolle heraus, löste die rote Schnur und reichte sie Gloucester. »Das sind die Meldungen von allen Verrätern, die Faunte gefolgt sind, Herr.«

Gloucester befahl dem Schreiber, ihm eine Kerze zu bringen, und entrollte das Pergament.

»Hier sind ein paar Eintragungen«, murmelte er. »Demnach war Alexander Wyville in Leamington, als Warwick seine Truppen antreten ließ. Er war bei dem Verräter, als sie Hertfordshire in Richtung Barnet durchquerten, doch seither hat man ihn nicht mehr gesehen.«

Kathryn blieb beinahe das Herz stehen. Sie wußte nicht, ob sie lachen oder weinen sollte, doch zumindest der Beweis, daß ihr Vater Alexander nicht getötet hatte, spendete ihr gelinden Trost.

»Herr«, murmelte sie. »Ich danke Euch. Solltet Ihr je mehr erfahren ...«

Wieder zuckte Gloucester so merkwürdig die Schultern. Er lehnte sich an den Tisch zurück und hielt das Pergament auf den Knien.

»Dank sei Eurem guten Freund, Master Murtagh. Er bat mich, in der Sache nachzuforschen.«

Kathryn schluckte ihren Ärger herunter. Der Ire sollte sich um seine eigenen Sachen kümmern, wenn sie auch im Grunde ihres Herzens wußte, daß er es nur gut mit ihr meinte.

»Wenn wir etwas Neues erfahren«, fuhr Gloucester gewandt fort, »lassen wir Euch die Meldungen zukommen. Doch wenn Wyville lebt und zurückkehrt, was dann, Mistress?« Er hob eine Hand. »Wenn ich mir diese kühne Frage erlauben darf?«

»Ich werde Euch genauso antworten wie den vielen anderen vor Euch«, antwortete Kathryn geradeheraus. »Erst nachdem ich Alexander Wyville geheiratet hatte, stellte sich heraus, daß er ein anderer Mann war als der, für den ich ihn gehalten hatte. Vater Cuthbert, Kustos im Spital für Arme Priester in Canterbury und mein Beichtvater, hat gesagt, ich solle, wenn Alexander zurückkehrt, das Kirchengericht anrufen und die Annullierung der Ehe beantragen.« Kathryn holte tief Luft. »Herr, er sagt, daß ich Alexander nicht geheiratet hätte, wäre mir bekannt gewesen, wie er wirklich war. Ich werde vor Gericht jeden Eid schwören, daß das ganz bestimmt der Wahrheit entspricht!«

»So, so«, unterbrach Gloucester sie. »Dann werdet Ihr also

die Heilige Mutter Kirche um ein Urteil bitten, daß Eure Ehe niemals hätte geschlossen werden dürfen und der Bund der Ehe annulliert werden soll?«

Kathryn nickte und zupfte an dem losen Faden ihres Mantels.

»Das sind Dinge, die nur Herz und Gewissen angehen«, murmelte sie. »Herr, mehr kann ich nicht sagen.«

»Gewiß, gewiß.« Gloucester stand abrupt auf. »Doch wer weiß, vielleicht hat Euer Gemahl bei Barnet den Tod gefunden. Viertausend gemeine Krieger kamen dort um und wurden in einem Massengrab beigesetzt. Das ist vielleicht die beste Lösung, wenn er dort umgekommen ist.«

Kathryn verstand den gefährlichen Sinn seiner Worte und gelobte sich im stillen, sich den Iren einmal vorzuknöpfen. Sie wollte nicht, daß ein finsterer Herzog sich zu ihren Gunsten als Meuchelmörder betätigte.

»Wir haben noch andere Dinge zu besprechen«, sagte Gloucester, klopfte Murtagh auf die Schulter und sah Thomasina mit strahlendem Lächeln an. »Und Ihr, Mistress, schaut nicht so streng drein. Ich will Eurer Herrin doch nur helfen.«

Noch ehe Thomasina sich allerdings eine passende Antwort überlegen konnte, hatte Gloucester die drei bereits wieder in den Korridor hinausgeführt. Sie gingen über eine Galerie in einen anderen Raum, der dem, in dem sie sich gerade aufgehalten hatten, zum Verwechseln ähnlich sah. Sobald sie eingetreten waren, griff Gloucester nach Colums Arm.

»Wir wissen so wenig über Brandon«, murmelte er nachdenklich, »geschweige denn über die anderen aus Warwicks Gefolge, die von Barnet flohen. Sie sind wahrscheinlich über alle Berge, obwohl wir die Leiche des Hauptmanns von Warwicks Wache, Reginald Moresby, in einem Straßengraben bei Rochester fanden. Er trug noch die zerlumpte Uniform der Lancastertreuen. Wir erkannten ihn lediglich an einem Siegelring.« Gloucester verzog das Gesicht. »Seine Gesichtszüge waren nicht mehr zu erkennen.«

»Wer hat ihn getötet?« fragte Colum.

Gloucester zuckte die Schultern.

»Kann sein, daß es Wegelagerer waren, Gesetzlose.« Er seufzte. »Hätten wir nur früher herausgefunden, wo Brandon steckte, doch der Krieg, das Chaos …« Er verstummte und ließ den Blick durch den Raum schweifen.

»Kann es sein, daß Moresby den Anhänger bei sich hatte?« fragte Kathryn.

»Das bezweifeln wir. Wenn es so wäre, hätten Räuber bald versucht, ihn zu verkaufen, doch es liegt nicht der leiseste Hinweis auf den Verbleib des Anhängers vor.«

»Natürlich ist Brandon jetzt«, sagte Colum laut, »da Moresby tot ist und die anderen auf der Flucht, der einzige, der uns Auskunft darüber erteilen kann, was wirklich mit dem *Auge Gottes* geschehen ist.«

»Obwohl er unter recht mysteriösen Umständen gestorben ist«, fügte Gloucester mit einem gezwungenen, kalten Lächeln hinzu. »Nun ist es an Euch, die Wahrheit herauszufinden. Wie immer sie aussehen mag.«

Gloucester durchquerte den Raum und wechselte ein paar Worte mit dem Schreiber. Dann trat er wieder zu ihnen und beachtete diesmal weder Kathryn noch Thomasina. Er stand in der für ihn typischen, seitlich geneigten Haltung vor Colum und berührte ein Stück Pergament, die Unterlippe zwischen den ebenmäßigen, weißen Zähnen eingeklemmt.

»Das *Auge Gottes* sollte Euch aus mehr als einem Grund interessieren, Master Murtagh. Ihr und Brandon seid möglicherweise die letzten gewesen, die es gesehen haben. Nun – und das sage ich Euch im Vertrauen –, mein Vater hat das Amulett aus der Saint Patrick-Kathedrale in Dublin entwendet, als er dort Vizekönig war.« Gloucester entging nicht, daß der Ire scharf einatmete. »Oh ja, es wurde viel darüber diskutiert, ob er es nun entwendet hatte oder ob es ihm geschenkt worden war. Wie Ihr vielleicht wißt, Ire, hat dieses Amulett eine lange, wechselvolle Geschichte.« Gloucester strich sich mit dem Finger über das Kinn, daß der Ring aufblitzte. »Der Legende zufolge wurde es aus Gold hergestellt, das einst den Druiden gehört hatte, und das *Auge Gottes* selbst saß ursprünglich in der Krone der alten Könige von Irland.« Gloucester zuckte die Schultern. »Um es kurz zu fassen, Master Murtagh, einige Eurer irischen Landsleute sind hinter dem *Auge Gottes* her! Dieselben Männer, die auf Euren Kopf aus sind!«

»Die Bluthunde von Ulster!« rief Colum.

»Genau die.« Gloucester blickte auf das Pergamentstück. »Und daher gebe ich Euch zwei Informationen. Erstens: Kaufleute in Bristol berichten von einem Iren mit langen roten Haaren und einer schwarzen Augenklappe, der einen der führenden Silberschmiede der Stadt nach einem goldenen Amulett ausgefragt hat. Zweitens: Zwei Wochen später ist derselbe Ire in London. Er hat nicht nur bei den Goldschmieden in Cheapside ähnliche Nachforschungen angestellt, sondern sucht darüber hinaus Wirtshäuser auf, in denen die Schreiber der Kanzlei verkehren. Er fragt sie, ob sie etwas über den Verbleib seines früheren Waffengefährten Colum Murtagh wissen.«

Colum wurde blaß und starrte Gloucester unfreundlich an.

»Kennt Ihr den Mann?« fragte Kathryn besorgt.

»Padraig Fitzroy«, erwiderte Colum langsam. »Vor langer, langer Zeit waren wir kleine Vagabunden, die durch die dunklen Wälder und die grünen Täler um Dublin streunten. Welpen der Bluthunde von Ulster.«

Gloucester warf das Stück Pergament auf den Tisch.

»Ich habe getan, was ich versprochen habe«, sagte er. »Mehr kann ich nicht tun.«

Er führte sie auf die Galerie, die Treppe hinunter, vorbei an den schweigenden Wachen und hinaus auf die Straße, wo er sie einfach stehenließ. Colum, Kathryn und Thomasina hingen eine Zeitlang ihren Gedanken nach und achteten nicht auf das Geschrei und den Lärm der Londoner Händler. Colum schüttelte sich, um die Gedanken zu vertreiben, und ergriff Kathryns Arm.

»Erinnert Ihr Euch an die ›Erzählung des Ablaßpredigers‹?« fragte er wie aus heiterem Himmel.

»Oh nein!« stöhnte Kathryn gereizt. »Colum, wir beide mögen die *Canterbury-Erzählungen,* aber doch nicht jetzt!«

Colum lächelte schwach. »Nein, als Gloucester sprach, fielen mir die drei Zecher ein, die den Tod suchten und ihn in einem

Topf voll Gold fanden. Nur geht es in unserem Fall um ein goldenes Amulett mit einem hübschen, glänzenden Saphir, und es sind mehr als drei, die dafür über Leichen gingen!«

»Finstere Gedanken auf leeren Magen vergrößern den Trübsinn«, grummelte Thomasina vor sich hin.

»Ist das von Chaucer?« fragte Colum.

»Nein, verdammt nochmal, aber es stimmt trotzdem!«

Colum entschuldigte sich lachend bei ihr. Sie folgten der Straße und schritten durch einen Gang auf das goldene Schild eines großräumigen Wirtshauses zu. Im Schankraum drängten sich Händler, Kesselflicker, Hausierer, die noch einen Happen essen wollten, ehe sie ihr Tagesgeschäft wieder aufnahmen. Sie pfiffen eifrig drei einbeinige Männer aus, die einen seltsamen Tanz aufführten, um ein paar Geldstücke zu ergattern, die ihnen die Gäste zuwarfen. Kathryn betrachtete voll Mitleid die Bettler und den kleinen Jungen, der den Tanz auf einer krächzenden Flöte begleitete, während neben ihm eine alte Frau matt auf eine kleine Trommel schlug.

»London ist hart und grausam«, kommentierte Kathryn die Szene.

»Und laut«, erwiderte Colum.

Er packte einen Küchenjungen an der Schulter, stieß auf den Wirt und mietete einen kleinen Raum auf der ersten Etage, in dem Tisch und Schemel standen. Ein Diener brachte ihnen einen Krug gewässerten Weins und eine Rindfleischpastete, das Fleisch noch frisch und nicht zu sehr von Kräutern und Gewürzen überlagert. Eine Zeitlang saßen die drei schweigend beim Essen, bis Colum sein knochenhartes Stück Brot von sich stieß.

»Gloucester ist ein seltsamer Mann«, begann er. »Er mit seinem Haus des Verborgenen Wissens.« Er wischte sich mit dem Handrücken den Mund ab und betrachtete Kathryn, die vorsichtig am Zinnbecher nippte. »Während des Krieges«, fuhr Colum fort, »als Edward von York in die Niederlande fliehen mußte, hielten wir uns einmal im Hafen von Dordrecht auf, wo es ein Haus mit Spiegelsaal gab. Es gehörte einem Glasmacher, der hohe Spiegel zur Belustigung irgendeines wohlhabenden Adligen hergestellt hatte. Allem Anschein nach war dieser Adlige in Geldnöte geraten, und der Glasmacher hatte die Spiegel wieder eingezogen. Er hängte sie bei sich auf und lud Besucher ein, hineinzugehen und sie sich anzusehen. Da ich damals nicht wußte, was ich unternehmen sollte, habe ich mir die Sache angesehen; der Raum war klein, doch die Wände waren über und über mit Spiegeln bedeckt. Und jeder Spiegel zeigte ein Zerrbild der Wirklichkeit.«

Thomasina schnalzte ärgerlich mit der Zunge.

»Was sagt Ihr da, Ire? Warum müßt Ihr in Gleichnissen reden?«

»Schsch, Thomasina«, unterbrach Kathryn sie. »Colum hat recht. Alles, was wir heute morgen erfahren haben, war wie diese Spiegelhalle, verzerrt und verdreht. Habe ich recht, Colum?«

Der Ire funkelte Thomasina wütend an.

»Wir wollen überlegen, was man uns gezeigt hat«, sagte er, schob die Becher beiseite und stützte sich mit beiden Ellbogen auf. »Da war zunächst einmal unsere ehrwürdige Königsfamilie. Edward ist in seine Königin vernarrt, die allerdings seine beiden Brüder haßt – besonders Clarence, der bereits versucht hat, das Haus York zu betrügen. Dann dieser Saphir, das *Auge Gottes*; warum ist er für den König so wertvoll? Und warum gerade jetzt? Drittens die Frage, ob Brandon ihn hatte. Und wenn ja, wo ist er jetzt? Viertens der Besuch Gloucesters im Haus des Verborgenen Wissens; wir wissen, daß Euer Gemahl Canterbury bei bester Gesundheit verlassen hat, aber ist er wie die anderen bei Barnet gefallen?« Colum warf Kathryn ein Lächeln zu. »Zumindest zwei Hirngespinste können wir austreiben: daß Euer Vater Wyville ermordet haben könnte oder daß Alexander Selbstmord begangen hat.« Colum blickte auf die Tischplatte. »Vielleicht wußte schon jemand in Canterbury davon, und darum sind die Erpresserbriefe eingestellt worden. Was meinst du, Thomasina?«

Die Amme verzog keine Miene und schaute ihm offen in die Augen. Sie hatte sich geschworen, niemandem zu sagen, wie sie entdeckt hatte, daß Witwe Gumple die Übeltäterin war. Oder daß sie, Thomasina, diese aufgeblähte Hure mit den schauderhaftesten Warnungen bedroht hatte für den Fall, daß sie noch weitere Briefe schickte.

Colum reagierte auf Thomasinas Schweigen mit Achselzucken.

»Dann haben wir zu guter Letzt noch die Bluthunde von Ulster, die nicht nur meinen Kopf, sondern auch das *Auge Gottes* wollen.«

»Habt Ihr sie verraten?« fragte Kathryn.

Colum rollte den Weinbecher zwischen den Händen.

»Niemals! Als ich gefangengenommen wurde, war ich, na, so etwa fünfzehn, sechzehn Lenze. Ich wurde zum Tode verurteilt und stand bereits auf den Stufen zum Galgen, als York mich begnadigte.« Er stellte den Becher ab. »Außer einem anderen wurden alle gehängt, auch Fitzroys Bruder. Nachdem meine früheren Kameraden erfahren hatten, was geschehen war, zäumten sie das Pferd von hinten auf. Ich wurde zum Verräter abgestempelt, der für die Gefangennahme und Hinrichtung all dieser Männer verantwortlich war.« Ein bitteres Lächeln huschte ihm übers Gesicht. »Und das ist der wunde Punkt. Denn so sieht es aus: Ich kann nicht behaupten, ich sei unschuldig, denn sie würden mir ohnehin nicht glauben. Nur einer außer mir kennt die Wahrheit, John Tuam. Auch er wurde begnadigt, denn er war noch zwei Jahre jünger als ich.«

»Und wo hält er sich jetzt auf?«

»Er ist Laienbruder bei den Dominikanern in Blackfriars hier in London. Bevor ich die Stadt verlasse, will ich ihm eine Nachricht zukommen lassen. Eine einfache Botschaft: ›Fitzroy ist hinter uns her.‹ Dann ist er wenigstens gewarnt.«

Kurze Zeit später verließen sie das Wirtshaus. Colum blieb bei einem Pergamentverkäufer stehen und schrieb eine kurze Notiz. Er gab dem Lehrburschen, der sie zu Bruder John Tuam im Kloster zu Blackfriars bringen sollte, einen Penny. Anschließend begaben sie sich nach Queenshithe, wo Kathryn sich auf harte, aber erfolgreiche Verhandlungen mit verschiedenen Gewürzhändlern einließ. Sie kaufte Safran, Minze, Engelwurzsamen, Galmei, gemahlene Gewürznelken, Basilikum und Thymian. Nachdem sie zufriedengestellt war, betrat Kathryn den Hof eines Mannes, der Transportkarren vermietete. Ein müde dreinschauender Schreiber verfaßte einen Vertrag, in dem festgelegt wurde, daß die eben erstandenen Gewürze an Kathryns Adresse in der Ottemelle Lane, Canterbury, zu liefern seien. Kathryn war erst bei Einbruch der Dunkelheit mit ihren Geschäften fertig. Colum, der Fitzroys Gesicht immer noch deutlich vor Augen hatte, bestand darauf, daß sie zum Wirtshaus zurückgingen und sich auf eine baldige Rückkehr nach Canterbury am folgenden Morgen vorbereiteten.

Im Kloster zu Blackfriars hatte Bruder John Tuam Colums Notiz erhalten. Er las sie sorgfältig, warf sie in ein Kohlenbecken und ging in die Klosterkirche, um zu beten. Die Notiz hatte ihn jäh an seine Vergangenheit erinnert. Er hatte die Gewalt, das Klirren aufeinanderprallender Schwerter, die plötzlichen Überfälle hinter sich gelassen. Er hatte mit der Schlinge des Henkers um den Hals im Hof der Burg zu Dublin neben Colum gestanden, während seine Kameraden einer nach dem anderen gewaltsam die Leiter hochgestoßen und gehängt worden waren. Sie baumelten wie zerbrochene Puppen am Seil hin und her. Nur Colum und ihn hatte man verschont. Murtagh hatte sich dem Hause York verpflichtet; John hingegen hatte seine Begnadigung als ein Zeichen Gottes aufgefaßt. Er war in den Dominikanerorden in Dublin eingetreten. Vier Jahre später sandte man ihn auf eigenen Wunsch nach London in das Kloster zu Blackfriars. John blickte auf das gewaltige Kreuz und die aus Holz geschnitzte Leidensfigur des Gekreuzigten.

»Ich hatte die Vergangenheit vergessen«, murmelte er. »Doch ach, geliebter Herr, die Vergangenheit hat mich nicht vergessen. Ich bin kein Verräter, kein Judas. An meinen Händen klebt nicht das Blut eines anderen!«

Er war noch immer in tiefem Gebet versunken, als der Almosenpfleger des Klosters ihm auf die Schulter tippte.

»Bruder John, Bruder John, fühlt Ihr Euch nicht wohl?«

Tuam hob den Kopf und sah den alten Mönch an.

»Nein, Vater, ich denke nur gerade an vergangene Missetaten«, frotzelte er.

Der Almosenpfleger tätschelte ihm die Schulter.

»Die Vergangenheit interessiert Gott nicht«, bemerkte er. »Aber die Gegenwart. John, wir haben Besuch.«

Tuam lächelte und erhob sich. Er beugte das Knie vor dem Ewigen Licht im Altarraum und folgte dem Almosenpfleger durch den Kreuzgang in einen großen, offenen Hof vor dem Haupttor. Hier wimmelte es zu dieser Zeit von Bettlern – den armseligen, bemitleidenswerten Gestalten des Londoner Alltags: Krüppel, Mißgeburten, alle, die unfähig waren, für sich selbst zu sorgen. Jeden Morgen und Abend drängten sie sich in Blackfriars für einen Laib Brot, etwas getrocknetes Fleisch und einen Becher Ale. Auf langen Tafeln hatten die Brüder die Mahlzeiten bereits vorbereitet, und die schmutzigen, gebeugten Bettler, denen bei den süßen, würzigen Düften das Wasser im Mund zusammenlief, standen dichtgedrängt davor. John hob einen Korb auf und mischte sich unter sie. Er versuchte, beim Anblick der mißgestalteten Gesichter zu lächeln. Einem Mann fehlte ein Auge, einem anderen war die Nase von oben bis unten aufgeschlitzt. Er sah eine Frau ohne Ohr, einer anderen hatte man beide Beine unterhalb der Knie abgenommen. Schmutzige, dreckverkrustete Hände streckten sich ihm entgegen.

»Der Segen des Herrn sei mit dir, Bruder. Der Segen des Herrn sei mit dir, Schwester.«

John wiederholte den Satz, den er bei der Verteilung des Brotes stets benutzte. So gelangte er in die letzten Reihen der Menge. Dort lag ein zusammengekrümmter Mann. Als John die schäbige Decke wegzog, fiel sein Blick auf rotes Haar. Er schüttelte den Mann und hielt ihm ein kleines Stück Brot unter die Nase.

»Der Herr sei dir gnädig, Bruder.«

Ruckartig drehte sich der Mann um. Sein Gesicht war rund, frisch und kräftig. Er umfaßte Johns Hand mit eisernem Griff, und noch ehe Tuam zurückweichen konnte, stieß er ihm den langen Dolch tief in die Brust.

»Möge der Herr dir gnädig sein, Judas!« zischte Padraig Fitzroy.

Tuam war noch nicht zu Boden gesunken, da war der Mörder wie ein Schatten durch das offene Tor entschwunden.

Drei

Kathryn und Colum saßen in der schmucklosen Kammer im Obergeschoß der Burg von Canterbury am Tisch und warteten darauf, daß die anderen Anwesenden ihre Plätze einnahmen. Der Himmel draußen vor den Schießscharten wurde bereits dunkel. Da Kathryn und Colum an diesem Tag schon früh in die Stadt zurückgekehrt waren, hatte Colum umgehend um eine Audienz beim Festungskommandanten und den wichtigsten Angehörigen seiner Mannschaft gebeten, die sich in diesem Augenblick in der Kammer einfanden. Ihre Gestalten warfen lange, dunkle Schatten auf die spärlich erleuchteten Wände. Sir William Webster sah trotz der rosigen Gesichtsfarbe eher bekümmert aus und tupfte sich unentwegt mit einem schmutzigen Tuch über Halbglatze, Stirn und die schwabbeligen Wangen. Fletcher, sein Stellvertreter, war dünn und abgehärmt und hatte ein aschfahles Gesicht. Unter einem Wust fettiger Haare blickte er sie aus müden Augen an. Sein Lederwams war abgetragen, und das weiße Hemd darunter nicht gerade sauber. Gabele, der Waffenmeister, war ein typischer Soldat mit kurz geschorenem Haar und einem gegerbten und klar gezeichneten, hageren Gesicht. Er hatte seinen weiten, dicken Militärmantel fest um sich geschlungen. Vater Peter, der graugesichtige Kaplan, machte einen fahrigen Eindruck. Neben ihm stand der leicht reizbare Schreiber Fitz-Steven mit essigsaurer Miene, hervortretenden Augen und schlaffem Mund. Das Öl im dichten schwarzen Haar vervollständigte seine abstoßende Erscheinung. Man stellte sich kurz vor. Kathryn spürte beim Priester und beim Schreiber einen Anflug von Verachtung. Sie verzog keine Miene, da sie diese Art stillschweigender Beleidigungen gewohnt war.

»Was will denn die Heilerin hier?« unterbrach Fitz-Steven unflätig Colums einleitende Höflichkeiten.

»Ich bin hier, Master Schreiber«, erwiderte Kathryn, »weil Seine Hoheit, der König, es so will.« Sie beschloß, Colums warnendem Blick keine Beachtung zu schenken. »Er ist zutiefst besorgt über den Tod eines Gefangenen, des Knappen Brandon. Wann ist er gestorben?« fuhr sie gnadenlos fort.

Websters kleine, flinke Augen wanderten unruhig umher. Er leckte sich nervös die wulstigen Lippen. Offensichtlich hatte er Angst, der König könne ihm persönlich den Tod Brandons zur Last legen.

»Wann ist er gestorben?« wiederholte Colum Kathryns Frage.

»Vor einem Monat, zur Mittsommernacht«, stammelte der Festungskommandant. »Aber es war nicht unsere Schuld. Er war gut untergebracht und verpflegt. Er erlag einem Fieber.«

»Wer hat ihn gepflegt?« fragte Kathryn.

»Ich.« Der Priester räusperte sich. Er lächelte Kathryn mit schmalen Lippen an. »Er hatte Fieber. Wir konnten nicht viel für ihn tun. Er starb kurz vor der Dämmerung am Mittsommernachtstag. Er wurde in einen Sarg gebettet und auf dem kleinen Friedhof hinter den Außenmauern der Burg beigesetzt.«

»Hat er irgend etwas über ein Amulett gesagt oder über einen Saphir, den man das *Auge Gottes* nennt?« wollte Kathryn wissen.

Alle Anwesenden schauten sie verblüfft an und schüttelten den Kopf.

»Wie hat man ihn gefangengenommen?« fragte Colum.

»Auf der Straße nördlich von Canterbury«, antwortete Fletcher mit piepsiger Stimme. Er streckte den dürren Hals vor, und sein Adamsapfel hüpfte wie ein Korken auf dem Wasser auf und ab. »Ich habe ihn geschnappt. Wir hatten vom Sieg des Königs bei Barnet gehört. Seine Schreiber hatten bereits Vollmachten ausgestellt, in denen wir ermächtigt wurden, Nicholas Faunte und andere Rebellen festzunehmen. Ich habe mit ein paar berittenen, bewaffneten Soldaten die Hauptstraße beobachtet. Wir fanden Brandons Pferd auf einem Feld. Neben ihm schlief der Knappe friedlich wie ein kleines Kind.« Fletcher nickte bedeutungsvoll. »Es war ganz klar, daß er ein Rebell war. Sein Pferd war erschöpft, Brandon selbst trug noch ein Panzerhemd und war von oben bis unten mit Schlamm und Dreck bespritzt.«

»An welchem Tag war das genau?« fragte Kathryn.

Fletcher trommelte mit den Fingern auf die Tischplatte.

»Es war an einem Sonntag; ja, Sonntag, der achtundzwanzigste April.«

Zwei Wochen nach Barnet, dachte Kathryn. Sie betrachtete die versammelten Männer: eine bunt zusammengewürfelte Gruppe, aus der ihr eine Mischung aus Verachtung und Angst entgegenschlug. Kathryn dachte darüber nach, was sie erfahren hatte: Brandon war am achtundzwanzigsten April 1471 festgenommen worden, sechs Tage später waren die letzten Anhänger des Hauses Lancaster bei Tewkesbury geschlagen worden. Das Königreich war in ein heilloses Durcheinander gestürzt. Zu dem Zeitpunkt, als die Yorkisten erkannten, daß ihre Suche nach dem *Auge Gottes* ergebnislos blieb, und ihr Verdacht auf Brandon fiel, war dieser am dreiundzwanzigsten Juni in der Zelle einer Burg gestorben.

»Und hat man ihn nach seiner Gefangennahme umgehend in die Burg gebracht?« fragte Colum.

»Oh ja«, erwiderte Webster. »Ich habe ihn hier in diesem Raum verhört, und er unternahm nicht einmal den Versuch, seine Identität zu leugnen. Er war sogar ziemlich stolz darauf, daß er der persönliche Knappe Richard Nevilles war, des verstorbenen Grafen von Warwick. Daher warf ich ihn schnellstens in den Kerker und schrieb an den Vorsteher der Hofkanzlei in London. Doch der Bürgerkrieg war noch in vollem Gange, Königin Margaret landete im Westen des Landes, bei Tewkesbury fand eine blutige Schlacht statt, und allüberall herrschte Gesetzlosigkeit. Daher erhielten wir erst vor zwei Wochen eine Antwort. Richard, der Herzog von Gloucester, schickte einen seiner Knappen, um Brandon zu verhören, doch zu dem Zeitpunkt war der Bursche schon tot.«

»Was für ein Mensch war Brandon?« fragte Kathryn.

»Ich war sein Aufseher«, sagte Gabele schroff. Er ignorierte Kathryn und wandte seine ungeteilte Aufmerksamkeit seinem früheren Kameraden Murtagh zu. »Wir haben ihn aus dem unteren Kerkerbereich in eine bequemere Zelle unter dem Bergfried verlegt. Er war Soldat, recht fröhlich eigentlich, gesprächig, ohne jedoch übel zu reden. Ich hatte den Eindruck, als wäre er eher erleichtert darüber, daß der Krieg zu Ende war. Er trauerte um den verstorbenen Grafen, hoffte jedoch, daß der König ihn bei seinen nächsten Begnadigungen auch berücksichtigen würde.«

»Hat Brandon in den sechs Wochen, die er hier zubrachte, jemals vom *Auge Gottes* gesprochen?« fragte Kathryn.

Gabele schüttelte den Kopf. »Was ist das für ein Diamant?«

»Er gehörte seinem verstorbenen Herrn, dem Grafen von Warwick.«

»Nein, nein.« Gabele richtete sich in seinem Stuhl auf. »Aber er sprach über Warwick, besonders darüber, wie er gestorben ist.«

»Wiederholt, was er sagte«, befahl Colum.

»Nun ja, er hat die letzten Augenblicke von Barnet beschrieben. Die Schlachtreihe habe angefangen zu bröckeln. Warwicks Mannen seien durch Oxfords Auftauchen verwirrt worden und in die Dunkelheit entflohen. Er sagte, er sei zur Kavalleriefront zurückgegangen. Er habe das Pferd des Grafen geholt und ihm zugerufen, er solle kommen. Doch Warwick hatte die Last seiner schweren Rüstung zu tragen, und das Feld war schlammig, und Yorks Soldaten tauchten bereits hinter ihm auf. Warwick sagte seinen Knappen, sie sollten fliehen. Er befahl es Brandon geradezu; der gehorchte und ritt schnell ins Dunkle. Das Triumphgeheul der feindlichen Soldaten verfolgte ihn noch ein gutes Stück des Weges. Ihm wurde klar, daß man seinen Herrn getötet hatte. Brandon schämte sich, doch was hätte er tun sollen?«

Colum nickte verständnisvoll

»Was noch?« fragte Kathryn scharf, verärgert über die wissenden Blicke, die Colum und Gabele austauschten.

»Wie meint Ihr das?« Gabele veränderte kaum merklich die Armhaltung.

»Nun«, begann Kathryn und stützte die Hände auf den Tisch. Der Gedanke, ob Thomasina den Behandlungstisch zu Hause in der Ottemelle Lane wohl gerade schrubbte, huschte ihr durch den Kopf. Kathryn rechnete an diesem Vormittag mit einer langen Reihe Patienten. Sie rieb sich die Augen. Sie war müde und nahm sich im stillen fest vor, alles niederzuschreiben, was sie während dieses Gesprächs erfahren würde.

»Was ich damit meine, ist folgendes«, fuhr sie fort, »Brandon ist also in den frühen Morgenstunden des vierzehnten April, sonntags, vom Schlachtfeld in Barnet geflohen. Zwei Wochen später wurde er festgenommen. Hat er nicht gesagt, wo er war und was er in der Zwischenzeit gemacht hat?«

»Oh doch«, erwiderte Webster. »Brandon hatte Angst vor Plünderern und den nach einer Schlacht üblichen Verwüstungen. Master Murtagh, Ihr seid Soldat. Ihr wißt, was in einer solchen Situation geschieht. Manche nehmen Gefangene, andere wiederum halten es für einfacher, einem Mann die Gurgel durchzuschneiden.«

»Was hat Brandon die ganze Zeit gemacht?« unterbrach Kathryn ihn unbeeindruckt.

»Er hat sich draußen auf dem Land irgendwo versteckt, hat hin und wieder auf einem Bauernhof etwas zu essen gekauft und versucht, sich vor den Soldaten des Königs zu verbergen.«

»Habt Ihr ihn gefragt, was ihn nach Canterbury führte?«

Webster blinzelte. Er warf dieser schrecklichen, kühlen jungen Frau, die sich von ihren Fragen nicht abbringen ließ, einen anzüglichen Blick zu.

Er schaute zu Colum hin, der unmerklich nickte. Kathryn bemerkte den Blick.

»Bitte, antwortet auf meine Frage«, bat sie beharrlich.

»Ich habe ihn danach gefragt«, antwortete Webster taktvoll. »Um offen zu sein, Mistress Swinbrooke, Brandon sagte, er sei müde und hungrig gewesen und völlig durchgefroren. Er wollte nach Canterbury und in der Priorei von Christchurch Zuflucht suchen.«

Colum versuchte, das Verhör zu übernehmen, doch Kathryn legte ihm die Hand auf den Arm.

»Sir William, als Brandon festgenommen und hierher gebracht wurde, wußtet Ihr, daß er ein Flüchtling aus der Schlacht war.«

Webster nickte.

»Und Ihr habt ihn gewiß peinlich genau verhört. Habt Ihr darüber einen Bericht verfaßt?«

»Ja, ja, das haben wir«, mischte sich Fitz-Steven jetzt ein, der inzwischen sogar ein wenig Hochachtung vor Kathryn empfand und sich einschmeicheln wollte.

»Sir William, soll ich ihn holen?«

Webster war einverstanden. Sie saßen schweigend da, bis Fitz-Steven außer Atem wieder zurückkehrte, ein Stück Pergament in der einen, eine Kerze in der anderen Hand. Der Schreiber setzte sich wieder auf seinen Stuhl und begann zu lesen:

»›Robert Brandon, flüchtig aus der Schlacht bei Barnet, Knappe des verstorbenen Verräters Richard Neville, des Grafen von Warwick, festgenommen von Fletcher, dem Stellvertretenden Festungskommandanten auf Potters Feld nördlich von Canterbury. Er trug außer einem Gürtel, einem Dolch, einer Tasche und einem etwas eingekerbten Schwert nur wenig bei sich.‹« Fitz-Steven holte tief Luft. »›Er legte ein vollständiges Geständnis über seinen Verrat ab und lieferte sich auf Gedeih und Verderb der Gnade des Königs aus.‹« Fitz-Steven hob den Kopf und fuhr mit dem Finger über die kleine, schwierig zu lesende Schrift. »›Nach Barnet hatte Brandon sich von seinen Kameraden getrennt und sich in dem Gebiet nördlich der Stadt versteckt. Er hatte beschlossen, seinen Geburtsort, die Gemeinde St. James the Less in Maidstone, an dem er Freunde und Verwandte hat, nicht aufzusuchen.‹« Fitz-Steven schleuderte das Pergament auf den Tisch und zuckte mit den Schultern. »Das ist alles, Mistress.«

»Dann hat er also nichts über seine Kameraden erzählt?« fragte Colum.

Webster schüttelte den Kopf. »Nein, Brandon behauptete, daß nach der Schlacht jeder seiner eigenen Wege ging und nur Reginald Moresby, der Hauptmann von Warwicks Leibwache, versucht hätte, Ordnung in das Ganze zu bringen.«

»Er ist tot«, unterbrach Kathryn. »Moresbys Leiche wurde übel zugerichtet in einem Graben bei Rochester entdeckt.«

Webster hob nachlässig die Schultern. »Wen kümmert's? Brandon pflegte nichts über seine Freunde zu sagen. Außer ihm und Moresby haben die anderen aus Warwicks Gefolge sicher einen Hafen erreicht und sich ins Ausland abgesetzt.«

»Hat Brandon sich in den sechs Wochen seiner Gefangenschaft mit jemandem besonders angefreundet?«

»Eigentlich nicht.« Gabele schüttelte den Kopf. »Meine Tochter Margotta hat ihn ein paarmal besucht. Ich habe mit ihm über den Krieg gesprochen, aber nichts von Belang. In der Zelle neben ihm saß noch ein Gefangener, und in der Mauer dazwischen gibt es einen kleinen Spalt. Ich vermute, daß Brandon mit seinem Nachbarn oft flüsterte.«

»Wer war es?« fragte Colum.

»Ein Mörder, Nicholas Sparrow«, antwortete Webster. »Er hat an einer Schlägerei in einem Wirtshaus in Westgate teilgenommen und einem Mann die Kehle durchgeschnitten. Wir wollten ihn hier bis zu den nächsten Assisen festhalten.«

»Und wo befindet sich Sparrow jetzt?«

Webster ließ den Kopf hängen. Die anderen Mitglieder der Burgmannschaft machten ebenso betretene Mienen.

»Nun?« wiederholte Colum. »Der Mörder, Nicholas Sparrow, wo ist er?«

»Er ist entflohen«, gab Webster kleinlaut zu. »Herrgott, Master Murtagh, es war ja einfach. Sowohl Brandon als auch Sparrow durften sich wie üblich eine Stunde am Tag auf der Grünfläche vor dem Bergfried aufhalten.« Webster nagte an der Unterlippe. »Wir haben zur Zeit nur wenige Soldaten hier. Einige folgten Faunte, andere gingen in den Süden, um sich dem König anzuschließen, und nach dem Krieg wurde die noch verbliebene Garnison dazu eingesetzt, ein Auge auf die Straßen und Flußmündungen zu haben. Liebe Güte, dieser Maßnahme haben wir es schließlich zuallererst zu verdanken, daß wir Brandon festnehmen konnten!«

Kathryn versuchte sich in Erinnerung zu rufen, was sie von der Burg gesehen hatte, als sie hereingekommen war. Den mächtigen, wenig einladenden Bergfried aus Feuerstein und Mörtel, die vom Regen vollgesogene, dunkelgrüne Rasenfläche und im Hintergrund die Bogengänge und hohen Mauern der inneren und äußeren Burghöfe.

»Wie um alles in der Welt konnte er entfliehen?« fragte sie. »Gewiß hat er etwas über Brandon erfahren?«

»Soweit wir wissen«, antwortete Gabele trotzig, »ist Brandon für seine Stunde Freigang nach draußen gegangen und wurde anschließend wieder hereingeholt. Danach war Sparrow an der Reihe. Es war am frühen Abend kurz vor Sonnenuntergang. Sparrow war zwar allein auf der Grünfläche, doch wir dachten, es bestünde keine Gefahr, denn er war an Händen und Füßen mit Ketten gefesselt. Irgendwie hat er den Wächter überredet, daß er ihn an eine Mauer treten ließ, damit er sich erleichtern konnte; da gibt es so eine kleine Nische. Offenbar hat Sparrow dort dem Wächter die Kette um den Hals gelegt, ihm die Schlüssel entwendet, sich von den Fesseln befreit, hat mit dem Toten die Kleidung getauscht und ist durch die Burgtore nach Winchepe verschwunden.«

»Es verging einige Zeit«, setzt Webster die traurige Geschichte fort, »ehe man herausfand, daß Sparrow fehlte. Alle waren der Meinung, er sei in seine Zelle zurückgebracht worden. Erst als man die nächste Mahlzeit austeilte, wurde der Irrtum entdeckt.« Webster seufzte schwach. »Wir verfaßten einen Bericht an den Sheriff. Die Aufforderung, Sparrow zu inhaftieren, wurde öffentlich bekanntgegeben, doch inzwischen könnte er bereits in Wales oder Schottland sein oder sogar nach Irland oder den Niederlanden übergesetzt haben.«

Kathryn warf Colum einen Blick zu. Sie fragte sich, ob er ihren Verdacht teilte. War es Sparrow gelungen, sich in Brandons Vertrauen einzuschleichen? War er geflohen, nachdem er eine Abmachung über das *Auge Gottes* getroffen hatte?

»Wieviel Zeit verstrich nach Sparrows Flucht, bis Brandon krank wurde?«

»Oh, etwa fünf Tage«, sagte Kaplan Peter. »Zunächst dachte ich, es sei nichts Ernstes, doch dann stieg das Fieber und ruinierte die Körpersäfte. Ich habe alle mir bekannten Heilmittel ausprobiert, doch er starb. Ich habe ihm die letzte Ölung gegeben. Nachdem der Körper gesalbt worden war, habe ich in der Burgkapelle eine Messe gesungen, und der arme Brandon wurde bei den anderen namenlosen Gefangenen im alten Friedhof beigesetzt.«

»Und von Sparrow keine Spur?« fragte Colum streng. Webster schüttelte den Kopf. »Nicht die geringste.«

Irgendwo hoch oben auf den Burgmauern rief ein Wächter einem Kameraden etwas zu; eine Glocke ertönte – das Zeichen für die Garnison, sich zum Abendgebet vor dem Essen in der Halle zu versammeln. Die Männer am Tisch wurden unruhig. Webster warf einen deutlichen Blick auf die Flamme der Stundenkerze, die allmählich den nächsten roten Stundenring erreichte.

»Wenn keine weiteren Fragen offen sind ... ?« murmelte er.

»Seid Ihr Euch Eurer Loyalität dem König gegenüber sicher?« fragte Colum und erhob sich. »Hat Brandon das Amulett oder das *Auge Gottes* ganz bestimmt gegenüber keinem von Euch erwähnt?«

Alle Anwesenden bejahten seine Fragen schroff. Colum streckte sich und sah Webster an.

»Und Brandon hat sonst nichts gesagt?«

Der Festungskommandant schüttelte den Kopf, doch Kathryn fragte sich, warum Webster noch immer so nervös und aufgeregt war.

»Und, Vater« – Colum sah den Priester mit festem Blick an –, »Ihr habt ihn gesalbt und den Sargdeckel geschlossen?«

»Ja, wie ich schon sagte.«

»Sagt mir noch eins, Vater«, meldete sich Kathryn erneut zu Wort, »ich weiß, Ihr dürft das Beichtgeheimnis nicht lüften, aber habt Ihr Brandon die Absolution erteilt?« Der Priester nickte zustimmend.

»Also könnte er«, fuhr Kathryn fort, »als er mit Euch sprach, einen Hinweis auf den Verbleib des Amuletts gegeben haben.«

Der Priester erwiderte stumm ihren Blick. Kathryn sah ein, daß er in dieser Sache nicht mit sich reden ließ.

»Nun gut«, sie versuchte es auf anderem Wege. »Wer hat ihn gepflegt?«

»Meine Tochter«, fuhr Gabele sie giftig an. »Manchmal auch Vater Peter. Warum fragt Ihr?«

»Na ja ...«, Kathryn verdrehte die Augen in vorgetäuschter Unschuld. »Master Gabele, Ihr seid Soldat und kennt das Lagerfieber gut. Solche Männer brabbeln oft im Delirium.«

»Brandon nicht«, gab Gabele zurück. »Und es war auch nicht diese Art Fieber. Er wurde nur teilnahmslos, heiß und feucht.« Gabele wandte sich dem Festungskommandanten zu. »Sir William, wir haben noch andere Dinge, mit denen wir uns befassen müssen. Master Murtagh, gibt es noch irgendwelche Fragen?«

»Nein, vielleicht können wir uns einmal die Zellen ansehen, in denen Brandon und Sparrow saßen. Ach ja, was ist übrigens mit den Habseligkeiten des Gefangenen?«

»Sie werden in einem versiegelten Beutel im Lagerraum der Burg aufbewahrt.«

»Wir wollen sie sehen«, befahl Colum. »Wer war noch in der Burg, als das alles geschah?«

Der Festungskommandant zuckte mit den Schultern. »Nur die kleine Garnison, Diener, Küchenjungen.«

»Nein, ich meine, ist noch jemand in die Nähe des Gefangenen gekommen?«

»Wie ich schon sagte«, antwortete Gabele, »meine Tochter Margotta. Oh ja, und der Ehrsame.«

»Der Ehrsame?« fragte Colum.

»Na ja, er selbst nennt sich so. Er ist ein Ablaßprediger mit einer Menge Reliquien und Ablaßbriefen aus der gesamten christlichen Welt. Ein seltsamer Mensch.«

»Ich habe ihn hier untergebracht«, unterbrach Webster. »Er sagte, die Wirtshäuser und Herbergen in der Stadt seien zu teuer.« Webster fuchtelte mit den Armen in der Luft herum. »Wir haben hier, weiß Gott, genug Platz.«

Kathryn konnte dem nur zustimmen. Canterbury zog wie ein Magnet Reliqienverkäufer, religiöse Quacksalber, Betrüger an – menschliche Schmarotzer, die sich vom Aberglauben ihrer Mitmenschen ernährten. Im Sommer war jede Herberge in Canterbury vollgestopft mit Pilgern; ebenso wie andere private Haushalte war der Festungskommandant nur zu gern bereit, eine Bettstatt zu vermieten.

»Wir sollten ihn uns ansehen«, beharrte Kathryn. »Eigentlich alle, die mit dem Gefangenen geredet haben.«

Webster war einverstanden, und die Unterredung wurde abgebrochen. Colum und Kathryn sahen den einzelnen Mitgliedern der Burgbelegschaft nach, wie sie den Raum verließen. Die meisten grummelten vor sich hin und warfen finstere Blicke um sich, vor allem auf Kathryn, da es sie kränkte, von einer Frau verhört worden zu sein. Fletcher, Fitz-Steven, Webster und Gabele blieben an der Tür stehen und sprachen leise miteinander.

»Ihr seid eine harte Frau«, raunte Colum ihr aus dem Mundwinkel zu. »Ihr habt ausgesprochen beharrlich nachgehakt.«

»Ich bin eine Frau, die auch noch andere Dinge zu tun hat!« fauchte Kathryn ihn an. »Warum können die Leute nicht auf die Fragen antworten, die man ihnen stellt?«

Colum beugte sich vor und blickte ihr ins Gesicht.

»Was glaubt Ihr?« fragte er.

»Irgendeiner lügt. Drei Dinge sind mir aufgefallen, die ich für falsch halte. Da ist zunächst Brandons Tod: er war ein stämmiger junger Mann in einer bequemen Zelle. Warum erkrankte er an Kerkerfieber mit diesen merkwürdigen Symptomen? In den meisten Fällen leiden die Menschen unter hohem Fieber und versinken im Delirium.«

»Und zweitens?« fragte Colum.

»Ich finde es merkwürdig, daß Brandon das *Auge Gottes* nicht erwähnt hat. Schließlich ist da Sparrows Flucht. Der Kerl war berüchtigt«, schloß Kathryn und verzog das Gesicht. »Er ist buchstäblich über die Burgmauern entfleucht!«

Colum spielte an seinem Dolchgriff.

»Auf diese Art und Weise zu fliehen ist nicht ungewöhnlich«, entgegnete er. »Dem nächsten Parlament liegt sogar ein Antrag vor, in dem sich wohlhabende Bürger darüber beschweren, daß Gefangene aus Kerkern oder Gefängnissen mühelos ausbrechen können. Und was das Kerkerfieber betrifft …«

Colum wollte gerade fortfahren, als Gabele auf sie zutrat. Ohne Kathryn auch nur eines Blickes zu würdigen, drückte er Colum die Hand.

»Schön, Euch wiederzusehen, Ire. Freut mich, daß das Schicksal es gut mit Euch meint.« Gabele drehte sich um und schenkte Kathryn ein strahlendes Lächeln. »Mistress Swinbrooke, verzeiht meine scharfen Entgegnungen, doch dieser Sumpfnomade kann es Euch bestätigen, daß meine Manieren eher ins Lagerleben als an den Hof gehören.«

Kathryn war überrascht und nahm die recht artig vorgebrachte Entschuldigung an.

»Es war nicht meine Absicht, so beharrlich aufzutreten«, stammelte sie.

Gabele hob die Hand. »Genug jetzt. Kommt, ich will Euch zeigen, was Ihr sehen wollt.«

Er führte sie aus dem Raum ins untere Stockwerk des Bergfrieds. Er schloß eine eisenbeschlagene Tür auf, nahm eine Pechfackel von der Wand und führte sie zu den Zellen hinab. Es gab insgesamt sechs, zu beiden Seiten des dumpfigen, schwach erleuchteten Korridors jeweils drei. Die Zelle, die Gabele öffnete, war groß und luftig, hatte oben in der Wand ein Gitterfenster, das ein wenig Licht und frische Luft hereinließ. Die Wände waren gekälkt, im Raum standen ein Tisch und ein wackeliger Stuhl; an der Wand hing ein einfaches Kruzifix. Die Binsen auf dem Boden waren erstaunlich sauber. Gabele deutete auf die eisernen Wandhalter für Kerzen und auf die Öllampe auf dem Tisch.

»Hier hat Brandon gesessen«, erklärte er.

Dann legte sich der Waffenmeister auf das Bett, zog seinen Dolch, kratzte damit an der Wand und lockerte einen Ziegelstein.

»Allem Anschein nach kann man es in der anderen Zelle genauso machen.«

»Ist das Sparrows oder Brandons Werk?« fragte Colum.

Gabele schüttelte den Kopf. »Oh nein, das war irgendein längst vergessener Gefangener.« Er ließ den Ziegelstein wieder an seinen Platz gleiten und stand auf. »Wir sollten einen Maurer bestellen, der es wieder in Ordnung bringt.« Er grinste. »Doch auch in diesem Fall muß einfach gesagt werden, daß der Festungskommandant ein freundlicher Mann ist. Aus der Burg von Canterbury brechen nur wenige aus, und es ist ein Segen für die Gefangenen, wenn sie miteinander reden können.«

»Wer darf sich hier unten aufhalten?« fragte Kathryn.

»Nun, ich selbst natürlich und alle, die Ihr oben kennengelernt habt. Mistress Swinbrooke, wir sind nicht grausam. Vater Peter kommt hierher, um die heiligen Sakramente auszuteilen, Webster und Fletcher, um nach dem rechten zu schauen. Margotta bringt das Essen oder redet mit ihnen. Natürlich steht immer, wenn Gefangene hier sind, ein Soldat Wache im Korridor.«

Er führte sie wieder hinauf in die finstere Halle der Burg. Am anderen Ende des großen Raumes saßen der Festungskommandant und die Mitglieder seines Haushaltes beim Essen. Man hatte Feuer gemacht, doch der Schornsteinkasten war nicht in Ordnung, denn ein Teil des abziehenden Rauches drang zurück und vermischte sich mit dem Duft von frisch gebackenem Brot und gekochtem Fisch. Schreiber Fitz-Steven erhob sich und kam durch die Halle auf sie zu. Er hatte einen Lederbeutel in der Hand, der oben mit einem Stück Kordel und einer Wachskugel versiegelt war. Verärgert über die Störung beim Essen warf er Gabele den Sack zu.

»Brandons Habseligkeiten! Einzeln aufgeführt und versiegelt, jetzt Eigentum der Krone, ganz gleich, welche Werte man darin entdecken mag.«

Fitz-Steven machte auf dem Absatz kehrt und stapfte zur hohen Tafel zurück.

Gabele blinzelte Kathryn zu, Colum zog den Dolch, schnitt die Kordel am oberen Ende des Sackes durch und breitete die kläglichen Habseligkeiten auf der Bank aus: eine enge Hose, ein Wams aus gegerbtem Leder, ein sehr stark verschmutztes Leinenhemd, ein Kriegsgurt mit Taschen und Scheiden für Dolch und Schwert. Gabele tippte darauf.

»Die Waffen waren von guter Qualität, und wir haben sie in unsere Sammlung aufgenommen.«

In der Gürteltasche befanden sich ein paar Münzen, ein Satz Würfel und eine Pergamentrolle. Colum reichte sie Kathryn, die sich damit unter eine Fackel stellte und sie öffnete.

»Es ist nichts«, rief Gabele. »Nur ein Gebet.«

»Levate oculos ad montes. ›Hebet Eure Augen auf zu den Bergen‹«, übersetzte Kathryn.

»Was ist das?« fragte Colum.

»Hebet Eure Augen auf zu den Bergen«, wiederholte Kathryn, »von welchen mein Erlöser kommt. Es ist ein Psalm. Allem Anschein nach einer, der von Gefangenen bevorzugt wird.«

Kathryn hielt inne und erinnerte sich an das flackernde Licht in Brandons Zelle, als Gabele den Ziegelstein aus der Wand holte.

»Brandon hat dieselben Worte an seine Zellenwand gekritzelt«, murmelte Kathryn.

»Ja, genau über dem Bett«, erwiderte der Waffenmeister. »Vergeßt nicht, Mistress, daß Brandon hoffte, begnadigt und bald entlassen zu werden. Jeder Soldat hat ein Lieblingsgebet.« Er schmunzelte Colum zu. »Wißt Ihr Eures noch, Ire?«

Colum, der den Besitz des Toten durchwühlte, schaute jetzt etwas einfältig drein.

»Ja, wie hieß es?« fragte Kathryn, die neugierig geworden war und auf ihn zutrat.

»Warum sagt Ihr es ihr nicht, Ire?« neckte Gabele.

Murtagh warf den Schwertgurt von sich, blickte Kathryn an und schloß die Augen.

»Oh Herr, behandle mich heute so, wie ich Dich behandeln würde, wäre ich der Herr und Du wärest Murtagh.«

Kathryn lächelte und klatschte in die Hände. »Ich wußte gar nicht, daß Ihr Theologe seid, Colum.«

Jedes weitere Geplänkel wurde unterbunden, als die Gruppe auf der Estrade am anderen Ende der Halle ihre Mahlzeit beendet hatte. Webster kam in Begleitung von zwei anderen Personen auf sie zu. Die eine war eine Frau mit rabenschwarzem Haar. Sie trug einen braunen Kittel mit weißem Kragen und Manschettenbändern. Zielstrebig ging sie auf Kathryn und Colum zu. Sie war klein und hatte ein frisches Gesicht mit großen, dunklen Augen und einem Lächeln auf den Lippen. Während Webster seine Entschuldigungen murmelte und sich wieder entfernte, küßte sie Gabele auf die Wange und ergriff dann, vergnüglich jauchzend, Colums Hand.

»Ire, bestimmt seid Ihr gekommen, um mich zu heiraten!«

Colum lachte verlegen. Er nahm die Frau bei den Schultern und hauchte ihr einen Kuß auf beide Wangen.

»Margotta, du bist schön wie eh und je.« Er drehte sich um und stellte die beiden Frauen einander vor. »Mistress Kathryn Swinbrooke, Margotta Gabele, ein wahrer Wildfang.«

Kathryn lächelte anerkennend und verfluchte im stillen ihren Anflug von Eifersucht. Sie war erleichtert, daß Margottas Begleiter ihr eine gewisse Ablenkung verschaffte. Er war einer der auffälligsten Menschen, die Kathryn je kennengelernt hatte: ein großer, gut gebauter Mann mit weichem, jugendlichem Gesicht, umrahmt von schmutziggelb gefärbtem Haar, das ihm bis auf die Schultern hing. Von Kopf bis Fuß steckte er in abenteuerlich zugeschnittenem, abgenutztem, schwarzem Lederzeug. Er trug weder Schwert noch Dolch, doch einen riesigen Gürtel, an dem kleine Beutel hingen. Um den Hals hing ihm ein dicker Strick mit Anhängern, die wie Teile von Tierknochen aussahen. Als er in den Lichtkreis trat, warf er die Haare zurück wie eine Frau, und Kathryn sah für einen kurzen Augenblick seine billigen Ohrringe, die im Licht aufblitzten. Er streckte eine mit einem schwarzen Handschuh bekleidete Hand zur Decke empor.

»Ich bin der Diener des Herrn«, verkündete er mit hohler Grabesstimme. »Der Ehrsame!«

Zum ersten Mal erlebte Kathryn, daß Colum sprachlos war. Er starrte diesen Mann mit dem gefärbten Haar, der in seiner schwarzen Kleidung wie eine Krähe wirkte, stumm an.

»Master Murtagh, Mistress Swinbrooke, darf ich Euch den Ehrsamen vorstellen«, erklärte Gabele mit stoischer Gelassenheit. »Einen Pilger von Avignon, Rom, Jerusalem, Compostela.«

»Jawohl«, unterbrach der Ehrsame ihn, »und mehr noch! Ich habe den Großen Khan der Tataren gesehen! Die Goldenen Horden des Kublai Khan und die eisigen Weiden des Hindukusch!«

Kathryn biß sich auf die Lippen, um nicht laut herauszuplatzen, denn der Ablaßprediger verfügte über alle Finessen seines Gewerbes: merkwürdige Kleidung, eine durchdringende Stimme und exotische Erzählungen. Dennoch schien der Ehrsame von allen Schurken dieser Art das größte Geschick zu besitzen. Er segnete Kathryn und ergriff dann Colums Hand, der sie ihm widerstandslos überließ.

»Bruder in Christus«, hob er an, »schön, daß wir uns kennenlernen! Ihr wollt mich sprechen? Bezüglich des Mannes Brandon, eines Gefangenen in Christus, dessen Seele nun vor dem Herrn ist. Laßt uns beten, daß er eher durchs Fegefeuer denn durch die Feuer der Hölle gehen muß. Denn, wie es schon in der Heiligen Schrift heißt, ›Schrecklich ist's, in die Hände des lebenden Gottes zu fallen‹.«

Kathryn blickte verstohlen zu Margotta hinüber. Sie hatte den Blick gesenkt, die Schultern zuckten vor Lachen – ob über Colums verblüffte Miene oder die Possen des Ehrsamen, vermochte Kathryn nicht zu sagen.

»Genau. Genau.« Colum gewann seine Haltung wieder und deutete auf die Bank. Brandons Habseligkeiten schob er zur Seite. »Setzt Euch doch.«

Der Ablaßprediger hielt eine Hand hoch. »Nein, Herr, ich pflege immer zu stehen, wenn ich mit einem Bruder rede. Wie es in der Heiligen Schrift heißt, ›Der ehrliche Mann steht aufrecht, das Gesicht stets dem Herrn zugewandt‹.«

»Wie ist Euer richtiger Name?« fuhr Colum ihn an, denn er war der Possen des Mannes allmählich überdrüssig.

»Ein Name ist nichts als Schall und Rauch«, erwiderte der Ablaßprediger. Er wies auf die Binsen auf dem Boden. »Gras ist und bleibt Gras, wie man es auch nennen mag. Und wir sind wie die Gräser auf dem Felde, heute hier, morgen vergangen. Ich habe keinen Namen, keine Vergangenheit. Ich stehe in all meiner Redlichkeit vor dem Herrn.«

Colum trat gegen die Binsen. »Ich bin Sonderbeauftragter von Canterbury«, flüsterte er mit drohendem Unterton. »Ihr, Herr, seid Untertan des Königs. Ihr haltet Euch in dieser Burg auf. Ihr habt mit Brandon, dem Gefangenen des Königs, gesprochen. Ich habe das Recht, Euch zu fragen, wer Ihr seid und woher Ihr kommt.«

Der Ablaßprediger warf den Kopf zurück wie ein wütender Vogel und beäugte Colum.

»Mein Name ist der Ehrsame«, wiederholte er. Als er jedoch die zunehmende Verärgerung des Iren bemerkte, öffnete er seine Gürteltasche, zog eine Handvoll schmieriger Pergamente heraus und warf sie Murtagh zu.

»Das sind Briefe, Durchreisegenehmigungen.«

Colum reichte sie Kathryn, die sie rasch überflog.

»Er hat recht«, erklärte sie. »Die Papiere sind unterzeichnet von Hafenbeamten, Statthaltern und Vollzugsbeamten und bestätigen, daß die Person, die sich ›der Ehrsame‹ nennt, ein Ablaßprediger ist und die Erlaubnis hat, seinem Gewerbe nachzugehen. Einige sind mit Siegel versehen, so daß sie keine Fälschungen sein können.«

Sie reichte die Dokumente dem Ablaßprediger zurück, der dankbar lächelte.

»Was macht Ihr also in Canterbury?« fragte Colum.

Der Ablaßprediger tippte auf seine Gürteltasche. »Ich habe Ablaßbriefe und päpstliche Bullen aus Rom. Absolutionsbriefe und Reliquien, bestätigt von all jenen heiligen Männern und Frauen, die uns den Pfad der Gerechtigkeit gewiesen haben.« Er deutete auf die kleinen weißen Knochen, die um seinen Hals hingen. »Herr, zu einem vernünftigen Preis könnt Ihr einen Knöchel von einer der siebentausend Jungfrauen zu Köln erwerben. Und hier, Herr« – er zeigte auf einen anderen –, »ist ein Stück aus dem Schädel des reuigen Diebes, hier die Rippe des barmherzigen Samariters!«

»Haltet den Mund!« donnerte Colum.

Kathryn warf dem Ablaßprediger einen warnenden Blick zu. Der Kerl rülpste und bedachte den reizbaren Iren mit einem verächtlichen Lächeln.

»Ich habe Euch etwas gefragt!« wiederholte Colum.

»Dann will ich auch antworten. Ich bin in Canterbury, um bei den Pilgern meinem Geschäft nachzugehen. Ihr könnt es nachprüfen, und Ihr werdet es wahrscheinlich auch, Herr, aber ich habe meine Briefe im Rathaus und in der Kathedrale vorgezeigt. Und ich habe auch ein Bett und eine saubere Unterkunft gesucht, im ›Schachbrett‹, im ›Wappen‹, in der ›Sonne‹ und sogar im Spital für Arme Priester. Jedoch fand ich, wie der Herrgott, keinen Raum in der Herberge. Deshalb kam ich zur Burg und habe nun für einen annehmbaren Preis ein sauberes Bett, Frühstück in der Halle und die letzte Mahlzeit am Tage.«

»Gut«, sagte Colum und holte tief Luft. »Und was ist mit Master Brandon?«

Der Ablaßprediger streckte lebhaft die Hände aus. »Herr, er war ein Gefangener. Ich fragte mich, ob er sich wohl für eine meiner Reliquien interessierte oder, falls sich seine Lage verschlimmern sollte, für eine päpstliche Bulle oder einen Ablaßbrief.«

»Und? Interessierte er sich dafür?«

»Oh nein, Herr. Er hatte in seinem Herzen Frieden geschlossen.«

»Wie oft habt Ihr ihn getroffen?«

»Nur einmal, Herr.«

»Und Sparrow, den anderen Gefangenen?«

»Oh, er war ein wahrer Satansbraten. Brandon war höflich, doch sein Nachbar war ein Teufel direkt aus der Hölle. Er warf mich aus seiner Zelle und verlachte mich als einen Schurken.«

Der Ausdruck beleidigter Unschuld auf dem Gesicht des Ablaßpredigers war zuviel für Colum. Er wandte sich an Margotta, die noch immer versuchte, ihr Lachen zu unterdrücken.

»Und du, Margotta?« fragte er.

Das Mädchen lächelte keck und machte Colum schöne Augen.

»Na ja, Brandon sah gut aus, er war nett, er war höflich.«

»Ja, ja«, sagte Colum mürrisch. »Und was noch?«

»Er war auch einsam, ziemlich rührend. Er erzählte von früher, als er noch in Maidstone war, und über den Tod Warwicks.«

»Hat er noch über etwas anderes gesprochen?«

»Zum Beispiel?«

»Ein goldenes Amulett mit einem schönen Saphir, den man das *Auge Gottes* nennt.«

»Um Himmels willen, Colum, nein. Was sollte ein armer Knappe damit zu tun haben?«

Kathryn sah Profitgier in den Augen des Ablaßpredigers aufleuchten.

»Ein goldenes Amulett und ein schöner Saphir«, murmelte der Ehrsame. »Besaß Brandon denn so etwas?«

»Kann sein«, antwortete Kathryn.

Der Ablaßprediger pfiff leise durch die Zähne. »Jetzt verstehe ich Euer Interesse.« Er lächelte.

»Mistress Gabele«, fuhr Kathryn fort, »habt Ihr mit Sparrow gesprochen?«

»Natürlich nicht! Er war ein Lump, ein Schurke!«

Colum seufzte. »Nun, auf jeden Fall danken wir Euch, daß Ihr gekommen seid.«

Margotta lächelte ihn an und küßte ihn zärtlich auf die Wange. »Es tut gut, dich wiederzusehen, Colum«, flüsterte sie.

Dann schlenderte sie mit dem Ablaßprediger davon.

Kathryn wartete, bis sie außer Hörweite waren.

»Ihr seid mir ja ein schöner Troubadour, Ire. Habt wohl in jeder Stadt ein Mädchen, was?«

Colum zwinkerte ihr zu. »Na klar, und in jedem Lager. Ich kämpfte an Gabeles Seite vom Waliser Marschland bis zur schottischen Grenze. Margotta war immer schon eine kesse Biene.« Betrübt wandte er den Blick ab. »Sie hat die Fähigkeit, Männer zum Sprechen zu bringen, dennoch ist es merkwürdig, daß weder sie noch irgendein anderer in dieser Burg gehört haben will, daß Brandon das *Auge Gottes* erwähnte.«

»Was geschieht, wenn Moresby und nicht Brandon den Saphir hatte?« fragte Kathryn. »Vielleicht haben ihn noch die Räuber, die ihn getötet haben.«

Colum fuhr schlecht gelaunt mit der Fußspitze durch die Binsen. »Nein, Warwick hätte ihn nur einem persönlichen Knappen gegeben.« Er warf Kathryn einen Blick zu. »Ich habe als Marschall des königlichen Hofes gedient und hatte die zweifelhafte Ehre, so manchen Dieb zu verhören. Ein Vogelfreier würde versuchen, so etwas unverzüglich zu verkaufen, ehe ein anderer es ihm wieder wegnähme.« Colum biß auf seinen Daumen. »Ich frage mich, auf welche Weise Moresby umgekommen ist«, murmelte er. »Waren es Gesetzlose oder jemand anderes? Ich vermute, diese Frage könnte uns nur Brandon beantworten. Doch kommt, für den Augenblick haben wir unsere Aufgabe hier erledigt.«

Kathryn und Colum nahmen ihre Mäntel an sich, verabschiedeten sich und gingen über die inneren und äußeren Burghöfe durch eine Hinterpforte hinaus nach Winchepe. Sie eilten durch die dunkler werdenden Gassen hinauf in die Wistraet. An dem kleinen Tor, das diese Straße absicherte, huschte ein Mann aus dem Schatten. Colum legte die Hand ans Schwert.

»Friede, Master!«

Holbech, Colums plumper Lieutenant aus Kingsmead, trat in das trübe Licht einer über dem Tor befestigten Fackel.

Der stämmige Nordländer verbeugte sich vor Kathryn. »Guten Abend, Mistress. Ich war in Eurem Haus in der Ottemelle Lane. Thomasina teilte mir in der ihr eigenen rüden Art mit, daß Ihr und Murtagh in der Burg wärt, also habe ich hier gewartet.«

»Was ist los?« fragte Colum.

»Ein Bote, Master, von Seiner Hoheit, dem Herzog von Gloucester. Euer Freund, John Tuam, ein Dominikaner in Blackfriars, wurde auf mysteriöse Weise erstochen. Der Bote des Prinzen sagte, Ihr wüßtet schon, was das bedeutete.«

»Oh, mein Gott!« stöhnte Colum schwer atmend.

Er entfernte sich ein Stück von ihnen und lehnte sich an die Mauer der Schenke. Er starrte in das Licht, das durch die schmalen Fenster drang, und hörte mit halbem Ohr auf die Geräusche des Trinkgelages.

»Der arme John!« flüsterte er. Er erinnerte sich an einen Jungen, der laut rufend und wie ein junger Rehbock springend die grüne Seite eines Hügels hinabrannte. Colum starrte in die Gasse, die inzwischen im Dunkeln lag. »Tot!« flüsterte er. »Oh, Herr, sei seiner Seele gnädig!«

Kathryn trat zu ihm.

»Sie sind hier, nicht wahr?« fragte sie und spürte, wie Angst ihr die Kehle zuschnürte, denn trotz seiner schroffen Art und seines hitzigen Temperaments empfand sie Zuneigung zu diesem rätselhaften Iren mit seinen wechselhaften Launen und seinem sardonischen Lächeln.

»Colum, Ihr seid in Gefahr!«

Er nahm ihre Hand und drückte sie sanft.

»Ich befinde mich immer in Gefahr, Kathryn, so lange ich denken kann. Doch Ihr habt recht, die Bluthunde sind nähergekommen.«

Kathryn entzog ihm die Hand und ging ein Stück weiter.

»Weib!« rief Colum sie leise. »Ihr habt doch nicht etwa Angst um mich – Ihr doch nicht, Kathryn Swinbrooke?«

»Ich bin nicht Euer Weib, Colum«, erwiderte Kathryn und wagte nicht, sich umzudrehen und ihm das Gesicht zuzuwenden. »Ganz gleich, was Ihr Euren Herren in London erzählt habt.«

»Was seid Ihr dann?«

Kathryn ließ diese Frage eine Zeitlang im luftleeren Raum stehen, wie immer, seitdem sie den Iren kannte.

»Was seid Ihr dann?« forschte Colum beharrlich nach. »Bin ich wie Wuf, eine Waise, die Ihr in Eure Obhut genommen habt?«

Kathryn warf ihm über die Schulter hinweg ein Lächeln zu. »Ich bin jetzt Wufs Mutter«, neckte sie ihn. »Aber was bin ich für Euch, Ire? Einstweilen gebt Euch damit zufrieden, daß ich Euer Schutzengel bin!«

Vier

»Laßt mich sofort ein! Ihr habt kein Recht, mich aufzuhalten!«

Kathryn Swinbrooke stand in der Jewry Lane in der Gemeinde Saint Mary Redman vor einem kleinen Haus, dessen Tür man mit dem grellroten Pestkreuz beschmiert hatte. Mit zorngeröteten Wangen funkelte sie die beiden Leichensammler an, die keine Anstalten machten, zur Seite zu treten. Die beiden Brüder, deren häßliche, vernarbte Gesichter an Bulldoggen erinnerten, blieben stur stehen, die Daumen in den Gürtel gesteckt, und schüttelten den Kopf.

»Ihr kennt die Vorschriften, Mistress«, sagte einer von ihnen. »Wenn die Pest einmal ein Haus befallen hat, müssen alle Türen und Fenster fest verschlossen und das rote Kreuz an die Tür gemalt werden. Die Bewohner dürfen das Haus nicht verlassen, und niemand darf es betreten.«

Kathryn trat drohend auf sie zu.

»Ich bin Ärztin«, beharrte sie. »In diesem Haus leben Schwestern, zwei alte Damen, Mistress Maude und Mistress Eleanor Venables. Es stimmt zwar, daß ihre Dienerin möglicherweise an Pest gestorben ist und beerdigt wurde, doch die beiden Damen sind kerngesund und wohlauf. Ich verlange, mit ihnen sprechen zu dürfen!«

»Wir sind von der Gemeinde ernannt«, sagte der Häßlichere der beiden wichtigtuerisch, »auf die Einhaltung der Zivilvorschriften zu achten. Die alten Damen werden sterben, und man wird ihre Leichen entfernen und zu den Bestattungsgräben außerhalb der Stadtmauern bringen.« Er zog einen Daumen aus dem Gürtel.

Wie auf ein Signal hin kam Bewegung in Thomasina und den kleinen Wuf, die hinter Kathryn standen. Wuf stürzte vor und trat dem Mann kräftig vor die Schienbeine. Der Kerl jaulte vor Schmerz. Sein Bruder versuchte, Wuf zu packen, doch der Junge versteckte sich hinter Kathryns Rockschößen. Thomasina trat geharnischt auf die beiden zu, ihr großer Umhang blähte sich auf, und sie schwenkte Kathryns Körbe mit Salben und Tinkturen wie eine Streitaxt vor sich her.

»Ihr dreckiges, feiges Diebsgesindel!« donnerte sie. Zornesröte stieg ihr in das breite, ohnehin schon rosige Gesicht, und die kleinen dunklen Augen funkelten. »Wagt es ja nicht, meine Herrin anzurühren!«

Die Leichensammler schoben sich langsam in den Schutz ihres schmutzverkrusteten Handkarrens zurück.

»Sie ist persönlich bekannt mit Richard, dem Herzog von Gloucester. Sie ist Ärztin im Dienste der Stadt Canterbury und außerdem«, fügte Thomasina hinzu, »gut befreundet mit dem Sonderbeauftragten des Königs, Lord Colum Murtagh.«

Kathryn mußte sich auf die Lippen beißen, um ihr Lächeln zu verbergen ob dieser unerwarteten Beförderung des Iren durch ihre alte Amme. Thomasina warf den Leuten, die sich in der schmalen Straße versammelt hatten, einen wütenden Blick zu.

»Wollt ihr etwa zwei gemeinen Kerlen erlauben, einen Akt der Gnade zu verhindern?« höhnte sie.

Thomasina trat einen Schritt vor und stieß mit dem Finger nach den Leichensammlern.

»Ihr verdammten Diebe!« herrschte sie die beiden an. »Ich weiß, worauf ihr aus seid. Ihr wollt die Toten mitsamt allen Wertgegenständen im Haus verschwinden lassen. Diese beiden alten Damen sind recht wohlhabend, und das wißt ihr nur zu gut.«

Die Umstehenden begrüßten ihre Worte mit zustimmendem Raunen.

»Ja, aber Ihr, Ihr könntet die Pest verbreiten!« entgegnete einer der Leichensammler, und seine Worte fanden bei den Zuschauern noch größere Zustimmung.

Kathryn schaute nach oben, als ein kleiner Fensterladen geöffnet wurde, der sich schnell wieder schloß. Verzweifelt blickte sie auf das rote Kreuz, das an die Tür geschmiert worden war. Wenn sie sich in dieser Auseinandersetzung geschlagen gäbe und wegginge, müßten Maude und Eleanor denken, sie hätte sie im Stich gelassen. Sie stürben vielleicht nicht an der Pest, doch ihr Zustand würde sich allein aus Hunger und schierer Verzweiflung verschlechtern.

»Und ich gehe doch in dieses Haus!« verkündete sie.

Einer der Leichensammler trat ihr in den Weg.

»Genug! Genug!«

Ein kleiner, kahlköpfiger Mann mit lustigen Augen trat aus der Menge und ging auf die Leichensammler zu. Er trug einen langen grünen, mit Grauwerk besetzten Mantel. Das aufgeplusterte Gesicht, die geschwellte Brust und der leichte Watschelgang verliehen ihm die Würde eines außer sich geratenen Spatzen. Dennoch kannte Simon Luberon, Schreiber Seiner Hoheit, des Erzbischofs von Canterbury und Mitglied der Ratsversammlung, seine Rechte. Er drehte sich um und zwinkerte Kathryn rasch zu.

»Wer bist du, du kleiner Lump?« knurrte einer der Schurken.

Simon Luberon belehrte den Mann bald eines besseren. Schuldbewußt und mit leiser Stimme entschuldigte sich der Leichensammler.

»Ich bin offizieller Vertreter der Stadt«, rief Luberon so laut, daß alle ihn hören konnten. »Und Ihr, mein Herr, könntet aufgrund Eurer aufsässigen Reden Eure Stellung verlieren!«

»Wir tun nur unsere Pflicht«, murmelte der andere.

Luberon, der es sorgfältig vermied, Kathryn in die Augen zu schauen, sah ihn entrüstet an.

»Eure Pflicht! Ich frage Euch auf Ehre und Gewissen, Herr«, sagte Luberon und hob einen zitternden Finger, »ist jemand in diesem Hause an Pest erkrankt?«

»Ja, es gab einen Fall.«

»Das habe ich nicht gefragt«, wandte Luberon ein. »Gemäß der Stadtverordnung Nummer siebenhundertachtunddreißig sowie nach dem Codex Medicus, ganz zu schweigen von der Klausel vier der Parlamentsakte, verabschiedet im dritten Jahr der Herrschaft unseres guten Königs Heinrich des Vierten, muß ein Haus, in dem jemand an der Pest gestorben ist, abgesperrt werden. Dennoch dürfen Gesunde, die in dem Hause bleiben, die Dienste eines Arztes in Anspruch nehmen.«

Den beiden Leichensammlern hatte Luberons wortreiche, wenn auch sehr ungenaue Wiedergabe des Gesetzes die Sprache verschlagen, und sie beschlossen, sich aus dem Staub zu machen. Sie zogen mit ihrem Handkarren von dannen und grummelten vor sich hin, daß die alten Hexen ohnehin bald tot wären.

Die Schaulustigen zerstreuten sich. Kathryn nahm die Hand des kleinen Mannes und schaute ihm offen in die hellblauen, kindlichen Augen.

»Simon, Ihr wart hervorragend«, flüsterte sie.

Der kleine Mann wand sich vor Verlegenheit.

»Ach, das war doch nicht der Rede wert«, sagte er und blickte zu ihr auf. »Ich habe heute morgen Master Murtagh auf seinem Weg hinaus nach Kingsmead getroffen. Er sagte mir, daß Ihr in London wart und im Auftrag des Königs wieder zurück in Canterbury seid.«

Kathryn nickte. Luberon sah sie erwartungsvoll an.

»Laßt Euch versichern, Simon, daß wir Euch wissen lassen, wenn Ihr irgendwie helfen könnt.«

Luberon strahlte.

»Übrigens«, fuhr Kathryn fort, »wie steht es mit meinem Gesuch auf Zulassung als Gewürzhändlerin?«

Luberon streckte die Hände aus. »Wie Ihr wißt, Mistress, hat der König in der jetzigen unguten Situation die Ratsversammlung ausgesetzt, und die Gilde der Gewürzhändler ist noch nicht zusammengetreten. Es gibt da einige, die gegen Euer Gesuch sein werden.«

»Warum? Weil ich eine Frau bin?«

»Nein, Kathryn, weil Ihr erfolgreich seid.« Luberon grinste. »Wärt Ihr es nicht, würden sie nur zu gern sehen, wie Ihr Euch zum Narren macht.« Er tätschelte ihr tröstend das Handgelenk. »Ich tue, was ich kann. Habt Ihr schon das Neueste vernommen?«

Kathryn schüttelte den Kopf.

Der Bettler Rawnose hatte versucht, ihre Aufmerksamkeit zu erregen, als sie die Ottemelle Lane verließ, doch sie war entwischt, ehe der schwatzhafte Mann sie aufhalten konnte. Luberon blickte dramatisch um sich.

»Faunte, der Rebell, wurde wieder gesehen. Er lungerte in der Gegend von Blean Wood herum. Es heißt, er sei nicht allein.«

Kathryn biß sich auf die Lippen. Sie hatte Luberon über ihren Gemahl Alexander ins Vertrauen gezogen. Der emsige kleine Schreiber hatte versprochen, alles zu tun, um an Informationen heranzukommen. Sie wußten beide, daß Alexander durchaus bei dem flüchtigen Bürgermeister und anderen Verrätern sein könnte, die sich in den Wäldern nördlich von Canterbury versteckt hielten. Erneut tätschelte Luberon ihr die Hand, versprach, sie auf dem laufenden zu halten und eilte davon.

»Es gibt doch nichts, was dieser Mann nicht weiß«, raunte Thomasina.

»Er meint es gut«, erwiderte Kathryn und klopfte heftig an die Tür mit dem roten Kreuz.

Sie blickte auf Wuf mit dem Engelsgesicht hinab und strich ihm sanft über den blonden, kurzgeschorenen Haarschopf.

»Wuf, du warst sehr tapfer, aber es hätte gefährlich werden können, als du den Leichensammler getreten hast.«

Die Augen des Waisenjungen leuchteten, und er blickte die wortkarge, aber freundliche Frau bewundernd an, die ihm ein Zuhause, einen Herd und ein Bett gegeben hatte.

»Versprich mir, daß du es nie wieder tun wirst«, ermahnte Kathryn ihn.

Der Junge versprach es hoch und heilig, und als Kathryn sich umdrehte, um erneut an die Tür zu klopfen, streckte er der wütenden Thomasina die Zunge heraus.

Ehe ein neuer Streit ausbrechen konnte, wurde die Tür geöffnet. Zwei alte Damen mit zerfurchten Gesichtern und müden Augen standen ängstlich zitternd vor ihnen.

»Ach, wir haben Euch gehört, Mistress«, sagte Eleanor. »Es sind schreckliche Männer.«

»Habt keine Angst«, erwiderte Kathryn und betrat das Haus. »Es wird alles gut werden.«

Die beiden Schwestern führten Kathryn und ihre Begleiter in den kleinen Sonnenraum. Kathryn blickte sich zufrieden um. Die Binsen auf dem Boden waren sauber und frisch. Die Wände waren mit einer Mischung aus Wasser und Kalk geschrubbt worden, und das Feuer im Herd sorgte für Wärme, ohne den Raum zu überheizen.

»Wir haben alles so gemacht, wie Ihr es uns gesagt habt«, sagte Maude. »Wir haben keine Ratten gesehen. Wir töten alle Fliegen, die noch da sind, und es sind nicht mehr viele. Wir schütten unseren Abfall weg und trinken nur frisches Wasser aus dem Brunnen, obwohl unser Faß wieder aufgefüllt werden muß.«

»Thomasina wird sich darum kümmern«, versicherte Kathryn ihr. »Wir werden später noch einmal wiederkommen. Noch wichtiger ist, daß Ihr nur frisches, weiches Brot eßt!«

Die beiden alten Damen nickten ernst.

Kathryn forderte Thomasina auf, in der Spülküche, der Kochküche und bei den Abtritten nach dem rechten zu sehen, während sie die beiden Frauen bat, Platz zu nehmen. Wuf stand neben ihr, lutschte am Daumen und betrachtete die beiden Alten aus neugierigen, großen Eulenaugen. Kathryn hatte ihm und Thomasina oft genug versichern müssen, daß dieses Haus keine Gefahr darstelle; auch jetzt wiederholte sie es, um die alten Damen zu beruhigen.

»Wißt Ihr«, begann sie, »es muß nicht sein, daß Eure Magd Miriam an Pest gestorben ist. Vielfach wird die Pest von denselben Symptomen wie der Pellagra begleitet, wie ich von meinem Vater weiß.«

»Meint Ihr die St. Antony-Krankheit?« stammelte Maude.

»Richtig«, sagte Kathryn. »Wie bei der Pest rötet sich die Haut, wird trocken und brüchig. Manchmal entstehen Blasen, Beulen und Geschwulste, man hat hohes Fieber, Blut im Urin, der Stuhlgang ist übelriechend, oder man hat Durchfall.«

»Genauso war es bei Miriam«, bestätigte Maude.

»Und uns erging es ganz ähnlich«, fügte Eleanor hinzu. »Aber jetzt ist es weg.«

»Ja«, erwiderte Kathryn beruhigend, »Ihr müßt bei Brot und anderen Dingen aus Getreide oder Hirse gut achtgeben. Vor allem bei Roggenbrot. Wenn Ihr Nahrung zu Euch nehmt, die infizierte Hirse oder Roggen enthält, werden dieselben Symptome wieder auftauchen. Es ist daher wichtig, daß Ihr gutes Brot eßt und diese schlechten Säfte mit frischem Quellwasser aus Eurem Körper schwemmt. Dann werdet Ihr gesund. Ihr müßt Eure Hände und Fingernägel sauberhalten. Dasselbe gilt für diesen Raum. Wechselt die Binsen alle zwei Tage.«

Die beiden alten Frauen nickten.

»Verbrennt die alten.«

»Oh, das tun wir gewiß«, meldete sich Eleanor. »Wir haben frische Binsengarben im Garten.«

»Und die Arznei, Mistress?« fragte Maude.

»Ja, ja.« Kathryn hob den Korb, den Thomasina getragen hatte, und entnahm ihm vier frische Brotlaibe, ein Leinentuch mit getrockneten Fleischstreifen, eine kleine Flasche Wein und einen kleinen Krug mit einem selbst zubereiteten Kräutertrank. Kathryn deutete darauf und sagte: »Nehmt einen Löffel voll jeden Abend vor dem Zubettgehen.«

»Warum? Werden wir davon kräftiger?«

»Natürlich«, sagte Kathryn, verschwieg jedoch, daß der Heiltrank auch ein leichtes Opiat enthielt, um den nervösen Gesamtzustand ihrer Patientinnen zu besänftigen.

Thomasina kehrte zurück und verkündete, das Wasserfaß sei nun wieder in Ordnung, ebenso Küche und Spülküche. Kathryn redete den beiden alten Damen noch einmal gut zu, nahm die paar Münzen entgegen, die sie ihr anboten, und trat wieder auf die Jewry Lane hinaus. Erst an der Ecke blieb sie stehen und stampfte mit dem Fuß auf.

»Himmel Herrgott!« raunte sie Thomasina zu. »Sobald einer auch nur Fieber, Blasen oder blutigen Stuhl hat, schreien gleich alle, es sei die Pest! Ich glaube manchmal, daß ebensoviele Menschen aus Furcht vor der Pest sterben wie an einer tatsächlichen Infektion.«

»Wozu Wasser?« fragte Wuf und hüpfte von einem Bein aufs andere. »Was ist daran so Besonderes, Mistress Kathryn?«

Kathryn tippte ihm mit dem Finger auf die Wange.

»Der Herr sei mein Zeuge, Kleiner, ich weiß es eigentlich nicht genau, aber ein hochberühmter Arzt aus Salerno …«

»Wo ist das?«

»In Italien. Und bevor du weiterfragst, Wuf, Italien ist am Mittelmeer, auf halbem Wege nach Jerusalem.«

Der Junge öffnete erneut den Mund. Kathryn drückte ihm sanft den Finger auf die Lippen.

»Dieser Arzt«, fuhr sie fort, »hat festgestellt, daß abgestandenes oder brackiges Wasser Infektionen verbreitet. Er hat eine berühmte Abhandlung verfaßt, die mein Vater sorgfältig gelesen hat. Nun, und als wir nach Canterbury kamen, hat mein Vater, Gott habe ihn selig, festgestellt, daß die Mönche der Christchurch Priorei sehr selten krank waren. Er hat das auf zwei Dinge zurückgeführt.«

»Ernährung und Wasser«, unterbrach Thomasina triumphierend.

»Ja«, fuhr Kathryn fort. »Die Mönche essen frisches Fleisch, frisches Obst, und sie beziehen ihr Wasser über Ulmenholzrohre aus sauberen Quellen und Brunnen.«

»Priester leben immer länger«, sagte Wuf. »Als ich noch im Lager war, haben die Soldaten immer gesagt, daß sie, könnten sie noch einmal auf die Welt kommen, Priester sein wollten, um länger zu leben.«

Kathryn schmunzelte. »Vielleicht haben sie recht, aber ich habe dergleichen bei einigen meiner Patienten festgestellt. Erinnerst du dich an Bäcker Mollyns?«

»Ja, er stinkt.«

»Aber er steckt sich nur selten an. Ich habe ihn nach seiner Ernährung gefragt. Er ißt viele Äpfel und trinkt nur Wasser aus einer Quelle neben seiner Mühle.« Kathryn blickte über die Schulter in die Jewry Lane hinein. »Ich hoffe nur, daß unsere beiden alten Damen gesund werden. Diese Leichensammler, sie …«

»Sie sind verdammte Schurken!« brach es aus Thomasina heraus.

»Nun ja.«

Kathryn trat aus der Jewry Lane, kam am St. Mary-Spital für Arme Priester vorbei und ging Richtung Ottemelle Lane. Zu beiden Seiten wanden sich schmale Gassen entweder hinauf nach Burgate oder hinab zur Burg. Kathryn setzte vorsichtig einen Fuß vor den anderen, denn der Rinnstein oder die Gosse in der Mitte der Straße waren jetzt randvoll mit stinkenden Abfällen, die der Regen am frühen Morgen über das Pflaster gespült hatte. Gleichzeitig hielt sie die Augen offen, denn die meisten Häuser an der Stour Street waren zwei oder drei Stockwerke hoch, und es war noch so früh, daß man Gefahr laufen mußte, von Schmutzwasser getroffen zu werden, das Mägde oder Küchenjungen schon aus dieser hinterhältigen Absicht aus den Fenstern kippten. Auf dem kleinen Markt weiter unten herrschte inzwischen geschäftiges Treiben: Bauern verkauften Butter, Eier, Korn, Wolle, Gemüse oder gerupfte Hühner, die sie auf ihren Handkarren hoch aufgestapelt hatten. Hausierer mit Seidenbändern, Litzen, Knöpfen und Schnallen auf ihrem Bauchladen schoben sich durch das Gedränge.

Hinter dem Markt befanden sich die eigentlichen Läden: Krämer, Gerber, Seidenhändler, Schneider, Glaser und andere. Kathryn blieb stehen, um sich die hübschen Lederhandschuhe anzusehen, die an einem Stand ausgestellt waren. Wuf entfernte sich schmatzend, um die Lehrburschen zu beobachten, die, in Segeltuch und Lederwams gekleidet, den Teig in den Bäckerläden kneteten. Kathryn holte ihn ein und kaufte ihm einen Lebkuchenmann. Der Junge biß in den süßen Kuchen, und Kathryn wollte ihren Weg fortsetzen, als sich plötzlich eine Gruppe Bettler durch die Menge schob. Ihr zerlumpter Anführer, der kühn einen Stab vor sich her schwang, ging mit langen Schritten zum alten Steinkreuz hinüber und stellte sich auf die obere Stufe. Seine Anhänger scharten sich um ihn. Dann setzte er zu einem leidenschaftlichen Appell an: Sie hätten für den guten König Edward gekämpft, und nun jagte man sie lediglich mit dem, was sie am Leibe trügen, über alle Berge.

»Oh, der Ärmste«, murmelte Wuf mit vollem Munde.

»Unsinn!« zischte Thomasina. »Er ist ein falscher Fuffziger.«

»Ein was?«

»Er ist ein Betrüger. Ein Falschspieler. Ich wette, er hat noch nie in seinem Leben ein Schwert in der Hand gehalten.«

Unverhofft sprang einer der Gefolgsleute des Betrügers, ein abgerissener Bettler, unter Stöhnen und Kreischen auf, fiel hin und wand sich, als hätte er einen Anfall. Im Nu scharte sich eine Menschenmenge um ihn. Kathryn beobachtete, daß der Trickbetrüger rasch die Gürteltasche eines Schaulustigen abschnitt, während seine Kumpane ausschwärmten, um hier eine Gürteltasche zu ergattern oder dort eine Tasche leerzuräumen.

»Hört auf!« rief Kathryn und schritt auf sie zu.

Der Trickbetrüger und die anderen suchten das Weite. Kathryn schob sich durch die Menge und kniete neben dem sich windenden Bettler nieder. Arme und Beine waren merkwürdig verdreht, er rollte mit den Augen, und vor seinem Mund stand dicker weißer Schaum.

»Er hat einen Anfall!« rief einer der Umstehenden.

»Er ist so gesund wie Ihr und ich!« erwiderte Kathryn.

Unvermittelt schlug sie dem Bettler ins Gesicht. Das Winden und Stöhnen ließ nach, der Unterkiefer des Mannes fiel vor Überraschung nach unten. Kathryn langte ihm in den Mund. Der Bettler versuchte, sich zu wehren, doch Kathryn hielt ihm die Nase zu und zog ihm etwas Kleines, Weißes aus dem Mund. Sie hielt es hoch, damit alle es sehen konnten.

»Ein Stück Seife!« verkündete sie. »Der Mann ist ein Lügner, und seine Gefährten sind Taschendiebe.«

Kathryn warf die Seife auf den Boden. Marktaufseher packten den Bettler, der nicht wußte, wie ihm geschah, und die Zuschauer begannen, ihre Habseligkeiten auf Verluste hin zu überprüfen. Kathryn ging weiter, und als sie in die Ottemelle Lane einbog, stieß sie beinahe mit Witwe Gumple zusammen, der stattlichen, arroganten Matrone, die den Kirchengemeinderat von St. Mildred beherrschte. In den letzten Wochen war die Gumple Kathryn gegenüber sehr respektvoll aufgetreten; das weiße, teigige Gesicht der Witwe verzog sich rasch zu einem unterwürfigen Lächeln.

»Verzeiht«, hauchte sie. »Verzeiht, Mistress.«

»Guten Morgen, Witwe. Wie geht's?«

»Gut, gut«, flüsterte die Frau erregt. Rote Flecken traten ihr auf die Wangen. Mit einem Ruck hob sie ihre Röcke und beeilte sich weiterzukommen.

Kathryn blickte ihr nach.

»Du liebe Güte!« Kathryn schnappte nach Luft. »Was hat sie nur?«

Thomasina verbarg ihr Lächeln. Sie würde ihr Geheimnis bei sich behalten, und Witwe Gumple würde stillhalten und keine boshaften, anonymen Briefe über den Verbleib des Alexander Wyville mehr verschicken. Kathryn hob die Augenbrauen und sprang im nächsten Augenblick überrascht zur Seite, als ein junger Mann mit krausen blonden Locken und schweißgebadetem Gesicht aus einem Hauseingang stürzte.

»Guten Morgen, Mistress Swinbrooke.«

Kathryn blickte den Schreiber Goldere zornig und voller Verzweiflung an. Ihr Möchtegernfreier sah in dem enganliegenden braunen Wams, der strammsitzenden gelben Hose mit dem vollgestopften Hosenladen und den spitz zulaufenden Schuhen einfach lächerlich aus.

»Goldere, wie geht es Euch?«

Die wässrigen Augen des Mannes zwinkerten, und er fuhr sich mit einer Hand an den Hosenlatz. »Ich habe eine leichte Unpäßlichkeit, Mistress. Ein Jucken ...«

Kathryn seufzte verzweifelt; es war immer dasselbe mit Goldere. Sie ging an ihm vorbei.

»Sucht Euren Arzt auf!« murmelte sie.

Goldere hätte sie noch weiter belästigt, doch als er sich umdrehte, um Kathryn einzuholen, versetzte Thomasina ihm einen derben Stoß, mit dem sie ihn quer über die Straße schickte. Ehe er wieder zur Besinnung kam, waren Kathryn, Thomasina und Wuf in ihrem Haus verschwunden.

Der Schreiber kratzte sich den Kopf. Plötzlich erschien Wufs Kopf in der Tür, und er machte dem Schreiber mit ausgestrecktem Finger ein unflätiges Zeichen. Er hätte es wiederholt, wenn Kathryn ihn nicht am Schlafittchen gepackt und ins Haus gezogen hätte.

»Hör auf damit!« zischte Kathryn. »Goldere verdient eher Mitleid als Schimpf und Schande!«

Wuf entwand sich ihrem Griff und lief, sich vor Lachen ausschüttend, in den Garten. Er stieß die Magd Agnes zur Seite, die gerade völlig erhitzt hereinkam, um zu melden, daß Besucher da seien. Kathryn reichte Agnes den Mantel und ging in den stillen, leerstehenden Raum an der Vorderseite des Hauses, dessen hohe Fenster mit Brettern vernagelt waren. Sie warf einen Blick auf die leeren Ladentische, die Regale und Schränke an der Wand. Leer und verstaubt, dachte sie, wie meine Träume von früher, als Alexander Wyville, ein stattlicher Apotheker, mir den Hof machte. Sie wollten gemeinsam hier einen Laden aufmachen und Kräuter verkaufen – nicht nur selbst gezüchtete, sondern auch seltene und exotische, die sie aus dem Ausland importieren wollten. Kathryn klopfte sacht mit den Händen auf ihren Rock; innerhalb eines Jahres war alles zu einem Alptraum geworden. Alexander vereinte zwei Menschen in sich: den nüchternen Apotheker einerseits und den betrunkenen, gewalttätigen Gemahl andererseits. Der Riß in ihrer Beziehung wurde zu einem unüberwindlichen Abgrund.

»Wenn doch nur ...«, murmelte sie.

»Mistress.«

Kathryn zuckte zusammen. Thomasina stand im Türrahmen.

»Kathryn«, wiederholte sie. »Eure Patienten. Ich habe sie in den Garten geführt. Und dann ist noch jemand da, der Euch sprechen möchte.«

»Wer?«

»Der Arzt Roger Chaddedon.«

Kathryn wußte nicht, ob sie erfreut oder enttäuscht sein sollte. Sie folgte Thomasina in die große, geräumige Küche. Chaddedon erhob sich, als sie eintrat, und schob den Stuhl am Tischende zurück. Seine weiche, schwermütige Miene hellte sich beim Anblick Kathryns sogleich auf. Sie bemerkte, daß sein schwarzes Haar sorgfältig gekämmt war und daß er ein kostbares blaues, hermelinbesetztes Gewand trug, mit einem Gürtel aus wertvollem glänzendem Leder um die Hüfte.

»Kathryn«, sagte er und streckte ihr beide Hände entgegen. »Habt Ihr meinen Brief erhalten?«

»Ja, gewiß«, stammelte Kathryn.

Chaddedon zuckte mit den Schultern. »Ihr seid verärgert?«

»Ich finde ihn seltsam«, erklärte Kathryn und lauschte mit

halbem Ohr auf die Unterhaltung, die im Garten geführt wurde, wo Wuf die Patienten unterhielt.

»Ach, du liebe Zeit!« fuhr Kathryn fort, verärgert durch den verblüfften Ausdruck auf Chaddedons Gesicht. »Betrachtet doch einmal Eure Situation, Roger! Ihr seid Mitglied eines Kollegiums, einer Gruppe einflußreicher Ärzte in Queningate. Wie soll ich auf Eure Einladung reagieren, wenn ich dafür verantwortlich bin, daß der Schwiegervater einer dieser Ärzte als Giftmörder auf dem Schafott landete?«

»Das betrifft nicht mich«, konstatierte Chaddedon entschieden.

»Aber mich, Roger. Ich habe meine Patienten, meine Arbeit. Mein Gemahl ist verschwunden ...«

»Und den Iren«, fügte Chaddedon hinzu.

»Ja, Roger, da ist auch noch der Ire.«

»Wohnt er hier?«

»Nein, er übernachtet hier, weil das Herrenhaus in Kingsmead noch nicht bezugsfertig ist. Roger«, sagte sie leise und eindringlich, »das ist meine Sache.«

Das Strahlen auf dem Gesicht des Arztes verschwand. »Ihr solltet vorsichtig sein«, murmelte er.

»Darüber macht Euch keine Sorgen«, verkündete Thomasina, die aus dem Garten hereinkam. »Solange ich in ihrer Nähe bin, ist meine Herrin sogar vor dem König sicher!«

Chaddedon, der erkannte, daß die Begegnung unerquicklich zu werden drohte, lächelte und hob ein kleines Päckchen auf, das an einem der Tischbeine lehnte. Er überreichte es Kathryn.

»Ihr habt gesagt, daß Euch das hier interessiert. John Ardenes *Herbarium*!«

Kathryn berührte es sacht mit den Fingern. Sie wußte, Chaddedon erwartete, daß sie es zurückbrächte.

»Ich danke Euch«, erwiderte sie leichthin. »Ich werde es sorgfältig lesen und dafür sorgen, daß es unbeschadet zu seinem Besitzer zurückfindet.«

Chaddedon nahm den Mantel. »Sagt nicht, daß ich so lange warten muß, bis ich Euch wiedersehe.«

Kathryn schenkte ihm ein verbindliches Lächeln. Sie begleitete Chaddedon durch den Korridor zur Tür und schloß sie hinter sich, verwirrt über diesen linkischen Abschied.

»Er ist ein guter Mann«, rief Thomasina ihr aus der Küche heraus zu. »Er ist Witwer, ein vornehmer Arzt.«

»Oh, halt den Mund, Thomasina!« murmelte Kathryn und rieb sich eine Wange. Sie mochte Chaddedon, aber ...

»Aber was?« flüsterte sie in den leeren Korridor.

Sie dachte an den Iren und wußte, was fehlte: Chaddedon war solide, sicher und etabliert, Mitglied einer mächtigen Vereinigung. Colum indes war anders; er flößte ihr ein wenig Angst ein, doch seine Anwesenheit bot die Gewähr, daß ihr Leben sich von Grund auf ändern würde.

»Ihr solltet nicht so undankbar sein.« Thomasina tauchte am Ende des Korridors auf.

»Thomasina!« sagte Kathryn mit warnendem Unterton.

»Schon gut«, erwiderte Thomasina mit säuselnder Stimme. »Ich vermute, Chaddedon hat recht, immer ist der Ire da.«

Kathryn rauschte an ihr vorbei in die Küche und versuchte, Wufs wildes Geschrei aus dem Garten zu überhören.

»Wer ist draußen?«

»Rawnose mit dem Sackmacher Henry.«

»Was hat er?«

»Er hat sich eine schmutzige Nadel geradewegs durch den Finger gestochen.«

»Und wer noch?«

»Edith, Gerber Fulkes Tochter«, antwortete Thomasina. »Nichts Ernstes. Wehwehchen.«

»Gut, dann wollen wir Verbände richten, eine Schüssel heißen Wassers, eine Kerze anzünden, Körbe mit Salben und Kräutern.« Kathryn packte das Buch aus, das Chaddedon mitgebracht hatte. »Wer weiß, Thomasina, vielleicht entdecken wir hier noch etwas, das Rawnoses Schwatzhaftigkeit zum Stillstand bringt!«

Fünf

Kathryn wurde schnell mit dem Andrang ihrer Patienten fertig; Sackmacher Henry kam mit einer kleinen klaffenden Wunde, die sie zunächst verätzte und dann mit Wein reinigte. Zum Schluß trug sie eine Salbe aus getrockneten Schlüsselblumen auf. Edith, die Tochter des Gerbers Fulke, trat mit leichenblassem Gesicht ein und hatte die Arme krampfhaft über dem Bauch verschränkt. In höchster Not verkündete sie, ihr Bauch blute aus. Kathryn, die eine innere Verletzung befürchtete, untersuchte sie mit größter Sorgfalt. Sie mußte ein Lächeln unterdrücken, als feststand, daß Ediths Problem eine ganz natürliche Ursache hatte – sie hatte ihre erste Menstruation bekommen. Kathryn setzte das Mädchen vor sich auf einen Hocker und erklärte ihr ausführlich, was das bedeutete: Wie wichtig es sei, sich regelmäßig zu waschen und während der Menstruation Leinentücher zu benutzen, die Kathryn ihr mitgeben würde.

Edith war jedoch nicht zufrieden.

»Es tut aber so weh«, klagte sie und warf Kathryn einen vorwurfsvollen Blick aus dunklen Augen zu. »Ich habe Schmerzen im Bauch und im Rücken!«

Kathryn reichte ihr einen kleinen Flakon mit einem Heiltrank aus Rosenwasser und zerstoßener Engelwurz.

»Das wird den Schmerz lösen«, versicherte sie ihr.

Das Mädchen war froh und trottete davon.

Schuster Clem war der nächste. Er klagte über Husten.

»Abends wird es schlimmer«, jammerte er.

Kathryn hörte ihm aufmerksam zu. Sie erinnerte sich, daß ihr Vater sie einmal in die staubige Werkstatt des Handwerkers mitgenommen hatte.

»Clem, Ihr müßt Eure Werkstatt regelmäßiger säubern und für gute Durchlüftung sorgen«, erklärte sie ihm.

»Und das soll alles sein?« rief er verwundert.

Kathryn schob ihm einen kleinen Krug hin, den Thomasina vorbereitet hatte.

Sofort zog der Schuster ein langes Gesicht. »Was ist das? Wie teuer ist es?«

»Clem! Clem!« sagte Kathryn und hob mahnend den Zeigefinger. »Seht, Ihr macht Geschäfte genau wie ich. Ihr seid einer der besten Schuster in Canterbury. Das weiß ich, weil ich ein Paar von Euren Schuhen trage. Ich verlange lediglich zwei Schillinge von Euch.«

Die Miene des Schusters hellte sich auf.

»Geizkragen!« murmelte Thomasina.

Das kränkte den Schuster. »Vergeßt das Geld!« sagte er hochtrabend. »Ich werde Euch ein Paar Stiefel herstellen, Mistress, ein Paar Schnürstiefel, und für den Jungen ein Paar feine Ledersandalen.«

»Einverstanden.« Kathryn lächelte und schüttelte dem Schuster die Hand.

»Und was ist mit mir?« sagte Thomasina.

»So viel Leder, das um Eure Knöchel paßt, habe ich nicht«, gab Clem bissig zurück. Geschickt wich er Thomasinas Hieb aus und ergriff den Krug auf dem Tisch. »Was ist das?«

»Eine Mischung aus Salbeigamander, Gartenraute, Kreuzkümmel und Pfeffer«, erwiderte Kathryn. »Ihr müßt sie mit Honig aufkochen. Nehmt jeden Morgen und jeden Abend einen Hornlöffel voll davon ein. In einer Woche sollte es Euch besser gehen. Wenn nicht, kommt wieder her.«

Es folgten weitere Patienten, und schließlich kam Rawnose an die Reihe, der schwatzhafteste Mann in ganz Canterbury; sein entstelltes Gesicht – die eingeschnittene Nase und die Narbe an der Stelle, wo ein Ohr fehlte – platzte fast vor Neuigkeiten.

»Nun, Rawnose, was gibt's?«

»Faunte wurde in Blean Wood gesehen«, sagte Rawnose. »Und Ihr habt gewiß von dem Mord an einem Priester in Rye gehört? Drei Mitglieder seiner Gemeinde von der übelsten Sorte haben sich in einer grausamen Verschwörung gegen ihn verbündet. Der Gute wollte gerade in die Kirche gehen und eine

Messe abhalten, als diese Gesandten des Teufels, angestachelt von unbändigem Haß, in die Sakristei eindrangen und ihn baten, auf den Friedhof zu kommen. Sie legten ihm einen Strick um den Hals und …«

»Rawnose!« schimpfte Kathryn.

Der Bettler blinzelte. »Man hat Geister gesehen«, fuhr er fort und wechselte dramatisch das Thema. »Ein gar garstiges, grünes Licht bei der Priorei St. Gregory, fünf Fuß hoch und einen Schritt breit.«

»Rawnose!« mahnte Thomasina.

»Ein Schneider in Chatham hat mit dem Teufel gewürfelt. Sie haben sich auf dem Kirchhof getroffen.«

»Rawnose, jetzt halt aber den Mund!« donnerte Thomasina.

»Ach, und ein Ire hat nach Euch gefragt, Mistress.«

»Sei nicht albern. Warum sollte Colum mit Euch über mich reden?«

»Oh nein, Mistress, es war ein anderer. Rothaarig, mit einer Augenklappe«, verkündete Rawnose, dem es sichtlich Freude bereitete, daß Kathryn ihm jetzt ihre ungeteilte Aufmerksamkeit schenkte. »Groß und breit war er.«

Kathryn hockte sich vor den Bettler. »Rawnose, was genau hat er gesagt?«

»Oh, er hat sich nach Euch und Master Murtagh erkundigt. Wo der Ire wohnt, was er macht.«

»Und Ihr habt ihm gesagt, was Ihr wißt?«

»Ja natürlich, Mistress, immerhin hat er mir ein Sixpencestück gegeben.«

Kathryn erhob sich und trat an die Küchentür. Sie fuhr sich mit der Hand an den Hals und versuchte, das ängstliche Zittern zu unterdrücken. Die Bluthunde von Ulster waren in Canterbury, und sie jagten Colum.

»Oh!« rief Rawnose, der über seine aufmerksamen Zuhörerinnen begeistert war. »Und am Rande von Canterbury wurden Phantome gesehen. Körperlose Stimmen schwebten um den Galgen an der Wegkreuzung, und eine rothaarige Hexe war auch dabei.«

»Schsch!« unterbrach Kathryn seinen Redeschwall und kam

wieder an den Tisch. »So, Rawnose, was führt Euch denn zu mir?«

»Leichtes Fieber und eine Erkältung am Kopf.«

Kathryn seufzte und bat Thomasina um Schafgarbe, etwas Kamille und Thymian, ein wenig Honig und einen Löffel voll Senf. Sie gab alles in einen kleinen Topf, den sie über das Feuer stellte, goß ein wenig Wasser hinzu und sagte Rawnose, er solle noch einmal wiederkommen und sich die Arznei abholen. Sie wies den Penny, den er ihr zuwarf, gnädig zurück und führte ihn, der noch immer wie ein Eichhörnchen keckerte, aus dem Haus. Sie kam zurück in die Küche, wo Thomasina sich gerade über das Feuer beugte.

»Der Ire ist in Gefahr, nicht wahr, Mistress?«

»Ja, ja, Thomasina, doch laß mich überlegen.«

Kathryn wusch sich die Hände in einer Schüssel Rosenwasser, trocknete sie an einem Mundtuch ab und ging in ihre kleine Schreibkammer. Sie setzte sich an den Schreibtisch des Vaters und starrte die leere Wand an. Ihre Gedanken wirbelten wild durcheinander, Panik kam in ihr auf.

»Um Himmels willen, Frau!« murmelte sie. »Reiß dich zusammen.«

Sie nahm eine Pergamentrolle zur Hand, strich sie glatt und atmete tief durch. Sie spitzte einen Federkiel an und knabberte am Federende.

»Ich will alles niederschreiben«, flüsterte sie vor sich hin und schloß die Augen. Sie versuchte, sich alles ins Gedächtnis zu rufen, was sie und Colum erfahren hatten. Die Neuigkeiten, die Rawnose mitgebracht hatte, ließen ihr keine Ruhe, doch wenn sie schrieb und sich beschäftigte, vermochte sie das Problem vielleicht zu unterdrücken – zumindest so lange, bis Colum aus Kingsmead zurückkehrte.

Primo – [Sie begann in großen, schwungvollen Schriftzügen, dann lehnte sie sich zurück und beobachtete, wie schnell die blaugrüne Tinte ins Pergament einzog.] Am vierzehnten April 1471 wurde Richard Neville, Graf von Warwick, in Barnet ermordet. Als Colum ihn vor der Schlacht traf, trug der Graf das goldene Amulett mit einem Saphir, dem *Auge Gottes.* Nach der Schlacht hingegen, als Neville bereits tot war, war das Amulett mitsamt Saphir verschwunden.

Secundo – Das Amulett ist keltischen Ursprungs. Wahrscheinlich hat es Richard, Herzog von York, der Vater des jetzigen Königs, aus der Kathedrale in Dublin entwendet und dem Grafen von Warwick als Unterpfand der Freundschaft geschenkt.

Tertio – Neville hat das Amulett aller Wahrscheinlichkeit noch Brandon gegeben, seinem Knappen, der am achtundzwanzigsten April nördlich von Canterbury gefangengenommen wurde. Doch man hat keine Spur des Saphirs bei ihm gefunden. Wo hat sich Brandon zwischen der Schlacht bei Barnet und dem Tag seiner Festnahme aufgehalten? Was ist mit seinen Kameraden geschehen? Auf welche Weise ist Moresby, der Hauptmann von Nevilles Garde, getötet worden? Warum hat Brandon seinen Kerkermeistern in der Burg von Canterbury nichts gesagt? Hat er mit Sparrow geredet? Wie starb Brandon? Hat die Flucht des Mörders Sparrow irgend etwas mit dem *Auge Gottes* zu tun?

Quarto – Wo ist das *Auge Gottes*? Trug Brandon es am Körper, oder hat er es irgendwo versteckt? Sind die Bluthunde von Ulster an dem Amulett ebenso interessiert wie an Colums Tod?

Neue Patienten kamen, und Kathryn mußte ihre Notizen unterbrechen. Sie ging wieder in die Küche und achtete nicht weiter auf Thomasinas Geschwätz, als sie rasch Weißen Andorn austeilte gegen Halsschmerzen, einen Salbeitrank gegen entzündetes Zahnfleisch, Umschläge und Salben auf Schnitte und tiefe Wunden legte. Anschließend ging sie in ihre Kammer zurück und fuhr mit ihren Notizen fort.

Quinto – Das Amulett und das *Auge Gottes* sind ohne Zweifel wertvoll. Aber warum besteht der König so hartnäckig darauf, sie zurückzubekommen?

Kathryn erinnerte sich an die Begegnung mit dem König im Tower und die totenähnliche Stille im Haus des Verborgenen Wissens.

Sexto – Gibt es in der Burg von Canterbury jemanden, der etwas über das *Auge Gottes* weiß? Webster machte einen besorgten Eindruck; und dann der seltsame Ablaßprediger, der Ehrsame, spielte er eine Rolle?

Septimo – Und meine eigenen Probleme? Alexander Wyville ist definitiv aus Canterbury entkommen, aber lebt er noch?

Octavo – Colum Murtagh. Was halte ich wirklich von ihm?

Kathryn nahm den Federkiel wieder auf, strich die letzte Frage durch und nahm sich noch einmal die vorangegangenen vor.

Thomasina brachte einen Krug Ale und eine Platte mit Brot und Käse herein. Kathryn dankte ihr und begann gedankenverloren zu essen und zu trinken. Sie ließ ihren Gedanken freien Lauf und versuchte, sich an den Gewißheiten festzuhalten und die Fragen, die sie nicht beantworten konnte, beiseite zu lassen. Sie kam zu dem festen Schluß, daß Brandons Tod mysteriös war; es sah zu sehr nach Zufall aus. Ein junger, tatkräftiger Knappe in guter Obhut starb urplötzlich an Kerkerfieber! Unzählige Möglichkeiten schossen ihr durch den Kopf. War Brandon ermordet worden? War er überhaupt tot? Und dann diese merkwürdige Flucht des Mörders Sparrow … Kathryn hielt die Schreibfeder ans Gesicht und genoß die Berührung der weichen Flaumfedern. Lautes Klopfen an der Tür ließ sie auffahren. Sie rollte das Pergament rasch zusammen, steckte den Federkiel in den Halter und schloß das Tintengefäß aus Horn. Aus der Küche drangen erregte Stimmen an ihr Ohr, unterbrochen von Thomasinas scharfzüngigen Antworten. Kathryn stand auf, strich ihr Kleid glatt und ging durch den Korridor zurück in die Küche, wo Gabele und Fletcher mit schuldbewußter Miene standen.

»Was gibt es?« fragte sie und ging zur Tür, die in den Garten hinausführte, um sie zu schließen.

»Sir William Webster, Mistress«, erwiderte Fletcher. »Er hat sich das Genick gebrochen. Tot. Er stürzte vom Turm des Bergfrieds.«

»Wann ist das passiert?«

»Heute früh, Mistress, in der Morgendämmerung«, erklärte Gabele. »Ein Wächter hat ihn auf dem Turm gesehen, wo er seinen üblichen Morgenspaziergang machte. Sir William betrachtete gern den Sonnenaufgang. Er behauptete, er könne dann klarer denken.«

»War er allein?«

»Ja, wie immer. Sir William bestand darauf. Die Wächter auf dem Umlauf darunter sahen ihn immer dort, bei Regen oder Sonnenschein.«

»Und was ist geschehen?«

»Wie ich schon sagte, gerade war er noch dort oben, dann hörte der nächststehende Wächter plötzlich einen Schrei, drehte sich um, und sah gerade noch Sir William hinabfallen.«

»Zum Teufel auch!« keuchte Fletcher. »So ein Elend. Sir Williams Gesicht kann man fast nicht erkennen.«

»Wie konnte das passieren?« fragte Kathryn und erinnerte sich an die mächtige, zinnenbewehrte Mauer oben auf dem Turm. »Ich meine, Sir William ist wohl kaum ausgerutscht, und er war zu vernünftig, um zwischen die Zinnen zu treten.«

Fletcher blickte zu Boden.

»Es kann auch Selbstmord gewesen sein«, meldete sich Gabele.

»Selbstmord? Warum?«

»Sparrows Entkommen und Brandons Tod belasteten Sir William sehr und in erhöhtem Maße, seitdem er wußte, daß Brandon ein Geheimnis hütete, das der König für sein Leben gern besessen hätte.«

Kathryn wandte ihnen den Rücken zu und betrachtete den kleinen Zwiebelsack, der an den Dachsparren neben einer Speckseite hing. Selbstmord? überlegte sie. Oh nein! Das ist Mord! Zu viele Tote in der Burg von Canterbury, zu viele Geheimnisse, zu viele unerklärliche Zufälle. Sie drehte sich um.

»Master Gabele, wie war das Befinden Sir Williams gestern?«

»Er war ein wenig in sich gekehrt, beinahe ängstlich, doch er ging seinen Pflichten in der Burg nach.«

»Und Ihr seid sicher, daß er allein auf dem Turm war?«

Gabele fuhr sich mit der Zunge über die trockenen Lippen. »Ja, Mistress Swinbrooke, ganz sicher. Auf den Turm führt eine Falltür. Sir William hat sie stets hinter sich verriegelt.«

»Und Ihr seid bis jetzt noch nicht oben gewesen?«

»Nein, wir dachten, es sei besser, wenn Master Murtagh den Befehl erteilt, die Falltür zu öffnen. Ich weiß, was Ihr denkt, Mistress – Sir Williams Tod könnte eher das Ergebnis eines Ränkespiels sein als ein Unfall oder Todeswunsch, und der Turm wird es an den Tag bringen.« Er hob eine Hand, um ihre Fragen zu unterbinden. »Sir William war stets vorsichtig. Die Turmspitze ist aus massivem Stein, glatt und eben wie ein zugefrorener Teich. Webster hat eine mindestens drei Finger breite Sandschicht darauf verteilt.« Er räusperte sich. »Ich habe eine Wache an der Treppe aufgestellt.«

Kathryn nickte. Sie schickte sich an, die beiden Männer noch weiter zu befragen, als die Tür zum Garten aufgerissen wurde und Wuf hereinstürmte.

»Ich hab' eine Schnecke!« rief er. »Schau, Thomasina!«

Er lief zu der Amme hinüber, die ruhig am Herd stand, ein Auge auf den brodelnden Topf, das andere auf Kathryns zwei Besucher gerichtet. Thomasina gab dem Jungen einen zärtlichen Klaps auf den Kopf, während sie gegen aufsteigende Tränen ankämpfen mußte. Der stürmische Auftritt des Kleinen war wie eine exakte Spiegelung der Vergangenheit. Konnte es sein, daß zweimal dasselbe geschah? fragte sich Thomasina. Vor einer halben Ewigkeit, in der ersten ihrer drei Ehen, war ihr eigenes Kind, Thomas, hereingeplatzt und hatte ihr eine Schnirkelschnecke hingehalten. Zwei Wochen später war er an Schweißfieber gestorben. Thomasina schluckte, hockte sich vor den Jungen und hatte ihre Herrin und die beiden Besucher völlig vergessen. Ich werde alt, dachte sie, mein Verstand läßt nach. Im stillen verfluchte sie die Tränen, die ihr in den Augen brannten.

»Komm mit, Wuf« sagte sie.

Sie nahm den Jungen bei der Hand und hastete geschäftig mit ihm in den Garten hinaus, um noch mehr Schnecken zu suchen.

Die beiden Männer, die durch Thomasinas plötzliches Verschwinden und Kathryns knappe Fragen verwirrt waren, traten unruhig von einem Bein auf das andere.

»Mistress«, meldete sich Gabele, »ich habe Euch gesagt, was wir wissen. Websters Leiche ist bereits eingesargt. Wir hielten es für das Beste, Master Murtagh zu suchen.«

»Er ist in Kingsmead.« Kathryn schritt durch den Raum und nahm einen Mantel vom Haken an der Wand. »Ich werde Euch begleiten«, fuhr sie fort. »Murtagh würde darauf bestehen.«

Kathryn ging in den Garten und teilte Thomasina kurz mit, wohin sie gehen wollte. Die Amme, die auf einer kleinen Holzbank saß und Wuf zusah, nickte nur und wandte das Gesicht ab, damit Kathryn die Tränen nicht sah, die in ihren Augen schimmerten.

»Thomasina, ist alles in Ordnung?«

»Ja, schon gut, Mistress.« Thomasina zwang sich zu einem Lächeln und zeigte auf Wuf. »Nur ein Sonnenstrahl aus der Vergangenheit.«

Kathryn kam in Begleitung von Gabele und Fletcher auf das Gelände von Kingsmead. Sie ritten über den schlammigen Pfad, der sich zwischen den großen Pferchen und Weiden hindurchwand und auf die Gruppe Herrenhäuser hinter einer Baumgruppe zuführte. Kathryn konnte schon aus der Ferne das Hämmern und Sägen der Zimmermänner und Bauleute vernehmen, und die Felder, an denen sie entlangritten, trugen bereits Spuren von Colums Anwesenheit. Neue Zäune waren errichtet worden, Hecken gepflanzt, Gräben gezogen und Tore wieder eingehängt. Unter der Baumgruppe hielt Kathryn an und betrachtete das alte Herrenhaus, das noch immer unbewohnbar war, obwohl der Wiederaufbau sichtbare Fortschritte machte. Maurer und Steinmetze nahmen sich der Wände an. Die Dächer waren abgedeckt worden; Zimmerleute ersetzten Balken und Träger, während ein Dachdecker mit seinem Lehrburschen damit beschäftigt war, Stapel roter Ziegel von einem Karren zu laden und sie sorgfältig auf Holzlatten zu legen. Der Ort war betriebsam wie ein Bienenstock zur Sommerzeit. Soldaten, die Holbech angeheuert hatte, übten sich auf einer Wiese vor dem Haus im Bogenschießen. Weiter unten, bei ihren Zelten und Hütten, schürten die Frauensleute der Soldaten die Feuer an den Kochstellen, während Kinder mit verschmutzten Gesichtern schreiend umherrannten, kläffende Hunde jagten und den Tumult nur noch vergrößerten. Kathryn und ihre Begleiter stiegen vom Pferd. Ein Stallknecht, der Kathryn erkannt hatte, eilte herbei, um die Zügel entgegenzunehmen. Sergeant Holbech tauchte auf; seine Frau Megan, die rothaarige Irin, klebte wie ein Blutegel an seinem Arm. Der bullige Soldat schlenderte auf Kathryn und ihre Begleiter zu und verbeugte sich.

»Mistress, ist was nicht in Ordnung?« Seine gutturale Aussprache verriet, daß er aus Yorkshire stammte. Fletcher überging er mit kurzem Aufblitzen der Augen, Gabele hingegen betrachtete er eingehender. »Mit wem habe ich das Vergnügen?« Er deutete mit seinem dicken Finger auf ihn.

»Simon Gabele, Waffenmeister in der Burg von Canterbury.«

Holbech grinste breit und streckte eine Hand aus. »Holbech ist mein Name. Ich habe bei Towton an Eurer Seite gekämpft.«

»Eine blutige Schlacht, Master Holbech.«

»Kann man wohl sagen, und ein paar gute Männer sind damals draufgegangen. Mistress Swinbrooke« – Holbech wandte sich wieder an Kathryn –, »Master Murtagh ist in den Ställen.«

Kathryn hatte die Frau mit dem zerzausten Haar betrachtet, die ihren Blick ebenso kühl erwiderte. Kathryn war von Megan fasziniert. Nie zuvor hatte sie so üppiges, hübsches Haar gesehen; es fiel der jungen Frau in dicken Zöpfen auf die Hüfte. Die Haare umrahmten ihr Gesicht, das in bemerkenswertem Kontrast dazu stand – Alabasterhaut und grüne, leicht schräg stehende Augen. Insgeheim bewunderte Kathryn Megans unbändigen Stolz und ihr wildes Gebaren, obwohl ihr auch Colums Klagen über sie einfielen.

»Megan ist eine verdammte Nervensäge!« hatte er einmal gesagt. »Sie liebt einen Mann bis zur Raserei, und dann, wenn ihr

Auge auf einen anderen fällt, läßt sie ihn wie eine heiße Kartoffel fallen und rennt hinter dem anderen her.«

»Fragt sich nur, ob sie auch Colum eingefangen hat«, dachte Kathryn geziert, als Holbech sie um die Ecke zu den Ställen führte.

»Wie gefällt Euch mein Ring, Mistress?« Megan streckte Kathryn eine Hand hin und zeigte ihr einen in Silber eingefaßten Perlenring an ihrem weißen, schlanken Finger.

»Wunderschön«, murmelte Kathryn. »Er steht Euch gut, Megan.«

»Ich habe ihn mir auch verdient«, verkündete die junge Frau, warf die roten Haare zurück und drückte Holbechs Arm. »Nicht wahr?«

Der diensthabende Sergeant konnte nur verlegen schlucken und begann, nach Murtagh zu rufen, noch ehe sie den gepflasterten Hof erreicht hatten. Colum tauchte in der Stalltür auf und führte einen hübschen Rotschimmel heraus. Allem Anschein nach hatte das Pferd große Schmerzen, denn es hob den rechten Vorderlauf und konnte nur vorwärtshumpeln.

»Kathryn.«

Colum warf Holbech die Zügel zu. Sein Lächeln verschwand, als er Gabele und Fletcher erblickte.

»Stimmt was nicht?«

Gabele unterrichtete ihn in kurzen, knappen Sätzen über den Vorfall in der Burg. Colum nickte und stellte dieselben Fragen wie Kathryn zuvor. Er wollte schon fortfahren, als er bemerkte, daß Megan, die sich auf Holbechs Arm stützte, interessiert zuhörte.

»Holbech«, sagte er leise, »wirf ein Auge auf die Arbeiter. Ich glaube, einer der Zimmerleute ist total betrunken.«

Er wartete, bis die beiden außer Hörweite waren.

»So, so, Sir Webster ist tot.« Colum spielte mit den Zügeln des Pferdes, drehte sich um, streichelte das Pferd und flüsterte ihm Koseworte ins Ohr. »Ich glaube, ich komme am besten gleich mit. Allerdings« – er strich über die Flanken des Pferdes –, »Pulcher hat entsetzliche Schmerzen.«

Kathryn sah in die freundlichen, klaren Augen des Pferdes.

»Was fehlt ihm?« fragte sie.

»Ich weiß nicht. Er ist gestern beschlagen worden, und dabei ist was schiefgegangen.«

»Laßt mich sehen.«

Colum, der dem Pferd auf gälisch gut zuredete, hob sanft dessen schmerzendes Bein. Kathryn ging in die Hocke und sah die Schwellung direkt über dem Huf. Sie betrachtete das Hufeisen eingehender.

»Ein Nagel ist zu weit innen eingeschlagen worden«, erklärte Colum. »Er hat das Fleisch verletzt, aber warum ist das so schmerzhaft?«

»Ich glaube nicht, daß es daran liegt«, erwiderte Kathryn. »Wahrscheinlich war der Huf schon vor dem Beschlagen entzündet, und der Nagel hat es verschlimmert.«

»Ich werde die Hufnägel entfernen lassen.« Colum war sichtlich verärgert; Beinverletzungen dieser Art konnten ein Pferd zum Krüppel machen. »Und dann?« fragte er.

»Legt einen Verband mit frischem Moossaft an, wickelt ihn um den Huf und wechselt ihn zweimal täglich.«

»Seid Ihr sicher, daß es wieder ausheilt?« fragte Colum.

Kathryn schmunzelte und stand auf. »Wenn nicht, dürft Ihr den lieben langen Tag in meiner Gegenwart Chaucer zitieren.«

Colum warf einen Blick auf das Hufeisen, um das es ging. »Der Schmied hätte sich das ansehen sollen«, murmelte er. Er ging zum Eingang des Hofes, das Gesicht weiß vor Wut. »Holbech!« brüllte er. »Holbech, wo zum Teufel steckst du?«

Sein Waffenmeister bog um die Ecke, Megan mit wippenden roten Zöpfen im Schlepptau.

»Hol den verdammten Schmied her!« rief Colum. »Tritt ihn in den Arsch! Er darf einen Monat lang keinen Wein trinken. Er hat Pulcher lahm gemacht. Er soll die Hufeisen alle wieder entfernen und zweimal am Tag Moosverbände anlegen. Wenn es dem Pferd binnen einer Woche nicht besser geht, werde ich den Bastard aufhängen!«

Colum ging zum Brunnen und wusch sich. Er sattelte ein Pferd und galoppierte mit Kathryn und ihren beiden Gefährten nach Canterbury. Gabele und Fletcher ritten als letzte, denn sie fürchteten sich ein wenig vor Colums hitzigem Temperament. Eine Zeitlang ließ Kathryn Colum gewähren, der zunächst auf englisch, dann auf gälisch heilige Eide schwor, was er dem Schmied alles antun wollte.

Sie nahmen die Abkürzung quer über die Felder, kamen vorbei an den qualmenden, stinkenden Gerbereien in der Noth Lane und überquerten Saint Dunstan's Street. Von Westgate aus sahen sie die hoch aufragenden Turmspitzen der Heiligkreuzkirche, wandten sich dann nach links und ritten durch London Gate nach Canterbury hinein. Colum war noch immer mürrisch und hörte Kathryns Mutmaßungen über Websters Tod nur mit halbem Ohr zu. Am Ende, kurz bevor sie in die Castle Row einbogen, zügelte Kathryn ihr Pferd. Sie warf einen Blick auf die vielen Menschen, die wie ein Bienenschwarm um Stände und Marktbuden herumwuselten, beugte sich zu Colum hinüber und griff nach seiner Hand.

»He, Ire, ich habe noch andere Neuigkeiten.«

Colum hörte ihr noch immer nicht richtig zu.

»Ire«, sagte Kathryn eindringlich. »Die Bluthunde von Ulster sind in Canterbury; Fitzroy hat nach Euch gefragt.«

Colums Hand fuhr an den Griff seines Schwertes, das an seinem Sattelknauf hing.

»Woher wißt Ihr das?«

Kathryn wiederholte, was sie von Rawnose erfahren hatte.

»Padraig Fitzroy«, erwiderte Colum. »Also ist der Bastard am Ende doch noch gekommen.«

»Fürchtet Ihr ihn?«

»Ja und nein. Auf freiem Feld, von Angesicht zu Angesicht, mit Schwert und Schild, könnte ich Fitzroy töten.«

Colum blickte sich um. Er betrachtete die verhüllten Bettlergestalten, die Mönche in ihren Kutten, die Händler mit Biberhüten, die Reichen und Mächtigen, die sich mit den Taschendieben und Schurken der Stadt vermischten. So viele Menschen, dachte Colum – überall, an der Tür von Wirtshäusern oder an Straßenecken; Pilger, allesamt fremd in der Stadt, in merkwürdigen, behelfsmäßigen Gewändern, drängten sich in den Straßen.

»Fitzroy tritt mir nicht auf offenem Feld entgegen«, murmelte er. »Er ist ein Meuchelmörder, er könnte dort in der Menge sein und uns beobachten. Nein, wenn er zuschlägt, wird er es wie ein Dieb in der Nacht tun, plötzlich und unerwartet.« Colum spürte, wie ihm ein Schauder zwischen den Schulterblättern hinabrann. Er trieb sein Pferd an. »Kathryn«, warnte er sie, »ich sage es Euch ohne Umschweife: Öffnet keinem Fremden die Tür. Ein Menschenleben ist Fitzroy nicht viel wert.«

Sechs

Kaum waren sie in der Burg, führten Gabele und Fletcher sie durch ein Gewirr von Korridoren eine Treppe hinauf in die kleine Kapelle. Auf einem Gestell vor dem schlichten Steinaltar stand ein polierter Holzsarg, umringt von violetten Kerzen. Kathryn stieg der für ein Totenhaus typische Gestank von Fäulnis und Verwesung in die Nase. Gabele hob den Sargdeckel.

»Ich habe ihn nicht zugenagelt«, sagte er mit einem schnellen Blick auf Kathryn. »Ich dachte, Ihr würdet wohl einen Blick auf ihn werfen wollen.«

Kathryn schaute in den Sarg und wandte sich ab. Websters Leiche war nicht zurechtgemacht worden. Er trug noch die Kleider, in denen er gestorben war. Der obere Teil des Körpers sah entstellt aus, der zertrümmerte Kopf war beinahe zwischen die Schultern geschoben. Kathryn schluckte und trat noch einmal an den Sarg, um den Körper genauer zu untersuchen, der Worte ihres Vaters eingedenk.

»Hab' keine Angst vor einer Leiche, Kathryn. Es ist nur die Hülle, aus der die Seele entschwunden ist. Geh sanft vor und denke daran, es gibt nichts zu fürchten.«

Sie bat Gabele, den Deckel ganz zu entfernen. Dann nahm sie Websters Kopf in beide Hände und drehte ihn um.

»Die eine Seite des Gesichtes ist zerschmettert.« Sie sprach deutlich und sachlich. »Der Sturz geschah aus großer Höhe, Genick und Schulterknochen sind gebrochen.« Sie zeigte auf die linke Gesichtshälfte. »Damit ist er unten aufgeschlagen.« Sie blickte auf, doch alle drei Männer hatten sich abgewandt. »Herrgott im Himmel!« flüsterte sie. »Nun tut nicht so, als hättet Ihr noch nie Leichen gesehen!«

Colum trat zu ihr.

»Bitte«, sagte sie, »dreht den Leichnam um.«

Colum tat, wie ihm geheißen, und Kathryn untersuchte sorgfältig den zerschmetterten Kopf. Sie wollte schon die Hand fortziehen, da spürte sie noch etwas direkt hinter dem rechten Ohr. Dann trat sie zurück.

»Merkwürdig«, murmelte sie.

»Was gibt's?« fragte Gabele.

»Nun«, sagte Kathryn. »Sir William ist von der Mauer gefallen.« Sie nahm eine Hand zur Hilfe, um es deutlich zu machen. »In der Regel würde der Körper wie ein Stein durch die Luft trudeln. Gut, Sir William fiel, als er auf dem Boden aufschlug, auf die linke Seite. Daher die Verletzungen auf dieser Gesichtshälfte und Kopfseite. Er hat das Mauerwerk im Fall nicht gestreift, deshalb ist die rechte Gesichts- und Kopfhälfte relativ unverletzt.«

»Und weiter?« fragte Colum.

»Warum hat er dann aber eine Beule hinter dem rechten Ohr?« erwiderte Kathryn. »Um Eure Fragen offen zu beantworten, Sir William wurde, bevor er vom Turm fiel, auf den Hinterkopf geschlagen.«

»Heißt das«, fragte Fletcher, »daß noch jemand außer ihm auf dem Turm war?«

»Ja, so sieht es aus.«

»Aber das geht nicht«, versicherte Gabele. »Sir William verriegelte die Falltür hinter sich, und die Wachen auf dem Umlauf darunter sahen nur Sir William.«

»Jemand hätte ja auch auf dem Turm auf Sir William warten können«, vermutete Colum.

»Unmöglich!« erwiderte Gabele. »Da oben kann man sich nicht verstecken. Hinzu kommt, daß Sir William eine Zeitlang da oben hin und her ging, bevor er fiel. Bestimmt hätte er etwas bemerkt und Alarm geschlagen.«

»Es hat keinen Zweck zu spekulieren«, mischte Kathryn sich ein. »Master Gabele, Ihr sagtet, der Turm ist noch immer mit einem Vorhängeschloß versehen?«

»Ja.«

»Dann sollten wir doch einmal dort hinaufgehen, oder?«

Gabele schickte nach den Wachen, drei Bauernburschen, die auf dem Umlauf unter der Turmspitze Wachdienst hatten. Sie sagten übereinstimmend aus, daß sie Sir William gesehen hätten.

»Oh ja, gewiß«, sagte einer von ihnen, ein Kerl mit einer Zahnlücke. »Er ging immer da hinauf, Gott hab' ihn selig, und trug seinen Biberhut und hatte sich dick in seinen Militärmantel gepackt. Ich winkte ihm zu, und er winkte zurück.«

»Habt Ihr noch jemanden dort gesehen?« fragte Kathryn.

»Vergeßt nicht, Mistress, daß wir auf dem Umlauf standen und immerhin sechzig Fuß nach oben schauen mußten! Trotzdem haben wir niemanden außer ihm gesehen. Das einzige, was wir gesehen haben, waren die Flammen aus dem Kohlebecken, das Sir William stets anzündete, um sich warm zu halten.«

»Und das habt Ihr heute morgen gesehen?«

»Ja, gewiß.«

»Und welchen Eindruck hattet Ihr von Sir William?«

»Wie ich schon sagte«, antwortete der Bursche mit der Zahnlücke, »ich habe ihm zugewunken. Er winkte zurück und rief mir einen Gruß zu. Ich war zu weit entfernt, um genau verstehen zu können, was er rief.«

»Und Euch ist nichts Ungewöhnliches aufgefallen?«

»Nein«, sagten sie wie aus einem Munde.

»Und Ihr habt gesehen, wie Sir William fiel?«

»Nun ja, Mistress, wir sind auf und ab gegangen«, erwiderte einer von ihnen. »Haben über die Mauern in die Stadt geschaut. Waren ja schon stundenlang da. Plötzlich höre ich einen Schrei. Ich drehe mich um und sehe gerade noch einen Farbklecks. Ich höre einen Aufprall, und als ich hinunterschaue, sehe ich Sir Williams Körper flach auf dem Gefängnishof liegen.«

»Ihr habt einen Schrei gehört?« hakte Colum nach.

»So ist es.«

Colum schüttelte verblüfft den Kopf. »Master Gabele ...« Er legte eine Geldmünze auf den Tisch. »Gebt diesen drei tapferen Veteranen einen Schluck auf meine Kosten, doch zuvor laßt uns die Falltür aufbrechen.«

Gabele, Fletcher und die drei emsigen Soldaten gingen voraus und führten Kathryn und Colum durch weitere Korridore. Am Ende stiegen sie die düstere Wendeltreppe zur Turmspitze hinauf. Die Treppe war schmal und steil, und sie mußten anhalten, um Atem zu schöpfen, bevor sie weitergehen konnten. Schließlich hörten die Steinstufen an einer großen, hölzernen Falltür auf, die auf das Dach hinaus führte. Zu ihrer Rechten erblickte Kathryn eine etwa mannshohe Fensterleibung, deren große Fensterläden mit einem dicken Holzbalken fest verriegelt waren.

»Das liegt genau unter dem Turm«, bemerkte sie.

»Ja, Mistress.«

»Und wozu dient es?«

»Eine kleine Rückzugspforte«, erklärte Colum. »Bei einem Angriff würden die Eroberer Leitern an den Turm stellen oder Belagerungstürme heranschieben. Die Verteidiger könnten dann diese Türen öffnen und die Leitern wegstoßen oder die Eroberungstürme in Brand setzen.«

»Könnten Eroberer nicht durch die Tür eindringen?« fragte Kathryn.

Gabele lächelte. »Nein, in dem Falle würde sie verstärkt, und zwei gute Bogenschützen könnten sie bis zum Sankt-Nimmerleins-Tag verteidigen.«

Kathryn betrachtete die hölzernen Fensterläden.

»Was ist?« spottete Fletcher. »Ihr glaubt doch wohl nicht, daß Sir William dort hinausgeworfen wurde, oder?« Als Kathryn ihm daraufhin einen zornigen Blick zuwarf, wurde er rot. »Ich meine ja nur, Mistress – er war auf dem Turm, und die Falltür war verriegelt!«

Colum beschloß, der Verlegenheit des Stellvertretenden Festungskommandanten ein Ende zu bereiten, und befahl den Soldaten, den schweren Baumstamm einzusetzen, den sie aus dem Burghof mitgebracht hatten. Schwitzend und fluchend begannen sie, die Falltür einzurammen. Endlich hatten sie Erfolg, Holz splitterte, die Falltür bebte. Colum bat sie zurückzutreten. Er stieß die Falltür auf und stieg hinaus. Kathryn folgte ihm und schnappte nach Luft. Ein stürmischer Wind nahm ihr den Atem und fuhr ihr in die Haare. Sie sah, daß die Riegel und Schließen der Falltür jetzt sowohl innen als auch außen lose waren. Mit vorsichtigen Schritten trat sie an die Zinnen, schaute hinüber und wandte sich schnell ab, denn ihr wurde schwindlig beim Anblick der ungeheuren Falltiefe. Gabele streckte den Kopf durch die Öffnung der Falltür, doch Colum bat ihn, unten zu bleiben, da er das Dach des Turmes untersuchen wollte. Das Holzkohlebecken in einer geschützten Ecke enthielt nur noch einen Haufen weißer Asche. Colum kniete nieder und nahm die Fußstapfen auf der dünnen Sandschicht in Augenschein, mit der die Oberfläche des Turms bedeckt war.

»Tod und Teufel!« flüsterte er. »Kathryn, kommt und seht Euch das an!«

Vorsichtig trat sie zu ihm. Colum deutete auf die Fußspuren. »Es sind Websters!« erklärte er. »Derselbe Abdruck überall. Keinerlei Anzeichen dafür, daß außer Webster noch jemand hier oben auf dem Turm war.« Er blickte sich um und wischte sich den Sand von den Händen. »Mistress, seid Ihr sicher, daß man Webster auf den Hinterkopf geschlagen hat? Wenn das stimmt, dann ist die ganze Sache äußerst mysteriös. Da ist ein Mann, der auf das Dach des Turmes steigt und die Falltür hinter sich verriegelt. Er bleibt eine Zeitlang hier, was die Wachen bezeugen. Der Sand zeigt, daß sich niemand hier versteckt hat; außerdem gibt es hier kein Versteck. Wie ist also der Mörder durch eine verschlossene Falltür gekommen, über den Sand gegangen, ohne einen Fußabdruck zu hinterlassen, wie hat er den Festungskommandanten kampflos überwältigt, ihm auf den Kopf geschlagen und ihn über die Zinnen geworfen, ohne von den Wachen bemerkt zu werden? Und wie hat er dann« – Colum seufzte – »den Turm verlassen und es irgendwie fertiggebracht, ihn von innen zu verschließen?«

Kathryn schüttelte unmutig den Kopf und trat wieder an die Zinnen. Sie schaute hinab. Direkt unter ihr befand sich der Burghof, eingeschlossen von einer Wehrmauer. Wachen patroullierten über den Umlauf. Kathryn schüttelte erneut den Kopf und kam zurück.

»Ich habe genug gesehen«, raunte sie Colum zu.

Diejenigen, die unten auf der Treppe standen, wichen zurück, damit Colum und Kathryn wieder in den Turm hinabsteigen konnten. Dann gingen alle miteinander die Treppe hinab. Die Wachen wurden entlassen. Gabele sollte Kaplan Peter und

Schreiber Fitz-Steven holen. Man traf sich in der großen, düsteren Halle und nahm auf unbequemen Bänken unterhalb der Estrade Platz. Colum begann mit der Verhandlung.

»Wir stehen vor einem Rätsel«, verkündete er.

Er hielt inne, als Margotta in die Halle trat. Sie lächelte ihn an wie ein junges Mädchen und setzte sich neben ihren Vater Gabele.

Kathryn hob die Hand. »Master Murtagh. Es fehlt jemand. Wo ist unser Freund, der Ehrsame, der Ablaßprediger?«

»Er ist in die Stadt gegangen«, erklärte Kaplan Peter. »Die Pilgersaison ist auf dem Höhepunkt, und der Mann ist wahrscheinlich auf der Suche nach lukrativen Geschäften.«

»War er in der Burg, als Webster getötet wurde?« fragte Kathryn.

»Oh ja«, meldete sich Schreiber Fitz-Steven zu Wort. »Er ging fort, kurz bevor Ihr eingetroffen seid. Doch was hat das alles hier zu bedeuten? Ich dachte, Sir William sei entweder gestürzt oder hätte Selbstmord begangen.«

»Das dachten wir auch«, murmelte Fletcher. »Doch Mistress Swinbrooke ist der Meinung, daß Sir William möglicherweise einen Schlag auf den Kopf erhalten hat und hinabgestoßen wurde.«

»Unsinn!« verkündete Fitz-Steven selbstherrlich. »Wer sollte Sir William töten und warum? Welchen Beweis habt Ihr dafür?« Er warf Kathryn einen verächtlichen Blick zu. »Sir William war ein einsamer, ziemlich ruhiger Mann. Er hatte keine Feinde.«

»Ich kann Eure Fragen nicht beantworten, Master Schreiber«, erwiderte Kathryn. »Wenn ich es könnte, gäbe es für mich auf dieser Welt keine Rätsel. Ich habe auch nicht gesagt, daß Sir William Feinde hatte. Vielleicht hatte er den Verdacht, daß etwas nicht stimmte.«

»Und womit?«

»Nun, mit Sparrows Flucht zum Beispiel. Oder mit Brandons Tod. Oder er hatte vielleicht sogar eine Vermutung über den Verbleib des Amuletts.«

»Dummes Zeug!« entgegnete der Kaplan.

»Gewiß, dummes Zeug. So dumm immerhin«, entgegnete

Kathryn aufgebracht, »daß es Sir William an der rechten Kopfhälfte hinter dem Ohr traf. Und ich habe eine Frage an Euch alle. Hat einer von Euch Sir William auf den Turm begleitet?«

Fitz-Steven sprang auf. »Ich muß diese Fragen nicht beantworten, schon gar nicht einer Frau.«

»Immerhin haben Eure Mutter und ich in diesem Fall vieles gemeinsam!« fauchte Kathryn.

Fitz-Steven trat so nah an sie heran, daß sie seinen Atem spüren konnte.

»Ich habe von Euch gehört, Swinbrooke«, zischte er, ein boshaftes Lächeln auf dem schmutzigen, verschwitzten Gesicht. »Oh ja, Ihr mit Eurem vornehmen Getue, Euren Kenntnissen in Heilkunde, mit Eurer Ernennung bei der Ratsversammlung oder bei dem, was davon übriggeblieben ist.«

»Habt Ihr auch von mir gehört?« fragte Colum, stand auf und packte Fitz-Steven an der Schulter. »Glaubt mir, Wertester, ich bin weder für mein gutes Aussehen noch für meine Geduld berühmt, und letztere stellt Ihr auf eine harte Probe. Ich bin der Sonderbeauftragte des Königs in dieser Angelegenheit, und wenn Ihr Euch nicht zurückhaltet, werde ich Euch eine kurze Lektion in Höflichkeit gegenüber einer Dame erteilen.«

Kathryn hob die Hand, als Fitz-Steven den Mund öffnete, um mit weiteren Beleidigungen zu protestieren.

»Bitte, Sir, ich bitte Euch, setzt Euch«, sagte sie und zwang sich zu einem Lächeln. »Meine Fragen sind wohlmeinend.«

Der Schreiber ließ sich auf die Bank fallen. »Na schön, und um Eure Frage gleich zu beantworten, Mistress, ich habe mich dem Turm nicht genähert. Und ich habe im Benehmen Websters nichts Ungewöhnliches entdeckt.« Er hustete. »Kann sein, daß er ein wenig niedergedrückt war, weil er befürchtete, er könnte das Vertrauen des Königs mißbraucht haben, aber sonst nichts.«

Die anderen stimmten ihm zu.

»Seid Ihr sicher?« fragte Colum.

»Nein, es stimmt nicht ganz«, sagte Kaplan Peter. »Wenn ihn etwas bedrückte, dann war es nicht Brandons Tod – den betrachtete er als einen Akt Gottes.« Der Priester hielt kurz inne.

»Viel mehr interessierte ihn Sparrows Flucht. Gestern abend, kurz vor Sonnenuntergang, bat er mich, mit ihm auf die Rasenfläche vor dem Bergfried zu kommen. Er spielte einen merkwürdigen Mummenschanz und bat mich, so zu tun, als sei ich Sparrow, während er der arme Wärter war, der getötet wurde.«

»Warum hat er das getan?«

»Ich weiß es nicht. Er ließ mich in die Mitte der Rasenfläche gehen.«

»Ach ja«, unterbrach Gabele. »Ich habe mich schon gewundert, was Ihr dort zu suchen hattet.«

»Nun, ich habe getan, worum er mich gebeten hatte. Sir William gab vor, der Wärter zu sein, der getötet wurde. Wir versuchten, die Umstände von Sparrows Flucht zu rekonstruieren. Ich ging in eine Nische, Sir William folgte mir, dann schüttelte er plötzlich den Kopf und ging fort. Das war alles.«

»Er war gestern abend sehr still«, meldete sich Margotta. »Bei Tisch stocherte er nur im Essen rum und zog sich früh zurück. Er murmelte etwas von Euch, Colum. Er sagte, er müsse Euch treffen.«

»Gibt es noch etwas?« fragte Kathryn ruhig.

Sie schüttelten den Kopf. Colum verkündete, er sei fertig. Er lehnte die von Gabele angebotene Erfrischung ab und sagte, sie würden ihren Weg aus der Burg schon finden. Dann allerdings wartete Colum, bis die anderen die Halle verlassen hatten.

»Kathryn, seid Ihr sicher, daß Webster einen Schlag erhielt, bevor er stürzte?«

»Ja, ganz sicher. Und wißt Ihr was, Colum? Ich glaube nicht, daß die Wachen Webster schreien gehört haben. Das war ein anderer. Für mich steht ziemlich fest, daß der arme Festungskommandant bewußtlos geschlagen wurde, bevor man ihn ins Jenseits beförderte. Er wurde umgebracht, weil er etwas wußte, was mit Sparrows Flucht zu tun hatte.«

Sie verließen die Halle, blieben eine Weile auf der kleinen Rasenfläche stehen und gingen dann zu der schattigen Nische in der Burgmauer hinüber, wo Sparrow und der glücklose Wärter ihr grausiges Zusammentreffen hatten. Colum schüttelte den Kopf.

»Der Herrgott mag wissen, was Webster zu entdecken hoffte. Vielleicht wird es uns mit der Zeit einfallen.«

Sie holten ihre Pferde und ritten zurück in die Stadt. Kathryn fragte Colum, ob er sie begleiten wollte, denn sie mußte im Spital für Arme Priester noch Besuche machen. Der Ire war einverstanden, und so ritten sie die Bullock Lane hinunter in die Steward Street. Die Sonne hatte die Leute in Scharen nach draußen gelockt. Pilger hatten sich von ihren Herbergen aufgemacht, um Beckets Schrein in der großen Kathedrale die Ehre zu erweisen. Die Straßen waren von lärmenden Menschen so vollgestopft, daß sie absteigen und die Pferde am Zügel führen mußten. Als sie an der Crocchere's Lane vorbeikamen, hörte Kathryn, wie jemand nach ihr rief. Sie stöhnte, als sie ihren Vormund Joscelyn in Begleitung seiner Frau erblickte. Sie schoben sich durch die Menge zu ihr hin.

»Einen schönen guten Morgen, Kathryn. Und auch Euch, Master Murtagh.« Joscelyns schmales Gesicht verzog sich zu einem falschen Lächeln.

Scheinheiliger Patron, dachte Kathryn; sie betrachtete die Pedantenmiene ihres Vormunds und versuchte, den Ausdruck selbstgerechter Verachtung auf dem Wespengesicht seiner Frau zu übersehen. Joscelyn, ein Vetter ihres Vaters, war Gewürzhändler. Trotz seiner vorgetäuschten Gutmütigkeit war er Kathryn nicht gerade gewogen. Eine Zeitlang tauschten sie Artigkeiten aus. Joscelyns Frau starrte Colum unentwegt an und schnaubte herablassend, bis der Ire ihr schließlich einen Schreck einjagte und ihr den grimmigsten Blick zuwarf, zu dem er fähig war.

»Ich habe zu tun«, sagte Kathryn lächelnd und nahm ihr Pferd wieder an die Zügel. »Ich bin auf dem Weg ins Spital.«

»Ja, gewiß doch, liebste Kusine, doch sagt, wie steht es mit Eurer Bewerbung um eine Lizenz?«

»Sie geht an die Gilde, doch ich kaufe bereits Vorräte ein. Ein Händler in London, Richard von Swinforfield, hat mir versprochen, Gewürznelken, Muskatblüte, Safran, Zucker, Zimt, Ingwer zu schicken – oh ja, und etwas Koriander, Anissamen und Buchweizen.« Kathryn verbarg ihr Schmunzeln. »Übrigens habe ich auch Kassiazimt bestellt, Kalmus und Aloe, die aus dem Ausland importiert werden.«

»Die wollt Ihr doch nicht etwa in Eurem Laden verkaufen?« Joscelyns aufgesetzte Gutmütigkeit wich blankem Entsetzen.

»Warum nicht? Jetzt, nachdem der Krieg zu Ende ist, herrscht große Nachfrage, besonders nach Gartenraute, mit der man die Binsen auf dem Boden frisch und frei von Infektionen halten kann.« Kathryn zuckte mit den Schultern, denn sie genoß die Situation inzwischen. »Wie Ihr ja wißt, Joscelyn, benötige ich sie auch für meine Arzneien. Habt Ihr einmal Theophrastus gelesen?«

Joscelyn schüttelte betrübt den Kopf.

»Nach seinen Erkenntnissen«, antwortete Kathryn, »sind diese Gewürze ein Segen für die Medizin. Oder, wie Hippokrates es noch deutlicher formulierte: ›Laßt Nahrung Eure Arznei sein und Arznei Eure Nahrung‹.«

»Ja, ja, genau.« Joscelyn trat zurück und fuchtelte aufgeregt mit der Hand in der Luft herum. »Wenn dem so ist, Kusine, hoffe ich nur, daß Euer Gesuch Erfolg hat.«

Mit diesen Worten nahm er den Arm seiner griesgrämigen Frau und tauchte in der Menge unter. Kathryn schüttete sich aus vor Lachen.

»Er mag Euch nicht«, kommentierte Colum. »Und Ihr könnt ihn nicht ausstehen. Wo ist da der Grund zur Freude?«

Kathryn wischte sich die Tränen aus den Augen. »Oh, Colum, versteht Ihr denn nicht? Wenn es nach Vetter Joscelyn gegangen wäre, hätte man mich an einen langweiligen Händler verheiratet, damit ich endlich weiß, wo ich hingehöre. Statt dessen übe ich den Beruf einer Ärztin aus und beabsichtige jetzt auch noch, in Konkurrenz zu ihm zu treten und Gewürze zu verkaufen. Joscelyn gefällt das ganz und gar nicht. Was der gute alte Chaucer über den Arzt geschrieben hat, trifft auf Vetter Joscelyn ganz bestimmt zu.« Sie lächelte freudlos. »Und vielleicht auch auf mich. Wie heißt es noch? ›Da Gold als Arznei die Herzen stärkt, galt dem Golde vor allem sein Augenmerk‹.«

»Das glaube ich nicht«, murmelte Colum kaum hörbar.

»Was glaubt Ihr nicht? Und sprecht deutlicher!«

»Ich glaube nicht, daß Ihr hinter Geld her seid.« Colum zupfte sorgsam einen losen Faden von Kathryns Kleid. »Und wenn, welche Hoffnung bliebe dann den anderen? Wie der Dichter schon sagt: ›Wenn Gold rostet, was soll dann Eisen tun?‹«

Unter Lachen und Scherzen folgten sie der Steward Street. Gegenüber der Hawks Lane blieb Kathryn vor dem Spital für Arme Priester stehen. Während Colum die Pferde hielt, ging sie hinein, um Vater Cuthbert, den Kustos, zu sprechen. Der alte Priester war jedoch nicht anwesend, und so setzten sie ihren Weg durch das Gedränge fort zur Hethenman Lane und bogen von dort ab in die High Street.

»Wohin wollt Ihr jetzt?« fragte Colum.

»Wohin würdet Ihr gehen, wenn Ihr ein Ablaßprediger wärt?« antwortete sie mit einer Gegenfrage.

Colum lächelte nur und nickte.

Sie waren gerade am Rathaus vorbeigegangen und hatten ihre liebe Not, durch das Gedränge vor dem ›Schachbrett‹ zu finden, dem größten Wirtshaus in Canterbury und Zentrum des Pilgerwesens, als Luberon sie mit hochrotem, verschwitztem Gesicht einholte. Zunächst verstanden sie nicht, was er ihnen mitteilen wollte. Luberon plapperte so schnell daher und versuchte gleichzeitig, wieder zu Atem zu kommen. Colum bat ihn, er möge sich erst einmal beruhigen.

»Schön, schön«, japste Luberon; der Schreiber holte tief Luft und senkte die Stimme. »Ihr müßt unbedingt mitkommen!« sagte er. »Man hat eine Leiche aus dem Fluß gezogen!«

Kathryn schloß die Augen und stöhnte.

»Oh ja«, sagte Luberon beharrlich. »Master Murtagh, Ihr seid der Sonderbeauftragte des Königs und zuständige Beamte für diese Angelegenheiten, und Mistress Swinbrooke, Ihr seid seine Ärztin.«

Sieben

Luberon ging ihnen voran zurück über die High Street und erklärte ihnen, man habe die Leiche ins Totenhaus der Gemeinde All Saints gebracht, einen niedrigen, baufälligen Schuppen in der entlegenen Ecke eines verwahrlosten Friedhofs. Als sie dort ankamen, legte Luberon eine Hand auf die Klinke und hielt kurz inne.

»Ich dachte mir, daß Ihr sie Euch vielleicht ansehen wollt«, erklärte er. »Zunächst einmal muß jemand gemäß Stadtverordnung über die Leiche verfügen. Zweitens ist niemand, und das ist das Merkwürdige an der Sache, als vermißt gemeldet worden, obwohl es sich um die Leiche eines wohlgenährten, starken und kräftigen Menschen handelt. Drittens« – er lächelte Colum an – »habe ich mich gefragt, ob sie etwas mit den derzeitigen Nachkriegsunruhen zu tun hat.«

Luberon schwätzte munter weiter, während er ihnen voran in die Dunkelheit trat, in der es durchdringend nach Fisch und abgestandenem Wasser roch. Er zündete eine Fackel an und hob den Deckel des provisorischen Sarges hoch. Kathryn versuchte, nicht an die Stelle zu schauen, wo der Kopf hätte sitzen müssen. Ein unheimliches Gefühl des Grauens überkam sie; ihr wurde schwindlig, und sie suchte Halt an der Tischkante, auf der der Sarg stand.

»Der Tote hat längere Zeit im Wasser gelegen«, stellte Colum fest.

Kathryn starrte auf das aufgedunsene, bläuliche Fleisch, das sich mit Flußwasser vollgesogen hatte und an manchen Stellen ganz offensichtlich von Fischen angefressen war; den durchgetrennten Hals bedeckte eine trockene Blutkruste.

»Wo hat man ihn gefunden?« fragte Kathryn.

»Unter den Bögen der alten Stadtmauer, dort, wo sie sich über den Fluß spannt. Zwei Jungen, die dort spielten, sahen die Leiche im Röhricht. Gerichtsdiener wurden alarmiert, und man brachte die Leiche hierher. Jeder Fremde, der in Canterbury stirbt, kommt in All Saints auf den Friedhof, wenn der Tote nicht angefordert wird.«

Colum nahm die Fackel und hielt sie näher an die Leiche. Herabtropfendes Pech zischte auf dem wasserdurchtränkten Körper.

»Kathryn, was haltet Ihr davon?«

Der Heilerin, die sich inzwischen ein wenig erholt hatte, gelang es, den Brechreiz zu unterdrücken.

»Es ist ein junger Mann«, erwiderte sie. »Gut gebaut und kräftig.«

»Glaubt Ihr, es könnte etwas mit den Ereignissen in der Burg zu tun haben?«

»Ihr meint Sparrow?«

»Ja. Schließlich war er fremd in Canterbury, sein Tod fände keinerlei Beachtung«, sagte Colum.

»Wenn das der Fall wäre«, fragte Kathryn, »warum sollte ihm jemand gleich den Kopf abschlagen? Glaubt mir, das hier ist Mord!« Sie deutete mit unbestimmten Handbewegungen auf den Hals der Leiche. »Die Wunde ist alt. Dieser Mann hat seinen Kopf durch einen Hieb mit Axt oder Schwert verloren, nicht im Fluß.« Sie lächelte Luberon dünn an. »Master Schreiber, ich glaube, wir haben genug gesehen.«

Luberon klappte den Deckel zu, und Kathryn ging erleichtert hinaus an die frische Luft.

»Was ist denn in der Burg los?« fragte Luberon, der hinter ihnen her kam. »Ich habe von Websters Sturz gehört.«

Kathryn sah Colum fragend an, der ihr zunickte.

»Er ist Stadtschreiber«, erläuterte Colum und klopfte dem kleinen, dicken Mann auf die Schulter. »Und wenn wir Master Luberon nicht Bericht erstatten, wird er vor Neugier platzen.«

Sie verließen All Saints und betraten ein Wirtshaus auf der Best Lane, wo Kathryn, nachdem sie Luberon das Versprechen abgenommen hatte, Stillschweigen zu bewahren, in Kürze die Ereignisse in der Burg beschrieb.

»Also habt Ihr einen Gefangenen, der aus heiterem Himmel starb«, hauchte Luberon. »Einen anderen, der ebenso überraschend entkam und einen Festungskommandanten, dem man einen Schlag auf den Hinterkopf versetzt und vom Turm geworfen hat?« Er schlürfte an seinem Wein. »Soweit ich das beurteilen kann, habt Ihr nur wenig Beweise, auf die Ihr Euch stützen könnt, Mistress Kathryn. Brandon ist mausetot. Websters Tod ist ein völliges Rätsel. Ich kenne den Turm in der Burg von Canterbury und weiß, wie gern Webster dort oben allein umherging. Und was diese kopflose Leiche betrifft«, Luberon verzog das Gesicht, »warum sollte Sparrow entkommen, sich so einfach wieder gefangennehmen lassen – immer vorausgesetzt, daß er ja ein Gewalttäter war – und dann enthauptet werden?«

»*Wenn* es Sparrow war.« Kathryn fuhr mit dem Finger über den Rand ihres Trinkbechers und betrachtete eine Gruppe Höker, die in der Ecke eifrig würfelten. »Die Leiche, die wir uns gerade angesehen haben, war wohlgenährt. Sie sah nicht gerade aus wie die eines Gefangenen, der in der Burg von Canterbury unter verschärften Bedingungen einsaß. Zweitens, Master Luberon, und hier könnt Ihr uns helfen: Gefangene werden an Händen und Füßen gefesselt. Stimmt's?«

»Stimmt, Mistress, und zwischen Handfesseln und Fußeisen gibt es eine stabile Kette.«

»Nun«, überlegte Kathryn, »die Leiche, die wir gesehen haben, trug weder an Händen noch Füßen Spuren von Fesseln. Demnach solltet Ihr berichten, Master Schreiber, daß es sich um die Leiche eines Fremden handelt, und dafür sorgen, daß den Überresten ein angemessenes Begräbnis zuteil wird.«

»Falls Ihr den Kopf findet«, bemerkte Colum trocken und leerte seinen Becher, »laßt es uns bitte wissen.«

»Nein, wartet!« Luberon bedeutete Colum, sich zu setzen. »Dieser Brandon, der hat doch möglicherweise ein wertvolles Amulett bei sich getragen und wurde im Nordwesten der Stadt aufgegriffen?«

»So hat man es uns gesagt. Warum?«

»Nun, überlegt mal, Master Murtagh. Der Graf von Warwick wußte, daß er sterben mußte. Er wußte auch, daß das Amulett heilig war. Nun ...« Luberon rieb sich das Kinn. »Wenn Ihr Warwick gewesen wärt, Master Murtagh oder Mistress Swinbrooke, was hättet Ihr angesichts Eures nahen Todes mit einem solchen Juwel gemacht?«

Kathryn schmunzelte, beugte sich über den Tisch und gab Luberon einen Kuß auf die Stirn. Der Schreiber wurde vor Verlegenheit puterrot.

»Natürlich, spitzfindigster aller Schreiber, ich hätte ihn einer Kirche oder einem Schrein anvertraut. Und der größte Schrein von England ist der des Heiligen Thomas von Canterbury!«

Colum klopfte mit der Hand auf den Tisch.

»Also hat man Brandon möglicherweise nicht aufgegriffen, als er nach Canterbury kam, sondern ... als er es verließ? Die Mönche von Christchurch würden doch gewiß dem König von einem solchen Geschenk Meldung machen?«

»Nicht unbedingt«, gab Luberon ebenso ironisch zurück. »Unsere klugen Mönche würden das Amulett behalten und die Angelegenheit erst aufdecken, wenn es schon etliche Jahre in ihrem Besitz wäre.« Luberon leerte seinen Becher und sprang auf. »Habt Ihr noch in Canterbury zu tun?« fragte er.

»Wir suchen einen Ablaßprediger.«

»Einen Mann mit gelbgefärbtem Haar und schwarzer Kleidung, der sich selbst der Ehrsame nennt?«

Kathryn nickte.

»Er ist am Hetzpfahl auf dem Buttermarkt. Gut«, fuhr Luberon fort und blickte flüchtig zur Stundenkerze auf einem eisernen Zapfen in einer Ecke des Raumes, »Ihr sucht Euren Ablaßprediger, und ich treffe Euch in einer Stunde am Grab des Schwarzen Prinzen in der Kathedrale. Laßt mich nachforschen. Wenn unsere guten Mönche eine solche Reliquie besitzen«, – er tippte sich an den Nasenflügel – »werden sie es mir sagen.«

Luberon wuselte geschäftig hinaus. Kathryn und Colum folgten. Sie gingen die Best Lane wieder entlang zur High Street. Auf der Hauptverkehrsstraße wimmelte es von Pilgern, Händlern, Gaunern und Bettlern. Über die Mercery gelangten sie zum Buttermarkt. Vor der ›Sonne‹ in Burgate hatte sich eine Menschenmenge um einen Quacksalber versammelt, dessen Kleider in Grün, Rot und Violett leuchteten. Der Mann saß auf einem Pferd, an dem nichts Auffälliges zu entdecken war; jedem, der das Pferd reiten könne, versprach er ein Silberstück. Fiele der Reiter jedoch herunter, dann bekäme er, Saladin, einst Stallmeister in den kaiserlichen Ställen zu Köln, einen Sixpence. Die Menge lachte und spottete, und einige hoben die Hand, um die Wette anzunehmen. Kathryn betrachtete das freundliche, kleine Pferd mit der kräftigen Hinterhand, dem weichen Maul und den klaren braunen Augen.

»Es sieht ziemlich ruhig aus«, flüsterte Kathryn.

Colum schüttelte den Kopf und grinste. »Ich kenne den Kerl«, sagte er. »Schaut es Euch nur an, Kathryn.«

Saladin war inzwischen abgestiegen; die kleinen Silberglöckchen an seiner bunten Tunika klingelten fröhlich bei der kleinsten Bewegung. Ein junger Kaufmann, dessen Gesicht Arroganz ausstrahlte, bestieg das Pferd und trieb es sanft an. Das Gejohle der Menge wuchs an. Das Pferd trottete wie eine müde Schindmähre davon, dann, als der Kaufmann die Zügel fallenließ und mit ausgebreiteten Armen weiterritt, rief der Quacksalber: »Flectamus Genua. Laßt uns die Knie beugen!«

Im Nu knickte das Pferd mit allen Vieren ein, und der Kaufmann rollte herunter. Die Spötteleien der Schaulustigen verstummten.

»Levate et vade!« rief der Quacksalber. »Steh auf und geh!«

Das Pferd stand auf, drehte sich um und trottete zu seinem Herrn zurück, der es mit einem gezuckerten Apfel belohnte. Der junge Kaufmann, dessen elegante Kleidung schlammverschmiert war, rappelte sich auf. Er kochte vor Wut. Das launenhafte Publikum hatte sich indessen auf die Seite des Quacksalbers geschlagen, und der junge Mann wurde verspottet, bis er zähneknirschend nachgab und die Wette bezahlte.

Colum nahm Kathryn beim Ellbogen und schob sie weiter.

»Ich habe ihn schon in vielen Orten mit diesem Trick auftreten sehen«, erklärte er. »Und selbst dann, wenn die Leute es mit eigenen Augen sehen, glauben sie immer noch, daß man sie nicht übertölpeln kann.«

Kathryn warf einen Blick über die Schulter zurück, wo die Schaulustigen in zustimmendes Gebrüll ausbrachen, als ein neues glückloses Opfer die Wette des Quacksalbers annahm.

Schließlich hatten sie sich durch die Menge gekämpft und überquerten den Buttermarkt, als Kathryn den Ehrsamen entdeckte. Er stand oben auf den Stufen des Marktkreuzes und forderte unablässig mit schriller Stimme Passanten auf, ihm zuzuhören.

»Freunde, Brüder in Christi.« Der Ehrsame ließ den Blick wachsam über die Menge schweifen. »Ich bin zu Wasser und zu Lande gereist, habe im Dienste unseres Herrn, Jesus Christus, viele Mühen auf mich genommen und Euch das hier mitgebracht!« Er hielt eine Pergamentrolle hoch, die an einem Ende mit einem Wachspfropfen versiegelt war. »Versehen mit dem persönlichen Siegel des Heiligen Vaters in Rom. Diese Bulle, dieser Papstbrief, wird Euch von allen Euren Sünden erlösen oder, falls Ihr gerade losgesprochen seid, vor Tausenden Jahren Fegefeuer bewahren! Mehr noch ...« Der Ablaßprediger hielt ausgebeulte Satteltaschen hoch. »Ich habe hier Reliquien, verbürgt vom Erzbischof von Bordeaux, dem Bischof von Clearmont und Kardinal Humbert von Sankt Priscilla ohne die Mauern, heilige Objekte, als da sind: Holz vom Boot des Heiligen Petrus, eine Gürteltasche, die der Heilige Joseph einst benutzt hat, ein Fetzen aus dem Schleier der Jungfrau und ein Stück Seil, das Aaron benutzte, als er sich mit den Zauberern des Pharao anlegte!«

Kathryn und Colum, die in den hinteren Reihen der Menge standen, konnten es kaum glauben – weder den kunterbunten Unsinn des Ablaßpredigers noch den törichten Unglauben seines Publikums. Viele Menschen kramten bereits in ihren Geldbörsen und streckten die Hände aus, um mitzubieten.

»Beim Lichte Gottes!« sagte Kathryn. »Er ist ein Betrüger und Scharlatan.«

»›Dieser Ablaßprediger«, zitierte Colum, »hatte Haare wie Wachs, und sie hingen herab wie eine Garbe aus Flachs. Die Gürteltasche«, setzte Colum das Zitat aus Chaucer fort, »war voll mit Ablaßbriefen aus Rom.‹ Merkwürdig«, sann er nach.

»Was?«

»Die Ähnlichkeiten zwischen diesem Scharlatan hier und Chaucers Ablaßprediger.«

Schließlich war die Schmierenkomödie des Ehrsamen zu Ende. Die Menge zerstreute sich, und er nahm seine Taschen an sich und kam direkt auf Kathryn und Colum zu. Kathryn wußte, daß er sie während seiner Predigt bereits gesehen hatte. Von nahem sah der Ablaßprediger noch gräßlicher aus als in der Burg. Die Haare waren noch immer auffallend gelb gefärbt, und Kathryn hatte den Verdacht, daß auf dem teigigen Gesicht eine dicke Schicht Puder lag.

»Schenkt uns kurz Eure Aufmerksamkeit, Master Ablaßprediger. Es geht nicht um Eure Reliquien.«

Der Ehrsame lächelte. »Ich habe mich schon gefragt, wann Ihr kommen würdet. Ich habe die Neuigkeiten vernommen. Webster ist tot und seine Seele verschwunden, und nein, Master Murtagh, ich weiß nicht, wie und warum es geschehen sein könnte.«

»Geschickt ausgedrückt«, erwiderte Colum. »Wie lange beabsichtigt Ihr, in Canterbury zu bleiben, Master Ablaßprediger?«

»Zeit ist relativ«, gab dieser zurück, nahm seine Taschen auf und schickte sich an fortzugehen.

»Master Ablaßprediger, wohin Ihr geht und wo Ihr bleibt, ist Eure Sache«, verkündete Colum. »Doch wenn Ihr Canterbury ohne meine Erlaubnis verlaßt, werde ich Euch zum Freiwild erklären lassen.«

Wortlos schlug der Ablaßprediger das Kreuz über ihnen und ging davon. Für Colums Warnung hatte er nichts als ein Achselzucken übrig.

»Wir sollten gehen«, drängte Kathryn. »Luberon wartet auf uns.«

Colum blickte dem Ablaßprediger nach. »Zwei Dinge sind merkwürdig«, murmelte er. »Erstens, warum gleicht unser Ablaßprediger aufs Haar dem Ablaßprediger bei Chaucer? Und zweitens, warum um Himmels willen ist er in die Burg von Canterbury gekommen?«

»Seid Ihr sicher, daß es nicht einer der Bluthunde von Ulster ist?« erwiderte Kathryn. »Wenn der Mörder zuschlägt, Colum, tut er es heimlich oder in Gestalt eines Menschen, der er nicht ist.«

»Nein, nein. Und nun wollen wir uns Luberon zuwenden.«

Sie passierten die ›Sonne‹, kamen durch das Tor von Christchurch und betraten die große Kathedrale durch das Südportal. Im Mittelschiff drängten sich Pilger, die leise miteinander schwätzten, während sie darauf warteten, zum Schrein vorgelassen zu werden. Colum und Kathryn schoben sich durch die Menge zu einem Querschiff vor, in dem sich das Grabmal des Schwarzen Prinzen befand. Luberon erwartete sie bereits.

»Ich stehe schon geraume Zeit hier«, sagte er gereizt.

Kathryn bat um Vergebung.

»Nicht, daß ich etwas dagegen hätte, gerade hier zu warten«, gestand Luberon. »Master Murtagh, habt Ihr jemals solche Schönheit gesehen?«

»Immer, wenn ich hierher komme, Master Schreiber, stehe ich wie vor einem Wunder.«

Colum blickte hinauf zu den hohen Fenstern mit den wunderschönen Bildern; die leuchtenden Farben verwandelten das Sonnenlicht in schillernde Regenbögen, die tief ins Herz drangen und das Auge blendeten. Dann fiel Colums Blick auf das Marmorgrab des Schwarzen Prinzen, das Abbild des Ritters mit gefalteten Händen. Er las den in Stein gemeißelten Leitsatz des Prinzen ›Ich Dien‹ und bewunderte die leuchtenden Farben seiner Uniform.

»Ihr habt Euch erkundigt?« fragte Colum abrupt.

»Ja, das habe ich«, erwiderte Luberon. »Weder ein Knappe noch ein anderes Mitglied aus dem Gefolge des verstorbenen Grafen von Warwick war in Canterbury. Kein Wort von einem goldenen Amulett oder einem schimmernden Saphir, bekannt unter der Bezeichnung das *Auge Gottes*.« Luberon zuckte mit den Schultern. »Tut mir leid, mehr konnte ich nicht in Erfahrung bringen.«

Colum stampfte ungeduldig mit den Füßen auf. »Was hat Brandon denn in der Nähe von Canterbury gewollt, als er aufgegriffen wurde? Wäre er auf dem Weg zur Kathedrale gewesen, hätte er das Amulett bei sich gehabt.«

»Der Prior hat etwas gesagt«, fuhr Luberon fort, »als ich ihm über Brandons Festnahme berichtete. Er sagte, Warwick sei vor drei Jahren mit seinem Gefolge auf einer Pilgerfahrt hierhergekommen. Die Mönche haben damals den Grafen und seine Knappen in ihrem Refektorium bewirtet. Brandon war dabei. Er erinnerte sich an ihn als an einen intelligenten, klugen Mann, der behauptete, in Maidstone geboren und aufgewachsen zu sein.«

»Seltsam.« Colum blickte Kathryn an. »Wir haben es hier mit einem hochrangigen Knappen zu tun, einem Menschen, der sich in der Gegend gut auskannte, der intelligent und feinsinnig war. Dennoch ließ er sich so leicht fangen. Uns bleibt nur eine Möglichkeit«, schloß Colum trotzig, »Brandon muß exhumiert werden. Vielleicht kann uns seine Leiche Aufschluß geben.«

Sie trennten sich in der Kathedrale von Luberon und gingen durch die Einfriedung zurück.

»Wollt Ihr das wirklich tun?« fragte Kathryn. »Brandon exhumieren? Welchen Beweis erhofft Ihr Euch davon? Wer soll ihn identifizieren?«

Colum beobachtete die Pilger, die aus der großen Tür der Kathedrale strömten.

»Ich wollte«, erwiderte Colum, »es gäbe jemanden, der ihn gut kannte und ihn identifizieren könnte. Vielleicht einer, der mit ihm bei Barnet gekämpft hat.« Colum lächelte bitter. »Und genau darin liegt die Schwierigkeit. Wer ist schon so dumm und verkündet in aller Öffentlichkeit, daß er bei der letzten Rebellion gegen den König auf der Seite der Verlierer gestanden hat?«

»Ihr glaubt also, daß Brandon vielleicht nicht tot ist?« konstatierte Kathryn.

»Schon möglich. Vielleicht war es Sparrow, der gestorben ist. Wie dem auch sei« – Colum spielte mit dem Griff seines Schwertes –, »Brandon muß exhumiert werden.«

Sie verließen das Kirchengelände und holten ihre Pferde aus dem Stall der ›Sonne‹. Colum machte sich auf den Weg nach Kingsmead, und Kathryn blickte ihm nach. Wenn ich doch nur offen mit ihm reden könnte, dachte sie. Noch lieber wäre mir allerdings, wenn er mit mir spräche und einfach sagte, was er denkt.

Sie beobachtete, wie der Ire die Sun Street hinaufritt. An seiner Haltung konnte sie sehen, daß er nicht entspannt war: Er drehte den Kopf nach allen Seiten und suchte in der Menschenmenge nach einem möglichen Mörder.

»Oh Gott!« betete Kathryn. »Bitte, nicht auf diese Weise.«

Sie atmete tief durch und mußte lächeln, als ein junger Bengel herbeigeeilt kam, um ihr in den Sattel zu helfen. Sie gab dem Kleinen ein Geldstück und ritt gedankenverloren durch die Mercery in die Hethenman Lane. Sie hielt an, denn sie wollte nach den beiden alten Schwestern Maude und Eleanor sehen. Sie mußte mehrmals eindringlich klopfen, ehe Eleanor, kränklich und blaß, die Tür öffnete.

»Was ist los?« rief Kathryn erschrocken und huschte ins Haus. Sie legte einen Arm um die alte Dame, die sie in das Sonnenzimmer führte, wo ihre Schwester auf einem Stuhl saß und sich vor Schmerzen krümmte. Ein schaler, übler Gestank hing im Zimmer.

»Uns ist schlecht gewesen«, flüsterte Eleanor und schlang die Arme um den Bauch. »Dann kam noch Durchfall hinzu.« Sie begann zu weinen. »Ich fühle mich so schmutzig.«

Kathryn bat sie, sich zu setzen. »Ihr habt nur das gegessen, was ich Euch gesagt habe?«

Die alte Frau nickte.

»Seid Ihr ganz sicher?«

Wieder nickten beide. Kathryn hielt den Handrücken an Maudes Gesicht; die Haut fühlte sich leicht erhitzt an, die Lippen waren trocken und in den Mundwinkeln leicht aufgesprungen, die Augen trübe. Kathryn verbarg ihre Verärgerung. Es ergibt keinen Sinn, dachte sie. Pellagra ist eine einfache Krankheit. Entfernt man die Ursachen, verschwinden die Symptome. Warum also sind sie wieder aufgetaucht?

Kathryn gab sich die größte Mühe, die beiden alten Damen zu beruhigen. »Ich komme wieder«, versprach sie ihnen. »Ich bringe Euch Honig, gekocht mit Salz und Fett in etwas Wachs.«

Kathryn eilte aus dem Haus in Richtung Ottemelle Lane. Thomasina erwartete sie drinnen mit der üblichen Litanei der Untaten, die Wuf schon wieder begangen hatte, doch Kathryn wischte das zur Seite.

»Eleanor und Maude haben leichtes Fieber«, verkündete sie. »Der Himmel weiß, warum!«

Agnes brachte ihr gewässerten Wein und zwei Haferküchlein. Kathryn wusch sich die Hände und aß hastig, ging dann in ihre Schreibstube, wo sie Ardernes *Herbarium* aufschlug. Sie nahm einen Federkiel zur Hand, ein Stück Pergament und schrieb eilig die Symptome auf, die sie gesehen hatte.

»Doch wodurch wird so etwas ausgelöst?« Kathryn starrte an die Wand. Die beiden alten Damen hatten ihre Anweisungen und Regeln befolgt, hatten die Zimmer saubergehalten und sich Hände und Gesicht regelmäßig gewaschen. Doch irgend etwas an dieser Krankheit kam Kathryn bekannt vor ... Sie schloß die Augen und hielt sich an der Tischplatte fest. Sie versuchte, sich an einen Patienten zu erinnern, den ihr Vater einmal behandelt hatte. Sie erinnerte sich an die Symptome; es waren dieselben, unter denen Maude und Eleanor litten, doch wie hatte ihr Vater sie behandelt? Sie wandte sich wieder dem *Herbarium* zu. Ihr Blick fiel auf einen Eintrag: *Digitalis purpurea.* »Fingerhut!« sagte Kathryn leise vor sich hin. Sie ging wieder in die Küche und trat in den Garten hinaus, wo sie zwischen den Reihen selbstgezüchteter Kräuter entlangging, bis sie fand, wonach sie gesucht hatte. Der Fingerhut, der dort wuchs, hatte lange geblüht. Die mattrosa und magentaroten Blütenfarben begannen zu verblassen, doch sie wuchsen kräftig nach und warteten darauf, noch einmal blühen zu können. Kathryn ging in die Hocke, berührte die haarigen Blätter und fragte sich, wie zwei alte Damen mit einer so gefährlichen Pflanze in Berührung kommen mochten.

»Kathryn.« Thomasina trat mit leisen Schritten hinter sie.

»Fingerhut«, erwiderte Kathryn. Sie stand auf und drehte sich um. »Thomasina, wie um alles in der Welt können zwei alte Damen Fingerhut essen?«

»Daran würden sie sterben«, sagte Thomasina.

»Oh nein! Wenn man ihn in kleinen Dosen verabreicht, kann er sehr wohl dieselben Symptome auslösen, an denen die beiden leiden: Schwindel, Übelkeit, übersäuerter Magen. Bist du sicher, daß das Wasser klar war?«

»Natürlich, Mistress, das Faß war sorgfältig gereinigt, das Regenwasser sauber.«

Kathryn ging zum Haus zurück, und Thomasina folgte ihr.

»Es sei denn, jemand anderes hat ihnen etwas zu essen gegeben. Doch das hätten sie mir gesagt«, überlegte Kathryn und blieb stehen. Ein kalter Schauer lief ihr über den Rücken. »Wuf!« rief sie.

Ein lautes Poltern auf der Treppe, und der Junge hüpfte in die Küche. Kathryn hockte sich vor ihn.

»Wuf, renn so schnell du kannst zum Rathaus und suche den Schreiber, Master Simon Luberon.«

»O ja, den kenn' ich, klein und dick.«

»Ja, Wuf, klein und dick. Richte ihm aus, er möge ein paar Vollzugsbeamte mitbringen und zum Pesthaus in der Old Jewry Lane kommen.«

»Und wo seid Ihr, Mistress?«

»Ich werde dort sein.«

Kathryn ließ Wuf die Botschaft wiederholen. Der Junge eilte davon, während Thomasina die Mäntel holte und der Spülmagd Agnes Anweisungen erteilte. Dann verließen die beiden Frauen das Haus und gingen die Ottemelle Lane hinauf.

Rawnose humpelte auf sie zu, um Kathryn für die Arznei zu danken, doch sie ging mit eiligen Schritten einfach an ihm vorüber. An der Ecke versuchte Schreiber Goldere, der sich noch immer den Hosenlatz kratzte, ihnen in den Weg zu treten, doch ein Blick in Thomasinas Gesicht ließ ihn zurückweichen. Kathryn wußte bereits, wie sie vorgehen wollte. Sie überhörte Thomasinas lautstarken Protest und trat in den muffigen Dunst des Wirtshauses ›Zum müden Wandersmann‹ an der Ecke zur Old Jewry Lane.

»Pfui!« brummte Thomasina. »Hier stinkt es nach Bier und Zwiebeln. Mistress, was um alles in der Welt habt Ihr hier zu suchen?«

Kathryn blieb im Türeingang stehen. Sie blickte sich um und lächelte, als sie die beiden Leichensammler erblickte. Lammfromm trat sie zu ihnen.

»Meine Herren, ich muß mich bei Euch entschuldigen.«

Die beiden Leichensammler sahen sie mit offenem Mund an. Bierschaum rann ihnen über das Kinn und tropfte auf den Tisch.

»Wovon redet Ihr?« stieß einer von ihnen hervor.

»Von den beiden alten Damen, Maude und Eleanor. Ihr hattet recht: Sie haben die Pest! Oder das Tertianafieber.«

»Sind sie tot?«

»Nein, aber sie werden bald sterben«, sagte Kathryn achselzuckend. »Ich habe sie gerade besucht. Ich kann nichts mehr tun, außer Euch zu informieren, wie es die Vorschriften der Stadt bestimmen.« Kathryn machte auf dem Absatz kehrt, ging zur Tür hinaus und eilte die Old Jewry Lane hinunter.

Eleanor öffnete, inzwischen völlig kraftlos, auf Kathryns Klopfen die Tür. Sie ließ sich von ihr sanft ins Innere des Hauses schieben, während Thomasina ob dieser unziemlichen Hast grummelte.

»Kommt«, drängte Kathryn und führte die alte Dame zurück ins Sonnenzimmer. »Wir werden bald Besuch bekommen. Thomasina, geh zum Wasserfaß und nimm vier – nein, sechs – Becher mit. Fülle sie bis zum Rand, trink aber nicht daraus.«

Kathryn schmunzelte, als Thomasinas Verwunderung einem wissenden Lächeln wich. Die Amme tat, wie ihr geheißen, und brachte die Becher ins Sonnenzimmer, wo Kathryn alle bat, sich still zu verhalten. Die alten Damen, schwach und kränklich, gehorchten. Kathryn saß auf einem Hocker und kippelte vor und zurück.

»Sie werden kommen«, flüsterte sie.

Sie dachte an den Weg, den Wuf zurücklegen mußte, an die Zeit, die es ihn kostete, Luberon ausfindig zu machen, und vertraute darauf, daß der Schreiber erst nach ihren Besuchern ankäme. Kathryns Geduld wurde bald belohnt. Laut wurde gegen die Tür geschlagen. Sie bedeutete allen mit einer Handbewegung, sich ruhig zu verhalten. Wieder ertönten mehrere Hiebe, dann sprang die Tür auf, und sie vernahmen Schritte, die durch den Korridor schlichen. Die beiden Leichensammler betraten das Sonnenzimmer. Kathryn vermochte nicht zu sagen, was sie mehr überraschte: daß die beiden alten Damen noch lebten oder daß Thomasina und die Heilerin in aller Seelenruhe dort saßen.

»Was hat das zu bedeuten?« knurrte einer von ihnen. »Was soll der Unsinn?«

»Oh, Maude und Eleanor sind krank.« Kathryn lächelte, erhob sich und nahm zwei Becher vom Tablett. »Bitte, trinkt doch etwas frisches Wasser aus dem Faß.«

Die Leichensammler nahmen die Becher.

»Ich trinke nie Wasser«, sagte einer von ihnen sofort.

»Oh, diesmal werdet Ihr etwas trinken. So wie wir alle!« Kathryn teilte die anderen Becher aus. »Wißt Ihr«, fuhr sie fort, »auch wenn Ihr nicht wollt, ich werde einen Schluck nehmen.« Sie führte den Becher an die Lippen und sah Panik im Gesicht des einen Mannes.

»Nein, haltet ein!«

Kathryn ließ den Becher sinken. »Warum?«

»Ach, halt doch den Mund!« Der Ältere drehte sich wütend zu seinem Bruder um. »Halt's Maul, du dummer Feigling!«

»Warum soll er den Mund halten?« verkündete Kathryn. »Er wird am Ende doch gestehen. Das Bezirksgericht wird zusammentreten und die Nachbarn versammeln, die bezeugen werden, daß sie dieses Haus auf Eure Anweisungen hin gemieden haben.«

Sie sah Eleanor an, die weise nickte.

»Die einzigen, die dieses Haus betreten haben, wart Ihr und ich. Ich kam als Ärztin her. Ich habe das Wasserfaß reinigen lassen. Ich habe seine Reinheit regelmäßig geprüft, doch daß Ihr die alten Damen verfolgt, ist wohlbekannt.«

»Verpiß dich!« schnaubte der Leichensammler.

»Was sie sagt, stimmt!« kreischte Maude. »Erst gestern noch seid Ihr hier gewesen. Ihr habt gesagt, daß es Euch leid tue, uns Ärger bereitet zu haben, doch Ihr tätet lediglich Eure Pflicht. Ihr habt um einen Schöpflöffel Wasser gebeten.«

Der Leichensammler riß seinem Gefährten den Becher aus der Hand und donnerte beide auf den Tisch.

»Ich muß mir das nicht anhören!« knurrte er.

»Oh, es wird nicht lange dauern«, sagte Kathryn. »Und

kommt mir nicht mit Gewaltandrohungen. Ihr seid mit einem kleinen Beutelchen Fingerhut in dieses Haus gekommen und habt ihn ins Wasserfaß gestreut. Die alten Damen sollten schwach und krank werden und schließlich sterben. Dann hättet Ihr Euch an allen Besitztümern, die Ihr haben wolltet, bedient.«

»Das stimmt nicht«, murmelte der Jüngere.

»Aber ja«, flüsterte Kathryn. »Und Ihr habt die Wahl, ob Ihr vor dem Sonderbeauftragten des Königs in Canterbury des versuchten Mordes angeklagt werden wollt oder ob Ihr gesteht und Euch der Gnade des Königs ausliefert.«

Zu welcher Antwort der Leichensammler auch immer ansetzte, sie ging in einem ohrenbetäubendem Türklopfen unter. Thomasina öffnete und kam mit Luberon und einer Schar Vollzugsbeamter wieder herein.

»Was hat all das zu bedeuten?« schnaufte der Schreiber, der die offizielle Miene größten Bedauerns zur Schau trug.

Im Hintergund ließ sich Wuf vernehmen, der auf und ab hüpfte und nach Mistress Swinbrooke schrie. Kathryn nahm ihren Mantel an sich.

»Drei Dinge, Master Luberon. Erstens: Ich werde Thomasina hierlassen und Wuf nach Hause bringen. Zweitens« – sie zeigte auf die Leichensammler – »die beiden haben sich des versuchten Mordes schuldig gemacht.« Sie schickte sich an zu gehen.

»Ihr spracht von drei Dingen?« fragte Luberon.

»Ach ja, trinkt um Himmels willen nicht von dem Wasser!«

»Warum?« fragte Luberon.

»Fragt sie!« Kathryn warf den beiden Leichensammlern einen anklagenden Blick zu. Die beiden Männer standen jetzt mit hängenden Schultern und gesenktem Haupt da, so daß Kathryn sie nicht auseinanderhalten konnte. Derselbe Körperbau, wenn auch verschiedene Kopfformen, dachte sie. Plötzlich fiel ihr die enthauptete Leiche ein, die aus dem Fluß gezogen worden war. »Was ist, wenn …?« murmelte sie vor sich hin.

»Wie bitte?« fragte Luberon.

Kathryn sah den kleinen Schreiber an. »Die kopflose Leiche«, erwiderte sie, »die wir uns angesehen haben. Kann sie morgen eingesargt und zur Burg gebracht werden?«

Luberon zuckte die Achseln. »Sie soll nicht vor heute abend beerdigt werden. Ich könnte es hinauszögern.«

»Dann macht es, bitte«, sagte Kathryn nachdenklich. »Kann sein, daß ich einen schweren Fehler begangen habe.«

Acht

Am nächsten Morgen ging Kathryn hinunter zur Kirche von St. Mildred, wo sie die Messe in einer Votivkapelle besuchte. Nachdem der Priester sein »Ite, Missa Est« gesungen hatte, zündete Kathryn vor der Statue der Jungfrau Maria ein paar Kerzen an und ging zum Grab ihres Vaters, um zu beten. Sie betrachtete die in Stein gemeißelte Inschrift, die sie für seinen Seelenfrieden verfaßt hatte. Bilder aus Kindertagen kamen ihr in den Sinn: Sie trippelte neben dem Vater durch die Straßen von Canterbury; draußen vor der Stadt suchte sie mit Thomasina nach bestimmten Pflanzen oder Kräutern. Kathryn blinzelte, um die Tränen zu unterdrücken, küßte die Fingerspitzen und drückte sie auf den kalten, grauen Stein.

»Du fehlst mir«, flüsterte sie.

Vor dem Hochaltar beugte Kathryn das Knie und verließ die Kirche. Draußen vor dem Portal setzte sie sich auf einen Steinsockel und ließ sich die wohltuende Sonne ins Gesicht scheinen. Müßig blickte sie den Karren und Packpferden nach, die sich einen Weg zum Buttermarkt bahnten. Sie dachte an den bevorstehenden Besuch in der Burg und hoffte, daß sich ihr Verdacht bezüglich der kopflosen Leiche, die man aus dem Stour gefischt hatte, bestätigte.

»Kathryn, Ihr träumt doch nicht etwa von mir?«

Sie schirmte die Augen mit der Hand ab und blickte zu Colum auf. Er zeigte auf das Kirchentor hinter ihr.

»Ich war in Kingsmead draußen und bin zurückgekommen, um Thomasina zu ärgern. Ich habe Euer Pferd aus dem Stall geholt.« Er beugte sich vor und berührte zärtlich mit dem Handschuh ihre Wange. »Habt Ihr wirklich von mir geträumt, Kathryn?«

Kathryn erwiderte sein Lächeln. »Und wenn es so wäre, Ire?«

»Ach«, sagte er, »das allein würde mir als Belohnung für einen harten, arbeitsreichen Tag schon ausreichen.«

Kathryn kniff die Augen zusammen. Sie hätte ihn gern noch weiter aufgezogen, doch Witwe Gumple fegte den Pfad entlang auf sie zu, mit fest verbissener Miene, als ob sie an einer Zitrone lutschte. In ihren weiten, wallenden Gewändern und mit dem lächerlichen Kopfputz wirkte die Witwe wie eine dickbäuchige Kogge unter vollen Segeln.

»Guten Morgen, Mistress Swinbrooke«, sagte die Gumple mit honigsüßer Stimme.

»Guten Morgen, Witwe Gumple. Wie geht's?«

Witwe Gumple neigte gönnerhaft den Kopf, warf einen nervösen Seitenblick auf Colum, der ihr einen finsteren Blick zuwarf, und verschwand in der Kirche, um, wie sie zu verkünden pflegte, ›dem Herrn zu dienen‹.

»Nur eine Ausrede für Klatsch und Tratsch«, hatte Thomasina einmal bemerkt. »Die fette Kuh hat noch nie in ihrem Leben ein echtes Gebet über die Lippen gekriegt!«

Colum blickte der Witwe nach. »Was wolltet Ihr doch gleich sagen, Mistress Swinbrooke, oder traut Ihr Euch jetzt nicht mehr?« Er half ihr beim Aufstehen. »Habt Ihr Angst vor Klatschmäulern?«

Kathryn klopfte sich den Staub vom Kleid.

»Angst, Ire?« erwiderte sie mit gespielter Neugier. »Angst wovor?«

»Vor Klatschmäulern.«

»Und worüber, bitteschön, sollte sie tratschen?« fragte Kathryn mit einem unschuldigem Augenaufschlag.

Colum holte tief Luft; er war auf dem besten Wege, wieder einmal in eine von Kathryns schlauen Fallen zu geraten.

»Über meine Wenigkeit«, stammelte er.

»Was meint Ihr damit, Ire?«

»Nun ja«, stotterte er. »Immerhin wohne ich bei Euch.«

»Wuf auch.«

»Ich bin ein Mann«, sagte Colum.

»Ach, wirklich?« fragte Kathryn unschuldig. »Und warum sollte sich jemand den Mund darüber zerreißen, daß Ihr ein Mann seid?«

Colum hielt es nicht länger aus und packte sie beim Ellbogen.

»Na, na, meine Kleine, Ihr wißt doch genau, was ich meine.«

Kathryn schenkte ihm ein Lächeln. »Ihr seid ein Freund, Colum«, sagte sie. »Ein lieber, guter Freund. Ich vertraue Euch. Wenn Ihr fortgingt, gäbe es wohl kaum einen Tag, an dem ich nicht an Euch dächte. Aber …«

»Aber was?« hakte Colum nach.

Kathryn deutete in Richtung Kirche. »Ich habe gerade an meines Vaters Grab gebetet.« Sie umklammerte Colums Handgelenk. »Vor Jahren, Murtagh, wäre ich bei einem Mann, wie Ihr einer seid, schwach geworden.« Sie schmunzelte. »In jeder Hinsicht. Doch je älter wir werden, Colum, um so bewegter wird das Leben, und man muß stets dagegen ankämpfen, nicht abzudriften.«

Kathryn hielt inne und blickte dem Gemeindediener nach, der wichtigtuerisch aus der Kirchentür trat und zum Markt ging. Ihm folgte ein Büttel, der einen Fischhändler zum Anger führte. Die verdorbene Ware, die der Händler hatte verkaufen wollen, hing um seinen Hals.

»Es ist Alexander Wyville«, fuhr Kathryn fort, »nicht Witwe Gumples loses Mundwerk. Er ist der Geist, der in meiner Seele herumspukt. Er sagte, daß er mich liebte, doch er war nichts weiter als ein Trunkenbold und ein Tyrann.«

»Und nun glaubt Ihr, ich sei auch so?« erwiderte Colum.

»Nein, das nicht.« Kathryn hakte sich bei ihm unter, und sie gingen gemeinsam auf das Tor zu. »Wyville war ein dem Trunk verfallener brutaler Kerl. Er könnte noch am Leben sein, daher bin ich vor dem Gesetz Gottes noch verheiratet. Und dennoch«, sagte sie und seufzte, »ist das nur das Treibgut auf der Oberfläche des Flusses, der Schmerz liegt darunter. Auch die Seele hat Wunden, Colum. Das Dumme daran ist nur«, fuhr sie fort, »daß sie so schlecht verheilen.«

Colum sah, daß sich ihre Augen mit Tränen füllten.

»Nun«, sagte er und drückte ihr die Hand, »wenn Ihr nur von mir träumt, ist das schon mehr, als ein Ire überhaupt verlangen kann.«

Er schlug erneut einen scherzhaften Ton an, denn er wußte, daß es grausam wäre, mit weiteren Fragen in sie zu dringen. Sie holten ihre Pferde und gingen schweigend durch Winchepe auf die Burg zu.

»Master Luberon wird also die Leiche bereitstellen? Was hofft Ihr zu finden?«

Kathryn hielt an und schlang die Zügel des Pferdes um ein Handgelenk. Bei dem Gedränge auf den Straßen und Wegen hatte es keinen Zweck, auf die Pferde zu steigen. An den Ständen herrschte geschäftiges Treiben, und die Luft war erfüllt von den Flüchen der Fuhrleute, die laut riefen: »Aus dem Weg! Aus dem Weg!«

Kathryn wartete mit ihrer Antwort, bis sie sich hindurchgeschlängelt hatten.

»Ich bat Luberon, die Leiche zur Burg zu bringen, weil ich glaube, daß man sie dort möglicherweise identifizieren kann. Vielleicht habe ich einen Fehler gemacht. Die Leiche war die eines kräftigen, wohlgenährten Mannes, daher stand für mich von Anfang an fest, daß es sich nicht um einen Gefangenen handeln konnte. Sparrow hingegen war jung und stark. Davon kann man wohl ausgehen, denn er hat immerhin den Wärter überwältigt.« Sie zuckte die Schultern. »Hinzu kommt, daß Webster offenbar ein gutmütiger Kerkermeister war. Ich bezweifle, daß jemals ein Gefangener in der Burg von Canterbury Hunger gelitten hat. Das Essen mag nicht gut, aber dafür reichlich sein.«

»Andererseits habt Ihr gesagt, an den Fuß- und Handgelenken der Leiche seien keine Abdrücke von Fesseln zu sehen gewesen.«

»Auf diesen Fehler hättet Ihr kommen können«, erwiderte Kathryn streng.

»Was soll das heißen?« mokierte sich Colum. »Ihr wollt mich doch nicht etwa tadeln, Mistress Swinbrooke?«

»Sagt, Ire«, gab Kathryn ebenso spöttisch zurück, »Ihr wart doch einmal Marschall im Dienste Seiner Majestät?«

Colum nickte.

»Ihr habt Männer ins Gefängnis gesteckt?«

Colum stimmte zu.

»Und wie viele von ihnen trugen Ketten und Fesseln?«

Colum lächelte und tippte Kathryn zärtlich auf die Nasenspitze.

»Kluges Mädchen«, sagte er und führte sein Pferd weiter. »Natürlich! Die Tatsache allein, daß Sparrow bei seiner Flucht Fesseln trug, beweist noch lange nicht, daß er sie die ganze Zeit über trug. In der Gefängniszelle wurden sie ihm bestimmt abgenommen. Man legte sie ihm wahrscheinlich nur an, wenn er hinaus in den Burghof geführt wurde.«

»Und damit wird unsere Aufgabe nicht unbedingt leichter«, sagte Kathryn.

»Wieso?« fragte Colum.

»Nun ja ...« erwiderte Kathryn langsam. »Sparrow floh, nachdem er den Wärter getötet und seine Fesseln gelöst hatte.« Sie zwinkerte Colum zu. »Übrigens haben wir nie danach gefragt, was mit diesen geschehen ist. Na ja, jedenfalls entkommt Sparrow aus der Burg. Was ihm nicht schwerfiel, denn es dämmerte bereits, und die Garnison war auf eine Rumpftruppe geschrumpft. Und nun, Ire, was würdet Ihr tun, wenn Ihr der Entkommene wärt?«

Colum hob die Augenbrauen. »Ich würde mir was zu essen stehlen, ein Pferd, einen Dolch, was auch immer. Ich würde gewiß dafür sorgen, mich so weit wie möglich von Canterbury zu entfernen.«

»Doch das hat Sparrow nicht getan«, erwiderte Kathryn. »Oh, natürlich wird man in der Stadt Warnungen ausgegeben haben. Dennoch ist der Gefangene, wenn er einmal frei ist, schon meilenweit entfernt, ehe die guten Bürger von seiner neu gewonnenen Freiheit überhaupt erfahren.« Kathryn blickte zum hoch aufragenden Bergfried der Burg empor und dachte an Websters Todessturz. »Irgend etwas hat Sparrow in Canterbury festgehalten«, überlegte sie. »Allem Anschein nach ist er eines gewaltsamen Todes gestorben, aber durch wessen Hände? Es muß jemand gewesen sein, der unbarmherzig genug war, ihn nicht nur umzubringen, sondern ihn auch noch zu enthaupten und seinen Rumpf in den Stour zu werfen.«

»Wenn ich Euch recht verstehe«, sagte Colum, »dann hatte derjenige, der Sparrow getötet hat, Angst vor ihm? Erpressung?«

»Wußte Sparrow etwas über Brandons Tod?« stellte Kathryn die Gegenfrage. »Und hat er dieses Wissen benutzt?«

»Was könnte der entlaufene Gefangene schon gewußt haben?« fragte Colum. »Wäre es möglich, Kathryn, daß Sparrow Webster erpreßt hat? Hat der Festungskommandant Sparrow getötet, seine Leiche in den Stour geworfen und dann in einer Art geistiger Umnachtung auf dem Burgturm Selbstmord begangen?«

Kathryn führte ihr Pferd über die Zugbrücke. »Wir bauen unsere Burgen auf Sand«, sagte sie. »Wir müssen immer noch herausfinden, ob die Leiche wirklich Sparrow ist.«

Sie trafen Luberon, der im Burghof neben einem riesigen, vierrädrigen Karren ungeduldig von einem Bein auf das andere trat. Er winkte Colum und Kathryn zu sich.

»Ich bin schon eine ganze Weile hier«, verkündete er rundheraus. »Mistress Kathryn, diese Leiche gehört unter die Erde.« Mit tadelndem Blick betrachtete er die mageren Hühner, die im Staub pickten, und die Hunde, die träge in der frühen Morgensonne lagen. Sie ließen sich von seinen scharfen Worten nicht beeindrucken. »Hier scheint überhaupt niemand zu wissen, wer ich bin«, beschwerte er sich und blähte die dicke Brust auf. »Ich habe mich an den Schreiber Fitz-Steven gewandt, doch der Lump hat mir nur gesagt, ich solle mich verpissen!«

Kathryn ergriff die Hand des kleinen Mannes. »Ich bin Euch dankbar, Simon, und Colum auch. Und nun«, fügte sie schelmisch hinzu, »seht zu, wie unser Ire dieses Wespennest aufmischt.«

Colum ging bereits auf einen Pferdeknecht zu, der auf den Stufen des Bergfrieds saß und an einem Strohhalm kaute. Unüberhörbar erteilte er knappe Befehle, und schon machte sich der Mann flink wie ein Wiesel davon. Die Offiziere der Garnison tauchten nacheinander mit mürrischer Miene im Hof auf. Alle außer Gabele und Fletcher legten die Stirn in besorgte Falten, als sie Colum und Kathryn begrüßten.

»Was ist denn nun schon wieder?« jammerte Fitz-Steven.

»Wir haben Euch Euren Gefangenen zurückgebracht«, sagte Colum. »Zumindest glauben wir, daß er es ist. Darf ich Euch auch Master Simon Luberon vorstellen, den Sekretär des Erzbischofs von Canterbury, den Ersten Schreiber der Ratsversammlung der Stadt. Ein Mann, der, wenn er schlecht gelaunt ist, jedem von Euch hier in der Burg das Leben schwer machen kann.«

Man begrüßte Luberon mit falschem Lächeln, Füße scharrten verlegen im Kies, und Fitz-Steven murmelte so etwas wie eine Entschuldigung.

»Was habt Ihr gesagt?« fragte Gabele ruhig. »Ihr habt Sparrow zurückgebracht?«

Kathryn ging zu dem Karren und zog den Deckel vom Sarg.

»Zumindest das, was von ihm übriggeblieben ist«, sagte sie nüchtern und rümpfte die Nase beim durchdringenden Gestank, der dem klapprigen Kasten entströmte.

Colum winkte die Umstehenden herbei. »Der Reihe nach, bitte.«

Er sprang auf den Karren und half den Garnisonsangehörigen hinauf. Fitz-Steven war der erste. Er mußte sich sofort übergeben und sprang vom Karren, sehr zu Luberons Genugtuung. Die übrigen waren sachlicher. Kaplan Peter vollführte hastig ein Segenszeichen, neigte den Kopf und stieg herunter. Fletcher jedoch betrachtete die kopflose Leiche eingehender.

»Umdrehen!« krächzte er und machte Colum ein Zeichen. »Tut, was ich Euch sage.«

Colum folgte. Fletcher deutete auf eine schwach rosa Narbe, die über der Wirbelsäulenbasis verlief.

»Es ist Sparrow«, verkündete er. »Ich erkenne diese Narbe wieder.« Er zeigte auf die Hände des Mannes. »Und wenn Ihr Euch die rechte Handfläche anschaut, werdet Ihr feststellen, daß die Haut narbig ist. Sparrow hat mir einmal erzählt, daß er sich die Hand verbrannt hat, als er während einer Schlägerei in einem Wirtshaus brennende Holzkohle auf einen Gesetzeshüter warf.«

Colum berührte das schwammige weiße Fleisch. »Ja, da sind sie.« Er drehte sich um. »Gabele?«

Der Waffenmeister schüttelte den Kopf. »Wenn Fletcher ihn wiedererkennt, reicht mir das«, sagte er und rieb sich den

Bauch. »Ich habe gerade erst gefrühstückt. Ich will mich nicht der Lächerlichkeit preisgeben.«

Colum schob den Deckel wieder auf den Sarg und sprang vom Karren. Er deutete vor Luberon eine Verbeugung an.

»Master Simon, ich danke Euch.«

»Wünscht Ihr, daß ich bleibe?« fragte Luberon und blickte erwartungsvoll auf Kathryn.

Sie schüttelte den Kopf. »Wir haben Euch lange genug von wichtigeren Dingen abgehalten.« Sie lächelte. »Ich werde Euch zu gegebener Zeit davon unterrichten, was hier vor sich geht.« Sie wandte sich an die anderen. »Wenn die Herren nun ein wenig Zeit für uns hätten?«

Während Luberon nach seinem Kutscher rief, führten Colum und Kathryn die protestierende Gruppe hinauf in die große Halle des Bergfrieds. Als sie sich um die schwache Glut, die in dem großen Kamin schwelte, versammelten, zog Kathryn Colum beiseite.

»Zu dieser Angelegenheit sollten wir sie einzeln befragen«, flüsterte sie ihm zu.

Colum nickte. Gabele trat mit besorgter Miene zu ihnen.

»Ire, wir können uns denken, was nun kommt. Dennoch ist dies eine der Burgen des Königs, und wir haben zu tun. Vater Peter muß noch eine Messe abhalten. Die Garnison braucht ihre Befehle, Vorräte müssen überprüft werden.«

Colum zeigte auf die Stundenkerze, die auf ihrem Eisenzapfen an der Kaminecke zischte. Die Flamme befand sich auf halbem Wege zwischen zehntem und elftem roten Kreis.

»Um elf«, sagte er. »Doch dann, Simon, wollen wir jeden von Euch einzeln sehen. Ach ja, Ihr hattet übrigens recht mit Eurer Vermutung: Sparrow entkam aus dieser Burg. Wir glauben, daß derjenige, der ihn umgebracht hat, hier lebt und etwas zu verbergen hat.«

Gabele hob überrascht die Augenbrauen.

»Aber behaltet das für Euch«, fügte Kathryn hinzu.

Gabele nickte und ging. Er raunte seinen Gefährten etwas zu, was erneut mit Stirnrunzeln und Stöhnen quittiert wurde, doch dann verließen sie die Halle. Gabele bot Kathryn und Colum

Wein an, den sie ablehnten. Nachdem alle gegangen waren, stellte Colum einen Stuhl und zwei Hocker in eine hintere Ecke. Über ihnen hingen verstaubte, arg ramponierte Schilde. Kathryn blickte sich um.

»Allzu sauber ist es hier nicht«, murmelte sie.

»Das sind Burgen nie«, erwiderte Colum.

»Wie ist das Leben in einer solchen Burg?« fragte sie sich. »Ich erinnere mich, daß ich als Kind zu den Mauern und Türmen emporgeschaut habe. Ich sah dann stets die Banner im Winde flattern und dachte mir, daß so eine Burg ein wunderbarer Ort wäre. Märchenhafte Gebäude, voll mit tapferen Rittern und Damen in Samt und Seide. Dunkle, rätselhafte Gebäude, gräßliche Kerker und Turnierplätze, die vom Echo donnernder Hufe und klingenden Stahls widerhallten.«

»Herrgott, Kathryn«, sagte Colum und deutete auf den Stuhl. »Das sind Hirngespinste.« Er blickte zu den rußgeschwärzten Dachsparren empor und an der Wand entlang zur abbröckelnden Feuerstelle. »Um Himmels willen, Kathryn, seht Euch nur die mottenzerfressenen Wandbehänge an.« Er warf mit der Fußspitze die gelblichen Binsen auf. »Burgen sind die langweiligsten Orte auf Gottes weiter Welt. Schlechtes, verdorbenes Pökelfleisch und Wein, der einem den Magen umdreht.« Er lachte bitter. »Und die Garnisonen sind nicht besser.« Er setzte sich neben sie auf einen Hocker. »Jeder dieser Offiziere«, fuhr er fort, »hat etwas zu verbergen. Jetzt sind sie alle verbittert.« Er bemerkte Kathryns überraschte Miene. »Oh ja. Sie sind ausnahmslos Soldaten: Gabele und Fletcher kämpften auf den blutdurchtränkten Feldern von Towton und Wakefield. Fitz-Steven und Vater Peter waren Lagerschreiber. Männer, die aufgrund ihrer düsteren Vergangenheit weder eine Pfarrei von einem Bischof noch eine gehobene Stellung bei einem Adligen zu erwarten haben. Eine Zeitlang hat der Krieg zwischen den Häusern York und Lancaster das alles verändert.« Colums Augen glühten. »Eine aufregende Zeit, Kathryn! Schnelle Märsche gegen den Feind. Wehende Banner und Standarten. Donnernde Hufe der Schlachtrosse. Bewaffnete Männer in dicht aufgeschlossenen Reihen hintereinander. Eine dunkle Wolke von

Pfeilen am Himmel.« Colum lächelte. »Selbst mir fehlt es.« Er hielt inne. »Oh ja, der Tod marschiert mit Euch, doch das tut er immer. Steht Ihr auf der Seite des Verlierers, kommt Ihr davon, weil Ihr ein Gemeiner seid. Besser noch, Ihr könnt die Seiten wechseln. Steht Ihr indes auf der Seite der Gewinner, ist Euch reiche Beute gewiß.« Colum deutete mit einer ausladenden Handbewegung in die Halle. »Jetzt ist alles vorüber. Langweiliger Garnisonsalltag, und Canterbury ist noch eine *gute* Lage. Könnt Ihr Euch vorstellen, wie es in Alnwick im schottischen Marschland aussieht? Oder in der Öde der walisischen Marsch?«

Kathryn beugte sich vor. »Demnach sind alle diese Männer in der Lage, jemanden zu töten?«

»Natürlich.« Colum lachte kurz auf. »Wir alle sind Mörder, Kathryn. Söldnertruppen, das ist das einzige, was wir kennen. Ich wette, Vater Peter hat schon einmal einem Menschen die Kehle durchgetrennt, nachdem er ihm die Beichte abgenommen hat.«

»Selbst ein Mann wie Gabele?«

»Oh, er ist durchaus ehrenhaft. Ein guter Kamerad. Er würde nie sein Wort brechen, doch Kathryn, hier geht es um Reichtümer. Um einen Saphir, der diese Männer gewiß in Versuchung führen könnte. Eine Möglichkeit, der Langeweile dieses wertlosen Lebens zu entkommen.« Colum hielt inne, als ein Diener durch die Halle ging und ein neues Holzscheit auf das blakende Feuer legte. »Und das macht unsere Aufgabe um so schwieriger«, fuhr er fort, als der Diener die Tür hinter sich ins Schloß zog. »Gefangene werden in Burgen selten mißhandelt. Man betrachtet sie als willkommene Ablenkung vom eintönigen Alltag. Erinnert Ihr Euch, was man uns über Brandon sagte? Alle sind zu den Verliesen heruntergegangen, selbst der Ehrsame. Langeweile ist auch die Erklärung dafür, warum diese Kreatur hier gut untergekommen ist.« Colum spielte an seinem ledernen Handgelenkschoner.

»Und ganz gleich, was gesagt wurde«, fuhr er fort, »Brandon hat einem oder allen Offizieren etwas über das *Auge Gottes* gesagt.«

Kathryn fuhr zusammen, als die Tür heftig aufgestoßen wurde. Gabele trat ein.

»Na schön.« Der Waffenmeister zeigte auf die Kerze. »Schießt los, Ire, und stellt Eure Fragen.« Er ließ sich auf den Hocker fallen und wischte sich mit dem Ärmel den Schweiß von der Stirn. »Herrgott, wie gern käme ich von hier weg!« Er lächelte Kathryn an. »Lieber eine Woche marschieren, als auch nur einen Tag in Burgvorräten herumwühlen.«

Kathryn betrachtete das harte Gesicht des Soldaten und rief sich Colums Worte ins Gedächtnis. War es möglich, daß dieser Mann Sparrow in einem einsamen Gebüsch am Stour getroffen, ihn getötet und ihm den Kopf abgeschlagen hatte?

Gabele kratzte sich die unrasierte Wange mit schmutzigen Fingernägeln.

»Nun, Mistress?«

»Ihr habt mit Brandon gesprochen?«

»Gewiß, wie alle hier. Warum auch nicht? Er war ein liebenswerter junger Knappe. Er hatte so manche lustige Geschichte auf Lager.«

»Und Eure Tochter hat ihm das Essen gebracht?«

»Hin und wieder, ja. Manchmal bin ich gegangen, dann wieder Vater Peter oder Fitz-Steven.« Er grinste Colum an. »Fletcher mochte ihn auch.«

»Und Sparrow?« fragte Kathryn.

»Oh, das war ein gemeiner Bastard. Er redete zwar, doch er war noch entschlossener, der Schlinge des Henkers zu entkommen.«

»Haben die beiden Gefangenen miteinander gesprochen?«

»Wie ich Euch gezeigt habe«, erklärte Gabele, »gibt es einen losen Ziegelstein zwischen den Zellen. Natürlich konnten sie miteinander reden.«

»Und Sparrows Flucht?« unterbrach Colum. »Er war an Händen und Füßen gefesselt, als man ihn hinausführte.«

»Oh ja, sie wurden in dem Fall stets angelegt.«

»Und wer war dafür verantwortlich?«

»Ich«, erwiderte Gabele und grinste. »Geht in die Verliese hinunter; vor jeder Zelle hängt ein Satz Fesseln, Ketten und

Schlösser. Doch wenn der Gefangene sie anlegt, werden sie vom Wärter abgeschlossen.«

»Was ist aus ihnen geworden?« fragte Colum.

Gabele zog ein langes Gesicht. »Sparrow hat sie mitgenommen. Mein Gott, Ire, Ihr habt die Burg gesehen. Es gibt hier mehr Tauben als Soldaten. Ich vermute, Sparrow hat den Wärter getötet, ihn bewußtlos geschlagen und erdrosselt. Denkt daran, es war Abend. Sparrow hat seine Kleider, den Dolch und die Fesseln mitgenommen. Ein Satz Ketten ist so tödlich wie eine schwingende Keule.«

»Kanntet Ihr Sparrow schon vor seiner Gefangennahme?« fragte Kathryn.

Gabele schüttelte den Kopf.

»Oder Brandon?«

Wieder Kopfschütteln.

»Und der Mord an Sparrow?«

Der Waffenmeister streckte die Hände aus. »Um Himmels willen, Mistress, warum sollte ich Sparrow umbringen?«

Kathryn konnte die Frage nicht beantworten. Sie dankte ihm. Gabele ging hinaus, und Fletcher betrat die Halle. Er gab im Grunde die gleichen Antworten auf dieselben Fragen. Nur Colums Frage nach Brandon beantwortete er anders.

»Habt Ihr oft mit dem Gefangenen geredet?«

Kathryn war sicher, daß Fletcher dies leugnen würde.

»Nun, habt Ihr?« hakte Kathryn nach.

Fletcher rieb sich die verschwitzten Handflächen an seinem schmutzigen Wams ab.

»Ja, schon«, murmelte er. »Ich habe den Mann gefangengenommen. Ich mochte ihn ziemlich gut leiden.«

Kathryn sah für einen Augenblick Trauer in den Augen des Mannes und wurde stutzig.

»Ihr seid Junggeselle, Master Fletcher?«

Der Mann wurde prompt rot vor Verlegenheit.

»Ich mochte Brandon sehr«, stammelte er. »Er war klug. Er brachte mich zum Lachen.«

»Und Sparrow? Hat er Euch auch zum Lachen gebracht?« fragte Colum scharf.

»Sparrow war ein niederträchtiger, hinterhältiger Bastard«, erwiderte Fletcher. »Der Wärter war ungeschickt. Ein Mann wie Sparrow wartet doch nur auf eine Gelegenheit.«

»Und Websters Tod? Sein merkwürdiges Verhalten auf der Rasenfläche?«

»Ich glaube nicht, daß Sir William ermordet wurde«, beeilte sich Fletcher zu versichern. »Er ist einfach durchgedreht. Er hatte zwei Gefangene verloren, und der König war verärgert.« Fletcher spielte mit dem Knauf seines Dolches. »Und wenn Ihr keine weiteren Fragen habt, Master Murtagh, kümmere ich mich jetzt lieber wieder um meine Angelegenheiten.« Colum war einverstanden und blickte ihm nach. Er zwinkerte Kathryn zu. »Hier haben wir einen weiteren Aspekt des Garnisonslebens«, sagte er. »Nicht jeder Mann ist, was er zu sein scheint.«

Fitz-Steven war der Nächste. Er war unhöflich wie immer. Trotz der finsteren Blicke, die Colum ihm zuwarf, und Kathryns eindringlicher Fragen sagte er nur das Notwendigste. Zumeist war ein Grunzlaut oder ein Kopfschütteln die einzige Antwort. Kathryn sah Haß in den Augen des Mannes aufleuchten. Du magst mich nicht, dachte sie, du bist gottlos genug, um zu töten, und so hartgesotten, daß du es verbergen kannst.

Colum entließ ihn kurzerhand, und Vater Peter kam, über Kerzenwachs auf seinem Gewand vor sich hin schimpfend. Kathryn stellte ihm dieselben Fragen nach Brandons Tod und erhielt dieselben Antworten.

»Er wurde krank«, sagte der Priester ruhig. »Sehr krank in kürzester Zeit. Ich habe ihm die letzte Ölung erteilt.« Er zuckte mit den Schultern. »Der Rest ist Euch bekannt.«

»Und Webster?« fragte Kathryn. »Hat der Festungskommandant an dem Tag, bevor er starb, mit Euch gesprochen?«

»Nein«, erwiderte Vater Peter. »Aber er hatte getrunken. Dann dieser törichte Mummenschanz auf dem Burghof. Er wollte Sparrows Spuren zurückverfolgen, daher habe ich ihm seinen Willen gelassen. Für mich ergab es keinen Sinn.«

»Und habt Ihr mit beiden Gefangenen gesprochen?« fragte Colum.

»Nun ja, alle haben mit Brandon gesprochen: Fitz-Steven, Webster, Gabele.« Der Priester grinste anzüglich. »Vor allem Fletcher hat Stunden bei ihm zugebracht.«

»Und Ihr kanntet weder Brandon noch Sparrow, bevor sie herkamen?« fragte Kathryn.

Der Priester blinzelte und fuhr sich nervös mit der Zunge über die Lippen.

»Ihr kanntet Sparrow schon, nicht wahr?« hakte sie nach.

Der Priester nickte. »Vor zehn Jahren«, gab er zu, »war ich beim Grafen von Pembroke, als er bei Mortimer's Cross gegen den König kämpfte. Sparrow war damals ein junger Bogenschütze, aber schon genauso widerwärtig.«

»Also wart Ihr Anhänger des Hauses Lancaster?« fragte Colum und lächelte.

Der Kaplan lachte. »Wie alle in dieser Burg. Wir sind nicht alle so wie Ihr, Ire, und stehen in der Gunst von Prinzen«, fügte er verächtlich hinzu. »Selbst Gabele hat eine Zeitlang für Warwick gekämpft.«

»Kanntet Ihr Sparrow gut?« fragte Kathryn.

»Nein, er erkannte mich nicht, aber ich ihn. Ich sah, wie er am Vorabend von Mortimer's Cross einen Mann tötete. Sparrow erstickte ihn in einer Latrine.« Der Priester wandte den Blick ab. »Ich hatte mich schon darauf gefreut, ihn hängen zu sehen.« Er zupfte an einem Stück Kerzenwachs auf seinem schmutzigen Gewand. »Mehr weiß ich nicht.«

Er ging. Colum und Kathryn holten ihre Pferde aus dem Stall und verließen die Burg, ohne sich von jemandem zu verabschieden. Eine Zeitlang ritten sie schweigend nebeneinander her. Colum grummelte über das Wetter, denn es hatte sich bewölkt, und ein leichter Nieselregen setzte ein. An der Kirche von St. Mildred zügelte er sein Pferd und nickte zur Burg zurück.

»Das reicht für einen Tag«, sagte er.

»Zwei Personen haben wir ausgelassen«, erwiderte Kathryn, »Margotta und den Ehrsamen.«

»Na ja, Margotta hätte Sparrow nicht umbringen können«, sagte Colum. »Wenn sie beteiligt ist, dann nur als Komplizin.«

»Und der Ehrsame?«

Colum schüttelte den Kopf. »Der Ehrsame verkauft wahrscheinlich emsig seinen Flitterkram in der Stadt. Denkt daran, Kathryn, der Ablaßprediger gehört nicht zur Burg. Hätte er etwas Ungehöriges getan, ganz gleich was, dann hätten uns die anderen darüber berichtet. Und jetzt ...«, Colum blickte zum Himmel empor, »mache ich mich auf den Weg nach Kingsmead, um zu sehen, was diese faulen Kerle so treiben!«

Colum beugte sich zu Kathryn herüber und drückte ihr einen Kuß auf die Wange. Gedankenverloren berührte sie die Stelle, die Colums Lippen berührt hatten, und blickte ihm nach, wie er sich Richtung Westgate entfernte. Sie stieg vom Pferd und führte es die Ottemelle Lane entlang. Colum hatte recht, überlegte sie, die junge Margotta würde keinen Mann wie Sparrow töten. Doch Kathryn war sich über den Ehrsamen nicht so sicher. Hätte er nicht etwas in Brandons Essen mischen können? Oder ein Messer in Sparrow jagen? Im übrigen konnte der Ablaßkrämer in seiner schwarzen Kleidung wie ein Geist um die dunkle Burg huschen.

Kathryn brachte ihr Pferd im Stall unter und ging nach Hause. Sie fand die Küche verlassen vor. Thomasina war auf dem Markt. Daher ging Kathryn in ihre Schreibkammer, wo sie versuchte, Ordnung in ihre wirren Gedanken zu bringen. Sie öffnete das Tintenfaß, nahm den Federkiel zur Hand und schrieb die Namen aller auf, die in der Burg lebten. Sie strich Margottas Namen durch, beschloß aber, daß die übrigen sowohl die Mittel als auch die Kraft hatten, Brandon zu töten und Webster vom Turm des Bergfrieds zu stoßen.

»Was wäre«, flüsterte sie, »wenn die Morde gar nichts miteinander zu tun hätten?«

Sie tippte mit den Fingern auf das Pergament: Fletcher war verliebt in Brandon wie jeder andere liebestolle Verehrer in ein Mädchen. Kaplan Peter hegte vielleicht einen Groll gegen Sparrow. Und Websters Tod? Kathryn seufzte und warf gereizt die Feder aus der Hand.

»Wenn doch nur Colum mit mir zurückgekommen wäre«, grummelte sie.

Kathryn vernahm ein Geräusch im Garten und ging an die Hintertür. Agnes kniete vor einem der hinteren Blumenbeete; sie hatte wegen des Regens ihr braunes Kapuzengewand übergezogen.

»Agnes, wie lange ist Thomasina schon fort?«

»Ich bin nicht Agnes.«

Die Gestalt drehte sich um, und Wufs freches Gesicht lugte unter der Kapuze hervor. Er rannte durch den Garten auf Kathryn zu.

»Thomasina ist einkaufen gegangen. Agnes ist mitgegangen. Ich will noch mehr Schnecken jagen, deshalb habe ich Agnes' Umhang angezogen.«

Kathryn gab ihm einen Kuß auf den Kopf. »Du solltest ihn lieber ausziehen, bevor Thomasina zurückkommt«, sagte sie freundlich.

Kathryn ging wieder in die Schreibkammer und warf einen Blick auf die Namensliste. Sie schauderte, als sie einen Kreis um alle zog.

»Und wenn es eine Verschwörung gewesen wäre?« murmelte sie. »Wenn sie alle an den Morden von Brandon, Sparrow und Webster beteiligt sind?«

Neun

Kathryn und ihre Mitbewohner hatten das Abendessen beendet, und Kathryn war gerade dabei, Arzneien für ihre Patienten zuzubereiten, als sie von lautem Klopfen an der Tür unterbrochen wurde. Wuf lag bereits im Bett, Thomasina war in der Speisekammer beschäftigt, während Colum ungewöhnlich schweigsam am Feuer saß, bewaffnet mit Nadel und Faden, und versuchte, die Nähte an seinem Zaumzeug sorgfältig zu erneuern. Thomasina hatte ihm angeboten, es zu übernehmen, doch Colum hatte mürrisch erwidert, das könne er durchaus allein. Nun stach er wütend auf das Stück Leder ein und dachte darüber nach, was er mit den beiden Leichensammlern anfangen sollte, die alles gestanden hatten. Thomasina ging zur Tür, um zu öffnen, und führte die beiden Besucher, Gabele und Fletcher, in die Küche. Sie waren bewaffnet, gestiefelt und gespornt, und strahlten freudig erregt.

»Was ist geschehen?« Colum warf das Zaumzeug zu Boden. »Wieder Ärger in der Burg?«

»Nein, Ire.« Gabele stand breitbeinig da und klopfte mit der Reitgerte leicht gegen ein Bein. »Ich bringe Befehle von Seiner Hoheit, dem Herzog von Gloucester.«

Kathryn kam aus der Schreibkammer. »Er ist hier«, rief sie überrascht, »hier in Canterbury?«

»Ja, er hat in der Burg haltgemacht, um einen Happen zu essen und einen Becher Wein zu trinken. Er hat seine Gefolgsleute bei sich – Lovell, Ratcliffe, Catesby und die anderen. Sie kommen direkt vom König mit dem Befehl, Männer aus der Burg und aus Kingsmead auszuheben. Morgen früh gehen wir auf die Jagd nach Faunte. Gloucester ist wild entschlossen, ihn im Laufe des Tages zu fangen, zu verurteilen und zu hängen.«

Colum pfiff durch die Zähne.

»Warum ausgerechnet jetzt?« fragte Kathryn.

»Seine Hoheit sagte nicht viel«, meldete sich Fletcher zu Wort. »Doch Späher des Königs haben berichtet, daß Faunte möglicherweise morgen den Schutz des Waldes verläßt, um einen der Häfen von Kent und ein Schiff ins Ausland zu erreichen.«

Colum schnappte sich seine Stiefel, die an der Kaminecke zum Trocknen gestanden hatten, und schickte sich an, sie überzuziehen.

»Ja, so ist es«, bestätigte er. »Unser edler König vergißt keinen einzigen Verräter. Kurz bevor er bei Barnet gegen Warwick vorrückte, verfluchte er Faunte dafür, daß er Canterbury gegen ihn aufgebracht und die Straße nach Dover versperrt hatte.«

Kathryn starrte aus dem Fenster. »Aber es ist schon dunkel!« rief sie. »Es ist schlimm genug, wenn man bei Nacht und Nebel durch die Straßen von Canterbury zieht, erst recht, wenn man versucht, jemanden quer durch Kent zu jagen.«

Colum stand auf. Die Sporen an seinen Stiefeln klirrten. Er nahm seinen ledernen Kriegsgurt vom Haken an der Wand.

»Nein, nein, wahrscheinlich werden wir nach Kingsmead gehen, wo Gloucester uns über seine Pläne in Kenntnis setzen wird. Ich vermute, er will die Jagd bei Tagesanbruch bereits in Gang gebracht haben. Wenn Faunte die Deckung aufgibt, wird er in aller Frühe aufbrechen, wenn die Straßen verlassen sind und das Land noch in tiefem Schlummer liegt.«

Colum lehnte höflich ab, als Kathryn ihm Proviant und Wein anbot. Er holte seinen Umhang und seine Satteltasche, lächelte Kathryn aufmunternd zu und folgte Gabele und Fletcher hinaus.

»Ach, übrigens«, rief Kathryn hinter ihnen her.

Gabele und Fletcher blieben stehen.

»Noch einmal zu Websters Tod«, fuhr Kathryn fort. »Habt Ihr etwas entdeckt?«

Gabele blies hörbar die Luft aus. »Wir haben Gloucester über alle Details unterrichtet. Aber nein, Mistress, Webster ist bereits im Grab erkaltet, und es ist noch immer ein Rätsel, ob er gesprungen oder ausgerutscht ist, oder ob er gestoßen wurde.«

Kathryn bedankte sich bei ihnen, schloß die Tür und lehnte sich mit dem Rücken dagegen. Sie schloß die Augen. Gott sei

Dank, wenigstens ist Colum bei Gloucester und seinen Mannen in Sicherheit.

Sie ging wieder in die Küche, wo Agnes mit müden Augen den Tisch abräumte und den Teig, die Schüsseln, Krüge und Platten hinaustrug, um das Brot vorzubereiten, das man am nächsten Morgen gleich backen wollte. Thomasina half ihr dabei und schickte das Mädchen anschließend unter gelinden Vorhaltungen ins Bett. Kathryn sah sich die kleine Magd genau an. Agnes war müde, doch sie fingerte unablässig an dem kleinen Geldbeutel herum, den sie seit neuestem an einer Schnur um den Hals trug. Kathryn setzte sich auf die Bank am Tisch.

»Agnes«, rief sie. »Komm doch mal her!«

Die Magd eilte erwartungsvoll und diensteifrig herbei. Kathryn blickte sie freundlich an.

»Setz dich.«

Die Magd tat, wie ihr geheißen, und ließ ihre Herrin nicht aus den Augen.

»Agnes, wie lange bist du nun schon bei uns?«

Die Magd zog die Stirn kraus. »Ich glaube, ich bin dreizehn Jahre alt. Euer Vater hat mich vor sieben Jahren aufgenommen.« Agnes öffnete die Augen. »Aus dem Spital für Findelkinder.«

Kathryn lächelte. Sie konnte sich noch gut an den Tag erinnern. Vater hatte sich immer um verwahrloste Kinder gekümmert. Er war zur Behandlung einer der Schwestern ins Spital gegangen und mit dem Mädchen nach Hause gekommen. Niemand hatte je von Agnes verlangt, sich als Magd zu betätigen, und als Kathryn versuchte, sie davon abzuhalten, hatte das Mädchen tagelang nur geweint.

»Agnes, was hast du in deinem Geldbeutel?«

»Oh, Herrin, die Münzen, die Ihr mir gebt. Sie sollen meine Mitgift sein.«

»Und, hast du den Glücklichen bereits ausgesucht?« fragte Kathryn und biß sich auf die Lippen.

»Nein, aber ...« Das Mädchen wurde rot.

»Bist du sicher?« neckte Kathryn.

»Ich mag Wormhair.«

»Wen?«

»Wormhair, den Ministranten von Saint Mildred.«

Kathryn fiel ein Junge mit Engelsgesicht und fettigen, wie Stacheln vom Kopf abstehenden Haaren ein. Sie mußte lachen und hielt sich die Hand vor den Mund.

»Agnes, bist du glücklich hier? Kann ich irgend etwas für dich tun?«

Das Mädchen schaute sie aus großen Eulenaugen verwundert an.

»Warum, Herrin? Seid Ihr nicht zufrieden mit mir?«

Kathryn hob beschwichtigend beide Hände, als Tränen in Agnes' Augen traten.

»Nein, nein! Natürlich bin ich zufrieden und glücklich mit dir! Behandeln Thomasina und Wuf dich gut?«

»Wuf ist ein Schuft«, sagte Agnes. »Thomasina und ich finden, er ist eine Nervensäge.«

Kathryn nickte. »Du gehst jetzt lieber zu Bett«, sagte sie.

Die Magd eilte hinaus.

»Noch etwas, Agnes.«

»Ja, Herrin?«

»Mach dir keine Sorgen um deine Mitgift. Was mein ist, ist auch dein.«

Das Mädchen starrte sie aus weit aufgerissenen Augen an.

Kathryn lächelte. »Und wer weiß, vielleicht kann uns Wormhair einmal beim Abendessen Gesellschaft leisten?«

Agnes nickte und rannte den Korridor entlang. Thomasina wuselte in der Küche herum und sang und summte dabei wie eine dicke Hummel. Immer wieder schwätzte sie über Gerüchte aus dem Ort; daß sie vorhabe, Goldere einen Nasenstüber wegen seines unverschämten Betragens zu versetzen, und ob Rawnose wohl jemals aufhörte zu reden? Kathryn mußte darüber insgeheim schmunzeln.

»Soll der Ire für immer hierbleiben?« fragte Thomasina plötzlich.

»Wieso?«

»Er hat seine Füße bequem und fest unter unseren Tisch gestellt«, konstatierte Thomasina und warf Kathryn einen wütenden Blick zu.

»Ich mag ihn«, erwiderte Kathryn. »Wirklich, Thomasina.«

»Er ist nicht wie Chaddedon.«

»Doch«, widersprach Kathryn. »Er ist zwar auch anders, aber trotzdem ehrlich und aufrichtig.«

»Er ist verdammt launisch!«

Kathryn seufzte. »Er hat Kummer. Allem Anschein nach hat er in dieser Angelegenheit, die ihm der König anvertraut hat, kein Glück. Außerdem lebt er in Angst vor einem Mörder.«

Thomasinas Miene wurde weich. Sie trat zu ihrer Herrin und kauerte sich neben sie. Zärtlich streichelte sie ihr den Handrücken.

»Kathryn, er ist Soldat, ein Höfling, der in der Gunst der Prinzen steht. Wenn man nach deren Pfeife tanzt, befindet man sich immer in Gefahr. Und nun kommt, der Zimmermann Torquil hat sich für morgen angekündigt. Wir müssen seinen Arm richten, und Ihr wißt genau wie zimperlich er ist.«

Kathryn schmunzelte und stand auf. »Bring mir Zaunrübe«, sagte sie. »Und, Thomasina, ein wenig Tollkirsche. Und zieh Handschuhe an!«

»Weiß ich doch!« fauchte Thomasina, als sie den Korridor entlanghastete.

Kurz darauf kam sie zurück und brachte zwei Leinentücher mit, in denen die Zaunrübe mit ihrem dicken, röhrenförmigen Wurzelwerk steckte. Ein paar vertrocknete Beeren hingen noch an den Stengeln. Kathryn zog sich ebenfalls ein Paar Handschuhe über und entfernte die Beeren und die rauhen Blätter. Dann begann sie, mit Mörser und Stößel Saft aus dem Stengel zu quetschen. Sie hielt inne und betrachtete ihr Werk. Bei dem bittersüßen Geruch, der der Pflanze entströmte, erinnerte sie sich naserümpfend an den Rat des Vaters.

»Viele Dinge in der Natur, Kathryn«, hatte er oft wiederholt, »enthalten die tödlichsten Gifte. Ich habe mehr Menschen sterben sehen, die eine falsche Pflanze gegessen haben, als Verwundete in einer Schlacht. Denke stets daran, Zaunrübe und Tollkirsche sind die gefährlichsten!«

Kathryn fuhr fort, den Saft auszupressen. Vater wußte nie, warum oder wie, doch er hatte sie davor gewarnt, daß der Saft auch dann noch gefährlich sein konnte, wenn man ihn sorgfältig von den Händen abgewaschen hatte.

»Irgendwie kann die Haut ihn einatmen«, hatte er ihr erklärt. »Ich habe in Salerno einmal einen Araber gehört, der erklärte, wie und warum, doch ich hatte Schwierigkeiten, es zu verstehen.«

Kathryn hielt den Holzmörser in Augenhöhe und schüttete den Saft mit größter Vorsicht in eine kleine Phiole. Einen Teil wollte sie mit Wasser verdünnen und für Frostbeulen verwenden; vermischt mit etwas Wein würde die Arznei auch Husten lindern, vor allem bei Kindern. Dann nahm sie die Tollkirsche zur Hand und untersuchte erst die dunklen, mattgrünen ovalen Blätter, und dann die welkenden, violetten Blüten in Glockenform. Sie waren bereits verblüht und begannen zu faulen. Kathryn legte das Kraut auf ein Brett und begann, Saft aus Wurzel und Blättern zu stampfen. Der Geruch war noch unangenehmer. Kathryn trat für kurze Zeit in den Garten hinaus und fragte sich, wann die Vorräte, die sie in London bestellt hatte, wohl ankämen. Sie ging wieder in die Küche, um weiterzuarbeiten. Sie mußte sorgfältig vorgehen, denn Tollkirsche war kostbar. Sie blühte nur in Kalkstein und war eine jener Heilpflanzen, die Gewürzhändler und Apotheker teuer bezahlten. Schließlich war sie fertig. Einen Teil der Zaunrübe vermischte sie mit der Tollkirsche in einer kleinen Tasse; das würde sie am nächsten Morgen Torquil dem Zimmermann geben, um seinen Schmerz zu lindern. Als das getan war, schrubbte sie mit Thomasina alle Geräte und die Tischplatte mit siedend heißem Wasser.

Kathryn ließ ihre Amme in der Speisekammer allein und suchte ihre Schreibkammer auf. Sie vernahm den dumpfen Schrei einer Eule im Garten und schauderte. Behauptete Thomasina nicht immer, der Ruf eines Nachtvogels sei ein böses Omen?

»Du lieber Gott, Kathryn«, flüsterte sie sich selbst zu. »Du bist eine erwachsene Frau, nicht Thomasinas Kind.«

Sie schloß eine kleine Truhe auf und nahm das Stück Pergament heraus, das sie beschrieben hatte. Sie zog die flackernden

Kerzen ein wenig näher zu sich heran und las sich noch einmal sorgfältig durch, was sie da festgehalten hatte. Brandons Tod war ein Rätsel, schloß sie daraus, und Colum hatte recht: Die Exhumierung seiner Leiche war die einzige Stelle, an der sie ansetzen konnten. Sie lehnte sich auf ihrem Stuhl zurück, schloß die Augen und dachte über Websters Sturz vom hohen Bergfried der Burg von Canterbury nach. Sie stellte sich vor, wie der Festungskommandant auf dem Turm auf und ab ging, das Kohlenbecken in der frühen Morgenbrise flackerte.

Warum zündet ein Mann, der Selbstmord begehen will, ein Feuer an, an dem er sich wärmen kann? dachte sie. Warum geht er auf und ab? Und dann diese Beule hinter dem rechten Ohr. Wie kam die dorthin? Wie ist es dem Mörder gelungen, unbemerkt von Webster oder den Wachen auf den Turm zu steigen, den Festungskommandanten zu erschlagen und seinen bewußtlosen Körper über die Brüstung zu werfen? Wie hat der Mörder den Turm verlassen – und zwar so, daß die Falltür noch immer von der anderen Seite verschlossen war? Vor ihrem geistigen Auge sah Kathryn die Wache auf dem Umlauf auf und ab gehen. Sie hatten einen Farbkleks gesehen, als Webster hinabstürzte, und seinen Todesschrei gehört. Todesschrei! Kathryn riß die Augen auf.

Wie konnte ein Bewußtloser aufschreien?

Sie spürte ein erregtes Kribbeln im Bauch. Sie war sich den ganzen Tag schon sicher gewesen: Den Schrei mußte ein anderer ausgestoßen haben – der Mörder!

»Aber wie?« rief sie laut aus. »Wie ist das wohl geschehen? Und warum?«

Kathryn überlegte. Niemand hatte etwas Ungewöhnliches über Websters Verhalten berichtet, bis auf die Geschichte mit dem Priester: Websters Versuch, die Umstände, die zu Sparrows Flucht führten, zu rekonstruieren.

»Das ist es«, murmelte sie. »Jemand muß Webster bei dieser Tätigkeit beobachtet und Angst bekommen haben. Aber was hatte Webster nur entdeckt?«

Kathryn sprang auf, als laut an die Haustür gepocht wurde. Thomasina stapfte durch den Korridor, dann eilte sie zurück.

»Mistress, da draußen ist ein armer Mann, sein Arm ist voller Blut.«

»Bring ihn in die Küche«, rief Kathryn.

Sie nahm den Kasten mit ihren Utensilien und ging in die Küche, wo Thomasina dem Mann behilflich war, sich auf den Hocker zu setzen. Der Fremde schien starke Schmerzen zu haben. Er hatte den Oberkörper nach vorn gebeugt und schützte den rechten Arm. Kathryn sah die Blutspuren auf dem frisch geschrubbten Küchenboden.

»Wer seid Ihr?« fragte sie.

Der Mann hatte den Kopf gesenkt und die Kapuze tief ins Gesicht gezogen. Kathryn trat zu ihm, um sich den Arm anzuschauen – in diesem Augenblick machte der Mann eine rasche Bewegung und richtete sich auf.

Er zog eine kleine Armbrust unter dem Umhang hervor, den Bolzen schußbereit im Zug. Kathryn schrie auf und wich zurück. Thomasina, die Wasser über dem Feuer erhitzte, hörte den überraschten Ausruf und drehte sich um. Mit schnellem Blick erfaßte sie die Gefahr und kam drohend näher; der Fremde warf den Kopf zurück. Die Kapuze entblößte rotes Haar, das ihm in dichten Locken bis auf die Schultern fiel. Mit der Augenklappe über dem rechten Auge wirkte das hagere, weiße Gesicht noch bösartiger. Kathryn warf einen kurzen Blick auf die blutleeren Lippen und konnte sich denken, wer dieser Mann war.

»Ihr seid Fitzroy?«

Der Mann legte den Kopf auf die Seite. »Sieh an, sieh an, eine intelligente Frau«, rief er. »Helles Köpfchen und scharfer Verstand.« Er wandte sich um und drehte die Armbrust ein wenig, die nun direkt auf Thomasinas Bauch zielte. »Und du bist wohl die Amme? Nun sei kein törichtes Mädchen. Mach keine hastige Bewegung, sonst muß dich der alte Padraig töten!«

»Setz dich, Thomasina«, befahl Kathryn. »Ich glaube nicht, daß Master Fitzroy uns etwas antun will.«

Das gesunde Auge des Mannes musterte Kathryn kalt. »Ansehnlich seid Ihr ja«, stellte er fest. »Verlaßt Euch ruhig auf den alten Colum, er findet bestimmt einen angenehmen Hafen.«

»Haltet Euer dreckiges Maul!« knurrte Thomasina.

»Mistress Swinbrooke ist Euch weit überlegen!«

Padraig änderte die Lage der Armbrust in der Hand und funkelte Thomasina an.

»Hör zu, du alte Hexe, ich habe alles umgebracht, was kreucht und fleucht, ob Mann, ob Frau, hin und wieder auch mal ein altes Weib.«

»Das wird nicht allzu schwer gewesen sein«, erwiderte Thomasina. »Vor allem, wenn sie Euch den Rücken zugewandt haben!«

Fitzroy lachte. »Ich werde Euch nichts antun«, versicherte er ihnen. Er trat einen Schritt zurück und gestikulierte mit einer Hand. »Bitte, Mistress Swinbrooke, macht keine plötzlichen Bewegungen und schon gar keine Dummheiten.«

»Ihr seid gekommen, um Colum zu töten?«

»Gewiß, den glutäugigen Colum, der von unserem Rat des Verrats bezichtigt wurde.«

»Er ist kein Verräter«, sagte Kathryn und wünschte sich nur, sie könnte das Zittern in den Beinen abstellen. Und warum war sie so kurzatmig? »Er ist kein Verräter«, wiederholte sie mit fester Stimme. »Er war noch ein Junge, als York ihn zu sich nahm. Was würdet Ihr tun? Die Begnadigung annehmen oder Euch hängen lassen?«

»Mein Bruder hatte keine andere Wahl. Er starb an einem englischen Seil.« Fitzroy berührte die Klappe über dem Auge. »Und als sie mich aufgriffen, drückten sie mir das Auge ein.«

Einen kurzen Augenblick nahm Kathryn Trauer in den harten Gesichtszügen des Mannes wahr.

»Das ist der Lauf der Dinge, Kathryn. Ich darf doch Kathryn zu Euch sagen?« Er wartete nicht auf ihre Antwort. »Wir waren einmal zwei Prachtkerle, Colum und ich, schnell wie der Wind. Rasch bei der Hand wie herabstürzende Falken. Blutsbrüder.«

»Und nun seid Ihr hier, um ihn zu töten?«

»Ja, es sollte ihn nicht überraschen. Er hat mich gewiß schon erwartet?«

»Und das *Auge Gottes*?« fragte Kathryn plötzlich.

Fitzroys Grinsen wurde breiter. »Gewiß, wir hätten es gern

zurück. Wenn Colum versprechen kann, es zu besorgen, könnten wir eine Begnadigung in Erwägung ziehen.«

Kathryn schaute auf den Muskel, der sich in Fitzroys Wange verzog.

»Ihr lügt«, sagte sie sanft. »Ihr bringt ihn um, ganz gleich, was er tut. Lügt mich nicht an!«

Fitzroy nickte.

»Seht!« Kathryn zeigte auf das Blut, das vom Arm des Mannes tropfte. »Ihr seid verwundet!«

»Oh nein.« Fitzroy bewegte die Armbrust. Er legte die Hand auf den Ärmel und zog einen kleinen, blutgetränkten Schwamm heraus. »Ich habe ihn in die Gosse vor dem Schlachthaus getunkt.« Er warf ihn zu Boden, und das Blut spritzte in scharlachroten Tropfen umher. »Wißt Ihr, das klappt immer.«

»Colum ist nicht hier«, sagte Kathryn trotzig.

»Oh, das weiß ich, doch wir müssen das Ritual einhalten. Bringt mir einen Becher Wein, stellt ihn auf den Tisch, fügt ein wenig Essig hinzu, legt ein kleines Stück Brot daneben, in Salz gewälzt.«

»Warum?«

»Tut, wie ich Euch gesagt habe, Weib, und denkt daran, ich lasse Thomasina nicht aus den Augen!«

Kathryn gehorchte. Sie goß den Wein in einen Becher, fügte einen Schuß Essig hinzu und legte das gesalzene Brot daneben.

»Darf ich Euch ein wenig Wein anbieten?« fragte sie hoffnungsvoll.

Fitzroy ging zu ihr und berührte zärtlich ihre Wange.

»Ihr seid ein tapferes Mädchen, Kathryn, doch ich bin nicht dumm. Einen Becher Wein mit Zusatz, nach dessen Genuß ich einschlafe?«

Kathryn wischte sich die schweißnassen Hände am Kleid ab, als sie den Blick des Iren erwiderte.

»Warum?« fragte sie.

»Er hätte niemals die Begnadigung des englischen Königs annehmen dürfen.«

»Und warum nach so langer Zeit?«

Fitzroy trat zurück. »Hat er es Euch nicht gesagt, Kathryn?

Ich bin der vierte, den sie schicken. Die drei anderen sind nie zurückgekehrt. Nun, Kathryn …« Fitzroy bedeutete Thomasina mit einer Handbewegung aufzustehen. »Dreht Euch um und schaut ins Feuer.«

Kathryn zeigte auf den Wein und das Brot.

»Oh, darüber macht Euch keine Gedanken«, sagte Fitzroy lächelnd. »Colum weiß Bescheid. Und jetzt dreht Euch bitte um.«

Kathryn und Thomasina blieb nichts anderes übrig. Sie hörten Fitzroys schlurfende Schritte und das Klicken der Tür, die hinter ihm ins Schloß fiel, während er im Dunkel der Straße verschwand. Kathryn ließ sich auf den Hocker fallen.

»So, das war das letzte Mal, daß wir jemanden hereinlassen, Thomasina.«

Die Amme kam zu ihr und legte ihr einen Arm um die Schultern. Sie spürte, wie Kathryn zitterte.

»Nein, das ist es nicht, Mistress.« Zärtlich strich sie Kathryn über das wallende schwarze Haar. »Wenn jemand wirklich verletzt wäre, würdet Ihr helfen.« Sie ging in die Speisekammer und brachte einen großen Becher Rotwein mit. »Kommt«, versuchte sie Kathryn zu überreden. »Trinkt ein paar Schlucke. Es ist alles nur wegen des verdammten Iren! Warum mußte er auch seine Probleme hierher bringen?«

Kathryn schlürfte an dem Wein.

»Wenn man ihn tötete, Thomasina, wenn er stürbe …« Kathryn ergriff Thomasinas Hand und blickte über die Schulter zu ihr auf. »Ich glaube, in mir würde etwas sterben.«

»Papperlapapp!« brach es aus Thomasina heraus.

Sie wuselte durch die Küche, wischte das Blut vom Boden auf und tat sehr geschäftig, damit Kathryn nicht sah, daß ihr Tränen in die Augen traten.

»Verdammter Ire! Gottverfluchte Männer!«

Thomasina fluchte so lange vor sich hin, bis sie sich völlig verausgabt hatte. Gemeinsam mit Kathryn löschte sie das Feuer und die Kerzen und ging zu Bett. Nach dem Wein fiel es Kathryn nicht schwer, in einen traumreichen Schlaf zu sinken.

Früh am nächsten Morgen wurde sie von Wuf geweckt, der die Treppe hinaufrannte und Ritter spielte. Er rasselte mit dem

Holzschwert, das Colum ihm angefertigt hatte, am Treppengeländer entlang. Kathryn wusch sich, zog sich an und frühstückte in der Küche. Agnes, vergnügt wie immer, entfachte das Feuer und bemerkte nicht, wie schweigsam und ernst Kathryn und Thomasina waren. Zum Glück kamen die Patienten schon sehr früh, unter ihnen der Zimmermann Torquil. Kathryn behandelte alle Leiden rasch und sachlich und bemühte sich, ihre Gedanken ausschließlich auf die Dinge zu richten, mit denen sie sich gerade beschäftigte, und weder den Weinbecher noch das gesalzene Stück Brot zu beachten. Thomasina schlug vor, den Tisch abzuräumen.

»Nein«, sagte Kathryn. »Es ist eine Botschaft für Colum, er soll entscheiden.«

Sie fuhr mit der Behandlung ihrer Patienten fort. Schließlich war nur noch die kleine Edith da. Sie krümmte sich noch immer vor Schmerzen. Kathryn bedauerte die Kleine und gab ihr einen ziemlich kostbaren Kräutertrank aus Gartenraute, deren blaugrüne Blätter einen Saft enthielten, der nach bisherigen Beobachtungen Menstruationsbeschwerden linderte. Nachdem das Mädchen gegangen war, wusch sich Kathryn die Hände und ging zur Kirche von Saint Mildred, die zu dieser Tageszeit leer war. Sie zündete eine Kerze an und kniete vor dem Altar der Heiligen Jungfrau nieder, wie sie es vom Vater gelernt hatte. Sie betete für seine Seele und für ihren eigenen Seelenfrieden. Die Ereignisse in der Burg hatten sie verwirrt, und beim Gedanken daran, was die Zukunft wohl für Colum bereithalten mochte, wurde ihr angst und bange. Sie hatte Schwierigkeiten, sich zu konzentrieren, und fragte sich, ob sie Vater Cuthbert im Spital für Arme Priester besuchen sollte. Sie zündete eine zweite Kerze an und ging hinaus. An der Ecke zur Ottemelle Lane stand Rawnose inmitten einer kleinen Menschenansammlung. Dieser selbsternannte Herold des Bezirks verbreitete wie gewöhnlich jede Menge Gerüchte. Diesmal jedoch hielt Kathryn an und hörte zu.

»Ja, ja«, sagte Rawnose und hob die Stimme. »Der Rebell Nicholas Faunte wurde festgenommen, als er versuchte, das offene Feld von Kent zu durchqueren. Er und noch fünf andere befinden sich im Rathaus, wo sie verurteilt und gehängt werden sollen. Seine Hoheit, der Herzog von Gloucester, ist sehr zufrieden. Er hat eine Bekanntmachung erlassen, die besagt, daß der König gewillt ist, der Stadt die Vorrechte wieder einzuräumen, sobald Faunte tot ist.«

Rawnoses Erklärung wurde mit Seufzern der Erleichterung begrüßt. Kathryn lief, so schnell es der Anstand erlaubte, die Ottemelle Lane entlang und stieß die Tür des Hauses so heftig auf, daß sie beinahe Agnes überrannt hätte, die gerade frische Binsen auslegte. Colum saß in der Küche, über und über mit Dreckspritzern verkrustet. Er wirkte abgespannt und müde. Er hob kaum den Kopf, als Kathryn den Raum betrat, sondern schaute unentwegt auf den Becher und das Stück Brot, die in der Mitte des Tisches aufgebaut waren. Thomasina und Wuf, der ausnahmsweise einmal still war, standen am Herd. Sie betrachteten den Iren mit großen, runden Eulenaugen und warteten auf seine Reaktion.

»Ihr habt die Neuigkeiten vernommen, Mistress Swinbrooke!«

Colum wandte den Blick nicht ab. Er fuhr sich durch das wirre schwarze Haar, nahm den Schwertgurt ab und ließ ihn auf den Boden gleiten.

»Ja, allerdings«, sagte Kathryn und setzte sich ihm gegenüber. »Und hat Thomasina Euch von unserem Besucher erzählt?« Sie fuhr zusammen, als Colum sich vorbeugte und Weinbecher und Brot vom Tisch fegte.

»Verflucht soll er sein!« rief er. »Verflucht sei seine schwarze Seele!«

Wuf begann zu weinen und schmiegte sich an Thomasina. Kathryn drehte sich um und bedeutete den beiden mit einer Kopfbewegung hinauszugehen. Thomasina bedurfte keiner zweiten Aufforderung, und Agnes schob die Binsen im Korridor immer wieder hin und her, nur um die Küche nicht betreten zu müssen.

»Was hat das alles zu bedeuten, Colum?« fragte Kathryn.

Der Ire blickte auf und sah sie aus rot umrandeten Augen an, unter denen dunkle Schatten lagen. Er kratzte sich das Kinn.

»Was soll das heißen?« wiederholte Kathryn. »Fitzroy sagte, er sei der vierte, der hinter Euch her ist.«

»Ja, das stimmt«, seufzte Colum. »Die anderen drei habe ich ins Jenseits befördert. Auf diese Weise« – er deutete auf den Weinbecher am Boden – »pflegen sie einen zu warnen. Ein bitterer Schluck zur Henkersmahlzeit.« Der Ire lächelte freudlos. »Fitzroy will damit andeuten, daß mein Tod kurz bevorsteht.«

»Habt Ihr Angst?« Sobald die Worte heraus waren, hätte Kathryn sich am liebsten auf die Zunge gebissen.

Colum richtete sich auf, stützte die Ellbogen auf den Tisch und hielt sich die Hände vor den Mund. Er sah sie mit einem merkwürdigen Ausdruck in den Augen an.

»Angst?« sagte er. »Angst vor Fitzroy? Nein, ich fürchte mich nicht, Kathryn. Ich bin wütend, daß er hierhergekommen ist, um seine dreckige Botschaft zu hinterlassen. Ich hätte größeren Respekt vor ihm gehabt, wenn er nach Kingsmead gekommen wäre. Aber das ist Fitzroys Art, er war schon immer ein elender Aufschneider. Glaubt mir, dafür werde ich ihn töten. Ich weiß nicht, wie oder wann, aber ich werde ihn umbringen!«

Damit war das Thema für Colum erledigt. Thomasina kam wieder herein und bewirtete ihn unaufgefordert mit Brot, Käse und einem Krug Bier. Anschließend ging Colum die Treppe hinauf, um sich zu rasieren, zu waschen und die Kleider zu wechseln. Als er wieder herunterkam, war er ein anderer Mensch, beinahe glücklich. Kathryn wußte, daß Fitzroys Besuch jetzt ein abgeschlossenes Kapitel war. Colum brannte darauf, ihr von Fauntes Festnahme zu berichten.

»Man hat ihn verraten«, erklärte der Ire. Er saß neben der Feuerstelle und zog sich die Stiefel an. »Sein Gefolge bestand nur noch aus sechs Leuten. Einer von ihnen sandte einem einflußreichen Bürger Londons eine Botschaft, in der er anbot, Faunte als Gegenleistung für seine eigene Begnadigung zu verraten. Als Faunte das Waldgebiet verließ, stürzten wir uns auf ihn wie Falken auf eine Taube. Sie waren auf dem Weg zu einem Hafen. Da sie ohnehin keine Chance sahen, ergaben sie sich kampflos.«

»Und wo sind sie jetzt?« fragte Kathryn.

»Im Rathaus, Faunte und fünf andere. Um zwölf soll die Verurteilung stattfinden, eine Stunde später werden sie hängen. Zumindest Faunte. Derjenige, der ihn verraten hat, ist bereits begnadigt und freigelassen worden.« Colum blickte Kathryn augenzwinkernd an. »Ich möchte, daß Ihr mich begleitet, der Herzog besteht sogar ausdrücklich darauf.«

»Warum?« fragte Kathryn. »Colum, sagt, wußte Faunte etwas Neues über Wyville zu berichten?«

»Am besten, Ihr kommt mit«, wiederholte Colum.

Kathryn gab Thomasina Anweisungen für die Zeit ihrer Abwesenheit und machte sich eilends zurecht. Colum holte die Pferde, die beim Wirtshaus am Ende der Straße untergestellt waren. Sie hatten die Hethenman Lane noch nicht zur Hälfte zurückgelegt, da wußte Kathryn, daß sich die Neuigkeit von Fauntes Festnahme in der ganzen Stadt herumgesprochen hatte. In der High Street sammelte sich bereits eine Menschenmenge. Colum konnte nur mit Mühe einen Weg zur Rathaustreppe bahnen, auf der es von Soldaten in Gloucesters Uniform nur so wimmelte; Bewaffnete mit Topfhelmen und Kettenhalsbergen; Bogenschützen in Lederjacken und grünen Hüten, und oben auf der Treppe standen drei Herolde mit einer Fahne. Es waren die Wappen von England, York und Gloucester. Vor der Rathaustür wartete einer von Gloucesters Gefolgsleuten auf sie – ein Mann mit schweren Augenlidern und hübschem Gesicht, der sich als Lord Francis Lovell vorstellte. Er öffnete ihnen die Tür, und sie betraten einen Korridor, in dem Diener, Kammerherren und weitere Soldaten geschäftig hin und her liefen.

Sie trafen Gloucester in der oberen Ratskammer an. Er saß hinter einem langen, polierten Eichentisch, den der Ratsherr der Stadt zu benutzen pflegte. Er sprach leise mit Gabele und Fletcher, und am anderen Ende des Tisches legte Luberon eifrig Pergamente, Tinte und Wachs für den bevorstehenden Prozeß bereit. Sobald Gloucester Colum erblickte, entließ er die beiden Soldaten mit einer Handbewegung und bedeutete Kathryn und dem Iren vorzutreten. Er erhob sich in der für ihn typischen, schiefen Haltung und drückte Colum fest die Hand. Mit einer knappen, zackigen Verbeugung führte er Kathryns Finger an den Mund.

»Mistress Swinbrooke«, sagte er. »Ich bin entzückt, Euch wiederzusehen.«

Kathryn lächelte, doch sie war auf der Hut; unrasiert und abgespannt in seiner halben Rüstung und im Kettenhemd, sah Gloucester noch gefährlicher aus als der elegante Höfling, den sie in London kennengelernt hatte. Der Herzog nahm Platz und trommelte ungeduldig mit den Fingern auf den Tisch.

»Wir sind hoch erfreut«, verkündete er, »und sehr zufrieden mit Euch, Colum.« Die grünen Katzenaugen betrachteten den Iren. »Ihr kanntet die Straßen so gut, daß uns Faunte nicht entwischen konnte. Ja, ja, das wäre durchaus möglich gewesen. Nun wird er zum Tode verurteilt. Ihr, Mistress Swinbrooke, werdet als Zeugin vor Gericht auftreten. Unser treuer Diener, Schreiber Luberon, und ich werden laut Urkunde, ausgestellt von meinem werten Bruder, dem König, Fauntes Richter sein. Master Murtagh, Ihr werdet mir assistieren, ebenso meine Gefolgsleute Lovell, Catesby und Ratcliffe.« Er bemerkte den ungläubigen Ausdruck in Kathryns Augen. »Ich weiß, was Ihr denkt, Mistress«, fauchte er. »Kein Gerichtsverfahren vor einem ordentlichen Gericht. Aber das hier ist Krieg. Faunte war ein Rebell und Verräter. Als ich heute morgen gegen ihn ausritt, trug ich das Banner des Königs von England vor mir her. Faunte ist davor geflohen, und das ist Verrat. Er wird nach Kriegsrecht verurteilt und bestraft. Und nun ...« Er stand auf, die Finger ruhten auf dem Tisch, als er sich vorbeugte. »Nun zu dieser Sache mit dem *Auge Gottes*, Ire.« Gloucesters Augen waren kalt und hart. »Kein Erfolg! Kein Erfolg! Aber kommt Zeit, kommt Rat. Ihr habt Unsere Erlaubnis, Brandons Leiche zu exhumieren.«

»Doch wer soll ihn identifizieren?« wollte Colum wissen.

Gloucester verzog die Lippen zu einem spitzen Lächeln und blickte zu Kathryn hinüber.

»Sprecht mit Faunte«, sagte er. »Und mit seinen Gefährten. Wir sind geneigt, Gnade vor Recht ergehen zu lassen. Faunte muß sterben, doch die anderen nicht unbedingt. Oh, und Mistress Swinbrooke, fragt Faunte und seine Gefolgsleute nach Alexander Wyville.« Er sah, daß Kathryn erbleichte. »Nein«, fuhr er leise fort, »habt keine Angst, laßt Euch von ihnen sagen, was sie wissen.«

Er setzte sich, rief nach dem Hauptmann seiner Wache und befahl ihm, Kathryn und Colum in die Zellen unter dem Rathaus zu führen.

Kurz darauf brachte man Colum und Kathryn zu Faunte. Die Zelle war klein und schmal und hatte weder Gitter noch Fenster. Nur eine Fackel zischte in rostiger Halterung hoch oben an einer verschimmelten Wand. Ein übler Gestank hing in der Luft. Nicholas Faunte, einst stolzer Bürgermeister von Canterbury, hockte zusammengesunken auf einem zerlumpten Sack, der als Bettstelle diente. Kathryn kannte den Bürgermeister aus besseren Tagen. Sie traute ihren Augen kaum, als sie mit Colum auf Hockern Platz nahmen, die ihnen die Wache hereintrug. Fauntes Gesicht war hinter strähnigem Haar und dichtem Bart fast nicht zu erkennen. Das einzige, was sie sehen konnte, waren die schmutzigen Wangen und die Augen, die sie voll Trauer anblickten. Seine Kleidung war zerfetzt, und man hatte ihn an Händen und Füßen mit Ketten und Vorhängeschlössern gefesselt, die bei der geringsten Bewegung rasselten. Kathryn spürte Mitleid, als sie die kurze, stramme Kette sah, die die Fußeisen mit den Handfesseln verband: Sie zog die Schultern nach unten, und man gewann unweigerlich den Eindruck, als wäre Faunte bucklig und mißgestaltet. Er blickte Colum an, der den Blick abwandte.

»Was ist, Ire?« murmelte Faunte. »Seid Ihr gekommen, um Euch an meinem Anblick zu weiden, oder wollt Ihr mich foltern?« Er hob die gefesselten Hände und tastete behutsam über die rötliche Schramme über dem linken Auge. »Das war nicht nötig«, flüsterte er.

»Tut mir leid«, erwiderte Colum.

»Es passierte, als sie mich hierher brachten«, erwiderte Faunte.

Kathryn wies auf das frische Blut an seinen Lippen hin. Colum drehte sich um und rief nach der Wache.

»Einen Weinschlauch«, befahl er.

Der Mann wollte widersprechen.

»Tut, was ich Euch sage!« knurrte Colum. »Oder ich werde dafür sorgen, daß Ihr einen Monat lang Latrinen aushebt!«

Achselzuckend eilte der Mann davon. Er kam mit einem Weinschlauch zurück. Colum hob vorsichtig Fauntes Kopf und führte den Schlauch an seine Lippen. Faunte trank in gierigen Zügen, bis er spuckte und hustete.

»Laßt ihn hier«, bat er, als Colum den Weinschlauch wegzog. »Wenn Ihr geht, bitte laßt ihn hier. Niemand sollte nüchtern sterben.«

Colum stellte den Weinschlauch neben seinem Hocker ab. Faunte deutete mit einem Kopfnicken auf Kathryn.

»Wer ist sie, und warum ist sie hier?«

»Ich bin Kathryn Swinbrooke, mein Vater war Arzt in der Ottemelle Lane.«

»Swinbrooke?« Faunte legte den Kopf zurück. »Ach ja, ich erinnere mich an ihn. Ein guter Arzt.« Er beugte sich vor; die Kette zog Hals und Hände nach unten. »Ihr also seid seine Tochter?« Er hustete. »Ich habe Euch kein Unrecht getan.«

»Nein, Herr, Ihr nicht«, erwiderte Kathryn. »Doch Ihr habt vielleicht meinen Gemahl, Alexander Wyville, gekannt, einen Apotheker. Er hat sich Anfang des Jahres Eurem Aufseher angeschlossen.«

»Das waren noch Zeiten«, sagte Faunte sehnsüchtig. »Wißt Ihr, ich habe wirklich geglaubt, Warwick würde bei Barnet siegen. Wie hat Euer Gemahl ausgesehen?«

»Groß, blond, gerade Nase, ein kleines Muttermal auf der Wange, glattrasiert.«

Faunte schüttelte nur den Kopf. »Es waren so viele«, murmelte er. »Und so viele starben. Doch halt, ein Apotheker, sagtet Ihr? Ja, ich erinnere mich an ihn.« Faunte rieb sich unter Kettengerassel das Gesicht. »Er hatte zwei Seelen in seiner Brust; nüchtern war er sauber und gut zu haben, doch wenn er betrunken war, ein übler Charakter. Kurz nachdem wir aus Canterbury abgezogen waren, mußte ich einen solchen Mann wegen einer angeblichen Vergewaltigung verwarnen.« Faunte schüttelte den Kopf. »Er machte einen verschlossenen und durchtriebenen Eindruck. Dennoch hieß er nicht Wyville, sondern Robert … ja, Robert Lessinger.«

Kathryn drehte sich der Magen um. »Lessinger, seid Ihr sicher?«

»Ja, warum?«

»So hieß seine Mutter.«

»Ja, so nannte er sich, und bevor Ihr fragt, Mistress, ich kann Euch nicht sagen, ob er noch lebt oder nicht. Er war in meiner Truppe bei Barnet, doch danach …« Faunte schnaubte. »Die meisten rannten wie die Hasen. Lessinger, oder wie er sich auch immer nannte, mitten unter ihnen.«

»Kanntet Ihr Brandon?« fragte Colum plötzlich.

»Warwicks Knappen?«

»Genau den. Habt Ihr ihn bei Barnet gesehen?«

Faunte zuckte mit den Schultern. »Von weitem nur. Warum? Hat man ihn und die anderen armen Bastarde festgenommen?«

»Die anderen?« fragte Kathryn.

»Ja. Als York angriff und Warwick fiel, ertönte von allen Seiten der Schrei ›Sauve Qui Peut!‹ Jeder war sich selbst überlassen. Ich floh mit meinen Kameraden in die Wälder. Ein paar Tage nach der Schlacht schreckten uns Nachrichten von einem Reitertrupp auf, und wir beschlossen, einen Hinterhalt zu legen. Wir dachten, es wären Verfolger, doch sie trugen noch Warwicks Farben – Moresby, Brandon und vier andere Kameraden aus der Schlacht.«

»Vier?« unterbrach Colum ihn.

»Oh ja, ich hatte nichts mit ihnen zu tun. Fragt einen meiner Kameraden. Ja, Philip Sturry.« Faunte lachte. »Ich vermute, er ist gerade ganz in meiner Nähe und hat bestimmt nicht viel zu tun. Ich habe mich um Brandon nicht weiter gekümmert, doch Sturry tauschte mit Moresby und Brandon Klatsch aus. Der Knappe bestätigte Warwicks Tod und hoffte, nach Canterbury durchzukommen. Sie wollten aus den Wäldern ausbrechen und nach Harbledown gehen.« Faunte zuckte mit den Schultern. »Das ist alles.«

Colum nickte und half Kathryn auf die Beine.

»Es tut mir leid«, sagte er, hob den Weinschlauch auf und gab ihn Faunte. »Kann ich noch etwas für Euch tun?«

»Wie wär's mit einer Begnadigung?«

Colum schüttelte den Kopf. Faunte wiegte den Weinschlauch.

»Dann grüßt mir das Sonnenlicht«, sagte der Ex-Bürgermeister lächelnd. »Trinkt an einem milden Sommerabend einen Becher Rotwein auf mein Wohl. Oh, und bittet Gloucester um einen Priester.«

Zehn

Sturry hatte man zusammen mit den anderen Gefährten Fauntes in die Zelle nebenan gepfercht. Sie waren frohen Mutes und erleichtert über das Ende ihrer Verhandlungen. Nun hofften sie, daß man sie wegen ihrer Untreue dem König gegenüber nicht wie ihren Herrn und Meister mit dem Tode bestrafen würde. Sturry war ein kleiner, geschwätziger Mann mit lustigen Augen und blondem Haar, was allerdings unter der dicken Dreckschicht kaum zu erkennen war. Sturrys Bart wucherte wie Gestrüpp wie der bei Faunte. Weder er noch seine Gefährten stammten aus Canterbury. Sie kamen aus Dörfern und Kleinstädten in der Umgebung, und keiner von ihnen kannte Kathryn. Auch ihr war kein Gesicht bekannt. Zunächst versicherte Colum ihnen, es werde gut für sie ausgehen und Richard von Gloucester werde wohl nicht volle Vergeltung für ihren Verrat fordern.

»Wenn Ihr uns darüber hinaus bei unseren gegenwärtigen Untersuchungen weiterhelfen könntet«, erklärte Colum, »dann weiß der Himmel, zu welcher Entscheidung sich unser edler Herzog noch durchringt.«

Sturry kratzte sich den Bart und zupfte verhedderte Stellen aus.

»Wir schwören keinen Eid gegen Faunte«, sagte er. »Und bezeugen werden wir auch nichts. Wir sind vielleicht geschlagene Leute, Murtagh, doch unsere besten Freunde verraten wir nicht.«

»Darum geht es auch nicht«, erwiderte Colum. »Wir interessieren uns vielmehr für Eure Begegnung mit Moresby und seinen Gefährten nach Warwicks Niederlage bei Barnet.«

»Aha!« Sturry grinste. »Warum seid Ihr nicht ehrlich, Ire? Ihr interessiert Euch alle für das, was sie bei sich hatten.«

»Dann schießt los«, befahl Colum.

Sturry schüttelte den Kopf. »Ich weiß nicht, was es war, doch beide, Brandon und Reginald Moresby, der Hauptmann von

Warwicks Leibwache, taten sehr geheimnisvoll mit einer Sache, die sie wie einen Augapfel hüteten.«

Sturry veränderte die Haltung, um das Scheuern der Ketten, die in seine Handgelenke einschnitten, zu lindern. »Man muß nicht unbedingt ein Studierter aus Oxford sein, Ire, um zwei und zwei zusammenzuzählen. Brandon und Moresby ließen diese Gürteltasche nicht einen Augenblick aus den Augen. Hinzu kam, daß sie gerade Patrouillen der Yorkisten ausgewichen waren und es eilig hatten, auf leisen Sohlen nach Canterbury zu schleichen.« Sturry warf Colum einen verschlagenen Blick zu. »Was war denn in der Tasche?« fragte er. »Eine Kostbarkeit aus dem Besitz des verstorbenen Grafen etwa?«

Colum zuckte mit den Schultern.

»Haben Brandon oder Moresby noch etwas gesagt?« fragte Kathryn.

»Sie verfluchten ihr Geschick und Warwicks Tod. Sie wollten Canterbury erreichen, tun, was sie tun mußten, und dann entweder ein Versteck oder ein Schiff ins Ausland suchen.«

»Was für ein Mensch war Brandon?«

»Kultiviert, diplomatisch.« Sturry schniefte. »Von der äußeren Erscheinung her ein kräftiger, geschmeidiger Kerl mit sandfarbenem Haar. Der eigentliche Anführer war Moresby. Er verlangte von den anderen viel Disziplin.«

»Wer waren die anderen?«

»Knappen aus Warwicks Hofstaat.«

»Hört zu.« Kathryn kauerte sich zu den Männern und verbarg ihren Ekel vor dem üblen, fauligen Zellengeruch. »Haben Moresby und Brandon den Weg beschrieben, den sie nehmen wollten, um in die Stadt zu kommen?«

»Nein, ich weiß nur, daß sie die Wälder verlassen, sich tagsüber verbergen und nachts reiten wollten. Sie hatten bereits beschlossen, sich in Sellingham zu verstecken. Kennt Ihr den Ort, Mistress?«

Kathryn nickte. »Ein verlassener Ort zehn Meilen nördlich von Canterbury. Dort gibt es eine alte Kirche und ein paar Ruinen. Es ist eine der vielen Ortschaften, die von der Pest verwüstet wurden.«

Sturry stimmte ihr zu, und seine Augen leuchteten vor Erregung. »Genau da. Brandon wollte seine Gruppe dorthin führen. Moresby lud uns ein, sich ihnen anzuschließen, doch Faunte stimmte dagegen. Danach trennten sich unsere Wege.«

Colum und Kathryn bedankten sich bei den Männern und schickten sich an, die Zelle zu verlassen.

»He, Ire!« rief Sturry lauthals. »Wollt Ihr bei Gloucester ein gutes Wort für uns einlegen?«

»Gewiß.«

»Und um der Liebe Christi willen, bekommen wir ein wenig Wasser und etwas zu essen?«

Colum versprach zu tun, was ihm möglich war. Als sie den Zellenbereich verließen, bat er zunächst den Hauptmann der Wache, ihm persönlich einen Gefallen zu tun und dafür zu sorgen, daß die Gefangenen zu essen bekämen.

Kathryn und Colum kehrten in die Ratskammer zurück, wo Gloucester letzte Vorbereitungen für das Tribunal traf. Er winkte Colum zu einem leeren Sitz und stellte seine Gefolgsleute vor. Kathryn warf einen kurzen Blick auf sie. Allesamt Krieger, dachte sie, hart und unbeugsam. Ausgerechnet eine Gruppe Falken sollte hier Gerechtigkeit walten lassen: Faunte konnte bei ihnen kaum auf Gnade hoffen.

»Wir können anfangen«, verkündete eine Mann aus Richards Gefolge. »Euer Gnaden wollte Faunte noch in dieser Stunde hängen sehen.«

»Bitte, Euer Gnaden.« Colum stand auf und klopfte auf die Tischplatte. »Euer Gnaden, wenn es Euch beliebt, darf ich ein Gesuch stellen?«

Gloucester nickte.

»Faunte ist ein Verräter«, begann Colum. »Doch, Euer Gnaden, ich bitte Euch, seinen Gefolgsleuten Gnade zu erweisen, vor allem Sturry, der uns in einer anderen Angelegenheit von großer Hilfe sein kann.«

Gloucester wandte sich zur Seite und forschte in Colums Gesichtszügen.

»Falls Ihr Euch recht erinnert«, fuhr Colum beharrlich fort, »besteht die Politik Eures Bruders darin, die Anführer hinzurichten, doch mit ihren Gefolgsleuten großes Mitleid zu zeigen.«

Gloucester hob eine Hand. Die Juwelen am Ring, den er über dem grünen Handschuh trug, blitzten im schwachen Sonnenlicht auf. Er bedeutete Colum näherzutreten. Der Ire trat hinter ihn und beugte sich über die hohe Rückenlehne. Gloucester raunte ihm etwas zu, und Colum antwortete. Der Prinz nickte, flüsterte noch ein paar Worte und entließ Colum mit einem Fingerschnippen.

»Faunte wird verurteilt«, betonte Gloucester und richtete sich in seinem Stuhl auf. »Die übrigen können noch einen Monat in ihren Zellen schmachten. Sie werden begnadigt und auf freien Fuß gesetzt, wenn ihre Familien jeweils eine Strafe von achthundert Unzen Gold gezahlt haben. Sturry ist davon ausgenommen, er wird freigelassen und unter Eure Aufsicht gestellt, Ire. Wenn er sich als hilfreich erweist, soll er ein freier Mann sein.«

Danach begann Fauntes Verhandlung. Der Gefangene, dem man die schweren Ketten nicht abgenommen hatte, wurde in die Ratskammer gestoßen. Luberon verlas mit strenger Stimme die Anschuldigungen, und Kathryn mußte den Mut des einstigen Bürgermeisters bewundern. Er weigerte sich, etwas zu leugnen.

»Ich habe für Heinrich VI. gekämpft, König von England, Herrscher von Gottes Gnaden, der Herr sei seiner Seele gnädig. Wenn ich schon sterben muß«, sagte er lächelnd, »dann sterbe ich in seinen Diensten. Kein König hatte je einen getreueren Diener als mich.«

Kathryn stellte fest, daß alle Formalitäten gewahrt wurden, bis die Verhandlung nach höchstens einer halben Stunde zu ihrem unausweichlichen Ende kommen mußte. Luberon nahm ein schwarzes Seidentuch und legte es sorgfältig auf Gloucesters Kopf.

»Nicholas Faunte«, verkündete Gloucester, »Ihr seid des Verrats überführt und zum Tode verurteilt, da Ihr die Waffen gegen Euren rechtmäßigen Herrscher, Edward IV., König von England, Irland, Schottland und Frankreich erhoben habt. Nun vernehmt das Urteil dieses Gerichtes!« Gloucesters Stimme wurde düster. »Es ist der Wille des Königs, daß Ihr von hier aus auf einem Gestell zu einem öffentlichen Exekutionsplatz getragen werdet, wo man Euch hängt, ertränkt und vierteilt und Euch von Euren Eingeweiden befreit; Ihr werdet enthauptet, und Eure Körperteile werden im gesamten Königreich verteilt! Möge der Herr Eurer Seele gnädig sein!«

Faunte wurde bei jedem schrecklichen Wort aus Gloucesters Munde ein wenig blasser.

»Ich bitte das Gericht um Gnade.«

»Keine Gnade!« rief ein Mann aus Gloucesters Gefolge.

Der Herzog hob eine Hand.

»Und meine Familie?« fragte Faunte.

»Wir führen keinen Krieg gegen Frauen und Kinder«, erwiderte Gloucester.

»Ein Priester, ich möchte beichten.« Faunte hob flehentlich die gefesselten Hände.

»Ich bin von edlem Geblüt!« rief er. »Ich bitte, daß man meinem armen Körper die Unwürdigkeiten des Urteils ersparen möge. Der Tod ist genug!«

»Abgelehnt!« riefen die Gefolgsleute wie aus einem Munde.

Colum schaute Kathryn an, die seinen Blick vielsagend erwiderte. Colum hob eine Hand zum Zeichen, daß er sprechen wollte, und Gloucester erteilte ihm mit einem Kopfnicken das Wort.

»Euer Gnaden, Faunte hat sich bei der Beantwortung gewisser Fragen sehr kooperativ gezeigt.«

Gloucester verzog keine Miene.

»Er war in dieser Gegend sehr beliebt«, fuhr Colum recht unbeholfen fort. »Einem großen Prinzen geziemt große Gnade.«

Gloucester schob die Papiere auf dem Tisch beiseite.

»Das Urteil sei nur der Tod!« verkündete er und gab dem Hauptmann seiner Wache ein Zeichen. »Laßt einen Priester zu dem Verräter. Wenn das erledigt ist, holt ihn heraus und hängt ihn!«

Die Verhandlung wurde beendet. Gloucester und sein Gefolge steckten zur Beratung die Köpfe zusammen. Colum kam zu

Kathryn, bleich und angespannt. Kathryn zwickte ihn in den Arm.

»Ihr habt edelmütig gehandelt.«

Der Ire sah sie betrübt an.

»Warum sagt Ihr das? Nur weil ich dafür gesorgt habe, daß das Urteil abgeschwächt wurde?« Colum blickte sich um und senkte die Stimme. »Bei Gott, ich wünschte, ich könnte mir dieses Verdienst zugute halten, doch Gloucester befahl mir, für Faunte zu sprechen. Die verlängerten Todesqualen eines allseits beliebten Mannes könnten Mitleid erwecken.« Colum wandte den Blick ab. »Von den anderen hätte es keiner getan. Kommt, laßt uns sehen, daß wir hier herauskommen!«

Colum geleitete Kathryn rasch aus der Kammer. In Korridoren und auf Treppen standen überall Soldaten, die zusahen, wie Faunte zum letzten Mal in seine Zelle geführt wurde. Ein Franziskanermönch in brauner Kutte folgte ihm.

»Was erregt die Menschen so, wenn sie den Tod riechen?« flüsterte Colum. Er hakte sich bei Kathryn unter und führte sie ein Stück den Korridor entlang. Dort öffnete er die Tür zu einem kleinen, staubigen Schreibbüro, das nun verlassen dalag. Die Schreiber hatten sich der Menge auf den Straßen angeschlossen, die darauf wartete, daß man Faunte hinausbrachte.

»Was haltet Ihr von der Sache?« fragte Colum.

»Ich hätte Gloucester nicht gern zum Feind.«

Colum grinste. »Nein, ich meine von dem, was wir erfahren haben.«

Kathryn ließ den Blick über die staubigen Fensterrahmen, die riesigen Spinnweben in der Ecke und die mit Tintenklecksen übersäten Tische gleiten.

»Colum, wir müssen Brandons Leiche exhumieren, obwohl die Beschreibung, die Sturry uns von Brandon geliefert hat, dem Bild des Gefangenen, der in der Burg von Canterbury saß, kaum zu widersprechen scheint.«

»Und was noch?«

Kathryn spitzte die Lippen. Sie war ein wenig aus der Fassung geraten, denn sie war kaum je allein mit Colum in einem Raum. Sie dachte an jene Männer mit harten Augen, die Faunte gerade zum Tode verurteilt hatten, und erkannte, wie sehr der Ire sich von ihr unterschied. Sie kamen aus zwei verschiedenen Welten. Vielleicht hatte Thomasina recht; Chaddedon gehörte ihrer Welt an, Colum indes war ein Krieger, der auf Schritt und Tritt dem Tod begegnete, der hart durchgreifen und brutale Urteile fällen mußte. Draußen erhob sich lautes Gebrüll: Wahrscheinlich hatte Faunte gebeichtet und wurde jetzt zu dem provisorischen Galgen geführt, der in aller Eile auf dem Buttermarkt errichtet worden war.

»Was habt Ihr noch erfahren?« wiederholte Colum.

»Es steht außer Zweifel, daß Gloucester Fauntes Tod wünschte, doch das *Auge Gottes* muß etwas Besonderes an sich haben. Welches Geheimnis mag dahinterstecken?«

Colum sah sie durchdringend an. »Und was ist mit Lessinger?« fragte er.

»Für mich wird er immer Alexander Wyville bleiben«, erwiderte Kathryn. Sie zögerte. »Ganz gleich, wie er sich nennt oder wo er steckt«, fuhr sie fort. »Wenn er hierher zurückkehrt, werde ich mich mit ihm auseinandersetzen.« Kathryn spielte mit dem Ring am Finger »›Es ist genug, daß ein jeglicher Tag seine eigene Plage habe‹«, murmelte sie und betrachtete die Staubkörnchen, die im Sonnenlicht tanzten, das durch das zweigeteilte Glasfenster drang.

Colum löste sich vom Tisch, an den er sich gelehnt hatte, und öffnete die Tür.

»Dann laßt uns gehen. Sturry wird entlassen, rasiert, notdürftig gewaschen und neu eingekleidet, während wir beide zur Burg gehen und den armen Brandon aus dem Grab holen.«

Sie gingen die Treppe hinunter und hatten gerade die Rathaustür geöffnet, als Kathryn ein roter Haarschopf ins Auge sprang. Megan eilte auf sie zu und rief, so laut sie konnte, nach Colum.

»Was ist los, Frau?«

»Es ist Pul ...« Megan versuchte, den Namen des Pferdes auszusprechen.

»Pulcher!« sagte Colum.

»Ja, er ist ausgebrochen, und es ist keiner da. Ich bin ihm bis zum Galgen an der Wegkreuzung gefolgt, aber …« Megan fuchtelte mit den Armen, und die grünen Augen wirkten in dem bleichen Gesicht noch größer.

»Natürlich«, grummelte Colum. »Alle Männer sind hier in Canterbury, nur Frauen und Kinder sind in Kingsmead geblieben. Kommt, Kathryn!«

Sie gingen nach Burghgate. Megan trottete neben ihnen her und plauderte munter drauflos, wie unberechenbar das Pferd sei. Sie stiegen ein paar Stufen hinauf, und Kathryn warf einen kurzen Blick zum Buttermarkt hinüber, über die Köpfe der Menge hinweg, die sich dort versammelt hatte. Sie sah den schwarzgewandeten Scharfrichter und den großen, zweiarmigen Galgen, der hoch über ihm aufragte. Faunte lehnte am Abspannseil des Galgens und sprach zu der Menschenmenge, doch Kathryn konnte nicht verstehen, was er sagte. Colum trieb sie zur Eile an. Sie holten die Pferde aus einem Stall in der Nähe. Colum zog Megan hinter sich aufs Pferd und verabschiedete sich in aller Eile von Kathryn.

»Ich werde mich um das Pferd kümmern«, sagte er. »Ihr holt Sturry inzwischen aus der Rathauszelle, und dann gehen wir gemeinsam zur Burg.« Er nahm die Zügel auf. »Und Kathryn, seid bitte vorsichtig, öffnet niemandem die Tür!«

Kathryn willigte ein und bemühte sich, über Megans boshaftes Grinsen hinwegzusehen, als sie Colum von hinten um die Hüfte faßte. Kathryn blickte den Davonreitenden nach, wendete das Pferd und ritt gemächlich durch eine schmale Gasse, die sie auf die Whitehorse Lane führen würde. Das Geschrei der Menschenmenge hinter ihr brach für Sekunden ab. Kathryn glaubte, das Klappern der Galgenleiter zu hören, als diese fortgestoßen wurde. Unmittelbar darauf brach zustimmendes Gebrüll aus. Sie wunderte sich über die Begeisterung der Menschen beim Anblick eines Sterbenden und erinnerte sich an die Worte des Vaters: »Bedenke stets, Kathryn, jeder von uns trägt eine gute und eine schlechte Seite in sich. Leider gewinnt letztere häufig die Oberhand.« Kathryn seufzte. Hoffentlich war Colum in Sicherheit. Er war unterwegs zur Wegkreuzung mit Megan, die sich mit wehendem rotem Haar so keck hinter ihn aufs

Pferd geschwungen hatte … Kathryn hielt an und schlug die Hände vor den Mund, um nicht laut aufzuschreien. Der leichte Stich, den der Anblick Megans ihr versetzt hatte, verwandelte sich in blanke Angst, die ihr die Kehle zuschnürte.

»Oh, mein Gott«, hauchte sie. »Was hat Rawnose doch gleich von körperlosen Stimmen an Wegkreuzungen erzählt? Von einer Hexe mit flammendem Haar? Und jetzt wird Colum dorthin geführt!«

Sie wendete das Pferd und bohrte ihm die Fersen in die Flanken, um schneller voranzukommen. Sie schlug den Weg zurück zur High Street ein. Es waren immer noch viele Menschen unterwegs, und sie verlor kostbare Zeit, als sie sich einen Weg durch Gassen bahnte, die in die Hethenman Lane einmündeten. Von dort steuerte sie All Saints an. Sie durchquerte Kingsbury, folgte der Saint Peter's Street in Richtung Westgate und ritt zur Brücke über den Stour. Kathryn war keine gute Reiterin, und das Gedränge hielt sie auf. Hier und da warf man ihr derbe Schimpfworte zu, einmal sogar eine Handvoll Schlamm, doch zu guter Letzt ritt sie unter der großen, gähnenden Öffnung des Westtors in die Dunstan Street und folgte den Landstraßen nach Norden Richtung Kingsmead. Kathryn kam am Herrenhaus vorbei, das friedlich in der späten Abendsonne lag. Sie ließ den Gedanken, dort jemanden um Hilfe zu bitten, schnell fallen. Nichts wäre ihr in diesem Augenblick lieber gewesen als die Begleitung von Thomasina und Wuf. Von Colum und Megan war keine Spur zu sehen; der Ire, ein ausgezeichneter Reiter, war gewiß viel schneller vorangekommen. Ein Bauer jedoch, der direkt hinter dem Herrenhaus Gräben aushob, sagte ihr, er habe den Soldaten und eine rothaarige Frau in Richtung Wegkreuzung reiten sehen. Er versicherte Kathryn lautstark, daß sie auf dem richtigen Wege sei.

»Alle Welt will da hin«, rief er ihr nach, und als Kathryn ihn fragend anschaute, fügte er hinzu: »Eine Stunde vor dem Soldaten und seiner Rothaarigen kam ein anderer Mann vorbei, komisch sah der aus, mit einer schwarzen Klappe über dem Auge.«

Kathryn hatte es plötzlich sehr eilig. Kurz bevor der Fahrweg abknickte, stieg Kathryn ab, legte dem Pferd Fußfesseln an und schlich leise um die Kurve. Sie hielt sich dicht an der wild wuchernden Hecke. Von der Wegbiegung aus konnte sie den oberen Teil des alten, dreiarmigen Galgens sehen. Kathryn ging weiter. Colum stand nur wenige Schritte von Fitzroy entfernt, der eine Armbrust im Anschlag hatte. Megan lag lang hingestreckt im Gras neben Fitzroy und bedeckte laut stöhnend das Gesicht mit den Händen. Fitzroy, der die schwere Brabanter Armbrust vor der Brust hielt, schleuderte Colum blanken Hohn entgegen, und jedesmal, wenn der Ire einen Schritt auf ihn zu trat, rief er ihm zu, er solle stehenbleiben. Kathryn betrachtete die Szene in panischem Schrecken.

»Er wird ihn umbringen«, flüsterte sie. »Wenn ich hinlaufe, sterben wir vielleicht beide. Was kann ich nur tun? Was soll ich machen?« Kathryn schloß die Augen und murmelte ein Gebet, sprang dann auf die Füße und rief: »Fitzroy, haltet ein!«

Dieser Trick schlug ein wie der Blitz. Fitzroy fuhr zusammen und blickte zum Fahrweg hinauf. Im Nu warf sich Colum auf seinen Feind und schlug ihm die Armbrust aus der Hand, die in hohem Bogen davonflog. Sie sanken zu Boden und begannen zu raufen. Fitzroy stieß Colum mit den Füßen von sich weg, stand auf, trat zurück und hob das große, zweihändige Schwert auf, das am Schafott lehnte. Colum zog ebenfalls das Schwert, und während Kathryn auf sie zu rannte, begannen die beiden Männer ihren tödlichen Reigen – die Schwerter in Brusthöhe, die Beine leicht gespreizt.

Fitzroy kam wieder zu Atem. »Also auf, Colum, ma fiach, wieder wie früher, was? Erinnerst du dich an unsere Jugend – zwei zerlumpte Hosenschisser mit Holzschwertern, die sich wie edle Ritter bei Hofe vorkamen?«

Colum zuckte nicht mit der Wimper. »Der Herr möge mir vergeben, Padraig!« flüsterte er. »Aber ich werde dich umbringen!«

»Es sei dir verziehen!«

Fitzroy griff an, stieß mit dem Schwert zu und beschrieb dann einen weiten, eleganten Bogen, um schließlich auf Colums Hals zu zielen. Murtagh unternahm einen Scheinangriff. Laut hallte das Geräusch durch die Luft zischender und aufeinanderprallender Schwerter durch die Stille des Waldes. Kathryn konnte nur tatenlos zusehen. Sie wünschte, sie hätte einen Dolch; Gesetze der Ritterlichkeit hin und her, das hier war ein Kampf auf Leben und Tod. Fitzroy war wild entschlossen, Colum umzubringen, und er war gewissenlos genug, keine Zeugen zu hinterlassen. Murtagh war zunächst ungelenk und fühlte sich nicht wohl in seiner Haut, doch als der tödliche Reigen seinen Lauf nahm, trat er geschickter und selbstbewußter auf. Nicht ein einziges Mal wich er von seinem Standpunkt und gab Fitzroy ständig Gelegenheit zum Vorstoß. Zuweilen schnellten die Schwertklingen wie Schlangenzungen vor, vollführten weite Bögen, tollkühne Paraden und deftige Hiebe. Die beiden Männer waren schweißgebadet. Megan setzte sich auf und hielt sich die geschwollene Wange, auf die Fitzroy sie geschlagen hatte.

»Ich bin verletzt!« heulte sie. »Ich bin verletzt!«

»Schweig, alte Hexe!« zischte Kathryn. »Sonst fängst du von mir auch noch eine, die sich gewaschen hat!«

Megan versank in Schweigen und legte den Kopf auf die Knie, während die beiden Schwertkämpfer sich nach einem neuerlichen Zusammenprall trennten. Die Arme wurden ihnen schwer, der Schweiß rann ihnen in großen, dicken Tropfen über das Gesicht. Die Männer hielten schwer atmend inne. Dann setzten sie noch einmal an. Colum stellte sich seitwärts und hielt mit erhobenen Armen die Schwertklinge in Augenhöhe. Fitzroy bewegte sich. Was dann geschah, konnte Kathryn nur flüchtig sehen. Colums Schwert schlängelte vor, schlug Fitzroys Waffe nach unten und erwischte ihn mit einem heftigen, blinkenden Streich sauber durch die Kehle. Der abgetrennte Kopf hüpfte wie ein Ball auf das Gras. Blut schoß in hohem Bogen heraus. Kathryn wandte sich ab und kauerte sich ins Gras, um das Entsetzen, das in ihr aufkam, unter Kontrolle zu bringen. Sie spürte, daß sich eine Hand in ihre Haare krallte und blickte auf. Vor ihr stand Colum, der sich auf den großen Griff seines Schwertes stützte und nach Atem rang.

»Ich habe es Euch schon einmal gesagt«, keuchte er, »und ich sage es Euch jetzt wieder. Ihr seid allerliebst, Mistress Swinbrooke, und wenn jemand das bestreitet, ist er ein Lügner!«

Kathryn sah an ihm vorbei auf den umgesunkenen Rumpf, der in einer Lache schwärzlichen, gerinnenden Blutes lag.

»Der Herr sei seiner Seele gnädig!« hauchte Colum. »Er war ein guter Mann, ehe Haß sein Herz vergiftete.« Er warf sein Schwert zu Boden und kauerte sich neben Kathryn. »Das ist der Dämon in unseren Seelen. Wir fangen an zu töten, um uns zu verteidigen, doch am Ende finden manche Gefallen daran, spüren eine unersättliche Gier nach Tod.« Er wischte sich das Gesicht mit dem Ärmel seiner Jacke ab. »Oder, wie Chaucer sagte, ›O verräterischer Mord, o Schlechtigkeit‹.«

Kathryn beugte sich vor und tupfte ihm die Wangen mit einem Taschentuch ab.

»Wenn Ihr auch nur einmal noch aus Chaucer zitiert, Ire, schlage ich Euch eigenhändig den Kopf ab!«

Sie kam mühsam wieder auf die Beine und holte ein paarmal tief Luft. Colum, der noch immer schwer atmete, stand auf und stellte sich neben sie.

»Laßt Fitzroy, wo er ist«, knurrte er. »Ich werde andere herschicken, die ihn begraben sollen.«

»Oh, Master Murtagh.« Megan kam auf allen vieren auf ihn zugekrochen. Sie blickte auf. Das Gesicht war ein Bild der Trauer und des Entsetzens. »Ich mußte es tun!« heulte sie. »Er hat mich hierher zu der Wegkreuzung gerufen! Er hat gesagt, wenn er Euren Kopf nicht bekäme, würde er meinen nehmen!«

»Wenn ich das Holbech erzähle«, murmelte Colum, »wird er dir deinen Kopf trotz der schönen roten Haare abreißen!« Er drehte sich um. »Ach, um Himmels willen, Weib, steh auf. Wenn du nichts sagst, sage ich auch nichts!« Er grinste. »Vielleicht sage ich Holbech, er hätte Euch entführt.« Colums Grinsen wurde breiter. »Ja, das gefällt mir, edler Ritter hilft Edelfrau in Not. Wie Chaucer schon sagte ...«

Kathryn warf ihm einen warnenden Blick zu.

»Schon gut«, sagte Colum. »Wir wollen unsere Pferde holen.«

»Wo ist denn Pulcher?« fragte Kathryn.

Sie half Megan nicht gerade zartfühlend auf die Beine und betupfte die Schramme auf ihrer Wange.

»Badet die Stelle in Zaubernuß«, erklärte sie sachlich. »Und haltet rohes Fleisch dagegen. In ein paar Tagen seht Ihr so hübsch und falsch aus wie immer.«

Colum ging an den Waldrand, steckte zwei Finger in den Mund und stieß einen langen Pfiff aus. Pulcher und Colums Pferd tauchten auf, ruhig und willig, als hätten sie eine Vergnügungstour hinter sich. Der Ire untersuchte sein Lieblingspferd eingehend.

»Ich habe nichts gemacht«, heulte Megan.

»Und wenn, dann hätte ich dir die Haare abgeschnitten! Kommt, laßt uns gehen.«

Colum setzte Megan auf sein Pferd, stieg auf das Pferd des toten Fitzroy, holte Kathryns Pferd, und so ritten sie zurück nach Kingsmead. Pulcher trottete hinter ihnen her.

Beim Herrenhaus angekommen, bat Colum Kathryn eindringlich zu bleiben, doch sie fühlte sich nicht wohl und hatte es eilig, nach Hause zu kommen. Colum wollte in Kingsmead nach dem Rechten sehen, Sturrys Freilassung in die Wege leiten und Kathryn anschließend in der Ottemelle Lane treffen.

Die Heilerin ritt nach Canterbury weiter, das jetzt, nach der eiligen Exekution am Mittag, still und bedrückt dalag. Fauntes zerschundener Körper baumelte von den Zinnen über Westgate.

»Dann wird er noch zerstückelt«, teilte ihr ein geschwätziger Torhüter mit. »Die Teile werden in andere Städte geschickt, um dort die Stadttore zu schmücken.«

Kathryn nickte und ritt weiter. Nachdem sie den blutigen Kampf und Colums erbarmungslose Grausamkeit hatte miterleben müssen und nun auch noch die traurigen Überreste des armen Faunte sah, begann Kathryn am ganzen Leib zu zittern. Schwäche überkam sie. Wie von fern nur drang der Lärm der Straße an ihr Ohr. Sie spürte Übelkeit in sich aufsteigen, und Schwindel erfaßte sie. Sie kam am Ehrsamen vorbei; seine Lippen bewegten sich und brabbelten irgendeinen Unsinn, doch seine riesengroß anmutenden Augen waren auf sie gerichtet und beobachteten sie. Kathryn drängte ihr Pferd mit einem Stoßgebet weiter; »Oh, Herr, laß mich nicht ohnmächtig werden!« Sie zitterte vor Kälte, doch die Hände waren so feucht, daß ihr die Zügel entglitten. Sie ritt um Straßenecken wie im Traum – dann blieb das Pferd plötzlich stehen.

»Nun geh schon!« drängte sie. »Los, weiter!«

»Mistress, was ist los?«

Thomasina blickte zu ihr auf.

»Ich muß nach Hause«, sagte Kathryn schwach.

Sie blickte sich um. Sie war daheim; das Pferd war vor dem Haus in der Ottemelle Lane stehengeblieben. Allem Anschein nach hatte sie sich herabgebeugt und an die Tür geklopft, und Thomasina, Agnes und Wuf standen besorgt auf der Türschwelle. Kathryn versuchte, ihre Würde wiederzuerlangen. Sie rutschte vom Pferd und warf Wuf die Zügel zu.

»Bitte, bring es zum Stall«, sagte sie. »Da gibt es einen hilfreichen Burschen!«

Thomasina nahm Kathryn fest beim Arm, erschreckt über ihr bleiches, betrübtes Gesicht und die dunkel umrandeten, starren Augen.

»Es geht schon wieder«, murmelte Kathryn, doch sie ließ sich von Thomasina sacht die Treppe hinauf in ihr Gemach führen. Kathryn legte sich aufs Bett. Sie nahm ein kleines Kissen, das sie schon als Kind benutzt hatte, und drückte es sich gegen den Bauch. Sie versuchte, sich auf ihren Atem zu konzentrieren, um das innere Zittern zu lindern.

»Colum hat einen Mann umgebracht«, erklärte sie und starrte auf den Baldachin über sich. »Er hat den Mann, der gestern hier war, getötet. Er hat ihm den Kopf abgeschlagen, Thomasina, wie du eine Blume abschneiden würdest, und es schien ihm nichts auszumachen.«

Thomasina setzte sich auf das Bett und streichelte zart über Kathryns eiskalten Handrücken.

»Sie müssen so sein«, flüsterte Thomasina. »Das ist die Welt der Soldaten. Wenn sie aufhörten, um zu denken und zu überlegen, erginge es ihnen nicht anders als Euch jetzt, sie würden von Entsetzen gepackt. Mein zweiter Mann war auch so einer«, fuhr sie fort. »Er war Soldat, hatte Schenkel wie Baumstämme, und im Bett ist er ständig auf mir rumgehopst. Doch in der Nacht hatte er Alpträume. Ah, da kommt Agnes mit Wein und Brot.«

Sie half Kathryn sich aufzurichten, ließ sie an dem frischgebackenen Weißbrot knabbern und half ihr, den Kräuterwein zu schlürfen, während sie Agnes flüsternd bat, das Feuer zu schüren und Licht zu machen und eins der Holzkohlebecken hereinzufahren, die auf der Galerie vor der Tür standen. Kathryn begann sich zu entspannen, ihr wurde warm, und Thomasinas absichtlich belangloses Geschwätz lullte sie allmählich ein. Sie reichte den Becher zurück und sank in tiefen Schlaf.

Zwei Stunden später weckte Thomasina sie. Kathryn riß die Augen auf; sie hatte noch den süßen Geschmack des Weines im Mund, und sie fühlte sich kräftiger. Sie warf die Alpträume ab, die sie gequält hatten, und badete Hände und Gesicht in einer Schüssel voll Rosenwasser, kämmte sich die Haare, setzte eine frische Haube auf und ging in die Küche hinunter, wo Colum mit dem inzwischen gut gepflegten, wohlgenährten Sturry an der Feuerstelle saß. Colum hatte sich rasiert und gewaschen. Man sah ihm den tödlichen Kampf, den er hinter sich hatte, kaum an. Nur die Augen waren matt und schwer von fehlendem Schlaf. Sturry hingegen war fröhlich wie ein Spatz im Frühling und ließ kaum jemanden zu Wort kommen, während Thomasina heiße Brühe und Becher mit gewässertem Wein auftrug. Kathryn fragte ihn, ob er jemanden mit Namen Wyville oder Lessinger kenne, doch Sturry schüttelte den Kopf und fuhr im Plauderton fort.

Nach der Mahlzeit machten sich Kathryn, Colum und Sturry auf den Weg zur Burg. Es wurde bereits dunkel, die Stände auf dem Markt waren fortgeschafft, und die Bürger eilten entweder nach Hause oder folgten dem Geläut der Kirchenglocken und gingen zum Abendgebet. Kathryn ritt hinter Colum und dem unaufhörlich redenden Sturry her. Als sie nach Winchepe kamen, hielt Colum sein Pferd zurück, um an ihrer Seite zu reiten.

»Thomasina sagte, Ihr fühltet Euch unwohl, Kathryn?«

»Ach, es war nicht so schlimm«, erwiderte Kathryn sarkastisch. »Es macht mir überhaupt nichts aus, zuzusehen, wie ein Mann gehängt und einem anderen der Kopf abgeschlagen wird, und das alles an einem Tag.« Sie funkelte Colum an. »Euch läßt das alles wohl kalt?«

»Nein.« Colum tippte sich an die Stirn. »Aber ich denke nicht darüber nach, Kathryn ...« Er verstummte. Er wollte sich bei ihr bedanken, aber dazu war jetzt nicht der rechte Zeitpunkt.

Sie betraten die Burg. Stallknechte nahmen ihre Pferde, während ein Kammerdiener sie in die Haupthalle hinaufführte. Eine Weile mußten sie an der Tür warten, bis die Belegschaft die Mahlzeit beendet hatte. Kathryn setzte sich schweigend. Die Erleichterung, daß Colum mit dem Leben davongekommen war, hatte von ihr Besitz ergriffen. Außerdem versuchte sie, sich an etwas zu erinnern, das sie gesehen hatte, als sie Faunte in seiner Zelle im Rathaus besucht hatte. Sie schüttelte den Kopf, ihr Verstand war zu müde für schwierige Gedankengänge. Mit dem Kopf deutete sie zum Tisch auf der Estrade.

»Erwarten sie uns?«

»Ja«, sagte Colum. »Aber sie wissen nicht, was wir wollen.«

Die Mahlzeit war beendet, Fletcher, Gabele, Margotta, FitzSteven der Schreiber, Kaplan Peter und der Ehrsame, herausgeputzt wie immer, traten zu ihnen an die große Feuerstelle.

»Es ist schon spät, Ire«, begann Gabele. Er wies mit einer Kopfbewegung zu Sturry. »Was will der hier?«

»Er ist vom König begnadigt worden«, erwiderte Colum. »Er ist mitgekommen, um mir zu helfen.«

»Wie das?«

»Er ist wahrscheinlich einer der letzten, die Brandon vor seiner Festnahme lebend zu Gesicht bekommen haben.«

Die Gruppe versank in Schweigen.

»Ich habe die Erlaubnis Seiner Gnaden, des Herzogs von Gloucester«, fuhr Colum fort, »Brandons Leiche zu exhumieren. Ich wünsche, daß es jetzt sofort geschieht!«

»Um Himmels willen!« erwiderte Kaplan Peter. »Das ist Blasphemie. Der Friedhof der Burg ist Gottesacker.«

»Und ich bin getreuer Diener des Königs«, sagte Colum. »Bestrebt, sowohl seiner als auch Gottes Gerechtigkeit Genüge zu tun. Brandons Leiche muß exhumiert werden.«

»Aber sie befindet sich im Zustand der Verwesung!« schrie Fitz-Steven der Schreiber. »Sie wird stinken.«

»Laßt die Leiche heraufbringen!« befahl Colum Gabele. »Der Sargdeckel soll geöffnet werden, dann laßt uns rufen.«

»Wohin soll er gebracht werden?«

»Nirgendwohin. Gerechtigkeit kann man bei Fackelschein ebenso erkennen wie bei vollem Tageslicht.«

Fletcher wollte protestieren.

»Ich spreche im Namen des Königs«, wiederholte Colum. »Ich wünsche, daß Brandons Leiche jetzt exhumiert wird, und bis das geschehen ist, soll niemand die Burg verlassen!«

»Aber meine Geschäfte!« heulte der Ehrsame. »Gottes Werk! Die Wirtshäuser der Stadt sind voller Pilger, die sich ausruhen.«

»Das hat noch Zeit!« fauchte Colum ihn an. »Bis ich in Brandons Gesicht geschaut habe – oder zumindest in die Überreste!«

Elf

Die Bewohner der Burg verließen die Halle, doch Kathryn und Colum blieben noch. Sturry ging zu dem Tisch auf der Estrade, um sich auf Essensreste zu stürzen. Colum schmunzelte, als er es sah.

»Er will alles nachholen, was er versäumt hat«, lautete sein Kommentar.

»Und was soll aus ihm werden, wenn alles vorüber ist?«

Colum zuckte mit den Schultern. »Ich lasse ihn ziehen. Er wird zu seiner Familie zurückkehren und auf bessere Zeiten warten.«

»Wie meint Ihr das?« fragte Kathryn schelmisch.

Colum stützte die Hände auf die Knie und beugte sich vor. »Glaubt Ihr denn im Ernst, daß alles vorüber ist, Kathryn, ich meine, der Bürgerkrieg? Ja, der Stern des Hauses York steigt gerade erst auf, doch in der Bretagne sitzt Heinrich Tudor und plant Rebellion und Invasion: das Sammelbecken für alle Aufrührer und jene, die von Barnet entkamen. Nein, nein.« Colum schüttelte den Kopf. »Der Tanz ist noch nicht zu Ende. Die Kinder des Königs sind noch sehr klein, und wenn Edward etwas zustoßen sollte, warten Gloucester und Clarence bereits wie Wölfe im Schatten.«

Kathryn zog den Umhang fester um sich. Sie warf einen kurzen Blick durch die Halle und sah die tanzenden Schatten, die das schwache Feuer auf die Wände warf. Wäre ich doch nur zu Hause, in der Ottemelle Lane, dachte sie, und mischte Tränke und Heilsäfte, versorgte eine Wunde, tröstete einen Patienten, plauderte mit Thomasina oder erlaubte Wuf, sie zu ärgern.

»Ich mag solche Geschichten nicht«, hauchte sie. »Wenn sich das Rad des Schicksals erneut wendet, Colum, müßt Ihr vielleicht die Rolle eines Faunte spielen.«

Colum streckte seine Hand aus, um sich am Kohlebecken zu

wärmen, und schaute Kathryn offen an. »Ich glaube nicht, Kathryn. Meine Tage als Krieger sind vorüber.«

An der Stirnseite der Halle brach Sturry in Freudenrufe aus und kam zu ihnen zurück, ein Hühnerbein in der einen, einen Becher Rotwein in der anderen Hand. Eine Zeitlang setzte sich der frühere Lancastertreue zu ihnen und ergötzte sie mit seinen Abenteuern in den Jagdgründen von Kent. Schließlich kam Fitz-Steven diensteifrig zurück, das Gesicht in kummervolle Falten gelegt.

»Der Sarg ist geöffnet worden«, verkündete er, »und der Deckel wurde entfernt.«

»Und?« fragte Colum streng.

»Herr, Ihr schaut es Euch am besten selbst an.«

Sie folgten ihm nach draußen, überquerten die inneren und äußeren Burghöfe und gelangten auf den kleinen Friedhof. Der Ort machte einen heruntergekommenen Eindruck. Überall wucherte Unkraut, düstere Eiben reckten sich empor, und die Dunkelheit wirkte durch den Halbkreis der Fackeln in der Ferne noch schwärzer. Auf einem Baum schnarrte ein Nachtvogel, Fledermäuse mit breiten Schwingen zogen am sternenklaren Himmel ihre unsteten Bahnen. Kathryn hustete, und Sturry fluchte. Verwesungsgeruch wehte ihnen mit einer kühlen nächtlichen Brise entgegen. Schnell warf Sturry das Hühnerbein von sich. Die Gruppe, die um den geöffneten Sarg stand, sah im Schein der flackernden Fackeln unheimlich aus. Colum und Kathryn warfen einen Blick in den provisorischen Sarg. Der Kopf der Leiche war ein wenig verdreht, das verwesende Gesicht lag auf der Seite.

»Oh mein Gott!« hauchte Colum. Er schnappte sich eine Fackel, blickte in den Sarg, ins Innere des Deckels, dann auf die Finger der Leiche, an denen schwarz verkrustetes Blut klebte.

Kathryn folgte seinem Blick. »Oh Gott bewahre!« flüsterte sie. »Er wurde bei lebendigem Leibe begraben!«

»Unmöglich!« Kaplan Peter zitterte. »Ich habe ihm die letzte Ölung erteilt! Er war tot! Er war tot!«

»Seht Euch nur an, wie verdreht er daliegt«, knurrte Colum. »Schaut Euch die Fingernägel und den Sargdeckel an. Er erwachte, als er bereits unter der Erde lag; er versuchte, sich einen Weg nach draußen zu kratzen, ist aber gestorben, weil er keine Luft mehr bekam.«

Kathryn griff nach einer Fackel, hielt sich die Nase zu und untersuchte die Leiche genauer.

»Fälle wie dieser sind nichts Ungewöhnliches«, stellte sie fest. »Es ist nicht immer leicht, den Tod festzustellen. Manche Menschen bitten darum, daß man ihnen einen Pfahl oder ein Messer durchs Herz treibt oder die Handgelenke aufschneidet, damit sie nicht wieder erwachen.«

»Ist es denn überhaupt Brandon?« fragte Colum.

»Und ob er es ist, wer sonst!« stieß Sturry mit bleicher Leidensmiene hervor. Er hielt sich den Bauch und bedauerte gewiß, das Hühnchen gegessen zu haben. Er bedeckte Mund und Nase mit der Hand und kniete nieder, um sich die Leiche anzusehen. Als er aufstand, wischte er sich den Dreck von den Knien.

»Ich schwöre bei allem, was mir heilig ist«, verkündete er, »daß dieser Mann Brandon ist!«

»Woran könnt Ihr das erkennen?« fragte Colum scharf. »Der Körper verwest bereits.«

»Aber noch nicht ganz – man kann seine Gestalt noch erkennen«, erwiderte Sturry. »Master Murtagh, geht zum Rathaus, wenn Ihr wollt, sprecht mit meinen Kameraden. Auch sie haben Brandon kennengelernt; auch sie werden die Wahrheit sagen. Selbst wenn Ihr das Sakrament holtet«, fügte er trotzig hinzu, »würde ich jeden Eid auf die Kirche schwören und bei meiner Erklärung bleiben.« Er gab Colum ein Handzeichen, rülpste und trat einen Schritt zurück. Dabei wäre er fast über einen Grabstein gestolpert.

Colum zog Kathryn am Ärmel, und sie entfernten sich von den anderen.

»Der Herr stehe uns bei!« murmelte Kathryn. »Brandon ist tot, Moresby ist tot, und der Rest der Gruppe ist spurlos verschwunden.« Sie packte Colum beim Handgelenk. »Es ist möglich, daß sie Moresby getötet haben und inzwischen mit dem *Auge Gottes* übers Meer gefahren sind!«

Der Ire stampfte mit dem Fuß auf. »Verdammter Teufelskram!« fluchte er. »Ich habe eigentlich vermutet, daß der echte Brandon noch lebte und sich irgendwo versteckte.« Er seufzte. »Nun haben wir herausgefunden, daß man Brandon festgenommen hat, nur um ihn dann bei lebendigem Leibe zu begraben. Eine schöne Bescherung, Kathryn. Vielleicht hat Webster tatsächlich Selbstmord begangen.« Colum lächelte, doch seine Augen blieben ernst. »Wenn Gloucester das erfährt ...« Er ließ die Drohung in der Luft hängen und trat wieder zu den anderen. Er klatschte laut in die Hände, um den Tumult zu unterbinden, der nach der grausigen Entdeckung ausgebrochen war.

»Genug!« befahl er. »Wir haben genug gesehen. Master Fletcher, sorgt dafür, daß der Sarg wieder unter die Erde kommt. Für die anderen gilt, daß wir noch ein paar Dinge in der Halle zu besprechen haben.«

Die Gruppe, die an der hohen Tafel auf der Estrade Platz nahm, war recht bedrückt. Alle, selbst Gabele und der Ehrsame, saßen niedergeschlagen und blaß auf ihren Plätzen. Colum gestattete, daß Wein gereicht wurde, bevor er das Wort an sie richtete.

»Laßt uns zunächst einmal überlegen, was wir wissen. Am vergangenen Ostersonntag wurde Richard Neville, Graf von Warwick, morgens bei Barnet getötet«, fuhr er fort. »Er vertraute ein kostbares goldenes Amulett mit einem Saphir, das *Auge Gottes*, seinem Leibknappen Brandon an, wahrscheinlich mit Wissen von Moresby, dem Hauptmann seiner Wache. Warwick wurde umgebracht, und wir wissen jetzt, daß Brandon, Moresby und mindestens vier andere Männer fliehen konnten und sich versteckt hielten. Wahrscheinlich beabsichtigten sie, das Amulett zur Priorei von Christchurch in Canterbury zu bringen, doch irgend etwas ist geschehen. Moresby kam auf mysteriöse Weise um; die anderen sind verschwunden; Fletcher hat hier Brandon festgenommen, dessen Leiche wir gerade in Augenschein genommen haben. Mistress Swinbrooke, was wissen wir noch?«

Kathryn sah den blassen Priester an. »Nach den Aussagen der hier Anwesenden sperrte man Brandon in eine Zelle neben der eines Mörders, eines gewissen Sparrow. Mag sein, daß er mit diesem Mann geredet hat, der später entkam. Wir wissen es nicht, da Sparrows Flucht und Ermordung ein Rätsel bleiben.«

Der Ire zuckte mit den Schultern.

»Brandon«, fuhr Kathryn fort, »hat niemandem viel erzählt. Er erkrankte, und nach Lage der Dinge starb er. Unser guter Kaplan hier behandelte ihn und nahm ihm die letzte Beichte ab.«

»Aber wenn's doch stimmt«, jammerte der Priester und sprang auf. »Gott ist mein Zeuge, Mistress, es ist wahr! Er hatte Fieber und starb!«

»Woran habt Ihr erkennen können, daß er tot war?« fragte Kathryn ihn.

»Man konnte weder am Hals noch am Handgelenk Pulsschlag fühlen«, rief der Priester. »Keine Anzeichen von Atem.«

»Habt Ihr einen Spiegel verwendet?« fragte Kathryn. »Oder ein Stück Glas, das Ihr ihm vor Mund und Nase gehalten habt?«

»Natürlich nicht«, verkündete der Priester und setzte sich wieder. »Christus ist mein Zeuge, Mistress, ich dachte wirklich, er sei tot!«

»Er starb am Nachmittag«, ergänzte Fletcher den Priester. »Man legte ihn in eine Kiste und beerdigte ihn noch am selben Abend. Gott, wie muß der arme Bastard gelitten haben!«

»Damit kommen wir schließlich zu Websters rätselhaftem Sturz vom Turm«, unterbrach Colum und blickte alle der Reihe nach eindringlich an. »Bei Eurer Treue zum König«, fügte er leise hinzu, »kann denn nicht einer von Euch Licht in diese Geheimnisse bringen?«

Alle Anwesenden schüttelten den Kopf und verneinten die Frage im Chor. Colum beendete daraufhin die Versammlung. Er stand auf und streckte die Glieder, bis sie knackten.

»Keiner«, verkündete er, »ich sage: Keiner von Euch darf die Burg ohne meine Erlaubnis verlassen außer Euch, Master Sturry.« Colum öffnete seine Gürteltasche und entnahm ihr eine kleine, mit einem roten Band verschnürte Rolle. Er drückte sie Sturry zusammen mit einem Silberstück in die Hand. »Ihr könnt gehen, wohin es Euch beliebt. Den anderen sei gesagt: Jeder, der Canterbury verläßt – und das gilt auch für Euch, Master Ablaßprediger –, wird als Mörder gebrandmarkt, als Dieb und Verräter!«

Colum und Kathryn gingen hinaus. Sie holten ihre Pferde und ritten schweigend zurück in die Stadt, in die Wärme und Sicherheit des Hauses in der Ottemelle Lane. Kathryn und Colum sprachen kaum miteinander; auch als sie ihre Mäntel abgelegt hatten und am Küchentisch saßen, waren sie in Gedanken versunken und zogen ihre eigenen Schlüsse aus dem, was sie an diesem Abend erfahren hatten.

»Ein aufregender Tag«, stellte Kathryn fest, während Thomasina ihnen Ale, geräucherte Schinkenscheiben, Brot und Käse auf einer Platte servierte.

»Ich habe erfahren, daß Alexander Wyville sich inzwischen Robert Lessinger nennt. Bürgermeister Faunte ist gehängt worden. Ihr habt einen Freund aus Kindertagen umgebracht, der Euch nach dem Leben trachtete. Wir haben erfahren, daß Brandon mit dem *Auge Gottes* von Barnet entkommen ist, aber der Saphir ist verschwunden. Moresby wurde umgebracht. Brandon wurde festgenommen und dann lebendig begraben.« Kathryn schob die Platte von sich und stützte die Ellbogen auf den Tisch. »Hinzu kommt, daß wir keinerlei Hinweise darauf haben, wie Webster getötet wurde, wo Brandons frühere Gefährten sind oder, noch wichtiger, wo das *Auge Gottes* steckt.«

Colum nahm einen Schluck aus seinem Weinbecher. »Das reicht, um einen Mann an die Flasche zu bringen.« Er lächelte bitter. »Habt Ihr in dieser Angelegenheit irgendeine Idee?«

»Ich habe in der Burg gelogen«, erwiderte Kathryn. »Es lag kein Versehen vor. Brandon wurde absichtlich lebendig begraben. Ich vermute, man hat ihm Schierling verabreicht. Kennt Ihr seine Eigenschaften?«

Colum schüttelte den Kopf.

»Schierling ist eine weitverbreitete Wildpflanze«, erklärte Kathryn. »Die lateinische Bezeichnung ist Conium maculatum, und er ist sehr giftig. Die Griechen gaben ihn Sokrates zu trinken, und einer Legende zufolge, die mein Vater mir erzählt hat, soll der Gott Prometheus den Sterbenden Feuer auf einem Schierlingsstengel gebracht haben. Schierling ist gefährlich, nicht nur, weil er giftig ist, sondern auch, weil er Petersilie und Fenchel ähnlich sieht. Ein Fehler bei der Unterscheidung kann sich als tödlich erweisen. Hinzu kommt, daß es viele verschiedene Formen dieses Krautes gibt; Schierling und Wasserschierling sind besonders gefährlich. Man findet sie an Hecken, in Gräben oder in offenem Waldgebiet. Schierling hat einen unangenehmen, bitteren Geschmack und einen widerwärtigen Geruch, der allerdings von Wein überlagert werden kann.«

»Und Brandon hat man also Schierling gegeben?«

»Alle Symptome weisen darauf hin«, sagte Kathryn. »Hohe Temperatur, Mattheit, beschleunigter Herzschlag; das Opfer fällt in einen sehr tiefen Schlaf oder ins Koma, das zum Tode führt.«

Kathryn spielte mit ihrem Weinbecher. Colum blickte sie aus halb geschlossenen Augen von unten her an und versuchte, seine Furcht zu beherrschen. Sie ist gefährlich, dachte er; ich töte mit Dolch oder Schwert, doch sie kann eine harmlos aussehende Pflanze todbringend einsetzen.

»Ich erinnere mich an ein griechisches Sprichwort«, murmelte Colum. »›Ich war ein gesunder Mann, bevor ich Ärzte kennenlernte.‹ Ich nehme mich vor Euch in acht, Mistress Swinbrooke.«

Kathryn zuckte mit den Schultern. »Die meisten Menschen fürchten sich vor Ärzten. Das Wissen um die Wirkung von Kräutern ist äußerst gefährlich, vor allem, wenn es um eine Pflanze wie Schierling geht. Ich habe einmal ein Kind behandelt, das davon gegessen hatte. Die Symptome waren ganz ähnlich wie bei Brandon: Das Kind schien in jeder Hinsicht tot.«

»Also behauptet Ihr, daß jemand aus der Burggarnison Brandon Schierling verabreicht hat? Er fällt in tiefe Ohnmacht. Der Priester reicht ihm die Letzte Ölung, er wird rasch beerdigt und im Grab wieder wach?«

»Ja, das behaupte ich«, antwortete Kathryn. »Der Ärmste war in der Falle, er war schwach und ihm war speiübel, während er heftig nach Luft rang. Kann sein, daß er eine Stunde bei Bewußtsein gewesen ist, ehe er erneut in Ohnmacht sank.«

Colum pochte auf die Tischplatte. »Doch wer war es – und warum?«

»Wartet.« Kathryn stand auf, ging in ihre Schreibkammer und holte eine arg mitgenommene, verschmierte Pergamentrolle. »Wir wollen Brandons Pfad von Barnet aus verfolgen.« Kathryn räumte den Tisch ab und rollte die Karte mit den groben Umrissen von Kent auf, die ihrem Vater gehört hatte, und zeigte auf Canterbury und die Straßen nach Norden. »Jetzt wissen wir«, sagte sie, »daß Brandon nach Warwicks Niederlage bei Barnet in Richtung Canterbury floh. Eine Zeitlang hielt er sich mit seinen Gefährten in Blean Wood versteckt, wo sie auf Faunte und seine Gefolgsleute trafen. Später wagten sie sich hinaus aufs freie Land und gingen nach Sellingham, einen verlassenen Ort.« Kathryn zuckte mit den Schultern. »Danach – nichts! Moresby wird getötet, vermutlich durch Gesetzlose; Brandon wird festgenommen; und die anderen verschwinden.«

»Was also schlagt Ihr vor?« fragte Colum.

»Nun, nicht in die Burg von Canterbury zurückzukehren, sondern an diesen verlassenen Ort zu gehen, um ihn zu durchsuchen. Vielleicht hat Brandon das *Auge Gottes* ja dort versteckt?« Kathryn rollte die Karte wieder ein. »Weiß der Himmel, aber es ist immer noch besser, als untätig herumzusitzen.«

»Wenn er geht« – Thomasina stand am Eingang zur Speisekammer und zeigte auf Colum –, »dann gehe ich auch mit!«

»Und was ist mit Wuf?«

»Agnes ist ja da, sie kann auf ihn aufpassen. Aber Ihr, Herrin, wandert mir nicht mit irgendeinem dahergelaufenen irischen Wilden durch die Lande.«

»Ja, ich glaube auch, es ist besser, wenn du mitkommst«, sagte Colum sanft. »Deine Herrin und ich brauchen deinen Schutz.«

Thomasina warf ihm einen wütenden Blick zu und stapfte hinaus. Colum rieb sich mit beiden Händen das Gesicht.

»Wir sollten aufbrechen, sobald es hell wird. Was ist mit Euren Patienten?«

»Die können warten; es ist kein dringender Fall dabei. Colum, wir müssen in dieser Angelegenheit unbedingt eine Lösung finden.« Auch Kathryn rieb sich jetzt die Augen. »So oder so sollte der Fall abgeschlossen werden. Entweder wir graben die Wahrheit aus oder wir sagen Seiner Hoheit, dem Herzog von Gloucester, daß alles ein großes Rätsel ist und weder der König noch ein anderer das *Auge Gottes* besitzen wird.«

»Seid Ihr müde, Kathryn?«

»Ach ja.« Sie blickte ihn niedergeschlagen an.

»Nein, so meine ich es nicht«, fuhr er hastig fort. »Bevor ich nach Canterbury kam, verlief Euer Leben im großen und ganzen ... nun ja, in ruhigen Bahnen. Ihr hattet Euren Beruf, Euren Ehrgeiz.«

Kathryn stand auf. »Ja, Colum, alles ruhte in Frieden.« Sie lächelte, als sie den Umhang an sich nahm. »Was man allerdings ebensogut auch von einem Friedhof behaupten kann.« Kathryn strahlte Colum an und ging hinaus, noch ehe Colum sich eine passende Antwort überlegen konnte.

Allein in ihrer Kammer, fragte sich Kathryn, was Colum wohl mit seiner Frage bezweckt haben könnte. Sie setzte sich auf das Bett und öffnete die Schnürbänder ihres Mieders.

Was wäre, wenn es Colum nicht gäbe? dachte sie. Es gäbe kein *Auge Gottes*, keine Bluthunde von Ulster, keine Morde. Doch was hätte ich statt dessen? Alexander Wyville, der mich noch immer quälte, und keine Möglichkeit, dieser verfahrenen Situation zu entrinnen. Gewalt war nun einmal Bestandteil ihres Lebens. Alexander Wyville hatte den Reigen begonnen, und nun mußte sie es durchstehen. Sie schloß die Augen und dachte an ihren Mann – seine Miene am Hochzeitstag und dieselben Gesichtszüge, nach dem Genuß von Alkohol rot angelaufen und wutverzerrt. »Ich will dich nicht!« flüsterte Kathryn. »Der Herr möge mir verzeihen, aber es ist mir gleichgültig, ob du lebst oder nicht! Und wenn du zurückkehrst, werde ich jede Möglichkeit der Einflußnahme – ja, auch Colum persönlich – nutzen, um vor einem Kirchengericht die Annullierung unserer Ehe zu erwirken.«

Kathryn zog sich aus, wusch sich mit einem Schwamm und einem kleinen Stück Seife aus Kastilien, trocknete sich sorgfältig ab und zog ihr Nachthemd über. Thomasina kam herein, schob eine warme Bettpfanne zwischen die Laken und reichte ihr einen Becher heißer, mit Muskatnuß gewürzter Milch. Kathryn ließ es zu, daß ihre alte Amme sie ermahnte und bemutterte. Bevor Thomasina das Zimmer verließ, mußte Kathryn ihr feierlich versprechen, daß sie am nächsten Morgen mitkommen dürfte. Dann trank sie die Milch aus, löschte die Kerzen, schlüpfte zwischen die Laken und zog die Decken über den Kopf, wie sie es als kleines Mädchen schon getan hatte. Sie streckte sich wohlig aus und ließ den Gedanken freien Lauf – wenn sie sich nur daran erinnern könnte, was sie in Fauntes Zelle gesehen hatte. Plötzlich fiel Kathryn der Ehrsame ein, und Zeilen aus Chaucers ›Erzählung des Ablaßpredigers‹ kamen ihr in den Sinn:

Ist's denn gefährlich, dem Tod zu begegnen?
Ich will ihn suchen auf Straßen und Wegen.

»Wann werde ich ihn wiedersehen?« murmelte Kathryn. »Oder ist stets der Tod in meiner Nähe?« Sie schloß die Augen und sank in einen traumlosen Schlaf.

Früh am nächsten Morgen brachen sie auf. Thomasina packte Körbe voll Brot, Käse, getrocknetem Fleisch und Wein. Sie ermahnte die verschlafene Agnes und drohte Wuf mit den schrecklichsten Strafen, die ihn erwarteten, wenn er sich nicht ordentlich aufführte. Kathryn trug Agnes auf, alle schwierigen Fälle zu Chaddedon zu schicken, während die anderen sich gedulden sollten, bis sie zurückkehrte.

»Ach, und sag Wuf«, fügte Kathryn hinzu, »daß er die alten Schwestern in der Jewry Lane besuchen soll; es geht ihnen inzwischen wahrscheinlich besser, doch ich denke, man sollte lieber nach ihnen schauen.«

Colum war nach einem erholsamen Schlaf erfrischt und sattelte die Pferde. Er hatte seinen großen Kriegsgurt angelegt und eine Armbrust um den Sattelknauf geschlungen.

»Was ist mit Kingsmead?« fragte Kathryn.

»Ach, Holbech schafft das schon. Er rechnet erst dann mit mir, wenn er mich sieht. Im übrigen hat man im Herrenhaus ohnehin noch mit den Aufräumarbeiten nach Gloucesters Besuch zu tun.« Er schmunzelte. »Megan ist froh über jede Ablenkung.«

»Ist der Herzog schon abgereist?« fragte Kathryn.

»Ja, so ist Gloucester, rücksichtslos wie immer. Er kam, um Faunte zu töten; nun hat er die Aufgabe für seinen geliebten Bruder erledigt. Bevor ich das Rathaus verließ, befahl mir der Herzog, ihm binnen einer Woche in London über die Fortschritte bei der Suche nach dem *Auge Gottes* zu berichten.« Colum lächelte freudlos. »Wenn wir heute nichts finden, ist eine Woche schon zu lang.«

Sie stiegen auf die Pferde, verabschiedeten sich von Agnes und Wuf und ritten durch die Ottemelle Lane, die Steward Street hinauf Richtung Westgate. Die Stadt schlief noch. Selbst die Kirchenglocken hatten noch nicht zur Frühmesse geläutet. Hier und da huschte eine grell gekleidete Hure über die Straße und versuchte, den Fängen der Wachen zu entwischen, die mit dem Stab in der Hand und verschlafenen Gesichtern durch die Gassen schritten. Auf der Hethenman Lane waren Mistsammler bei der Arbeit. Ihre hohen, vierrädrigen Karren waren vollbeladen mit Kot und Unrat, den sie aus den Abflußrinnen harkten. Der Gestank war bestialisch. Colum, Kathryn und Thomasina wickelten sich ihren Umhang um Mund und Nase und achteten nicht auf die fröhlichen Pfiffe der Mistsammler, die sich an dem Chaos ergötzten, das sie erzeugten. Zwei Schuldner aus dem Stadtgefängnis, an Händen und Füßen gefesselt, trippelten von Kummer gebeugt durch die Straßen und bettelten um Almosen. Vor Black Friars, neben dem Tor von Saint Peter, hatte man bereits ein paar betrunkene Randalierer an den Pranger gestellt; sie mußten sich tagsüber den Beschimpfungen der Bürger aussetzen, deren Schlaf sie in der Nacht zuvor in so grober Weise gestört hatten.

Durch das geöffnete Westtor wurden Karren voll landwirtschaftlicher Erzeugnisse für das Tagesgeschäft in die Stadt zum Buttermarkt gebracht. Kathryn schloß die Augen, als sie durch den Torbogen ritten, und hauchte ein Gebet für den Seelenfrieden des armen Faunte. Sie setzten ihren Weg fort und kamen an der Kirche von Saint Dunstan vorbei, überquerten die Wegkreuzung und bogen in die Landstraße nach Whitstable ab. Allmählich wichen die Wirtshäuser und Bauernhöfe am Wegesrand der offenen Landschaft. Das Korn auf den Feldern stand hoch, und die Bauern trafen bereits erste Vorkehrungen für die Ernte, während ihre Kinder mit Schleudern durch das Korn tobten und die räuberischen Krähen und Raben verscheuchten. Der Himmel wurde hell, die grauweißen Wolken verflüchtigten sich unter den ersten kräftigen Sonnenstrahlen. Kathryn und Colum hielten vor einer kleinen Schenke an, aus der ihnen warme, abgestandene Luft entgegenschlug, und nahmen zum Frühstück gewässerten Wein und Haferkuchen. Kathryn hatte die Landkarte des Vaters mitgenommen. Mit Thomasinas Hilfe beriet sie Colum bei der Wahl der richtigen Wegstrecke.

Die Landstraßen und Pfade waren zum größten Teil verlassen. Nur hin und wieder begegneten ihnen einmal ein Hausierer, ein Kesselflicker oder ein Wanderpriester von niederem Rang, der seine kümmerlichen Habseligkeiten in einem kleinen Handkarren vor sich her schob. Zuweilen, vor allem in Wirtshäusern und Schenken, trafen sie auf Pilgergruppen, die nach Canterbury unterwegs waren. Sie schnatterten in Vorfreude auf den größten Schrein der Christenheit aufgeregt durcheinander. Als Kathryn und Colum sich an einer Stelle verirrten, wies ihnen ein tranäugiger Bauer mit roten, aufgesprungenen Wangen den rechten Weg. Gegen ein Uhr mittags bogen sie in einen schmalen, überwucherten Pfad ein, der zu dem verlassenen Ort führte. Da die Pferde nur mühsam vorankamen, stiegen Kathryn, Thomasina und Colum ab. Leise vor sich hin schimpfend, wichen sie überhängenden Ästen aus und lösten festgehakte Brombeerranken von ihren Kleidern. In der Luft lastete eine Stille, die nur vom Zwitschern der Vögel oder vom Summen der Bienen unterbrochen wurde, die über den geöffneten, süß duftenden Wildblumen nach Nahrung suchten. Schließlich hatten sie sich durch das Dickicht gekämpft und sahen vor sich, in einer kleinen Senke am Berghang, die Ruinen einer verlassenen Stadt.

»Grundgütiger Gott!« hauchte Colum und tätschelte sein Pferd.

Sie betrachteten die verfallenen Steingebäude, deren Dächer teils eingesunken, teils abgedeckt waren. Von Häusern, die aus Lehm und Flechtwerk bestanden hatten, war nur noch ein Schutthaufen übrig. Kathryn deutete auf eine verlassene Mühle am Ufer eines kleinen Wasserlaufs; auf eine Schenke ohne Dach, den Pfosten, an dem das vermoderte, klapprige Wirtshausschild hing, und auf den von Unkraut überwucherten Dorfplatz, hinter dem die einfache Dorfkirche, eine sehr kleine Kapelle, zu sehen war. Das Dach des Mittelschiffs fehlte, die Westseite des eckigen Kirchturms war verwittert. Saatkrähen und Dohlen, die jetzt laut krächzend über die Störung auf sie herabschimpften, hatten sich dort niedergelassen.

»Wie ist das möglich?« fragte Colum. »Woher kommt diese Verwüstung?«

»Mein Großvater hat es mir erzählt«, meldete sich Thomasina zu Wort und wischte sich den Schweiß von der Stirn. »Mein Großvater hat gesagt, es war der Schwarze Tod. Viel schlimmer als die Schweißkrankheit. Ganze Städte verschwanden einfach. Es heißt, zwei von drei Menschen starben.«

»Thomasina hat recht«, stimmte Kathryn zu und führte ihr Pferd weiter. »Dörfer und Städte wie diese hier gibt es im Königreich zuhauf.« Sie schauderte. »Der geeignete Ort für Geister und Phantome.«

»Es muß wirklich jemand hiergewesen sein«, bestätigte Colum. Er bückte sich und fuhr mit dem Dolch durch das dünne, spärliche Gras. »Hier waren Pferde angebunden, der Dung ist trocken und bröselt bereits.«

Sie sahen sich in der Ortschaft um. Kathryn spürte ein unangenehmes Prickeln zwischen den Schulterblättern – ein Gefühl, als beobachtete sie jemand, als lehnten die Geister der Menschen, die hier gelebt hatten und gestorben waren, das plötzliche Eindringen Lebender ab. Die tiefe Stille des Ortes war bedrückend. Manchmal war ihr, als hörte sie hinter Mauern Schritte oder unterdrücktes Schluchzen und Türen, die leise knarrend geöffnet wurden. Sie versuchte, diese Erscheinungen als Fieberfantasien abzutun und der Grabesstille des Ortes zuzuschreiben.

Colum und Thomasina erging es nicht anders. Hin und wieder unterbrachen sie ihr wachsames Schweigen, wenn sie auf Spuren von Reitern stießen – zweifellos von Brandon und seinen Leuten.

»Warum sind sie hierhergekommen?« fragte Colum.

»Das ist doch wohl klar«, antwortete Kathryn, die vor der verlassenen Mühle stand. »Spürt Ihr es nicht, Colum? An diesem Ort hausen Gespenster, er ist in Vergessenheit geraten, also ein ideales Versteck.« Nachdenklich blickte sie den Krähen nach, die um den alten Kirchenturm flogen. »Ich vermute, einer von Brandons Leuten kannte diesen Ort«, murmelte sie. »Weiß der Himmel, was hier geschehen ist.«

Sie fuhren mit ihrer Suche fort. Hier und da gingen sie in eines der verlassenen Häuser. Plötzlich rief Colum aufgeregt: »Kommt, Kathryn, hier ist etwas!«

Sie ließ ihr Pferd stehen und trat vorsichtig über die Schwelle eines verfallenen Eingangs. Colum deutete auf einen Haufen schwarzer Asche in einer Ecke an der Rückwand des Hauses, neben dem ein wenig Pferdemist lag.

»Brandon war bestimmt hier, aber allem Anschein nach noch jemand, und zwar vor kurzem«, sagte Colum, ging zum Misthaufen hin und stocherte mit der Fußspitze darin herum. »Das ist ziemlich frisch, es liegt noch nicht lange hier.«

Sie setzten die Suche fort und fanden immer wieder frische Spuren, die auf einen Besucher hindeuteten, der vor nicht allzu langer Zeit an diesem Ort war.

»Es waren zwei Reiter«, stellte Colum fest, »die zu verschiedenen Zeitpunkten hier waren. Wonach haben sie gesucht?«

»Der einzige Ort, an dem wir noch nicht nachgeschaut haben«, erwiderte Kathryn, »ist die Kirche.«

Sie warf einen Blick auf Thomasina, die müde und abgespannt auf einer niedrigen, zerfallenen Mauer saß.

»Vielleicht ist es an der Zeit, eine Pause einzulegen und etwas zu essen.«

Sie banden ihren Pferden vor der Kirche, wo einst der Friedhof gewesen war, die Hufe zusammen und betraten durch eine offene Mauerspalte den Turm. Sie gelangten in den kleinen Altarraum, von wo aus sie das Mittelschiff überblicken konnten. Die Kirche war öde und leer, das Dach längst eingestürzt. Die einst weißen Wände waren mit Flechten und Moos bedeckt, während die Säulen, die das Mittelschiff auf beiden Seiten von den schmalen Querschiffen trennten, unter dem Einfluß von Wind und Regen abblätterten und zerfielen. Kathryn sah sich im Altarraum um. Der alte Altar, quer zur Apsis gebaut, stand noch an seinem Platz.

Kathryns Blick fiel auf eine kleine Nische für Meßkelche, ein inzwischen verblaßtes Gemälde und die großen Mauerspalten zu beiden Seiten des Altarraums, wo einst der Lettner stand.

»Es ist traurig«, murmelte sie. »Wenn man bedenkt, daß einst Menschen hier das Lob Gottes sangen und beteten.«

Thomasina schrie auf, als ein Vogel, der hoch oben an der Kirchenwand nistete, plötzlich laut flatternd aufflog.

»Kommt her!« Kathryn stellte die Körbe auf den Boden. Schweigend nahmen sie eine Mahlzeit zu sich und begaben sich anschießend zu dritt auf einen Rundgang durch die Kirche.

»Wenn Euch irgend etwas auffällt«, sagte Colum, »dann ruft laut!«

»Hier ist nichts«, grummelte Thomasina und schob mit der Fußspitze das Moos auf dem Boden zur Seite.

Kathryn schlenderte durch ein Querschiff und ließ die Finger über die Flechten gleiten, die an der Mauer wuchsen.

»Was glaubt Ihr, wie alt diese Kirche ist?« fragte Colum. »Sie erinnert mich an Kapellen in Irland.«

»Sehr alt«, erwiderte Kathryn gedankenverloren. »Möglicherweise noch vor der Eroberung erbaut, einfach und streng.«

Sie ging in den Altarraum zurück und lehnte sich an den Altar. Sie versuchte, ihn zu verschieben, doch er bewegte sich nicht. Mit einem Blick zum Boden sah sie, daß hier mehr Moos als an anderen Stellen lag; und dann bemerkte sie Zweige und aufgeschichtete Erde. Der Rat des Vaters, den sie sich stets aufsagte, wenn sie Patienten behandelte, kam ihr in den Sinn.

»Versuche festzustellen, was merkwürdig ist, was nicht ins übliche Bild paßt.«

Kathryn schaute noch einmal nach unten.

»Colum!« rief sie.

»Was ist?« fragte er und trat zu ihr.

»Seht, hier sind Zweige, Rindenstücke und Erde aufgeschichtet, obwohl es hier keinen überhängenden Baum gibt. Und eine Feuerstelle ist es auch nicht.«

Kathryn kniete nieder und fegte die Zweige zur Seite. Colum ging hinaus und holte ein Binsenlicht aus seiner Satteltasche. Er kam zurück und zündete es an; der Schein der Flamme tanzte auf dem Stein.

»Hier ist ein Buchstabe«, sagte Kathryn. Sie schob noch mehr Zweige und Schmutz zur Seite. »Seht, das Moos ist entfernt worden. Und da sind noch mehr Buchstaben!«

Thomasina eilte herbei, und Colum hielt das Binsenlicht näher heran. Er reichte Kathryn seinen Dolch, damit sie den Schmutz entfernen konnte.

»›Levate!‹«, rief Kathryn aufgeregt. »›Levate oculos ad montes!‹ ›Hebet Eure Augen auf zu den Bergen‹«, übersetzte sie und lächelte Colum an. »Dasselbe Gebet, das Brandon in seiner Zelle in der Burg von Canterbury in die Wand geritzt hat.«

»Was soll es hier?«

»Es ist eine Art Grabstein«, antwortete Kathryn. »Wahrscheinlich befindet sich darunter das Grab eines längst vergessenen, ortsansässigen Adligen.« Kathryn lächelte. »Einer Überlieferung zufolge kämpfen Teufel und Engel um die Seele, nachdem sie den Körper verlassen hat, deshalb wollen die Menschen gern an einem geheiligten Ort begraben werden.«

Colum stellte das Binsenlicht zur Seite und begann, mit dem Dolch zu graben.

»Hier ist ein Spalt«, sagte er. »Man kann die Platte hochheben.«

Nachdem er die große Steinplatte vom Schmutz befreit hatte, konnte Colum den massiven Stein mit Hilfe von Holzkeilen, Schwert, Degen und Dolch hochstemmen.

»Es geht bestimmt auch einfacher«, knurrte er, »aber ich weiß nicht wie.«

Kathryn und Thomasina halfen ihm. Sie hoben die schwere Steinplatte hoch und schoben sie zurück. Modergeruch stieg ihnen entgegen, und sie mußten husten und niesen. Nachdem der Staub sich gelegt hatte, erspähten sie ein gähnendes Loch, in das eine schmale Treppe hinabführte. Kathryn folgte dem Iren, dessen entsetzter Aufschrei ihr durch Mark und Bein ging. Die Haare im Nacken sträubten sich ihr.

»Colum, was ist?«

»Oh, mein Gott!« rief Colum »Oh, die armen Schweine!«

Kathryn hastete über die schiefen, baufälligen Stufen hinab.

Als sie unten ankam, mußte sie einen Aufschrei unterdrücken. Sie streckte die Hand aus und berührte den kalten, weißen Arm eines Skeletts, der aus einem vermodernden Sarg ragte. Langsam blickte sie sich um. Colum stand in einem Lichtkegel, und Kathryn konnte seine Umgebung nur undeutlich wahrnehmen.

»Colum, das ist nur ein Mausoleum.«

Colum winkte sie zu sich heran.

»Nein, nein«, flüsterte er heiser. »Es ist eine Mördergrube.« Er hielt das Binsenlicht hoch. »Seht doch, Kathryn!«

Kathryn trat einen Schritt vor und starrte mit schreckgeweiteten Augen auf die vier verwesenden Leichen, die dort lagen. Das Fleisch auf Gesichtern und Händen war verschrumpelt und ausgetrocknet. Die Körper waren lang ausgestreckt, die Augenhöhlen leer, die Münder standen offen. Kathryn nahm das Binsenlicht, trat an die Leichen heran und kniete nieder. Sie zog einen zerfetzten, verschimmelten Umhang zur Seite und erkannte auf dem linnenen Wams des Mannes undeutlich ein Bild: ein Bär, in Ketten gelegt und mit einem Maulkorb versehen, der einen rohen Stab in der Pranke hielt.

»Warwicks Wappen«, sagte Colum. »Wir haben Brandons Leute gefunden, Kathryn. Aber wie sind sie gestorben?«

Kathryn überwand ihren Ekel und untersuchte die Kadaver sorgfältig, vor allem die Schädel und die Vorderseite ihrer Wamse.

»Kein Anzeichen von Gewalt«, murmelte sie. »Kein Mal auf den Schädeln oder Blut auf den Umhängen. Ich kann nur raten, Colum, aber ich glaube, diese Männer sind verhungert.«

Colums Blick war indessen auf eine kleine lederne Satteltasche gefallen, die in eine Mauernische geschoben worden war. Er zog sie heraus, durchtrennte die modernden Schnallen und zog ein goldenes Amulett heraus; selbst in der Finsternis fing der Saphir den schwachen Schein des Binsenlichts ein und funkelte wie ein Stern.

»Das *Auge Gottes*!« Colum drückte ihn Kathryn in die Hand. »Wir haben das *Auge Gottes* gefunden!«

Kathryn stand auf und gab acht, sich nicht den Kopf an der niedrigen Decke zu stoßen. Sie betrachtete das goldene, rautenförmige Amulett. Es war wunderschön: reines, filigran gearbeitetes Gold, behauen und geformt in keltischer Manier, doch es verblaßte geradezu gegenüber dem feurigen Saphir, der in der oberen Ecke über dem Haupt Christi eingelassen war.

»Es ist zauberhaft!« entfuhr es Kathryn.

Staunend schaute sie auf das Juwel und merkte nicht, daß Thomasina die Treppe hinabwuselte. Bei dem schrecklichen Anblick, der sich ihr bot, schrie sie laut auf. Der Schrei verwandelte sich jedoch abrupt in einen Seufzer des Entzückens, als sie das Amulett erblickte.

»Ein Königsschatz«, flüsterte Thomasina. »Kein Wunder, daß der Herzog von Gloucester ihn wiederhaben will. Männer würden dafür über Leichen gehen!«

Kathryn sah sie an. »Das ist bereits geschehen«, flüsterte sie. Sie warf einen Blick in die verwesenden Gesichter. »Laßt uns lieber von hier weggehen.«

Als Colum das Binsenlicht aufnahm, bemerkte Kathryn die frischen Kratzer an der Wand. Sie riß Colum die Fackel aus der Hand, um sie näher zu betrachten. Im flackernden Licht entzifferte sie die Namenszüge, die unbeholfen in den Stein geritzt worden waren: »›Apleby, Claver, Durston und Farnol‹«, las sie laut vor. »›Jesus sei uns gnädig.‹« Kathryn warf Colum einen Blick zu.

»Ein schreckliches letztes Gebet«, flüsterte sie.

»Gewiß«, erwiderte er. »Und es beweist, daß Moresby und Brandon nicht bei ihnen waren.«

Sie gingen die Treppe hinauf und legten die Steinplatte wieder an ihren Platz.

»Was glaubt Ihr, was hier geschehen ist?« fragte Thomasina.

»Ich weiß es nicht«, sagte Colum. »Doch wir müssen darüber nachdenken. Ich weiß nicht, warum und wie, doch irgendein leibhaftiger Teufel hat diese vier Männer umgebracht. Er hat sie dort zurückgelassen und dem Tode preisgegeben!«

Zwölf

Sie verließen den unbewohnten Ort, und Colum versprach, daß er Leute herschicken wollte, die für ein angemessenes Begräbnis der Leichen Sorge tragen sollten. Der Tag rückte vor. Obwohl sie schweigsam und zügig voranritten, kamen sie erst nach Anbruch der Dunkelheit nach Canterbury.

Als Ärztin besaß Kathryn den Schlüssel für eine Hinterpforte in der Nähe des Westtores, durch die sie in die Stadt gelangten. Unverzüglich steuerten sie die Ottemelle Lane an. Im Haus war es still. Wuf war bereits zu Bett gegangen, und auch Agnes schlief – mit dem Kopf auf der Tischplatte. Sie wachte auf, gähnte und streckte sich und versicherte ihrer Herrin, daß nichts Außergewöhnliches geschehen sei. Thomasina scheuchte sie ins Bett. Als sie wieder in die Küche kam, bot sie Kathryn und Colum, die inzwischen am Tisch Platz genommen hatten, an, etwas zu essen und zu trinken zu holen.

Kathryn war sattelwund und wünschte sich nichts sehnlicher als ein Bad, frische Kleider und einen gesunden Schlaf, doch die Szene in der Gruft ließ sie nicht los – die dunkle Nische mit den grotesk anmutenden Leichen und dazu das wunderschöne *Auge Gottes*, das Colum bereits in seinem Zimmer in einer Truhe verschlossen hatte.

»Warum?« fragte sich Kathryn. »Warum mußten sie auf diese Art und Weise sterben?«

»Was mir Sorge bereitet«, erwiderte Colum grübelnd, »ist, daß alle tot sind: die vier in der Gruft, Moresby in einem Straßengraben und Brandon in der Burg von Canterbury.«

»Sie wurden umgebracht«, fuhr Kathryn fort. »Vier körperlich gesunde Männer würden niemals in einer Gruft bleiben und ihr Schicksal als unabdingbar hinnehmen.«

»Ich glaube, man hat sie dort hineingesteckt«, sagte Colum. »Mag sein, daß man sie vor Verfolgern verstecken wollte, vielleicht aber auch, um sicherzustellen, daß sie nicht mit dem Juwel entkommen konnten. Man hat ihnen versprochen, sie herauszuholen, und anschließend das Grab versiegelt. Ihr habt gesehen, wie schwierig es war, von oben hineinzukommen. Nachdem die Steinplatte wieder an ihrem Platz lag, hätten die Unglücklichen es nicht geschafft, sie von innen zu heben.«

Kathryn zuckte mit den Schultern. »Das ist nicht neu. Es hat ähnliche Todesfälle gegeben, in denen Kinder betroffen waren, die in den verlassenen Ruinen bei Canterbury gespielt haben.«

Sie hielt inne, als Thomasina sie mit Wein, runden Weißbrötchen, Käsescheiben und getrockneten Schinkenstücken bediente. Kathryn nippte vorsichtig an dem gewässerten Wein. Sie fühlte sich wie zerschlagen und war sicher, daß es ihr wie Agnes erginge, wenn sie zuviel tränke: Sie würde den Kopf auf den Tisch legen und einschlafen. Gedankenverloren spielte sie mit der Kordel an ihrer Hüfte.

»Das einzige, von dem wir sicher ausgehen können, ist«, sagte sie, »daß Brandon entkam. Die Männer in der Gruft behielten das *Auge Gottes* bei sich als eine Art Garantie dafür, daß er zurückkehren würde.«

»Aber warum ist er nicht wiedergekommen?« fragte Colum. »Oder sollte Moresby zurückkommen?«

Kathryn dachte angestrengt nach. »Nein«, erwiderte sie. »Es war Brandon. Er kannte den Satz ›Levate oculos ad montes‹, den Schlüssel zu dem Ort, an dem sich das *Auge Gottes* und seine Gefährten befanden. Doch dann wurde er festgenommen und konnte nicht zurückkehren. Wahrscheinlich hat er es vorgehabt, wenn man ihn erst begnadigt und freigelassen hätte, doch dann wurde er auf rätselhafte Weise umgebracht.«

»Und was sollen wir in diesem Fall tun?« fragte Colum verzweifelt.

Kathryn schaute Thomasina zu, die geschäftig in der Küche hin und her eilte und überglücklich war, unheimlichen Gruften, verlassenen Ortschaften und dem schwankenden Rücken einer alten Schindmähre entronnen zu sein.

»Irgend etwas ist faul an der Sache«, sagte Kathryn. »Was hat Moresby getan? Haben Moresby und Brandon gemeinsam die Männer in der Gruft gelassen? Hat Brandon auch Moresby getötet und sich dann festnehmen lassen in der Hoffnung, er würde begnadigt und freigelassen und könnte zurückkehren und das *Auge Gottes* holen? Dann allerdings«, schloß Kathryn, »wäre Brandon ein kaltblütiger Mörder und verdiente, in der Hölle zu schmoren!«

»Aber hätte Moresby so leicht sein Leben gelassen?« fragte Colum. »Noch etwas haben wir vergessen. Erstens, wessen Leiche wurde im Straßengraben gefunden? Woher wissen wir, daß es Moresby war? Zweitens entdeckten wir Spuren von Brandons Leuten in dem verlassenen Ort, aber auch Hinweise darauf, daß zwei andere Reiter unabhängig voneinander dort waren. Wer also war es, hm?« Colum seufzte und schüttelte den Kopf. »Ist es möglich, daß nach der Schlacht bei Barnet ein Dritter Moresby, Brandon und ihren Gefährten folgte?«

»Schon möglich«, erwiderte Kathryn und steckte sich ein Stück Käse in den Mund. Sie blickte vor sich auf den Tisch, und als sie wieder aufsah, war Colum fast eingeschlafen, mit der Hand am Weinbecher. »Kommt«, sagte Kathryn sanft, »es wird Zeit für uns, schlafen zu gehen. Es gibt nichts, was nicht warten könnte.«

Colum blinzelte und rieb sich das Gesicht. »Wenigstens haben wir das *Auge Gottes*«, murmelte er verschlafen.

Er kam mühsam auf die Beine und legte Kathryn zärtlich eine Hand auf den Kopf. Er warf Thomasina eine Kußhand zu und stakste die Treppe hinauf. Er rief ihnen zu, daß er, so Gott wolle, am nächsten Morgen wieder frisch und in der Lage wäre, klarer zu denken.

Kathryn half Thomasina noch eine Weile und ging dann in ihre Schreibkammer. Sie glättete ein Stück Pergament, nahm die Schreibfeder zur Hand und schrieb rasch auf, was sie erfahren hatten. Sie lehnte sich im Stuhl zurück, döste eine Zeitlang vor sich hin, stand auf, um in die Küche zu gehen und sich einen Becher Wasser zu holen. Tief in Gedanken versunken nahm sie das Ende der Kordel, die sie um die Hüfte trug, und kaute an der alten Quaste herum. Ein Ruck ging durch die Kordel, und vor ihrem geistigen Auge tauchte das Bild von Faunte in seiner

Zelle auf, den das Gewicht der Ketten an Händen und Füßen nach unten zog. Kathryn hielt inne.

»Herrgott, steh uns bei!« murmelte sie. »Natürlich, das ist es, was Webster aufgefallen ist.«

Sie eilte wieder in die Küche, spritzte sich kaltes Wasser ins Gesicht und bat Thomasina, das Feuer zu schüren, denn sie wollte dort bleiben.

»Oh, wie lange denn noch?« jammerte Thomasina.

»So lange ich brauche.«

Kathryn trug ihr Schreibtablett in die Küche. Sie ging hinaus, um sich an der kalten Nachtluft zu erfrischen, und blickte in den Sternenhimmel.

»Endlich«, flüsterte sie, »endlich klärt sich das Geheimnis auf, dem Himmel sei Dank!«

Kathryn ging wieder hinein und begann zu arbeiten. Sie schrieb schnell und fließend, als erzählte sie sich eine Geschichte. Thomasina wuselte um sie herum und gluckste wie ein wütendes Huhn. Dann setzte sie sich ergeben neben Kathryn und sah zu, wie ihre Herrin mit kühnen Schriftzügen etwas niederschrieb.

»Ihr wart immer schon stur«, brummte Thomasina. »Schon als kleines Mädchen wart Ihr so bockig.«

»Ich glaube, ich weiß, wer der Mörder ist«, sagte Kathryn. Sie ergriff Thomasinas Handgelenk. »Ich weiß, was geschehen ist, Thomasina. Ich weiß, wer den Gefangenen in der Burg ermordet hat. Vielleicht sogar, wie Webster ums Leben kam.«

»Woher?«

Kathryn lächelte und tippte sich an die Stirn. »Durch ein Stück Kordel bin ich darauf gekommen.«

Danach wollte Kathryn nicht mehr abgelenkt werden. Sie schrieb zu Ende, rollte das Pergament zu einer festen Rolle zusammen, die sie mit einem scharlachroten Band verschnürte, und ging zu Bett. Sie schlief nur ein paar Stunden und wachte vor der Morgendämmerung auf. Sie wusch sich, zog sich rasch an und rief Colum zu, er sollte seine faulen Knochen in Bewegung setzen, denn sie hätten geschäftlich zu tun. Colum war morgens nicht gut zu sprechen. Erst als er sich gewaschen und rasiert hatte, setzte sich Kathryn zu ihm in die Küche. Sie wartete ab, bis er gefrühstückt hatte, und rief dann Thomasina zu, Wuf und Agnes hereinzuholen.

Alle saßen ziemlich unausgeschlafen in der Küche. Wuf klagte über Durst, und Thomasina brachte ihm und Agnes eine Tasse Buttermilch. Colum saß auf einem Hocker neben der Feuerstelle und bewunderte Kathryn im stillen; sie hatte nur wenig geschlafen, doch ihm fiel auf, daß ihre Wangen vor Erregung gerötet waren und die Augen lebhaft sprühten.

»Thomasina, setz dich«, begann Kathryn. »Wir spielen jetzt ein Spiel.«

Schon sprang Wuf auf und klatschte in die Hände.

»Kann ich mitspielen?«

»Ja. Colum, ich bitte Euch, bindet Wuf Hände und Füße zusammen, wie wir es beim armen Faunte im Rathaus gesehen haben.«

Wuf kreischte vor Vergnügen, hielt aber still, als Colum das Seil holte und tat, worum Kathryn ihn gebeten hatte. Da stand der Kleine nun und trug Fesseln an Händen und Füßen, die miteinander noch durch ein zusätzliches Seil verbunden waren.

»Wuf, hör auf zu kichern«, sagte Kathryn. »Agnes, stell dich neben ihn.«

Agnes gehorchte mit großen, staunenden Augen.

»Und jetzt, Wuf«, ermahnte Kathryn ihn, »denk daran, es ist nur ein Spiel. Versuche, Agnes um den Hals zu fassen.«

Heillose Verwirrung war die Folge. Agnes trat rasch einen Schritt zurück. Wuf sprang auf und ab, ehe er lachend auf die Binsen stürzte. Colum blickte zu Kathryn hinüber.

»Sparrow und der Wärter?« fragte er.

»Natürlich«, erwiderte Kathryn. »Nein, Wuf, frag mich nicht. Colum, schneidet ihm die Fesseln durch.«

Colum befreite den immer noch lachenden Wuf, der auf Kathryn zulief und sie umarmte.

»Was soll dieser ganze Unsinn?« wollte Thomasina wissen.

»Wir versuchen, einen Mörder zu fangen«, erwiderte Kathryn. »Erinnerst du dich an die alten Schwestern, Eleanor und Maude? Alle dachten, sie hätten die Pest, aber wir wußten, daß es nur die Pellagra war. Unser Mörder in der Burg ist genauso.

Er hat uns Tatsachen aufgetischt, die jedoch die Wahrheit tatsächlich verzerren.« Sie lächelte Colum an. »Wir dachten, Sparrow hätte den Wärter getötet und den Schlüssel an sich genommen, um seine Fesseln zu lösen. Er wäre entkommen und hätte später versucht, Brandons Mörder in der Burg zu erpressen und wäre selbst getötet worden.« Sie schüttelte den Kopf. »Ich zog an der Kordel meines Kleides, als mir plötzlich einfiel, daß eine Kordel oder ein Seil, die fest miteinander verbunden sind, Bewegungen wesentlich einschränken.«

»Also müssen Sparrows Fesseln aufgeschlossen worden sein, bevor er den Wärter tötete!« mischte sich Colum ein. »Sein Komplize hat ihm die Flucht ermöglicht und ihn später umgebracht, um ihn zum Schweigen zu bringen.«

»Genau«, erwiderte Kathryn. »Ich habe dieselbe Logik bei allen anderen Morden angewandt und mich geweigert, das zu akzeptieren, was uns gesagt wurde. Und jetzt, Wuf …« Kathryn zeigte auf die Tür. »Wenn ich dir sagte, daß die Tür von außen verriegelt wäre und du wolltest hinausgehen, was würdest du tun?«

»Durchs Fenster steigen«, anwortete Wuf.

»Nein, nein«, lachte Kathryn. »Sagen wir, der Raum hätte keine Fenster.«

»Ich würde mir einen Hammer oder einen Balken suchen und die Tür einbrechen«, sagte Wuf beherzt. Er freute sich über Kathryns Aufmerksamkeit.

»Und wenn du es eilig hättest?« fuhr Kathryn fort. »Sagen wir, es brennt lichterloh. Wärst du erst im Garten, würdest du wohl nicht noch einmal nachschauen, ob du einen Fehler begangen hättest, denn die Tür war die ganze Zeit von innen und nicht von außen verriegelt.«

Colum schlug sich mit der Hand auf den Schenkel. »Die Falltür in der Burg!«

»Der Verdacht kam in mir auf«, fügte Kathryn hinzu, »als ich mich fragte, wie Webster aufschreien konnte, wenn er bewußtlos war.«

»Aber man hat Webster hoch oben auf dem Turm gesehen«, fuhr Colum fort.

»Wirklich?« fragte Kathryn. »Vor ein paar Tagen kam ich nach Hause und dachte, Agnes wäre im Garten, weil ich ihren braunen Umhang sah, doch es war Wuf. Nein, nein!« sie hielt die Hand hoch, um Agnes zu bremsen. »Jetzt ist keine Zeit für Streitereien. Versteht Ihr, Colum? Die Morde waren so einfach. Wir haben Zerrbilder gesehen. Brandon ist gestorben, war in Wirklichkeit aber vergiftet. Ist Sparrow entkommen? Nein, jemand hat ihm zur Flucht verholfen. Webster wurde auf dem Turm gesehen, und die Falltür war von dieser Seite verriegelt. Aber war er wirklich dort? War die Falltür verriegelt?«

»Wer ist dann der Mörder?« fragte Colum.

Kathryn rieb sich die Augen. »Nun, laßt uns zu einem weiteren Zerrbild kommen. Brandon, Moresby und vier andere Männer verließen Barnet und nahmen das *Auge Gottes* mit. Nun, nachdem wir in Sellingham waren, haben wir die Leichen dieser Männer gesehen, nur einer fehlte.«

»Moresby«, erwiderte Colum.

»Ja«, sagte Kathryn leise. »Außer Moresby. Ist er wirklich tot? Hat jemand seinen Platz eingenommen? Nun, wir wollen dieses Bild klarstellen.« Sie stand auf und stellte sich ans Feuer. »Wer von den Menschen in der Burg mag nicht der sein, der zu sein er vorgibt?«

»Der Ehrsame.«

»Und wer kann in der Burg nach Belieben herumlaufen?«

»Der Ehrsame«, wiederholte Colum, und diesmal stimmten Wuf, Thomasina und Agnes mit ihm ein.

»Dann, Ire, sollten wir uns zur Burg begeben. Bevor jemand abreist.«

»Kann ich mitkommen?« rief Wuf begeistert.

Kathryn küßte ihn auf den Kopf. »Nein, du und Agnes wart bereits eine große Hilfe.«

Kathryn und Colum nahmen ihren Umhang, verabschiedeten sich und gingen hinaus zu den Ställen.

»Glaubt Ihr, daß Ihr den Mörder kennt?« fragte er.

»Eines ist mir noch unklar«, antwortete sie. »Zwei Reiter haben den verlassenen Ort aufgesucht, zu unterschiedlichen Zeiten, und es ist noch nicht lange her, stimmt's?«

Colum nickte und fuhr sich mit der Hand über einen Schnitt in der Wange, den er sich bei der hastigen Rasur in aller Frühe zugezogen hatte. »Ich kenne Pferdespuren«, sagte er. »Da kann man mir nichts vormachen.«

»In diesem Fall«, fuhr Kathryn fort, »müssen wir uns noch einmal überlegen, wer Zutritt zu Brandon, Sparrow und zu dieser Falltür hatte.«

Nachdem sie ihre Pferde abgeholt hatten, machten sich Kathryn und Colum auf den Weg zur Burg. In Winchepe, kurz vor den Toren der Burg, hielt Kathryn an. »Während ich die anderen beschäftige, müßt Ihr das Schloß der Tür untersuchen«, sagte sie an Colum gewandt. Und mit einem treffenden Zitat aus Chaucers ›Frau aus Bath‹ erteilte sie ihm eine markige Lektion darüber, was ihrer Meinung nach auf der Hand lag. Schließlich gab Colum nach und lenkte sein Pferd sacht zur Seite, um zwei großen Karren Platz zu machen, die in die Burg rumpelten.

»Aber welchen Beweis haben wir?«

»Keinen«,. erwiderte Kathryn leichthin. »Zumindest noch nicht. Doch sobald wir die Burg dort betreten haben, werdet Ihr hingehen und herausfinden, worum ich Euch gebeten habe.«

Colum fing ihren erhobenen Zeigefinger ein und drückte ihn zärtlich.

»Wißt Ihr«, sagte er und trieb sein Pferd an, »ich dachte immer, Thomasina würde eine ausgezeichnete Frau von Bath abgeben. Nachdem ich Euch jedoch zugehört habe, bin ich mir dessen nicht mehr so sicher.«

Kathryn streckte ihm hinter dem Rücken die Zunge heraus, ehe sie an seine Seite ritt.

»Colum, macht Ihr Euch etwa Sorgen? Ihr scheint ...«

»Resigniert?«

»Ja, resigniert.«

Colum schüttelte den Kopf. »Ich habe mein Leben lang mit dem Tod gelebt, Kathryn. Ich habe in Schlachten gekämpft, in Hinterhalten auf der Lauer gelegen, in Dörfern, auf offenem Feld oder an Flußufern gehackt und gehauen. Ich war Jäger und Gejagter.« Er zog die Zügel strammer. »Wer so lebt, wird hart. Glaubt Ihr denn, dem König oder Gloucester wäre an

Brandons Wohl gelegen? Hinter dem Amulett sind sie her, das ist es.«

Sie hatten das Burggelände erreicht, und er wollte nicht weiterreden. Ein unausgeschlafener Stallbursche nahm ihre Pferde entgegen, während ein anderer den Auftrag erhielt, die Bewohner der Burg in der großen Halle zusammenzurufen.

Sie kamen alle, einer nach dem anderen. Schreiber Fitz-Steven mit wirrem Haar und unrasiert, wütend darüber, daß man ihn direkt aus dem Bett geholt hatte. Kaplan Peter wirkte nervös. Gabele erschien mit unbewegter Miene. Der Ehrsame sah merkwürdig aus wie immer. Und schließlich betrat Fletcher wutschnaubend die Halle und ergriff das Wort für alle.

»Ich bin es endgültig leid«, schimpfte er und funkelte Kathryn zornig an. »Leid bis an den Stehkragen, hierhin und dorthin zusammengerufen zu werden! Wo ist der Ire?«

»Er kommt bald nach«, erwiderte Kathryn. »Er muß sich noch etwas ansehen.«

»Was denn?« knurrte Fitz-Steven.

»Das laßt meine Sorge sein«, erwiderte Colum, der mit großen Schritten in die Halle kam und sich Kathryn gegenüber am anderen Ende des Tisches niederließ.

»Wie ich sehe, seid Ihr alle ungeduldig, also laßt mich ganz kurz zusammenfassen.«

Colum überhörte das mißbilligende Murren und lieferte eine übersichtliche Schilderung der Ereignisse in der Burg in den letzten paar Tagen.

»Was ist daran neu?« fauchte Kaplan Peter.

»Eigentlich nichts«, gab Colum lächelnd zu. »Oh, übrigens, Mistress Swinbrooke, ich habe nachgesehen, worum Ihr mich gebeten habt, und Ihr hattet recht.«

»Warum also seid Ihr hier?« fragte Gabele.

»Nun, erstens«, erklärte Kathryn, »haben wir das *Auge Gottes* gefunden.«

»Eins verstehe ich indes noch immer nicht«, fuhr sie fort. »Und das ist Websters Tod. Master Gabele, Ihr habt berichtet, er sei auf dem Turm auf und ab gegangen?«

»Ja.«

»Und die Wachen hörten ihn vor seinem Tod schreien?«

»Ja.«

»Und Ihr seid hinaufgelaufen?«

»Ich habe es Euch doch gesagt«, erwiderte Gabele. »Ich konnte die Falltür nicht öffnen, weil Webster sie von der anderen Seite verriegelt hatte. Ich habe allen gesagt, sie sollten wegbleiben, bis der Ire käme.«

»Die Falltür war auf der Turmseite verriegelt, aber auf der Treppenseite offen.«

Gabele fuhr sich nervös mit der Zunge über die Lippen.

»Nun, war es so?« hakte Kathryn nach.

»Natürlich.«

»Hierzu muß ich sagen«, unterbrach Colum, »daß ich die Falltür gerade untersucht habe. Die Schlösser sind auf beiden Seiten erneuert worden.«

»Nun ja, natürlich. Sie sind wohl zerstört worden, als wir die Tür aufgebrochen haben«, erklärte Fletcher.

»Ja, doch als ich sie mir noch einmal ganz genau angesehen habe, war der Riegel auf der Turmseite einfach nur ersetzt; nichts deutet auf eine gewaltsame Öffnung hin, zum Beispiel abgesplittertes Holz, wie es der Fall gewesen wäre, wenn die Soldaten die Tür gewaltsam geöffnet hätten. Noch verwunderlicher ist jedoch, daß der Riegel auf der Treppenseite ersetzt worden ist. Warum dieses? Hätte man ihn zurückgeschoben, wäre er nicht entzweigebrochen.«

»Was wollt Ihr damit sagen?« fauchte Gabele.

»Nun ...« Colum hielt die Hand hoch. »Ihr habt eine Falltür mit einem Riegel auf jeder Seite. Webster hat vermutlich den Riegel auf der Turmseite vorgeschoben, und wir haben ihn später aufgebrochen. Dennoch liegt kein Anzeichen für Gewaltanwendung vor. Auf der Treppenseite hingegen« – Colum zeigte auf die andere Seite seiner Hand –, »von der man annahm, daß sie unverschlossen war, gibt es sichere Spuren von Gewaltanwendung.«

»Mit anderen Worten«, fuhr Kathryn fort, »diese Falltür war nur auf der Treppenseite, nicht aber auf der Turmseite verriegelt. Ich will Euch also sagen, was sich zugetragen hat. Der Festungskommandant ging zum Turm zu seinem üblichen Morgenspaziergang. Ihr, Master Gabele, lauertet im Schatten, versetztet ihm einen Schlag auf den Hinterkopf, zogt seinen Umhang über, setztet seinen Biberhut auf und gabt vor, der Festungskommandant zu sein, der auf dem Turm auf und ab ging. Die Wachen sahen nur, was sie zu sehen erwarteten, und konnten von dort, wo sie standen, Eure Gesichtszüge nicht erkennen. Ihr habt alles genauso gemacht, wie Webster es getan hätte: auf und ab gehen, das Kohlenbecken anzünden, sogar zu den Wachen hinabrufen. Aus dieser Höhe sind Stimmen nur schwer zu unterscheiden. Dann habt Ihr den Turm verlassen und die Tür von der Innenseite verriegelt und abgeschlossen.«

»Das ist doch blanker Unsinn!« rief Gabele.

Colum, der neben ihm saß, packte den Waffenmeister beim Handgelenk.

»Dann habt Ihr Webster Umhang und Hut wieder angezogen«, fuhr Kathryn fort, »und durch das große Holzfenster direkt unter der Falltür zum Turm gespäht. Ihr erinnert Euch doch, das Fenster, das in die Wand eingelassen wurde?«

Gabele schaute an ihr vorbei.

»Ihr habt die Wachen beobachtet, die nach der langen Nachtwache müde waren und froren. Ihr habt den Schnäpper geöffnet, gewartet, bis sie Euch den Rücken zuwandten, und den armen Webster hinabgestoßen. Als der Schnäpper wieder ins Schloß fiel, habt Ihr aufgeschrien. Die Wachen drehten sich um, nahmen flüchtig einen herabstürzenden Farbklecks wahr, hörten den Schrei und kamen zu dem logischen Schluß, daß Webster entweder vom Turm gestürzt oder gesprungen sein mußte.« Kathryn hielt kurz inne. »Ich wäre nie darauf gekommen«, fuhr sie fort, »wenn Ihr Webster auf die Kopfseite geschlagen hättet, mit der er unten aufkam.«

Gabele richtete sich langsam auf. »Ihr seid eine verlogene Hexe!« knurrte er.

Colum beugte sich vor; er setzte seinen Dolch ganz leicht an Gabeles Hals, während er mit der anderen Hand das Messer aus Gabeles Scheide zog.

»Setzt Euch, bitte!«

Gabele gehorchte.

»Aber ich dachte«, meldete sich Kaplan Peter zu Wort, »der Riegel auf der Turmseite sei gebrochen? Das habt Ihr doch sicher gesehen, Master Murtagh?«

Colum zuckte mit den Schultern. »Wenn ich es recht bedenke, habe ich lediglich gesehen, daß das Schloß, das den Riegel hielt, gelockert worden war, damit es nach Gewaltanwendung aussah. Das hat Gabele wahrscheinlich gemacht, ehe er vom Turm herabstieg.«

Fletcher sprang auf und zeigte anklagend auf Gabele.

»Du Bastard!« zischte er. »Du verdammter Bastard! Der Ire hat recht. Du bist zurückgekommen und hast behauptet, die Falltür wäre abgeschlossen. Wir haben dir geglaubt. Niemand hat es nachgeprüft. Auf deinen Befehl haben wir uns von dort ferngehalten.«

»Er lügt!« schrie Gabele. »Der Ire kann nicht beweisen, was er gesagt hat. Ausgewechselt habe ich … « Er verstummte, als er die Ungeheuerlichkeit dessen erkannte, was er gerade zugegeben hatte.

»Was habt Ihr getan?« fragte Kathryn ihn ruhig.

Gabele blickte zur Seite.

»Oh, ich weiß, was Ihr gemacht habt«, fuhr Kathryn fort. »Ihr habt beide Riegel ersetzt. Colum hat gesehen, daß sie ausgewechselt wurden, als er vorhin den Turm besichtigt hat. Warum aber solltet Ihr beide Riegel auswechseln? Der auf der Treppenseite hätte eigentlich nicht zerstört sein dürfen. Warum ihn also ersetzen? Und warum Ihr? Gibt es in der Burg keinen Zimmermann?«

»Moment mal.« Fitz-Steven schlug mit der Hand auf den Tisch. »Ihr behauptet da, Mistress, Gabele hätte Webster auf den dunklen Treppenstufen aufgelauert, ihm einen Schlag auf den Kopf versetzt, sich Umhang und Hut geborgt und dann vorgegeben, er wäre der Festungskommandant?«

Kathryn nickte.

»Anschließend hätte er«, fuhr der Schreiber fort, »die Schlösser des Riegels auf der Turmseite gelockert, die Falltür von der

Treppe aus verriegelt, Umhang und Hut wieder Webster angezogen und die Leiche des armen Teufels durch die Ausfalltür geworfen?«

»Ja, Ihr habt es erfaßt, Master Schreiber. Denkt daran, es war noch fast dunkel. Die Wachen waren müde und blickten in die andere Richtung.«

Fitz-Steven kratzte sich das Kinn.

»Mistress, warum aber habt Ihr, als wir die Falltür einschlugen, nicht bemerkt, daß der Riegel auf der Innenseite noch vorgeschoben war?«

»Ganz einfach«, unterbrach Colum. »Gabele hatte befohlen, niemand dürfte sich dem Turm nähern, bis ich käme. Außerdem ist die Treppe sehr dunkel. Drittens, selbst wenn wir bemerkt hätten, daß der Riegel vorgeschoben war, was hätte es ausgemacht? Gabele konnte jederzeit behaupten, er hätte die Tür aus Sicherheitsgründen selbst verriegelt. Und vor allem, erinnert Ihr Euch, in welcher Reihenfolge wir zum Turm gingen? Gabele lief voraus und befahl den Soldaten, vor uns hinaufzusteigen und die Falltür einzuschlagen.«

»Aber aus welchem Grund?« fragte der Kaplan.

»Ja, ich glaube, Webster wurde umgebracht«, erklärte Kathryn, »weil er herausgefunden hatte, daß Sparrows Flucht kein Zufall war; darum veranstaltete Webster am Abend vor seinem Tode den kleinen Mummenschanz auf dem Burghof mit Kaplan Peter. Seht, die Geschichte wurde so dargestellt, als wäre der Wärter erwürgt worden. Doch wie hätte Sparrow das bewerkstelligen sollen, wenn die Handfesseln auch noch durch eine Kette mit den Fußeisen verbunden waren? Wie kann man in einer solchen Lage die Hände heben, um jemanden zu erwürgen?« Kathryn schüttelte den Kopf. »Ich vermute, daß seine Fesseln beschädigt wurden und nie richtig schlossen.«

»Natürlich«, hauchte Kaplan Peter. »Der Festungskommandant war merkwürdig. Er nahm mich mit in die Nische. Er hatte die Hände vor der Brust, wie im Gebet. Dann schaute er mich an, murmelte, daß er unbedingt den Iren sprechen müsse, und drehte sich auf dem Absatz um. Webster muß erkannt haben, daß Sparrows Fesseln gelockert worden waren, obwohl«, fügte der Priester hinzu, »Sparrow hätte ebensogut zuerst den Wärter erschlagen und dann seine Schlüssel an sich nehmen können.«

»Stimmt«, erwiderte Colum. »Doch das hätte zu einem Handgemenge geführt. Nach dem, was uns gesagt wurde, ging Sparrow in eine dunkle Nische, der Wärter folgte, und Sparrow tötete ihn durch Erwürgen. Der Wärter muß völlig überrascht gewesen sein. Dann hat Sparrow die Kleider gewechselt und ist verschwunden. Da seine Fesseln beschädigt waren, muß Sparrow einen Komplizen in der Burg gehabt haben. Und genau das hat Webster vermutet.«

»Und Sparrow?« fragte Kaplan Peter.

»Oh, unter dem Vorwand, ihr Bündnis fortzusetzen, traf Gabele ihn später auf den verlassenen Weiden am Stour: Er tötete Sparrow, enthauptete die Leiche und warf sie in den Fluß.«

»Als wir Sparrows Leiche herbrachten«, mischte sich Kathryn ein, »stellten wir fest, daß er entkommen war. Webster wußte es besser. Wir konzentrierten uns auf die Möglichkeit, daß Sparrow nach seiner Flucht vielleicht versucht hatte, jemanden hier in der Burg zu erpressen, und deshalb ermordet wurde.« Sie zuckte die Achseln. »In Wirklichkeit war es genau andersherum: Sparrow durfte entkommen und wurde danach zum Schweigen gebracht, da er zuviel wußte.«

»Warum hätte ich das alles tun sollen?« murmelte Gabele.

»Aha!« Kathryn stieß ihren Stuhl um. »Nun kommen wir zum Kern der Sache. Brandon wurde ins Gefängnis der Burg von Canterbury gesteckt. Er hält den Mund, deutet Gabele gegenüber jedoch an, daß er ein großes Geheimnis besitzt; er weiß, wo ein kostbarer Schatz verborgen ist. Das einzige, was er verrät, ist ein Zitat aus den Psalmen: ›Levate oculos ad montes‹. Hebet Eure Augen auf zu den Bergen‹.«

»Warum sollte Brandon es Gabele erzählen?« fragte Fletcher.

»Nun ja«, antwortete Colum, »bessere Behandlung, schnelle Begnadigung. Brandon war ein Mörder. Wäre er erst frei gewesen, hätte Gabele nur ein weiteres Hindernis dargestellt, das zu überwinden oder zu beseitigen wäre. Bis dahin« – Colum streckte die Hände weg – »würde er Gabele mit kleinen Happen abspeisen, zum Beispiel damit, daß der Schatz in einer Kirche versteckt sei. Gabele schloß einen Pakt mit Brandon, doch Sparrow hörte durch den Mauerspalt zwischen den Zellen, was da vor sich ging.«

»Dann hat Sparrow Gabele erpreßt«, fuhr Kathryn fort. »Entweder man ließe ihn entkommen oder er berichtete Webster, was er erfahren hatte. Gabele läßt sich auf den Handel ein. Sparrows Fesseln werden aufgeschlossen, er bringt den Wärter um und entkommt. Gabele wiederum tötet Sparrow, und dann, als unser Waffenmeister erkennt, daß Webster Verdacht geschöpft hat, arrangiert er auch noch den Tod des Festungskommandanten.«

»Aber warum?« meldete sich der Ehrsame zu Wort.

Kathryn beobachtete, daß die gekünstelten Gesten des Ablaßpredigers allmählich verschwanden; der Mann war kalt, hart, auf der Hut.

»Aber warum hat Gabele den Gefangenen getötet?« Der Ehrsame beugte sich vor und blickte Kathryn an.

»Ja, ja«, erwiderte Kathryn. »Gabele hatte sich überlegt, daß die Kirche, in der der Schatz verborgen war, nur ein Gebäude sein konnte, das nicht mehr benutzt wird. Man kann davon ausgehen, daß er sich in der Gegend um Canterbury gut auskannte. Also wußte er auch von der verlassenen Ortschaft Sellingham. Schließlich hätte er alle Zeit der Welt, wenn Brandon einmal tot wäre, und müßte die Beute nicht teilen. Mehr noch, wenn er Brandon und Sparrow zu ihrem Schöpfer zurückschickte, wäre Gabeles Ruf ebenfalls geschützt.«

Kathryn setzte sich. »Brandons Tod war leicht zu arrangieren«, fuhr sie fort. »Schierling wächst wie Unkraut auf den Feldern. Margotta, Gabeles Tochter, brachte Brandon die Mahlzeiten, daher mischte er das Gift einfach unter das Essen. Planmäßig traten eine plötzliche Krankheit, hohes Fieber und Bewußtlosigkeit auf, und der Gefangene war gestorben, ehe er protestieren oder erkennen konnte, daß man ihn hereingelegt hatte.«

»Aber hat Brandon denn keinen Verdacht geschöpft?« flüsterte Fletcher.

»Und dann?« erwiderte Colum. »Was hätte er schon sagen

können? Sollte er Vater Peter oder Webster beichten, daß man ihn vergiftete, weil er wußte, wo ein großer Schatz liegt? Obwohl er ein Mörder ist, bezweifle ich, ob Gabele überhaupt auf den Gedanken kam, daß der Gefangene möglicherweise nur im Koma lag und im Grab wieder wach werden könnte, nur um einen noch schrecklicheren Tod zu erleiden.«

»Warum hat Gabele den Schatz nicht gefunden?« fragte Fletcher.

Kathryn blickte auf den Waffenmeister herab. Sein zu einer grotesken Maske verzerrtes, aschfahles Gesicht zeigte Kathryn, daß sie recht hatte.

»Nun«, murmelte sie, »er hat nachgeschaut, doch hat er Brandons Gebet nicht beachtet, so wie der andere, der nach dem *Auge Gottes* gesucht hat.«

Der Ehrsame klopfte auf den Tisch. »Wer war denn noch dort? Und woher wußte der von dem Amulett?«

Kathryn lächelte den Ablaßprediger an. »Ach, ich glaube, Ihr kennt die Antwort«, flüsterte sie. »Ihr seid kein Ablaßprediger; Euer Name ist Reginald Moresby, Hauptmann der Wache des verstorbenen Grafen von Warwick, der vor kurzem in der Schlacht bei Barnet geschlagen wurde.«

Der Ablaßprediger blickte sie ungerührt an.

»Ich habe doch recht, oder?« Kathryn hätte schwören können, daß die Augen des Mannes lächelten. »Es ist die einzig logische Erklärung.«

»Ihr habt nichts zu befürchten«, fügte Colum hinzu. »Master Moresby, ich schwöre Euch bei allem, was mir heilig ist, daß ich mich, wenn Ihr die Wahrheit sagt, persönlich für Eure Begnadigung beim König einsetzen werde.«

Der Ablaßprediger wollte schon protestieren, zog sich dann jedoch mit einem Seufzer das grelle Reliquienhalsband vom Hals und schleuderte es auf den Tisch.

»Was sein muß«, flüsterte er, »muß sein. Erlaubt mir, daß ich Euch eine Geschichte erzähle, Mistress Swinbrooke. Ich bin Reginald Moresby aus Newport in Shropshire, Hauptmann der Wache des verstorbenen und hoch verehrten Grafen von Warwick. Der Herr möge uns vergeben, doch Brandon und ich flohen von Barnet und nahmen das *Auge Gottes* mit. Ein paar Wochen verbargen wir uns in Wäldern, entlegenen Landesteilen, weitab aller Hauptstraßen und Wegkreuzungen. Mein Ziel war es, die Priorei von Christchurch in Canterbury zu erreichen und dann nach Süden zu reiten, um von Dover aus mit dem Schiff nach Frankreich überzusetzen. Doch das Land wimmelte nur so von Soldaten der Yorkisten. Wir waren insgesamt zu sechst – Warwicks engste Vertraute, so dachte ich zumindest. Brandon trug das *Auge Gottes* bei sich. Er wußte von einer verlassenen Ortschaft mit einer Kirche, in der wir uns verstecken konnten. Wir gaben diese Information an Nicholas Faunte weiter, als wir ihn in seinem Versteck in Blean Wood trafen. Dann trennte ich mich von Brandon und den anderen, da ich versuchen wollte herauszufinden, was mit Warwicks Leiche geschehen war. Außerdem wollte ich die sicherste Wegstrecke nach Canterbury und von dort nach Dover auskundschaften. Die anderen vertrauten mir, und ich ließ das *Auge Gottes* in ihrer Obhut. Es war auch eine Art Garantie dafür, daß ich zurückkehren würde. Wochenlang war ich unterwegs und verlor viel Zeit, als ich mich vor einer Gruppe Wegelagerer der Yorkisten verstecken mußte. Nun, wir hatten verabredet, uns in Sellingham zu treffen. Als ich dort hinkam, war mir klar, daß die anderen dagewesen sein mußten. Ich begann, nach ihnen zu suchen. Doch ich hielt mich versteckt, da ich der Meinung war, meine Gefährten wären weitergezogen.«

»Warum habt Ihr Euch als Ablaßprediger verkleidet?« fragte Kathryn.

Moresby lächelte freudlos. »Ich dachte, es wäre geeignet. Kennt Ihr Euren Chaucer, Mistress Swinbrooke?«

»Besser, als Ihr Euch vorstellen könnt!« erwiderte Kathryn.

Colum hüstelte.

Moresby fuhr sich durch das merkwürdig gefärbte Haar.

»In der ›Erzählung vom Ablaßprediger‹«, fuhr er fort, »töten sich ein paar junge Männer am Ende gegenseitig wegen eines kostbaren Hortes. Nun, als ich zum ersten Mal die verlassene Ortschaft aufsuchte und niemanden entdeckte, dachte ich, Brandon und die anderen hätten fliehen müssen. Dann erfuhr ich, daß Brandon festgenommen worden war und in der Burg von Canterbury einsaß. Von den anderen konnte ich keine Spur entdecken und fragte mich, ob vielleicht ein schreckliches Verbrechen vorliegen mochte. Chaucers ›Erzählung des Ablaßpredigers‹ kam mir in den Sinn, und ich traf, so seltsam es klingen mag, in einer Schenke vor Maidstone eine dieser Gestalten. Ich fand heraus, daß er ungehindert kreuz und quer durch das Königreich ziehen konnte. Daher habe ich meine letzten Pennys zusammengekratzt und ihm Reliquien, Kleidung und Ablaßbriefe abgekauft. In einem Straßengraben entdeckte ich eine völlig entstellte Leiche, der ich meine Kleider und Habseligkeiten gab. Ich verwandelte mich in den Ehrsamen und ging auf schnellstem Wege nach Canterbury.« Moresby streckte seine Hände weg. »Den Rest kennt Ihr. Ich wandte mich an Sir William Webster und erklärte, die Wirtshäuser und Schenken seien überfüllt, und bat um Unterkunft in der Burg. Webster war natürlich einverstanden. Ich paßte den rechten Augenblick ab und besuchte Brandon.« Er hielt inne, um seine Gedanken zu ordnen. »Sparrow war bereits geflohen. Brandon spielte den Überlegenen. Er wußte, wer ich war, konnte mich jedoch nicht verraten, ohne sich selbst zu verraten. Er gab vor, nicht zu wissen, wo die anderen waren, geschweige denn das *Auge Gottes*.« Moresby schüttelte den Kopf. »Ich wußte, daß er log.« Verwirrt schaute er Colum an. »Ich ging noch ein paarmal zu dieser verlassenen Ortschaft, konnte aber nichts finden. Wie ist es Euch gelungen?«

Colum erzählte es ihm. Die anderen saßen vor Schreck wie gelähmt, als der Ire ihnen in allen Einzelheiten schilderte, was sie in der Gruft unter der verfallenen Kirche entdeckt hatten. Moresby wurde noch blasser. Mit offenem Munde hörte er fassungslos zu und versuchte nicht einmal, sich die Tränen abzuwischen, die ihm über die Wangen liefen.

»Ihr habt sie gefunden?« flüsterte er. »So?«

»Ja«, murmelte Colum.

Moresby verbarg das Gesicht in den Händen. »Oh Herr, sei ihrer Seele gnädig!« schluchzte er. »Jesus Christus, vergib ihnen!« Er warf den Kopf mit einem Ruck nach hinten. »Und verflucht sei Brandon! Er hat sie umgebracht, nicht wahr?«

»Ich glaube, ja«, erwiderte Colum. »Brandon kannte die Gruft. Er wollte das *Auge Gottes* und schmiedete eigene Pläne. Er wollte Euch alle zu dieser Kirche führen und in der Gruft lebendig begraben. Der Stein ist behauen und kann zwar von außen, nicht aber von innen geöffnet werden. Er muß die Gruft als Versteck vorgeschlagen und unter einem Vorwand die anderen dort zurückgelassen haben. Als Garant für seine Rückkehr behielten sie das *Auge Gottes.* Als sich der Gruftdeckel über ihnen schloß, haben sie sich nicht träumen lassen, daß er sich nie wieder für sie öffnen würde.« Colum warf einen Seitenblick auf Gabele, der jetzt nur noch wie ein Schatten seiner selbst wirkte. »Gabele mag ein Mörder sein, Brandon war dagegen ein Teufel in Menschengestalt.«

»Aber warum hat er sich so leicht von mir festnehmen lassen?« meldete sich Fletcher. »Immerhin habe ich diesen Mörder auf offenem Feld, schlafend neben seinem Pferd, gefunden?«

»Die Frage habe ich bereits beantwortet«, sagte Kathryn. »Brandon wollte festgenommen werden. Er wußte, daß er eine kurze Zeit im Gefängnis verbringen mußte. Dann würde man ihn begnadigen, und er könnte in ein normales Leben schlüpfen und abwarten.«

»Wenn es so ist«, wollte Kaplan Peter wissen, »warum hat Brandon keinen falschen Namen benutzt?«

»Ich sprach ihn darauf an«, sagte Moresby. »Doch der Bastard hat nur gelächelt. Erst viel später ging mir auf, wie schlau er war. Erstens konnte er als Warwicks persönlicher Knappe jederzeit behaupten, er wisse nichts vom *Auge Gottes,* und das Gerücht in die Welt setzen, der Graf habe es vielleicht einem anderen anvertraut. Zweitens konnte er mich auf diese Art und Weise zum Schweigen bringen. Versteht Ihr, wenn ich meine Verkleidung aufgedeckt und behauptet hätte, ich sei Moresby, wären mir ein paar sehr unangenehme Fragen nicht erspart geblieben.«

»Vater.« Margotta trat aus dem Schatten, wo sie sich verborgen hatte. Sie war bleich wie ein Gespenst. »Vater«, wiederholte sie heiser. »Was soll das alles?«

»Oh, mein Gott!« stöhnte Gabele.

Kathryn warf einen schnellen Blick auf Colum und wappnete sich.

»Stehenbleiben!« befahl sie.

»Was wollt Ihr von mir?« Margotta schob sich näher an ihren Vater.

»Wart Ihr seine Komplizin?« fragte Kathryn sie scharf. »Schließlich habt Ihr dem Gefangenen das Essen gebracht.«

»Halt's Maul, du oberschlaue Hexe!« knurrte Gabele am anderen Ende des Tisches. »Meine Tochter hatte keine Ahnung von alldem, obwohl ich es für sie getan habe.« Er funkelte Colum an. »Das Juwel war meine Belohnung für lange, harte Dienstjahre und grausame Schläge!«

Colum packte seinen Arm. Gabele schüttelte ihn ab und stand auf.

»Was Ihr sagt, stimmt, doch meine Tochter ist unschuldig.« Er zeigte mit dem Finger auf Fitz-Steven. »Laßt diesen fetten Haufen Scheiße mein Geständnis niederschreiben, und ich unterzeichne es.« Er streckte Fletcher die Handgelenke entgegen. »Los, du fauler Bastard, leg mir schon die Ketten an, oder kennst du deine Pflichten nicht?«

Colum nickte. »Führt ihn ab«, befahl er leise. »Kümmert Euch um das Mädchen.«

Fletcher zog das Schwert, eilte aus der Halle und rief nach Soldaten. Kurz darauf führte man Gabele in aller Eile aus der Halle – die schluchzende Tochter hinterdrein. Colum nahm seinen Umhang.

»Wir sind fertig«, sagte er. »Was hier noch zu tun ist, geschieht auf Befehl des Königs, doch für mich ist die Sache, Gott sei dank, erledigt!«

Auch Kathryn nahm ihren Umhang. Sie hatten gerade die Tür der Halle erreicht, als Moresby sie einholte.

»Wie seid Ihr dahintergekommen?« fragte er.

Kathryn zupfte an der Kordel ihres Kleides. »Ein Stück Seil.« Sie mußte über Moresbys Verwirrung schmunzeln. »Nachdem uns klar war, daß Sparrows Fesseln nicht verschlossen waren, lag der Schluß nahe, daß er einen Komplizen hatte. Gabele könnte das arrangiert haben, und er war auch derjenige, der die Falltür zum Turm bewachte. Der Rest ergab sich von selbst.«

»Und meine Wenigkeit?« fragte Moresby.

»Eine Frage der Logik: Wir wußten, daß Brandon und die anderen tot waren. Wir wußten, daß Gabele in Sellingham gewesen war. Aber wer noch? Der einzige Tod, der verdächtig war, war Euer Tod.« Kathryn lächelte wieder. »Eure Anwesenheit hier war reiner Zufall, doch Eure Ähnlichkeit mit Chaucers Ablaßprediger war unvorsichtig.« Sie seufzte. »Und dank des Iren gibt es nur wenig, was ich über Chaucer nicht weiß!«

»Werdet Ihr Wort halten, Ire?« fragte Moresby plötzlich.

Colum nickte. »Gewiß. Am besten, Ihr fragt bei Christchurch um Asyl nach. Der König ist gnädig. Ich an Eurer Stelle hätte nicht anders gehandelt. Doch zunächst schlage ich vor, daß Ihr ein Bad nehmt und Euch die Haare wascht. Wenn Ihr wüßtet, wie fürchterlich Ihr ausseht.«

»Ich werde die Begnadigung annehmen«, erwiderte Moresby. »Doch binnen eines Monats werde ich mich Heinrich Tudor in der Bretagne angeschlossen haben.«

Colum zog die Stirn kraus. »Das ist Eure Sache.«

»Nicht ganz«, entgegnete Moresby. »Eines Tages wird sich das Rad des Schicksals weiter drehen. Ich werde Eure Freundlichkeit nicht vergessen, Ire.«

Mit diesen Worten drehte Moresby sich um und schritt durch die Halle.

Colum und Kathryn holten ihre Pferde aus dem Stall und ritten aus der Burg nach Winchepe.

»Was habt Ihr jetzt vor?« fragte Kathryn.

»Ich werde das *Auge Gottes* nach London bringen«, erwiderte Colum.

Er zügelte das Pferd, tätschelte ihm sanft den Hals und blickte zu den dunklen Hauswänden empor. Dann beugte er sich zu Kathryn hinüber.

»Ich weiß, warum Gloucester es haben wollte«, flüsterte er. »Das *Auge Gottes*. Man kann das Amulett öffnen. Innen fand ich einen Pergamentstreifen mit einem Versprechen, unterzeichnet von George, dem Herzog von Clarence.«

Kathryn lief ein kalter Schauer über den Rücken.

»Es ist sechs Monate vor Barnet datiert«, fuhr Colum fort. »Clarence schwört darin, daß er seine Brüder und deren Nachkommen von der Erbfolge in England ausschließen will. Als Gegenleistung dafür sollte Warwick ihn zum König machen, der wiederum Warwick zu seinem Ersten Minister erklären wollte. Eine schöne Bescherung, was, Mistress Swinbrooke?«

»Wollt Ihr das Dokument verschwinden lassen?« fragte Kathryn neugierig.

»Nein, allerdings werde ich auch nicht sagen, daß ich es gesehen habe. Ich werde das Amulett genauso zurückgeben, wie ich es gefunden habe.«

»Was wird geschehen?«

Colum nahm die Zügel wieder auf. »Clarence wird sterben. Denkt an meine Worte, Mistress Swinbrooke. Die ›Erzählung des Ablaßpredigers‹ trifft nicht nur auf Brandon und seine Freunde zu, sondern auch auf die drei großen Prinzen in London. Sie haben den Schatz gefunden, die Krone von England, und ich glaube, sie werden sich gegenseitig dafür töten.«

Kathryn beugte sich zu ihm und drückte ihm die Hand.

»Wie heißt es doch in der ›Erzählung des Ritters‹: ›Ich sah fürwahr den Wahnsinn wüten bis zur Raserei, sah Rebellion und Greueltaten, hörte manchen Schrei.‹«

Colum schaute sie an. »Und das heißt?«

»Setzt Euer Vertrauen nicht in Prinzen, Ire. Moresby hat recht. Fortunas Rad wird sich wieder drehen. Haltet Euch von Gloucester und seinesgleichen fern.«

»›Oh Spiegel weiblicher Geduld‹«, erwiderte Colum, von einem Ohr zum anderen grinsend.

Kathryn zwickte ihn ins Bein, trieb ihr Pferd an und blickte in aufgesetzter Strenge über die Schulter zurück zu dem lachenden Iren.

Nachwort

Im vorliegenden Roman habe ich eine Reihe von Themen angeschnitten. Da ist zunächst das Amulett, bekannt unter dem Namen ›Das *Auge Gottes*‹. Es existiert in der Tat, wenn auch heute unter der Bezeichnung ›Middleham-Juwel‹. Dieses Amulett aus dem fünfzehnten Jahrhundert trägt einen großen Saphir auf der Vorderseite über der Darstellung der Dreieinigkeit mit der Inschrift »Ecce agnus dei qui tollis peccata mundi miserere nobis: tetragrammaton ananizapta.« (Lamm Gottes, das du hinwegnimmst die Sünden der Welt, erbarme dich unser: Herr erbarme dich.) In die Rückseite ist eine Szene aus der Geburt Chisti eingraviert, die das Kind, in Licht gebadet, auf dem Boden liegend zeigt. Umrahmt wird das Bild von den Apostelgestalten. Das Amulett wurde in der Nähe von Middleham Castle im Norden Yorkshires gefunden, der Heimat der Nevilles und des Königs Richard III.

Die Schlacht zu Barnet, die Verwirrung über Oxfords Angriff und Warwicks Tod sind in allen Einzelheiten von den Chronisten der damaligen Zeit festgehalten worden. Richard Neville, Graf von Warwick, war einst einflußreicher Anhänger des Hauses York und unterhielt mit George, Herzog von Clarence, enge Beziehungen. Clarence' Verrat wurde ihm von seinem königlichen Bruder, Edward IV., nie verziehen, geschweige denn von dessen ehrgeiziger Gemahlin, Elisabeth Woodville, die der festen Überzeugung war, daß Clarence, solange er lebte, eine Bedrohung sowohl für sie selbst als auch für ihre beiden kleinen Söhne darstellte. Zudem hieß es in einer Weissagung, daß nach dem Tode Edwards IV. jemand den Thron an sich reißen sollte, dessen Name den Anfangsbuchstaben ›G‹ trüge. Alle Welt war der Ansicht, daß sich diese Prophezeiung auf George, den Herzog von Clarence, bezöge. Kurz nach den Ereignissen, die in diesem Roman beschrieben werden, ist Clarence aller Wahrscheinlichkeit nach in einem Malvasierfaß im Tower zu London ertränkt worden. Der Überlieferung zufolge hat Richard, Herzog von Gloucester (auf den obige Prophezeiung eher zutrifft), den Mord begangen. Zwölf Jahre später, im Jahre 1483, hat Gloucester, der seinen Bruder liebte, seine Schwägerin jedoch haßte, die Krone von England an sich gerissen und seine beiden Neffen im Tower gefangengesetzt.

Das mittelalterliche Canterbury und der Fall seines Bürgermeisters Faunte werden hier exakt wiedergegeben. Desgleichen gilt für die Arzneien, die von der Heilerin Swinbrooke benutzt wurden; sie wurden ausnahmslos einem mittelalterlichen Kräuterbuch entnommen. Im zwanzigsten Jahrhundert sind sie in der Alternativmedizin erneut zur Geltung gekommen.

Kathryn Swinbrookes Beruf als Apothekerin und Heilerin entspricht ebenfalls Tatsachen. In der ersten Folge der Romanserie wies ich darauf hin, daß Ärztinnen sogar von der Königsfamilie angestellt wurden und daß sich die Ordensschwestern von Syon an der Themse zur gleichen Zeit, als Kathryn lebte, als die besten Chirurginnen und Ärztinnen in ganz Europa niederließen. N.V. Lyons schrieb in seinem Buch ›Medizin im Mittelalter‹ (McMillan Education, 1984): »Es ist bekannt, daß Frauen bereits seit dem elften Jahrhundert als Ärztinnen tätig waren.« Erst als im Jahre 1521 die Ausübung der Heilberufe durch eine Parlamentsakte gesetzlich geregelt wurde, schloß man Frauen von dieser wichtigen Tätigkeit aus.

C. L. Grace

Celia L. Grace – Meisterin des historischen Kriminalromans

Die Britin Celia L. Grace hat sich schon während ihres Geschichtsstudiums für die Rolle der Frau im Mittelalter interessiert. In ihrer Dissertation befaßte sie sich mit dem Thema »Frauen und medizinische Berufe im Mittelalter«. In ihren Kriminalromanen um Kathryn Swinbrooke hat sie ihr Wissen in spannender und unterhaltsamer Form aufbereitet. Eine große Leserschaft in aller Welt weiß ihr dies zu danken.
Celia L. Grace lebt mit ihrer Familie und ihren zahlreichen Hunden in Devonshire.

Verzeichnis lieferbarer Titel

(Stand November 1998)

Die Heilerin von Canterbury (01/9738)
Die Heilerin von Canterbury sucht das Auge Gottes (01/10078)
Die Heilerin von Canterbury und der Becher des Todes (01/10643)

Im Großdruck
Die Heilerin von Canterbury (21/29)
Die Heilerin von Canterbury sucht das Auge Gottes (21/49)

Die Bandnummern der Heyne-Taschenbücher sind jeweils in Klammern angegeben.

HEYNE BÜCHER

Ellis Peters

Spannende und unterhaltsame Mittelalter-Krimis mit Bruder Cadfael, dem Detektiv in der Mönchskutte.

Im Namen der Heiligen
01/6475

Die Jungfrau im Eis
01/6629

Der Aufstand auf dem Jahrmarkt
01/6820

Des Teufels Novize
01/7710

Lösegeld für einen Toten
01/7823

Ein ganz besonderer Fall
01/8004

Mörderische Weihnacht
01/8103

Der Rosenmord
01/8188

Der geheimnisvolle Eremit
01/8230

Pilger des Hasses
01/8382

Bruder Cadfael und das fremde Mädchen
01/8669

Bruder Cadfael und der Ketzerlehrling
01/8803

Bruder Cadfael und das Geheimnis der schönen Toten
01/9442

Bruder Cadfael und ein Leichnam zuviel
01/9972

Bruder Cadfael und das Mönchskraut
01/9973

Bruder Cadfael und der Hochzeitsmord
01/9975

Bruder Cadfael – Zuflucht im Kloster
01/9977

Bruder Cadfael und die schwarze Keltin
01/9988

Heyne-Taschenbücher

Simon Gronewech – ein Odysseus des Nordens

Konrad Hansen
Simons Bericht
Eine nordische Odyssee
Lebensgeschichte des Simon Gronewech
aus Lübeck, von ihm selbst erzählt
im Jahre seines Todes 1402
Roman
560 S. • geb. m. SU • DM 49,80
ISBN 3-8218-0568-4

Am Ende des Mittelalters sind die Grenzen zwischen Gut und Böse unscharf geworden. Der Lübecker Kaufmannssohn Simon Gronewech wird bei einer Bewährungsprobe in einen Mord verwickelt und flieht. So irrt Simon über die Meere des Nordens, sichtet Nebelinseln und erhandelt von mystischen Wesen auf Island Gold. In einem englischen Kerker wird er gefangen gehalten, in Tunis schließt er Freundschaft mit einem arabischen Fürsten. Schließlich wird er der Narr Klaus Störtebekers und gerät in Gefangenschaft seiner Heimatstadt.
Simons Bericht ist ein Seefahrerroman von großer erzählerischer Kraft. Konrad Hansen gelingt ein opulentes Sittengemälde aus der Frühzeit der Hanse und eine große Allegorie auf das Leben.